CAROLIN OTTO

Berchtesgaden

Carolin Otto

Berchtesgaden

ROMAN

Lübbe

Die Bastei Lübbe AG verfolgt eine nachhaltige Buchproduktion. Wir verwenden Papiere aus nachhaltiger Forstwirtschaft und verzichten darauf, Bücher einzeln in Folie zu verpacken. Wir stellen unsere Bücher in Deutschland und Europa (EU) her und arbeiten mit den Druckereien kontinuierlich an einer positiven Ökobilanz.

NACHHALTIG PRODUZIERT

MIX
Papier | Fördert gute Waldnutzung
FSC® C014496
FSC www.fsc.org

Originalausgabe

Textredaktion: Dr. Arno Hoven, Düsseldorf
Umschlaggestaltung: www.buerosued.de unter Verwendung von Motiven von © www.buerosued.de | © mauritius images / United Archives
Satz: GGP Media GmbH, Pößneck
Gesetzt aus der Adobe Garamond
Druck und Verarbeitung: GGP Media GmbH, Pößneck

Printed in Germany
ISBN 978-3-7577-0058-4

2 4 5 3 1

Sie finden uns im Internet unter luebbe.de
Bitte beachten Sie auch: lesejury.de

Für die Überlebenden

1

What is past is prologue.

William Shakespeare

1

Es stand kein Auto vor dem dreistöckigen Haus mit der dunklen Holzfassade. Nichts deutete auf die Anwesenheit von Menschen hin. Alles war still bis auf die Vögel und den Wind. In der Nacht hatte es noch einmal bis ins Tal hinunter geschneit, ein leichter weißer Belag überzog Landschaft und Dinge, und nur die Fährte eines kleinen Tieres kreuzte die unberührt schimmernde Fläche. Dort, wo die Sonne darauf schien, schmolz der Schnee schnell zu einer dünnen glasigen Schicht zusammen. Erste Narzissen leuchteten in einem sorgfältig bepflanzten Kübel vor dem Haus, eine Schneeschaufel und ein Besen lehnten neben der Haustür. Ein Blecheimer mit Abfällen, jetzt verschneit, war auf dem Vorplatz vergessen worden.

Die beiden jungen Frauen näherten sich dem Haus. An der Hauswand, geschützt vor dem Wetter, stand ein hölzerner Hasenstall aus sechs Einzelkäfigen. Über jeder Käfigtür war in Kinderschrift der Name des Insassen gemalt: Flecki, Bomber und Murkel waren zu Hause – wenn man der Beschriftung glauben durfte –, die anderen drei waren nicht mehr da. In die Freiheit entlassen oder aufgegessen.

Sophie steckte den Zeigefinger durch Bombers Maschendrahttür. Neugierig kam er herangehoppelt und knibbelte daran. Sophie musste lächeln: Bomber war ein großer, fetter Hase mit hängenden Ohren. Flecki und Murkel platzierten sich ebenfalls unruhig an ihren Käfigtüren. Magda trat zu Sophie, ratterte mit dem Finger über die Gitter und erschreckte die Tiere.

»Sie haben Hunger«, sagte Sophie.

»Pech«, erwiderte Magda.

Dann gingen sie zum Eingang. Die Tür war nicht verschlossen, sie traten ein.

Das Haus wirkte, als sei es bis eben noch bewohnt gewesen. Vielleicht hatte es die Familie, natürlich ohne Vater, gerade erst durch die Hintertür verlassen. Wie bei einer Theateraufführung: Auftritt, Abgang – nächster Akt. Aber Sophie war sicher, dass die Familie in den beiden Limousinen gewesen war, die das Sperrgebiet durch das Tor verlassen hatten. Vorgestern schon, noch vor dem Bombardement. Sophie und Magda hatten die Wagen wegfahren sehen. Sie waren bei Sophies Großeltern gewesen, die am Weg auf den Berg hinauf ihren Hof hatten. Sie hatten die Straße zum Obersalzberg von der Stube aus gut im Blick, und der Opa kannte all die Bonzenautos.

»Und fort is' des G'schwerl!«, hatte er kommentiert.

Unheimlich war es trotzdem. Man konnte nie wissen.

Es war still im Haus. Einen Moment blieben die beiden im großzügigen Eingangsbereich stehen, atmeten flach und leise. Sophies Augen wanderten über die gediegen bürgerliche Einrichtung und das große Ölgemälde, auf das der Blick fiel, wenn man eintrat. Ein Landschaftsbild. Es war geschmackvoll und angenehm. Eine Flusslandschaft mit bewaldeten Felsen und Bäumen. Fischerboote. Ein blauer Himmel mit drohenden Wolken am Horizont.

»Hallo! Hallo, ist da wer?«, rief Magda plötzlich laut, und Sophie zuckte zusammen.

»Was soll das?«

»Jetzt hätten wir noch eine Entschuldigung«, sagte Magda, und beide lauschten in die Stille.

»Keiner da«, stellte Sophie fest, nachdem ein paar Augenblicke vergangen waren.

Als Erstes gingen sie in die Küche. Das war klar und einfach, ein profaner Raum in logischer Verkettung: Küche – Frau – kein verbotenes Heiligtum. Die Küche war sauber aufgeräumt. Auf dem Tisch lagen drei Zitronen in einer Schale.

»Sind die gelb!«, sagte Sophie.

»Wie aus einem Gemälde«, fand Magda, die mal in Königsberg in einem Museum gewesen war. Echte Zitronen hatten sie in der letzten Zeit selten gesehen.

Die Sonne schien durch die Scheiben. Sophie öffnete ein paar Schränke. Eine Menge zusammengewürfeltes Geschirr. Eine gut gefüllte Speisekammer. Honiggläser, Senf, Reis, Graupen. Eine geräucherte Wurst. Sophie nahm die Wurst und hielt sie Magda hin.

»Willst du?«

Magda nickte.

Sophie zog verschiedene Schubladen auf, bis sie ein Messer fand. Sie legte die Wurst auf die Anrichte und schnitt sie in der Mitte durch. Es roch gut. Eine Hälfte reichte sie Magda. Sie bissen gleichzeitig in ihre Wursthälften und kauten stumm. Die Wurst war köstlich. Nachdem Sophie das erste Stück verschlungen hatte, behielt sie das zweite so lange wie möglich im Mund, um jede Feinheit zu schmecken: Majoran. Speck. Pfeffer. Nur nichts verpassen. Mit der Wurst in der Hand gingen sie weiter.

Von der Küche aus kamen sie direkt in den ineinander übergehenden Ess- und Wohnbereich. Teppiche, Gemälde, ein großer Tisch. *An dem können locker zwölf Personen Platz haben*, dachte Sophie. Die Familie war ohnehin schon groß, ein Tisch für zwölf könnte mit Gästen knapp werden. Vielleicht war der Tisch ausziehbar? Wobei die Kinder sicher nicht dabei waren, wenn die Eltern Gäste empfingen. Wichtige Gäste. Womöglich auch mal den Führer. Allerdings wusste man, dass der Führer immer lieber ins Atelier des Architekten gekommen war, das direkt unterhalb des Hauses lag. Aber der Essraum war in jedem Fall vornehm genug eingerichtet, um jede Berühmtheit zu empfangen. Eine Holztäfelung aus Nussholz, schätzte Sophie mit geübtem Auge, dazu gepolsterte Stühle mit einem passenden Tisch, vermutlich Kirschholz, darauf eine schimmernde helle Tischdecke mit blauer Bestickung am Rand. So, wie es eben aussah, wenn sich Städter des alpinen Stils bemächtigten und ihn eleganter machten, als er war. Mit Ausnahme von ein paar Einzelstücken, die dem Ganzen wieder den urigen Charme verleihen sollten.

Ein großer Durchbruch führte in den Wohnraum. Gutbürgerliches Ambiente im Dreißigerjahrestil: Sessel und Sofas mit hellem Samtbezug und floralen, eingewebten Rankenmustern. Ein fein gemaserter Schrank mit Wurzelholzfurnier, dessen Beine, wie die des in der Zimmermitte stehenden Tisches, in nachempfundenen Löwentatzen endeten. Ein etwas plumper, mehrarmiger Leuchter an der Decke, dazu Stehlampen mit hellen Schirmen aus Pergament, in das getrocknete Blumen eingelegt waren.

Sophie öffnete die Schranktür. Die Innenbeleuchtung ging automatisch an. Gläser hingen in übereinander angeordneten Halterungen. Es gab alle erdenklichen Spirituosen. Ein Fach für Rauchutensilien: lange Streichhölzer, eine Kiste mit Zigarren und ein Zigarrenschneider. Sophie hatte noch nie in ihrem Leben einen solchen Schrank gesehen, nicht mal geahnt, dass es so was gab. Die verspiegelte Rückwand der Hausbar reflektierte Sophies überraschtes Gesicht. Sie musste ein zweites Mal hinschauen, so unwirklich erschien sie sich selbst in dieser Umgebung. Aber es war unverkennbar ihr Gesicht mit den graugrünen Augen, der markanten, ihrer Ansicht nach zu großen Nase und dem breiten Mund, dazu ein langer, dunkelblonder Zopf über der Schulter – eindeutig Sophie Gruber, die ihr zwischen luxuriösem Barzubehör und einer Vielzahl von Flaschen entgegensah. Und eindeutig war es ihr abgetragenes Arbeitsdirndl, dem der oberste Knopf fehlte. Wäre das nicht gewesen, hätte sie sich vielleicht gefallen. So aber schloss sie schnell die Schranktür und ging weiter.

Probehalber ließ sich Sophie in einen der Sessel plumpsen. *Sehr bequem.* Auf dem runden Tisch lag eine Decke mit blütenförmig geklöppelten Spitzen, mittig stand eine Vase mit Strohblumen, daneben ein massives Tischfeuerzeug aus gehämmertem Silber und ein Kristallaschenbecher, mit dem man leicht einen Schädel zertrümmern könnte. Im Aschenbecher lag eine tote Fliege.

»Bringen Sie mir meine Zigarren, Frollein Magda!«, sagte Sophie mit tiefer Stimme.

Magda zeigte ihr einen Vogel. »Du rauchst zu viel, Schatz!«

Vom Wohnzimmer aus hatte man den Blick auf Berchtesgaden und den Watzmann. Ein grandioses Panorama. An einer Seite des Wohnraums gab es eine überdachte Loggia, auf deren Balustrade ein Vogelhäuschen angebracht war. Ein Rotkehlchen flüchtete erschrocken, als Magda mit einem Ruck den Vorhang aufzog.

Sie gingen in den anschließenden Raum, in dem ein Flügel stand. Gestreifte Tapete an den Wänden, auch hier ein edler Teppich auf den Holzdielen. Ein Regal voller Bücher nahm die ganze Wand ein. Sophie betrachtete die Bücher. Bildbände, Architekturbücher und Literatur von den alten Griechen bis Goethe, Schiller und Fontane. Zwei Exemplare von *Mein Kampf*. In einem davon stand eine Widmung: »Meinem lieben Freund und Architekten Albert Speer gewidmet in Anerkennung. AH.«

Neben dem Klavier stapelten sich Noten auf dem Boden. Eine vergessene Puppe mit echten Haaren lag mit verdrehten Armen und Beinen unter dem Klavierhocker, irgendjemand hatte an ihren Haaren herumgeschnippelt und ihr einen unregelmäßigen Topfschnitt verpasst. Sie war nackt.

Sophie und Magda streunten weiter durch das Haus. Unschlüssig, ob sie etwas mitnehmen sollten. Wäre das normaler Diebstahl? Nein. Keinesfalls. Das hier war aufgegeben worden. Nicht einmal die Haustür hatten die ehemaligen Bewohner abgeschlossen.

»Wir sind in Pommern genauso gegangen«, sagte Magda. »Wir haben mitgenommen, was wir tragen konnten. Und die Tür haben wir auch nicht abgeschlossen. Wenn man die Tür abschließt, wird sie eingetreten. Aber man verhindert nichts. Geplündert wird trotzdem. Schätze muss man vergraben oder mitnehmen, sonst sind sie weg.«

Plündern! Sophie widersprach.

»Wir plündern nicht. Bis auf die Wurst.«

Bis jetzt stimmte das auch. Das Haus samt Einrichtung war – noch – wie von einer schützenden Schicht bedeckt. Sophie hatte zwar viele Dinge kurz angefasst, um sie zu betrachten, aber der Gedanke, etwas einzustecken, einfach weil sie es konnte, war noch nicht ganz an die Oberfläche gestiegen. Was hätte sie auch mit den Sachen anfangen sollen? Die Insignien einer bürgerlichen, reichen Welt hatten mit ihr nichts zu tun. Das Silber, das war etwas wert, ja. Das könnte man eintauschen. Aber das andere? Die elegante Einrichtung. Das Geschirr. Das war alles schön. Es atmete mehr als nur Reichtum. Es hatte Geschmack, Stil und Geschichte. Es war für sie unerreichbar, ohne Bedeutung und – harmlos.

Sophie wusste nicht mehr, was sie hier im Haus eigentlich erwartet hatte. Sie hatte von Irmi, deren Mutter als Haushälterin in Schönau im Schneewinkllehen arbeitete, eine gruselige Geschichte gehört. Dort am Königssee wohnte die gar nicht heimliche Geliebte von Heinrich Himmler, Fräulein Potthast, mit den mittlerweile zwei unehelichen Kindern. Im Dachgeschoss des Schneewinkllehens gab es laut Irmis Mutter einen Raum, der mit Möbeln aus Menschenknochen eingerichtet war. Stühle mit Sitzflächen aus Beckenknochen, Oberschenkelknochen und menschlichen Füßen. Tisch, Hocker. Gesägt, poliert, verschraubt. Stolz wurde diese Sammlung des »Chefs« von seiner ehemaligen Sekretärin dem einen oder anderen Gast vorgeführt und der meist eintretende Schockeffekt genossen. Irmis Mutter hatte sich geweigert, diese Möbel abzustauben. Dazu gab es angeblich auch einige Exemplare von *Mein Kampf*, in Menschenhaut gebunden. Doch die waren verschlossen in einem Schrank.

Hier im Haus fand sich nur eine behagliche, geschmackvolle Bürgerlichkeit mit einer kleinen Tendenz zum Protz. Wie die Holzrosette an der Decke des Wohnzimmers. Ansonsten eine riesige Menge von Büchern. Landschaftsgemälde. Viel Kristall und Silber.

Ein paar moderne Einrichtungsgegenstände dazu. Selbst Hitlers Widmung an seinen Freund war nur eine Schrift in einem in Schweinsleder gebundenen Buch.

In den oberen Geschossen des Hauses befanden sich diverse Kinderzimmer, das Schlafzimmer der Eltern, ein Arbeitsraum voller Bügelwäsche und ein riesiges Badezimmer. Glänzende Fliesen in Weiß und Dunkelpetrol. Eine luxuriöse Badewanne, zwei Waschbecken und Armaturen. Das sah sehr schick und sehr einladend aus. Ein Bad darin musste der schiere Luxus sein.

Magda und Sophie durchsuchten einen schmalen Vitrinenschrank. Verschiedene Tuben und Flaschen. Cremetiegel, Flakons mit Parfums. Pflaster. Pillen. Pervitin. Ein Klistier. Eine Dose mit Badezusatz lag dort – »Kleopatras Geheimnis« stand darauf. Sophie öffnete die Büchse und sog den feinen Duft nach Milch und Honig in ihre Nase. Magda drehte an den Wasserhähnen. Und tatsächlich kam heißes Wasser aus ihnen heraus. Magda stöpselte die Wanne zu und nahm Sophie die weiße Badeessenz aus der Hand. Sie streute eine Hand voll in das einlaufende heiße Wasser und begann, sich auszuziehen. Sophie betrachtete Magda ungläubig.

»Du bist verrückt!«, sagte Sophie.

»Nun komm schon! Ich habe noch nie in so einer Wanne gesessen!«

»Aber jetzt?!«

»Es ist keiner da.«

»Wer sagt das?«

»Ich!«, kicherte die nackte Magda. Mit einer Zehe prüfte sie die Wassertemperatur und schwang ihre langen, dünnen Beine wie ein Kranich in die Wanne. Ihre helle, sommersprossige Haut ließ Magda noch zerbrechlicher erscheinen. Sophie ging zur Badezimmertür und schloss die Tür ab.

Magda grinste und setzte sich.

»Du darfst auch auf der guten Seite sitzen. Ohne Stöpsel.«

Magda tauchte unter, und als sie wieder hochkam, atmete sie prustend durch.

Sophie zog Mantel, Schuhe, Strümpfe und Kleid aus und stieg ebenfalls in die Wanne, die so geräumig war, dass die zwei jungen Frauen bequem hineinpassten. Sie sortierten ihre Beine – Magda, Sophie, Magda, Sophie – im undurchsichtig weißen Wasser. Zwei Mädchen in Milch. Und während die wohlige Wärme weiter anstieg, verstummten sie und genossen ein kostbares Gefühl allumfassender Geborgenheit: hier, an diesem Ort, den sie unrechtmäßig betreten hatten und vor dem sie gerade noch in Hochspannung und Angst verharrt hatten. Als das Wasser fast den Rand erreicht hatte, drehte Magda die beiden Hähne zu. Dampf stieg zwischen ihnen hoch.

»Ich werde auch mal so eine Wanne haben. Dann lade ich dich zum Baden ein!«

»Wenn ich die größere Badewanne habe, kommst du zu mir.«

»Warum hast du die größere Wanne?«

»Weil ich den reicheren Mann heirate!«

»Wegen der größeren Wanne?«

»Ist doch ein Grund, oder?«

Sophie zuckte die Achseln und schwieg.

»Willst du so ein Haus?«, fragte Magda.

»Es ist sehr groß. Ich weiß nicht.«

»Wenn du mal viele Kinder hast …«

»Ich weiß nicht, ob ich viele Kinder haben werde.«

Magda ließ etwas heißes Wasser nachlaufen und zog gleichzeitig kurz den Stöpsel hoch, damit es nicht überlief. Glucksend machte das abgekühlte dem heißen Wasser Platz.

»Meinst du, der Krieg ist jetzt wirklich vorbei?«, fragte Magda.

»Ja. Wenn die Amis kommen, ist der Krieg vorbei.«

»Und wenn jemand anders kommt?«

»Die Russen kommen nicht nach Berchtesgaden.«

Einen Moment lang herrschte Stille zwischen ihnen. Sophie wusste, dass Magda seit ihrer Flucht Angst hatte. Nicht nur vor den Russen, sondern überhaupt vor allen Soldaten. Das hatte sie ihr mal abends im Bett erzählt. Die beiden jungen Frauen teilten sich seit der Einquartierung der Hinckelmanns Sophies Zimmer. Im Haus der Familie Gruber mussten alle – wenn auch murrend – zusammenrücken. Aber die Söhne waren derzeit ohnehin nicht zu Hause und so gab es Platz für Geflüchtete.

Sophie tauchte unter und schloss die Augen. Baden. Sie konnte sich nicht erinnern, je in so einem Wasser gebadet zu haben. Es roch tatsächlich wie Honigmilch. Mit ein paar Blüten drin. Sehr fein. Pudrig. Sie nahm einen Mundvoll des Wassers, tauchte auf und spritzte einen Strahl zwischen ihren Zähnen hindurch auf Magda. Magda quietschte, zog an Sophies Bein, und ihre Rangelei brachte ihren Milchtümpel in Wallung und zum Überschwappen. Sie mussten beide lachen.

»Das macht Max immer beim Schwimmen!«

Doch dann erstarrte Sophie plötzlich – da war jemand im Haus!

Auch Magda hockte nun regungslos im Wasser, und beide lauschten angestrengt. Unten waren Geräusche zu hören.

Sophie stieg tropfend aus der Wanne und ging rüber zum Fenster. Leider konnte man von dort nicht auf den Vorplatz sehen. Aber irgendjemand war ins Haus gekommen. Sie hörten sogar hier oben die Stimmen. Eiligst trockneten sie sich ab, schlüpften in ihre Kleider. Sophie zog den Stöpsel raus, dabei tauchte ihr Arm samt Ärmel ins Wasser, aber das war egal. Ein diskreter Abgang war sowieso unmöglich, weil der Fußboden schwamm.

»Wer ist das?«, flüsterte Magda.

Sophie schüttelte den Kopf. Keine Ahnung.

Sie öffnete vorsichtig die Badezimmertür. Hier oben im ersten Stock war noch alles ruhig, aber unten konnte man Leute reden hören. Sie versuchte, die Sprache zu verstehen. War das Deutsch? Oder waren das vielleicht schon die Amerikaner? Sophie huschte zum Fenster neben dem Treppenhaus und konnte jetzt einen Blick auf den Vorplatz erhaschen. Dort parkte ein kleiner LKW. Und ein

Gespann mit einem Pferd. Und dann sah sie den Stanglmayr, der mit einem leeren Waschkorb ins Haus hineinging. Es waren also nicht die Amerikaner. Als Nächstes konnten sie beobachten, wie unten ein anderer Mann, den Sophie vom Sehen aus Berchtesgaden kannte und der im Weltkrieg ein Bein verloren hatte, mit zwei Gemälden unter dem Arm aus dem Haus hinkte.

»Ziehen die um?«, fragte Magda.

Sophie schüttelte den Kopf. Das konnte nicht sein. Wohin zieht man mit einem Gespann?

»Ich glaube, die nehmen hier einfach Sachen mit.«

»Sie stehlen.«

»Komm!«, sagte Sophie.

Sie liefen die Treppe hinunter, direkt in die Arme vom Stanglmayr, der mit seinem Weidenkorb in den ersten Stock stieg. Er grinste, als er die beiden jungen Frauen sah.

»Was macht denn ihr da, Sopherl?«

»Wir haben uns das Haus angeschaut. Die Tür ist offen gewesen. Und was macht ihr da?«

»Die Bonzen sind weg, und wir holen uns, was wir brauchen können.«

»Aber das gehört euch nicht!«

»Es gehört niemand mehr. Wenn wir es nicht nehmen, nimmt's jemand anders.«

Sophie und Magda tauschten einen Blick, während sich Stanglmayr an ihnen vorbeidrängte und anfing, das erste Geschoss zu inspizieren. Sophie und Magda folgten ihm in einer Mischung aus Unglauben und Verstörung. Zielstrebig ging er ins Schlafzimmer und riss Schranktüren und Kommodenschubladen auf. Am Garderobenschrank der Dame des Hauses blieb er stehen und zog ein paar elegante Kleidungsstücke hervor. Grinsend drehte er sich zu den jungen Frauen um.

»Hier, das tät euch doch stehen. Nerzmantel und Seidenwäsche!«

Während er weiterging und überall hineinschaute, betrachteten Magda und Sophie die Kleidungsstücke. Teure Kleidungsstücke. Sophie fischte ein lachsfarbenes, elegantes Negligé heraus und ließ den Stoff bewundernd durch ihre Finger gleiten. Das war wunderschön. So gingen Prinzessinnen ins Bett. Oder sehr, sehr kostspielige Mätressen. Sie sah hoch und traf auf Magdas Blick.

»Nimm es! Es steht dir sicher gut.«

Sophie zögerte, aber der Gedanke gefiel ihr.

»Und was nimmst du?«

Magda bückte sich und hob eine Schachtel vom Schrankboden hoch. Ein Schuhkarton, in eleganten grau-weiß gepunkteten Satinstoff eingekleidet. Davon gab es mehrere. Magda öffnete die Schachtel, legte den Deckel vorsichtig zur Seite und schlug das helle Seidenpapier zurück, in das der Inhalt eingeschlagen war: Tanzschuhe aus safrangelbem Ziegenleder mit hohen Absätzen und leuchtend roten Riemchen um die Knöchel. Auch diese Schuhe schienen aus einem Märchen zu stammen.

»Probier sie an!«, sagte Sophie. »Die passen dir bestimmt!«

Tatsächlich passten sie Magda perfekt. Es gab ein weiteres Paar Schuhe, das Sophie sehr gefiel. Aber leider waren sie ihr zu groß – schwarze Lackschuhe mit einer silbernen Schleife drauf. Magda wollte sie nicht.

Mittlerweile hatte Stanglmayr alle Schränke aufgemacht und herausgezogen, was einst sorgfältig in ihnen verstaut worden war. Er schien jetzt auf der Suche nach Wertgegenständen zu sein. Eine Uhr und eine Kette, die er im Nachttisch gefunden hatte, waren bereits in seine Hosentasche gewandert.

»Nix Besonderes, aber schad', wenn's wegkommt«, hatte er halb im Selbstgespräch gemurmelt. Jetzt zog er weiter, um alle Zimmer zu inspizieren.

Die beiden jungen Frauen blieben mit den offenen Schränken und dem auf dem Fußboden herumliegenden Inhalt zurück. Sie betrachteten die achtlos zerwühlten Habseligkeiten der verschwundenen Bewohner. Sophie hielt das Negligé fest in der Hand, so wie Magda die Schuhschachtel, in die sie die gelb-roten Tanzschuhe zurückgelegt hatte. Sie hörten Stanglmayr auf dem Flur, wie er nach seiner Frau rief:

»Gerdi! Schau amal hoch, da sind feine Kleider und so!«

Das war der Moment, in dem sich in Sophie und Magda ein Schalter umlegte. Sie sahen sich an und beschlossen in diesem Augenblick, dass sie Gerdi keinesfalls die besten Stücke überlassen würden. Sophie eilte zur Tür und versperrte sie kurzerhand.

»Wir brauchen Bettbezüge. Als Säcke ... Da vorn sind welche ...«

Sie schnappten sich jeweils einen Bettbezug, und war der Beginn noch von Überlegungen geleitet, was wohl am wertvollsten war, so wurde ihre Wahl schnell immer beliebiger. Irgendjemand, wahrscheinlich Gerdi, rüttelte mal an der Tür, zog dann aber weiter. Und Magda fand etwas höchst Wertvolles, das Stanglmayr übersehen hatte: eine kleine Schachtel, in der sich ein Set aus zwei Brillantohrringen, einem Armband und einer Kette befand. Sophie nickte ihr zu, und Magda steckte das Kästchen in die Rocktasche. Schließlich hatten sie ihre Säcke gefüllt – das Gewicht ließ sich noch gut heben. Doch die beiden jungen Frauen konnten nicht aufhören, und jede eröffnete einen zweiten Bettbezug. Die Gier hatte von ihnen Besitz ergriffen.

Nach einer Weile polterte es an der Tür – Stanglmayr und Gerdi waren zurück. »Aufmachen! Das geht fei ned!«

Magda geriet in Hektik. Der Pelzmantel, der sehr viel Platz in Anspruch nahm und deshalb von ihrem ersten in den zweiten Sack gewandert war, musste auch aus dem wieder heraus. Ihr zweiter Sack war inzwischen ebenfalls viel zu voll, schließlich mussten sich die Bettbezüge knoten und tragen lassen. Magda betrachtete den Pelz.

»Los jetzt, ihr unverschämten Dinger! Aufmachen, oder ich brech' die Tür ein!«

»Gleich!«, rief Magda zurück.

»Zieh ihn an!«, sagte Sophie.

Magda schlüpfte eilig in den Pelzmantel. Sophie schnappte sich noch einen Stoffmantel aus karierter Wolle und nahm vorsichtshalber noch ein paar Kissenbezüge mit. Gerade als sich jede von ihnen noch einen Hut aufsetzte – Magda einen sehr eleganten Damenstrohhut und Sophie einen waghalsigen roten Filzhut mit Feder und breiter Krempe –, brach Stanglmayr durch die Tür, seine quadratische Frau Gerdi erbost hinter ihm. Beide drängten sofort in den Raum, und Gerdi hatte schon den stieren Blick auf die Beute, während die Beschimpfungen nur so aus ihr herausquollen.

»Ja sauber, des Protestantengschwerl verdirbt die Sitten!«

Die Mädchen schulterten ihre prall gefüllten Bettbezüge, und während Magda verschüchtert den Weg nach draußen suchte, baute sich Sophie vor Gerdi auf.

»Geh, Gerdi, des sagt die Richtige. Jeder weiß, dass du das Geld aus dem Opferstock in der Stiftskirche gestohlen hast!«

Und während sich die beiden Stanglmayrs über diese – nicht aus der Luft gegriffene – Unverschämtheit erregten, gingen Sophie und Magda zurück ins Erdgeschoss. Dort war auch schon alles aufgerissen, und es war, als würde das Haus ausgeweidet wie ein Tier, das bei der Jagd erlegt worden war. Durch die offene Tür zum Esszimmer konnten sie sehen, dass inzwischen das gesamte Geschirr auf dem Tisch stand. Elfenbeinfarben, mit Goldrand. Unmengen von Schüsseln, Tellern, Platten. Silberbesteck. Kristallgläser. Mehr als ein Dutzend Menschen kreisten mittlerweile durch das Haus – wie Fliegen um die verwesenden Speisen einer von den Gästen längst verlassenen Festtafel.

Sophie ging noch einmal ins Klavierzimmer mit der Bücherwand – niemand interessierte sich für die Bücher. Aber die Auswahl war zu groß und überforderte sie, und so nahm sie schließlich in einer Übersprungshandlung nur den Band *Mein Kampf* mit der

Widmung Hitlers an sich. In der Küche steckte sie noch schnell die drei leuchtenden Zitronen ein.

Magda wartete ungeduldig im Flur.

»Lass uns endlich gehen.«

Sie gingen samt ihrer Beute nach draußen. Geschäftig trugen die anderen Plünderer Dinge aus dem Haus, verstauten sie auf Karren und in Wagen und eilten mit leeren Händen wieder hinein. Magda zögerte einen Moment, als sie am Kaninchenstall vorbeikamen. Sie stellte ihre Säcke ab, ging zur Stalltür, öffnete sie und nahm eins der Kaninchen heraus. Sie setzte das Tier hinter dem Stall auf das noch matte, schneegesprenkelte Rasengrün aus. Die anderen beiden entließ sie auch in die Freiheit. Sophie betrachtete ihre Freundin kritisch.

»Ich will nicht, dass die da sie fressen!«, sagte Magda.

Die Tiere sahen sich einen Moment irritiert um. Dann hoppelten sie davon, jedes in eine andere Richtung.

2

Sophie und Magda schleppten ihre Säcke bis zum Kramerhof, dem bescheidenen Anwesen von Sophies Großeltern Anni und Ernst. Ihr Opa hatte den Hof von seinen Eltern übernommen, und Sophies Mutter sowie ihr Onkel waren dort geboren und aufgewachsen. Der Hof lag direkt außerhalb des Sperrgebietes auf dem Obersalzberg, da hatten die Großeltern damals Glück gehabt. Im Gegensatz zu Annis Bruder Gustl, der seinen Familienhof hatte verkaufen müssen, als der Obersalzberg von Reichsleiter Martin Bormann in ein Reservat für den Führer und seine Getreuen umgewandelt worden war.

Bormann hatte den dortigen Bewohnern seinen Gehilfen, den Münchner Immobilienmakler Gotthard Färber, auf den Hals gehetzt – mit zunächst angemessenen und dann immer alternativloseren Angeboten. Ein Ablehnen war nicht möglich. Gustl hatten sie schließlich das Dach über dem Kopf abgerissen, weil er sich weigerte, das Haus seiner Vorfahren zu verlassen. Aber letztendlich musste er sogar dankbar sein, dass man ihn – aufgrund seines schon fortgeschrittenen Alters und seiner Verdienste im Weltkrieg – nicht nach Dachau gebracht hatte. Der junge Fotokioskbesitzer, der es gewagt hatte, einen Brief an Hitler zu schreiben, weil er den Kiosk nicht für eintausendfünfhundert Mark hergeben wollte, war direkt abgeholt und nach Dachau verfrachtet worden, wo er zwei Jahre in Haft blieb. Jeder auf dem Obersalzberg hatte den Brandner Johann gemocht, weil er ein netter Kerl mit einer unbedarften, frechen Schnauze war, der mit seiner Geschäftsidee, selbstgemachte Fotos als Postkarten an Touristen zu verkaufen, eine kleine Goldgrube aufgetan hatte. Doch sein Kiosk passte nicht in die Pläne der Herrscher, ebenso wenig wie der Alpengasthof nebendran und so viele andere Häuser und Höfe, die das Dorf Obersalzberg bildeten. Gebildet hatten – denn das ganze Dorf war inzwischen weg. Die Bewohner hatte man vertrieben, doch sie behielten einander im Blick, auch wenn sie räumlich voneinander getrennt waren. Und so wussten sie alle, dass der Johann ein völlig anderer Mensch geworden war, als er nach zwei Jahren aus Dachau zurückkehrte. Dort war er verprügelt worden, hatte fast alle Zähne und seine offenherzige Leichtigkeit verloren. Er sprach nicht über das Geschehene, denn die Wände hatten für ihn jetzt überall Ohren, und man konnte niemandem mehr vertrauen. Er hatte noch einige Jahre bei den Elektrizitätswerken in Berchtesgaden gearbeitet, dann war er eingezogen und 1941 an die Front geschickt worden. Russland, Polen und der Rückzug … Im Januar 1945 war er schließlich gefallen. Für den Führer, der ihm seinen Kiosk weggenommen und sein Leben zerstört und das Vaterland, das ihn ausgespuckt hatte.

Sophie war mit Johanns jüngster Schwester in die Schule gegangen. Daher hatte sie den schweigsam gewordenen Johann ab und an gesehen. Ähnlich wortkarg war mittlerweile auch Sophies verwitweter Großonkel Gustl. Seit seiner Enteignung lebte er bei seiner Schwester Anni und ihrem Mann Ernst, den Großeltern von Sophie. Er war bereits recht still geworden, als er seine Frau verloren und seine Tochter in Salzburg einen Parteigenossen geheiratet hatte, und der »Umzug«, wie er es euphemistisch nannte, hatte ihm dann den Rest gegeben. Meist saß Gustl irgendwo, die Katze neben sich oder auf ihm drauf, und schnitzte Tierfiguren, die die Fensterbänke bevölkerten, oder er half Anni im Garten, wenn sie ihn darum bat. Oder Ernst, wenn der bei den sieben verbliebenen Kühen Hilfe brauchte.

Anni hatte Sophie und Magda mit ihren Säcken kommen sehen und sie mit in die Hüften gestemmten Armen und sehr kritischem Blick begrüßt.

»Ihr seid im Speer-Haus gewesen.«

»Ja, und wir waren nicht die Einzigen.«

»Das macht es nicht besser.«

»Wenn wir es nicht nehmen, nimmt es jemand anders.«

»Kein Grund«, sagte Anni streng.

»Oma, schau mal!«

Sophie zog einen blauen, aus dicker Wolle gestrickten Pullover mit Zopfmuster aus dem Bettbezugsack.

»Den habe ich dir mitgebracht!«

Anni zog die Mundwinkel nach unten und machte eine abwehrende Geste.

»Kommt nicht infrage.«

Sophie schmeichelte sich an Anni heran und nahm ihre Großmutter, die einen Kopf kleiner war als sie, in den Arm. Trotz ihrer siebzig Jahre war Anni beweglich, ihr Körper hatte immer noch eine kraftvolle, jugendlich wirkende Spannung. Aber ihre abgearbeiteten Hände und die Furchen, die ihr gebräuntes, markantes Gesicht durchzogen, verrieten ein hartes Arbeitsleben. Doch wenn Anni lächelte, berührte die aufleuchtende Schönheit ihrer inneren und äußeren Gestalt das adressierte Gegenüber, ob es wollte oder nicht.

»Das ist ein sehr schöner Pullover, der dich warm hält und den Frau Speer zurückgelassen hat. Du hast gesagt, du brauchst einen Pullover.«

»Aber nicht von der!«

»Vergiss, dass er ihr gehört hat.«

»Ich will keinen gestohlenen Pullover!«

Sophie legte das Kleidungsstück zur Seite.

»Wie wär's mit einem Hut?«

Und stülpte ihrer Großmutter den roten Filzhut auf den Kopf – zack. Anni wehrte sich, lachend, aber ernsthaft unwillig.

»Bitte, Sophie …«

Magda sah unbehaglich zu, Sophies Unbefangenheit war ihr

fremd. Sie trug immer noch den Pelzmantel und hatte es auf einmal eilig, aus ihm herauszukommen.

»Das bringt euch kein Glück, Madln«, sagte Anni düster.

Gustl kam von draußen rein, wo er mit Ernst im Stall gewesen war, und begriff sofort, was es mit den Bettbezügen und ihrem Inhalt auf sich hatte. Ein Lächeln glitt über sein Gesicht.

»Gut gemacht, ihr zwei! Die Bonzen haben uns all das vorher gestohlen. Holt es euch zurück.«

»Was wollen die zwei denn mit dem G'lump?«, sagte Anni immer noch streng.

»Hebt es gut auf, das kann man verkaufen. Werden wir brauchen.«

»Gustl …«

»Is' da noch mehr?«, fragte Gustl ungeniert.

Und so kam es, dass Sophie und Magda ihre Bettbezüge leerten und wieder nach oben zum Speer-Haus stiegen. Und Gustl kam diesmal mit. Einfach nur um der Genugtuung willen. Und für alle Fälle nahm er den großen Leiterwagen mit.

An diesem selben Morgen, dem 25. April, waren gegen neun Uhr insgesamt dreihundertfünfundfünfzig Bomber der Royal Air Force, von Nordwesten herkommend, in einem Bogen über Berchtesgaden gedonnert. Schon häufiger waren britische Flugzeuge über den Ort geflogen, ohne jedoch auch nur eine Bombe fallen zu lassen. Auch diesmal war der Ort selbst verschont geblieben, aber dafür hatten sie tonnenweise Bomben über dem Obersalzberg abgeworfen. Die Vernebelungsmaschinen, die früher gelegentlich funktioniert hatten und mit denen der gesamte Berg in einen giftigen, undurchsichtigen Nebel gehüllt werden konnte, sodass es für die Bomberpiloten unmöglich wurde, ihre Ziele anzupeilen, waren mangels Materials außer Betrieb gewesen. Seit geraumer Zeit wurden sie, anstatt von Soldaten, von SS-Maiden bedient, die dem britischen Bombergeschwader außer Flüchen nichts mehr hatten entgegenschleudern können und sich deshalb alsbald in Deckung gebracht hatten.

Ebenso wie Hermann Göring, der Einzige aus der NS-Führungsriege, der zu diesem Zeitpunkt auf dem Berg weilte. Er stand seit einem Tag unter Hausarrest durch die SS, weil er dem Führer am 23. dieses Monats vorgeschlagen hatte, im Falle seines, des Führers, Todes die Führung des Reiches und die Verhandlungen mit den Alliierten zu übernehmen. Dies war vom Führer in Berlin als Verrat aufgefasst worden, und Göring wurde auf den letzten Metern des Dritten Reiches geächtet. So hatte er die Chance, als Einziger der prominenten Obersalzbergbewohner von den ausgedehnten und millionenteuren Bunkern zu profitieren, die den Berg wie die unterirdischen Gänge eines Dachsbaus aushöhlten. Gegen elf Uhr gab es einen zweiten Angriff, der jedoch hauptsächlich dem nördlich gelegenen Bad Reichenhall galt, wo diesmal amerikanische Bomber rund dreihundert Spreng- und viertausend Stabbrandbomben abließen und neben schweren Sachschäden den Tod von fast zweihundert Männern, Frauen und Kindern verursachten.

Als Hermann Göring nach der Entwarnung seinen Bunker zusammen mit Familie und Getreuen verließ, glich der Berg einem fremden, unwirtlichen Planeten aus Schlamm und Ruinen, tiefe Krater und Löcher zerfurchten ihn. Sein Haus und das von Bormann, der Platterhof, die SS-Kaserne und die Gewächshäuser, in denen man im Auftrag Bormanns für Hitler Gemüse angebaut hatte – sie alle waren schwer getroffen oder zerstört worden. Hitlers Berghof war jedoch nur leicht beschädigt. Die Soldaten der SS brachten Göring und seine Familie in sein Schloss in der Nähe von Salzburg, wo er sich einige Tage später in amerikanische Kriegsgefangenschaft begab, anstatt der Führer von Nachkriegsdeutschland zu werden. Außer ihm und seiner Frau Emmy hatte aber vermutlich sowieso keiner je an die Umsetzung dieser realitätsfernen Fantasie geglaubt.

Sophie, Magda und Gustl zogen gleich weiter zum Gutshof und zur SS-Kaserne, denn am Speer-Haus waren sie frech von Stanglmayr und Konsorten abgewiesen worden. Mit dem Schlachtruf »Schleicht's euch!« hatte die quadratische Gerdi ihnen die Tür verwehrt.

Auf dem Weg hatten sie noch einen Blick in das nicht weit entfernt liegende Atelierhaus Speers geworfen, durch dessen große Fenster nicht nur viel Licht in das Atelier fiel, sondern man auch einen lieblichen Blick den Berg hinunter hatte. Sophie betrachtete neugierig die Zeichentische und Geräte.

»Mein Vater hatte genauso einen«, sagte Magda nachdenklich. »Abends haben wir manchmal zusammen in seinem Büro gesessen, ich habe Griechisch gelernt, und er hat was gezeichnet. Zwischendurch haben wir Tee getrunken. Dabei hat er geraucht, und wir haben geredet. Ich habe das sehr geliebt.«

»Über was habt ihr geredet?«, fragte Sophie, die sich nicht vorstellen konnte, mit ihrem eigenen Vater ein Gespräch zu führen, das über Anweisungen seinerseits hinausging.

»Über die Schule. Geschichte. Philosophie. Kunst …«, antwortete Magda und verstummte. Ihr trauriges Schweigen füllte den Raum wie Watte.

Ihr Vater, Peter Hinckelmann, war an der Front in Frankreich gleich in den ersten Kriegstagen an einem Blinddarmdurchbruch gestorben. »Ein Memmentod«, hatte Max irgendwann einmal abwertend gesagt, und Magda war daraufhin tagelang zu Recht beleidigt gewesen. Schwierig war dabei, dass sie hemmungslos in Max, Sophies ältesten Bruder, verliebt war und immer knallrot anlief, wenn er gelegentlich überraschend zu Hause auftauchte. Max und sie hatten sich mal geküsst, seitdem war es um Magdas Herz geschehen. Sophie wusste, dass Max ein Weiberheld und ihm die Freundin seiner kleinen Schwester vermutlich ebenso unwichtig war wie jede der zahlreichen anderen hübschen Schnecken, die seinen Weg kreuzten – und die allzu schnell und willig vor seiner charmanten, starken Männlichkeit zerschmolzen und sich auf den Rücken legten. Bereit zu allem. Geblendet.

Denn schön war Max. Das fand auch Sophie selbst, wenn sie die Kleine-Schwester-Brille abnahm und ihn neutral betrachtete. Er war groß, hatte eine Figur wie der Leichtathlet Glenn Morris, der bei der Olympiade 1936 den Zehnkampf gewonnen hatte und in Leni Riefenstahls Film auftrat. Aber, fand Sophie, Max sah besser aus – ein klar geschnittenes Gesicht, aus dem er einen mit seinen intelligenten grau-blauen Augen so ansah, dass man sich *gesehen* fühlte. Genau so wollte eine Frau angesehen werden. Dazu ein kleines Lächeln, schöne weiße Zähne, Tendenz zu spöttischen Augenbrauen. Sie hatte schon früh die Reaktionen von anderen Frauen auf ihren Bruder zu lesen gelernt.

Max war außerdem skrupellos. Und ein bisschen grausam. All das ließ die Frauen wie Motten in sein Feuer fliegen und verbrennen. Die schwarze Uniform der SS hatte diesen Effekt noch angefacht, als würde eine Sturmböe eine Extraration Sauerstoff in ohnehin lodernde Flammen blasen.

Sophie, die nur einen Teil all seiner Weibergeschichten kannte, hatte versucht, Magda vorsichtig zu warnen, aber diese hatte vor lauter Schmetterlingen und Schmachten einfach nicht zuhören wollen. Oder sie hatte zugehört, aber nicht verstehen wollen. Sophie bereitete sich innerlich darauf vor, ihre beste Freundin im bitteren Tal der Benutzten, Enttäuschten und final Abgewiesenen zu trösten und ihren Bruder von allzu leichtsinnigen Jagd-Avancen abzuhalten. Sollte er doch einfach die Finger von Magda lassen. Für Sophie war Magda schließlich wichtig. Für Max nur ein Spielzeug.

Max war außerdem schon siebenundzwanzig und Magda erst neunzehn Jahre alt. *Ein viel zu großer Abstand für ein Liebespaar*, fand Sophie, die ebenfalls neunzehn Jahre alt war. *Aber ein idealer Kleine-Schwester-Abstand.*

Das Atelier Speer wirkte im Gegensatz zum Wohnhaus noch vollständig. Aber es interessierte wohl niemanden, denn es gab hier nur wenig erkennbar Wertvolles. An den herumstehenden Feldbetten war zu erkennen, dass ein Raum des Ateliers bereits als Notunterkunft gedient hatte. Magda steckte einen Bleistift ein, Sophie ließ einen kleinen Messingelefanten mitgehen, und Gustl, der vorausschauend etwas Werkzeug mitgenommen hatte, schraubte einige der Türklinken ab, die ihm gut gefielen. Während Gustl schraubte, entdeckte Sophie in einem schmalen Fach, dessen Schlüssel einfallsarm unter der Tischplatte des Schreibtischs angeklebt war, eine Pistole. Es war eine 08 Parabellum, und auf dem Kasten, in dem sie lag, stand »Luger«. Außerdem gab es mehrere Päckchen Munition, die wohl dazugehörten.

»Du bist verrückt!«, sagte Magda, als Sophie die Waffe samt Munition einsteckte.

Dann zogen sie eilig weiter, denn sie wollten sehen, was oben am Gutshof los war. Die drei kamen noch rechtzeitig, um sich mit den Gütern einzudecken, die dort verteilt wurden. Stiefel, ein Ballen weiß-blau karierter Stoff und Nahrungsmittel wanderten auf Gustls Leiterwagen. Die Mädchen füllten ihre Bettbezüge mit Mehl und Zucker.

Aus den Scherben des Gewächshauses, durch die sie vorsichtig staksten, holte Sophie unter einem Holzdeckel, der ein Beet abdeckte und so vor Licht schützte, prächtige schneeweiße Champignons hervor. Es waren so viele, dass sie sie bei ihren Mitplünderern noch gegen ein Glas Honig und ein Säckchen getrockneter Bohnen eintauschen konnte.

Während alle nahmen, was sie kriegen konnten, hatten sich große Teile der SS-Truppen zum Abzug bereit gemacht. Es blieben nur wenige Soldaten, um den Berghof und die Ruinen der anderen Häuser sowie Hermann Göring zu bewachen. Im allgemeinen Aufruhr bekamen die »einkaufenden« Berchtesgadener kaum mit, dass die SS-Männer mit gepackten Sachen ihre Autos und LKW bestiegen, um die Trümmerlandschaft des Obersalzbergs samt ihrer zerstörten Kaserne hinter sich zu lassen. Es gab keine geheime Alpenfestung und auch kein Reich mehr, die zu verteidigen gewesen wären. Vielleicht dachten einige wenige der Kämpfer an eine letzte, heroische Schlacht gegen den Feind. Aber die meisten wollten nur noch ihre eigene Haut retten. Wer von ihnen bis drei zählen konnte, dachte über die Zeit nach der unvermeidbaren Kapitulation nach – vor allem darüber, wie sich die eigene Mitwirkung am dann untergegangenen Führerstaat kleinreden lassen würde. Die Gebote und Heldentaten von gestern würden sich in Verbrechen verwandeln. Was Ehre gewesen war, würde Schande sein. Eine gute Geschichte musste erdacht und allzu offensichtliche Zeugnisse der Schuld vernichtet werden. Ein großer Radiergummi wurde gebraucht.

Nach einer Weile hatten Sophie, Magda und Gustl so viel zusammengerafft, dass es ein Kraftakt werden würde, alles bis zum Kramerhof zu bringen. Der Leiterwagen war vollgestapelt, die Bettbezugsäcke so schwer, dass man sie kaum noch schleppen konnte. Sie machten sich auf den Rückweg. Langsam wurde es dunkel und die umgepflügte Landschaft mit den abgebrochenen Bäumen und Kratern bereitete ihnen Unbehagen. Als sie das ehemalige Sperrgebiet schon fast wieder verlassen hatten, sah Sophie plötzlich einen großen Hasen am Wegrand. Er saß zitternd und leicht desorientiert da und schaute sie an. Ganz und gar nicht scheu, sondern eher erwartungsvoll. Menschen – also Karotten, Heu, Apfelschnitze.

»Das ist Bomber«, sagte Magda.

Bomber kam noch etwas näher gehoppelt, als wollte er gestreichelt werden.

»Bomber?«, fragte Gustl ungläubig, »wer macht denn so was?«

»Stand an seinem Stall«, sagte Sophie. »Magda hat ihn freigelassen.«

»Fett ist er«, sagte Gustl fachmännisch. »Den sollte man nicht freilassen.«

»Der wird nicht gefressen«, sagte Magda, bückte sich und nahm Bomber hoch. Er ließ das sehr willig zu, als könne er Magdas bejahende Einstellung einem Hasenleben gegenüber spüren. Sie schaffte es, sich Bomber auch noch unter den Arm zu klemmen, und weil er reglos alles mit sich geschehen ließ, kamen sie ohne weitere Unterbrechung bis zum Kramerhof.

3

Unten in Berchtesgaden, bei Sophies Eltern, war die Beute der beiden Mädchen nach einigen katholisch verbrämten Ziereteien deutlich besser angenommen worden als bei der Großmutter. Anni hatte sie mit allem, was sie tragen konnten, weitergeschickt, vor allem die Dinge aus dem Speer-Haus wollte sie nicht länger als notwendig unter ihrem Dach haben. Aber die Mädchen konnten nicht alles auf einmal schleppen, und deshalb handelte Sophie Teiltransporte aus. Sie nahmen einige Nahrungsmittel mit und Kleidung, die die Gruber-Familie vielleicht gebrauchen konnte. Bomber durfte auf dem Kramerhof einziehen, und Anni versprach Magda, ein Auge auf ihn beziehungsweise Gustl zu haben. Pelzmantel, Negligé, die Schuhe, Hüte und allerlei damenhaftes Zeug aus Speers Schlafzimmer lagerten sie versteckt im Keller. Genau wie die Parabellum. Dort, wo auch bis jetzt die große Kiste von Erich Goldstein stand, der nie zurückgekehrt war.

Er war ein Sommergast gewesen, der ein kleines Haus auf dem Obersalzberg bewohnt hatte, bis er vertrieben wurde. Er hatte dennoch davon geträumt, in die Alpen zurückzukehren und dort sein Alter zu verbringen. Und weil er ein Optimist gewesen war, hatte er Schallplatten und Bücher bei Anni gelagert, samt einem Grammophon und einer Schreibmaschine namens *Erika*. Anni hütete die Kiste streng, aber es war Sophie ausdrücklich gestattet worden, sich Goldsteins Bücher auszuleihen und die Schallplatten zu hören. Und Sophie hatte das auch ausgiebig getan. Ohne zu wissen, dass ein Großteil der Bücher mittlerweile verboten war. Einmal hatte Max sie mit einem dieser Werke erwischt und darauf hingewiesen. Es war *Im Westen nichts Neues* von Erich Maria Remarque gewesen.

Max' Hinweis – mehr war es nicht gewesen – hatte Sophie nicht davon abgehalten, alle Bücher nach und nach zu lesen. Denn Bücher gab es im Haushalt der Grubers nicht – außer der Bibel und zwei illustrierten Fachbüchern zum Thema »Holz und Schnitzen«. Die Bibel gehörte der Mutter, die Fachbücher dem Vater. Max hatte später zur Vervollständigung der Hausbibliothek noch ein Exemplar von *Mein Kampf* mitgebracht. Seit einem Jahr, seit Anderl – Sophies zweiter Bruder – vermisst war, lag das Buch irgendwo hinten in einer Schublade. Das war es an Büchern bei den Grubers. Auch bei Anni und Ernst war kaum mehr Literatur zu finden. Erich Goldsteins Kiste aber hatte Sophies Seele genährt. Sie hatte schon immer gern gelesen und die Schülerbibliothek schnell durchgehabt. Mal ganz abgesehen davon, dass die Auswahl dort schon immer sehr begrenzt und in den letzten Jahren noch einfältiger geworden war.

Nach den ersten »Jessas«-Ausrufen von Sophies Mutter Theres hatten sich alle für einen kleinen, unbeschwerten Moment ein bisschen wie an Weihnachten gefühlt. Sophie und Magda teilten großzügig aus, für jeden derzeitigen Bewohner des Gruber'schen Hauses gab es etwas Kleines oder auch Größeres, für alle zusammen eine große Champignonpfanne und das südliche Wunder der Zitronen, die in der Mitte des Tisches italienisch leuchteten, vielfach beschnuppert und bestaunt.

Alle hatten sich in der Stube versammelt, neben Sophies Eltern auch die hübsche, rosige, aber traurige Kathi, Anderls Frau (oder Witwe, wer konnte das schon genau sagen) und ihr dreijähriger Sohn Karli, ein blond gelockter Wonneproppen.

Auch Clara und Annemarie Hinckelmann, Magdas Mutter und Tante, die Schwester von Magdas verstorbenem Vater, hatten sich in der Stube eingefunden. Clara war vor der Flucht Lehrerin an einem Mädchengymnasium gewesen, Annemarie Sängerin an der Oper. Beide waren gebildete, protestantische Städterinnen, was bei der Einquartierung zu Reibereien geführt hatte. Aber sie hatten auf der Flucht vor den Russen – so munkelte man, ohne Details zu erfragen – Schlimmes erlebt und es gerade so geschafft, sich mit Magda aus der sowjetisch dominierten Zone zu retten. Sie waren nach Bayern geschickt worden und schließlich in Berchtesgaden gelandet, wie so viele Geflüchtete oder Ausgebombte.

Sophie und Magda hatten unterwegs bereits besprochen, wer was von den gemeinsam erbeuteten Schätzen bekommen sollte. Den Schmuck und die Parabellum wollten sie geheim halten. Kathi erhielt nun den Pullover, den Anni verschmäht hatte, und freute sich über das Stück, auch wenn die kalte Jahreszeit erst mal vorbei war. Außerdem, weil Kathi ständig so traurig war und Sophie sie mochte, bekam sie noch einen feinen Seidenschal in Türkisgrau, der sehr gut zu ihren Augen und Haaren passte.

Als Nächstes wurde Theres ein schönes Schultertuch überreicht, in bunten Farben und mit langen seidigen Fransen, denn Sophie ging es auf die Nerven, dass sie nur noch Schwarz trug. Sie fand, ihre Mutter war eigentlich zu hübsch, um immer wie eine verbiesterte Krähe herumzulaufen, und diese Meinung teilte sie zu hundert Prozent mit ihrer Großmutter: Anni merkte gelegentlich spitz an, dass das Schwarz und die dadurch angezeigte Trauer ja möglicherweise gar nicht gerechtfertigt, sondern voreilig waren, denn Anderl galt ja lediglich als verschollen, und sein Tod war unbestätigt. Theres sagte dann immer, dass sie tief in ihrem Mutterherz fühle, dass ihr Kind tot sei. Kathi wiederum fasste das als indirekten Affront auf, mit dem sie nicht konkurrieren konnte. Das gebrochene Mutterherz war durch nichts zu übertreffen, auch nicht durch das Leid der Ehefrau. Auf diese Weise manifestierte Theres auch so ganz nebenbei ihre Macht. Mehr Trauer, mehr Liebe – Ober sticht Unter, die Hausherrin gegen ihre Schwiegertochter, der die Solidarität und der Schutz ihres Mannes ebenso fehlten wie seine Liebe. Kathi trug trotzig ihre farbige Kleidung weiter, denn sie gab die Hoffnung nicht auf, dass ihr geliebter Mann zurückkehren würde: auch wegen Karli, auch wegen all der Zukunftspläne, die sie und Anderl geschmiedet hatten.

Sophie konnte sich nicht erinnern, je ein glücklicher wirkendes Paar erlebt zu haben als Kathi und Anderl. Karli hatte nur das erste von vielen Kindern sein sollen, und Sophie hatte sich die ganze Familie immer in einem schönen Haus in Reichenhall vorgestellt, wo Kathi herstammte. Direkt am Solebad hätten sie eine kleine Pension und einen Laden für Schnitzwaren und Souvenirs geführt, so etwas lief immer gut. Sechs Kinder: drei Mädchen, drei Buben, die Mädchen in Dirndln und die Buben in Lederhosen. Ob dieser Traum sich je erfüllt hätte, war mehr als zweifelhaft. Sophie hätte um nichts in der Welt mit Kathi getauscht, obwohl sie damals einen gewissen Neid auf die beiden Verliebten und ihren Rausch empfunden hatte.

Der kleine Karli wurde reich beschenkt, die Kinderzimmer im Speer-Haus waren mit hübschen Dingen gespickt gewesen. Er bekam eine Ente auf Rollen, ein kleines Blechauto und ein Bilderbuch: *Die Häschenschule*. Karli quietschte vor Vergnügen, als die Ente herumgezogen wurde und ihre an den beiden Rollen befestigten Lederfüße – *platschplatschplatsch* – auf den Boden klatschten. Doch schon bald war die Ente abgemeldet, denn Karli hatte das Auto entdeckt und fuhr besessen davon auf und über alles, Arm, Tisch, Bein, Boden und brummte laut dazu – Autofahrer und Mann vollständig angelegt im Alter von gerade einmal drei Jahren. Irgendwann machte Sophies Vater Sepp dazu Motoren- und Hupgeräusche, und Karli schüttete sich aus vor Lachen. Alle lachten. Für das Buch interessierte Karli sich nicht, aber Kathi würde es ihm vorlesen.

Ihrem Vater überreichte Sophie eine sehr schöne Pfeife, die sie im oberen Arbeitszimmer im Speer-Haus gefunden hatte – samt einer Ration feinsten Tabaks. Sepp zündete gleich eine an. Es roch wie Lebkuchen im Kamin, und alle atmeten tief ein, um den auf der Blechdose angekündigten Orangenschalenduft zu erschnüffeln.

Annemarie war entzückt von den schwarzen Lackschuhen, die Magda verschmäht und die Sophie aber in ihrer Raffgier eingesteckt hatte, obwohl sie ihr selbst zu groß waren. Für Annemarie, der die Schuhe genau passten, waren die Lackschuhe mit der glänzenden Schleife eine Reminiszenz an ihre Zeit auf der Opernbühne. Tränen stiegen ihr in die Augen, und sie bedankte sich überschwänglich bei Magda und Sophie. Die Schuhe erinnerten sie an eine Aufführung der *Norma*, damals in Dresden: Sie hatte zehn Minuten stehende Ovationen bekommen und nachher einen Strauß mit hundert roten Rosen erhalten! Wer die Blumen geschenkt hatte, war bis heute ein streng gehütetes Geheimnis.

Clara war bislang eine skeptische Zuschauerin der ganzen Verschenkaktion gewesen, freute sich aber jetzt doch über den kleinen Messingelefanten und ein großes, ungeöffnetes Flakon französischen Parfums, das ihre Tochter entdeckt hatte. Es war von Chanel und hieß *Bois des îles*. Clara öffnete die kostbar und einfach zugleich wirkende Glasflasche mit dem goldgelben Elixier nur, weil Magda und Sophie insistierten. Anschließend standen sie alle um die Beschenkte herum und sogen den Duft aus tropischen Blumen und Sandelholz und Reichtum ein. Fremdartig, pariserisch elegant, tiefgründig und mit einem charmanten Spritzer Hochmut – das Parfum hatte eine durch und durch undeutsche Note, sodass Frau Speer es wohl nicht hatte benutzen wollen. Theres fand, dieser Duft sei sündig, und Sepp fand, ja, es rieche wie ein Bordell, allerdings wie eines mit sehr schönen Dirnen.

»Woher weißt DU denn das?«, fragte Theres daraufhin spitz. Sepp grinste, Sophie ebenfalls und Kathi drehte sich weg, weil sie ihre Schwiegermutter nicht so offensichtlich auslachen wollte.

Es hätte also ein schöner Abend werden können, wenn nicht plötzlich Max in der Tür gestanden hätte – in Uniform, Respekt einflößend, glänzend, ernst und sehr ruhig. Er sah in die Runde und verstand sofort, was gerade geschah. Dass hier, wie selbstverständlich, Dinge verteilt wurden, die eigentlich jemand anders gehörten, die aus fremden Schränken und Kammern herausgezogen worden waren, deren Besitzer ihr Hab und Gut nicht hatten mitnehmen können. Sophie hatte Max' Anspannung schon gespürt, als sie ihm die Tür geöffnet hatte. Jetzt sah er seine Familie an und fragte:

»Woher kommt all das Zeug?«

Alle Blicke wanderten langsam zu Sophie.

»Aus dem Speer-Haus. Auf dem Obersalzberg ist niemand mehr.«

Max betrachtete seine Schwester mit einem eisigen, etwas angeekelten Blick, als wolle er gleich mit seinem Schuh eine Kakerlake erschlagen. Sie hielt stand, auch wenn es schwer war.

»Das ist Verrat!«, sagte Max.

In Sophies Erinnerung tauchten mit einem Mal die »Präsente« auf, die Max regelmäßig von der Ostfront mitgebracht hatte, und sie öffnete den Mund zu einem »Aber«. Doch ihr Vater kam ihr zuvor.

»Der Krieg ist verloren, mein Sohn«, entgegnete Sepp ruhig.

»Wäre er verloren, dann wegen Feiglingen und Verrätern wie euch. Wenn ihr nicht meine Familie wärt, würde ich euch alle melden!«, sagte Max kalt, drehte sich um und verließ mit lauten Schritten das Haus.

Magda hauchte seinen Namen und wäre ihm hinterhergelaufen, wenn Sophie sie nicht am Arm festgehalten hätte. Die Stimmung verschrumpelte, alle verschwanden bald darauf still in ihren Zimmern.

»Vielleicht hat Max ja recht«, sagte Magda leise, als sie im Bett lagen.

»Ich glaube nicht«, sagte Sophie und löschte das Licht. Beide starrten noch eine Weile im Dunkel an die Decke, bevor sie irgendwann einschliefen.

4

Ali erwartete an diesem Abend keinen Besuch. Sie hatte sich ein großes Feuer im Kamin angemacht, die Frühlingsnächte waren frisch, und sie war die dicken Wollklamotten leid, in denen sie den Winter verbracht hatte. Jetzt war es sehr warm, das Feuer hatte schon eine Menge Glut entwickelt, und sie trug nur ihren seidenen Morgenmantel mit gestickten Chinoiserien, ihr Lieblingsstück, das sie unter Aufbietung all ihres Charmes einem dafür empfänglichen Berliner Kostümbildner abgeschwatzt hatte. Sie rauchte mit divenhafter Lässigkeit, etwas abgegessenen Lippenstift noch auf den Lippen und die halblangen Haare um ihr hübsches Gesicht herum leger verwuschelt. Das Kind schlief schon, und sie langweilte sich, wie so oft, wenn sie die Zeit allein in Schönau verbrachte. Deshalb hatte sie sich ihr altes Rollenbuch geholt und repetierte Gretchens Worte aus Goethes *Faust* – diese Partie war ihr größter Bühnenerfolg gewesen. Sie rauchte und deklamierte den Text, stand vom Sofa auf, lief herum und warf ab und an einen prüfenden Blick in den Spiegel. Das war reine Sentimentalität, denn auch wenn die Theater morgen wieder öffnen würden: Sie, Ali, wäre mittlerweile zu alt für das Gretchen. Diese Rolle würde sie nie wieder spielen. Aber es tat gut und tröstete ein wenig. Das alles war nicht ihr Plan gewesen, sie vermisste die Bühne und die Großstadt. Nicht nur die Theater hatte man geschlossen, sondern auch die Filmproduktionen waren in den letzten Monaten immer weniger und, nüchtern betrachtet, auch immer propagandistischer geworden, was der Qualität nicht zuträglich war. Als junge Mutter hatte sie ohnehin keine Angebote mehr bekommen, und jetzt gab es schlechtere Orte als das Berchtesgadener Land, um das Kriegsende zu erwarten, da machte Ali sich nichts vor. Eigentlich hieß sie Adelheid, aber zu Beginn ihrer Schauspielkarriere hatte sie sich einen tauglichen Bühnennamen ausgedacht. Aus Adelheid Waltraud Maria Grandl war Ali Gral geworden. Sie hatte einige kleine Rollen in Ufa-Filmen gespielt und war in München am Residenztheater Mitglied des Ensembles gewesen. Ali hatte sich zielstrebig und erfolgreich in die Gesellschaft der nationalsozialistischen Elite hineingearbeitet. Mit fünfundzwanzig vom ersten Mann schon geschieden, war Ali mit mittlerweile zweiunddreißig Jahren die Geliebte eines reichen, adeligen Nazigenerals, der sie samt dem gemeinsamen unehelichen Kind in Schönau in ein kleines Chalet einquartiert hatte. Dort wartete sie auf ihren »Herrn und Gebieter«, wie sie spöttisch zu sagen pflegte. Aber der hatte auch noch eine offizielle Familie in Göttingen und war in den letzten Wochen sehr eingebunden in die Rettung des Reiches oder besser: die eigene Rückversicherung. Aus Einsamkeit, Koketterie und Langeweile hatte Ali eine Affäre begonnen, die sie mehr aus dem Gleichgewicht gebracht hatte, als sie sich eingestehen wollte.

Als es klingelte, ging Ali, die Zigarette im Mundwinkel, Rollenbuch unter dem Arm – ahnend, hoffend, fürchtend, dass er es war –, zur Tür und öffnete. Da stand er: ihre dunkle Affäre, der schwarze Prinz in Uniform und Stiefeln mit seinem unwiderstehlichen, selbstbewussten Lächeln.

»Guten Abend«, sagte Max und ließ seine Augen über ihren Körper wandern.

Unter der Chinaseide war sie nackt. Sie sah, dass er es sah. Sein besitzergreifender Blick löste augenblicklich ihre eigene Begierde aus, darin eine Spur von aufkeimender Angst, die alle Empfindungen verschärfte.

»Guten Abend«, antwortete Ali und zog noch einmal provokativ an ihrer Zigarette. Er betrachtete sie ernst und aufmerksam, wie ein Raubtier seine Beute, schoss es ihr durch den Kopf. Sie lächelte ihn an, drehte sich um und ging hinein, hüftschwingend wie auf dem Laufsteg, während seine Blicke auf ihrer Rückseite spazieren gingen.

Max machte zwei schnelle Schritte hinter ihr her, legte seinen Arme von hinten um sie, einen um die Taille, die andere Hand umschloss ihre Brust, versenkte seine Nase in ihren Nacken, küsste ihn und biss sie sanft hinein.

Es dauerte keine Minute, dass sie seine Hose heruntergezogen hatte und sie auf dem Fell vor dem Kamin lagen, heftig ineinander verschlungen. Ali war wild und hatte Spaß am Sex, sie konnte das zwar immer vermitteln, und das war ein großer Teil ihres durchschlagenden Erfolges bei Männern, aber bei Max war es echt. Mehr als das: Alis seelische und körperliche Überwältigung war vollkommen. Noch dazu wusste Max genau, wie er sie zum Orgasmus bringen konnte, und zwar beliebig oft – selbst dann, wenn sie eigentlich nicht mehr konnte. Ihm gefiel das, er spürte seine Macht über sie. Sie machte alles, was er wollte, oder ließ es mit sich machen, und vieles ging über das Übliche weit hinaus.

»In einem Bordell müsste man für dich sehr viel Geld auf den Tisch legen«, hatte Max mal gesagt.

»Ach ja?«, hatte Ali erwidert und gelächelt.

»Luder«, hatte Max gesagt, ihr Gesicht in beide Hände genommen, dann ihre Haare gepackt und den Kopf nach hinten gezogen.

Im Gegenzug hatte sie schnell und schmerzhaft zwischen seine Beine gegriffen.

»Patt!«, hatte sie gesagt, und beide hatten darüber lachen können, bevor sie wieder übereinander hergefallen waren. Was den Sex anbelangte, passten sie perfekt zueinander.

Als sie einige Runden später an diesem Abend auf dem Sofa saßen, waren beide ungewöhnlich still und nachdenklich. Ali hatte sich etwas hergerichtet, nippte an einem Glas Sherry und rauchte, während Max die Bratkartoffeln mit Spiegelei aß, die sie ihm auf die Schnelle gemacht hatte. Max trank zum Essen ein Bier, das Ali immer für »Maître Fritz« – wie sie ihren General nannte – bereithielt. Da er einen empfindlichen Magen hatte, der alte Sack, war es immer zimmerwarm. Max bemerkte das nicht, er war in Gedanken woanders.

Ali betrachtete ihn, während er stumm und hungrig die Kartoffeln in sich reinschaufelte. Die Art, wie er aß, passte zu der Art, wie er vögelte, fand Ali: konzentriert und in großen Happen – man bemerkte eine wenig gezügelte Gier und die Fokussierung auf einen dringenden körperlichen Vorgang. Sie wartete, bis er mit dem Essen fertig war, bevor sie ihre Frage stellte.

»Wie ist die Lage?«

»Satt«, sagte Max und klopfte sich auf den Bauch.

»Wann haust du ab?«

»Warum sollte ich das?«

»Alle hauen ab. Wir verlieren gerade den Krieg.«

»Abwarten.«

Ali lachte.

»Auf was sollen wir warten? Dass der Führer seine Wunderwaffe einsetzt?«

Es klang etwas spöttisch. Max warf ihr einen Blick von der Seite zu.

»Vorsicht!«

»Komm, Max, du glaubst doch nicht, dass da noch was kommt.«

»Woher willst du das wissen? Von deinem Fritz?«

Ali nickte vage.

»Die SS-Kaserne auf dem Obersalzberg ist zerstört. Da ist nur noch eine kleine Mannschaft. Alle anderen sind abgezogen.«

»Das heißt nicht, dass sie verschwunden sind.«

Ali hörte seinen Trotz heraus. Sie seufzte.

»Die sind mir egal. Du bist mir nicht egal.«

Max überlegte einen Moment und nahm noch einen Schluck Bier.

»Ich bin Soldat. Es war Krieg. Ich habe nichts zu befürchten.«

Er sah sie fest an, bemerkte den Zweifel in ihrem Blick.

»Du musst dir keine Sorgen machen.«

Ali schwieg.

»Ich pass schon auf mich auf«, fügte er hinzu.

»Du bist bei der SS. Du warst bei Spezialeinsätzen. Auch wenn du mir keine Details erzählt hast: Wer zu denen gehört, ist kein normaler Soldat.«

»Nein. Wir sind besser«, sagte Max und grinste, als könnte ein Witz das Problem lösen.

»Lass deine Blutgruppentätowierung wegschneiden.«

»Ich bin stolz darauf«, widersprach Max.

»Du verstehst es einfach nicht, oder?«, sagte sie.

Sein Blick zog sich feindselig zu.

»Wofür du gestern einen Orden bekommen hast, bringt dich morgen an den Galgen.«

»Da spricht die Opportunistin«, sagte Max. »Ich habe Überzeugungen, für die ich einstehe.«

»Dir ist nicht zu helfen«, sagte Ali und stand auf, um sich noch einen Sherry einzuschenken. Max folgte ihrer schwungvollen, leicht extravaganten Einschenkbewegung, die die weiten Ärmel wie Flügel zum Schwingen brachten.

»Was machst *du?*«, fragte Max.

»Ich schlag mich schon durch.«

»Und Maître Fritz und du?«

»Er muss sich um seine Familie kümmern.«

»Du hast ein Kind mit ihm!«

»Tja. Fehler. Wird auch nicht mehr so in Mode sein, dass sich jeder Parteigenosse eine Zweitfrau hält und seine arischen Gene verbreitet.«

»Ali.«

»Ja?«

»Du klingst desillusioniert.«

»Ich habe viel Zeit, um nachzudenken.«

Max betrachtete Ali zum ersten Mal an diesem Abend genauer.

Er spürte ihre Bitterkeit. Und dass sie verletzt war. Sonst war sie immer guter Laune, keck und nicht unterzukriegen.

»Fritz geht wahrscheinlich nach Südamerika. Er hat gute Kontakte da hin. Vielleicht solltest du das auch machen.«

»Was macht man in Südamerika?«

»Geschäfte.«

Max lachte.

»Du bist gut!«

»Findet sich schon was.«

»Ich könnte Heiligenfiguren schnitzen!«, sagte Max nicht ganz ernst gemeint. »Das habe ich schließlich gelernt.«

»Die sind sehr katholisch in Südamerika«, sagte Ali, »das würde passen.«

Einen Moment lang lächelten beide. Ali stand immer noch am Barwagen. Max stand auf und ging zu ihr. Er umarmte sie, fest und schützend und dieses eine Mal ganz ohne sexuelle Gier. Fest umschlungen standen sie da, fast, als wären sie tatsächlich ein Liebespaar.

»Brasilien muss sehr schön sein«, sagte Ali. »Und Argentinien auch. Chile. Peru.«

»Ich würde gern die Anden sehen«, sagte Max, und sie schwiegen und fühlten den Körper des anderen.

Ali spürte seine Wärme und den festen, muskulösen Leib. Sie mochte den Geruch von Max, seinen Schweiß und die Art, wie er sie anfasste. Er schmeckte gut. Sein Lächeln, seine Energie und seine Augen waren anziehend. Ali wusste, dass jetzt der Moment war, den sie nicht vorüberziehen lassen durfte.

»Lass uns zusammen weggehen, Max«, sagte Ali, »ich habe gute Kontakte.«

Max antwortete nicht. Er lächelte, sah ihr in die Augen und schloss seine Arme ein kleines bisschen fester um ihren Brustkorb, als wolle er ihr die Luft abdrücken. Alis Ausatmen war ein schwerer Seufzer. Sie lachten über das Geräusch. Max nahm ihr Kinn in die Hand, hob es an und küsste sie. Vorsichtig zu Beginn, zart und liebevoll. Doch dann biss er plötzlich aus einer Laune heraus in ihre Unterlippe. Ali gab einen Schmerzenslaut von sich, wollte ihn loslassen und zurückweichen, aber er hielt sie fest. Die Lippe blutete, er leckte langsam und sorgfältig das Blut ab. Dann küsste er sie weiter, jetzt fordernd, und Ali gab nach. Wieder flammte die Gier auf, Max zog ihr den Seidenmantel aus, nahm die nackte Ali hoch, setzte sie auf den Tisch und spreizte ihre Beine.

Als Ali am nächsten Morgen in ihrem Bett aufwachte, war Max weg. Sie hatte das geahnt, aber jeglichem Realitätssinn und all ihren Erfahrungen widersprechend einen kleinen Hoffnungsschimmer genährt – ein Irrlicht aus der Zone, in der man auch an die Liebe glaubte. Über diese, ihr sonst fernliegende Naivität ärgerte Ali sich jetzt, zerzaust, verkatert, zerrupft, mit einer unförmig geschwollenen Unterlippe, wund von der vergangenen Nacht und um einige blaue Flecken reicher.

Max hatte sie tiefer berührt, als ihr lieb war – er führte sie samt ihrer Begierde nach Belieben an seiner Leine herum. Ein Gefühl von Ausgeliefertsein, Nacktheit und Hingabe bis zum Tod umgab sie in diesem Verhältnis zu Max – wie ein See ohne Ufer, in dem sie einfach in der Mitte absaufen, in einem Trichter ohne Grund in die Mitte der Erde gesaugt und im Erdinneren vollständig verdampfen würde, von eigenem Willen befreit, eine entkernte Sklavin.

Ali kannte diese Selbstauflösung nicht, das war eine Krankheit, dachte sie, normalerweise konnte sie die Männer führen, das war einfach, aber hier, bei Max, versagten ihre Fähigkeiten. Er hatte totalen Zugriff auf sie. Wenn er sie berührte, setzte die Metamorphose der Ali Gral zu einer kleinen, zersuppenden, hirnlosen Wachspuppe ein. Dabei war sie fünf Jahre älter als er und bildete sich etwas auf ihre Intelligenz und Karriere ein. Sie war eine beliebte und durchaus erfolgreiche Schauspielerin, eine aus eigenem

Willen geschiedene Frau, versiert in gesellschaftlichem Umgang – sowohl mit Bildungsbürgern und Intellektuellen als auch mit Parteigenossen. Bei Max zählte all das nicht. Max, dieser Berchtesgadener Bursche, hatte sie sich (fast) untertan gemacht.

Was Ali immer gehindert hatte, sich den schwarz abwärtsstrudelnden Gefühlsströmen vollständig preiszugeben, war ihr zweijähriger Sohn. Er war der bislang einzige männliche Nachkomme des ansonsten mit legitimen Töchtern gesegneten Generals Friedrich von Sckell. Ali hatte, einer sentimentalen Familientradition folgend, ihren Großvater als Namenspaten gewählt. Friedrich hatte ihre Wahl gutgeheißen, war diese doch zum Zeitpunkt der Namensgebung auch Ausdruck personalisierter Verehrung, womit vage die Bereitschaft signalisiert wurde, das eigene Kind, falls notwendig, auf dem Altar der Staatsideologie zu opfern.

Alis Sohn hieß Adolf. Kurz: Dolfi.

Der kleine Adolf stand jetzt vor ihrem Bett, lachte und bemerkte erschrocken die verschwollene Lippe und die Verstörtheit seiner Mutter. Ali konnte seine kurz fühlbare Unruhe besänftigen, keine Sorge, kleiner Mann. Alles ist gut. Dolfi hatte Hunger. Er brabbelte in einem Kauderwelsch, von dem einzig Ali wusste, dass er Marmeladenbrot essen wollte. Sie stand auf, küsste ihn und beschloss, dass sie ihn ab jetzt bei seinem zweiten Namen nennen würde, obschon der keinen Familienbezug hatte. Aber Helge war ein schöner, nordisch klarer Name ohne irgendwelche negativen Assoziationen. Adolf hingegen würde verschwinden müssen, denn auch wenn der Krieg noch nicht offiziell vorbei war – für Adolfe gab es keine Zukunft. Der Krieg war verloren und der Name Adolf für lange Zeit vergiftet. Irgendwie würde Ali die Namensangelegenheit schon regeln können, es gab immer einen Weg, die Dinge zu regeln. Darin war sie unschlagbar.

Zunächst würde sie sich wieder einmal der Aufgabe des Mutterseins stellen und ein Brot mit Erdbeermarmelade aus dem eigenen Garten für Dolfi schmieren.

Ein stechendes Brennen zwischen den Beinen signalisierte ihr eine aufziehende Blasenentzündung. Sie hätte einfach nach dem Sex sofort aufstehen und pinkeln gehen sollen, auch wenn das unromantisch war. Aber sie hatte unbedingt in Max' Armen liegen bleiben wollen. Das hatte sie jetzt davon.

5

Dr. Rudolf Kriss war Spezialist für religiöse Volkskunst und Dozent an der Universität von Wien gewesen, hatte aber nach dem Anschluss Österreichs seine Dozentur dort aufgegeben, weil man ihm nahegelegt hatte, nicht so »katholisch« zu lehren. Nachdem aber sein Fachgebiet nahezu ausschließlich Votivgaben, religiöse Hinterglasmalereien und Heiligenfiguren aller Art umfasste und nur gelegentlich mal eine außergewöhnliche, eher heidnisch ausgerichtete Perchten- oder Krampusmaske sein Interesse weckte, war sein Bereich nun einmal eindeutig christlich geprägt. Außerdem war Kriss' Glaube wichtig genug, um nicht verleugnet zu werden. Die Anordnung bedeutete also das Ende seiner Universitätskarriere.

Aus diesen Gründen hatte er keine andere Möglichkeit gesehen, als zurück nach Berchtesgaden zu gehen und sich dort endlich seinem elterlichen Erbe zu widmen: dem Hofbrauhaus Berchtesgaden. Er verstand zu jener Zeit nicht viel vom Geschäft des Bierbrauens, weder fachlich noch finanziell. Aber er fühlte eine Verpflichtung seinen verstorbenen Eltern gegenüber, insbesondere seiner Mutter, die er sehr geliebt hatte und die ihm seit ihrem Tod vor einem Jahr immer noch so schmerzhaft wie am allerersten Tag fehlte. Vielleicht sogar mehr.

Als er fünfzehn gewesen war, hatte er seinen Vater verloren und sein Leben sich ab diesem Moment deutlich zum Besseren gewandt. Während seinem Vater die Enttäuschung über den in seinen Augen etwas zu feinsinnigen, sensiblen Sohn immer anzumerken gewesen war, auch für Rudolf selbst schmerzhaft deutlich, hatte seine Mutter seine wenig praktischen Ambitionen unter-

Rudolf Kriss, schlank, drahtig, mittlerweile vierzig Jahre alt, stand in seiner Berchtesgadener Tracht wie ein fremdartiger Solitär in diesem kargen, abweisenden Berliner Gerichtssaal. Auf die Preußen wirkte er, als sei er ein bäurischer Urlaubsgruß aus den Alpen: lange Lederhosen, Janker, den Hut mit der Feder unter dem Arm, eine zarte goldene Drahtbrille auf der Nase. Unverkennbarer bayerischer Dialekt trotz gebildeter Wortwahl. Nach sieben Stunden Verhandlungsdauer vernahm er, aufrecht stehend, sein Todesurteil aus dem Mund des Gerichtspräsidenten Roland Freisler persönlich. Alle Zuschauer, deren Sympathie er zu einem nicht unbeträchtlichen Teil hatte erobern können, waren überrascht von der Härte des Urteils – auch die kriegsversehrten Soldaten, die einen Großteil des verpflichteten Saalpublikums in der Bellevuestraße ausmachten.

Kriss hatte vorher fast neun Monate Untersuchungshaft in Münchner Gefängnissen verbracht, die ihm im Nachhinein wie ein Hotelaufenthalt vorkamen. Die Todeszelle und die brandenburgischen Gefängniswände waren eine andere, ganz und gar hoffnungslose, grausame Welt: Zynismus und Tod atmeten die Gemäuer und die Menschen, die hier arbeiteten. »Schade um deinen Kopf – bei den schönen Zähnen«, sagte einmal einer der Wärter zu ihm, als er ihn und etliche andere Todeskandidaten, von denen etwa vierhundert im Zuchthaus Goerden einsaßen, zum wöchentlichen Hofgang führte. Die Einsichten, die Rudolf als zum Tode Verurteilter und als Lebender auf Abruf über sich selbst und die Welt bekam, würden ihn für immer formen und seine Erwartungen an die Menschheit grundsätzlich verändern.

Die andauernden Gnadengesuche und Interventionen seiner Freunde, insbesondere die seiner Herzensfreundin Felicitas Hüne-Mihacek, einer Sängerin am Münchner Gärtnerplatztheater, hatten schließlich Erfolg, und er erhielt die Nachricht, dass man seine Todesstrafe umgewandelt hatte: in lebenslanges Zuchthaus mit Schwerstarbeit.

Es dauerte allerdings noch ein paar Tage, bis die Reise nach Straubing, wohin er als Lebenslanger – oder, wie Rudolf es selbst ausdrückte, »Regierungslanger« – verlegt werden sollte, endlich losging. Es gab durch die zunehmenden Bombardierungen schon große logistische Probleme: Die Züge fuhren unvorhersehbar, ohne Fahrplan und selten, wohin es geplant war. In dieser Zeit des Wartens kamen weitere Todeskandidaten in Goerden an, und am folgenden Montag wurden, wie jeden Montag, die anstehenden Todesurteile vollstreckt. Aus der Zelle, in der Rudolf jetzt als Ex-Todeskandidat untergebracht war, konnte er immer noch in den Hof zum Schafott sehen. Auch wenn der Bereich der Exekution mit einem großen schwarzen Tuch verhängt war, waren die Geräusche in der Stille deutlich zu hören: Alle paar Minuten hörte man das Fallbeil in seinem Schlitten heruntersausen und in einem dumpfen Geräusch enden, wenn es auf Fleisch und Knochen traf, diese durchtrennte und der Kopf fiel. Rudolf hatte nachgerechnet: Wöchentlich wurden hier etwa fünfunddreißig bis vierzig Personen hingerichtet, und das bedeutete bei ungefähr zwanzig Gefängnissen in ganz Deutschland, die Exekutionen durchführten, dass allein im Jahr 1944 etwa vierzigtausend Menschen nach einem Todesurteil hingerichtet wurden. Alles Personen, die nach einem »ordentlichen« Gerichtsverfahren getötet wurden. Nach Verfahren wie seinem. Gegen jedes Recht verstoßend – außer dem verkrüppelten Gesetz, das der NS-Staat geschaffen hatte. Eine Zahl, zu der sich all jene hinzuaddierten, die ganz ohne Verfahren in Konzentrationslagern ermordet wurden.

Rudolf hatte nie wirklich glauben können, dass er tatsächlich hingerichtet würde. Doch nach der Begnadigung fiel er in ein tiefes Loch und dachte zum ersten Mal überhaupt daran, sich das Leben zu nehmen. Als würde er erst jetzt verstehen, was ihm gedroht hatte. Seine Verzweiflung über die Menschen – abgesehen von seinen Freunden und Unterstützern, die aber draußen und weit weg waren – wurde von denjenigen gemildert, die er in der

Haft traf. Die anderen »Volksverräter«, von denen ihm viele sympathisch waren und mit denen er sich austauschen konnte. Sie bildeten die heterogene Gemeinschaft der »politischen« Gefangenen. Darunter waren auch viele Geistliche: meist eher einfache Landpfarrer, die aus ihrem Herzen keine Mördergrube gemacht oder im christlichen Sinn den Verfemten geholfen hatten. Aber auch Kommunisten, Sozialisten, einfache Arbeiter, deren Söhne im Feld gestanden hatten und gefallen waren. Manche hatten mehrere Söhne verloren und deshalb den Krieg und den Führer verflucht. Menschen, deren Zweifel und Verzweiflung laut zu hören waren.

Je mehr durch die in das Zuchthaus einsickernden Nachrichten klar wurde, dass der Krieg verloren ging und die alliierten Truppen herannahten, umso mehr versuchten einige der Wärter, sich bei den Häftlingen anzuwanzen: durch größere Essensrationen, eine heiße Dusche außer der Reihe, Extrasocken und andere Vergünstigungen, damit später gut über sie gesprochen würde. Das betraf vor allem diejenigen, die vorher nicht besonders mitmenschlich gewesen waren, sondern eher ihren Sadismus ausgelebt hatten. Denn auch unter den Wärtern, so hatte es Rudolf erlebt, gab es Menschen und Unmenschen. Es gab Spekulationen darüber, wie die Amerikaner – denn eine amerikanische Besatzung war die gängige und präferierte Vermutung – mit den Nazis umgehen würden. Die meisten Gefängniswärter fürchteten einen kurzen Prozess, auch wenn viele sich selbst in Unaufrichtigkeit ein beschönigtes Zeugnis ausstellten: Sie hätten ja nur ihre Arbeit gemacht. Aber wenn sie ehrlich waren – gerade noch so nah an ihrer eigenen Mitwirkung am Repressionssystem –, mussten sie ihre Version der eigenen Bedeutungslosigkeit und Harmlosigkeit aufgeben. Spürbar näherte sich die Zeit der Abrechnungen. Und jeder würde versuchen, einen guten Startplatz in die neue Zeit zu bekommen. Das positive Zeugnis eines Mannes wie Rudolf Kriss war dabei Gold wert.

Das Ende seiner Gefangenschaft zögerte sich noch hinaus, denn wie in vielen anderen Lagern und Zuchthäusern wurden im April 1945 auch in Straubing die Gefangenen evakuiert, mit dem Befehl, Richtung Dachau zu laufen. Ein kilometerlanger Zug aus ausgemergelten Häftlingen in Holzschuhen machte sich auf den Weg. Zu Beginn waren diejenigen, die es noch wahrnehmen konnten, betrunken von der warmen Luft des Frühlings, den blühenden Obstbäumen und dem blauen Himmel. Doch dann erwiesen sich die körperlichen Strapazen für die Entkräfteten als zu groß. Die Gefangenen wurden zwar von der SS bewacht, aber die Elendsprozession war lang und fiel immer weiter auseinander. Sie wanderten über Land, und es gab immer wieder Bauern und Frauen, die ihnen Essen zusteckten, was nur teilweise geduldet wurde. Am Tag vorher war ein Zug KZ-Häftlinge die Straße entlanggetrieben worden, deren Bewachung ungleich härter ausgefallen war, und die SS hatte einige Entkräftete erschossen und einfach im Straßengraben liegen lassen. Die Moral der Bewacher schwankte unvorhersehbar zwischen übertriebener Härte und Wegsehen.

Rudolf und vier anderen Häftlingen gelang es schließlich, sich abzusetzen. Sie waren immer weiter hinter die Hauptgruppe zurückgefallen, mit einigen anderen, die zu schwach gewesen waren, um das Tempo zu halten. Schließlich tauchte ein Lastwagen auf, um die Nachzügler einzusammeln. Doch es passten nicht alle drauf. Fünf Gefangene blieben übrig. Und nachdem sich unverständlicherweise die beiden letzten Wachposten auch mit dem Lastwagen entfernt hatten – nicht ohne der kleinen Gruppe zu befehlen, bis zur Rückkehr des LKW an Ort und Stelle zu warten –, schlugen sich die fünf in die Büsche. Ein wenig Zeit hatten sie dafür gebraucht, wie Vögel, deren Käfigtür plötzlich offen steht. Ein junger Bauer hatte sie auf den elterlichen Hof mitgenommen, wo sie mit Köstlichkeiten wie Kartoffeln, Brot, Kaffee, Milch und Marmelade beköstigt und gestärkt wurden. Sie mussten ihre Geschichten erzählen und hörten die Neuigkeiten im Radio. Sie warteten dort, bis die amerikanischen Truppen da waren. Zwei Tage darauf war es so weit. Sie holten ihre Papiere im Rathaus, und danach brach jeder in Richtung seiner Heimat auf.

Rudolf hatte ein Fahrrad, Kleidung und einen gut gefüllten Proviantrucksack von den Bauern bekommen. Er radelte Richtung Berchtesgaden, und noch immer umfing ihn die Freiheit wie ein unbekanntes, beängstigendes Element. Die Freiheit war nicht mehr selbstverständlich. Er wusste, sie konnte jederzeit beendet werden, wenn das »Recht« und die Machthaber es so wollten. Er hatte in der Haft gelernt, seine innere Freiheit zu bewahren. Das war schwierig, denn man durfte der Angst nur so viel Platz geben, wie man brauchte, um sie zu erkennen und zu stellen. Dann musste die Angst aufgelöst werden. In dieser Technik war Rudolf geübt. Sie bedeutete auch, einen Abstand zur Welt und den Menschen einzunehmen und – das war wichtig – zu behalten.

Es war Föhn. Die Landschaft war grün, blühend. Egal, was geschehen war – die Erde schenkte sich her. Rudolf ging darin auf und fühlte sich glücklich. Als er die Alpenkette zum ersten Mal am Horizont sah, machte sein Herz einen Sprung. Bald war er da.

6

Nichts war so, wie er es in Erinnerung hatte. Teile der Straßen waren wie Pfade freigeräumt von den Trümmern, aus denen Hauswände hochragten und manchmal, wie ein Wunder, auch noch ganze Häuser. Frank war durch die Thierschstraße gefahren, bis an die Stelle, wo sein Elternhaus gestanden hatte. Es stand nur noch die Fassade, in unmittelbarer Nähe von Maximilianstraße und Wilhelm-Gymnasium, wo er zur Schule gegangen war. Die in warmen Farben leuchtenden Häuser, das »italienische Flair«, auf das die Münchner stolz waren – Kunst an jeder Ecke –, nichts war mehr übrig davon außer Trümmern und Depression. Die Tram fuhr nicht, weil die Gleise teilweise blockiert waren. Der blaue Himmel allerdings leuchtete wie immer, und ein paar weiße Wolken erinnerten daran, dass es weiß-blau und nicht blau-weiß hieß, wenn man die bayerische Flagge beschrieb. Er war in seiner amerikanischen Uniform sofort von einer Frau mit etwas zu viel Augenaufschlag um eine Zigarette und um Hilfe gebeten worden. Worin die Hilfe genau bestehen sollte, konnte Frank nur frivol vermuten. Es klang nach einem Vorwand, ihn in ihre Wohnung zu bugsieren, und Frank hatte so getan, als verstehe er sie nicht. Er hatte bemerkt, wie sie ihr Lächeln anknipste, als sie ihn sah. Er erkannte das Absichtsvolle und dachte: *Mei, Madl, du glaubst auch, ich bin auf der Brennsupp'n daherg'schwommen.* Es erstaunte und belustigte ihn, wie unwillkürlich diese Redewendung in seinem Bewusstsein aufgetaucht war – mit einem Plopp aus dem Nichts. Zwölf Jahre lang war dieser bairische Satz irgendwo in seinem Gehirn begraben gewesen, um jetzt frisch und munter und sehr passend parat zu stehen. Er hatte vage das Gefühl, die Frau zu kennen, wusste aber nicht, woher. Sie allerdings sah in ihm nur einen amerikanischen Offizier, und er gab den zackigen US-Militär, was sie einschüchterte und zurückweichen ließ. Frank war zufrieden.

Zwei Tage vorher waren sie in Dachau gewesen und hatten das KZ befreit. Die allgemeine Stimmung der Truppe gegenüber den Deutschen hatte sich dadurch weiter verschlechtert – Bestien waren sie, die harte Strafen verdienten. Meg, die als Presseoffizierin Fotos gemacht hatte, war besonders hart in ihrer Ablehnung und der Verachtung alles Deutschen. Sie fand ihn, Frank, sentimental und zu weich. Frank fand das nicht. Aber im Gegensatz zu ihr hatte er auch andere Erinnerungen an Deutschland.

Doch diese kurze Stippvisite in seiner ehemaligen Heimatstadt, in der er eine sehr glückliche Kindheit verlebt hatte, hinterließ einen schalen Geschmack, und das lag nicht nur daran, dass das Haus des Eher-Verlags, in dem das Naziblatt *Völkischer Beobachter* erschienen war, leider noch größtenteils stand, sondern er hatte außerdem herausgefunden, dass Hitler mehrere Jahre ebenfalls in der Thierschstraße gewohnt hatte, bevor er an den Prinzregentenplatz umgesiedelt war. Der Mann, der die Juden aus Europa vertrieben oder vernichtet hatte, war mindestens vier Jahre ihr Nachbar im Münchner Stadtteil Lehel gewesen. Niemand hatte davon gewusst, seine Eltern nicht, die anderen wahrscheinlich auch nicht. Hitler war damals noch ein albernes Männchen Nichts, das in Münchner Salons zur Belustigung der national gesonnenen Großbourgeoisie herumgereicht wurde. *Ein Manschgerl,* dachte Frank auf Bairisch. Sie selbst waren (leichtsinnigerweise) noch arglos, als nur ein paar Häuser weiter ihr Untergang, bereits in *Mein Kampf* in der Landsberger Haft ersonnen und verschriftlicht, weiter vorbereitet worden war und der noch namenlose Adolf Hitler durch das Geld seiner reichen Gönner aus München und Berlin die Bewegung zu der Größe heranpäppeln konnte, die sie tödlich gemacht machte. Eine Infektion, die ganz Deutschland verseucht hatte.

Das Haus, in dem Hitler zwei Zimmer zur Untermiete gehabt hatte, stand nahezu unversehrt. Das Haus, in dem Frank, seine Schwester und seine Eltern gelebt hatten, existierte nur noch als eine vom Einsturz bedrohte Fassade. Fragil und nutzlos. Ein Lehmnest klebte unter einem der Gesimse, über einem Balkonrest. Frank erinnerte sich: Da war ihr Wohnzimmer gewesen, und schon immer hatten Vögel dort genistet. Mauersegler. Wenn sie die unzugänglichen Nester anflogen, war er immer sehr beeindruckt gewesen, ansatzlos, aus vollem Flug, verschwanden sie im Loch des Lehmbaus, und genauso schossen sie daraus hervor und segelten elegant in den Himmel hinein. Frank hatte auch wegen der Mauersegler ernsthaft überlegt, Ingenieur für Flugzeugbau zu werden, sich aber dann doch für Jura entschieden, weil seine Begabung fürs Rechnen zu bescheiden gewesen war. Seine Schwester Ruth hatte einmal versucht, ein verlassenes Ei auszubrüten. Was leider nicht gelungen war. Irgendwann hatten sie gemeinsam das Ei, das sehr leicht geworden war, geöffnet und einen fast mumifizierten Vogelembryo gefunden. Sie hatten ihn auf der Praterinsel begraben. Die ganze Familie war in diesen Akt der Hoffnung, Wissenschaft und Trauer eingebunden. Ihr Vater schenkte ihnen danach ein Pärchen Kanarienvögel, gelb und munter. Das Männchen sang beeindruckend, aber die Flugkünste waren zu Franks Leidwesen überhaupt kein Vergleich zu denen der Mauersegler. Ruth mochte den Gesang, Frank hingegen interessierte sich nicht dafür. Kichernd hatten sie die Vögel, die eigentlich Pippa und Bubi hießen, in Pipsi und Pupsi umgetauft. Bei dem Gedanken an seine Schwester ging Frank schnell weiter.

Er kehrte zurück zum Isartor, wo die Kolonne wartete, und sie setzten sich in Bewegung, über die Zweibrückenstraße und die Ludwigsbrücke Richtung Südosten. Während sie auf die Alpen zuhielten, wurde das Wetter sehr ungemütlich. Später Schnee fiel, und ein eisiger Wind blies von Osten.

Drei Tage später waren sie schon ein gutes Stück Richtung Berchtesgaden gekommen. Auf der Autobahn war außer ihnen niemand unterwegs. Das hellgraue Asphaltband wand sich einladend durch die hügelige Landschaft, deren Schönheit Frank wehtat, sie war zu lieblich und unberührt von den Schrecken, die ihre Einwohner angezettelt hatten. Dieselben Einwohner durften trotzdem hier leben und von diesem Reichtum, der umsonst und freigiebig angeboten wurde, profitieren.

Von München aus hatte die Kette der Alpen zunächst direkt voraus und dann rechterhand gelegen, die Gipfel waren noch schneebedeckt. Die Kolonne blieb wachsam. Sie waren vor versprengten Widerstandsnestern, den letzten Totenkopf-SS-Truppen und den Wehrwölfen gewarnt worden: den jungen, unbelehrbaren deutschen Soldaten und Zivilisten, die das Reich und den Führer bis zum letzten Atemzug verteidigen wollten, ohne Rücksicht darauf, dass der Krieg definitiv verloren war. Kamikaze nannten sie das in Japan – das eigene Leben wurde für eine Idee geopfert, egal, wie unsinnig das Sterben und die Idee in diesem Augenblick waren. Häufiger allerdings begegnete die Kolonne deutschen Wehrmachtssoldaten, die sich ihnen, mit weißen Tüchern wedelnd, ergaben. So kamen sie nur langsam voran, denn die Gefangenen mussten gecheckt, angewiesen und hinter die Linie gebracht werden, denn theoretisch war all dies noch Frontgebiet.

Berchtesgaden war geografisch der letzte Zipfel Deutschlands, der noch zu erobern war und zudem von hoher Symbolik. Hier war Hitlers zweiter Wohn- und Amtssitz, umgeben von seinen Vasallen, hatte er auf dem Obersalzberg Hof gehalten. Berchtesgaden war sogar mit einer zweiten, der »kleinen« Reichskanzlei als Regierungssitz ausgestattet, mit geheimem Anschluss an die Eisenbahn und einem kleinen Flugplatz in der Nähe. Der Berghof und der Obersalzberg waren über Jahre Pilgerorte für Politiker und Privatleute gewesen. Frank glaubte nicht, dass es tatsächlich eine Alpenfestung gab. Hitler hatte sich am 30. April in Berlin umgebracht, den Großteil seiner Getreuen um sich geschart, und damit war der große Zauber vorbei. Das Deutsche Reich hatte keine Ressourcen mehr. Der Geheimdienst CIC, der alle Einheiten mit Nachrichten versorgte – auch die 7th Army, der Frank als Informationsoffizier angehörte –, hatte keinerlei Hinweise auf irgendeine Alpenfestung gefunden.

Trotzdem – hohes militärisches Prestige winkte der Armee, die als Erste den Obersalzberg besetzen würde. Die Amerikaner mit ihren Bataillonen, der 7th Army und der 101. Airborne Division, befanden sich im Wettrennen mit einem ihrer Alliierten: Zeitgleich war die französische Armee unter General Leclerc in dieselbe Richtung unterwegs, und es war offen, wer zuerst da sein würde. Die Franzosen hatten sich den siegreichen Amerikanern angeschlossen, denn General Leclerc hatte geschworen, keinem der französischen Generäle zu gehorchen, die selbst noch bis vor Kurzem dem Vichy-Regime gehorcht hatten. Leclerc war 1940 nach London gegangen und hatte von dort aus für die Befreiungsarmee de Gaulles gekämpft. Über den Tschad und Nordafrika war er mit den Amerikanern nach Italien übergesetzt und schließlich am D-Day in der Normandie gelandet. Später hatte er Paris und Straßburg an der Seite der Amerikaner befreit. Sie waren so freundlich gewesen, ihm die Ehre der Befreiung offiziell zu überlassen. Leclerc hasste Kollaborateure. Also blieb ihm angesichts der in Süddeutschland vertretenen Einheiten und ihrer Befehlshaber nichts anderes übrig, als bei den Amerikanern zu bleiben. Die Franzosen unter General Leclerc kamen mit einer Einheit aus Marokko und einer aus dem Tschad, die beide für ihre Brutalität und Skrupellosigkeit bekannt waren.

Damit die Zusammenarbeit mit dem eigenwilligen Franzosen gelang, bedurfte es einiges an Fingerspitzengefühl, wie auch Frank von seinem Chef, Colonel John Heintges, erfahren hatte. Frank mochte ihn: Heintges war gebürtiger Deutscher wie er selbst, allerdings zehn Jahre älter, und als Kleinkind 1909 mit seinen

Eltern ausgewandert. Der Colonel war im Gegensatz zu Frank kein Jude. Aber er hatte mindestens genauso wenige Sympathien für Hitler wie Frank. Heintges hatte einen rheinischen singenden Akzent von seinen Eltern übernommen, die aus Leverkusen stammten, dazu hatte er noch einen darüberliegenden amerikanischen Akzent, weil er nie in Deutschland gelebt hatte und seine Hauptsprache amerikanisches Englisch war und blieb. Frank war diese amüsante Mischung sofort aufgefallen. Er selbst sprach immer noch dezentes, perfektes, warmes Münchnerisch, das er bei Bedarf zu einem »kracherten Bairisch« steigern konnte. Ihm gefiel der Überraschungseffekt, den er als amerikanischer Offizier bei den Deutschen erzielen konnte, wenn er seine Sprachkenntnisse zur Geltung brachte. Manchmal genoss er es, sein Gegenüber in Englisch radebrechen zu lassen und das Bücklingsgetue dann mit einem geharnischten Satz in Deutsch zu beenden – »Wir brauchen keinen Ariernachweis von Ihnen, wir möchten wissen, ob Sie Mitglied der NSDAP waren«. Bei diesem ironischen Salto, den zum Glück keiner seiner Vorgesetzten verstand, sondern nur all diejenigen, die, wie Frank, eine lange Vorgeschichte mit Deutschland hatten, verstummten die meisten Befragten und waren gefügig. Einige verstanden die Ironie nicht, verspürten aber trotzdem die Spitze, und niemand hatte je darauf eine schlagfertige Antwort gegeben.

Allerdings wäre Frank auch auf eine solche Erwiderung vorbereitet gewesen. Er und seine Kollegen hatten in Camp Ritchie in Maryland eine spezielle Ausbildung erhalten. Sie alle waren emigrierte Deutsche oder Österreicher, die meisten von ihnen jüdischer Herkunft. Schriftsteller, Journalisten, Anwälte, Künstler. Die *Ritchie Boys* – so nannten sie sich selbst – waren von der amerikanischen Armee als Soldaten ausgebildet worden, aber das war nur der geringere Teil ihrer Aufgabe. Die eigentliche Aufgabe war es, die Amerikaner mit Informationen über den Geistes- und Gemütszustand der Deutschen auszustatten und Flugblätter zu entwerfen, die über dem Land abgeworfen wurden, um feindliche Soldaten zum Aufgeben zu bewegen. Eines hieß *Ei sörrender*: In diesem Flugblatt wurden den Wehrmachtssoldaten Verhaltensmaßregeln an die Hand gegeben. *I surrender*. Auch Verhöre hatten sie in Camp Ritchie geübt. Teilweise hatten sie dabei großes Theater aufgeführt, nicht umsonst gab es unter ihnen Schriftsteller und Drehbuchautoren. Unterhaltung auf hohem Niveau. Die Wirklichkeit lag näher am Schmierentheater. Frank Rosenzweig, Jurist aus New York, geboren in der Frauenklinik in der Münchner Maistraße, war ein versierter und gefürchteter Verhörspezialist geworden. Deshalb durfte er auch nach Berchtesgaden, wo sich die amerikanischen Militärs besonders interessante Fälle erhofften.

Kurz nachdem sie von der Salzburger Autobahn Richtung Inzell abgefahren waren, Schneematsch und dunkel drohende Berge um sie herum, hielten sie in Siegsdorf, einer Ortschaft, die direkt an der Ausfahrt lag. Es gab dort keinen Widerstand, überall hingen weiße Flaggen. Routinemäßig sicherten die Infanteristen die Gegend nach den Pionieren trotzdem. Einige Einwohner kamen herbei und grüßten sie überschwänglich, als wären sie tatsächlich befreit und nicht besiegt worden. *Mimikry*, dachte Frank.

Am Dorfplatz gab es eine Bäckerei, über deren Eingang an einem schmiedeeisernen Schnörkelarm eine vergoldete Breze baumelte. Überraschenderweise war der Laden nicht verrammelt oder zerbombt wie die Geschäfte in den Städten. Er sah sogar einladend aus, und durch die Schaufensterscheibe konnte Frank einen Blick in das rundliche, erschrockene Gesicht einer Frau erhaschen, die schnell versuchte, sich zu verstecken, indem sie hinter dem Tresen in die Hocke ging. Frank musste lachen. Er ging zur Tür der Bäckerei, drückte die Klinke runter und ging hinein. Eine kleine Glocke läutete, um den Kunden anzukündigen. Er sah sich um. Die Frau hockte noch immer hinter dem Tresen. Frank wartete, räusperte sich und konnte sich schließlich ein kleines »Kuckuck!« nicht verkneifen. Die Frau kam hoch, beschämt und zugleich ängstlich. Frank stand gerade in seiner Uniform und lächelte sie an.

»Grüß Gott«, sagte Frank.

»Grüß Gott«, erwiderte die Frau zaghaft.

Einen Moment lang betrachtete sie ihn irritiert und überlegte, ob das wohl Einbildung gewesen war oder ihr Gegenüber tatsächlich »Grüß Gott« gesagt hatte.

»Ham S' Brez'n da?«, fragte Frank in breitem Bairisch, und die Irritation der Bäckerin wuchs. Aber sie nickte.

»Ich hätt' gern alle. Butterbrez'n, bitt' schön.«

»Ich hab noch so zwanzig Brez'n«, antwortete die Bäckerin. »Aber Butter is' schwierig«, fügte sie hinzu und sah ihn abschätzend an, auf einmal störrisch gegenüber diesem Bayern in US-Uniform.

»A bissel was geht doch immer, oder?«, sagte Frank und lächelte sie an wie ein hartnäckiger und möglicherweise auch bösartiger Teppichverkäufer.

Sie wollte gerade etwas erwidern, als einer der Infanteristen mit gezücktem Gewehr den Laden betrat. Er war ungefähr einen Meter neunzig groß und hatte schwarze Haut. Der Mann hieß Sam Cork und war der freundlichste Mann seiner Division, aber das konnte die Bäckerin nicht wissen. »Everything okay, Sir?«, fragte der hünenhafte Soldat mit einer tiefen, Ehrfurcht gebietenden und sehr afroamerikanischen Stimme.

»Thank you, Private, the lady is just looking for some butter.«

Erschrocken nahm die Bäckerin wahr, dass sie es doch tatsächlich mit zwei feindlichen Soldaten zu tun hatte, von denen einer verdächtiges Bairisch sprach und der andere schwarz war.

»Batta«, sagte sie in Mundart-Englisch und verschwand eilig im hinteren Raum. Sie musste die Begleitung des Infanteristen hinnehmen, aber der Ausflug in die Kühlkammer war schnell absolviert, und die Bäckerin kam mit einem Klumpen gelbweißer Butter zurück.

»Schee, der Butter«, sagte Frank und gab alles auf Bairisch, sogar die Geschlechtsumwandlung, die »Butter« zu einem Maskulinum machte. Die Bäckerin warf ihm kurz einen weiteren forschenden Blick zu, bevor sie sich stumm daranmachte, zwanzig Butterbrezen aufzuschneiden und die kostbare Butter daraufzuschmieren. Frank wollte bezahlen, aber die Frau lehnte ab.

»Ein Gruß aus der Heimat«, sagte sie zu Frank und schaute ihn an, als wisse sie alles über ihn.

weil er es schon so oft bei den Weißen erlebt hatte. Offenbar gab es in Europa, speziell in Deutschland, deutlich weniger Schwarze als in den Staaten. Aber Sam schluckte wie immer die abschätzenden Blicke und die darin liegende demütigende Neugier, als wäre er ein tropisches Einhorn oder ein fünfschwänziges Wüstenungeheuer, das man anstarren durfte wie in einem Käfig im Zoo, bloß ohne zu bezahlen. Sam wusste, wie man das Eis bricht, und sein Lächeln brachte ihn immer weiter.

Hitler hatte Menschen wie ihn wegen ihrer Hautfarbe und Herkunft ebenfalls in Konzentrationslager gesteckt. Dessen war er sich bewusst. Bei der Befreiung von Buchenwald und Dachau war Sam dabei gewesen. Das Grauen hatte ihn seitdem nicht mehr losgelassen. Der Gegensatz zu diesen scheinbar kultivierten, reichen Menschen und dem kalten Gemetzel, das sie angerichtet hatten, passte in seinem Kopf nicht zusammen. Aber er wusste, dass die Menschen all das gleichzeitig sein und tun konnten. Sie konnten in Afrika Menschen einfangen, sie nach Amerika und Europa verschiffen und verkaufen. Sie konnten sie schlagen, ausnutzen, verhungern lassen. Sie konnten sie vergewaltigen und töten. All das konnte passieren – und trotzdem würde jemand am Abend Klavier spielen, Marzipankuchen und Hummer essen, eine Komödie im Kino ansehen oder sich über die neue Mode aus New York auslassen. Und die eigenen Kinder lieben. Es schloss sich nicht aus. Sam war sogar überzeugt, dass es eine unabdingbare Verbindung gab. Geld und Macht verdarben die Menschen. Die wenigsten konnten damit umgehen, sondern glaubten, dass dies ihr gutes Recht sei. »All men are created equal.« Aber Schwarze und Juden – und wer immer dazu erklärt werden würde – waren eben keine Menschen, Definitionssache. Die Herrschenden definierten.

Die US-Truppen wurden während des Eroberungszuges in Deutschland selbstverständlich nach Hautfarbe getrennt voneinander untergebracht. Die schwarzen Einheiten hatten – aus sadistischen Gründen, wie Sam vermutete – meist weiße Südstaatencolonels als Vorgesetzte, denen es Spaß machte, sie zu schikanieren. Der Ton war der alte »Massa«-Ton aus der Zeit der Baumwollfelder. Reitstiefel und Gerte waren verbreitet, weit und breit kein Pferd, und die Soldaten, selbst die schwarzen, wurden auch nicht geschlagen. Aber die Gerte machte sich gut, schneidig waren diese Colonels und sehr standesbewusst. Natürlich war das offiziell nicht so, die Army gab schließlich jedem eine Chance. Doch gleichgestellt waren die schwarzen den weißen Soldaten nicht, weder legal noch im praktischen Leben. Sie waren Kanonenfutter, wurden in aufreibenden, aber wenig prestigeträchtigen Aktionen eingesetzt, und wenn sie gemeinsam irgendwo einmarschiert waren, durften sie nicht mit den weißen Soldaten auf den Siegerfotos posieren, damit der Ruhmesglanz nicht auf die schwarzen Soldaten fiel.

Das alles war Sam nur allzu bekannt. »Nothing new.« Was konnte man erwarten, wenn er in seiner Heimat hinten im Bus, auf den Schwarzen zugewiesenen Plätzen sitzen musste und nicht frei wählen durfte? Sie gingen in andere Schulen, lebten in anderen Vierteln, und es war ihm als Schwarzem nicht erlaubt, eine weiße Frau zu heiraten. Nicht, dass er das gewollt hätte. Im Gegenteil. Aber gern hätte er selbst entschieden, wen er liebte, mit wem er Sex hatte und mit wem er sein Leben verbringen würde. Seine Eltern waren stolz auf ihn und erhofften von ihrem Sohn, dass er nicht nur lebendig aus dem Krieg zurückkommen würde, sondern alsbald eine nette, passende junge Frau aus der Nachbarschaft ehelichen und eine Familie gründen würde. Sam wusste, dass seine Eltern immer noch hofften, er würde wieder mit Angela zusammenkommen, seiner (*perfekten!* wie seine Mutter fand…) Jugendliebe.

Aber Angela war sehr gut in Biologie gewesen und hatte die Schule mit einem hervorragenden Zeugnis beendet, im Gegensatz zu Sam, der es gerade so geschafft hatte. Angela war smart und hübsch, und sie hatten sich sehr geliebt. Unzertrennlich waren sie gewesen. Dann aber hatte sie ein Stipendium bekommen und war zum College gegangen. Sam war voller Bewunderung und Unterstützung dafür gewesen. Er hatte sich gewünscht, dass sie glücklich würde und ihren Traum als Wissenschaftlerin würde leben können. Als schwarze Frau hatte sie zweimal doppelt gut sein müssen – Fleiß, Ehrgeiz und möglicherweise auch ein Gerechtigkeitssinn trieben sie an – denn warum zum Teufel sollte es einer guten Wissenschaftlerin nicht möglich sein, ihren Beruf auszuüben? Einer schwarzen Frau! Sie würde allen zeigen, was eine Harke war – und unter »alle« fiel im weitesten Sinn auch Sam. Er hatte auf dieser Ebene nichts zu bieten, und es schien ihm, als hätte sich mit der Möglichkeit ihrer akademischen Karriere ein Spalt zwischen ihnen aufgetan. Eher von Angela aus als von ihm. Sie wollte sich absetzen von dem Viertel, in dem sie aufgewachsen waren – und von seinen Bewohnern. Und heiraten wollte sie auch nicht mehr, von Kindern derzeit ganz zu schweigen. Das alles hätte ihr im Weg gestanden. So hatten sie sich noch vor Sams Abreise nach Europa gesehen, waren auch zusammen ins Bett gegangen – was immer ein Vergnügen gewesen war. Sie schrieben einander auch jetzt in losen Abständen, doch Sam wusste nicht mehr, was aus ihnen werden sollte. Er hatte das Gefühl, verloren zu haben gegen die Liebe zur Wissenschaft und ein anderes Leben, das am Horizont schimmerte. Angela hatte eine ihrer letzten Verabredungen mit ihm vergessen, weil sie Wasserproben unter dem Mikroskop untersucht und die darin lebenden Organismen in Menge und Form katalogisiert hatte. Sie hatte einen wissenschaftlichen Almanach zusammengestellt, Proben sämtlicher Gewässer rund um Richmond mit Illustrationen und Zahlen zu den Organismen darin. Es gab irgendeinen Professor, der sich dafür interessierte, aber vielleicht auch eher für Angela selbst. Sam hatte vergeblich im Diner auf sie gewartet und war irgendwann nach Hause gegangen. Angela hatte sich entschuldigt, aber nur der Form halber. Im Grunde berechtigte sie die Wissenschaft zu jeder Art von Unhöflichkeit und Zurücksetzung der Menschen in ihrem Leben.

Dann war Sam in den Krieg gezogen. Er hatte sich bei der Armee bewährt und den Krieg bis jetzt überlebt. Sam hoffte, dass er auch weiterhin bei der Army bleiben und eine weitergehende Ausbildung machen könnte. Mit etwas mehr Rückenwind durch seinen Militärdienst im Weltkrieg. Es gab da verschiedene Möglichkeiten, für das zivile Leben vorzusorgen. Mechaniker. Fahrer. Sanitäter. Vielleicht sogar Arzt. Für einen Piloten war er – leider – zu groß. Er hatte sich mal bei den Tuskegee Airmen beworben – den ersten schwarzen Militärpiloten der United States Army Air Forces – und die hatten gelacht, als er sagte, er sei *6.3 feet* groß. Er passte in kein Cockpit. *Schade. Das wäre es gewesen.*

Die Kolonne fuhr jetzt auf der Straße Richtung Reichenhall. Die Berge bildeten ein düsteres und bedrohliches Tal, jederzeit konnte sie jemand aus dem unüberschaubaren Gelände heraus angreifen. Das Wetter war immer noch kalt, windig und grau, nachdem in München schon die Sonne geschienen hatte. Es war, abgesehen von dem Motorengeräusch der Panzer und Jeeps, die ganze Zeit sehr still gewesen. Sie waren schon etwas eingelullt vom nahenden Ende des Krieges und den spazieren gehenden Gedanken, als sie plötzlich unter Feuer gerieten. Nur eine kurze Irritation, schnelle Deckung, dann erkannten sie, dass der Feind sich auf zwei Seiten der Straße hinter einigen Felskuppen, fünfzehn Meter über ihnen, postiert hatte. Die GIs verständigten sich knapp und ohne viele Worte – sie vermuteten einen Schützen auf jeder Seite. In je zwei kleinen Gruppen näherten sie sich den feindlichen Stellungen. Sam stieg mit einigen anderen die rechte Seite hinauf, ein zweiter Trupp links, immer in Deckung bleibend. Die Panzer fuhren auf und richteten ihre Kanonen für alle Fälle ein. Doch die verschanzten deutschen Gegner lieferten heftige Gegenwehr, bis es plötzlich still wurde. Sam, der als Zweiter ging, lauschte. Sein Vordermann Paul drehte sich zu ihm um: ein lässiger, lustiger Typ aus Washington, mit dem er sich schon manchmal das Zimmer geteilt hatte.

Sie verständigten sich per Zeichen – anscheinend hatte der Gegner keine Munition mehr. Sie schlichen weiter, näherten sich langsam dem feindlichen Standort. Auf der linken Seite fielen noch einige Schüsse, dann herrschte auch dort Stille. Sam und Paul kamen zu der Stelle, wo der Schütze gewesen sein musste. Patronenhülsen einer Schrotflinte lagen dort, das Gebüsch war zertreten. Gerade drehte sich Sam zu Paul um, als er plötzlich die Gestalt durch die Luft wirbeln sah – mit einem Messer in der Hand und direkt auf Pauls Rücken zu.

Sam schrie Paul zu, der sich wegdrehte – die Gestalt erwischte ihn zwar noch, aber nur leicht am Arm, und das Messer fiel wie der Angreifer im Sprung zu Boden. Sofort war Sam da und richtete das Gewehr auf ihn. Die Gestalt lag auf dem Bauch und rührte sich wie befohlen nicht.

Paul tastete die Gestalt ab, die die Hände hinter dem Kopf verschränkte, und sah Sam erstaunt an.

»It's a girl.«

Sam befahl ihr, sich umzudrehen. Sie sahen in das Gesicht eines höchstens vierzehnjährigen Mädchens mit blauen Augen und Sommersprossen, das die dunkelblonden Haare in einen Zopf geflochten unter einer Kappe getragen hatte, die jetzt verrutscht war und die dicke Haarschlange freigelassen hatte. Sie trug einen Rucksack, den sie durchsuchten und in dem sie eine (untaugliche) Handgranate und eine abgegrabbelte Puppe fanden. Das Mädchen sah mit wachsendem Erschrecken in ihre beiden dunkelhäutigen Gesichter. Sie fing an zu weinen vor Angst, schluchzte hysterisch, und alle Versuche, sie auf Englisch zu beruhigen, schlugen fehl, sie verstand kein Wort. Die Kameraden auf der anderen Seite hatten ebenfalls die Meldung durchgegeben, dass der Feind gestellt war. Sie nahmen das Mädchen mit runter zur Straße, wo die andere Gruppe mit dem zweiten Schützen ebenfalls eintraf – es war ein Junge, etwas älter als das Mädchen.

Dieselben Sommersprossen und Haarfarbe. Geschwister. *Hänsel und Gretel im Naziwald*, dachte Frank Rosenzweig, den sie geholt hatten und der sich der beiden jugendlichen Angreifer annahm, denn entweder sie verstanden kein Englisch oder sie taten sehr überzeugend so. Die Gegenwart des Bruders hatte seine Schwester beruhigt, sie stand eng neben ihm, und beide schauten Frank trotzig an. Er stellte sich vor sie und sah von einem zum anderen.

»Woher kommt ihr?«, fragte Frank die beiden.

Sie tauschten überrascht einen Blick, und nach einer Pause ergriff das Mädchen das Wort.

»Bayerisch Gmain.«

»Wie heißt ihr?«

»Traudl.«

»Wolfi.«

»Weiter?«

»Brandl.«

»Und was sollte das gerade, Traudl und Wolfi Brandl?«

Die Pause wurde etwas länger.

»Wir verteidigen Deutschland.«

»Da gibt's nix mehr zum Verteidigen«, sagte Frank mit deutlich bairischem Einschlag. »Euer Führer ist tot, und das hier ist der letzte kleine Rest von Nazideutschland, den wir jetzt einnehmen.«

»Der Führer ist nicht tot!«, widersprach der Junge vehement. »Das ist eine Lüge!«

»Der Führer hat sich umgebracht. Und sein Zamperl. Mit Gift.«

»Nie hätte der uns allein gelassen!«, sagte das Mädchen, »Und seinen Hund bringt der auch nicht um! Niemals!«

Aber die Zweifel in ihrer Stimme waren nicht zu überhören. Frank zuckte die Achseln, leise Ironie schwang in seiner Stimme mit.

»Doch, hat er, weil er mit den Ruinen des Tausendjährigen

Reiches nichts mehr zu tun haben wollte. Die ganze Verantwortung – das hätte er nicht gepackt!«

Die Junge hatte ihn die ganze Zeit misstrauisch beäugt.

»Sie sind Amerikaner?!«, fragte er.

»Ja«, erwiderte Frank.

»Sie sprechen aber gut Deutsch!?«

»Ich bin in Deutschland geboren worden«, sagte Frank.

»Warum sind Sie nach Amerika gegangen? Sie Verräter!«, sagte der Junge verächtlich.

»Mir blieb nichts anderes übrig, sonst hättet ihr mich umgebracht.«

»Naa!«, rief das Mädchen erschrocken. »Schmarrn, warum sollten wir Sie umbringen?«

»Weil ich Jude bin«, sagte Frank, und an ihren Blicken merkte er, dass sie wohl noch nie einen Juden bewusst gesehen hatten. Der Schrecken darüber mischte sich mit der Erzählung über das Dunkle, das sich damit verband, was sie nicht genau kannten, von dem aber beide irgendwie ahnten, dass es abgründig war. In ihren Schulbüchern hatte es jede Menge böse Geschichten über Juden gegeben. Und Jesus hatten sie auch umgebracht.

Colonel Heintges wurde ungeduldig und kam ebenfalls herbei, unter anderem, weil er ein bisschen neugierig auf die bewaffneten Kinder war. Er schickte die beiden, die über einen weiteren – wenn auch merkwürdiges – Deutsch sprechenden Amerikaner staunten, ohne ihre Waffen in den Hausarrest und bestellte sie für die kommende Woche zum Military Government in Berchtesgaden. Mit Sicherheit gab es dort bis dahin eine Militärverwaltung. Und wenn nicht, dann war in der Zwischenzeit doch noch die geheime Alpenfestung explodiert oder die Wunderwaffe aufgetaucht. Und dann könnten Hänsel und Gretel sowieso tun, wozu sie Lust hatten.

8

»Interregnum« hatte Magda die Tage zwischen der Bombardierung des Obersalzbergs und der Ankunft der Amerikaner genannt. Sie hatte Sophie erklären müssen, was das genau war – ein Interregnum. Sophie hatte es in der Schule nicht gelernt oder nicht aufgepasst – das Ergebnis war dasselbe: Alles, was Latein war, erzeugte in Sophie Angst und ein Gefühl unheilbarer Unterlegenheit.

»Möglicherweise«, sagte Magda, die Protestantin, nicht ohne stichelnden Unterton, »hängt das ja auch mit der katholischen Kirche zusammen.«

»Wieso das?«, fragte Sophie.

»Latein ist doch immer noch die Befehlssprache Gottes an seine Untertanen …«

Sophie zuckte die Achseln. Sie ging zum Leidwesen ihrer Mutter nur noch an Weihnachten in die Kirche. Latein, wenn Magda es erklärte, war logisch und interessant, sogar der Ablativ, und »Interregnum« ließ sich leicht verstehen.

Das Interregnum im Frühjahr 1945 war, wie alle Übergänge, bestimmt von Unruhe und Anarchie. Die Berchtesgadener plünderten die verlassenen Häuser der verschwundenen Parteigenossen – vor allem auf dem Obersalzberg, aber auch an anderen Orten rund um die Stadt – kaum, dass sie weg waren und so zügig es ging. Man konnte nicht wissen, wann dem Einhalt geboten würde. Und durch wen, wenn schon die eigene Moral nicht mehr funktionierte. Manch ein Handwerker hatte unbezahlte Rechnungen, die er auf diese Weise auszugleichen versuchte, andere waren voll aufwallender und von der eigenen Verstrickung ablenkender Vergeltungswut und manche einfach nur gierig. Einmal begonnen, hatte sich die Plünderei zu einer Sucht entwickelt. Je weniger offensichtlich Wertgegenstände herumlagen, umso mehr wurde es eine Jagd nach unentdeckten Schätzen. Denn es gab die geheimen Verstecke voller Geld und Gold. Man musste nur wissen, wo. Die Gier nach materieller Sicherheit, denn nichts anderes war das Besorgen und Horten von Gegenständen, wurde ausgelöst und begleitet von Angst. Die Jungen freuten sich meist über das Ende des Kriegs – es konnte nur besser werden. Und alle, die den Ersten Weltkrieg miterlebt hatten, waren ebenfalls froh. Nur Schluss damit. Aber was das im Einzelnen bedeutete, darüber gab es grundverschiedene Ansichten.

Sophie und Magda lagen abends auf dem Bett in ihrem gemeinsamen Zimmer und schmiedeten Pläne. Sprachkenntnisse schienen beiden eine unabdingbare Vorbereitung auf die Zukunft. Englisch.

»Es ist davon auszugehen, dass nicht die Russen, nicht die alten Römer, sondern zu neunundneunzig Prozent die Amerikaner kommen«, rechnete Sophie vor. »Englisch ist die Sprache der Wahl.«

»Und wenn die Franzosen kommen?«, fragte Magda. »Die sind fast so schlimm wie die Russen. Habe ich gehört …«

»Ich kann kein Französisch. Außer *merci*«, sagte Sophie und sprach es so bairisch aus, wie es in Bayern benutzt wurde. Eine kleine Pause entstand.

»Die Amis kommen«, sagte Sophie und tätschelte Magdas Arm, deren Beunruhigung sie instinktiv fühlte.

Sophie hatte das Grammophon aus Erich Goldsteins Besitz vom Kramerhof nach Berchtesgaden verfrachtet, schon lange bevor Magda und ihre Familie bei ihnen einquartiert worden waren. Sie hatte ihr Schulenglisch mit den Schallplatten aus Goldsteins Kiste zu verfeinern gesucht, insbesondere, nachdem in der Schule der Englischunterricht eingestellt worden war. Angeblich gab es keine Lehrer mehr, die die Sprache des Feindes unterrichten wollten. Dabei wussten alle, dass ihr Englischlehrer, Herr Schneider, eingezogen und an die Ostfront geschickt worden war. Über seinen Verbleib gab es keine Nachrichten. Das war schade, denn Sophie gefiel Englisch, und daher kamen ihr die Langspielplatten mit Mitschnitten der Royal Shakespeare Company sehr gelegen. Sie gewöhnte sich schnell an das Bühnen-Britisch und lernte alle Vokabeln, die ihr unbekannt waren, akribisch mithilfe eines Lexikons. Allerdings wurde ihr gesprochenes Englisch, allein vor dem Spiegel deklamiert, etwas altmodisch und theatralisch verformt, ohne dass Sophie sich dessen bewusst war. Sie hatte diesen Ton wie selbstverständlich angenommen, denn anderes Englisch gab es für sie nicht mehr – bis sie gemeinsam mit Magda im Frühjahr 1945 anfing, BBC-Nachrichten zu hören.

Das Englisch aus dem Radio klang doch deutlich anders. Dabei hatten sie zufällig eine der Reden von Thomas Mann an die Deutschen gehört – und heftig gestritten. Die Rede war auf Deutsch gewesen und Ende Januar 1945 von der BBC ausgestrahlt worden. »Deutsche Hörer!«, hatte sie begonnen, und dann hatte Thomas Mann Adolf Hitler beschimpft. »… das elende Subjekt, das sich noch Deutschlands Führer nennt und jeden mit dem Tod bedroht, der den verlorenen Krieg als solchen bezeichnet …« So in etwa war es auch weitergegangen, und der berühmte Schriftsteller hatte davon gesprochen, dass Deutschland harte Zeiten bevorstünden, die vor allem Wiedergutmachung für die in den Nachbarländern begangenen Gräueln bedeute. Dass aber die Amerikaner, wie General Eisenhower gesagt hatte, als Sieger, nicht als Unterdrücker kämen. Da sie keine SS-Männer und keine Nazis seien, sondern Vertreter einer Demokratie, werde das entmenschte Grauen nun ein Ende haben – und die Gerechtigkeit siegen. Sophie hatte spontan widersprochen und sich aufgeregt.

»Max ist SS-Mann! Er ist nicht das entmenschte Grauen! Was soll das? Warum muss der sich so unflätig ausdrücken und Lügen verbreiten? Der ist Dichter!«

Magda schwieg einen Moment. Sophie sah sie auffordernd an.

»Wir haben – auf der Flucht – von Massenerschießungen gehört.«

»Ja, die Russen machen das«, sagte Sophie.

»Die Frau eines Offiziers, die mit uns zusammen auf dem Weg nach Westen war, hat davon erzählt.«

»Von was genau?«, wollte Sophie wissen.

»Sie hat von erschossenen jüdischen Frauen und Kindern in Massengräbern berichtet. Hinrichtungen von Regimegegnern. Von Deserteuren, die gehenkt wurden. Von verhungernden Gefangenen in Lagern ...«

»Ja, aber das machen die Russen!«, insistierte Sophie.

Magda schüttelte den Kopf. »Nein, das waren wir. Die Deutschen.«

»Das glaube ich nicht!«, sagte Sophie, aber ihre Überzeugung war aufgesetzt.

Sie musste an Anderl denken, der nach seinem ersten Fronteinsatz ein anderer Mensch geworden war. Er hatte am letzten Abend seines Urlaubs, bevor er wieder an die Front zurückkehren musste, mit ihr zusammen auf ihrem Bett gesessen. Wie früher. Irgendwann zu weinen begonnen und nicht mehr aufhören können. Anderl hatte vorher nie geweint. Sophie fühlte, dass ihr Bruder unaufhaltsam in bodenloser Dunkelheit und Einsamkeit ertrank. Sie hatte ihn mit Fragen traktiert, aber nichts herausbekommen. Er schwieg, als wollte er diese Tür in seine Verzweiflung hinein nicht öffnen. Weil er sich schämte oder weil er sie nicht mit seinem Elend anstecken wollte. Nur eines verstand Sophie intuitiv – was er verbarg, war etwas Ungeheuerliches. Irgendwann hatte Anderl gesagt, er werde ihr später davon erzählen. So hatten sie sich am Ende nur umarmt und eine gute Nacht gewünscht, und das war das letzte Mal gewesen, dass sie ihn gesehen hatte.

Dasselbe Grauen hatte sich in den kargen Erzählungen über Dachau wiedergefunden. Über Dachau hatte man in Berchtesgaden zeitig Bescheid gewusst. Ab 1934 waren einige der renitenten

Obersalzberger dorthin gekommen, wie der junge Fotograf Brandner, der mit seinem Fotokiosk nicht einfach dem Führersperrbezirk hatte weichen wollen. Oder auch der lustige Quickei Walch vom Puppentheater, der einen »Heil Hitler«-Gruß mit »Heil dich selbst!« erwidert hatte. Dieser Ulk war ihn teuer zu stehen gekommen, den Unterhalter aus der Puppenspielerfamilie. Sechzehn oder siebzehn war er da gewesen.

Die beiden kehrten zerstört zurück, sie hatten neben ihren Zähnen ihren Mut und ihre Gesundheit verloren. Schrecken, von anderen Menschen ausgeführt, hatten sie verstummen lassen. Grausames war mit ihnen geschehen. Wenn man die Rückkehrer vorher gekannt hatte, konnte man die Veränderung deutlich erkennen. Die Vorstellung, dass so etwas oder gar Schlimmeres auch in den eroberten Ländern geschehen war, beunruhigte Sophie. Denn wenn es etwas so Furchtbares, Unaussprechliches gab, was sie – wegen Max und überhaupt – einfach nicht glauben wollte, aber wenn das wahr war, dann müssten die Amerikaner – und alle anderen Nationen, gegen die Krieg geführt worden war – die Deutschen sehr streng bestrafen. So streng, wie es die ausgleichende Gerechtigkeit verlangte. In ihr war eine kleine Stimme, die ihr zuflüsterte, dass es so sein würde. Dass die Deutschen ab jetzt Ausgestoßene waren, wenn es gut lief. Oder getötet würden, wenn es schlecht lief. Aber das wäre auch verständlich, vielleicht sogar gerecht – »Auge um Auge« –, wenn wahr wäre, was Thomas Mann sagte.

Als Sophie diese Befürchtungen hegte, hatte sie noch nichts von Auschwitz und den Gaskammern gehört.

Um Magda Grundkenntnisse in Englisch zu vermitteln, hatte Sophie *The Tempest* ausgesucht, das berühmte Schauspiel von William Shakespeare. Sie mochte die Mischung aus Geister- und Abenteuergeschichte. Gern hätte sie auch einen mächtigen Luftgeist wie Ariel zur Verfügung gehabt, der Stürme herbeihexte oder was sonst gebraucht wurde, um verlorene Brüder wieder heimzubringen. Anderl zurückzuholen, das wäre ihr großer Wunsch an Ariel.

Sophie saß am Grammophon und hob den Arm mit der Nadel hoch, wenn eine Passage abgespielt war, dann versuchte sie, Magda den Inhalt und einige grammatikalische Regeln zu vermitteln. Ebenso wollte sie den Zauber vermitteln, den sie selbst beim wiederholten Hören des Stückes entwickelt hatte, sie kannte die Handlung und den Text so gut, dass sie sich Prosperos Welt sofort vor Augen rufen konnte. Das tiefere Verstehen von Shakespeares Stück und Sprache offenbarte seine Kunst und die Schönheit seiner Texte erst richtig. Doch die Vermittlung gelang ihr nicht so gut. Magda lag auf dem Bett, das Kinn in die Hände gestützt, die Füße in der Luft hin- und herwedelnd, und stellte gelangweilte Pflichtfragen.

»Und was passiert jetzt da genau?«

»Also, der Zwillingsbruder von Viola ist auf dem Schiff im Sturm gewesen. Sie fürchtet, dass er tot ist, und fragt die Matrosen nach ihm.«

»Was heißt ›Zwillingsbruder‹ auf Englisch?«

»Ähm, im Text stand nur: ›My brother he is in Elysium. Perchance he is not drown'd: what think you, sailors?‹«

Sophie deklamierte überzeugend, aber Magda war unnachgiebig.

»Gut. Aber was heißt jetzt ›Zwilling‹?«

»Brother.«

»Das heißt ›Bruder‹, Sophie! Das verstehe sogar ich!«

»Zwilling. Weiß ich gerade nicht.«

»Und du willst mir Englisch beibringen! Auf deiner Platte reden die alle sehr merkwürdig. So spricht kein Engländer. Und Amerikaner schon gleich überhaupt nicht.«

Sophie seufzte. Ihre pädagogischen Fähigkeiten waren nicht besonders entwickelt, und geeignetes Lehrmaterial fehlte ihr auch.

»Wir brauchen ein richtiges Englischbuch.«

Sie ließ sich neben Magda auf das Bett fallen. Magda drehte sich zu Sophie, und schon bevor ihre Freundin den Mund öffnete, wusste Sophie, was sie im nächsten Moment sagen würde. Magda bekam dann immer dieses leicht idiotische Grinsen.

»Meinst du, Max mag mich?«

Sophie gab eine Antwort, die sie schon mehrere Male gegeben hatte – in verschiedenen Varianten, und nicht nur an Magda.

»Max mag viele Mädchen. Dich auch.«

Diese Antwort erboste Magda, und genau das bezweckte Sophie. Sie wollte nicht, dass Magda ihr Herz an Max hängte. Dazu wusste sie zu viel von ihrem Bruder. Doch das Einzige, was Sophie damit erreichte, war, dass Magda sauer auf sie war.

»Ich bin aber nicht ›viele Mädchen‹!«, sagte Magda und errötete vor Zorn.

Sophie betrachtete Magda, ihre zarten Sommersprossen auf der fast weißen Haut, die graublauen Augen und ihr lockiges rötliches Haar. Magda sah besonders aus. Nicht klassisch hübsch, aber Sophie konnte sie sich gut in Prosperos Welt als eine Waldelfe vorstellen. Das war reizvoll. Sophie selbst war handfester, sportlicher, ein »durch und durch gesundes Mädel«, wie ihre Sportlehrerin, Frau Michalke – Berlinerin, Parteimitglied der ersten Stunde und BDM-Führerin –, ihr attestiert hatte. Sophie hatte eine glatte, fleckenfreie Haut, die leicht bräunte, dunkelblonde Haare mit helleren Strähnen, grüngraue Augen und große weiße Zähne in einem breiten Mund, der gern lachte. *Gesund eben*, setzte sie sich selbst zurück und verkannte damit die Wirkung ihrer kraftvollen, anziehenden Erscheinung.

Sophie beschloss, Magda die Wahrheit zu sagen.

»Ich möchte dich nicht trösten müssen, weil mein Bruder mit dir ins Bett gegangen ist und dich danach vergessen hat.«

»Du musst mich nicht trösten.«

»Doch.«

»Mit mir und Max, das ist anders. Ich weiß das.«

»Warst du etwa schon mit ihm im Bett?«

»Nein!«

»Woher willst du das wissen?«

»Ich fühle das.«

»Ahhh!«, schrie Sophie und schlug die Hand vor die Augen. Sie hatte Max' erste Freundin Mimi erlebt – da war ihr Bruder gerade siebzehn gewesen. Noch Wochen, nachdem er mit der nächsten und übernächsten angebandelt und Mimi abserviert hatte, war Mimi heulend um das Gruber'sche Haus und die Werkstatt herumgeschlichen und hatte sich sogar kurzfristig an Anderl rangemacht, nur um Max nahe sein zu können. Die Mädchen hatten sich schon immer für Max zum Affen gemacht. Sophie war froh, dass er ihr Bruder war. Da waren die Dinge klar. Auf der Schwesternebene war sie die Einzige, konkurrenzlos. Das war gut.

»Weißt du, wo Max ist?«, fragte Magda.

»Nein«, antwortete Sophie wahrheitsgemäß, »er hat mir nichts gesagt.«

Magda fing auf einmal an zu grinsen.

»Was?«, fragte Sophie.

»Wenn alles vorbei ist, der Krieg, die Amis, alles … dann werden Max und ich heiraten. Du wirst sehen.«

Sophie dachte einen Moment, dass Magda wirklich verrückt war. Sie verkniff sich die Antwort, die ihr auf der Zunge lag.

»Ist das alles, was du für die Zukunft planst?«, fragte sie stattdessen.

»Na ja, erst mal reicht das doch, oder? Ich könnte auch noch irgendwo arbeiten. Mein Abi habe ich. Mal sehen. Und du?«

»Ich möchte etwas Sinnvolles machen. Ich könnte dolmetschen, wenn die Amerikaner da sind.«

Jetzt zog Magda leicht verächtlich die Augenbrauen hoch.

»Was willst du denn dolmetschen? Du sprichst dieses komische Englisch und weißt nicht mal, was ›Zwilling‹ heißt!«

»Twin!«, erwiderte Sophie auf einmal wie aus der Pistole geschossen.

Abgesehen von der Zeit, die sie zu zweit mit allgemeinen Mädchenträumen und Zukunftsplänen verbrachten, mussten die beiden sich an den alltäglichen Arbeiten und Besorgungen der Familien beteiligen. Die Stimmung war wenig optimistisch, und für Liebeständeleien oder berufliche Pläne in Verbindung mit den Amis hätte niemand Verständnis gehabt.

Sie waren alle mit der Beseitigung von NS-Insignien beschäftigt – die rote Flagge verlor durch Theres' Schere ihr Hakenkreuz, denn Theres wollte den Stoff nicht einfach wegwerfen, und auch Kathi gefiel das Rot. Ein Rot mit einem Loch in der Mitte. Ebenso wurden das Führerporträt und das ungelesene Exemplar von *Mein Kampf* entsorgt. Kathi hatte die zwei Sachen aus Anderls Zimmer geholt und eigenhändig im Holzofen verbrannt.

»Der Anderl hätt' nix dagegen, der konnte nie was damit anfangen«, behauptete Kathi und schaute Sepp und Theres trotzig an.

»Erinnere ich mich anders«, sagte Sepp kurz.

Gemeinsam wählten sie zwei große Betttücher aus, eines für den Balkon vorn und eines hinten für die Werkstatt, egal von welcher Seite sie kommen würden, konnten die Amerikaner die Beflaggung in Weiß sehen. Aber keiner wusste, ob die Offiziellen bereit zur Übergabe der Stadt oder noch auf Verteidigungskurs waren. Daher hängten sie noch nichts raus.

Die Stimmung schwankte, wenn Max käme und die weiße Flagge sähe, gäbe es Ärger. Alle fürchteten ihn, seit er die schwarze Uniform trug, aber besonders in den letzten Monaten. Er wirkte immer noch bis ins Mark überzeugt – »Meine Ehre heißt Treue« – und hatte sich sehr aufgeregt, als Anfang April bei einer Heldengedenkfeier in Marktschellenberg nach Abschluss der Rede des Wehrmachtsoffiziers niemand der Anwesenden – weder die Wehrmachtssoldaten noch der angetretene Volkssturm, noch die Zivilbevölkerung, die am Gedenkakt für die Gefallenen teilgenommen hatte – den »Sieg-Heil«-Gruß des Offiziers erwidert hatte. Das Schweigen der Menge wirkte defätistisch. Max hatte zu Hause kommentiert, er würde jeden der Soldaten persönlich zur Rechenschaft ziehen, wenn er das könnte. Niemand hatte widersprochen oder nachgefragt, wie diese Rechenschaft aussähe. Dabei glaubte auch bei den Grubers keiner mehr an den Sieg, die NS-Propaganda hatte ihre blind machende Wirkung eingebüßt.

Wie anders war es zu Beginn … Wie stolz waren sie auf Max gewesen! Einer der Ihren, aus der Holzschnitzerfamilie Gruber in Berchtesgaden, war in die Elite des Staates, die SS, aufgestiegen. Schließlich sogar in die Division »Das Reich«. Die Besten der Besten. Theres hatte eigenhändig die silbernen Insignien des Erfolgs an die Uniform genäht und bei jeder Beförderung ergänzt oder ausgetauscht.

Die Grubers hatten auch an die deutsche Idee geglaubt. Ein starkes Deutschland. Ein Führer, der sagte, wo es langging. Nieder mit den Feinden, die eine bessere Welt verhinderten! Der Papst blieb allerdings für Theres und auch für ihre Mutter Anni – einer ihrer wenigen Berührungspunkte – immer die höchste Instanz.

»Mei, ihr seid halt altmodisch, ihr Katholiken«, hatte Max milde gespottet.

Niemals werde ich altmodisch sein!, hatte Sophie sich damals geschworen und ihren großen Bruder und seine Überzeugungen keinen Moment infrage gestellt.

Aber jetzt war Sophie älter und Max war unberechenbar geworden.

Am Tag bevor die Amerikaner endlich kamen, war Sophie auf dem Kramerhof bei den Großeltern gewesen. Sie hatte eigentlich nur einige Lebensmittel und ein paar andere Dinge holen wollen, die aus den Beutezügen stammten. Doch das Wetter bot einen deprimierenden Rückfall in den Spätwinter, Gräue und Schnee, der zwar schnell wieder verschwand, aber erst einmal den Frühling in wässrigem Matsch erstickte. Und so war Sophie auf Bitten von Anni am 3. Mai über Nacht dageblieben. Sophie und die Alten hatten zum Abendbrot um den Tisch gesessen und diskutiert. Sophie hatte die Abende mit Anni, Ernst und Gustl schon immer gemocht. Es war eine andere Welt. Sie waren älter, härter geprüft und gleichzeitig offener als ihre Eltern. Das spiegelte sich in den freimütigen Gesprächen wider. Irgendwann hatte Anni Sophie das Versprechen abgenommen, nicht darüber zu reden, was an diesem Tisch gesprochen wurde. Auch nicht unten bei den Grubers. Zu sehr fürchteten sie Denunziationen: Ein unbedachtes Wort an der falschen Stelle vor den falschen Leuten – und schon könnte Schlimmes passieren. Jeder kannte Geschichten dazu. In Berchtesgaden war die bekannteste sicher die von Rudolf Kriss, dem Brauereibesitzer, der von einem guten Bekannten bei den Weihnachtsschützen hingehängt worden war. Nicht als Einziger, der Denunziant war eifrig gewesen, hatte viel, häufig und ausgeschmückt an die NSDAP-Kreisleitung berichtet und sich so ein dauerhaftes Einkommen als Illustrator von diversen linientreuen Veröffentlichungen erpetzt. Und der Kriss, darin waren sich alle einig, war zwar eigenwillig – es wurde gemunkelt, dass er Männer liebte –, aber »ein Guter«. Sophie hatte sich immer an ihre Abmachung gehalten, sie wusste, ohne dass Anni es ausgesprochen hatte, dass diese Vorsichtsmaßnahme vor allem Max' Linientreue geschuldet war.

An diesem Abend wurde über die neuesten Ereignisse und das Herannahen der Amerikaner gesprochen. In Reichenhall hatte es im *Tagblatt* den Aufruf gegeben, dass die Bevölkerung keinen Widerstand leisten solle, um nicht Vergeltungsmaßnahmen der Amerikaner hervorzurufen. Der Schriftleiter und Verantwortliche des Blattes, Max Wiedemann, war noch am selben Tag – Zufall oder nicht! – auf der Straße von einem SS-Mann erschossen worden, weil er angeblich sein Fahrrad nicht hergeben wollte. In Berchtesgaden hatte es ein Flugblatt vom Landrat gegeben, weiße Flaggen rauszuhängen und keinen Widerstand zu leisten.

»Des ist des einzig Vernünftige«, sagte Gustl zufrieden.

Keiner von ihnen wusste, wie hart der Landrat um diesen Akt der Vernunft mit dem geltungssüchtigen General Kesselring und NS-Kreisleiter Bernhard Stredele hatte ringen müssen.

Sophies Plan, bei den Amerikanern als Dolmetscherin zu arbeiten, wurde bei der abendlichen Kramerhofrunde begrüßt. Für die jungen Menschen boten sich damit neue Chancen, so hofften sie. Die Großeltern und Gustl konnten Sophies Englischkenntnisse nicht einordnen, aber sie fanden die Idee erst einmal überzeugend. Bis Anni einwandte, dass noch nicht klar war, wie die Amerikaner als Sieger vorgehen würden. Würden sie den Deutschen eine Chance geben?

»Wenn sie es müssen, werden sie es tun«, sagte Gustl.

»Sie müssen«, sagte Ernst. »Wie soll es sonst gehen?«

Und damit lag er ziemlich richtig.

Gustl hatte noch eine Überraschung auf Lager. Er hatte nach den ersten Streifzügen mit Magda und Sophie nicht aufgehört, nach wertvollen Hinterlassenschaften der geflohenen Naziprominenz vom Obersalzberg zu suchen. Er kannte die Gegend schließlich schon seit seiner Kindheit, fünfundsechzig Jahre lang, bis zum erzwungenen Verkauf des elterlichen Hofs. Als Kinder waren Anni und er überall herumgestreift. Wenn sich jemand auskannte – auch mit natürlichen Verstecken, die sich in der Landschaft selbst anboten –, dann er. In unmittelbarer Nähe der Stelle, wo der alte elterliche Hof gestanden hatte, bevor er wegen der Sicherheitszone rund um den Berghof abgerissen worden war, hatte er ein kleines, aber pralles Depot entdeckt und mit großer Befriedigung ausgehoben. Erst als seine Schwester Anni, deren Missfallen in Bezug auf Plünderungen er kannte, und Ernst schon zu Bett gegangen waren, zeigte er Sophie seinen Fund. Und dieser Fund war in der

Tat außerordentlich. Es war eine Kiste mit diversen Schmuckstücken: Goldschmuck, Juwelen und Perlen, dazu Silbergegenstände, Gefäße und Goldmünzen. Allein diese Gegenstände waren beim Tausch einiges wert. Das hervorstechendste Fundstück aber war eine Marienstatue, etwa fünfzig Zentimeter groß und, so besagte eine Punze, aus reinem Gold. Die Punze, das hatte Gustl herausgefunden, war nicht deutsch. Die Statue war in ein Stück französisches Zeitungspapier eingewickelt, und daher vermutete er, dass Punze und Marienstatue aus Frankreich stammten. Sophie betrachtete die schimmernde Madonna eingehend.

»Sie sieht sehr zufrieden aus«, sagte sie.

»Bissl abgehoben, aber passt schon für die Muttergottes«, fand Gustl.

Das Gesicht der Madonna war fein gearbeitet, und man konnte den typischen, leicht versonnenen und zufriedenen Ausdruck einer Maria erkennen, die selbst ohne das Kind im Arm zufrieden mit ihrer Rolle und im Bewusstsein war, der Welt einen wahren König geschenkt zu haben. Der Schmerz über seinen Tod war ihr nicht anzusehen. Sie war abgeklärt, sogar heiter, wissend, dass ihr Sohn zu einem höheren Zweck geboren und gestorben war und nun »zur Rechten Gottes« saß, um die Menschen zu retten. Das war ihr Werk ebenso wie das des Heiligen Geistes, der sie mit dem überirdischen Sperma zusammengebracht hatte.

Maria hatte neun Monate lang das Kind ausgetragen, es geboren und schließlich großgezogen: Sophie fand, darauf könne Maria mit Recht stolz sein. Gustl meinte frech, dass man die Rolle Josefs bei der Zeugung nicht unterschätzen solle. Er hing eher der Theorie an, dass Gott den Josef anstatt dem Heiligen Geist zur Schwängerung Marias »benutzt« hatte. Die Idee der Jungfräulichkeit war ihm als Bauern suspekt und als Zwangsidee wiederum so menschlich, dass sie weit unter Gottes Niveau war. Gott habe die zwei Geschlechter nicht erfunden, um hinterher »Pfui Deifi« zu ihrer geschlechtlichen Betätigung zu sagen. Er hätte die Fortpflanzung sonst anders gestalten können, wie bei den Schnecken zum Beispiel. Aber die neidischen menschlichen Spaßverderber hatten sich diesen religiösen Bremsmechanismus ausgedacht, dass Lust und Sex, selbst wenn daraus ein göttliches Kind entstand, eine schmutzige, sittliche Gefahr war, und zwar insbesondere für Frauen. Daher musste Maria das göttliche Kind ohne fleischliche Betätigung bekommen haben, sonst wäre die Muttergottes ja befleckt gewesen. Fragen nach dem Sexualleben Josefs oder den Liebhaberqualitäten des Heiligen Geistes und dem Lustempfinden Marias bei der Befruchtung durch den Heiligen Geist waren unchristlich obszön. Gustl und Sophie machten sie Spaß. In dieser praktischen Ketzerei, die Theres tiefes Entsetzen verschafft hätte, trafen sich Sophie und Gustl für einen Moment, dann wurden sie noch praktischer.

»Wie kommt die Madonna hierher?«, fragte Sophie. »Wenn sie doch aus Frankreich ist?«

»Ich glaub', dass sie jemand in Frankreich aus einer Kirche gestohlen hat«, sagte Gustl.

Bei aller Gleichgültigkeit der katholischen Kirche gegenüber machte das Sophie doch etwas fassungslos.

»Wer macht denn so was?!«

»Deutsche Soldaten«, sagte Gustl trocken. »So ist der Krieg! Man nimmt, was man kriegen kann.«

»Und was machst du jetzt mit der Maria?«

Gustl zuckte die Achseln.

»Vielleicht kann man rausfinden, wo sie herstammt. Oder willst du sie etwa behalten?«, fragte Sophie etwas irritiert. Das eine war, Sachen in verlassenen Häusern »zu finden«, etwas anderes war, Kunstwerke aus Kirchen zu stehlen. Zumindest ihrer Meinung nach.

»Ich heb's erst mal auf und denk drüber nach«, sagte Gustl und verpackte die Madonna wieder.

Die anderen Wertgegenstände waren möglicherweise auch geraubt. Sophie bekam ein ungutes Gefühl. Vermutlich hatte irgendein Soldat oder SS-Mann, der im Verlaufe des Kriegs hierhergekommen war oder von hier stammte, all diese Dinge irgendwo zusammengerafft. Und was war mit den Besitzern? Waren die vertrieben worden? Hatten die Unbekannten leere Häuser geplündert? Oder waren sie mit gezückten Gewehren auf Menschen losgegangen, hatten sie bedroht? Lebten die Besitzer noch? Waren sie tot? Sie musste Max bei Gelegenheit danach fragen. Oder vielleicht auch nicht.

Am Morgen des 4. Mai erschütterte eine Reihe schwerer Detonationen den Obersalzberg, und der Lärm war bis zum Kramerhof zu hören, wo Sophie gerade ihre Sachen zusammenpackte, weil sie zurück nach Berchtesgaden laufen wollte. Alle rannten vor die Tür und sahen dort, wo der Berghof lag, eine riesige Rauchwolke und Flammen emporschlagen. Kurz darauf rauschten mehrere Kübelwagen und Mannschaftsfahrzeuge an ihnen vorbei: SS-Einheiten, die sich aus dem Staub machten. Gustl war sicher – sie hatten den nur mäßig zerstörten Berghof vollkommen gesprengt und in Brand gesetzt. Sie wollten den alliierten Truppen nichts vom Führer übriglassen. Dass sie jetzt alle abzogen, bedeutete, dass die Amerikaner schon sehr nah waren. Anni wollte nicht, dass Sophie sich jetzt auf den Weg machte, denn sie wussten nicht, was auf den Straßen gerade los war. Aber Sophie wollte unten sein, wenn sie kamen, zu Hause. Sie stopfte also die Lebensmittel, ein Buch und andere Kleinigkeiten in den Rucksack und machte sich auf den Weg.

Sophie nahm nicht die Straße ins Tal, sondern den steilen Pfad quer durch die Serpentinen nach unten. Das war kürzer, und sie würde voraussichtlich auch niemandem begegnen. Unterwegs konnte sie die lodernden Flammen des Berghofs sehen. Es musste auch noch mehr dort oben brennen, denn das Feuer und die schwarzen Rauchsäulen waren riesig.

Sophie war trotz aller diffusen Befürchtungen neugierig und nahm den Weg durch die Stadt. Auf der Marktstraße hingen an fast allen Häusern weiße Tücher. Kein Mensch war zu sehen, und Sophie ging eilig in Richtung Nonntal. Der Gasthof am Marktplatz hatte alle Fensterläden geschlossen, ebenso wie viele andere Geschäfte. Sie hatten trotz des fortgeschrittenen Vormittags noch nicht geöffnet, wie normalerweise an einem Freitag – selbst in Kriegszeiten, wenn es nur eine sehr beschränkte Auswahl an Waren gab. Sophie sah die alte Traudl aus ihrem Eingang huschen und wie einen Geist im Nachbarhaus verschwinden, wo ihre Schwester wohnte. Sophie hörte ihre Schritte auf dem Pflaster laut hallen, so ruhig war es. Eine Amsel tirilierte laut, und fast klang es in Sophies Ohren wie eine Warnsirene. Sie passierte den Torbogen Richtung Schlossplatz. Sofort sah Sophie die drei Männer mit der weißen Fahne, die in der Mitte des Platzes aufgepflanzt warteten. Der eine war Bürgermeister Sandrock, die anderen beiden kannte sie flüchtig aus dem Weichbild der Stadt. Sophie überlegte kurz, doch einen anderen Weg zu nehmen, aber dann holte sie tief Luft und lief unter den Arkaden entlang, wo die Männer sie sicher bemerken würden. Aber sie tat nichts Verbotenes, sie wollte nur nach Hause ins Nonntal. Sophie ging schnell und möglichst nah an der Wand durch die Arkaden. Als sie am Kriegerdenkmal war, sahen die drei Männer mit der weißen Fahne sie.

»Geh heim, Madl!«, rief einer der Männer ihr zu.

»Mach ich gerade!«, rief Sophie zurück, legte noch etwas Tempo zu und verließ den Schlossplatz durch den Ausgangsbogen der Arkaden.

Aus der Ferne waren schwere Motorengeräusche zu hören. Und ein beunruhigendes mechanisches, dröhnendes Geräusch, das sie nicht kannte. Später würde sie erfahren, dass es das Geräusch von Panzerketten auf Asphalt war. Sophie fing an zu rennen.

9

Meg Taylor, der Presseoffizierin, war ebenso wie allen anderen klar, dass sie dieses Mal keine Rücksicht auf die Franzosen nahmen. Die Amerikaner wollten und würden die Ersten sein. Das war die Parole innerhalb der amerikanischen Divisionen, die sich von zwei Seiten auf Berchtesgaden zubewegten. Von General George Patton abwärts war es jedem einzelnen Soldaten wichtig, dass die US-Army als Erste in Berchtesgaden einmarschierte. Sie hatten sogar auf Urlaub verzichtet, um dabei sein zu können, wenn der Krieg in diesem letzten Zipfel Nazideutschlands beendet würde.

In der Hauptstadt Berlin waren die Russen, ihre Verbündeten, als Erste einmarschiert. Aber den symbolisch aufgeladenen zweiten Regierungssitz würden die Amerikaner zuerst betreten. Hier, wo der Führer mit seinen Vasallen einen Hochsicherheitstrakt mit Ausblick auf den Untersberg, Hohen Göll, Jenner und natürlich den Watzmann installiert hatte. Auf dem Berghof waren Vernichtungspläne, Feldzüge und architektonische Zukunftsvisionen entwickelt worden.

Man hatte von einer Alpenfestung gemunkelt, auf die sich die Elite der NS-Diktatur im letzten Moment zurückziehen würde und die dank moderner Wunderwaffen und anderer Techniken uneinnehmbar wäre. Doch seit dem Bombardement durch die RAF am 25. April und dem Suizid des Führers einige Tage später in Berlin war klar, dass dort voraussichtlich keine Regierungsmannschaft verbarrikadiert war. Trotzdem blieben alle wachsam, denn mit unerwartetem Widerstand war im Feindesland immer zu rechnen. Außerdem hatte der CIC in seinen Berichten daraufhin gewiesen, dass sich in der Region rund um Berchtesgaden nicht nur viele

Flüchtlinge und verwundete Soldaten befanden, sondern auch jede Menge anderer deutscher Verbände: SS und Wehrmacht, dazu Volkssturm und Werwölfe. Deren Reaktionen blieben unberechenbar.

Die Franzosen unter Leclerc waren an einer Brücke auf Befehl von General John W. O'Daniel, genannt »Iron Mike«, stundenlang aufgehalten worden, um deren Ankunft in Berchtesgaden zu verzögern, was Leclerc sehr zornig gemacht hatte. Die Missstimmungen zwischen Amerikanern und Franzosen wuchsen, aber diesen Triumph wollten die Amerikaner für sich, und so wurde das Wettrennen mit nicht ganz fairen Methoden ausgeführt.

Die Franzosen, bis 1944 unterlegen, gingen bei der Eroberung des Landes, das zuvor ihre Heimat vier Jahre lang unterjocht hatte, nicht zimperlich vor. Sie nahmen Rache.

Meg war Zeugin geworden, wie Soldaten der parallel zu den US-Truppen vorrückenden *2e division blindée* unter Leclerc Kriegsverbrechen begingen. Sie töteten in ihrem Beisein drei junge deutsche Volkssturm-Soldaten im Teenageralter, nachdem diese sich ergeben und, Gesicht nach unten, auf den Boden gelegt hatten. Man schoss ihnen nacheinander die Gehirne aus dem Kopf. Und das war nur einer von vielen Fällen. Daneben gab es zahlreiche Vergewaltigungen. Die Truppen waren außerdem gut organisiert, was das Plündern betraf. Lastwagen wurden konfisziert, die Dinge, die sie aus den Häusern geholt hatten, wurden aufgeladen und die vollen LKW sofort nach Frankreich geschickt. Dieses Verhalten war grundsätzlich anders als das der Amerikaner, die nicht nur keinen Krieg im eigenen Land erlebt hatten, sondern als ungeteilte Sieger kamen. Die Franzosen waren Besiegte, durch Amerikas Gnaden konvertiert zu Siegern. Wut, Scham und ein ungeklärtes Quantum an zu verdrängender Kollaboration befeuerte die Rachlust der französischen Soldaten, denen von ihren Generälen freie Hand gewährt wurde.

Meg, die schon *La Libération* in Frankreich mit Fotos und Berichten dokumentiert hatte, konnte diesen Drang nach Vergeltung nachvollziehen. Hätte sie nicht die Befreiung der Konzentrationslager miterlebt, wäre das möglicherweise nicht so gewesen. Die Bilder der Überlebenden und Toten aus den Lagern würden sie nie wieder verlassen und standen in einem so harschen Kontrast zu den wohlgenährten Menschen in Deutschlands Provinzen, die in bunten Städtchen und märchenhaften Landschaften samt Vieh und Ackerbau ein scheinbar davon unberührtes Leben führten, wo selbstverliebte, weltferne Deutsche den Nazismus unterstützt und genährt hatten. Die Städte lagen im Gegensatz dazu in Schutt und Asche: eine gerechte Strafe in Megs Augen. Sie wollte nicht differenzieren, zumal bisher keiner der Deutschen, denen sie begegnet war, auch nur einen Funken an Empathie, sondern lediglich ausgedehntes Selbstmitleid gezeigt hatte. Die Franzosen sollten sich also nehmen, was sie kriegen konnten, sie hatte nichts dagegen und hoffte, dass die Amerikaner sich in ihrer Haltung den Deutschen gegenüber nicht allzu sehr erweichen lassen würden. Meg hatte trotzdem darauf gewettet, dass die Amerikaner als Erste in Berchtesgaden ankämen, sie hatten es verdient. Dieses Wettrennen zum triumphalen Kriegsende in Europa im Tal von Berchtesgaden hatte sie sich nicht entgehen lassen wollen und einen Presseplatz im Zug von Franks Bataillon ergattert. Gute Kontakte halfen, Meg konnte mit allen. Meg war auch schon eine Veteranin in den Augen der GIs. Noch dazu eine sehr gut aussehende, der die Uniform stand, die kein Aufheben um sich machte, die nicht beim ersten lauten Gefecht in Tränen ausbrach und die vor allem nicht im Weg rumstand. Ihre Berichterstattung war kompetent und wichtig für die Moral in der fernen Heimat, sodass ihr immer wieder die besten Möglichkeiten geboten wurden.

Meg stammte aus einer gut situierten Ostküsten-Familie und hatte als junge Frau nach der Schule ihre Heimat verlassen, um in London und Paris zu leben. Ihr Äußeres hatte ihr ermöglicht, als Mannequin und Fotomodell zu arbeiten und als Schönheit der

Stunde Zugang in die Künstler- und Intellektuellencliquen zu bekommen. In Paris war Meg, gerade zwanzig Jahre alt, Muse und kurzzeitig auch Geliebte eines bekannten Fotografen geworden, bei dem sie sich alles abgeschaut hatte. Sich ablichten zu lassen und eine bestenfalls interessante Projektionsfläche für Männer und Frauen zu sein hätte ihrem abenteuerlichen Geist und ihrer Intelligenz nie genügt. Als der Krieg begann und Paris schließlich besetzt wurde, kehrte sie nach England und, als ihr Vater bei einem Autounfall starb, schließlich in die USA zurück.

Anlässlich der Beerdigung traf Meg ihre gesamte Familie wieder, sie hatten einander sonst nicht besonders viel mitzuteilen und wenig Kontakt. Ihre Mutter war wund vor Schmerz, die Augen rot vom Weinen, durchsichtig und nahezu leblos vor dem schwarzen Abgrund des Verlustes. Caleb, ihr älterer Bruder, der mit seiner Frau Rosie und den Kindern da war, hatte die Rolle des Familienoberhauptes sofort übernommen. Seine Trauer zeigte er nicht, und wenn sie überhaupt existierte, so wurde sie dadurch erheblich gelindert, dass er nun allein das florierende elterliche Baugeschäft führte und die Kompassnadeln der Ehrerbietung aller anwesenden Angestellten bereits merkbar in seine Richtung geeicht waren. Meg registrierte, dass Caleb auch schon die goldene Armbanduhr ihres Vaters am Handgelenk trug. Rosie hatte die Organisation der Trauerfeierlichkeiten übernommen und alle wichtigen Leute eingeladen – Verwandte, Freunde, Nachbarn, leitende Mitarbeiter des Familienunternehmens und Geschäftspartner. Auch jenen Mann, den Meg nie hatte wiedersehen wollen: Archibald Knott.

Archie war seit Kindertagen der beste Freund ihres Vaters gewesen und war in ihrem Elternhaus wie ein Familienmitglied ein und aus gegangen. Er war auch allein gekommen, hatte sich um die beiden Kinder gekümmert, mit Caleb in der Werkstatt Laubsägearbeiten gemacht und mit Meg einen Drachen gebaut. Die Kinder mochten ihn. Archie traute ihnen alles zu und hörte ihnen zu wie Erwachsenen. Auch Meg mochte ihn. Bis zu jenem Tag, an dem Archie die achtjährige Meg vergewaltigte. Er kam einfach in ihr Zimmer und bediente sich, als wäre sie ein Spielzeug. Sie war ihm körperlich vollkommen unterlegen und hörte nach kurzer Zeit auf, sich zu wehren. Währenddessen hielt er ihr den Mund zu. Anschließend nahm er ihr das Versprechen ab, darüber zu schweigen. Aber Meg blutete und hatte solche Schmerzen, dass sie sich ihrer Mutter anvertraute. Ein Arzt wurde gerufen, die Polizei nicht. Meg kam ins Krankenhaus. Archie wurde des Hauses verwiesen, stritt aber das Unbeweisbare ab. Ihr Vater tobte vor Wut, ihre Mutter war verzweifelt. Nach einem Tag konnte Meg die Klinik schon wieder verlassen. Doch einige Wochen später stellte sich heraus, dass Meg mit Gonorrhö infiziert war. Um sich auszukurieren, musste sie in eine Spezialklinik, in der sie von Menschen umgeben war, die das kleine Mädchen mit der sündigen Erwachsenenkrankheit wie eine Außerirdische betrachteten. Eine Achtjährige mit Gonorrhö! Eine wandelnde Horrorgeschichte in Gestalt eines Mädchens. Einige der Patientinnen aber schenkten Meg Aufmerksamkeit und Mitgefühl, eine von ihnen, vermutlich eine Prostituierte, zeigte Meg Tricks, wie sie sich zur Wehr setzen konnte, und trainierte mit ihr. Als Meg zurückkam, war sie verändert, verschlossen und misstrauisch. Ihre Familie behandelte sie anders als vorher, wie etwas, das man mit Gummihandschuhen in einer Armlänge entfernt vom eigenen Körper bediente, in andauernder Angst vor einer in Dreck und Nägeln explodierenden Bombe. Es wurde nicht darüber gesprochen. Medizinisch gesehen war sie wieder »in Ordnung«. Sie würde auch Kinder kriegen können. Eine der größten Sorgen ihrer Eltern. Meg wollte auch selbst, dass alles wieder normal war. Aber das war es nicht. Auf unbestimmte Weise hatte die erlittene Vergewaltigung sie aus der Familie ausgeschlossen. Sie war nicht mehr Teil der Familiengemeinschaft.

Das Schlimmste für Meg aber war, dass nach einigen Monaten der Abwesenheit Archie Knott seine Besuche in ihrem Elternhaus wieder aufnahm und dort – zunächst zurückhaltend, aber dann immer herzlicher – empfangen wurde. Man hielt Meg von ihm fern, als sei sie selbst Auslöser und Grund für den Übergriff Archies, von dem man anscheinend annahm, dass er so etwas nicht mehr tun würde, wenn es keine Gelegenheit gab – sprich: wenn Meg, das verführerische kleine Ding, nicht seine Lüsternheit anfeuern und unbezähmbar machen würde. Zu diesem Zeitpunkt hätte Meg ihre Gefühle nicht in Worte fassen können, aber sie spürte eine große Verzweiflung darüber, dass es ihren Eltern, besonders ihrem Vater, wichtiger war, die Freundschaft mit Archie weiterzuführen, als dass das Vergehen an seiner kleinen Tochter angemessen geahndet oder überhaupt als solches in das familiäre Bewusstsein aufgenommen wurde. Offenbar hatten ihre Eltern kein Problem, mit dem Vergewaltiger ihrer Tochter weiter zu verkehren. Er wurde weder angezeigt noch verbannt. Lässlich schien ihren Eltern das Verbrechen im Verhältnis zur Scham, die sein Bekanntwerden bei ihnen ausgelöst hatte. Meg war noch jung, und sie würde schon darüber hinwegkommen. Alle taten so, als wäre nichts Schlimmes passiert, weil sie selbst sich ein solches Verbrechen nicht eingestehen wollten. Aber wie für alle Opfer war diese Form der Verdrängung für Meg wie ein zweites, fast noch schlimmeres Leid. All das war Grund genug, um als junge Frau von zu Hause zu fliehen.

Und jetzt war da wieder Archibald Knott und heulte am Grab ihres Vaters. Bei den obligaten Beileidsbezeugungen, die die Familie entgegennahm, umarmte Archie die Witwe seines besten Freundes, den Sohn, die Schwiegertochter und stand vor Meg – bereit, auch sie zu umarmen. Doch Meg, in einem einfachen schwarzen Kleid, das ihre natürliche Eleganz betonte, sah ihn mit einem Blick aus Eis an. Kurz nachdem er schon zum Umarmen angesetzt hatte, registrierte er intuitiv, was passieren würde: Meg holte aus und landete einen kraftvollen Schwinger mit geballter Faust mitten in Archies Gesicht. Seine Nase begann zu bluten, er hielt sich das Gesicht, und Rosie fing an zu schreien. Meg drehte sich um und verschwand nach New York. Alle zerrissen sich das Maul über sie. Archie erstattete aus gutem Grund keine Anzeige, und manche der Gäste erfuhren doch noch, was Meg als Kind durch ihn widerfahren war. Gemunkel hatte es immer gegeben, und jetzt stieg es in fauligen Blasen zurück an die Oberfläche. Das war der endgültige Bruch Megs mit ihrer Familie: einer, der nicht mehr zu reparieren war.

In New York schiffte Meg sich als Press Officer wieder nach Europa ein. Da war sie jetzt, dokumentierte Gräuel und Verwüstungen, flocht aus ihren Bildern und Berichten erschütternde Reportagen und fühlte, dass sie etwas Sinnvolles tat.

10

Die Kolonne aus Panzern, Infanterie und Militärfahrzeugen schlängelte sich durch prickeligen Schneefall und eisigen Wind, der nichts von Anfang Mai an sich hatte. Die Straße Richtung Berchtesgaden war von dunklen, felsigen Steilhängen gesäumt, auf denen ein gräulicher, kalter Wolkendeckel die Sicht in die Weite des Universums kappte. Kein Weitblick, nirgends. Der Hinterhalt von »Hänsel und Gretel« passte zu dieser engstirnigen Landschaft, fand Frank, der in der Mitte der Kolonne fuhr. Er empfand physische und seelische Erleichterung, als sie endlich in das sich weitende Tal von Berchtesgaden kamen.

Auf der Höhe von Hallthurm hatte eine deutsche Delegation mit weißen Fahnen die zweite Division der Amerikaner erwartet, die sich auf der anderen Straße von Reichenhall aus Berchtesgaden näherten. Landrat Jacob und ein Abgesandter des Rathauses hatten sich den US-Truppen mit der Information gestellt, dass Berchtesgaden bedingungslos kapitulieren würde. Die Nachricht erreichte Franks Kolonne. Die Anweisung von Colonel Heintges lautete trotzdem, Vorsicht walten zu lassen und, Infanterie und Panzer vorneweg, in höchster Kampfbereitschaft die Stadt einzunehmen. Heckenschützen gab es schließlich überall.

Sam und seine Kameraden marschierten neben den vorderen Panzern nach Berchtesgaden ein. Die Kolonne teilte sich, ein Teil der Division ging die Hauptstraße an der Ache entlang Richtung Bahnhof, ein anderer Teil den Berg hoch Richtung Marktplatz und Schloss. Die Stadt war wie ausgestorben. Weiße Tücher und Fahnen hingen an vielen Gebäuden. Ab und zu konnte man einen neugierigen Blick hinter den Fenstern sehen. Aber keine winkenden, lachenden Menschen und keine Blumen, wie in München in einigen Stadtvierteln. Das war Sam höchst merkwürdig erschienen: Schließlich waren die Deutschen ja nicht wie die Franzosen besetzt worden, sondern selbst die Aggressoren. Aber während einige seiner Kameraden die Blumen nicht angenommen hatten, hatte er sie akzeptiert. München, die Hauptstadt der Bewegung.

Hier stand erst mal keiner am Rand und winkte, während sie im Schritttempo den Berg hochfuhren. Sam konnte trotz aller Konzentration nicht die Augen von den märchenhaften Häusern nehmen, die aus Stein und Holz und teilweise bunt bemalt waren. Sie schienen aus dem Land von Cinderella, Zwergen und tanzenden Lebkuchen zu stammen, waren unversehrt und gepflegt und zeugten, bei aller rustikalen Anmutung, von Reichtum – die Holzhäuser seiner Heimat waren deutlich einfacher gestaltet. Diese hier waren geschnitzt und bemalt aus lauter Fülle. Das schlechte Wetter behinderte auch jetzt noch die Sicht, was für die Soldaten erhöhte Aufmerksamkeit bedeutete.

Gerade waren sie die leere Straße heraufgekommen – »Nonntal« sagte ein Schild –, als eine Bewegung links neben ihm am Straßenrand ihn automatisch sein Gewehr in Anschlag bringen ließ, ebenso wie das von Paul, der fünf Meter hinter ihm ging. Dort befand sich ein großes »Lebkuchenhaus«, an dessen Balkon ein weißes Laken hing. Die Eingangstür des Hauses hatte sich geöffnet, und ein Kind, etwa drei Jahre alt, noch mit einem Lätzchen um den Hals, rannte auf die Straße, ihnen entgegen. Das Kind hielt an und nahm die Hände hoch. Irgendjemand hatte ihm wohl gesagt, dass es sich so zu ergeben hatte. Gebannt sah es die beiden schwarzen Soldaten an, die vor ihm standen und ihre Waffen auf es gerichtet hatten. Automatisch hatte auch der nächste Panzer gehalten und schwenkte sein Kanonenrohr zum Haus hin. Der ganze Tross kam zum Stehen. Paul und Sam musterten aufmerksam die Umgebung, um sicherzugehen, dass kein potenzieller

Feind irgendwo auf der Lauer lag. Das Kind gab keinen Pieps von sich und wartete stocksteif darauf, was als Nächstes passieren würde.

Ich hasse das!, dachte Sam. Eine kurze Verständigung mit Paul, der ihm weiterhin Deckung gab, dann nahm Sam die Waffe runter und versuchte, dem Knirps mit einfachen Worten zu erklären, er solle wieder ins Haus zurückgehen. Natürlich verstand der Kleine ihn nicht. Also machte Sam ein paar scheuchende Handbewegungen und bemühte sich dabei, freundlich zu schauen. Der Kleine deutete das als Winken, lachte und winkte zurück. Sam musste daraufhin auch lachen, Paul ebenso, und der Knirps winkte und winkte und schüttete sich aus vor Lachen. Aus dem Haus kam immer noch kein Erwachsener.

Sophie hatte aus vollem Lauf gestoppt, als sie den Panzer und die GIs vor ihrem Haus sah. Bis sie erkannte, dass Karli allein dort stand und den gesamten Zug zum Halten gebracht hatte. Dass Gewehre auf ihn gerichtet und seine Händchen hoch in die Luft gestreckt waren. Jetzt nahm er die Hände runter, nur um sofort wieder sein rechtes Ärmchen stramm in die Luft zum Hitlergruß zu heben.

»Halitler!«, krähte Karli geübt.

Die zwei schwarzen GIs, die vor ihm standen, sahen einander an.

Einer der beiden ging in die Hocke und sagte: »That's over, boy, no Hitler anymore.«

»Karli!«, schrie Sophie und rannte mit ihrem auf dem Rücken hopsenden Rucksack die Straße entlang, Karli und den Amerikanern entgegen, deren Waffen daraufhin sofort wieder in Anschlag gebracht wurden. Sophie warf sich auf Karli, der seine Arme um sie schlang und lachte. Die beiden GIs traten zwei Schritte zurück.

»Take the kid and go inside!« Der schwarze GI hatte eine warme Bassstimme. Ihre Schwingungen trafen Sophies Leib und erzeugten eine ungekannte physische Empfindung, die erregend und beruhigend zugleich war. Sophie hatte gerade Karli hochgenommen, um der Anweisung Folge zu leisten, als sich ein Jeep aus dem Tross löste und heranbrauste. Zwei weiße Offiziere saßen darin.

Einer davon war Frank. Frank stieg aus, versuchte die Situation aus junger Frau, Kind, Rucksack mit unbekanntem Inhalt und GIs mit einem Blick zu erfassen. Er sah ein typisch deutsch aussehendes Mädchen oder eher eine junge Frau, hübsch, blond und sportlich, in einem rustikalen Arbeitsdirndl, mit Bergschuhen an den Füßen und einem abwehrenden Blick im Gesicht. Sie sah nicht gefährlich aus, aber das konnte täuschen. Fehleinschätzungen konnten alle teuer zu stehen kommen. Frank deutete auf ihren Rucksack.

»Did you check?«, fragte Frank Sam.

»No, Sir«, antwortete Sam.

Frank wollte den Inhalt des Rucksackes sehen. Er sprach Englisch mit ihr. Die blonde Frau fingerte am Rucksack, auf einem Arm immer noch den Jungen, der jetzt zu jammern anfing, denn die Atmosphäre war mit einem Mal wieder streng geworden. Niemand half der Frau, die den zappelnden kleinen Kerl nicht loslassen wollte, und so entleerte sich ungewollt der gesamte Inhalt ihres Rucksacks auf die nasse Straße.

Konserven, Honig, Schuhe, Pullover, ein Englischlexikon und ein anderes Buch landeten auf dem nassen Boden. Frank nahm das Buch, das mit der Titelseite auf der Fahrbahn lag. Es war von Lion Feuchtwanger. Eine große, schräg verlaufende Schrift in Knallrot zierte den Einband. *Erfolg.* Ein Buch, das verboten worden war. Eines der Werke, die die Nazis bei der Bücherverbrennung 1933 »den Flammen übergeben« hatten, in ihren blasierten Barbarenzeremonien. *Erfolg* war für Frank ein schmerzhafter, begeisternder Roman. In genauer Kenntnis seiner Heimatstadt München mit nahezu hellseherischen Fähigkeiten geschrieben. Wusste diese junge Berchtesgadenerin das? Hatte sie es gelesen? Hatte das irgendwas zu bedeuten? Frank liebte das Buch, aber gab es ihr zurück, ohne eine Regung zu zeigen. Er stieg in den Jeep, der Jeep fuhr an seinen Platz in der Kolonne zurück, und alle setzten sich in Marsch.

Sophie erhaschte einen letzten, fast entschuldigenden Blick des schwarzen GI mit der Bassstimme. Karli weinte lauthals, ihre Besitztümer lagen immer noch auf dem Boden, und endlich kam Kathi aus dem Haus gelaufen und schnappte sich ihr weinendes Kind.

Während der Tross an Sophie vorbeizog, packte Sophie ihr Zeug ein. Ein Soldat grinste ihr anzüglich zu. Schließlich, als sie gerade alles eingepackt hatte, rollte der Jeep mit dem Offizier an ihr vorbei, der sie gerade alles hatte auspacken lassen. Er würdigte sie keines Blickes. Eilig verschwand Sophie im Haus.

Keine halbe Stunde später – der Schreck über Sophies Begegnung war gerade abgeklungen, Magda hatte ihr Löcher in den Bauch gefragt, und Kathi hatte sich eine gesalzene Tirade von Theres über Unachtsamkeit und schlechte Mütter anhören müssen – klopfte es laut und fordernd an der Tür. Es hörte sich an, als würde im nächsten Schritt die Tür eingetreten.

Sepp öffnete und fand sich einem amerikanischen Offizier gegenüber, der nichts Freundliches an sich hatte. Er trug Reitstiefel zur Uniform und eine Gerte. In seiner Begleitung waren zwei weitere Soldaten mit Klemmbrettern, Stiften und Papier. Es waren US-Quartiermacher, die sich selbst Einlass gewährten und das Haus in seiner Gänze inspizierten. Sophie fiel auf, dass die beiden untergeordneten GIs an beiden Armgelenken jeweils mehrere Uhren trugen. Wie Trophäenjäger hatten sie diese aufgereiht in Richtung Ellenbogen.

»Watches!«, forderte einer von ihnen unmissverständlich, und Sepp musste seine Armbanduhr abliefern.

Sophie versuchte für ihn zu protestieren und wurde grob zurechtgewiesen. Sophie und Sepp begleiteten die beiden durch das Haus. Der andere GI fand noch ein paar kleine Souvenirs, die ihm wertvoll erschienen, unter anderem ein mit Granatsteinen besetztes Kreuz an einem Rosenkranz – Theres' Augapfel. Er hängte ihn sich um und grinste. Sophie war froh, dass sie die Wertstücke aus den »Besuchen« in den verlassenen Häusern des Obersalzbergs bei Anni, Ernst und Gustl auf dem Hof gelassen hatte.

Theres verlor die Beherrschung, als sie ihren Rosenkranz am Hals des Soldaten sah.

»Was seid ihr für gottlose Gesellen!«, rief sie, in Tränen ausbrechend.

»Please«, sagte Sophie. »This is very important for my mother. It's for the Church.«

Der Offizier sah sie ungerührt an und erklärte ihnen, dass sie genau eine Stunde Zeit hatten, um auszuziehen. Nur die persönlichsten Dinge mitnehmen, nichts sonst. Das Haus würde bis auf Weiteres von amerikanischen Soldaten übernommen und bewohnt werden. Auf die Frage, wo sie dann hinziehen sollten, zuckte er nur die Achseln. Nachbarn, Verwandte, Freunde, unter freiem Himmel – ihm war es egal. Bevor die Amerikaner das Haus verließen, warf der Offizier einen kurzen Blick zu seinem Begleiter. Der Soldat nahm daraufhin den Rosenkranz ab und gab ihn Theres zurück. Theres, immer noch aufgelöst, hängte ihn sich um und versteckte ihn unter ihrem Kleid.

So kam es, dass die Grubers und die Flüchtlingsfamilie Hinckelmann in die Holzwerkstatt von Sepp zogen. Am selben Abend wurde das Haus von einem Trupp schwarzer GIs besetzt.

2

Wir sind keine Nazis.
Wir sind nie welche gewesen.

Deutscher Refrain

11

Die Übergabe der Stadt Berchtesgaden war kurz und schmerzlos vonstattengegangen – auf dem Schlossplatz hatten Bürgermeister Sandrock und Landrat Jacob die Stadt dem amerikanischen Befehlshaber übergeben. Die Amerikaner hatten sofort alle wichtigen Gebäude in Beschlag genommen: vom Schloss über das Rathaus und die NSDAP-Zentrale bis hin zu sämtlichen Hotels und dem Berchtesgadener Hof, in dem die alliierten Offiziere unterbracht werden sollten. Darüber hinaus waren viele einzelne Wohnungen und Häuser requiriert worden, wo neben den eigentlichen Bewohnern bereits Flüchtlinge einquartiert waren und die jetzt freigegeben werden mussten.

Direkte Feindseligkeiten gab es fast keine. Unbehagen verursachte aber die Tatsache, dass Tausende von deutschen Soldaten, noch in Uniform und unter Waffen, sich ergeben wollten. Es waren zahlenmäßig so viele, dass der Offiziersstab um Colonel Heintges eine Zeit lang befürchtete, sie könnten plötzlich einen Aufstand wagen – oder von Anfang an einen solchen geplant haben und das Gerücht über die Alpenfestung doch noch wahr werden lassen. Es wäre eine zahlenmäßig überlegene Truppe von Verteidigern gewesen und eine tatsächlich überraschende Guerillataktik – wenn man bereit war, das eigene Leben zu opfern. Und die Leben vieler anderer. Nur, um die vollständige Niederlage noch etwas aufzuschieben.

Frank Rosenzweig bezweifelte das. Die deutschen Soldaten waren kriegsmüde. Alle trugen graue Gesichter zu grauen Uniformen, die Offiziere ihre langen, beeindruckenden Mäntel, und neben der Enttäuschung, die die Überzeugten ergriffen hatte, waren nicht wenige einfach nur erleichtert, dass es endlich zu Ende war. Einige hielten ihr Lächeln nicht zurück. Es konnte nur besser werden. Und sie waren nicht in Russland! Insgesamt, so ergaben die Zählungen nach ein paar Tagen, waren es mehr als dreihunderttausend Soldaten und Angehörige bewaffneter Einheiten, die sich in die Berge und Täler rund um Berchtesgaden und Salzburg geflüchtet hatten. Die deutschen Generäle hatten der sofortigen Kapitulation ihrer Männer auch deswegen zugestimmt, weil es, wie die Amerikaner feststellten, gar nicht genug Proviant gab, um die eigenen Truppen zu ernähren.

Wohin mit ihnen? Wer von ihnen hatte etwas zu verbergen, das über das normale Soldat-Sein hinausging? Wer war noch ein überzeugter Nazi? Wer war der übliche Wendehals? Und auf wen würden die Amerikaner bauen können, wenn sie die Deutschen zu Demokraten machten? Falls das immer noch der Plan war. All das fragte sich Frank, als er die graue Menge vor dem Schloss stehen sah, in dem das Military Government sich einrichten würde.

Heintges ordnete an, eine Registrierung so weit möglich durchzuführen. Sie würde Tage in Anspruch nehmen. Die Deutschen mussten warten, unter freiem Himmel. In einer langen grauen Schlange stellten sich die Soldaten auf dem Schlossplatz auf, gaben ihre Waffen ab und nannten ihre Namen. Manche würden gefangen genommen werden, wenn ihre Namen auf den schwarzen Listen Frank Rosenzweigs notiert waren, aber die meisten würden vorerst aufgefordert werden, sich nach München zu begeben, um sich dort im bereits etablierten Military Government zu melden. Anders war die Sache gar nicht in den Griff zu kriegen. Diese Meldepflicht war mit der Ausgabe von Lebensmittelkarten verknüpft, sodass im Normalfall die Chancen gut standen, dass sie sich tatsächlich dort registrieren ließen.

Die Deutschen waren brav wie Lämmer. Wenn man nur laut genug Befehle gab – das wusste Frank aus der Vergangenheit –, dann standen sie stramm. Zu Beginn seiner CIC-Karriere war er sich lächerlich vorgekommen, diese Art von primitivem Dominanzgebaren anzuwenden. Bei den ersten Malen hatte er sich sogar das Lachen verbeißen müssen und gedacht, dass jeder ihn sofort entlarven und durchschauen müsste: *Seht her, dieser jüdische Schöngeist macht doch einem deutschen Soldaten keine Angst!* Aber nein, alle nahmen ihn ernst. Sehr ernst sogar.

Frank hatte es gelernt. In Camp Ritchie hatten sie Verhöre geprobt. Frank hatte es irgendwann rausgehabt, einen bellenden oder schneidend kalten Offizier darzustellen. Er war ein Furcht einflößender Performer. Die amüsanteste Variante ihres vorbereitenden Rollenspiels war es gewesen, einen überzeugten Nazi zu verhören, dessen Part der begehrteste war und der mit sardonischer Lust reihum von einem der *Ritchie Boys* übernommen worden war. Das hatte sich als die optimale Vorbereitung erwiesen, denn nahezu alle Antworten und Ausreden, die ihnen auf dem langen Weg von Nordfrankreich bis hier runter in den südöstlichsten Winkel Deutschlands begegnet waren, hatten sie selbst schon im Rollenspiel erfunden, samt der passenden Verhörtechnik.

In einigen Punkten übertraf die Wirklichkeit ihre Fantasien bei Weitem. Die echten Tragödien waren von griechischen Ausmaßen und sämtlich ohne Happy End. Die Komödien, häufig in der billigen Untergattung Klamotte, waren steiler und absurder, als sie es sich in Camp Ritchie je hätten ausdenken können. Das Lachen blieb einem im Hals stecken, wenn die Befragten sich in Verlogenheit und erniedrigender Maskerade überboten. Die seifige Schauspielkunst ging bei den geschulten Verhörspezialisten nicht durch. Keiner war je ein Nazi aus Überzeugung gewesen. Es gab tausend Gründe, Hitler gewählt zu haben und Parteimitglied gewesen zu sein, aber der, dass man ihm politisch inbrünstig zugestimmt hatte, schien nicht dabei zu sein. Nur einige wenige waren sie selbst. Das galt für die tatsächlichen seltenen Gegner der Nazis wie für diejenigen, die geradeheraus zugaben, überzeugte Nazis gewesen zu sein – und die auch nicht verheimlichten, dass diese Überzeugung natürlich nicht über Nacht verschwunden war. Von der Anzahl waren das noch weniger als die bestätigten Gegner. Die bekennenden Nazis waren Frank lieber als die vielen »expressgeläuterten« Deutschen, die anscheinend dachten, die Alliierten seien geistig begrenzt genug, um ihnen ihre Mimikry abzukaufen.

»Ich habe nie Heil Hitler, sondern immer Guten Tag gesagt«, hatte eine Frau aus Aachen im Verhör ihre erstklassige Haltung bezeugt. Dabei hatte sie Nachbarn denunziert und ein Parteibuch der NSDAP, der sie 1935, am 16. September, beigetreten war.

Das waren diejenigen, die Frank Angst machten, denn das schien die absolute Mehrheit der Deutschen zu sein. Eine Mehrheit, die sich das eigene Tun schönredete.

Meg hatte sofort nach ihrer Ankunft auf dem Schlossplatz schon fotografiert. Die Übergabe, die wartenden deutschen Soldaten, ein paar ehemalige Zwangsarbeiter, die auf den Platz gekommen waren und die GIs unter Freudentränen küssten. Anschließend begleitete sie Frank nicht mehr ins Schloss, wo er sich gleich einrichten wollte. In den dortigen Räumlichkeiten war genug Platz für all die Befragungen, Verhöre und Schnellprozesse, die den Berchtesgadenern Gerechtigkeit, Strafe und Demokratie bringen sollten.

Das Schloss war derzeit nicht von den Wittelsbachern bewohnt, denn der bayerische Kronprinz Rupprecht, ein Feind der Nationalsozialisten, lebte im Exil. Mitglieder seiner Familie waren bis Kriegsende in den Konzentrationslagern Dachau und Flossenbürg interniert gewesen, und seine Gattin Antonia hatte man aus einer psychiatrischen Klinik in Jena befreit, wo sie unter einem Pseudonym gefangen gehalten worden war. Zum Zeitpunkt ihrer Befreiung war sie auf vierundsiebzig Pfund abgemagert.

Meg und Frank verabredeten sich für später, beide waren im Berchtesgadener Hof untergebracht. Meg wollte sofort mit einer Einheit der 3. Division weiterziehen. Das Wettrennen mit den Franzosen war noch nicht entschieden, denn Berchtesgaden war nicht der krönende Obersalzberg. Die *2e division blindée* hatte Boden gutgemacht, und es stand zu vermuten, dass sich Leclerc sofort zu Hitlers Berghof begeben würde. Dort oben sah man Rauch, genau an der Stelle, wo des Führers Refugium gewesen war.

Meg düste in einer Jeepkolonne ab, und Frank betrat das rosa gestrichene Schloss, das einmal ein Kloster gewesen war – vor sehr, sehr langer Zeit.

12

Die RAF-Bomber hatten ganze Arbeit geleistet und den Obersalzberg in eine Kraterlandschaft verwandelt. Schnee lag wie ein Tuch darüber und bedeckte die Löcher und Ruinen, durch die sich die Kolonne der Jeeps mit den bewaffneten Soldaten und Meg die Straße hochschlängelte. Vor den immer noch qualmenden Ruinen des Berghofes hielten sie an und stiegen aus. Sie waren nicht die Ersten. Andere Soldaten der 3. amerikanischen Infanteriedivision waren bereits da, ebenso wie ein wilder Haufen Franzosen. Alle schienen betrunken, und Meg erkannte an den geköpften Champagner- und Weinflaschen, dass die Männer erfolgreich einen Weinkeller geplündert und sich ihren Teil davon genehmigt hatten. Meg nahm gleich beide Kameras mit, dann stieg sie die Treppen zu der Terrasse und dem Eingang hinauf, die man aus den Wochenschauen in aller Welt kannte: Hier hatten sich so viele Politiker die Ehre gegeben und Adolf Hitler besucht, dass der Ort bekannt war. Teile des Gebäudes waren intakt, und während Meg die Räume allein durchschritt, auf der Suche nach den Blickwinkeln und Motiven, die den »Foto-Kick« in ihr auslösten, wimmelte es nur so von Soldaten, die Beute herausschleppten. Silberbesteck mit den Initialen AH, Geschirr, Tischtücher, Bilder, Bücher, Souvenirs aller Art, die den Sieg über das Ungeheuer und den eigenen Anteil daran dokumentierten. Oder sich gut verkaufen ließen, wie zahlreiche mit dem Hakenkreuz versehene Gebrauchsgegenstände. Wobei die Initialen dazu erst den richtigen Glanz verliehen.

Schließlich betrat Meg das große Wohnzimmer mit der berühmten, versenkbaren Panoramascheibe, die in tausend Stücke zertrümmert war. Aber der Ausblick, das musste sie zugeben, war und blieb grandios! Wenn man nicht schon größenwahnsinnig war, wie sollte man es nicht werden, wenn man täglich diesen Blick genießen konnte: den Blick auf den Untersberg. Der sagenumwobene Berg, in dessen Innerem Kaiser Barbarossa seiner Wiederkunft harrte und unzählige Höhlen in andere Welten führten, in denen sich auch regelmäßig ganz reale Menschen verloren und für immer verschwanden. Das Innere war furchterregend, aber die äußere Gestalt des Berges wirkte harmonisch, imposant und nahezu göttlich. Die Gedanken konnten dort schweifen und wurden groß und größer, während man in einem klobig-rustikal-modernen Sessel aus den Münchner Werkstätten hockte und ungesüßten Haferschleim aß, weil man Magenprobleme hatte.

Meg machte ein paar Fotos mit schönen Schattenrissen einiger Soldaten im Vordergrund und dokumentierte die fortschreitende Dekomposition von Einrichtung und Haus durch alliierte Soldaten. Dann musste sie den Film der Leica wechseln und tat dies schnell und geschickt.

Ein französischer Lieutenant trat auf sie zu, er hatte eine Flasche Champagner in der Hand und sogar zwei Champagnerkelche.

Er lächelte Meg an und reichte ihr ein Glas.

»Would you give me the honor de prendre un verre avec vous!«, sagte er und lächelte.

Meg konnte dem französischen Charme schon aus Sentimentalität nicht widerstehen und nahm das Glas.

Meg sprach aus ihrer Pariser Zeit immer noch etwas Französisch, und so radebrechten sie sich aufeinander zu.

Er schenkte ihr ein. Sie hoben die Gläser.

»Liberté!«, sagte Meg.

»Justice.« Erwiderte der Lieutenant in einem Englisch, das französisch schimmerte.

Sie nahmen einen Schluck und sahen einen Moment durch das

zerstörte Fenster in die Landschaft. Hinter ihnen kamen einige französische Soldaten lärmend aus dem Versorgungstrakt und durchquerten den großen ehemaligen Wohnraum mit einer Verwundetentrage, auf die sie mehrere Kisten Wein gestapelt hatten. Offenbar hatten sie selbst dem Alkohol auch schon zugesprochen, denn sie grölten begeistert blöde Sprüche und Lieder. Der Offizier fühlte sich zu einer Erklärung verpflichtet.

»Hitler hat unsere besten Weine gestohlen. Es ist eine Frage der nationalen Ehre, sie zurück nach Frankreich zu bringen.«

»Glauben Sie, der Wein kommt noch bis dahin?«, fragte Meg spöttisch.

»Teile davon«, lächelte er und schenkte ihr nach. »Falls Ihnen je *Cuvée Wehrmacht* angeboten wird – lassen Sie die Finger davon! Das ist Gepansche mit speziellen körpereigenen Grüßen des Winzers. Künstlich verstaubte, schicke Etiketten und große Jahreszahlen. Die Deutschen haben wirklich gedacht, das sei ein seriöser Wein!«

»Ich werde mich vorsehen!«, sagte Meg und grinste ihn an. »Darf ich ein Foto von Ihnen machen? Hier? Mit dem Glas in der Hand?«

»Absolument!«, lachte der Offizier, und Meg schoss einige Fotos des gut aussehenden Mannes, der elegant und spöttisch mit der Champagnerschale in der Hand, durch und durch französischer Charmeur, mitten im ehemaligen Wohnzimmer des deutschen Führers und mit dessen zertrümmertem Panoramafenster im Anschnitt posierte. Doch als Meg einen Moment die Kamera senkte und ihn direkt ansah, schien hinter der Siegerfassade ein melancholischer Zug um die Lippen auf, und Meg erkannte sofort den Schmerz des Erlebten, Gesehenen und unumkehrbaren Wissens, der darin lag. Er hatte Dinge gesehen, die sich niemand vorstellen konnte – wie alle, die an diesem Krieg teilgenommen hatten. Das verband sie. Sie hatten gesehen, was dem Menschen möglich war.

»Don't smile!«, sagte Meg und machte weitere Fotos von ihm. Sie würden herausragend sein, das spürte sie.

In diesem Moment gingen amerikanische Soldaten, auch sie betrunken und grölend, durch den ehemaligen Salon und transportierten Beute aus Hitlers Residenz ab. Einer von ihnen trug ein abmontiertes Klosett samt Brille und Deckel auf der Schulter und freute sich über das Souvenir.

»Hitler's ass sat on that!«, schrie er, rot vor Begeisterung, und sein Kumpel schleppte das passende Waschbecken dazu ab.

»High Class Souvenirs«, merkte der Franzose spöttisch an.

»Big business!«, brüllte der GI euphorisch.

Sie verschwanden, einen kleinen Augenblick herrschte Ruhe. Der Rest des Champagners wurde aufgeteilt.

»Auf den Sieg!«, sagte der Franzose.

»Und auf die, die das nicht mehr erleben konnten!«, erwiderte Meg.

Der Franzose sah sie an.

»Heute denken wir nur an den Triumph. Trauern werden wir ab morgen wieder und für den Rest unserer Tage.«

»Auf dass die Krauts nie wieder hochkommen!«, sagte Meg.

Sie hielt ihr Glas hoch, aber der Lieutenant hielt inne.

»Wissen Sie, was für mich der wahre Triumph ist? Ich bin ein französischer Jude. Parisien. Ich stehe hier und trinke Champagner im Haus des Mannes, der alle Juden umbringen wollte. Aber jetzt bin ich da, und er ist tot. C'est ça, la victoire. Darauf möchte ich anstoßen.«

Das taten sie. Die nicht mehr vollen Gläser gaben einen schönen, lang anhaltenden, sirrenden Ton von sich, der weit durch den Raum schwang. Nur Bleikristall klang so. Beide lauschten dem Ton einen kleinen Moment nach, bis er vom Lärm der nächsten Gruppe angeheiterter, plündernder Soldaten verschluckt wurde.

Der Franzose deutete auf die Initialen, die in die Gläser graviert waren: AH.

»Haben Sie das gesehen?«

Meg betrachtete die Initialen. Sie nahm den letzten Schluck und warf das Glas mit einem angeekelten Blick hinter sich. Mit einem ebenfalls sehr hübschen Ton zersprang es auf dem Boden.

»Welchen Namen soll ich unter das Bild schreiben?«, fragte Meg.

»Lieutenant Albert Messiah«, antwortete der Offizier. »Und bitte fügen Sie hinzu: Proud jew from Paris.«

Wieder verlieh sein französischer Akzent dem Englischen schimmernden Charme.

Ein schwarzer GI näherte sich und holte Meg. Draußen wollten die versammelten alliierten Truppen gemeinsam die Stars and Stripes und die Trikolore hissen und ein Siegerfoto machen lassen, solange es noch genug Tageslicht gab. Ein Mast war vorbereitet worden, was an ein Wunder grenzte, schließlich waren schon alle schwer alkoholisiert und in Feierlaune. Die Amerikaner hatten ihre Flagge parat, die Franzosen hatten keine dabei. Aus einem der Versorgungsgebäude konnte schließlich eine Flagge beigebracht werden. Sie war blau-weiß-rot, aber nicht quer, sondern längs – eine niederländische Fahne. Das wäre den Amerikanern kaum aufgefallen, aber für einen Franzosen war das so evident wie untragbar. Es wurde hin- und herargumentiert und -gestritten und schließlich der Kompromiss gefunden, dass beide Fahnen nur halb gehisst würden, sodass die falschen Proportionen zwischen Längs- und Querstreifen nicht zu erkennen waren. Endlich also standen alle bereit.

Meg war die einzige Fotografin vor Ort und damit auch verantwortlich für das offizielle Siegerfoto. Die anwesenden Soldaten hatten sich gruppiert, auch zwei Schwarze GIs, als plötzlich ein amerikanischer weißer Sergeant mit Namen Peacock, aus der Rolle fiel.

»Stopp, einen Moment!«, sagte er und winkte die Schwarzen aus dem Bild. Sie gehorchten sofort.

Meg irritierte das immer noch, aber das war die Normalität: Schwarze hatten nichts auf den amerikanischen Siegesbildern zu suchen. Der Triumph war von offizieller militärischer Seite ausschließlich Weißen vorbehalten.

Meg drückte ab und machte eine Reihe von Fotos – ohne die schwarzen GIs.

13

Diesmal hatten es Sam Cork und Paul Tucker darauf angelegt. Es war Pauls Impuls gewesen, sich auf das Foto zu schmuggeln. Und Sam war sofort dabei gewesen. Wann, wenn nicht jetzt. Bisher hatten sie sich immer brav an die Regel gehalten, die unter der Hand ausgegeben worden war, aber nichtsdestotrotz von den Südstaatencolonels und all ihren rassistischen kleinen Handlangern wie Peacock akribisch kontrolliert wurde. Sie freuten sich, dass sie es einfach probiert hatten, selbst wenn es nicht funktioniert hatte. So besoffen konnte Peacock gar nicht sein, dass er die Trennung von Schwarz und Weiß vergessen würde!

Das große Feuer wurde angezündet, und alle versammelten sich noch einmal. Der leicht beschädigte Bechstein-Flügel aus dem Berghof war aufgestellt worden, und einer der Amerikaner hatte sich hingesetzt und spielte. Swing, Dixie, Jazz. Cognac, Wein und Champagner flossen reichlich, Nachschubprobleme gab es nicht. Fast hatte Sam den Eindruck, die Nazis hätten den Berg mittels einer Festung aus Wein- und Schnapsflaschen verteidigen wollen.

Doch die Spannung zwischen Franzosen und Amerikanern war immer noch spürbar. Die einen wie die anderen nahmen für sich in Anspruch, als Erste hier gewesen zu sein. Das wurde von der Gegenseite jeweils vehement bestritten und war durch eigene Aktennotizen und Protokolle an die eigene militärische Führung als Tatsache weitergegeben worden. Unter Alkoholeinfluss nahmen die Streitereien bedrohliche Züge an. Ein krönendes Ziel im lodernden Wettstreit, wessen Fuß zuerst an die symbolischen Orte von Nazideutschland gesetzt würde, stand zudem noch aus: das Kehlsteinhaus, der sogenannte Adlerhorst, den Martin Bormann

Hitler zum fünfzigsten Geburtstag hatte bauen lassen, in dem er sich aber kaum aufgehalten hatte. Das Haus kauerte grau auf einer Felsnase in 1.834 Metern Höhe und bot einen grandiosen Rundumblick in die Berchtesgadener Bergwelt. Trotz der massiven und gezielten Bombenangriffe Ende April war es unversehrt geblieben. Die Zufahrt war allerdings von den abziehenden Truppen durch Sprengungen teilweise blockiert worden, sodass es nicht möglich war, mit einem Fahrzeug hochzufahren, wie erste Erkundungen bereits ergeben hatten. In der Dunkelheit war es unmöglich, dort hochzukommen, das Rennen, über das nicht viel gesprochen wurde, um die eigenen Chancen nicht zu verderben, würde am nächsten Morgen stattfinden.

Sam war des Saufens überdrüssig und schloss sich einer noch koordiniert bewegungsfähigen Gruppe Soldaten an, die die weitläufigen Bunkeranlagen unter dem Obersalzberg besichtigen wollten. Der Einstieg am Berghof war geöffnet worden, und da massive Plünderungen und Souvenirmitnahmen auch hier zu befürchten waren, wollten sie noch einen Blick wagen, bevor alles leergeräumt war von Leuten, die nach einer gruseligen Erinnerung an den gerade erst toten Führer Deutschlands und seine Entourage suchten, wertvolle Dinge oder auch einfach NS-Schund, der sich möglicherweise genauso gut verkaufen ließ.

Die persönlichen Schutzräume von Eva Braun und Adolf Hitler waren für einen Bunker komfortabel und teuer gestaltet. Schlaf- und Wohnräume, getäfelte Wände, Mobiliar aus den Münchner Werkstätten, deren Produkte Eva Braun geschätzt hatte. Telefone auf den Nachttischen. Eine kleine Küche. Eine Telefonzentrale. Ein Filmlager. Schallplatten. Bücher. Alles war schon herausgerissen, die Schränke waren geleert auf der Suche nach Brauchbarem, Bettdecken, Wäsche und Konserven lagen verstreut am Boden, aber der Charakter der noch nie benutzten Ausstattung war immer noch erkennbar.

Auf einem Nachttisch lag noch ein Exemplar von *Mein Kampf*, jenem Buch, dessen Tantiemen Adolf Hitler ermöglicht hatten, das Anwesen in Berchtesgaden zu kaufen. Sam nahm es und bemerkte, dass die blonde Fotografin, die oben das Siegerfoto gemacht hatte, ihn beobachtete. Die anderen waren schon weitergezogen, tiefer in den Berg hinein. Sie lächelte ihn an.

»Sollen wir ein Foto machen?«, fragte Meg.

Sam überlegte einen Moment und zuckte die Achseln.

»Warum nicht?!« sagte er, legte das Buch weg und stellte sich auf. Meg knipste einmal, dann sah sie Sam an.

»Legen Sie sich mal auf das Bett.«

Sam überlegte, ob er das wirklich machen sollte. Meg gab schon weitere Anweisungen.

»Nehmen Sie das Buch und tun Sie, als ob Sie lesen.«

Sam warf ihr einen kritischen Blick zu, legte sich aber hin, stopfte sich ein Kissen in den Nacken, überkreuzte die Füße in den schweren Schuhen und schlug *Mein Kampf* auf. Seine Augen huschten über die Zeilen, von denen er kein Wort verstand, bis auf die Seitenzahlen erschloss sich ihm nichts. Er hatte nur davon gehört, dass in diesem Buch bereits vieles angekündigt worden war, was Adolf Hitler später umzusetzen versucht hatte. Von der Vernichtung der Juden, der Eroberung des Lebensraums im Osten und der Überlegenheit der arischen Rasse. Sam blickte knapp über den Bücherrand ernst zu ihr hin.

Sie löste aus und machte mehrere Fotos. »Danke. Wunderbar!«

Sam schwang sich vom Bett, und einem plötzlichen Impuls folgend schleuderte er das Buch mit aggressivem Schwung in die Luft. Es knallte an die Decke und landete mit den offenen Seiten nach unten auf dem Boden des Bunkers. Aus der Hüfte drückte Meg ab, als das Buch noch durch die Luft flog.

»Mal sehen, was ich erwischt habe«, lachte sie.

»Ist das jetzt die Wahrheit, die Sie fotografiert haben? Die Realität? Oder nicht? Ich hätte ohne Ihre Aufforderung niemals in das Buch geschaut.«

»Das Foto könnte eine Wahrheit abbilden. Obwohl ich es inszeniert habe.«

Sam dachte darüber nach und schwieg. Was war die Wahrheit?

»Tut mir leid vorhin mit dem Siegerfoto«, sagte Meg unvermittelt.

»Wir sind daran gewöhnt«, antwortete Sam achselzuckend.

»Das macht es nicht besser«, erwiderte sie.

»Die Zeiten werden sich ändern«, sagte Sam zuversichtlicher, als er sich eigentlich fühlte. Meg stimmte ihm zu und wünschte inniglich, dass er echt behielte.

Sie verließen die bedrückenden Gedärme des Bergs und stiegen nach oben. Die Party glich noch mehr einem Gelage. Im Feuer brannten einige Möbelstücke aus dem Berghof, Funken stoben. Irgendjemand, der Musik nicht im Blut hatte, quälte den Flügel mit Liedern aus der Südstaatenheimat. Nur der Alkohol war immer noch von erster Güte und reichlich vorhanden. Einige Soldaten feuerten ihre Gewehre ab. Salutschüsse für den Frieden, denn der Krieg war vorbei. Auch wenn alle theoretisch immer noch im Kriegszustand waren und die Krauts offiziell noch nicht kapituliert hatten, weshalb eine gewisse Restwachsamkeit in Form von Nervosität noch in jedem Einzelnen vorhanden war. Der Griff zum Gewehr saß tief als physischer Vorgang gespeichert in den Körpern der Soldaten. Alle hielten die Gewehre in Reichweite, und ab und zu wurde einfach so in die Luft gefeuert, eine Ableitung der Spannung, unter der sie monatelang gestanden hatten. Aber Deutsche waren hier nur aufgetaucht, um sich zu ergeben.

Meg hatte kein Bedürfnis mehr, sich weiter unter betrunkenen GIs aufzuhalten, es war mittlerweile auch unangenehm kalt geworden. Als sich die Chance bot, nahm sie eine Mitfahrgelegenheit Richtung Berchtesgaden wahr.

Vorher fragte sie noch Sam nach seinem Namen und seiner Einheit, für das Foto. Das war ihre Art der Anerkennung für die Leistung der schwarzen GIs.

14

Schweigend waren die Grubers dem amerikanischen Befehl gefolgt und hatten ihr neues Domizil in der Holzwerkstatt bezogen. Unter den strengen Augen eines Seargeants und zweier GIs hatten sie nur wenige Sachen mitnehmen können. Einzig Karlis Kinderbett hatten sie komplett mit Matratze und Bettzeug umziehen können, ansonsten hatten die Amerikaner darauf geachtet, dass die Matratzen samt Daunenkissen und -decken und frischer Wäsche in den Betten blieben, und ihnen nur einige wenige Decken und Kissen zugestanden. Das Gleiche galt für die Hauseinrichtung: Möbel, Küchengegenstände, Geschirr, alles musste im Haus bleiben.

Die persönlichen Gegenstände wurden gefilzt, und was den Soldaten gefiel, nahmen sie an sich. Theres hatte ihr Kreuz diesmal in ihrer Unterhose versteckt, aber einer der GIs entdeckte und konfiszierte die silbernen Manschettenknöpfe, die Magdas Vater gehört hatten und die sie die ganze Flucht über behütet hatte. Sophies Bemühungen, ihrer Freundin zu helfen, stießen auf Granit, und die Tatsache, dass diese Manschettenknöpfe das einzige Andenken Magdas an ihren Vater waren, veranlasste den GI zu der trockenen Erwiderung:

»The Nazi is dead, he doesn't need them anymore«, erwiderte er trocken.

»Was sagt er da über Nazi?«, fragte Magda aufgebracht, und Sophie lavierte mit ihrer Übersetzung halbgar ins Deutsche – ihr Vater brauche ja nun keine Manschettenknöpfe mehr. Das brachte Magda vollends auf, und ihre Mutter und Tante mussten sie energisch am Arm wegziehen, damit sie sich beruhigte, was nur teilweise gelang, aber Magda begriff, dass sie keine Chance hatte, und verstummte grimmig.

Ihre rudimentäre Ausstattung komplementierten die Ausquartierten mit einer müffelnden Matratze aus dem Keller, die sie unbemerkt hatten evakuieren können, sowie einer morschen Ziehharmonikaliege, die Sepp schon lange hatte instand setzen wollen. Aus Sägespänen wurde außerdem behelfsmäßig eine Art Strohsack gebastelt, auf dem die Hinckelmann-Frauen schlafen sollten, und Frau Kurz, die Nachbarin, steuerte noch ein Feldbett bei, das sich Magda und Sophie teilen würden.

Die Werkstatt bestand aus einem luftigen Raum mit großen Fenstern und einer Werkbank, es gab einen Kaltwasseranschluss, ein Plumpsklo und einen Ofen, auf dem auch gekocht werden konnte. Es roch angenehm nach Holz und Harz, und da es in Richtung Sommer ging, würden die Temperaturen erst mal kein Problem sein, auch wenn der Komfort weit hinter dem des Wohnhauses zurückblieb. Die Mädchen hatten sich den einzigen Raum genommen, der eine eigene Tür hatte – es war der Lagerraum für die Hölzer, Berghölzer, Steineiche, Nuss, Kirsche und sogar Rosenholz, die lange Jahre getrocknet werden mussten, bevor sie so weit waren, dass aus ihnen Schnitzkunstwerke entstehen konnten. Der Raum war lang und so schmal, dass das Feldbett gerade hineinging und den Gang vor den Regalen vollkommen ausfüllte. Immerhin hatte der Raum ein eigenes Fenster und damit Licht, und sie mussten nicht mit allen anderen im »großen Saal« schlafen. Auf dem Feldbett konnten sie aber nur seitlich nebeneinanderliegen, in Löffelchenstellung, ein Seitenwechsel ging nur in einer gemeinsamen, synchronen Bewegung. Das Probeliegen machte Spaß, man musste sich dabei auch umarmen, denn wo sollte man sonst hin mit dem oberen Arm. Sie hatten sich, ohne Sepp zu fragen, einige Fächer im Holzregal freigeräumt und ihre Sachen reingelegt, unter anderem das Grammophon des Herrn Goldstein, das Sophie, im Gegensatz zum Volksempfänger, schon viel früher in der Werkstatt versteckt hatte. Samt der Schallplatten. Und *Erika*, der Schreibmaschine.

Gegen Abend, als es dunkel wurde, hatten sich die Grubers und die Hinckelmanns in der Werkstatt eingerichtet. Clara und Annemarie gelang es, auf dem Holzofen eine Suppe fürs Abendessen herzustellen, denn Theres war wortlos in die Kirche verschwunden, um zu beichten und den Herrgott um Besserung der Umstände anzuflehen. Kathi hatte Mühe, Karli im Zaum zu halten, der das einzige Familienmitglied war, das in heller Begeisterung über die aufregende neue Behausung war und alles anfasste, rauszog und herumwarf, was nicht schnell genug seinen kleinen Händen entwunden wurde. Sepp war mit der Reparatur der Ziehharmonikaliege beschäftigt, die noch fertig werden sollte, damit Kathi an diesem Abend darauf schlafen konnte. Sepp tat das ruhig, konzentriert und mit Freude, denn er hatte eine nicht ganz korrekte Schwäche für seine Schwiegertochter, seit er Kathi einmal zufällig unbemerkt beim Waschen im Badezimmer gesehen hatte.

Zum Abendbrot waren alle wieder zurück. Die Hinckelmann-Suppe war ein *Pommerscher Eintopf* – so hatten sie das Rezept aus Vorhandenem getauft, und niemand bezweifelte das. Man hätte auch *Kartoffelsuppe mit zu wenig Wammerl für alle* sagen können, aber das hätte weniger gut geklungen. Magda stellte einen weiteren Teller samt Löffel auf den improvisierten Tisch.

»Falls Max kommt«, erwiderte Magda auf die fragenden Blicke.

»Max ist doch kein Depp«, sagte Sophie spontan.

»Wieso Depp?«, fragte Magda irritiert.

»Weil die Amis ihn dann festnehmen!«

»Alle deutschen Soldaten werden in Kriegsgefangenschaft kommen, früher oder später«, erwiderte Sepp.

»Genau«, sagte Magda.

»Was machen die Amerikaner mit deutschen Soldaten?«, fragte Sophie.

»Und was machen sie mit uns?«, fügte Clara hinzu.

»Es sind Amerikaner. Die werden sich ordentlich verhalten«, behauptete Kathi. »Irgendwie muss es ja weitergehen.«

»Hat man ja heute gesehen«, ätzte Theres.

»Besser, als die Russen«, sagte Kathi und schaute zu Clara und Annemarie. Doch es gab von dort keine weiteren Kommentare. Clara, Annemarie und auch Magda blieben stumm. Das Gespräch versiegte, wie die Suppe, die sie bis auf den letzten Löffel aufgegessen hatten.

Sophie musste an Anderl und seinen Tränenausbruch denken, als sie ihn kurz vor der Abreise an die Front zum letzten Mal gesehen hatte. Er hatte ihr nicht gesagt, was los war, sondern Sophie vertröstet, aber sie wusste, dass es etwas Schlimmes war. Und dass es nichts mit den Russen zu tun hatte. Sondern mit den Deutschen. Ihnen selbst.

Bald darauf, mit Verschwinden des Tageslichts, zogen sich alle in der Gruber'schen Werkstatt auf ihre Lager zurück und versuchten zu schlafen. Nur dem ermatteten Karli gelang das Kunststück. Draußen wurde laut gefeiert – grölende amerikanische Stimmen, andauernder Verkehr von Jeeps und LKW, Hupen, Knattern, Schießen, ab und zu Fetzen von Gesang und Musik störten die übliche Stille der Nächte in Berchtesgaden. Die Deutschen hatten sich in ihre Häuser oder Ersatzunterkünfte verkrochen und warteten ab. Das war nicht ihre Feier. Sie waren besiegt. Das einzig Gute war – der Krieg war vorbei. Aber wie sollten sie sich verhalten? Die Gedanken ratterten in sinnlosen Zirkeln durch die Köpfe der Schlaflosen.

»Kinder, genießt den Krieg, der Frieden wird fürchterlich!«, kam es Sophie in den Sinn, irgendjemand hatte das gesagt. Sophie lag eng hinter Magda, ihren Arm um Magdas Taille und deren Po an ihrem Bauch. Es war ein angenehmes Gefühl, Magdas Wärme zu spüren und die eigene Atmung mit ihrer zu synchronisieren. Das war fast von allein geschehen, sie senkten sich gemeinsam und hoben sich gemeinsam. Fast, als wären sie ein Körper. Doppelt

stark. Sophie hatte vorher auch noch nie wahrgenommen, wie gut Magda roch. Jetzt steckte ihre Nase in Magdas Haaren und war, unabsichtlich oder nicht, immer näher an ihren Nacken gekommen, bis sie ihn schließlich mit der Nasenspitze und ein wenig mit den Lippen berührte. Sophie merkte, dass Magda zwar regelmäßig atmete, aber genauso wenig schlief wie sie, denn im Moment der Nasenspitzenlippenberührung hörte Magda abrupt auf zu atmen.

»Ich muss mich umdrehen«, sagte Magda und warf sich schnell und beinahe aggressiv herum.

Sophie hatte Mühe, rechtzeitig zu folgen, und rammte sich im Drehen den metallischen Bettrahmen schmerzhaft an den Hüftknochen. Jetzt lag Magda hinter Sophie und hatte die Situation im Griff. Sophie konnte Magdas kleine Brüste unter ihren Schulterblättern fühlen und die spitzen Knie in ihren Kniekehlen. Dazu packte Magda mit ihrer Hand Sophies Handgelenk und hielt es fest.

»Was soll das?«, fragte Sophie.

»Du sollst nicht auf meine Seite kommen«, erwiderte Magda.

»Mach ich nicht!«, sagte Sophie.

»Machst du. Dauernd«, stellte Magda fest, und Sophie schwieg.

Von draußen war jetzt Musik zu hören. Swing und Jazz. Musik, die sie nur heimlich mal gehört hatten. Im okkupierten Gruber'schen Haus schien eine Party immer expressiver in Gang zu kommen. Durch das Fenster über der Liege war das Haus zwar nicht zu sehen, es stand auf der anderen Seite der Werkstatt, aber seine feiernden Bewohner waren deutlich zu vernehmen.

»Glaubst du, dass wir Angst haben müssen?«, fragte Magda.

»Vor was?«

»Vor der Zukunft.«

»Nein. Wir nicht«, sagte Sophie überzeugt.

»Weil wir – warum wir nicht?«

»Weil wir junge, fesche Madln san«, sagte Sophie und lachte.

»Könnte auch ein Grund sein, sich zu fürchten«, sagte Magda leise.

Sophie griff nach Magdas Hand und umschloss sie fest.

»Wir haben nichts Schlimmes getan. Und das ganze Leben liegt vor uns!«

Beide schwiegen und atmeten ganz von allein wieder synchron. Die Musik klang rhythmisch, schwungvoll und machte gute Laune, Sophie verspürte den Drang zu tanzen. Sie wippte mit den Füßen, bis Magda ihren darüberschob, damit sie aufhörte.

Es würde alles gut werden. In diesem Moment klopfte jemand ans Fenster.

Beide drehten sich um und schauten nach oben, die Silhouette eines Mannes war zu sehen.

»Sophie! Ich bin's! Sophie!« Es war Max. Er flüsterte laut. »Sophie, komm raus!«

Jetzt war Sophie endgültig hellwach. Aber Magda auch. Sophie kroch so schnell es ging aus dem Bett, raffte Strickjacke und Schuhe.

»Ich komme mit«, sagte Magda und schlüpfte ebenfalls in ihre Klamotten.

Sophie fuhr herum. »Nein, du bleibst hier!«

Ihr Ton klang so bestimmt, dass Magda sich augenblicklich wieder hinsetzte.

Sophie schlüpfte aus dem schmalen Lagerschlauch und durchquerte den großen Raum so leise wie möglich. Sie hörte das ruhige Atmen der schlafenden oder zumindest ruhenden Familie und war froh, dass sie niemanden versehentlich berührte. Die Tür zum Hof quietschte, aber Sophie kannte den Trick, wie sich das Quietschen minimieren ließ. Ein bisschen anheben und schnell öffnen. Es gelang geräuschlos. Sophie trat in den Hof, blieb im Schatten des überkragenden Daches einen Moment stehen und schaute sich um. Der Hof war zum Glück leer. Der abnehmende Mond warf genug Licht in die Berchtesgadener Nacht, sodass Sophie gut sehen, aber natürlich auch selbst gesehen werden konnte. Aus einem geöffneten Fenster des Wohnhauses, wo die Stube war, kamen immer noch swingende Musik und laute Stimmen. Sophie verstand kein Wort von dem alkoholisch verlallten amerikanischen Wortbrei. Das war definitiv eine andere Sprache als das Englisch ihrer Shakespeare-Aufnahmen. Vorsichtig bewegte sich Sophie auf die Hausecke zu, die sie außer Sichtweite des Wohnhauses bringen würde.

»Psst!« Max stand im Schatten eines großen Brennholzstapels an die Wand gedrückt.

Sophie ging zu ihm und umarmte ihn.

»Ich bin so froh, dass es dir gut geht!«, flüsterte Sophie und sah ihren Bruder an. Er trug keine Uniform, sondern Zivilkleidung, in der Sophie ihn noch nie gesehen hatte. Er sah abgekämpft aus.

»Ich brauch a paar Sachen, Sopherl«, sagte Max.

»Was für Sachen?«, fragte Sophie.

»G'wand, Schuhe, Proviant …«

»Warum?«

»Ich geh hoch ins Steinerne Meer«, sagte Max.

»Du musst dich den Amis stellen!«

»Nix muss ich«, widersprach Max.

»Wir ham den Krieg verloren«, sagte Sophie befremdet.

Max sah sie ernst an.

»Geht ned.«

»Die können ned alle umbringen, die Soldaten gewesen san.«

»Sopherl. Ich bin SS. Das is anders.«

»Du bist immer noch eingebildet!«, versuchte Sophie zu scherzen, aber das misslang.

»Ich hab einen Eid geschworen«, sagte Max.

»Der Führer ist tot.«

»Und wenn. Im Keller ist mein Rucksack. Is' schon alles drin.«

»Die Amis san im Haus.«

Sophie sah Max mit leichter Verzweiflung an.

»Du schaffst das!«, sagte Max ruhig. »Du musst das schaffen, sonst bin ich verloren.«

Sophie fühlte einen kalten Griff in ihre Eingeweide. Ihr Bruder drückte sich sonst nie so pathetisch aus, möglicherweise in Bezug auf Vaterland, Ehre und diese ganze Kameraderie-Männer-Bündelei. Aber auf sich selbst bezogen nie. Sie sah Max ins Gesicht und erblickte seine nackte Angst. Er wirkte … *einsam.* Dieser Begriff fiel Sophie aber erst viel später ein, als sie im Bett über ihn nachdachte. Beide zuckten zusammen, als eine Gestalt geräuschlos um die Ecke trat. Magda!

»Was willst du hier?«, zischte Sophie.

Ohne ein Wort warf sie sich Max an den Hals.

»Ich geh mit dir«, flüsterte Magda.

»Geh wieder rein!« Max entwand sich ihrer Umarmung.

»Ich will bei dir sein«, flüsterte Magda etwas lauter.

»Ich kann dich nicht brauchen«, sagte Max leise, aber fest.

»Aber ich …«

»Schhhht!«, sagte Max und hielt Magda den Mund zu. Sie versuchte sich loszumachen, aber Max hatte sie fest im Griff. »Schhhht!«, machte Max noch einmal, ganz nah an ihrem Ohr, und Magda gab nach, die unerwartete, schockierende Umarmung genießend.

Sophie und Max verständigten sich mit einem Blick.

15

Gegen Mitternacht, als Sam und Paul vom Obersalzberg zurück in das ihnen zugewiesene Quartier kamen, war die Party im Gruber'schen Haus schon in vollem Gange, die schwarzen GIs feierten unter sich. Die Luft stand vor Rauch und alkoholhaltigen Körperausdünstungen.

Bei den Plünderungen der Berchtesgadener Häuser, die die Offiziere beinahe wohlwollend duldeten, wenn sie sich nicht eigenhändig beteiligten, hatten nicht nur hübsche Souvenirs oder wertvolle Gegenstände die Besitzer gewechselt, sondern auch Spirituosen aller Art. Die Keller waren in vielen Häusern noch gut gefüllt gewesen, vor allem dort, wo Parteigenossen wohnten oder gewohnt hatten. Am beliebtesten war das Bier aus dem Berchtesgadener Hofbrauhaus, das aber aufgrund von Mangel an Gerste, die nur noch zur Ernährung der Bevölkerung benutzt werden durfte, im Moment nichts produzierte. Die letzten Holzkisten waren in einem entlegenen Kämmerchen in der Brauerei gefunden und mitgenommen worden. Das Bier war köstlich. Seit die erste Flasche geöffnet wurde, floss es in unablässigem goldgelbem Strom in die Kehlen der Sieger und entfachte Tanz, Gesänge und jede Menge aufgehübschter Heldengeschichten. Sam und Paul griffen sich je eine der begehrten Flaschen und setzten sich zu den anderen.

Ein schmaler junger Mann hatte sich in eines der Dirndl aus dem Gruber'schen Kleiderschrank gezwängt, ein anderer in Lederhosen und Wadlwärmer, einen Hut auf dem Kopf. Aus dem Volksempfänger klang amerikanische Musik.

»Hey Frollein, a beer please, Frollein!«

»And a kiss!«

»Beer! Kiss! Beer! Kiss! Beer!«

»Hey, Nazi-Frollein! Lift your skirt!«

Sie grölten und grabschten nach dem Jungen im Dirndl, der ihnen auf die Finger klopfte und »No, no, no! Du Schwain!« kreischte.

Der große GI in Lederhose stellte sich drohend auf: »No fraternization with the enemy, boys!«

»Go fuck off, Sir!«

Sie lachten alle überdreht, Sam und Paul, in Stimmung und Getränken hinterher, fühlten sich außen vor und gingen in die Küche, aus der von den anderen ignorierter Kokelgeruch kam. Auf dem Herd verbrannte gerade unbeachtet eine unansehnliche Mixtur aus Dosenfleisch und Kartoffeln, die jemand aufgesetzt und dann vergessen hatte. Der Brei war schwarz verkohlt und nicht mehr zu gebrauchen. Paul nahm den Topf vom Herd. Sam öffnete das Fenster, um den Qualm rauszulassen, und sah auf den Hof zwischen Wohnhaus und Werkstatt hinaus. Paul trat neben ihn und atmete ebenfalls tief ein und aus. Gleichzeitig nahmen sie aus dem Augenwinkel heraus eine Bewegung wahr. Sie tauschten einen kurzen, routinierten Blick, nickten und griffen synchron zu ihren Gewehren.

Sophie nahm all ihren Mut zusammen und huschte in geduckten, schnellen Sätzen über den Hof zum Kellereingang – irgendwann würde sie das gefährlich freie Stück Hof zwischen Werkstatt und Hauswand überqueren müssen, wenn sie in den Keller wollte. Und das wollte sie – für Max und gegen seine Angst.

In genau diesem Augenblick öffnete sich das Küchenfenster, zuerst entwich Qualm, dann erschienen zwei dunkle Gestalten in der erleuchteten Fensteröffnung. Sophie flüchtete sich in den Schacht des Treppenabgangs zum Keller, verharrte still an die Wand gedrückt in der Hocke und versuchte, ihr rasendes Herz zu beruhigen, während sie in die Nacht horchte. Kam da jemand?

Hatten sie sie gesehen? Sie hatte keine Zeit zu verlieren. Nach einigen Augenblicken, in denen keine von der bisherigen Geräuschkulisse aus Musik und Stimmen abweichenden Laute zu hören waren, fingerte Sophie nach dem Schlüssel unter dem Blumentopf. *Was für ein dummes Versteck für einen Schlüssel*, schoss ihr durch den Kopf. Jeder würde als Erstes dort suchen! Sie griff den Schlüssel und öffnete die Kellertür. Auch diese Tür machte furchterregende Geräusche, und Sophie konnte nur hoffen, dass der Lärm der nächtlichen Feier sie verschlucken würde.

Sophie machte kein Licht im Kellergang. Sie fuhr mit der Hand an der Wand entlang und wusste, dass nach dem Vorsprung noch etwa ein Meter Mauer kam, bevor sie die Tür zum Vorratsraum erreichte, in dem Max' Rucksack stand. Ihre Augen gewöhnten sich schnell an die Dunkelheit, in die eine vergitterte Fensterluke fahles Licht einschleuste, das die Orientierung erleichterte. Bevor sie die Tür zum Vorratsraum öffnete, lauschte Sophie einen Moment bewegungslos verharrend in die Nacht. Nichts Alarmierendes. Sophie berührte den Türgriff, spürte wieder die Angst vor dem Geräusch, das das Öffnen der Tür erzeugen würde, und dachte an Gustl, der, weil ihn das Quietschen grauste, allen Türangeln auf dem Kramerhof so häufig mit Ölkännchen zu Leibe rückte, dass Anni ihn halb ernst, halb lachend der Fettverschwendung in Kriegszeiten bezichtigt hatte. Das war die dritte Tür innerhalb weniger Minuten, die Sophies Puls weiter in die Höhe trieb. Mit einer schnellen Bewegung öffnete sie – nur der Mechanismus im Schlosskasten gab ein kleines Seufzen von sich. Sophie betrat den Vorratsraum, ließ ihre Blicke über die Regale mit Weckgläsern und getrockneten Kräutern schweifen und entdeckte den Rucksack neben der halb leeren Kartoffelschütte. Sophie bückte sich, schnürte ihn auf und sah hinein. Das waren Max' Sachen: seine Bergausrüstung inklusive Streichhölzern, Messer, Napf und Verbandszeug. Durch das grobe Tuch des Rucksacks spürte Sophie etwas Hartes und tastete danach. Sie zog den Gegenstand heraus

Sam erkannte das dünne rotblonde Mädchen, das auch in der Werkstatt wohnte.

»Nicht schießen!«

Paul und er tauschten einen Blick.

»Ich will nur zurück in die Werkstatt«, sagte sie und zeigte auf die Eingangstür, weil sie nicht erwartete, dass einer der beiden GIs sie verstand. Scheu blickte sie von Sam zu Paul.

»Okay, go inside and don't come out again until tomorrow 6 a. m.!«, sagte Sam.

Sie nickte, und vage nahm Sam den Schatten eines Lächelns wahr, der über ihr Gesicht huschte, als sie sich von ihnen abwandte.

Auf der Rückseite der Werkstatt hatte Max die Zeit genutzt, die Magda ihm verschafft hatte, und war vom Gruber'schen Gelände verschwunden. Er musste nur den schmalen Durchgang zum Lockstein erreichen, ab da würde niemand hinterherkommen. Die Dunkelheit verschluckte ihn.

16

Endlich schien wieder die Sonne. Rudolf hatte seine Rückkehr nach Berchtesgaden wegen des schlechten Wetters in Waging am See unterbrochen. Ihm war außerdem am Ortseingang das Fahrrad abgenommen worden. Da es zwei kräftige Kerle in Zivil gewesen waren, deren Auftreten und Erscheinung dem Zwirn zum Trotz förmlich nach ehemaligen deutschen Spezialeinheiten rochen, hatte er nicht widersprochen. Das Fahrrad hatte ohnehin einen leichten Achter im Hinterreifen, was das Fortkommen, zusätzlich zu den schlechten Bremsen, beschwerlich gemacht hatte. Die Amerikaner machten ihm keine Schwierigkeiten, er hatte einen Passierschein, mit dem er überall freundlich durchgelassen wurde.

Doch es wurde bereits Nacht, und Rudolf nutzte unter diesen widrigen Umständen eine Empfehlung seiner Herzensfreundin Felicitas, um ein Nachtlager zu finden: beim Ehepaar Stögerl in Waging.

Frau und Herr Stögerl waren früher fleißige Besucher des Gärtnerplatztheaters in München, wo sie vor Jahren Felicitas kennengelernt hatten. Wie Felicitas war Agnes einst Sängerin gewesen, Werner hatte als Lehrer in Salzburg gearbeitet. Jetzt waren beide pensioniert, und ihnen gehörte ein kleines Hotel, das allerdings längst als Flüchtlingsunterkunft diente. Das anfängliche Misstrauen dem etwas abgerissenen Fremden gegenüber verwandelte sich in gastgeberischen Enthusiasmus, nachdem er sich als Rudolf Kriss, Freund von Felicitas Hüne-Mihacek, vorgestellt hatte. Die Stögerls waren begeistert: der Mann aus Berchtesgaden, der dem Tode entronnen war! Felicitas hatte von seinem Schicksal und ihrem Kampf um seine Begnadigung berichtet, und sie waren stolz, ihn bewirten zu können. Woher die Schätze stammten, die sie aus ihrer Küche auftrugen, blieb ihr Geheimnis. Rudolf war es egal, denn es war lange her, dass er fast ein ganzes Brathuhn mit Kartoffelbrei und im Anschluss auch noch Zwetschgenkompott mit Hefeknödel vertilgt hatte. Essen konnte er nach den ersten Tagen Gewöhnung ohne Ende, als müsse er alles aufholen, was er in den Monaten der Gefangenschaft entbehrt hatte. Nachdem er satt war, durfte Werner Stögerl endlich seine Fragen loswerden, zuvor hatte ihn seine Agnes daran gehindert, damit Rudolf ungestört essen konnte. Rudolf war in ihren Augen eine Art Auskunftsorakel und Kenner der politischen Lage.

»Was, meinen Sie, haben die Amerikaner vor? Was wird aus uns? Wird Deutschland je wieder als Land in die Weltgemeinschaft aufgenommen?«

Rudolf hatte darauf keine Antworten. Er wusste, dass die beiden ihren Sohn in Italien verloren hatten. Er ahnte, dass ihre zur Schau getragene Ablehnung der Nationalsozialisten erst mit dem Verlust dieses Sohnes begonnen hatte und nicht besonders alt oder in Überzeugungen verwurzelt war. Er verstand sie sogar. Sie waren freundlich und gut zu ihm. Sie hatten ihm Speisen serviert, von denen er in der Haft mit Zellengenossen wie im Fieber fabuliert und geträumt hatte. Bis dahin war alles akzeptabel. Doch dann, als es Zeit zum Schlafen war, führten sie Rudolf in ihr eigenes Schlafzimmer, wo sie ihm ihr von Agnes, die im Anschluss an das Knödeldessert diskret verschwunden gewesen war, mit frischem weißem Linnen präpariertes Ehebett anboten.

»Bitte!«, sagte Agnes mit unterwürfigem Blick, der latent schon spätere Forderungen nach Dankbarkeit enthielt. »Sie würden uns eine große Freude machen. Sie sollen es so bequem wie möglich haben nach all Ihren Entbehrungen!«

»Danke, aber Ihr Sofa ist für mich bequem genug!«, wehrte Rudolf ab – vergeblich.

Die Stögerls, insbesondere Agnes, insistierten, dass er in ihrem Schlafzimmer schlafen sollte. Ja, er müsse sogar! Es wäre eine große Ehre für sie! Rudolf kannte genügend ethnologische Untersuchungen, die Gastfreundschaft in aller Welt erforscht hatten. Er wusste, dass es Gegenden in Arabien gab, in denen das Überlassen des eigenen Bettes vollkommen normal und alles andere grobe Unhöflichkeit war. Und dass die Inuit-Männer einem Gast ohne Zucken sogar ihre Frau als Wärmequelle – was auch immer diese Funktion einschloss – bei einer Iglu-Übernachtung zur Verfügung stellten, zusammen mit einem Tiegel stinkenden Walfettes. Die Beistellung von Agnes war natürlich nicht im Angebot enthalten. Doch im oberbayerischen Voralpenland war auch das Überlassen des eigenen Bettes weder Sitte noch überlebensnotwendig, sondern so auffällig, dass er es nicht mehr als Geste der Höflichkeit sehen konnte. Es war zu viel! Rudolf ahnte eine Art Ablasshandel. Als wollten seine Gastgeber im Nachhinein etwas von seinen Qualen selbst wiedergutmachen, als fühlten sie Verantwortung dafür. Rudolf fühlte sich genötigt und vage abgestoßen.

Aber er wollte keinen Ärger erzeugen. Also bestieg er das große, zugegeben verlockende fremde Bett. Nur einen winzigen Augenblick dachte er gruselnd an den ehelichen Geschlechtsverkehr, der auf dieser Matratze vermutlich stattgefunden hatte. Aber dann kuschelte er sich in die gebügelte Wäsche hinein, die duftete und weich war – ein köstlicher, verschwenderischer Luxus, den er früher als selbstverständlich genommen hatte. Wie ein Stein schlief Rudolf und trieb auf dem Stögerl'schen Floß der Träume und Albträume durch die Nacht. Am nächsten Morgen war er früh auf, packte seine Sachen, noch bevor die beiden wach waren, und verschwand, nicht einmal einen Zettel mit Dank auf dem Tisch hinterlassend.

Um sechs Uhr morgens war er bereits auf der Straße Richtung Reichenhall unterwegs. Die Sonne schien, und er fühlte sich frei und stark. Die Straße, die Rudolf nach Berchtesgaden bringen würde, zog sich wie ein Band nach Süden zu den Alpen. In beide

Richtungen bewegten sich langsam Menschen und Vehikel aller Art. Einige Glückliche hatten Fahrräder. Die meisten allerdings gingen zu Fuß, manche allein, viele in Gruppen, die entweder Familien ohne Männer im wehrfähigen Alter waren oder aber reine Männergruppen. Die Männergruppen bestanden aus ehemaligen Soldaten oder ehemaligen Zwangsarbeitern. Handwagen und Karren waren hoch beladen mit dem Hab und Gut der Versprengten, die auf dem Weg nach Irgendwo waren. Selbst die großen Karren zogen die Menschen oft selbst, seltener war eine magere Mähre eingespannt, die es bis hierhin geschafft hatte, ohne zu verrecken oder geschlachtet, in jedem Fall aber vertilgt zu werden.

Ein mit Holzkohle angetriebener LKW überholte Rudolf, auf der Ladefläche eine Gruppe von gefangen genommenen deutschen Soldaten. Einer von ihnen winkte Rudolf zu. Er sah sehr jung, unschuldig und optimistisch aus, und Rudolf winkte zurück. *Alles Gute, Bua!*, dachte er. Die Soldaten wurden in ein Sammellager gefahren, in dem sie dann auf ihre Zukunft zu warten hatten, bestenfalls waren es die primitiven Unterkünfte, in denen bis vor Kurzem noch die Feinde des Deutschen Reiches dem Ende desselben entgegenvegetiert hatten, immer im Wettlauf mit dem Tod. Die Möglichkeiten der Unterbringung waren aber überall so knapp und beengt, dass die ehemaligen Gefangenen oft in ihren ehemaligen Gefängnissen blieben, denn wenigstens boten diese ein Dach über dem Kopf und waren, seitdem die Tore sie jederzeit hinausließen, eine begehrte Alternative zum Schlafen auf freiem Feld. Auf dem freien Feld campierten jetzt überall die deutschen Soldaten, die sich ergeben hatten.

Vor den Kastenjeeps und Transportwagen der Amerikaner musste man sich in Acht nehmen, sie rasten stets in riskantem Tempo und nahmen keine besondere Rücksicht auf die anderen, die auf der Straße unterwegs waren.

Vor Rudolf ging eine Gruppe von fünf Polen, Rudolf verstand Teile ihres Gespräches, denn er hatte von Maciej, einem polnischen

Priester, mit dem er im Zuchthaus Goerden inhaftiert gewesen war, ein paar Worte und Sätze gelernt. Offenbar waren die fünf als Zwangsarbeiter eingesetzt gewesen. Sie hatten ein gutes Damenfahrrad und eine Ziege an einer Leine dabei, dazu prall gefüllte Rucksäcke und einen Handwagen, auf dem sich unter einem teuren Orienteppich allerhand Gegenstände aus einem gutbürgerlichen Hausstand befanden. Anscheinend auch mehrere Flaschen Schnaps, was die Männer in einen lauten und angriffslustigen Zustand versetzt hatte. Rudolf verstand, dass sie immer noch auf Beutezug waren und einen hoch gestapelten Wagen anpeilten, der am Straßenrand pausierte.

Es war der Leiterkarren einer nur aus Frauen bestehenden Familie, bis auf einen einbeinigen Greis, der als Einziger mit einem greinenden Baby im Arm auf dem Wagen fahren durfte, während die fünf Frauen verschiedener Altersstufen zu Fuß gingen. Gerade wurde das Pferd, das den Wagen zog, von einer der Frauen, vermutlich der Anführerin, wachsam und in Männerkleidung samt Hosen, getränkt – das Tier soff aus einem Zinkeimer, den sie mit frischem Wasser aus einem Brunnen am Straßenrand gefüllt hatten. Das Pferd war eine trotz ihrer Magerkeit kraftvolle Fuchsstute mit einem kleinen weißen Stern auf der Stirn. Das Brandzeichen mit der doppelten Elchschaufel auf der linken Halsseite wies sie als echte Trakehnerin aus. Zum Frauentreck gehörte außerdem ihr Fohlen, das etwa zwei Monate alt war und munter langbeinig nebenherstakste. Es trug ein selbstgestricktes Halfter aus bunter, weicher Wolle und war durch einen dünnen Wollstrick in derselben Farbe am Geschirr seiner Mutter angebunden, damit es nicht auf die Straße lief.

Die Mutter des mitreisenden Menschenbabys, eine blond gelockte Frau Mitte zwanzig, nahm ihr Kind dem Greis aus dem Arm, setzte sich auf einen Stein und gab ihm die Brust. Das Kind wurde still und gluckste. Eines der jungen Mädchen rupfte Gras und sammelte es in einem Korb für die Stute. Die andere kraulte das Fohlen, das neugierig mit den Nüstern an einer ihm präsentierten Löwenzahnblüte herumschnupperte. Das Fohlen wackelte ablehnend mit der Oberlippe, das Mädchen warf den Löwenzahn weg und lachte.

Rudolf sah, wie der Anführer der Polen zum Wagen der Frauen ging und dort alles genau betrachtete. Insbesondere die Stute und ihr Fohlen erweckten sein Interesse. Der Mann erkannte das Brandzeichen und klopfte dem Pferd den Hals, während die Frauen ihm erstarrt zusahen. Mit einer geübten Geste und einem kleinen Schnalzer lockte er das Fohlen herbei und ließ es an seiner Hand riechen. Die Mutterstute ging in Habachtstellung und richtete sich auf. Die anderen Polen standen da, schauten zu und machten anzügliche Bemerkungen über die Frauen, was nur am Ton zu erkennen war. Als der polnische Anführer sich daranmachte, die Stute aus dem Wagen auszuschirren, trat ihm die Frau in den Männerhosen entgegen. Ihre dunklen Haare waren unter einer Kappe zurückgebunden, sie hatte ein gut geschnittenes, energisches Gesicht und sehr blaue Augen.

»Nehmen Sie nicht unser Pferd, bitte!«, sagte sie ebenso bestimmt wie höflich und sah den Polen direkt an. Sie nahm den Kampf auf.

Ihr Gegner sah sie ohne eine Regung an, und nach einem Moment der Stille, der sich beängstigend zwischen ihnen ausdehnte, fragte er in gutem Deutsch mit polnischem Akzent:

»Warum sollte ich das nicht tun?«

»Ohne das Pferd kommen wir nicht weiter«, erwiderte sie und deutete auf den Wagen mit dem Greis und dem dort gestapelten Eigentum.

»Wir haben nur eine Ziege«, sagte der Pole ernsthaft. »Dabei haben wir sehr hart für euch gearbeitet. Ohne Bezahlung. Noch nicht einmal genug zu essen habt ihr uns gegeben. Wir nehmen das Pferd. Beide Pferde.« Er machte sich wieder am Geschirr der Stute zu schaffen.

»Nein, das geht nicht!« Die Frau in Hosen versuchte handgreiflich, ihn davon abzuhalten.

Rudolf biss die Zähne zusammen – die hatte Courage. Für die sie augenblicklich bezahlen musste, denn der Pole verlor die Geduld und schlug ihr mit der Faust so heftig ins Gesicht, dass sie bewusstlos zu Boden ging. Die anderen Frauen schrien. Eines der Mädchen rannte zu ihr. Das Pferd wurde weiter ausgeschirrt, und einer der anderen Männer schnappte sich den Wollstrick des Fohlens. Es wieherte hell und laut, und die Stute antwortete. Das Mädchen mit dem Korb voll Gras fiel vor den Männern auf die Knie.

»Bitte nicht!«, flehte sie und begann zu weinen.

Der Greis auf dem Wagen begann, sich lauthals schimpfend von dort herunterzuhangeln, was alles nur noch schlimmer machen würde.

Jetzt war Rudolf beim Wagen angekommen.

»Dzien dobry«, grüßte er freundlich und registrierte das Erstaunen der polnischen Männer.

Aus dem Augenwinkel sah Rudolf, dass die Frau in Hosen wieder bei Bewusstsein war. Sie blutete aus der Nase, rappelte sich aber schon wieder auf. Rudolf hoffte, dass sie still blieb. Er kratzte das gesamte Polnisch zusammen, das Maciej ihn gelehrt hatte, und verhandelte.

»Seid nicht wie sie!«, beschwor er die Polen, die seine durch die Haft erlangte Autorität spürten, ohne seine Geschichte zu kennen. »Ihr hättet all das verdient. Und noch mehr. Aber braucht ihr wirklich das Pferd, oder ist es nur … Rache?«

Rudolf wusste, dass die meisten der Polen sehr katholisch waren, und versuchte sein Glück.

»Jesus hat gesagt, wenn euch einer auf die rechte Wange schlägt, haltet die linke Wange hin. ›Auge um Auge‹ gilt nicht mehr.«

Die junge Frau, die bis eben noch ihr Baby an der Brust gehabt hatte, stand jetzt auch da und sah die Männer an.

»Frauen und Kinder«, fügte Rudolf auf Polnisch hinzu.

Einen Moment waren die Polen still, aber zwei aus der Gruppe redeten in schnellem Fluss auf ihren Anführer ein. Sie waren offenbar nicht einverstanden. Überhaupt nicht. Rudolf konnte ihnen nicht ganz folgen. Die Frau in Hosen stand jetzt, unterstützt von einem der jungen Mädchen, auf. Ihr blutiges Gesicht sah furchtbar aus, und das rechte Auge schwoll zu. Dem Anführer konnte man eine Spur schlechten Gewissens ansehen. Er warf einen kurzen Blick zu seinen Genossen und sah dann Rudolf wieder an.

»Bitte!«, sagte die Frau in Hosen.

»Gut«, sagte der Anführer. »Ihr behaltet das große Pferd. Wir nehmen das kleine.« Auf seine Kopfbewegung hin führte einer der Männer auch schon das Fohlen am bunten Wollstrick davon. Die anderen folgten ihm.

»Nicht das Fohlen!«, schrie eines der Mädchen und wollte ihm hinterherstürzen. Die Frau in Hosen hielt sie zurück.

»Nicht unverschämt werden!«, sagte der Anführer. »Sonst überlege ich es mir noch anders.«

Er warf einen letzten Blick auf den Wagen und das Pferd und schloss sich den anderen an.

Es war allen klar, dass dies ein glimpflicher Ausgang war, und so blieben die Frauen stumm. Dem jetzt bewegungslosen, wie gelähmten Mädchen rannen die Tränen über die Wangen. Nur die Stute tänzelte auf der Stelle, wollte sich losreißen und wieherte so stark, dass ihr ganzer Leib bebte. Ihr Kind antwortete, schrill und voller Angst. Wortlos half Rudolf den Frauen und schob den Greis, der »Scheiß-Polacken!« schimpfte, wieder auf den Wagen. Die Frau in Hosen wusch sich ihr Gesicht an der Quelle ab, wo sie das Wasser für das Pferd geholt hatten.

Ununterbrochen rief die Stute, der jemand ein Tuch über die Augen gelegt hatte, damit sie nichts mehr sehen konnte, nach ihrem Kleinen. Und es antwortete, auch wenn seine Rufe leiser wurden, weil sich die Polen samt Fohlen und Ziege entfernten. Doch plötzlich gab es Geschrei und Getrappel: Das Pferdchen hatte sich aus dem weichen Wollhalfter herausgewunden und rannte im Zickzack über die Straße zu seiner Mutter zurück, ihren Rufen folgend. In diesem Augenblick erfasste ein Jeep das panische kleine Tier und brachte es zu Fall. Mit einem offenen, gebrochenen Bein blieb es liegen. Da es noch lebte, stieg einer der GIs aus, nahm seine Pistole und schoss dem erstaunt blickenden Fohlen in den Kopf. Die GIs fuhren weiter. Die Polen, die keinen Ärger mit den Amerikanern wollten, ebenfalls. Es dauerte eine Minute, bis jemand den kleinen Kadaver für sich reklamierte und abräumte. Das zarte Fleisch würde ein Festmahl werden.

Rudolf erfuhr von den Frauen, dass sie nach Großgmain wollten, wo eine entfernte Tante sie hoffentlich aufnehmen würde. Sie hatten es von Ostpreußen über das Haff bis nach Thüringen geschafft. Das letzte Stück, noch weiter weg von den Russen, würden sie auch noch schaffen.

Er setzte seinen Weg allein fort. Schritt für Schritt verflüchtigte sich seine Vorfreude, je näher er Berchtesgaden kam. Sonne, Licht, Luft, Wiesen und die Berge am Horizont waren berauschend, auch wenn er sich beschämt eingestand, sich in der Woche nach seiner Freilassung so schnell an sie gewöhnt zu haben, dass er sie als Selbstverständlichkeit hinnahm. Sie waren es nicht. Das wusste er. Und wenn er tief durchatmete und die Luft schmeckte, erinnerte sich jede Körperzelle an die Entbehrungen und feierte die Fülle des Lebens.

Doch Rudolf hatte weder die Entfremdung noch die Angst erwartet, die ihn befiel, wenn er an das Wiedersehen mit den Menschen aus seiner Vergangenheit dachte. Selbst der Gedanke an seine engsten Freunde erzeugte Unbehagen. Das waren die, die ihm geholfen hatten. Wie Felicitas und Pfarrer Otto Schüller. Sie hatten unentwegt Eingaben gemacht, um seine Begnadigung zu erwirken. Ihren unermüdlichen Bemühungen hatte er es zu verdanken, dass sein Todesurteil in eine lebenslange Haftstrafe umgewandelt worden war. Dass er lebte. Aber er war jetzt ein Fremder in der Welt, abgetrennt durch seine Erfahrungen.

Rudolf erreichte seine von amerikanischen und auch französischen Militärs wimmelnde Heimatstadt am späten Nachmittag. Er gelangte ohne Schwierigkeiten durch die Kontrollpunkte und zum Gelände des Brauhauses. Er betrat den Hof, und sofort hüllte ihn heimelig der Geruch der alten Maische ein. Alles war unverändert. Bis auf die Tatsache, dass keine Spur von Bierfässern oder -tragerln zu entdecken war. Rudolf ging in die Brauhalle und hörte schon von Weitem die resolute Stimme von Rosa, die verärgert klang und in einer Sprache radebrechte, die sie vermutlich für Englisch hielt.

»No görste, no beer!«, erklärte sie gerade mit einem Hauch von Verzweiflung, als er um die Ecke bog. »Görste only for bread derzeit!«

Rudolf erblickte Rosa schräg von hinten – ihre kraftvolle Erscheinung mit einem langen geflochtenen Zopf auf dem Rücken, in Dirndl und schweren Arbeitsschuhen, wie immer. Neben ihr standen zwei GIs, denen sie gerade zu erklären versuchte, dass Gerste gebraucht wird, wenn man Bier machen will. Sie schienen es verstanden zu haben, als Rosa sich in Rudolfs Richtung wendete und ein ungläubiges Staunen ihr Gesicht überzog.

»Ja, Jessas! Doktor Kriss! Der Kriss is zurück!« Den letzten Teil schrie sie, dann rannte sie auf Rudolf zu und umarmte ihn einfach.

»Mei! Entschuldigen S' bitte … Aber … is das schee! Mein Gott, Sie san ja nur noch a Krischperl!«

Jetzt ließ Rosa ihren Chef los und schämte sich plötzlich für die Aufwallung, die sie jedes Klassenbewusstsein hatte vergessen lassen. Aber Rudolf – längst frei von herkömmlichem Klassenbewusstsein – war ehrlich gerührt über ihre spontane Zuneigungsbekundung, an deren tief empfundener Wahrhaftigkeit er keine Sekunde lang zweifelte. Zwei alte Arbeiter kamen hinzu und drückten ihm ehrerbietig die Hand. Rudolf lächelte.

»Servus, schön, euch alle zu sehen!«, sagte er und fühlte es so.

»Des is unser Doktor Kriss«, sagte Rosa stolz zu den beiden GIs. Sie grüßten knapp und militärisch, aber freundlich.

»Sir. Nice to meet you!«, sagte der eine.

»I think you are on our list!«, sagte der andere. Sie bestellten ihn für den nächsten Morgen zum Schloss, ins Hauptquartier des Military Government der US-Army.

Danach fing für Rudolf ein anstrengender Abend an, denn alle, die kamen, um ihn zu sehen – Nachbarn, Freunde, Angestellte –, brachen bei seinem Anblick in Tränen aus. Als er, von Rosa vollgestopft, in ein wiederum frisch bezogenes Bett fiel, schwor er, sich ab jetzt alle Tränen vorab zu verbitten, egal, wie unhöflich das wäre. Tränen erschienen ihm eine zu billige Nummer. Nur bei seiner Mutter hätte er die Tränen akzeptiert. Oder bei einer gelungenen Darbietung von *Casta Diva* aus *Norma*, wenn die Schwarzkopf die Arie sang. Aber sonst?

Dann schlief Rudolf ein und träumte nichts.

17

Wie alle nicht deutschen Personen, die sich in dieser Nacht Anfang Mai in Berchtesgaden aufhielten, waren auch Meg und Frank ziemlich betrunken: Einer der letzten Tage, in denen der Weltkrieg in Europa noch vereinzelt zuckte, mündete in einen lang erwarteten Frühling des Friedens oder zumindest des Endes von Kampfhandlungen – Grund genug für ein paar ausführliche Drinks. Die Amerikaner leerten sämtliche alkoholischen Bestände des Berchtesgadener Hofes und feierten den Untergang des Dritten Reichs. Bereits jetzt hatten mehrere internationale Politiker und neugierige Senatoren aus dem Mittleren Westen Besuche angekündigt. Alle wollten mit eigenen Augen sehen, wie es in dem Zuhause von Adolf Hitler aussah – oder dem, was davon übriggeblieben war. Dabei waren noch nicht einmal alle Nationalsozialisten aufgespürt, geschweige denn dingfest gemacht, die sich laut CIC und anderen Quellen noch in der Gegend aufhalten sollten. Und längst nicht alle SS- und Wehrmachtseinheiten waren vollständig entwaffnet. Doch der Magnetismus des untergegangenen Bösen wirkte bereits. Meg hatte gehört, dass einer der französischen Panzerkommandeure, die an der Einnahme Berchtesgadens samt Obersalzberg beteiligt gewesen waren, ein Mann namens Jean-Alexis Moncorgé war. Auf seinem Panzer stand »le siffleur«, *der Pfeifer*, und er war bekannt unter seinem Künstlernamen Jean Gabin. Angeblich war auch Marlene Dietrich, seine aktuelle Geliebte, in der Gegend.

»Das wäre schon eine Geschichte wert: Pépé le Moko und der *Blaue Engel* poussieren in Hitlers Lieblingsstadt mit Watzmann im Hintergrund!«, lästerte George Renard, Journalist und Autor, früher Georg Reinhardt aus Eisenach, einer von Franks Kollegen aus Camp Ritchie.

»Ich werde versuchen, sie vor die Kamera zu kriegen«, lachte Meg. »Etwas künstlerisch und moralisch wertvoller Glanz ist eine schöne Abwechslung. Große Schauspieler im siegreichen Kampf gegen die Nazis!«

»Jede Wette dagegen!«, sagte George und hielt Meg sein Glas zum bestätigenden Anstoßen hin.

»Okay! Ich krieg' sie!«, schlug Meg ein und knallte ihr Glas gegen seines. Frank grinste nur und schüttelte den Kopf. Megs Wette war mutig, denn der Franzose und die deutsche Diva galten als sehr scheu, was die Zurschaustellung ihrer Beziehung und überhaupt jegliche Aufdeckung von Privatheit anging.

Das Thema Glamour erledigte sich, als sehr spät noch zwei GIs mit Post, Nachrichten und Akten aus München kamen. Meg und Frank nahmen das zum Anlass, die Bar, in der man mittlerweile sein eigenes Wort nicht mehr verstehen konnte, zu verlassen. Die ihnen zugewiesenen Zimmer waren durch eine Tür verbunden, der diskrete Austausch – dank eines wohlgesonnenen Quartiermachers – somit gewährleistet. Sie hatten schon in sehr viel einfacheren Behausungen übernachtet.

Das ehemalige *Grand Hotel Auguste Victoria* hieß jetzt *Berchtesgadener Hof*, die NSDAP hatte es im Auftrag Martin Bormanns in den Dreißigerjahren erworben und umgebaut, um dort vor allem wichtige Gäste Hitlers zu beherbergen. Es war gediegen modern in der geschätzten Architektursprache der Epoche, wobei in der deutschen Ausprägung die Qualität der verwendeten Materialien stets weit über dem schöpferischen Niveau der zugrunde liegenden Entwürfe lag. Die Inneneinrichtung versprühte weder stilsicheren Geschmack noch Eleganz oder gar Charme. Selbst Orientteppiche und Kristalllüster konnten die linkische, provinzielle Schwerfälligkeit nicht aufheben. Bequem und komfortabel war es allerdings im *Berchtesgadener Hof*.

Meg hatte mehrere Umschläge aus dem Labor bekommen, vermutlich die Kontaktbögen ihrer neuesten Fotoarbeiten sowie einige ausgewählte Abzüge aus Dachau. Zwar ging zunächst jeder in sein Zimmer, aber nachdem Meg ihre Lupe geholt hatte, öffnete sie die Zwischentür und diffundierte mit ihren Umschlägen unter dem Arm wie selbstverständlich in Franks Zimmer: eine unbewusste empathische Osmose. Sie wusste, worauf Frank wartete – und dass es möglichweise, nein, ziemlich sicher keine guten Nachrichten sein würden. Frank saß am Schreibtisch und ging die verschiedenen Briefe und Berichte durch.

Meg setzte sich mit ihren Sachen auf das große Bett, richtete die Nachttischlampe so aus, dass sie im Schneidersitz ihre Arbeiten, auf ein großes Brett geklemmt, gut prüfen konnte. Ihr Blick schweifte zu Frank. Wie immer rührte es sie, ihn zu beobachten, wenn er konzentriert an einer Sache saß, den Rücken so gebeugt, dass, wenn er nicht damit aufhörte, er in einigen Jahren sicher mal höllische Rückenschmerzen bekommen würde. Seine vom militärischen Standpunkt aus deutlich zu lange dunkelbraune Haartolle fiel ihm in die Stirn, während er akribisch eine Akte studierte. Meg bemerkte, dass er einen Luftpostbriefumschlag beiseitegelegt hatte. Sie liebte seine Hände, die kräftig waren und doch intellektuell wirkten. Er blätterte mit rechts um und schrieb mit links, was sie immer noch irritierte, wenn sie es sah. Den meisten Kindern war so lange auf die Finger geschlagen worden, bis sie sich zumindest zum Schreiben die Linkshändigkeit abgewöhnt hatten. Frank war, als ihn niemand mehr beaufsichtigte, zur Linkshändigkeit zurückgekehrt, er konnte mit beiden Händen schreiben. Wenn er mit links schrieb, fühlte er sich privat und unbeobachtet, offiziell nutzte er meist die rechte, was immer noch als seriöser galt und gegebenenfalls auch die Tinte wichtiger Schriftstücke nicht so leicht verwischte.

Frank und Meg hatten sich kennengelernt, als sie eine Reportage über die Ritchie Boys gemacht hatte, die dann doch nicht erscheinen durfte, um keine Kriegsgeheimnisse zu verraten. Bei der Überfahrt nach England hatten sie sich zufällig wiedergetroffen, auf ihrem Weg zum Fronteinsatz. Die unbestimmt flirrende Anziehung ihrer Begegnung in Camp Ritchie verwandelte sich in sehr physische Leidenschaft, die die gleichförmige Passage zum ungewissen Kontinent Europa anreicherte. Ihre erste Liebesnacht hatten sie bei schwerer See in Megs Bett verbracht, die als einziger weiblicher Presseoffizier eine Einzelkabine hatte. Schon da hatte sie ihn gern beobachtet, eine *déformation professionelle*, die sie über Kontraste, Belichtungszeiten und Kadrierung nachdenken ließ. Auch jetzt dachte sie über die Essenz nach, die ein Bild dieser Situation an einem fremden Schreibtisch einfangen müsste. Seine Verletzlichkeit, seine entschlossene Konzentration.

Frank bemerkte Megs forschenden Blick, lächelte sie vom Schreibtisch aus zerstreut an und wandte sich wieder den Listen zu, die vor ihm lagen.

Es waren Namen und Beschreibungen, manchmal mit Fotos von hochrangigen nationalsozialistischen Funktionären, Militärs und Staatsbeamten, nach denen gesucht wurde. Der CIC und seine Informanten hatten mögliche Kontakte und Verbindungen in der Gegend benannt. Bei einigen Personen waren noch die konkreten Verbrechen aufgeführt, jenseits ihrer Funktion. NS-Kreisleiter Bernhard Stredele aus dem Berchtesgadener Land und der NS-Bürgermeister von Freilassing, August Kobus, wurden beschuldigt, einen abgestürzten amerikanischen Piloten weit abseits jeder Genfer Konvention für Kriegsgefangene durch einen Kopfschuss hingerichtet zu haben. Irgendwo auf den Wiesen zwischen Reichenhall und Berchtesgaden. Außerdem sollte sich der gefürchtete Gauleiter von München, Paul Giesler, samt Familie hierhin abgesetzt haben, nachdem er kurzfristig noch ein paar Mitstreiterinnen und Mitstreiter der Bayerischen Befreiungsfront in München hatte hängen lassen. Dr. Robert Ley, Ex-Reichsarbeitsminister und mit dem treffenden Spitznamen »Reichstrunkenbold« ausgezeichnet – was der Bericht trocken wie ein Künstlerpseudonym aufführte –, sollte sich ebenfalls hier aufhalten. Dazu Dr. Heinrich Lammers mit Frau und Tochter, Funktionär der NSDAP, der Hitlers Kleine Reichskanzlei in Berchtesgaden leitete. Hitlers Schwester und Halbschwester waren auch angeblich hier, ihr Bruder hatte sie schon vor einiger Zeit in die Nähe seiner Residenz evakuiert – was, wenn man es recht betrachtete, nicht unbedingt für seinen Glauben an den eigenen Sieg sprach. Sie würden alle Truppen mit Fotos ausstatten müssen, damit die Fahndung Erfolg haben konnte. Göring war bereits in Österreich festgenommen worden.

Ein Detail stach Frank ins Auge. Es war nur ein Nebensatz in einem Geheimdienstbericht, der einen Überblick über sämtliche Residenzen von Prominenten aus dem nationalsozialistischen Zirkel und Umfeld aufführte. Die Namen klangen wie ein *Who's Who* des Dritten Reiches. Der Bericht vermerkte auch, wer in diesen Residenzen wohnte, und es war offensichtlich Mode bei den großen und kleinen Bonzen gewesen, sich eine Zweitfrau samt erbgutstreuender Nachkommenschaft zu halten, gern im Berchtesgadener Land, fernab der Erstfamilie und nah am Pilgerort Obersalzberg. Ein Name auf dieser Liste fuhr Frank in den Körper, als er ihn las. Ali Gral. Schauspielerin. Bürgerlich Adelheid Grandl, geschiedene Burkhard. Chalet in Schönau am Königssee. Maitresse des SS-Generals Friedrich von Sckell. Unehelicher Sohn: Adolf, zwei Jahre.

Ali. Adelheid aus der Adelgundenstraße. Franks erste Liebe.

In diesem Moment legte Meg ihre Hand auf seine Schulter.

»Keine Nachricht?«, fragte sie.

»Meine Mutter hat geschrieben«, erwiderte Frank. »Sonst nichts.«

»Tut mir leid«, sagte Meg. »Aber wahrscheinlich ist einfach noch zu viel Chaos für verlässliche Nachrichten.«

»Wir vom CIC sind eigentlich ganz gut darin«, sagte Frank leise. Meg nickte. Eine kurze Stille machte sich zwischen ihnen breit.

»Wie sind deine Fotos geworden?«, fragte Frank.

»Erschütternd«, antwortete Meg.

»Zeigst du sie mir?«, fragte Frank und registrierte Megs kurzes Zögern. Doch dann gab sie ihm die Abzüge.

Die vergrößerten Fotos zeigten ausgewählte Szenen aus Dachau, die Meg bei der Befreiung des Konzentrationslagers gemacht hatte. Ausgemergelte Gestalten, die aus den primitiven hölzernen Stockbetten heraus in die Kamera schauten, einige mit einem strahlenden Lächeln. Ein gestelltes Foto – aber das Glück, befreit worden zu sein, und das erlittene Leid waren im selben Augenblick eingefangen und abgebildet für die Nachwelt. Ein Massengrab auf dem Gelände, die dünnen, nackten Gliedmaßen der Leichname wie Marionettenbeine verdreht und abgeknickt. Eine Fotoserie zeigte einen angstvoll in die Kamera blickenden jungen Wachmann mit abstehenden Ohren, dicken blonden Haaren und einer gebrochenen Nase, unter der eine Spur von Blut zu ahnen war. Das nächste Foto zeigte ihn erdrosselt mit einem Gürtel an einem Heizkörper hängend. Und das dritte Foto zeigte seine Leiche in einem Kanal, unter Wasser. Seine Haare flossen an seinem Kopf entlang in der Strömung, genau wie die langen Unterwasserpflanzen, die den Grund des Kanals bedeckten. *War Meg wohl dabei gewesen, als sie den Wachmann töteten?* Frank hatte noch nicht alle Fotos angesehen, aber er hatte genug und gab sie Meg zurück.

»Ich sehe sie morgen an. Entschuldige«, sagte Frank.

»Ich hätte sie dir gar nicht zeigen sollen«, sagte Meg. Es war schon fast drei Uhr morgens, und Frank rieb sich mit einem Mal die Augen. Er konnte diese Fotos nicht ansehen, ohne an seine Schwester Ruth zu denken. An Samuel, ihren Ehemann, seine Tante und seine beiden Cousins. Von ihnen allen gab es keine Nachrichten. Je mehr Zeit verging, umso wahrscheinlicher wurde, dass sie tot waren. Frank riss zur Ablenkung den Brief seiner Mutter auf. Es war die Antwort auf einen seiner Briefe, den er nach seinem Besuch in der Thierschstraße geschickt hatte. Er hatte seine Eindrücke beschrieben und den Münchner Himmel in einem Nebensatz erwähnt. Offenbar hatte sie seine Traurigkeit genau herausgehört und versuchte, ihn zu trösten: München sei vorbei. Er gehöre nach New York. Im Gegensatz zu ihnen habe er sich doch vollständig integriert und möge sogar Pastrami-Sandwiches. *Ich liebe Brez'n*, dachte Frank. *Und zwar die echten, ohne »el«.* Er legte den Brief weg, ging ins Badezimmer, in dem es sogar fließend heißes Wasser gab, und putzte sich die Zähne. Meg stellte sich zu ihm und tat dasselbe. Sie spuckten gleichzeitig aus, stießen dabei fast mit den Köpfen zusammen, und Frank grinste.

»Du hast doch ein eigenes Badezimmer, wir müssen nicht hier zusammenstoßen«, sagte er.

»Aber ich bin gern bei dir«, sagte Meg und küsste ihn auf die Wange.

Sie stiegen in sein Bett. Beide waren todmüde und betrunken, aber trotzdem ließen sie ihre Hände nicht voneinander und hatten Sex. Es war ein hitziger Akt gegen den Tod und das Sterben um sie herum. Dabei ein Kind zu machen kam nicht infrage, wobei das jederzeit passieren konnte. Es ging darum, ganz im Augenblick zu sein, sich in Ekstase herauszuheben aus all den Gräbern und darin einem Menschen nahe zu sein, der einem nicht egal war. Und als Meg bereits eingeschlafen in seinem Arm lag, durchzuckte Frank die beschämende Erkenntnis, dass ein Teil seiner eben befriedigten Lust ein fremdes Element von unverschämter Geilheit enthalten hatte. Er erkannte, dass sein körperliches Gedächtnis wie ein Pawlow'scher Reflex angesprungen war: Er hatte an Ali gedacht.

Ali, Adelheid Grandl, seine erste Liebe, stammte direkt aus der Nachbarschaft im Lehel. Die Adelgundenstraße lag parallel zur Thierschstraße, war kleiner und von weniger repräsentablen Häusern gesäumt. Alis Vater war Metzgermeister auf dem Viktualienmarkt gewesen und hatte den eher großbürgerlichen jüdischen

Rechtsanwaltssohn Frank misstrauisch beäugt. Ali und Frank waren füreinander die erste Liebe und er erinnerte sich genau an die Sommernacht, in der sie sich von zu Hause aus den schlafenden Familien weggeschlichen hatten, um an der nahen Isar auf der Schwindinsel eine »Liebesnacht mit allem« zu verbringen, was hieß, dass sie zum ersten Mal miteinander schlafen wollten. Die Schwindinsel hatte ihren Namen nach dem Denkmal des romantischen Malers Moritz Schwind, das auf der halb vergessenen Nordspitze der Praterinsel thronte. Es war eine grün bewucherte Oase, die man nur von der Maximiliansbrücke aus betreten konnte. Ali und er hatten dort schon einmal Picknick mit hausgemetzgerten Grandl'schen Weißwürsten gemacht. Es war Alis Idee gewesen, dort »ihre« Nacht zu verbringen. Schon die heimliche Planung hatte beide in eine knapp unter der Oberfläche vibrierende, wollüstige Erregung versetzt, die die Tage vor dem eigentlichen Ereignis durchzog wie der Duft eines langsam garenden Gerichtes, das zu einem viel späteren Zeitpunkt serviert werden würde. Jedes Detail musste berücksichtigt werden und trug zur Aufregung bei.

Frank dachte eher im romantischen Rahmen an Decke, Kissen, Kerze und zwei Gläser für den Riesling-Sekt, bei dessen Organisation aus dem heimischen Weinkeller ihn sein Vater erwischte und so in Verlegenheit brachte, dass Frank mit der Flasche und den zwei Gläsern in der Hand, einem flammend roten Kopf und dummen Ausreden auf der Zunge das Vorhaben beinahe aufgegeben hätte. Aber sein Vater grinste ihn plötzlich an, klopfte ihm auf die Schulter und verschonte ihn mit weiteren Fragen.

»Viel Vergnügen«, wünschte er dann etwas spöttisch und fügte noch schnell hinzu, dass er doch bitte aufpassen solle. Frank sah ihn wohl so fragend an, dass sein Vater noch »Schwanger und so …« nuschelte. Dann waren beide mit rotem Kopf auseinandergegangen.

Ali hatte das Verhütungsproblem, als die Praktischere von beiden, längst bedacht und von einer »älteren Freundin«, wie sie es nannte, Kondome organisiert. Sie legte gegenüber dem eher schüchternen Frank eine große Kenntnis in erotischen Dingen an den Tag, sodass Frank einen Moment lang den Verdacht hatte, dass er gar nicht Alis erste Erfahrung war. Als er das später ihr gegenüber äußerte, war sie empört. Sie hatte sich nur gut informiert und kannte sich mit ihrem eigenen Körper und dessen Gelüsten im Gegensatz zu vermutlich den meisten ihrer Geschlechtsgenossinnen gut aus. Frank hatte schon nach sechzig Sekunden einen ersten Erguss. Es war ihm peinlich, aber Ali lachte die Peinlichkeit einfach weg und küsste ihn mit ihrem vollen, etwas schiefen Mund, den er so sehr mochte. Sie machten einfach weiter und fingen noch mal von vorn an. Durch die Decke piksten Zweige, und an den Füßen erinnerten stechende Brennnesseln ebenso wie die immer zudringlicher werdenden Mücken sie daran, dass sie draußen im Grünen waren. Der Fluss rauschte, und man konnte vollkommen vergessen, dass ihr lauschiges Liebeslager mitten in der Stadt lag. Ali zeigte ihm mit ihrer Hand, wie er sie anfassen sollte, und er folgte ihren Anweisungen. Sie wusste, was er mochte, ohne dass er etwas sagen musste. Ihm gefiel alles, was sie tat. Ozeanische Zustände. Irgendwann ließen sie ermattet voneinander ab. Sie flößten sich gegenseitig den teuren Riesling-Sekt aus Vater Rosenzweigs Weinsammlung im Liegen ein, kicherten, stärkten sich mit einer Leberpastete, die Ali abgezweigt hatte, verschluckten sich und husteten und schliefen schließlich ineinander verschlungen ein.

Sie wurden wach, weil sie, nicht weit von ihnen entfernt, Geräusche hörten, die sie erst nach einigen Augenblicken einordnen konnten. Sofort unterhielten sie sich nur noch im Flüsterton, obwohl das Rauschen des Flusses selbst in normaler Lautstärke gesproche Worte übertönte. Sie realisierten, dass es ein anderes Paar war, das sich auf die Insel zurückgezogen hatte, um ungestört zu sein. Und wie sie mit angehaltenem Atem feststellten, waren es zwei Männer: der eine in SA-Uniform, der andere ein kräftiger Typ in Arbeiterkleidung. Ali und Frank erstarrten, aber Ali war zu neugierig, um nicht eine bessere Beobachtungsposition einzunehmen und sehr genau hinzusehen. Frank versuchte wegzuschauen. Aber auch er sah, wie der SA-Mann sich gegen einen Baum drehte und seine Hose herunterließ, während sich der andere ihm von hinten näherte und ihn grob penetrierte. Nach zwei Minuten waren sie fertig und verließen getrennt den Ort.

Ali und Frank packten ihre Sachen zusammen und gingen nach Hause. Beide waren still.

»Ich kenn' den Typen«, sagte Ali.

»Welchen?«

»Den SA-Typen. Georg. Der kauft immer bei uns ein und versucht mit mir zu flirten. Der kann wirklich gar nicht flirten. Und verheiratet ist er auch!« Ali lachte.

Sie waren jetzt vor Alis Haustür angekommen, sahen einander an. Sie umarmte und küsste ihn.

»Gute Nacht! Es war … schön!«

»Du bist schön«, sagte Frank.

»Du auch!«, sagte Ali leise und küsste ihn noch einmal.

Ali verschwand im Haus, und er wartete noch einen Moment, bis sie ihm von oben kurz zuwinkte und eine letzte Kusshand zuwarf. Dann ging er nach Hause, gerade mal um die Ecke, zweihundert Meter weiter. Fast lautlos schlich er sich in die stille Wohnung, in der alle schon schliefen, das Schnarchen seines Vaters drang unter der elterlichen Schlafzimmertür hervor. Er fiel ins Bett, dachte beglückt an Alis und seinen Rausch, und doch zwängte sich immer wieder das Bild eines SA-Mannes dazwischen, den Körper in den eines anderen Mannes verkeilt, einen Baum umklammernd, stumm und schnell eine verbotene Begegnung wie eine Notdurft erledigend. Und obwohl Frank ihr nächtliches Picknick mit Zusätzen tatsächlich wunderbar gefunden hatte, fühlte sich ihre Liebesnacht für ihn durch das Ende beschmutzt an.

Das war der Anfang von Alis und Franks Liebesgeschichte gewesen.

18

Bei den Fragen 101 und 102 hatte Sophie zum ersten Mal das Gefühl, dass ihre Bewerbung beim Military Government aus guten Gründen scheitern könnte. Bei Frage 46 war schon diffuse Sorge aufgestiegen, und bei Frage 121 hatte sich diese zu giftigen Zweifeln verdichtet. Die Amerikaner hatten ihr im Schloss, wo das MG seinen Sitz hatte und alle Hilfe-, Rat-, Arbeit- oder Gerechtigkeitssuchenden vorsprechen mussten, den mehrseitigen, auf einem langen Stück Papier eng gedruckten Fragebogen ausgehändigt. Sophie hatte ihn gleich vor Ort ausfüllen wollen, war aber von einem resoluten Officer nach Hause geschickt worden, samt der Aufforderung, ausführlich, genau und wahrheitsgemäß alle 131 Fragen zu beantworten – das sei die Voraussetzung für die Entscheidung, ob sie überhaupt für irgendeine Arbeit beim MG infrage käme. Sophie war also nach Hause gegangen und hatte sich in eine sonnige Ecke auf dem Hof gesetzt, um unbemerkt den Fragebogen zu studieren.

Zu Beginn war es ihr babyleicht erschienen, der Fragebogen war außerdem für Männer gemacht, es wurden Fragen zu Ehefrauen und Karrieren in Partei und Wirtschaft erhoben, vieles – das Allermeiste – davon betraf Sophie als neunzehnjährige Frau nicht. Immerhin wurde nach der Mitgliedschaft im BDM oder in der NS-Frauenschaft gefragt, und da waren bekanntermaßen keine Männer dabei. Also richtete der Fragebogen sich auch an Frauen, falls sie irgendeine offizielle Arbeit anstrebten. An den Fragen nach Mitgliedschaften in den verschiedenen Berufsverbänden, die Bedingung für die Ausübung der jeweiligen Tätigkeit gewesen waren, konnte man erkennen, dass es nahezu alle wichtigen, in die Gesellschaft hineinwirkenden Berufe betraf: Ärzte, Juristen, Lehrer,

Beamte, Krankenschwestern, Techniker, Studenten, Dozenten, Schauspieler, Journalisten, Schriftsteller, Regisseure, Musiker. *Nach Bauern und Holzschnitzern wird nicht gefragt*, dachte Sophie.

Aber Frage 46 war die Frage nach der Mitgliedschaft in der HJ, einschließlich BDM. Und im Bund Deutscher Mädel war Sophie eine Zeit lang gewesen. Sie hatte mit vierzehn unbedingt eintreten wollen, obwohl ihre Mutter dagegen gewesen war. Diese Ablehnung hatte keinerlei politischen Gründe gehabt, vielmehr erschien Theres die dort exerzierte halb nackte Körperertüchtigung und Wanderei verdächtig unkatholisch und – auch wenn es reine Mädchengruppen waren – moralisch gefährlich. Sophie hatte sich aber durchgesetzt, auch mithilfe von Max, dessen Fürsprache schließlich den Ausschlag gegeben hatte.

»Die Propaganda hätt' der Goebbels ned besser machen kenna«, hatte ihr Vater boshaft kommentiert. Sepp sah diese ganze NS-Bündelei kritisch. Max nahm es seinem Vater nur milde übel, Sepp stammte eben aus der alten Zeit.

Sophie hatte voller Begeisterung die Uniform geschneidert und die ersten Treffen mitgemacht. Aber dann nahm alles einen anderen Verlauf. Denn Sophie fügte sich nicht gut in die Hierarchie ein, was vor allem daran lag, dass ihre BDM-Führerin eine gewisse Elisabeth – Liesl – Pfnür war. Und diese Liesl Pfnür konnte Sophie nicht ausstehen. Sophie selbst war daran nicht schuld, dafür ihr Bruder umso mehr. Max hatte auch Liesl mal »nebenbei vernascht« und sofort danach vergessen, was Liesl, die sich bereits, mit dem Mutterkreuz ausgezeichnet, als Max' Ehefrau gesehen hatte, jetzt seiner kleinen Schwester nachtrug. Liesl war mit ihrer Einstellung eine fast schon undeutsche Romantikerin, denn die offizielle Linie lautete, dass der Ausbreitung von genetisch hochwertigem arischem Material – und was sollten moralisch gefestigte SS-Männer und BDM-Führerinnen anderes sein? – in jeder nur möglichen Form gefrönt werden sollte. Bis hin zu Himmlers Erfindung des Lebensbornsystems, in dem ledige junge Frauen ihnen unbekannten SS-Männern zwecks Zeugung zugeführt und samt Nachwuchs versorgt wurden. All das war Liesl nicht bewusst, sie träumte von Liebe und einer stinknormalen Ehe. Dafür war Max definitiv das falsche Zielobjekt. Liesl schwor auch alle anderen in ihrer Gruppe gegen Sophie ein. Und als dann ein Völkerballspiel gegen die Ortsgruppe Reichenhall durch Sophies schlappe Würfe verloren wurde, war sie endgültig eine höchstens noch geduldete Außenseiterin. Nach einem Jahr war Sophie wieder draußen gewesen, ihre Betrübnis dauerte kurz.

Magda gesellte sich jetzt neugierig zu Sophie in die Maisonne, um den ominösen Fragebogen und Sophies Antworten zu inspizieren.

»Muss ich das jetzt angeben?«, fragte Sophie.

»Klar!«, erwiderte Magda. »Mit Datum, steht da.«

»Weiß ich nicht mehr«, sagte Sophie unwillig.

»Du hast doch sicher irgendeinen Wisch?«

»Muss ich suchen.«

»Willst du die Arbeit oder nicht?«

Sophie verstummte, und gemeinsam gingen sie das Formular weiter durch. Sie kamen zu Frage 101. *Haben Sie Verwandte, die jemals Amt, Rang oder einflussreiche Stellungen in irgendeiner der von Nr. 41–95 angeführten Organisationen hatten?* Unter diesen Punkten wurden alle möglichen Mitgliedschaften abgefragt, auch die bei der SS: Fragen 42, 43 und 44.

Die beiden sahen sich an.

»Max. Frage 43«, sagte Sophie.

»Er ist doch nur Soldat«, sagte Magda abwiegelnd.

»Max ist bei der Waffen-SS gewesen«, korrigierte Sophie.

»Aber er war als Soldat an der Front.«

»Ja. Aber bei der SS, nicht bei der Wehrmacht. Nach der Wehrmacht fragen sie hier gar nicht«, sagte Sophie und ging sicherheitshalber noch einmal auf dem langen Stück Papier zurück. Aber es stimmte. Keine Bauern, keine Schnitzer, keine Wehrmacht.

»Aber Max ist doch ganz normal!«, insistierte Magda.

»Er ist gerade Sturmbannführer geworden.«

Beide schwiegen kurz.

Dann brach es aus Magda hervor.

»Du darfst nichts über Max sagen, dann werden sie ihn suchen und finden und …« Sie stockte, und dann fiel ihr das schlagende Argument ein: »Du kriegst die Arbeit nicht!«

Da hatte Magda einen Punkt.

»Und wenn sie rausfinden, dass ich gelogen habe?«, fragte Sophie.

»Du kannst sagen, du hast es nicht genau gewusst!«, schlug Magda vor.

»Schmarrn«, sagte Sophie. »Das glaubt niemand.«

Sie seufzte, leicht verzagt.

»Ich werde schreiben, dass ich ein Jahr beim BDM war.«

»Warum warst du nur ein Jahr da?«

»Es hat nicht gepasst«, antwortete Sophie kurz, denn sie wollte vor Magda nicht den eigentlichen Grund erwähnen.

»Das ist keine zufriedenstellende Begründung«, sagte Magda spitz. »Zumindest für die Amerikaner dürfte das nicht reichen.«

Einen Moment überlegte Sophie, ob sie Liesl Pfnür vielleicht doch erwähnen sollte, um Magda endlich auf den Weg der Heilung von ihrer Max-Obsession zu schubsen, nahm dann aber Abstand davon, weil sie keine kuhäugigen Diskussionen mit ihrer Freundin führen wollte, welche Indizien es gab, dass Max sie doch liebte.

Eine andere Sache rumorte ebenfalls in Sophie, wenn auch eher unklar wolkig, und die hing mit dem Fragenkomplex 121, 122 und 123 zusammen. Dort stand: 121. *Haben Sie oder ein unmittelbarer Angehöriger Ihrer Familie jemals Besitz erworben, welcher anderen Personen aus politischen, rassischen oder religiösen Gründen entzogen oder anderen Personen enteignet wurde im Verlauf der Besetzung von fremden Ländern?* Tja. Was war mit der französischen Madonna, die Gustl ihr gezeigt hatte? Er hatte sie nicht selbst und unverhohlen an. Sophie fühlte sich sofort wie unbekleidet, normalerweise sah niemand einen so an, und man sah auch selbst niemanden so an: Es war unhöflich, wie eine Insektenforscherin zu schauen. *Aaah! Was haben wir denn da?! Sieh mal einer an!* Wahrscheinlich würde sie sofort die Lüge in ihrem Fragebogen erkennen, dachte Sophie und schlug unwillkürlich ihre Augen nieder. *Du hast gerade verloren*, meldete sich sofort ihre innere Stimme. »Wer zuerst wegschaut!« war ein beliebtes Spiel mit ihren Brüdern gewesen. Sie hatte immer gut standgehalten.

In diesem Moment öffnete sich die Tür, und ein GI schaute herein.

»Froilein Thanner?«, fragte er.

»That's me!«, antwortete die elegante Insektenforscherin in einem beneidenswert ausgesprochenen Englisch, erhob sich geschmeidig und ging mit dem GI hinaus.

Eine Stunde später kam er noch mal rein und schickte Sophie nach Hause. Für heute war Schluss.

»Come back tomorrow!«, sagte er. Wenigstens das.

19

Sam beobachtete aus dem Küchenfenster, wie die junge Frau, die er im Keller erwischt hatte und von der er nicht wusste, wie sie hieß, einen Tisch samt einer kleinen Schreibmaschine nach draußen trug. Sie platzierte beides in einer von der späten Nachmittagssonne beschienenen Ecke des Hofes an der hölzernen Wand der Werkstatt, holte noch einen Gartenstuhl und ließ sich darauf nieder. Ihre dünne Freundin kam zu ihr, klappte ein Buch auf und diktierte ihr einen Text, den die junge Frau wie wild in die Maschine hackte. *Klackerdiklackerdiklacker–klack–ratsch–bing!* Das Geräusch gefiel Sam. Es war etwas Normales.

Klackerdiklackerdiklacker–klack–ratsch–bing! Das erinnerte ihn an seine Mutter Nessie, die stolze Sekretärin gewesen war, bis die Bürostunden nicht mehr mit den drei Kindern und der bettlägerigen Schwiegermutter zu vereinbaren gewesen waren und sie die feste Stelle in einem kleinen Warenkontor unter Tränen aufgeben musste. Daran hatte sie lange geknabbert. Sie hatte dann zu Hause Schreibarbeiten erledigt und für andere Leute Briefe an Ämter, Behörden und Arbeitgeber nicht nur geschrieben, sondern auch formuliert. Viele in ihrer Siedlung waren Analphabeten oder konnten nur schlecht schreiben und nahmen das Angebot dankbar an. Gezahlt wurde in Geld, Naturalien oder auch mal gar nicht, wenn die Bittsteller nichts hatten. Nessie war großzügig. Ihre Briefe waren formal tadellos und beschrieben den Sachverhalt präzise, darüber hinaus aber verbreiteten sie ein kaum wahrnehmbares Quantum mehr an Gefühl oder auch Strenge, je nach Anlass. Wortwahl und Satzbau wirkten untergründig in ihnen. Ihre diskrete Poesie war der Beweis von Nessies sprachlicher Kompetenz – denn eigentlich war

Nessie eine Dichterin. Seit ein von ihr verfasstes (und getipptes) Gnadengesuch erfolgreich gewesen war, war Nessies Ruf noch weiter in Richtung dichtende Magierin gekippt. Die Leute standen Schlange, Nessie tippte jeden Tag mehrere Stunden. Sie war eine um Lichtjahre geübtere Schreiberin als das Mädchen da draußen. Aber das Geräusch an sich beruhigte Sam.

Die ersten Tage nach dem Einmarsch waren eine einzige Entladung gewesen. Nach der letzten Einnahme, der von Berchtesgaden, waren sie alle in tobende Euphorie ausgebrochen: Es war endlich vorbei! Die Deutschen waren besiegt, und hier, in diesem Lieblingskaff des Führers, hatte sich das Dritte Reich ausgezittert. Drei Tage lang gab es keine Regeln für die amerikanischen Soldaten, es gab sogar die indirekte Anweisung, zu nehmen, zu tun und zu lassen, was sie wollten und sich keine Beschränkungen aufzuerlegen. Schließlich war das hier Naziland, und gerade erst hatten sie die Lager befreit und die Taten der Deutschen leibhaftig und detailliert vor Augen geführt bekommen. Sam war es fast peinlich, zu sehen, wie die Kameraden sich bedienten und in Gier verfielen. Er wollte nichts. Paul hatte ihm einen silbergefassten Granatanhänger für Angela aufgedrängt. Sam hatte ihn genommen, obwohl er ihren Brief schon bekommen hatte. Den Brief, in dem sie ihm schrieb, dass sie sich mit Matthew Wells, Dr. Matthew Wells, verlobt hatte. Und dass sie im Juli heiraten würden und er selbstverständlich dazu eingeladen wäre, wenn er zurück sei und kommen wolle. Er wollte nicht kommen! Auf gar keinen Fall! Matthew war zu perfekt – gut aussehend, intelligent, witzig, sportlich und sehr erfolgreich – noch dazu als schwarzer Wissenschaftler. Immer nett. Sam konnte nichts an ihm bemäkeln. Nur, dass er sich selbst wie ein Feudel neben einem Perserteppich fühlte, sobald er auf Matt traf, weshalb er ihn am liebsten vergessen hätte, was aber leider unmöglich war. Es war klar, warum Angela mit Matthew zusammengekommen war: Sie waren beide brillant. In diesem Club war Sam kein Mitglied. Und er brauchte keinen Granatanhänger mehr.

Draußen ging jetzt das dünne Mädchen in die Werkstatt und ließ ihre Freundin mit der Schreibmaschine allein. Sam ging hinaus, stellte sich am anderen Ende des Hofes in die Sonne und zündete sich eine Zigarette an. Es war nachts immer noch kalt, aber tagsüber vermittelte die Sonne eine Idee vom kommenden Frühsommer. Überall quollen die leuchtenden Blumen hervor, es knospte und piepste, und erstes Grün hauchte Leben in die nackten Zweige. Die Natur machte weiter, egal was passierte. Das war beruhigend, fand Sam. Er hatte die Hälfte seiner Zigarette geraucht, als die junge Frau aufstand und zu ihm kam. Sam bewegte sich nicht, sondern beobachtete, ohne zu lächeln einen weiteren Zug nehmend, wie sie sich um Lockerheit bemüht näherte und ihn auf den letzten Metern, seinem verschlossenen Blick zum Trotz, keck angrinste. *Bravo*, dachte er, *du hast einen Plan, Mädel!*

»Hello, how are you?«, sagte sie.

»Hi«, erwiderte Sam knapp. Es galt ein Fraternisierungsverbot, was eindeutig in diesem Moment Gefahr lief, übertreten zu werden.

»Would you be so kind to offer me a cigarette, Sir?«, fragte sie in ihrem drolligen Theaterenglisch und reckte sich dabei mit so schülerinnenhaftem Stolz, dass er grinsen musste – was er unbedingt hatte vermeiden wollen. Sie registrierte das und spendierte ihm ein strahlendes Lächeln, das ihm direkt ins Herz glitt.

Dabei wusste Sam, dass er auf der Hut sein musste, denn er hatte den Haufen Kartoffeln im Keller durchwühlt und die Pistole gefunden, die dort versteckt gewesen war. Sie hatte es faustdick hinter den Ohren. Doch das gefiel ihm … leider. Sam hatte – bis jetzt – die Waffe lediglich an sich genommen und keine Meldung gemacht. Eine illegale Nachsichtigkeit, die ihm bewusst war. Jetzt nahm er seine Zigarettenschachtel, schüttelte eine heraus und bot sie ihr an. Sie nahm sie, steckte sie sich zwischen die Lippen, ließ sich von ihm Feuer geben. Jede ihrer Bewegungen verriet ihm, dass sie eigentlich nicht rauchte, und der plötzliche Husten nach dem ersten Zug gab ihm recht.

»First cigarette?«, fragte Sam.

Sie schüttelte den Kopf und lachte.

»Second!«

Jetzt mussten beide lachen. Dann rückte die junge Frau damit heraus, dass sie gern mit ihm englische Konversation machen würde, der Übung halber, da sie sich beim Military Government bewerben wolle. Das brachte Sam aus dem Konzept. Er war froh, dass in diesem Augenblick Paul nach ihm rief.

»I have to go«, sagte er, ohne ihre Bitte zu beantworten.

»I'm Sophie! Sophie Gruber«, sagte sie hastig, ihre Hand blitzschnell ausstreckend, als er sich zum Gehen wandte. »Nice to meet you, Mr Cork!«

Sie hat dein Namensschild gelesen, dachte er. Die Erziehung seiner Mutter ließ es nicht zu, dass er sie stehen ließ, ohne ihr die Hand zu geben, was er aber als Soldat gegenüber dem Feind, denn nichts anderes war diese Sophie Gruber, nicht tun musste. Mehr noch: Es war verboten. Aus diesem Zwiespalt heraus – und in einer Art Vergeltung für seine zu großzügige Behandlung des Waffenfunds – sagte er plötzlich streng und ohne jeden Zusammenhang:

»I checked the potatoes.«

Sie verstand sofort, was er meinte, wurde blass und trat einen Schritt zurück. Er ließ sie stehen, drehte sich um und ging ins Haus. Paul und die Jungs feixten, als er reinkam. Die deutschen Frauen waren unverfroren direkt. Es war anders als in den Staaten, wo weiße Frauen schwarze Männer niemals so ansahen. Die weißen Amerikanerinnen ignorierten sie, sie waren keine adäquaten Partner. Sie konnten vielleicht ein Auto reparieren, Mülltonnen leeren, Baumwolle pflücken und auch im Krieg für die USA sterben. Aber sie waren keine Männer, mit denen weiße Frauen auf der Straße flirteten, auf einen Drink gingen – oder mehr. Nie. Auch in Deutschland gab es Frauen, die verächtlich den Mund verzogen, wenn sie in ein schwarzes Gesicht sahen. Doch es gab auch eine Menge gut aussehender Ladys, die aufgeschlossen wirkten. Lächelten.

»Macht euch nichts vor, sie haben nichts, und wir haben alles. Sie gehen mit uns in die Kiste, weil sie Zigaretten und Essen haben wollen.«

»Mir egal, warum sie es tun!«, sagte einer. »Hauptsache, sie tun es!«

Sie lachten.

»Hey, wir haben immer noch ein Fraternisierungsverbot!«

»Who cares?«

»Bei uns Schwarzen werden sie genau hinschauen, wenn einer von uns mit einer Deutschen ausgeht.«

Das stimmte, und es war allen klar. Die weißen GIs konnten sich andere Dinge leisten als sie. Sam nahm sich vor, dass er sehr, sehr vorsichtig sein würde. Der Schein täuschte. Ihre weißen Vorgesetzten waren gedanklich keinen Zentimeter von der zu Hause praktizierten Rassentrennung abgerückt. Aber in Deutschland ließen sie die Zügel etwas lockerer, zumindest in diesem Moment. Sam überlegte, ob er, wie Paul, mit den Kampftruppen abziehen sollte. Im Moment dachte er daran, das Angebot einer Stationierung in Deutschland anzunehmen. Er wollte nicht zurück nach Virginia. Dort waren Angela und Matthew, und alles erinnerte ihn an sein Scheitern. Vielleicht war es eine gute Idee, noch ein bisschen in Deutschland zu bleiben. Obwohl ihm das fremde Land und seine zwischen Überheblichkeit und Duckmäusertum schwankenden Menschen Unbehagen bereiteten.

20

Am folgenden Morgen um acht Uhr stand Sophie wieder in ihren besten Kleidern am Schloss vor den Toren des Military Government.

»I have an appointment!«, sagte sie fest zu einem arroganten, nach Alkohol riechenden GI, der ihr befahl, draußen auf dem Hof zu warten, es sei noch niemand da, um »Krauts« zu empfangen. Sophie schwieg und stellte sich gehorsam ein paar Meter neben dem Schlosstor auf.

Sie war todmüde. Der Satz »I checked the potatoes!« aus dem Mund von Mr Cork, dem schwarzen GI, hatte ihr Schockstarre und eine schlaflose Nacht beschert. Sie war über den Hof zurück zu ihrer Sekretärinnen-Übungsstation gestakst und hatte eine halbe Stunde lang mit rasendem Puls bewegungslos vor *Erika* gesessen, ohne ein Wort zu tippen. Er hatte die Waffe entdeckt! Sie war geliefert! Dazu die falsche Antwort im Fragebogen. *Persons making false or incomplete statements are liable to prosecution by Military Government.* Was hatte sie da gemacht? Vielleicht entdeckten sie es nicht – mit ein bisschen Glück. Und genau genommen hatte der schwarze GI nur gesagt, er habe die Kartoffeln kontrolliert, mehr nicht! Allerdings – dabei musste er doch die Waffe gefunden haben, warum sonst sollte er es erwähnen? Die Amerikaner würden sie verhaften! Warum hatte er das bis jetzt nicht getan? Und dann war da Max – ihre Probleme hingen mit ihm zusammen. Aber er war ihr Bruder, wahrscheinlich jetzt der einzige. Sie liebte ihn. Sophie konnte mit niemandem darüber reden, schon gar nicht mit Magda. In der Nacht hatten sich die Gefahren für ihre Zukunftspläne weiter vergrößert, im

Kreis durch ihren Kopf rasselnd, während Magda neben ihr leise ein- und ausgeatmet und geschlafen hatte. Irgendwann war Sophie von ihrem irrwitzigen Gedankenkarussell abgesprungen und in einen brüchigen Schlummer geglitten, in dem der schwarze GI sie mit Kartoffeln bewarf, ihr im Vorstellungsgespräch kein Wort Englisch einfiel, Magda zeigefingerstechend und kichernd »Siehste-siehste-twin!« skandierte und schließlich Anderl ohne Beine und Arme auf einem Rollbrett liegend auftauchte und ihr so traurig zulächelte, dass Sophie in Tränen aufgewacht war. Die Probleme waren ungelöst, aber sie würde sich Schritt für Schritt voranarbeiten.

Sophie straffte sich, als schließlich die Tür des Schlosses aufging und ein GI die Wartenden in den Kreuzgang einließ, mittlerweile ein gutes Dutzend Personen. Einen Mann, der als Letzter gekommen war, erkannte Sophie sofort wieder. Er war hager, in Tracht und mit einer goldenen Drahtbrille, unverkennbar Rudolf Kriss, der Brauereibesitzer. Jeder kannte ihn zumindest vom Sehen. Sophie war überrascht, sie hatte gedacht, dass er im Gefängnis oder tot sei. Sie war froh, dass er es nicht war. Sowohl Max als auch Anderl hatten von ihm erzählt. Wie alle aus Berchtesgaden gebürtigen Männer waren auch ihre Brüder bei den Weihnachtsschützen und hatten sehr gut von Kriss gesprochen, Max zuletzt deutlich skeptischer als Anderl, weil Kriss bekanntermaßen ein Kritiker der Nationalsozialisten war. Und irgendjemand aus dem Kreis der Weihnachtsschützen hatte ihn ja schließlich auch an die Gestapo verraten. Dass Kriss noch lebte, sah Sophie als gutes Vorzeichen. Vielleicht war doch nicht alles so schlimm. Rudolf Kriss wurde respektvoll als Erster hereingebeten und von einem Soldaten gleich mitgenommen, während die anderen in der großen Halle warten mussten. Eine weibliche Army-Angestellte in Uniform sammelte die Fragebögen von den Wartenden ein. Sophie fragte unaufgefordert, wann sie denn dran sei, sie habe ihren bereits gestern abgegeben.

»We will let you know, Miss.«

Sophie verstummte unter der zwar korrekten, aber eisigen Erwiderung. Auch alle anderen waren still.

Dann ging es mit einem Mal sehr schnell. Sophie wurde im alten Teil des Schlosses, der einmal ein Kloster gewesen war, einen Gang entlanggeführt und in einen kargen Raum gebracht, in dem es eine improvisierte Einrichtung aus Tischen, Stühlen und einem großen alten Schrank aus dunklem Holz gab. Ein Fenster ging in den Hof mit dem Kreuzgang hinaus. Auf dem nackten Tisch lag ihr Fragebogen, dahinter saß ein junger, kräftiger semmelblonder GI mit rötlichem Gesicht und hellblauen Äuglein, sah sie ausdruckslos an und bedeutete ihr, sich zu setzen, ohne selbst aufzustehen. Auf seiner Uniform war ein Namensschild aufgenäht, demzufolge er *Weinberger* hieß. Hinten im Raum, direkt am Fenster, stand ein weiterer GI, dunkelhaarig und schlank, und rauchte eine Zigarette.

»So your name is Sophia Maria Gruber?«, sagte Weinberger, ihren Namen vom Blatt lesend und in einer nahezu unverständlichen, grotesken amerikanischen Klangvariante herauskauend. Überhaupt gab er sich wenig Mühe, die Aussprache für Nicht-Anglophone verständlich zu gestalten. Sophie geriet schon jetzt ins Schwitzen. BBC. Shakespeare. *The Tempest.*

»Yes, Sir«, erwiderte sie.

»You're living in Nonntal Street 14?«

»Yes. Nonntal 14. Only Nonntal!«, antwortete Sophie.

»So you're living in Nonntal, not in Berchtesgaden?«, fragte Weinberger irritiert.

»No, Nonntal 14 in Berchtesgaden – the street name is Nonntal, not Nonntal Street. We don't always put the word ›street‹ in German«, sagte Sophie in dem Bestreben, alles besonders richtig zu machen. Sie klang wie eine puffärmelige Möchtegernenglischlehrerin, die mit ihrem übertriebenen Akzent ihre mangelhafte Grammatik zu kaschieren versuchte. Sophie bereute ihren Ausflug in die

Untiefen der deutschen Straßenbenennung sofort, denn das Gesicht ihres Gegenübers war – sofern das überhaupt möglich war – noch unfreundlicher geworden.

»Listen, Miss, I don't need your German lesson, okay? Just answer my questions.«

»Yes, Sir, of course«, sagte Sophie und wurde puterrot.

Weinberger sah wieder auf ihren Fragebogen.

»You have never been a member of the NSDAP?«

»No, Sir.«

»But you were a member of Bund Deutscher Mädel?«

Sophie schluckte und überlegte. Einen langen Moment blieb sie stumm.

»Yes or no?«

»Yes, Sir.«

»So … you sympathized with the fascist ideology?«

Sophie geriet in Panik. Das lief nicht gut.

»I just wanted to be with BDM. But I'm not a Nazi!«, sagte Sophie etwas schärfer als beabsichtigt.

Jetzt zog ein verächtliches kleines und sehr unfrohes Grinsen über Weinbergers Gesicht, seine Stimme klang kalt.

»That's what we hear every day. Seems there has never been a single Nazi in the whole of Germany.«

»I'm not a Nazi!«, sagte Sophie noch einmal.

»Very good!«, sagte Weinberger ätzend sarkastisch.

Sophie schluckte. Weinberger sah sie feindselig an. Die Stimmung zwischen ihnen war endgültig gekippt. Das war der Moment, in dem der andere GI übernahm. Offensichtlich sein Vorgesetzter. *Rosenzweig* stand auf seinem Namensschild. Er klopfte Weinberger beruhigend auf die Schulter, sie verständigten sich kurz mit einem Blick, und Weinberger ging hinaus. Der andere nahm seinen Platz ein, und Sophie hatte das vage Gefühl, ihn schon einmal gesehen zu haben. Er hatte ein schmales Gesicht mit freundlichen braunen Augen und eine dunkelbraune Haartolle, die ihm in die Stirn fiel. Er war ungefähr dreißig Jahre alt. Er machte es sich im Stuhl bequem und sah Sophie an. Sie fühlte sich unwohl.

»Waren Sie gern beim BDM?«, fragte Rosenzweig plötzlich, und Sophie war irritiert über sein akzentfreies, perfektes Deutsch. Unwillkürlich bemühte sie sich selbst um möglichst glattes – *saupreissisches*, hätte Gustl gesagt – Hochdeutsch.

»Eigentlich schon«, antwortete sie.

»Aber?«, fragte er.

»Ich hatte mich auf die Gemeinschaft gefreut. Aber das war dann … anders als erwartet.«

»Was ist passiert?«

»Die BDM-Führerin und ich sind nicht so gut miteinander klargekommen. Irgendwann waren dann alle gegen mich.«

»Warum?«, fragte er und bot ihr eine Zigarette an, aber Sophie lehnte ab. Er nahm sich selbst eine, schlug lässig die Beine übereinander, gab sich Feuer mit einem Zippo und rauchte. Alles an ihm signalisierte entspanntes Zuhören, es schien fast ein privates Gespräch.

Sophie fand Rosenzweig nach Weinberger sympathisch und holte tief Luft.

»Ich war zu schlecht in Völkerball.«

»Das ist alles?« Er lachte.

Sophie druckste herum, Rosenzweig wartete einfach.

»Sie war in meinen Bruder verliebt und – er nicht in sie.« Sofort bereute sie, von ihrem Bruder gesprochen zu haben.

»Das ist ein Grund«, sagte er und grinste.

Sophie schaute auf ihre Hände, sie hatte das Gefühl, dass er sie foppen wollte.

»Sie haben einen Bruder?«

»Zwei Brüder.«

»Wie alt?«

»Siebenundzwanzig und fünfundzwanzig.«

»Waren Sie oder einer aus Ihrer Familie Mitglied in der NSDAP?«

»Nein«, sagte Sophie.

»Sind Ihre Brüder an der Front gewesen?«

Sophie nickte.

»Ja.«

»War einer Ihrer Brüder bei der SS?«

»Anderl ist in Russland vermisst. Wahrscheinlich tot.« Dieses Ausweichen war automatisch passiert. *Nicht gut*, befand sie selbst.

»Und wo ist Ihr anderer Bruder?«

»Ich weiß es nicht.«

»War einer von ihnen Mitglied der SS?«, wiederholte er ohne eine Spur von Ungeduld.

»Nein«, behauptete Sophie mit einer Überzeugung, die sie selbst überraschte.

Er sah sie an und zog an seiner Zigarette.

»Stimmt, das stand ja auch in Ihrem Fragebogen.«

Sophie wusste einen Moment lang nicht, ob er ihre Lüge nicht schon durchschaut hatte. Aber seiner Miene war nichts zu entnehmen – ein generell freundlicher Gesichtsausdruck, der aber möglicherweise eine Maske war. Später würde Sophie erleben, dass dieses freundliche »Zuhörer-Gesicht« eines der wirksamsten Instrumente war, um Menschen zum Sprechen zu bringen, und dass der Fragesteller schockierend hart und unerbittlich sein konnte.

»Wo haben Sie Englisch gelernt?«

»Zuerst in der Schule. Als wir kein Englisch mehr hatten, habe ich mit Schallplatten gelernt. Aufnahmen aus London. Covent Garden. *Macbeth* und *King Lear*.«

»Ah! Daher der *British Empire Sound*. Woher kamen die Platten?«

Er schien sich tatsächlich dafür zu interessieren. Sophie musste ein kleines bisschen lächeln.

»Ein Sommergast hat eine Kiste mit Büchern und Platten bei meiner Großmutter gelassen. Und sie nie wieder abgeholt.«

Er sah sie an.

»Kann es sein, dass *Erfolg* von Lion Feuchtwanger in der Kiste war?«

Sophie war überrascht.

»Ja! Woher …?« Auf einmal wusste sie, woher sie ihn kannte: Er war der Offizier im Jeep gewesen, als Karli vor den Panzer gerannt und ihr der Inhalt des Rucksackes auf die Straße gefallen war – unter anderem das Buch. Ihr Gegenüber beobachtete, wie sich hinter ihrer Stirn die Details zusammensetzten. Gemeinsam waren sie in ein bairisch gefärbtes Deutsch zurückgeglitten.

»Was für Bücher sind sonst in der Kiste gewesen?« Diese Frage erstaunte Sophie – warum wollte er das wissen?

»*Menschen im Hotel. Fabian. Käsebier erobert den Kudamm.* Bücher von Thomas Mann …«

»Haben Sie die alle gelesen?«

»Die meisten.«

»Das sind alles verbotene Bücher gewesen. Wussten Sie das?«

»Irgendwann habe ich das verstanden«, sagte Sophie und vermied es, daran zu denken, dass Max sie darauf gebracht hatte. »Aber die Großmutter und ich haben die Kiste eh geheim gehalten. In meiner Familie bin ich die Einzige, die liest. Lesen bringt nix, außer g'spinnerte Ideen, sagt der Vater. Und die Mutter findet, ich soll in die Kirche gehen – ich bin die Sophie, das G'scheidhaferl, das eingebildete«, sagte sie freimütig.

»G'scheidhaferl«, wiederholte Rosenzweig, horchte versonnen dem Klang des Wortes nach und lächelte, als erinnerte er sich an etwas besonders Liebenswürdiges. In diesem Moment kam ein anderer GI herein und gab ihrem Interviewer ein Zeichen.

»Coming«, erwiderte Rosenzweig, und der andere zog sich zurück.

»Sie können tippen und stenografieren?«

»Ja«, sagte Sophie fest.

»Gut. Kommen Sie morgen früh. Haben Sie eine Schreibmaschine?«

»Ja.«

»Bringen Sie sie mit, für alle Fälle.«

Er stand auf, Sophie ebenfalls. Er geleitete sie zur Tür.

»Hat Ihnen *Erfolg* gefallen?«, fragte er.

»Ich bin erst am Anfang …«, gestand Sophie verlegen.

»Ich beneide Sie!«, sagte Rosenzweig und lachte.

Sophie brauchte einen Moment, bis sie verstand, was er meinte.

»Es ist mein Lieblingsbuch«, setzte er hinzu und gab sich damit zum ersten Mal eine Blöße.

21

Alles war Arbeit. Franks Tage und Nächte gingen betriebsam ineinander über, ein Minimum an erschöpftem Tiefschlaf dazwischen eingeflochten. Niemand verlangte diesen Einsatz von Frank, er wollte es so. Wenn er sah, was alles unerledigt wartete, konnte er nicht einfach Pause machen und aufhören. Er sah es als seine Aufgabe, es ging darum, die Grundlagen für Gerechtigkeit und irgendwann hoffentlich Demokratie zu schaffen. Sie mussten die Zeit nutzen, bevor Beweise und Nazis verschwanden, Plünderungen oder aber zu starke Engpässe die Versorgung der sehr heterogenen Bevölkerung mit Lebensmitteln, Energie, Wasser und Medizin gefährdeten, denn ansonsten würde sich die allgemeine Stimmung mehr als nötig gegen die Amerikaner wenden.

Kairos – den Gott der Gelegenheit – beim Schopfe packen, nicht, dass er unbemerkt hinter einem vorbeiging, nur weil man zu viel erstklassigen Alkohol aus Nazikellern getrunken hatte.

So saß Frank auch noch nach einem Arbeitstag im rosa Schloss in seinem Zimmer über Akten und Listen, wenn die anderen schon feierten. Meg versuchte, ihn davon abzuhalten – mit mäßigem Erfolg.

»Ich komme gleich«, sagte Frank, um dann doch erst um zwei Uhr morgens ins Bett zu gehen. Meist ging Meg noch allein aus und feiern.

Nach drei Tagen Party zum Kriegsende, zu der extra noch viele vom CIC und der Army nach Berchtesgaden angereist waren, hatten die Realitäten – es waren definitiv mehrere – die Sieger eingeholt. Die Disziplin war zerrüttet, und der zweiundsiebzigstündige Siegestaumel hatte zerstörerische Formen angenommen.

Ein unbewaffneter Ingenieur namens Grethlein war auf der Straße am Obersalzberg mitsamt seinem Vorarbeiter von einem stockbesoffenen marokkanischen Soldaten der französischen Armee erschossen worden, einfach so, der Ingenieur hatte vermitteln wollen – pardon, Missverständnis, erklärten die Franzosen lapidar. Es wurden mehrere Vergewaltigungen gemeldet, die Dunkelziffer lag, das wussten sie aus Erfahrung, mindestens zehnmal so hoch. Raub, Diebstahl, Körperverletzung und Randale – alles ohne militärischen Zusammenhang, das musste ein Ende haben, sonst würden sie ihre Glaubwürdigkeit in den Augen der Bevölkerung und vor sich selbst verlieren. Es gab noch genügend andere Dinge, die zu regeln waren.

Der Stab um Heintges, John DiPietro, einige andere Offiziere und Frank, setzte sich zusammen. Die eigenen Jungs in den Griff zu bekommen würde ihnen gelingen. Keinen Durchgriff hatten sie aber auf die Franzosen, die allen Gelüsten freien Lauf ließen. Leclerc hatte sich zwar den Amerikanern angeschlossen und wenigstens ein Mindestmaß an alliierter Disziplin gehalten, die Soldaten der Gaullisten trugen – in Ermangelung von eigenen – amerikanische Uniformen und benutzten amerikanische Waffen, doch mit dem Erreichen von Berchtesgaden, diesem symbolischen letzten Kriegsziel, war der dürre amerikanisch-französische Zusammenhalt einfach zerfallen.

Schon bei der Einnahme des Obersalzbergs samt Hitlers zerstörtem Berghof war das zu spüren gewesen. Der Streit darüber, wer nun als Erster da gewesen war, wurde nie einvernehmlich durch die gemeinsame Version eines Berichts beigelegt. Im französischen Bericht waren die Franzosen, im amerikanischen die Amerikaner die Ersten gewesen. Allerdings hatten die Franzosen einen Coup gelandet: Nach der Einnahme des Obersalzbergs und seiner Ruinen war ja noch das abgeschiedene Haus auf dem Kehlstein – der sogenannte Adlerhorst – einzunehmen. Das Haus war wie durch ein Wunder unversehrt vom Bombenhagel der dreihundertfünfundfünfzig RAF-Bomber geblieben, der auf das Gebiet niedergegangen war. Die Zufahrtstraße auf die Felsnase war durch Sprengungen der abgezogenen SS blockiert, sodass man bis zur Räumung nur zu Fuß auf den Berg und zum Haus gelangen konnte. Auch der pompöse Messingaufzug für die letzten dreißig Meter war außer Betrieb. Leclerc hatte eine Einheit fitter Männer um vier Uhr morgens losgeschickt, und dieser Trupp war tatsächlich als Erster dort oben eingetroffen – ein französischer Triumph. Die Amerikaner waren erst Stunden später da gewesen, in denen das Kehlsteinhaus grundgeplündert worden war. Die Alliierten waren jetzt Rivalen.

»Wenn das schon bei den Franzosen so ist, wie ist das erst mit den Russen?«, hatte Meg Frank gefragt.

»Ich bin froh, dass uns dieses Problem hier gerade nicht betrifft«, hatte Frank erwidert. »Mir reichen die französischen Alliierten derzeit völlig aus!«

Am Morgen des 9. Mai, dem ersten Tag nach der offiziellen Kapitulation, war das französische Problem eskaliert, und zwar wegen einer eigenmächtigen und für die Amerikaner höchst ärgerlichen Aktion ihres französischen Verbündeten General Leclerc. Der General hasste Verräter, er agierte oft eigenmächtig und ohne Absprachen. Er hatte am 8. Mai kriegsrechtswidrig zwölf Gefangene, allesamt französisch-elsässische Angehörige der SS-Division Charlemagne, kurzerhand erschießen lassen. Die Leichen waren gerade von amerikanischen Soldaten entdeckt worden. Diese Exekutionen waren höchst problematisch. Denn die Amerikaner hatten als ihre Priorität neben ihrer *CIC Arrest List* für NS-Größen die Aufklärung von kriegsrechtswidrigen Verbrechen der Deutschen an alliierten, vor allem US-Soldaten ausgegeben. Darunter fiel beispielsweise die Verfolgung der Mörder des schwer verletzten amerikanischen Piloten, der kurz vor Kriegsende per Kopfschuss ermordet wurde – die beiden Verdächtigen, NS-Kreisleiter Stredele und sein Adlatus August Kobus, waren bereits festgesetzt. Es ging um rechtsstaatliche Prinzipien. Und da war es nicht hinnehmbar, wenn die Alliierten jetzt, nach Ende der Kriegshandlungen, selbst Kriegsverbrechen begingen.

Die zwölf erschossenen französischen SS-Männer hatten sich gemeinsam mit deutschen Soldaten kampflos den US-Truppen ergeben. Sie waren zusammen mit anderen Kriegsgefangenen in einer Gebirgsjägerkaserne in Reichenhall eingesperrt worden. Die Kaserne war aus der Aufsicht der Amerikaner an die Franzosen übergeben worden, und da den gefangenen Franzosen nichts Gutes schwante, waren sie geflohen. Sie waren aber von den gaullistischen Bewachern wieder eingefangen und, nach einem Telefonat mit General Leclerc, per LKW an den Kugelbach gekarrt worden. Trotz großer Skrupel entschied der zuständige junge Offizier, den Exekutionsbefehl auszuführen. Ein Divisionsgeistlicher erteilt einigen der französischen SS-Männer auf Wunsch die letzte Kommunion. Die meisten lehnten ab. Einer war siebzehn Jahre alt, zwei gerade aus dem Lazarett entlassen, einer maghrebinischer Herkunft. Sie mussten in drei Vierergruppen antreten. Nachdem sie protestiert hatten, durften sie sich umdrehen und ihrem Erschießungskommando ins Gesicht blicken, statt sich in den Rücken schießen zu lassen. Alle starben mit dem Ruf: »Vive la France!« Ein paar Bauern aus der Gegend hatten die Exekution aus einem Versteck beobachtet. Die Leichen waren einfach liegen gelassen worden. Colonel Heintges und der gesamte lokale US-Führungsstab inklusive Frank waren stinksauer.

»Die Franzosen müssen so schnell wie möglich abziehen, sonst haben wir unnötiges Chaos. Ständig spielen sie die Revolution nach!«

»Ich habe gehört, dass de Gaulle gesagt haben soll: Ein Land mit mehr als zweihundertsechsundvierzig Käsesorten ist nicht regierbar.«

»Bonne Chance, mon Général!«

Leclerc wurde einbestellt. Nur widerwillig fand er sich ein und verbat sich diese Einmischungen in französische Angelegenheiten.

Eine Entscheidungsetage höher wurde der Abzug der Franzosen dann beschlossen: Die Amerikaner ließen kurz ihre Muskeln spielen und beendeten die freundlich geduldete militärische Zusammenarbeit in Bayern. Zuvor verließen allerdings noch etliche voll bepackte Lastwagen das Berchtesgadener Land Richtung Westen mit allem, dessen die französischen Besatzer sich bemächtigen konnten. Wiedergutmachung. Danach begann die Alleinherrschaft der Amerikaner in Berchtesgaden.

Franks wichtigste Aufgabe bestand nun darin, geeignete deutsche Mitarbeiterinnen und Mitarbeiter für die zahllosen Aufgaben zu finden, die vor ihnen lagen. Die Versorgung der Bevölkerung mit Lebensmitteln und Medikamenten, die Registrierung der Soldaten und Displaced Persons samt Verteilung in mögliche Unterkünfte beziehungsweise freie ehemalige Lager oder Gefängnisse, das Auffinden der gelisteten Nazis, die Reparatur der Infrastruktur und vieles andere mehr. Was ihn betraf, würden das vor allem Verhöre, Fragebögen und Überprüfungen sein. Am besten, man fing beim zukünftigen Kopf Berchtesgadens an. Dafür gab es bereits einen vom Geheimdienst geprüften personellen Vorschlag: Dr. Rudolf Kriss, Besitzer des Hofbrauhauses Berchtesgaden, war als Bürgermeister vorgesehen – wie auch in anderen Städten ehemaligen Regimegegnern, die unter den Nationalsozialisten aus politischen Gründen inhaftiert gewesen waren, hohe Ämter angetragen wurden. Diese Personen waren standhaft, integer und menschlich wahrscheinlich das Beste, was Nazideutschland zu bieten hatte.

Schon bei ihrem ersten Gespräch fanden Kriss und Frank schnell einen Draht zueinander: So stellten sie fest, dass sie beide eine Schwäche für Bach und Dampferfahrten auf dem Chiemsee hatten. Unter dieser heiter gekräuselten Oberfläche erkannten sie trotzdem den anderen in all seiner Ernsthaftigkeit.

»Sie sind Münchner, nicht wahr?«, fragte Kriss irgendwann. »Das höre ich an Ihrem Akzent … Etwas eleganter als meiner!«

»Ich bin in München geboren. Das stimmt. Aber ich habe München 1933 verlassen. Ich bin jetzt Amerikaner.«

»New York?«

»Ja.«

»Und Ihre Familie?«

»Meine Eltern konnte ich rechtzeitig überreden. Meine Schwester nicht.«

»Wo ist Ihre Schwester jetzt?«

»Sie wurde aus Frankreich in ein Lager, vermutlich Auschwitz, deportiert. Aber dafür gibt es keine Bestätigung. Auf der Liste der Toten ist sie bislang nicht. Ebenso wenig auf den Transportlisten in andere Lager. Die deutsche Bürokratie ist doch immer sehr genau. Deshalb …«

»Deshalb hoffen Sie«, sagte Kriss.

»Ja«, sagte Frank kaum hörbar.

»Ich bete für sie«, sagte Kriss einfach.

Frank, Atheist jüdischer Herkunft, wusste nicht, was er mit dieser Aussage anfangen sollte. Er nickte nur. Frank hatte darüber eigentlich nicht reden wollen, und es war Zeit, dass er wieder zum Fragen überging. Schließlich ging es um Kriss' Eignung und Willen zur Mitarbeit.

In diesem Moment, als hätte er es gespürt, gab Kriss Frank seinen Fragebogen.

»Ich habe das ausgefüllt«, sagte Kriss.

»Wir haben Sie schon überprüft. Ein Todesurteil durch den Volksgerichtshof ist ein erstklassiger Ausweis der Gegnerschaft zu den Nazis.«

»Der Vollständigkeit halber …«

»Dr. Roland Freisler ist übrigens bei einem der letzten Bombenangriffe auf Berlin ums Leben gekommen. Falls Sie das noch nicht wussten. Sein Leichnam war völlig verkohlt.«

»Wusste ich noch nicht. Er wird nach knappem Aufenthalt im Fegefeuer ohnehin in die Hölle gerutscht sein.«

gemacht. Das Rindfleisch sollte fantastisch sein … Doch in ihrem Innersten hatte sie gewusst, dass es diese Option nicht gab. Genauso wenig wie die Möglichkeit, dass ihr Begehren ewig bestehen würde. Sie waren als Paar für die Ausnahmesituation gemacht, nicht für den Alltag. So klug war sie mittlerweile.

Am letzten Abend vor dem Einmarsch der Amerikaner hatte sich sogar Friedrich – Maître Fritz – die Ehre gegeben. Sie war schon im Bett gewesen, es war nach Mitternacht, als er kam. Er sah gehetzt aus, trug nicht mehr die zuvor mit Stolz gezeigte Uniform, sondern unauffällige Zivilkleidung. Die Erschöpfung stand ihm ins Gesicht geschrieben, er wirkte klein und alt. Ali merkte schnell, dass er nicht gekommen war, um sich von ihr oder seinem Sohn in irgendeiner akzeptablen Weise vorläufig oder für immer zu verabschieden. Vielmehr eilte Fritz durch das Haus zu seinem Geheimfach im Kleiderschrank und entnahm ihm stapelweise Papiere. Fahrig versuchte er, im Kamin Feuer zu machen, um die Papiere zu verbrennen. Ali beobachtete ihn, zündete sich eine Zigarette an. Sie wusste, dass er es hasste, wenn sie rauchte. Es gelang ihm nur teilweise, das Feuer zu schüren, weil die Flammen zwar kurz hochschossen, aber viel zu schnell wieder erstarben. Ali nahm sich der Sache an. Er betrachtete sie, wie sie geschickt das Feuer anfachte, die Zigarette im Mundwinkel.

»Es tut mir leid, dass ich nicht für euch da sein kann«, sagte Friedrich. »Ich muss Deutschland verlassen.«

»Was ist mit deiner Familie?«, fragte Ali.

Friedrich sah sie nicht an.

»Sie sind schon in Madrid.«

»Aha«, sagte Ali und legte noch ein Stück trockenes Holz auf. Um das Feuer anzufachen, blies sie kräftig hinein. Die Flammen wurden größer. »Hast du irgendetwas zur Versorgung deines Sohnes vorgesehen?«

»Alles, was auf dem Konto ist, gehört dir.«

»Das ist nicht viel.«

Das entsprach der Wahrheit. Ali war finanziell vollkommen abhängig von ihm.

»Das Haus hier gehört dir«, sagte er entschuldigend in die Stille hinein. In seiner Stimme lag – unter einer dünnen Schicht von Aggression versteckt – all das schlechte Gewissen, das er zu Recht empfand, weil er seinen einzigen, wenn auch illegitimen Sohn mit fast nichts zurückließ. Ali war wieder einmal froh, dass sie damals, als Dolfi geboren wurde, so lange insistiert hatte, bis das Haus nur auf ihren Namen eingetragen wurde. Friedrich hatte es für sie erworben. Wenigstens das. Er nahm seine Uhr ab, eine goldene Longines, und gab sie ihr.

»Für Adolf«, sagte er.

»Ich werde ihn umbenennen«, sagte Ali und steckte die Uhr ein.

Friedrich sah sie einen Moment irritiert an, aber dann nickte er.

»Das ist sicher gut.« Er wollte noch nicht einmal wissen, wie sie ihn nennen würde. Plötzlich hupte es draußen.

»Mein Fahrer wartet, ich muss gehen«, sagte Friedrich. Sie legten gemeinsam den ersten Papierpacken ins Feuer. Es griff nur langsam zu und züngelte an den Kanten entlang, drohte zu erlöschen. Friedrich war unruhig.

»Ich mache das für dich fertig«, versprach Ali.

»Du verbrennst das alles?!«

»Ja, mache ich.«

»Ich verlasse mich auf dich. Das muss vernichtet werden.«

Sie nickte, er sah sie dankbar an. Einen Moment lang schimmerte etwas wie Besitzerstolz in seinen Augen.

»Ich danke dir, für alles. Ich werde sehen, ob ich etwas für euch tun kann. Sobald wir Fuß gefasst haben.«

»Wo fasst ihr Fuß?«, fragte Ali.

»Besser, du weißt nicht zu viel«, antwortete er ausweichend und sah sie plötzlich mit einem Hauch von Gier an. Ali erkannte den Blick sofort.

»Ich würde gern noch einmal deine Brüste sehen«, sagte er.

Ali öffnete schweigend den Gürtel ihres Seidenkimonos und bot ihm ihre Vorderansicht freizügig dar. Er betrachtete sie. Ihre glatte Haut, die weichen, halb runden Brüste, von denen sich eine grazile Reihe von Muttermalen wie eine Sternschnuppe über den Bauch bis hin zu ihrem Busch zog. Sie erwiderte seinen Blick, als er ihr endlich in die Augen sah, nachdem er über ihren ganzen Körper spaziert war.

»Du bist zum Weinen schön!«, sagte er.

Sie musste an seinen Penis denken, der immer viel Handarbeit ihrerseits bedurft hatte, bis es überhaupt zu einer Versteifung gekommen war. Sie würde gut allein klarkommen. Ali schloss ihren Kimono wie einen Theatervorhang nach dem Schlussapplaus. Friedrich wollte gerade gehen, als plötzlich ihr Sohn im Raum stand. Er sah seinen Vater an, rannte zu ihm und umarmte ihn – genauer gesagt, seine Oberschenkel, denn Friedrich brauchte einen Moment, bis er entschieden hatte, ob er sich zu seinem Sohn herunterbeugen sollte oder nicht.

»Vati!«

Dieser begeisterte Ausruf rührte Friedrich. Er ging in die Hocke, packte Dolfi-Helge an den kleinen Schultern und schaute ihn an.

Die unverstellte, erwartungsvolle Freude darin fuhr ihm wie ein Messer ins Herz. Das Menschlein würde enttäuscht werden, sein Vater vorneweg war der Erste, der ihn enttäuschte. Friedrich hatte nicht der Erste sein wollen, aber so war das Leben. Besser, sie lernten es beizeiten. Er schüttelte sein Söhnchen, fast etwas zu heftig für dessen zarte Gestalt.

»Mein Kleiner, pass gut auf deine Mutter auf, versprich mir das, ja? Du bist jetzt der Mann in der Familie!«

»Ja!«, rief der Kleine begeistert, ohne zu verstehen, was er da bestätigte.

Friedrich ließ das Kind los, warf einen letzten Blick zu Ali und eilte nach draußen. Dolfi-Helge lief zu seiner Mutter, die ihn auf den Arm nahm und einen Kuss in seine Locken drückte. War sich Friedrich im Klaren über den Unsinn, den er da gerade gesagt hatte? Wie sollte ein Junge, der nicht mal drei Jahre alt war, auf seine Mutter aufpassen? Was dachten sich die Männer eigentlich dabei, wenn sie ihre eigene Nichtverantwortung an ein männliches Kleinkind übergaben? Frauen waren im Zweifelsfall immer auf die eigenen Fähigkeiten zurückgeworfen, sich um ihre Kinder und sich selbst zu kümmern. Und sie schafften das zum Leidwesen der Männer gut allein. Sie brauchten keine Männer. *Außer zum Vergnügen – und da gibt es Gute und Verzichtbare*, dachte Ali, als sie draußen den Wagen mit Friedrich abfahren hörte. Das war also der Abgang von Maître Fritz gewesen, dem großen General: Adios, amor! Ali hatte vor allem große Erleichterung gefühlt.

Jetzt wohnten Ali und Helge also mit Fremden unter einem Dach. Beate Riedmüller war eine energische Person, teuer, aber ohne Geschmack gekleidet, sie scheute parteikonform Schminke jeder Art, trug ihr langes beigefarbenes Haar in einem Zopf um den Kopf geflochten und erinnerte an einen knochigen, herrischen Ackergaul. Sie hatte drei Kinder: Inge, Heide und Jens. Inge und Heide übten ihre mütterlichen Qualitäten an Helge, den sie kämmten, ihm Schleifen banden, an- und auszogen wie eine Puppe und der das die meiste Zeit begeistert mitmachte. Beates brünette Cousine Erni – Ernestine – war defensiver, kam aus Dresden, hatte eine Schwäche für Halsketten aus Halbedelsteinen und bemalte sich gern die Lippen rot. Das war eine gute Idee, denn Erni hatte ein hübsches Lachen und gute Zähne. Sie war verschmitzt und machte immer mal wieder subversive Witze auf Sächsisch, die Ali sofort komplizenhaft verstand, während sie an Beate einfach unbemerkt vorbeirauschten. Erni hatte zehnjährige Zwillingsmädchen, die sich meist selbst genügten und in ihrer eigenen Welt blieben. Zum

Leidwesen ihrer Mitbewohnerinnen übten sie auf Ernestines Geheiß hin fleißig Blockflöte – das Klavier war in Dresden zurückgeblieben. Irene spielte C-Flöte, Ida F-Flöte. Sie spielten nicht schlecht, aber schon nach zwei Tagen hatte der Hausrat beschlossen, dass sie bei gutem Wetter gefälligst im Garten und bei schlechtem im Schuppen üben sollten.

Für den heutigen Abend hatten Erni und Ali einen Rieseneintopf fabriziert mit allem, was an Essbarem noch zur Verfügung stand. Sie probierten abwechselnd und fanden es gar nicht so schlecht.

»Noch ein bissl Salz«, sagte Erni. »Und Liebstöckel wär' gut.«

»Wie schmeckt Liebstöckel?«, fragte Ali, deren Kochkunst sich trotz Metzgerseltern auf Marmeladenbrote und Spiegelei mit Bratkartoffeln beschränkte.

»Hm … würzig. Das gäbe dem da jetzt einen Pfiff.« Erni deutete auf den Topf. Sie einigten sich auf das Einzige, was vorrätig war: getrockneter Majoran. Damit konnte man auch Leberwürste würzen, und das sagte Ali etwas. In diesem Moment kam Beate herein, wütend und aufgebracht knallte sie ihre Handtasche auf den Tisch.

»Und?«, fragte Ernestine, die offenbar wusste, woher Beate kam.

»Das hat die Amis überhaupt nicht interessiert, dass das mein Radio ist! Sie haben gelacht und gesagt, dass jetzt erst mal alles ihnen gehört! In meinem Haus! Das ist unser Volksempfänger! Das ist ein brandneuer Telefunken! Ich glaub', die spinnen total, die Amerikaner, die führen sich auf …«

Ernestine und Ali tauschten, von der erregten Beate unbemerkt, einen Blick.

»Weißt du«, sagte Ernestine vorsichtig, »die haben den Krieg gewonnen. Und ein Radio – das können wir vorläufig verkraften.«

»Ich finde das frech!«, ereiferte sich Beate. »Das macht man nicht!«

»Was genau macht man nicht?«, fragte Ernestine scheinbar unschuldig.

»Das ist Diebstahl! Primitiver Diebstahl! Kulturlos.«

Erni lächelte deeskalierend.

»Ich denke, da sollten wir uns nicht so laut beschweren«, sagte sie und ließ offen, warum.

Ali verstand: *Wer im Glashaus sitzt …*, meinte Erni. Beate interpretierte es anders.

»Man muss schon mal den Mund aufmachen und sagen, wenn etwas nicht korrekt ist!«, forderte sie forsch, und da Erni keinen Streit wollte, schwieg sie. Ali sprang ein.

»Das Essen ist fertig!«

Beate klappte schlecht gelaunt ihren Mund zu. Die drei Frauen deckten den Tisch und riefen die Kinder herein. Alle setzten sich, niemand betete, und die Schicksalsgemeinschaft aß den ganzen Topf auf, in dem sich hauptsächlich Kartoffeln, alte Steckrüben, Bohnen und ein Rest von Speck befunden hatten. Aber er schmeckte allen, und Ernestine war zufrieden. Bald gingen sie auf ihre Zimmer.

Helge schlief schon in seinem Bett, als Ali der Papierstapel einfiel. Nachdem Friedrich gegangen war, war das Feuer wieder erloschen und sie so müde gewesen, dass sie kein neues Feuer gemacht hatte. Sie hatte die Papiere zusammengesammelt, vergessen und schließlich unter das Kinderbett geschoben, als sich die Ereignisse überstürzten. Jetzt zündete sie sich eine Zigarette an, nahm die zuoberst liegende Mappe und öffnete sie. *Mal sehen, was Maître Fritz zu verbergen hat*, dachte sie. Was sie dann las, verschlug ihr den Atem.

23

Der Tote lag in einem Zimmer des leerstehenden Hauswirtschaftsgebäudes, das zu Görings Anwesen gehörte. Im Gegensatz zu Görings Haupthaus, das nur noch als Trümmerhaufen existierte, war das Nebengebäude intakt, aber wie alle Häuser auf dem Obersalzberg mittlerweile verlassen. Niemand hatte den Schuss gehört, und niemand hatte den Toten in Uniform vermisst, bis die Cousine der ebenfalls geflohenen Göring'schen Hauswirtschafterin – wie sie behauptete – einfach mal nach »dem Rechten« geschaut und den Leichnam gefunden hatte.

Meg war mit zwei GIs vor Ort, die die Identität des Toten klären mussten. Sie hatte die Kamera im Anschlag und ließ ihr fotografisches Auge schweifen.

Es war ein einfaches Zimmer mit hellen modernen, funktionalen Möbeln – einem Bett mit hölzernem Kopfende und Seitenverkleidung, einem schmalen Schreibtisch vor dem Fenster und einem Nachttisch, von dem die metallene Lampe halb heruntergefallen war, als sei sie im Todeskampf umgerissen worden. Hellgelbe Vorhänge aus feinem Leinen hingen über den Gardinen am Fenster. Der Körper lag auf dem schmalen Einzelbett in einer bananenförmigen Seitenkrümmung, die Hüfte nach rechts zur Bettkante hin verdreht. Der Tote war über sechzig Jahre alt und trug eine Uniform, deren Abzeichen ihn als General der Luftwaffe auswiesen. Von all den Orden, die er vermutlich im Laufe seiner Karriere gesammelt hatte, war nur das aus dem Ersten Weltkrieg stammende Eiserne Kreuz Erster Klasse an seine Brust geheftet. Unter den schweren Lederstiefeln lag eine ordentlich zusammengefaltete Wolldecke, als habe er die weiße Bettwäsche nicht beschmutzen wollen. Sinnlos, ein fast rührendes Unterfangen, denn aus einem Loch im linken Hinterkopf – er hatte sich in den Mund geschossen – war so viel Blut ausgetreten, dass das Bett zur Wand hin von einer großen Blutlache bedeckt war. Das Blut auf der Bettwäsche war bereits in einen bräunlichen Farbton oxidiert. Das verzerrte Gesicht mit dem offen stehenden Mund schien unversehrt, der Blick ging unter halb offenen Lidern an die Decke, seine rechte Hand baumelte nach unten, noch halb um den am Boden liegenden Hörer eines schwarzen Telefons gelegt, das neben dem Bett stand. Was für eine Art Gespräch hatte er wohl geführt? Hatte er sich von jemandem verabschiedet? Seiner Frau? Familie? Kameraden? Oder hatte er noch einen letzten Befehl empfangen oder gegeben? Hatte er sich in den Kopf geschossen, während jemand in der Leitung war? Schließlich hatte er den Hörer nicht aufgelegt. Über ihm an der Wand hing überraschenderweise kein Führerbild, wie Meg vermutet hätte, sondern die Reproduktion eines alten Kinderporträts, vermutlich italienisch: ein vielleicht dreijähriges Kind, das eine fest sitzende Haube und ein Oberteil mit üppigen hellblau-silbern gestreiften Ärmeln trug, drehte mit ernstem Blick einen kleinen Ball in den spitzfingerigen Händen. Meg erinnerte sich, das Original schon einmal irgendwo gesehen zu haben, aber wo genau, fiel ihr gerade nicht ein. Das Kind wirkte verletzlich und wissend zugleich, als hätte es zu viel erlebt für sein Alter.

Neben dem Körper fand man auch die kompletten Papiere des Toten – es handelte sich um Gustav Kastner-Kirdorf, vierundsechzig Jahre, General der Flieger und zum Zeitpunkt seines Todes Chef des Amtes für Vollstreckungs- und Gnadensachen der Luftwaffe. Im Nachttisch fand Meg zwei Bücher: einen Band mit deutschen Gedichten und ein Neues Testament. Eine Minox lag oben auf dem Nachttisch, und Meg ließ sie in einem unbeobachteten Moment mitgehen. Sie hatte von den kleinen Wunderkameras der Deutschen gehört und war interessiert.

Der General stand auf einer Liste des CIC als gesuchter Nationalsozialist, aber es waren bis jetzt keine größeren Verbrechen bekannt, die ihm zugeschrieben wurden. Das konnte sich noch ändern, täglich kamen neue Verbrechen ans Licht, die zugeordnet werden würden. Er hatte sich der Verantwortung ebenso entzogen wie viele andere.

Meg hatte auf ihrer Reise durch Krautland so viele Tote fotografiert, dass sie zu einer Manifestation der Vernichtung von Menschen durch Menschen zusammengeschmolzen waren. Die Toten aus den Lagern waren ausnahmslos Haut und Knochen, häufig nackt und zu Bergen gestapelt oder ineinandergeschoben. Ihre Körper und Gesichter ähnelten sich: große Augen in maskenhaften Vogelgesichtern, Haut, die sich über die ausgezehrten Leiber und Gliedmaßen spannte. Diese Menschen waren schon lange ihrer Rechte, ihrer Würde, jeglicher Individualität sowie ihrer Körper und Seelen beraubt worden – möglicherweise auch zuerst ihrer Seelen, denen der Körper dann hatte folgen müssen. Meg hatte beim Einmarsch von Nordfrankreich nach Süddeutschland immer wieder getötete Soldaten gesehen – zahlreiche Deutsche, aber auch Amerikaner, Russen und Briten. Sie alle waren Subjekte gewesen, tote Uniformierte zwar, aber sie waren noch unterscheidbare Individuen. Auch zivile Leichen hatte sie fotografiert, teilweise schlimm verbrannt. Kinder, Frauen, Alte. Bombenopfer. So unterschiedlich ihre Todesumstände waren, niemand von diesen Menschen hatte sterben wollen.

Doch seitdem sie durch Deutschland reiste, hatte sie auch die anderen gesehen – die Frauen und Männer, die sich selbst und manchmal ihre Liebsten umbrachten, weil sie keinesfalls in die Hände der Gegner fallen wollten, offenbar das Schlimmste befürchtend, vor allem ein Leben ohne den Führer, dem sie geglaubt und den sie geliebt hatten. In Leipzig hatten sie die Leichen der Familie des Bürgermeisters und einiger Mitarbeiter gesehen, die gemeinsam Gift genommen hatten und wie Figuren aus Madame Tussauds Wachsfigurenkabinett drapiert auf Sesseln, Sofas und dem Fußboden lagen. Die Selbstmörder hatten eine ganze Welt verloren, in der ihnen eine herrschende Rolle zugeteilt gewesen war, und jetzt stellte sich zudem heraus, dass alles schon immer eine Lüge gewesen war. Sie waren keine Übermenschen, die Welt war ihnen nicht untertan, und niemand zitterte mehr vor ihnen. Die Selbstmörder vor Megs Linse waren allesamt Anhänger der NSDAP gewesen: enttäuschte, zur Selbstaufgabe bereite Liebende, sie hatten an der tödlichen Lüge mitgestrickt, von ihr profitiert und gerne die Rolle der deutschen Herrenmenschen angenommen. Die Unterdrückung und Vernichtung all derer, die nicht einverstanden oder prinzipiell zu Feinden erklärt worden waren, waren durch ihre Handlungen erst möglich geworden. Zum Schluss hatte die Todesorgie, die die Deutschen in ganz Europa ausgelöst hatten, auch die Verursacher selbst erfasst: die treuen Nationalsozialisten. Zumindest diejenigen, deren Leben mit dem Untergang des Dritten Reichs erlosch, weil ihre Liebe und ihr Glaube bedingungslos gewesen waren. Und – einige wussten, dass sie schuldig waren.

Der hochdekorierte SS-Fliegergeneral Gustav Kastner-Kirdorf war der erste Selbstmörder in Berchtesgaden, den Meg ausführlich fotografierte. Nach Feststellung der Personalien wurde die Tür verschlossen, und sie ließen die Hauswirtschafterinnen-Cousine mit dem Versprechen zurück, dass bald ein Wagen zum Abtransport der Leiche käme.

»Wo kommt er denn hin, der General?«, fragte die Cousine händeringend, und alle drei zuckten mit den Achseln. Wo Platz in der Grube war. Es gab gerade Wichtigeres zu tun.

Die beiden GIs und Meg zündeten sich Zigaretten an, verließen das Gebäude und stiegen in den Jeep.

»Next one!«, sagte Meg, und der GI gab Gas.

Sie fuhren zur Kleinen Reichskanzlei in Bischofswiesen, wo die GIs der 101. Airborne Division in Hitlers Zweit-Regierungssitz ein militärisches Hauptquartier eingerichtet hatten. Der ehemals hakenkreuztragende Reichsadler an der Fassade war noch am Platz, das Hakenkreuz war schon weg. Sie stiegen gerade aus, als der schwarze GI, den Meg im Bunker fotografiert hatte, gerade aus dem Gebäude kam. Sam Cork. Sie erinnerte sich an seinen Namen.

»Hi!«, sagte Meg, und Sam grüßte zurück. »Leider sind die Abzüge nicht fertig, ich habe mir noch kein Labor eingerichtet.«

»Macht nichts. Ich werde noch eine Weile hier sein«, antwortete Sam und lächelte.

»Wie kommt's?«

»Ich habe mich verpflichtet, hierzubleiben und nicht mit den Kampftruppen zurück in die USA zu gehen.«

»Warum das?«, fragte Meg ehrlich entsetzt. »Gefällt es Ihnen bei den Nazis?«

Sam überlegte einen Moment.

»Gerade gefällt es mir hier besser als zu Hause, ja«, sagte Sam und musste an Angela und Matthew denken und an die Tatsache, dass er zu Hause hinten im Bus sitzen musste, während er hier Freiheiten genießen konnte, die dort undenkbar waren – und das, obwohl hier Südstaatencolonels wie Peacock als seine Vorgesetzten herumliefen.

»Hier bin ich Angehöriger der Siegermacht. Ein Amerikaner, dem man mit Respekt begegnet. Ich mag das.«

Er konnte sehen, dass Meg über seine Worte nachdachte und versuchte, sich einen Reim darauf zu machen. Schön, wenn sich mal jemand Gedanken machte, der die Privilegien der Weißen genoss.

»Kann ich noch ein Foto von Ihnen machen?«, fragte Meg plötzlich.

Sam nickte. Sie postierte ihn vor Hitlers ehemaliger Reichskanzlei, dahinter ragten die Watzmanngipfel auf, Meg drückte ab.

Der ehemalige Leiter der Reichskanzlei, ein Jurist vom Rang eines Generals der SS ehrenhalber, Hans-Heinrich Lammers, war durch das Eintreffen der Amerikaner Anfang Mai vor seiner standrechtlichen Exekution durch die SS gerettet worden. Er war Hitler treu ergeben, aber plötzlich hatte er als Verräter gegolten, weil er mit Göring zusammen versucht hatte, einen Waffenstillstand an Hitler vorbei vorzubereiten und sich dabei hatte erwischen lassen. Die Amerikaner hatten ihn sofort wieder verhaftet.

Er hatte mit seiner Familie ein Haus in der Siedlung bewohnt, die um die Kleine Reichskanzlei herum entstanden war, und dort waren gerade die Leichen seiner Frau Elfriede und der gemeinsamen jüngeren Tochter Brunhilde entdeckt worden. Die beiden Frauen lagen in getrennten Zimmern und hatten sich mit Gift das Leben genommen.

Elfriede, eine Frau Mitte fünfzig, lag auf dem Bett im Schlafzimmer und umarmte Trost suchend ein dickes Plumeau. Erstaunlicherweise hatte sie ein Nachthemd an, zugegeben ein sehr elegantes, und ihre Füße steckten in bestickten Gobelinpantoffeln. Ein auffälliger Saphirring saß fest an ihrem etwas geschwollenen Finger. Es sah aus, als hätte jemand versucht, den Ring abzuziehen, es allerdings nicht geschafft, ihn über das Fingergelenk zu zerren. Meg bemerkte, dass an einem anderen Finger ein Abdruck war, eine Post-mortem-Druckstelle, der dazu passende Ring aber nicht. Da war jemand schnell gewesen …

Tochter Brunhilde, die siebenundzwanzig Jahre alt geworden war, saß im Schneidersitz auf dem Wohnzimmersofa, nach hinten angelehnt. Ein Paar fast neuer, hübscher Trachtenschuhe mit silbernen Schnallen war, ordentlich nebeneinander, davor abgestellt. Kurz überlegte Meg, dass das ihre Größe sein könnte, dann rief sie sich zur Ordnung. Brunhilde hatte einen korallenroten Lippenstift aufgelegt. Das passte gut zu ihrem hellbraunen Haar. Meg bedauerte, keinen Farbfilm dabeizuhaben.

Die Gesichter der beiden toten Frauen waren ebenso bleich und wächsern, wie es die der Leipziger Bürgermeistersfamilie gewesen waren. *Über Gift schienen die Nazis in ausreichendem Maße zu ver-*

fügen, dachte Meg etwas bissig. Ihr Fotoblick erfasste sofort das Stillleben aus den beiden Abschiedsbriefen, zwei Reisepässen und dem prominent platzierten Medizinfläschchen samt Wasserglas. Dabei lag auch Brunhildes Lippenstift. Interessanterweise war es ein Lippenstift von Helena Rubinstein. Wie war sie wohl an diesen Lippenstift gekommen? Den konnte man doch sicher nicht in Nazideutschland kaufen – das amerikanische Lippenrot einer polnisch-jüdischen Geschäftsfrau? War es vielleicht ein Statement? Ein Geschenk? Oder hatte es einfach nur zu bedeuten, dass sie die Farbe mochte, und sie hatte den Lippenstift sich selbst auf einer Reise gekauft? In Paris hatte es bis zur Besetzung durch die Deutschen eine Rubinstein-Filiale gegeben. Wenn es denn amerikanische Kosmetik sein sollte, dann wäre allerdings die Kosmetik von Elizabeth Arden für eine Nazi-Tochter passender gewesen, fand Meg.

Die zwei Briefe waren nicht zugeklebt und auf Deutsch verfasst. Einer war an »Vati« adressiert, ein anderer an »Vera«. Niemand der Anwesenden konnte Deutsch, und Meg, nachdem sie einige Fotos geschossen hatte, steckte die Briefe schließlich ein. Ihr erster Impuls war gewesen, sie gleich zu entsorgen, aber sie würde sie Frank geben, nötigenfalls konnte er sie weiterleiten oder damit tun, was er für richtig hielt. Die Wohnung wirkte unpersönlich und wenig wie ein echtes Zuhause, die beiden Frauen hatten vermutlich nicht ständig hier gewohnt. Sie wirkten wie Orchideen, die zu feucht geworden waren – deren Blüten und Blätter deshalb faulig gequollen zu Boden sanken und nach süßer Verwesung dufteten, bevor sie schließlich doch irgendwann vertrockneten und transparent wie dünne Haut wurden.

Der Hausmeister, der schleimig um die Amerikaner herumwieselte, insistierte, dass die Körper schnellstens abgeholt würden.

»Es ist Ihre Pflicht, sich darum zu kümmern!«, schnarrte er die GIs an. »Refugees! Ich brauche die Wohnung!«

Meg stach der Hafer – dieser Ex-Blockwart hatte sich sicher den fehlenden Ring unter den Nagel gerissen. Sie deutete auf ihre

Hand, dann Richtung tote Elfriede im Schlafzimmer und sagte mehrfach das Wort »Ring«, das günstigerweise im Englischen und Deutschen gleich war.

»You stole the ring!«, warf sie ihm ins Gesicht.

Er verstand sie sofort, stritt jedoch wütend ab, aber alle drei lasen ihm an der Nasenspitze ab, dass sie mit ihrem Versuch ins Schwarze getroffen hatte. Aus Spaß sah Meg ihm direkt in die Augen und streckte befehlend die Hand aus. Dazu ließ sie einige zackige militärische Befehle los. Die beiden GIs stellten sich vage bedrohlich hinter ihr auf. Es dauerte noch einige Momente, in denen ihre Blicke miteinander rangen, dann griff der Hausmeister in die Hosentasche, holte den Ring hervor und legte ihn in Megs Hand. Es war ein Brilliantring in elegantem Baguetteschliff von mindestens drei Karat.

»Ich wollte ihn nur in Sicherheit bringen«, druckste das Wiesel, und Meg verdonnerte den Hausmeister dazu, auf den Saphir aufzupassen, den die Erben sicher ebenfalls haben wollten. Der Leichnam werde mit dem Ring am Finger abgeholt werden! Das Wiesel schnarrte: »Jawoll!«, und die Amerikaner ließen den Ex-Blockwart mit den verblichenen Nazi-Orchideen zurück.

24

Als Frank Rosenzweig und George Renard das Krankenhaus betraten, staunten sie nicht schlecht. Das Krankenhaus war hochmodern und sehr gut ausgestattet. Es fehlte zwar an Medikamenten, Schmerz- und Narkosemitteln, aber die Technik war auf dem neuesten Stand, wie ihnen Dr. Maffei, leitender Arzt, bestätigte. Dr. Maffei trug eine Hornbrille, hatte einen kahlen, glänzenden Schädel, war mittelgroß, kräftig gebaut, und über seine linke Wange lief ein Schmiss bis an den Nasenflügel und schlug dort einen kleinen Haken in Richtung Mundwinkel, was den Eindruck eines dezenten Lächelns erweckte, ohne dass seine grauen Augen auch nur eine Spur davon aufwiesen. Das Hospital war 1942 speziell für die Behandlung verwundeter SS-Männer und Wehrmachtssoldaten eröffnet worden, der hohe Standard rührte also daher. Die Ärzte waren immer noch dieselben deutschen Ärzte wie zuvor, obwohl – und daraus machten sie auch kein Geheimnis – die meisten einen SS-Rang hatten oder treue Parteimitglieder gewesen waren. Aber irgendjemand musste sich um die Kranken kümmern, Fragebogen hin oder her.

Der Tote lag in einem Einzelzimmer und war, solange noch ein Fünkchen Leben in ihm gewesen war, von einem GI bewacht worden. Der Arzt ließ sie allein, Frank und George traten näher.

Der Kopf des Toten war um das mittlerweile eingefallene Gesicht herum großflächig verbunden, jetzt hatte jemand zusätzlich schon mit einer Mullbinde die Kinnlade fixiert, damit der Verstorbene nicht mit offenem Mund dalag, Teile seines Doppelkinns wurden dadurch seitlich herausgedrückt. Er war ein gut genährter Mann gewesen.

Seine Hände waren auf der Brust gefaltet worden.

Plötzlich öffnete sich die Zimmertür, Meg und die beiden GIs platzten herein. Meg freute sich, Frank zu sehen. Sie küsste ihn ungeniert vor den anderen.

»Wen haben wir denn da?«, fragte Meg fast heiter.

»Paul Giesler«, sagte Frank, »Gauleiter von München und Oberbayern. Außerdem Ministerpräsident von Bayern und zusätzlich sein eigenes Kabinett: Innenminister, Finanzminister, Wirtschaftsminister und Kulturminister.«

»Er konnte also in Bayern machen, was er wollte«, sagte Meg, »solange er Adolf nicht auf den Schlips trat.«

»Giesler hat jeden erledigt, der widersprochen hat. Kurz bevor wir nach München einmarschiert sind, hat er noch hundert Anhänger der Freiheitsaktion Bayern niederschießen lassen – vollkommen sinnlos. Himmler hat ihn im Testament zu seinem Nachfolger ernannt. Wird jetzt nichts mehr draus.«

»Platz 18 auf der Arrest List des CIC«, fügte George Renard hinzu.

»Es gab eine Gruppe Münchner Studenten um ein Geschwisterpaar und einen Professor, die Flugblätter gegen das Regime verteilt haben, im Februar 1943 …« sagte Frank.

»Die *Weiße Rose*«, ergänzte George.

»Ja. Sie wurden im Schnellverfahren von Freisler verurteilt und sofort hingerichtet, Giesler hat persönlich Tempo gemacht. Zitat: *Der Hass muss freie Bahn haben!*« Frank hatte den letzten Satz auf Deutsch gesagt und übersetzte ihn für Meg.

»Scheißkerl«, sagte Meg und betrachtete den Toten. Sie zückte ihre Kamera und begann, Fotos zu schießen. »Kommt in meine Galerie der Suizid-Nazis.«

Die Tür der Krankenzimmer ging auf, und Dr. Maffei betrat in Begleitung einer alten Frau und eines Pfarrers das Zimmer.

»Entschuldigen Sie, der Pfarrer und Frau Patt sind da«, sagte Dr. Maffei auf Deutsch zu Frank. Der Arzt zog sich zurück.

»Aha«, sagte Frank nur und sah Frau und Pfarrer an. Die Frau, etwa Mitte siebzig, war gut, aber schwarz gekleidet und hatte rot geweinte Augen. Der Pfarrer trug das einfache Habit eines protestantischen Geistlichen.

»Was wollen Sie?«

Die beiden rangen mit Händen und Worten.

»Wir möchten Sie bitten, Sir, uns den Leichnam zu überlassen«, sagte der Pfarrer.

»Ich möchte ihn gern gemeinsam mit meiner Tochter bestatten lassen«, fügt die alte Frau hinzu. »Paul ist mein Schwiegersohn.« Sie sah Frank fast etwas trotzig an. »Wilhelmine hätte das trotz allem gewollt.«

Dieser letzte Satz führte dazu, dass Frank eine Menge Fragen stellte, nach und nach setzte sich ein Bild zusammen.

Paul Giesler war samt Frau Wilhelmine und Schwiegermutter Johanna Patt aus München vor den anrückenden amerikanischen Truppen nach Berchtesgaden in sein Haus in Bischofswiesen geflohen. Alle drei hatten gemeinsam durch eine Überdosis an Schlafmitteln aus dem Leben scheiden wollen. Leider hatten sie damit keinerlei Erfahrung, und so hatte es nicht funktioniert, sie waren wieder aufgewacht, wenn auch mit Übelkeit und Schwäche. Doch sie hatten alle drei überlebt. Die Schwiegermutter hatte sich unpässlich nach der verpatzten ersten Runde ins Bett gelegt und so die entscheidende zweite Runde verpasst. *Vielleicht hat Schwiegermutter Patt auch ihre Meinung geändert*, dachte Frank, *und wollte sich nicht mehr erschießen lassen.* Denn am 1. Mai waren Wilhelmine und Paul Giesler in Hintersee in den Wald gegangen, und er hatte seine Frau – diesmal erfolgreich – erschossen. Der Gauleiter für München und Oberbayern selbst hatte sich ebenfalls eine Kugel in den Kopf gejagt, aber den Schuss überlebt. Man hatte ihn gefunden und ins Hospital gebracht, wo er mehr als eine Woche im Koma gelegen hatte, bis er endlich den Ausgang gefunden hatte.

»Und Sie?«, fragte Frank den Pfarrer. »Haben Sie keine Probleme, Selbstmörder zu begraben?«

»Es gibt so viel Tod«, sagte der Pfarrer, »da mache ich keinen Unterschied mehr. Alle haben Gottes Segen und Frieden verdient. Ich bin Frau Patt außerdem schon lange verbunden.«

»Ich bin immer in die Kirche gegangen«, sagte Frau Patt eifrig.

»Werden Sie sich noch umbringen?«, fragte George trocken, und Frank musste sich ein böses kleines Lachen verbeißen.

Der Pfarrer und Johanna Patt schnauften empört.

»Ich muss doch sehr bitten!«

»Sie haben heute mehr Grund, sich umzubringen, als vor einer Woche. Denn jetzt sind Ihre Tochter und Ihr Schwiegersohn tot und Sie ganz allein. Meine Frage ist also mehr als berechtigt«, sagte George, und Frank war überrascht von Georges Sadismus.

»Wie können Sie so etwas sagen!«, ereiferte sich der Pfarrer.

»Sie sind ein Unmensch!«, rief Frau Patt.

»Ich kann so etwas sagen«, erwiderte George ruhig, »weil ich meine Familie hier in Deutschland verloren habe. Deutsche wie Sie. Die Erfurter hatten einen auffälligen Thüringer Akzent, über den sich die Hamburger Verwandtschaft mit ihrem ›s-pit-sen S-tein‹ immer lustig gemacht hat. Aber leider waren sie alle Juden. Die Thüringer und die Hamburger. Meine Eltern, meine Großeltern, eine Tante, zwei Onkel und ein Großteil ihrer Kinder. Sie und all die anderen Toten, die *ihr* verursacht habt, wären doch, wenn ich es mir recht überlege, der allerbeste Grund für euch beide und eine Menge anderer Deutscher, sich umzubringen!«

Es wurde still. Kein Geräusch, nicht einmal Atmen. George warf einen Blick zu Frank und verließ den Raum. Meg und die GIs hatten dem Schlagabtausch auf Deutsch verbal nicht folgen können, aber sie hatten George trotzdem verstanden.

Frank wandte sich so freundlich wie möglich an Frau Patt.

»Sie können den Leichnam mitnehmen«, sagte Frank. »Sie müssen nur unten den Empfang quittieren.«

Frau Patt liefen die Tränen über die Wangen, sie schluchzte, und sie tat Frank leid, wie er mit Interesse feststellte. Zumindest kurz. Der Pfarrer schwieg verbissen. Meg, die beiden GIs und Frank verließen den Raum, gingen den Krankenhausflur entlang, von George keine Spur. Schließlich kamen sie nach unten in die Eingangshalle. Dort diskutierte Dr. Maffei im Beisein einer Krankenschwester mit zwei etwas abgerissen aussehenden Männern, Displaced Persons, vermutlich Polen oder Tschechen, die bis vor Kurzem als Zwangsarbeiter in Berchtesgaden gearbeitet hatten. Sie hatten auf einer Trage einen jungen Burschen herbeigeschleppt, der schwer verletzt war, ein offener Beinbruch, das Bein war nur notdürftig abgebunden, blutete noch, und der Mann schrie vor Schmerzen.

»Wir behandeln Sie nicht, wir behandeln nur deutsche Armeeangehörige. Verschwinden Sie! Gehen Sie woandershin!«

»Bitte! Helfen Sie! Er kann nicht mehr!«, insistierte der ältere Mann, dessen Gesicht von Furchen durchzogen war.

Der Verletzte wimmerte.

»Verschwinden Sie, oder ich lasse Sie rauswerfen!«, sagte Dr. Maffei gerade, als Frank zu ihm trat.

»Doktor«, sagte Frank, und Dr. Maffei wandte sich zu ihm.

»Ja?«

»Sie werden diesen Mann sofort behandeln. Die Kriegsgesetze gelten hier nicht mehr, sondern nur noch der hippokratische Eid, falls Sie sich an den erinnern.«

»Sparen Sie sich Ihren Sarkasmus, Sir. Dies ist ein Militärkrankenhaus, da gelten andere Regeln.«

»Dieses Militärkrankenhaus steht unter der Aufsicht des Military Government und der US-Army. Das hier ist ein Notfall, und Sie werden diesen Mann sofort behandeln!«

Dr. Maffei wagte nicht zu widersprechen, obwohl alles an seinem Gesichtsausdruck Widerwillen spiegelte. Frank konnte fast die Hasstiraden hören, die Maffei stumm formulierte. *Du unver-*

schämter Judenbengel! Wenn ich dir in einer dunklen Gasse begegne, skalpier ich dich mit meinem Degen!

»Das ist ein Befehl«, fügte Frank ruhig hinzu.

Dr. Maffei sah ihn ein letztes Mal an und schluckte runter, was ihm auf der Zunge lag. Nur das lächelnde Häkchen seines Schmisses rötete sich plötzlich wie eine entzündete Narbe und verriet seine Wut. Er gab der Schwester ein Zeichen, und sie führte die Männer samt Verletztem in Richtung OP.

Die Amerikaner verließen das Hospital. Draußen fanden sie George Renard. Er lehnte an Franks Wagen, einem aus Bonzenbeständen konfiszierten BMW 328 Zweisitzercabrio. Sie sahen, dass George geweint hatte. Er straffte sich und sah sie an.

»Ich könnte einen Drink gebrauchen«, sagte George.

Frank und George stiegen in den BMW, Meg und die beiden GIs in den Jeep. Frank startete den Sportwagen, und sie brausten davon.

»Manchmal denke ich, es könnte mir helfen, ein paar von ihnen einfach zu erschießen. Diese weinerlichen und selbstgerechten Deutschen!«, sagte George, als sie an der nächsten Straßenkreuzung anhalten mussten.

»Ich glaube nicht, dass dir das helfen würde«, sagte Frank. Die Straße war frei, und er trat auf das Gaspedal.

25

Sophie hoffte, dass sie die Hütte wiederfinden würde. Sie war nur einmal gemeinsam mit Max dort gewesen und ihm einfach auf dem Weg bergan gefolgt, ohne ihn sich zu merken, die typische Begleiterin. Beschwingt von ihrem Erfolg beim Military Government war sie schon um zehn Uhr wieder zu Hause. Unterwegs hatte sie erstens beschlossen, heute noch Max aufzusuchen, denn wenn die Arbeit für die Amerikaner begann, würde sie kaum noch Zeit für andere Dinge haben. Sie musste Vorräte und Medizin und alles, was sinnvoll sein könnte, für ihren Bruder zusammensuchen – ohne dabei tausend Fragen, vor allem keine Magda-Fragen beantworten zu müssen, denn Sophie hatte zweitens beschlossen, niemandem in ihrer Familie von Max' Versteck zu erzählen. Das fiel ihr schwer, aber es war zu gefährlich.

Sophie hatte Glück. Als sie nach Hause kam, waren Magda, Clara und Annemarie samt Lebensmittelmarken unterwegs, um etwas Essbares zu ergattern, Kathi und Karli hatten sich angeschlossen. Theres war in der Kirche, und nur Sepp werkelte daheim konzentriert an einer Marienskulptur.

»Ich kann morgen bei den Amis anfangen!«, sagte Sophie zu Sepp.

»Waren die zufrieden mit deinen Tipp-Künsten?«, fragte er abwesend.

»Die haben mich nicht vortippen lassen. Ich hab einfach gesagt, ich kann es.«

»Du traust di' was!« Sepp grinste. Er sah sie an und merkte, dass sie etwas auf dem Herzen hatte.

»Ist was, Sopherl?«, fragte er nicht ohne Wärme.

Sophie hatte sich ihm genähert, kurz in der vagen Hoffnung, sich ihm mitteilen zu können. Was sie aber schon eine Sekunde später wieder verwarf, als sie sich ihren zweiten Vorsatz vor Augen hielt, den sie vorhin aus gutem Grund gefasst hatte.

»Nix«, erwiderte sie und betrachtete die Marienstatue in den Händen ihres Vaters.

Sie schaute ihm gern bei der Arbeit zu, betrachtete insbesondere seine Hände, die kräftig und vor allem sehr geschickt waren. Sepp hatte für alle seine Kinder hölzernes Spielzeug geschnitzt, Sophie war über die Jahre in den Besitz einer kompletten Bergbauernfamilie samt Kuh, Kalb, Schafen und Ziegen gekommen. Später kamen Hühner, Hund und Katze dazu, weil Sophie sie angefordert hatte. Die Bauernfamilie sah ein bisschen aus wie Anni und Ernst und Sophie. Sepp hatte einen feinsinnigen, gut beobachtenden Humor und dazu die Fähigkeit, herausstechende Eigenschaften mit wenigen Schnitzern herauszuarbeiten. Er bemalte seine Figuren auch gern selbst, sie waren lebendig und individuell, wie echte Menschen.

Sophies Augen wanderten über die Marienfigur.

»Die schaut aus wie die Kathi!«, sagte Sophie und traf damit den Nagel auf den Kopf.

»Naaa, findest du?«, widersprach Sepp, dabei schlüpfte ihm allerdings ein kleines Lächeln auf die Lippen. Wäre Sophie nicht in Gedanken schon halb auf dem Berg gewesen, hätte Sepps lächelnde Abwehr sie sicher stutzig gemacht. Sepp strich mit dem Finger abwesend über das Gesicht der Statue, legte sein Messer weg und entfernte sich Richtung Donnerbalken.

Sophie nutzte seine Abwesenheit und klaubte alles zusammen, was sie finden konnte, um es Max zu bringen. Vor allem Kleidung, Verbandsmaterial und die Dinge, die sie in seinem Notrucksack gefunden hatte. Die Pistole fehlte natürlich. Sie steckte kurz entschlossen den Rest des Brotes ein – sie würden schon neues Brot bekommen – und ein Glas Honig, das sie aus dem SS-Gutshof geholt hatten. Und ein Säckchen trockener Bohnen derselben Herkunft. Mehr gab es nicht. Schließlich stand sie mit dem Rucksack da und verabschiedete sich von ihrem Vater. Sie nannte den Kramerhof mit den Großeltern Anni und Ernst als Ziel, das war ebenso unverfänglich wie wahrscheinlich. Und wenn es hart auf hart käme, würde sie sich auf Anni verlassen können wie auf sonst niemanden. Immer.

»Ich bleib auf'm Kramerhof heut' Nacht, wenn ich die Sperrstunde nicht schaffe«, sagte sie leichthin zu Sepp, der brummte Zustimmung und war sofort wieder in künstlerisches Zwiegespräch mit seiner Madonnenkathi versunken.

Sophie nahm das Fahrrad, um Zeit zu sparen. Sie nahm Seitenstraßen und traf zwar auf einige amerikanische Patrouillen, aber sie wurde nicht angehalten. Schließlich erreichte sie nach einigen Kilometern den Abzweig zum Wimbachgries. Es wurde noch einsamer und der Weg immer holperiger und schließlich nicht mehr passierbar für das Fahrrad. Sie versteckte es so gut wie möglich im Unterholz und bedeckte es zusätzlich mit Zweigen, in der Hoffnung, dass es später noch da sein würde. Fahrräder waren begehrt. Sophie hatte errechnet, dass sie den Aufstieg in drei Stunden schaffen musste, das würde gehen, wenn sie sich nicht verirrte. Und nur, wenn sie sich sofort wieder auf den Rückweg machte, hatte sie überhaupt eine Chance, rechtzeitig vor der Ausgangssperre um sechs Uhr abends zurück zu sein. Wenn die Sache schlecht lief, müsste sie auf der Hütte übernachten, ob mit oder ohne Max. Denn ob er dort war, wusste sie nicht. Es war nur eine alte Abmachung, die sie zumindest überprüfen musste – ihr Bruder brauchte sie jetzt.

Der Weg war steil, teilweise vom ablaufenden Schmelzwasser vereist. Schnee lag auch immer noch, je höher sie kam, umso mehr. Der pralle Rucksack wog schwerer mit jedem Meter. Es war Sommer gewesen, als sie mit Max hier hochgestiegen war, und alles hatte anders ausgesehen. An einem Abzweig entschied sie sich prompt falsch und musste nach zwanzig Minuten wieder umdrehen, als der Pfad abrupt im Nichts an einer Felsschlucht endete. Aber Sophie war gewohnt, viel zu laufen, und setzte zügig Schritt um Schritt aneinander. Ihre Gedanken wanderten zügig neben ihr her und kreisten um ihre schimmernde Zukunftsperspektive. Englisch, Geldverdienen, Respekt, schöne Kleider, Essen, Tanzen ... Der Krieg war vorbei! Vielleicht könnte sie mal nach Amerika gehen? Alles war möglich. Bis zu dem Moment, in dem wie Wasser durch ein Bootsleck die Erkenntnis einsickerte, dass sie selbst durch ihre Lüge im Fragebogen und im nachfolgenden Interview mit Rosenzweig diesen Traum zugleich ermöglicht, aber auch gefährdet hatte. *Die SS-Zugehörigkeit des Bruders – konnte die so schlimm sein?*, fragte sie sich und verdrängte die sich aufblasenden Zweifel. Dann plötzlich knickte der Pfad ab, Latschenkiefern ballten sich am Rand eines Blockfelds. Und inmitten der Kiefern, die sie schützend umgaben, lag die Hütte. Sophie hatte sie gefunden. Die Hütte wirkte so verlassen wie bei ihrem ersten Besuch. Aber das war ja Absicht, selbst wenn Max hier wohnte. Sophie ging näher und stellte den schweren Rucksack ab.

»Max! Ich bin's, Sophie!«

Nichts tat sich. Sie bemerkte nur, dass an der Holztränke, in die Wasser hineinplätscherte, ein Rasiermesser lag. Sophie ging zur Tür und klopfte, rief noch einmal seinen und ihren Namen. Als niemand antwortete, ging sie hinein. Der einfache Raum sah ordentlich aus, und durch die Lüftungsschlitze des kleinen Ofens, den Max dorthin gebracht hatte, schimmerte Glut. Anscheinend war die Hütte selbst leer. Sophie ging wieder raus, schaute sich auf dem Vorplatz um. Jemand war da gewesen. Plötzlich hörte sie einen Pfiff, fuhr herum und sah Max, der lächelnd aus der Hütte kam.

»Max! Du bist doch da!«

Max kam zu ihr und nahm sie in die Arme.

»Ist das schön, dich zu sehen. Du bist allein, oder?!«

»Keiner weiß, dass ich hier bin. Und keiner weiß, dass du hier bist.«

Max war zufrieden.

»Du hast nicht gemerkt, dass ich in der Hütte war, oder?«

Sie schüttelte den Kopf. Max zeigte ihr sein Versteck: eine doppelte Wand, in deren Zwischenraum er sich zwängen konnte, und eine hölzerne Tür davor, die genau wie die Wand aussah. Wenn man nicht wusste, dass dort ein Eingang war, würde man ihn nicht bemerken.

»Probier!«, sagte er und schob seine Schwester in die Lücke.

Sophie stand in dem etwa sechzig Zentimeter breiten Zwischenraum, und Max machte die Tür hinter ihr zu. Es war eng. Durch ein Loch konnte man in den Raum sehen – ob die Luft rein war. An der Rückwand war ein Stück Holz in Höhe des Hinterteils angebracht, sodass man sich gegebenenfalls etwas darauf abstützen konnte. Für Sophie ein bisschen zu hoch. Aber für Max genau richtig.

»Lass mich raus!«, rief Sophie.

Max öffnete die Tür und grinste.

»Da kannst du raus aus der Hütte und weg«, sagte Max und deutete über Sophie hinweg. Auf der anderen Seite, an der Außenwand, war ein Holzgriff. Sophie rüttelte daran, aber nichts bewegte sich.

»Griff drehen!«, sagte Max.

Sophie tat es, eine Tür öffnete sich, und sie sah auf den Felshang hinter der Hütte. Sie ging raus, Max folgte ihr durch den geheimen Verschlag und sie standen im Freien.

»Hast du das gemacht?«, fragte Sophie.

»Ja«, antwortete Max. »Irgendwas muss man ja tun, während man auf nix wartet. Und könnt' ja sinnvoll sein …«

Er grinste sie etwas schief an. Ihr fiel auf, dass er dünner war und ohne seine Uniform verletzlicher und unsicherer wirkte. Es berührte Sophie, dass ihr Bruder sich so ein Versteck gebaut hatte, wie eine Maus in einem doppelten Fußboden.

»Ich hab deine Sachen mitgebracht. Bis auf die Pistole.«

»Wo ist sie?«

»Als ich den Rucksack holen wollte, hat mich doch der Ami erwischt«, sagte Sophie und sah ihn an.

Max nickte.

»Ich hab die Pistole in den Kartoffeln versteckt und so getan, als wollte ich Kartoffeln holen. Die anderen Sachen durfte ich mitnehmen, ich hab gesagt, die san für'n Vater.«

»Schlau«, sagte Max anerkennend, und Sophie war einen Augenblick lang stolz.

»Er hat aber wohl danach die Kartoffeln durchsucht und die Pistole gefunden.«

»Oh, und dann?«

Sophie zuckte die Achseln. »I checked the potatoes.«

»Ich versteh' kein Englisch.«

»Er hat die Kartoffeln durchsucht. Das hat er gesagt. Und hat mich stehen lassen. Also hat er die Waffe gefunden.«

»Hat er dir Schwierigkeiten gemacht?«

»Bis jetzt nicht«, sagte Sophie.

»Vielleicht hat er nix gefunden. Hast du noch mal geschaut?«

»Das geht nicht, Max …«

»Ich könnte die Waffe gut brauchen.«

Einen Moment machte sich Stille breit.

»Wofür?«, fragte Sophie.

»Es ist immer gut, eine Waffe zu haben«, sagte Max ausweichend. Er grinste, um sich zu verstecken. Sophie öffnete ihren Rucksack, um das Thema zu wechseln.

»Ich habe leider nicht viel zu essen mitgebracht. Brot, Honig, ein paar trockene Bohnen … Kartoffeln.«

»Macht nix«, erwiderte Max, »ich habe Käse, Wurscht und Eier.«

Sophie sah ihn erstaunt an.

»Woher hast du das?«, fragte sie.

»Die Vroni, man kann zu denen rübergehen in einer Stunde. Und die Vroni kann den Mund halten.« Max grinste.

Die Vroni war auch eins von seinen Gespusis und Magd auf einem reichen Hof. Die Frauen halfen dem schönen Max, weil sie ihn liebten. Irgendwie beruhigte Sophie das. Es konnte allerdings genauso sein, dass er mal aus diesem Grund von einer seiner zahlreichen Abgelegten oder Abgewiesenen verraten würde.

Sophie hatte den Zeitpunkt für eine rechtzeitige Rückkehr zur Sperrstunde schon verpasst, außerdem zog schlechtes Wetter auf, und so war klar, dass sie die Nacht bei ihrem Bruder verbringen würde. Max schien sich sogar zu freuen, sie selbst war hin- und hergerissen, sie trat morgen im Schloss beim Military Government ihren Dienst an, musste vorher nach Hause, sich umziehen, frisch machen, Magdas Fragen beantworten – aber das ließ sich jetzt nicht ändern.

Als sich der Himmel verdunkelte und es zu regnen begann, gingen Sophie und Max in die Hütte und aßen zusammen. Für Sophies Verhältnisse ein üppiges Mahl, die Grubers wurden leider nicht regelmäßig von Liebhaberinnen mit Wurst und Käse versorgt. Max stellte Sophie Fragen, als wären es schon Monate, dabei war es gerade eine Woche, dass er hier oben auf der Hütte saß. Wie es jetzt in Berchtesgaden war, was die Amerikaner machten, wen sie getroffen hatte, ob sie wusste, was Soldaten und SS-Männern passiert war. Wo waren der Kreisleiter und die ganze NS-Prominenz? Gab es eine Kapitulation? Hatten sie viele Soldaten gefangen genommen? Was war mit der Familie und den »Scheiß-Amis« im Haus? Sophie beantwortete alles, so gut sie konnte. Der Tod des Führers war bestätigt. Ebenso der von Goebbels. Göring war verhaftet. Kreisleiter Stredele ebenfalls. Man sah viele Soldaten, die sich ergeben hatten und auf LKWs irgendwohin gekarrt wurden. So weit war alles in Ordnung bei der Familie.

»Der Kriss ist wieder da«, sagte Sophie.

»Wirklich?«, sagte Max. »Ich dachte, der wäre tot.«

»Ich auch, aber ich bin froh. Ich hab den immer gerngehabt.«

»Schon«, sagte Max, »aber er war a bissl zu katholisch am Ende.«

»Was meinst du mit ›zu katholisch‹?«, fragte Sophie verständnislos.

»Der war schon kritisch mit dem Krieg und allem.« Max stand auf und holte eine Flasche Schnaps. Sogar zwei Stamperl gab es dazu. Er schenkte ein. »Er hat gesagt, dass der Krieg verloren ist, als er es noch nicht war, deshalb ist er verhaftet worden.«

»Aber schließlich hat er recht gehabt.«

»Wir haben den Krieg auch wegen Leuten wie Kriss verloren. Leuten, die zweifeln«, sagte Max mit gehobenen Augenbrauen.

»Man darf nicht zweifeln?«, fragte Sophie.

»Wenn ich von einer Idee überzeugt bin, muss ich für sie kämpfen!«, erwiderte Max. »Oder ich bin ein Feigling. Bestenfalls.«

»Aber die ganze Welt war am Ende gegen uns! Da kann man schon zweifeln …«

»Die Japsen kämpfen noch, oder?«

»Keine Ahnung«, sagte Sophie. Es war ihr auch irgendwie egal, das fand am anderen Ende der Welt statt.

Max nahm sein Schnapsglas und hielt es hoch. Sophie nahm ihres.

»Auf Deutschland!«, sagte Max, knallte sein Glas an ihres, kippte den Schnaps und verzog das Gesicht.

Sophie blieb stumm, schüttete den Inhalt ihres Glases runter. Es brannte so sehr, dass sie ein Schreckensgeräusch von sich gab. Max schenkte sich selbst gleich noch einen ein, Sophie lehnte ab. In Zivil wirkte er mehr wie früher, als sie gerade in die Schule gekommen war und niemand gewagt hatte, sich irgendeinen Streich mit ihr zu erlauben, weil sie zwei ältere Brüder hatte, die sie beschützten. Da war er auch stark, aber anders stark gewesen. Nicht als Vertreter irgendeiner Macht, sondern nur, weil er eine ihm innewohnende Autorität hatte. Die wohlwollend gewesen war – zumindest von Sophie aus betrachtet.

»Ich habe eine Arbeit beim Military Government«, sagte Sophie.

»Ach so«, sagte Max. »Haben sich die Schallplatten gelohnt.«

»Es geht morgen los. Deshalb muss ich bei Sonnenaufgang runter.«

»Schämst du dich nicht?«

»Warum sollte ich?«

»Weil du für den Feind arbeitest.«

»Die Amerikaner haben den Krieg gewonnen.«

»Und das ist Grund genug, dich ihnen an den Hals zu werfen?«

»Ich werfe mich nicht an den Hals.«

»Wie würdest du das bezeichnen?«

Seine Schärfe überraschte sie, und sie geriet kurz aus dem Konzept.

»Ich will arbeiten. Ich will eine Zukunft. Ich will etwas Neues!«

Max kippte noch einen Schnaps.

»So schnell vergesst ihr, was wir für euch getan haben! Das ist so erbärmlich! Wir haben gekämpft und alles für Deutschland gegeben. Meinst du, das haben wir für uns allein gemacht? Ihr wolltet das auch!«

Sophie überlegte. Sie hatte keinen Krieg gewollt. Niemand hätte für sie kämpfen müssen. Abgesehen davon, dass sie viel zu jung gewesen war, als alles losging. Aber sie hatte nie nachgedacht, ob das richtig war, und etwas dazu oder gar dagegen gesagt. Ihre ganze Familie nicht. Bis auf Anni. Aber die hatte auch einen Grund: Die Nationalsozialisten hatten ihren Bruder Gustl vom gemeinsamen elterlichen Hof gejagt, um den Obersalzberg »führerfein« zu machen. Sophie holte tief Luft.

»Du musst dich stellen, Max.«

Einen Moment fürchtete Sophie, Max würde sie schlagen. Das hatte er noch nie getan, aber sie hatte ihn auch noch nie so wütend gesehen.

»Nichts muss ich! Ich kann mich verstecken. Ich kenne mich

hier aus!«, schrie Max, sprang auf, tigerte einige Schritte durch das Zimmer, raufte sich die Haare und setzte sich schließlich wieder. Dann schwieg er zornig. *Der Zorn gilt nicht mir,* dachte Sophie. Die Ader an seiner Schläfe puckerte, sein Kiefer mahlte. Sophie beobachtete weiter den Zorn ihres Bruders, sah ihn schließlich abfließen.

»Willst du für immer hierbleiben?«, fragte Sophie.

Max wirkte jetzt nachdenklich.

»Weißt du, wer es besonders eilig hatte, sich davonzumachen? Unsere eigenen Kommandeure. Sie gaben uns den Befehl, Hintersee bis zum letzten Mann zu verteidigen, und sie selbst sind abgehauen. Wir sollten den Kopf hinhalten, während sie ihren Arsch retten! Dafür sind wir gestorben!«

Dann erzählte Max von Kurt und Toni. Kurt und Toni waren zwei Kameraden in seiner Einheit, mit denen er sich vorbehaltlos hatte austauschen können. Sie waren seit dem Einsatz an der Ostfront und in Griechenland zusammen gewesen. Was sie gesehen und getan hatten, hatte sie zusammengeschweißt: Ganz im Sinn von Heinrich Himmlers Rede in Posen waren sie tapfere Männer, die einen notwendigen Dienst für ihr Vaterland verrichtet hatten. Sie wussten, was es hieß, wenn hundert, fünfhundert oder tausend Leichen vor einem lagen. Und ja, sie waren dabei anständig geblieben und hart geworden.

Sophie hörte zu, aber sie verstand nicht ganz, was Max damit meinte. Sie traute sich aber nicht, ihn zu unterbrechen, denn er erzählte etwas von sich, sie wollte ihn gern verstehen, und so schwieg sie. Zum Schluss war der Zusammenhalt zwischen den drei Freunden wohl gebröckelt. Wie ein Filz, der lange gegen Wind und Wetter dichtgehalten hatte und sich jetzt wieder in einzelne Fäden und Wollflocken auflöste. Kurt, der aus Köln stammte und wegen seiner Frau, die gerade ein Kind bekommen hatte, so schnell es ging nach Hause wollte, hatte sich in der Nacht drei Tage vor dem Einmarsch in Zivil von der Truppe entfernt. Er war nicht weit gekommen. Eine SS-Patrouille hatte ihn erwischt und den Deserteur – noch dazu einen SS-Mann – auf der Stelle erschossen. Diese Nachricht wurde allen Einheiten zwecks Abschreckung sofort weitergegeben. Toni, der zweite Freund, war in Tränen ausgebrochen. Das hatte alle überrascht.

»Toni hat versucht, die Tränen zu verbergen, weil die Kameraden ja schnell mal höhnisch werden. Aber er hat gar nicht aufhören können mit dem Weinen und hat sich irgendwo im Gasthof verkrochen, im Seewirt, wo wir uns verschanzt hatten. Die anderen haben aber gar nicht gelacht. Die waren alle still. Erstaunlich.«

Max nahm noch einen Schnaps, wie Sophie besorgt registrierte. Sie konnte sehen, wie er mit sich rang.

»Der Toni hat mich gebeten, dass ich ihn erschieß' …«

Sophie glaubte, sich verhört zu haben.

»Du solltest ihn erschießen?«, fragte sie sicherheitshalber nach.

»Ja, als Kamerad.«

»Warum?«

»Weil alles sinnlos ist und wir sowieso alle getötet werden von den Amerikanern. Und dass er ein Feigling ist.«

Sophie sah ihren Bruder an und versuchte zu verstehen, was er gerade erzählte. Warum sollten die Amerikaner alle töten? Was war alles sinnlos – und warum? Weshalb sollte Toni ein Feigling sein? Der Krieg war vorbei, auch für die SS. Doch über allem stand die Frage: Hatte Max seinen Freund Toni erschossen?

»Hast du …?«

»Nein! Habe ich nicht.«

Max sah sie fest an. Sophie war erleichtert.

»Ich hab den Toni später in einem Schrank gefunden, in den er sich geflüchtet hatte. Da isser so seitlich dringesessen, zwischen den ganzen Kleidern. Er war tot. Hatte sich seine Pistole in den Mund gesteckt und abgedrückt. An der Rückwand des Schrankes klebten Teile seines Gehirns. Da habe ich beschlossen, dass ich geh.«

Max zupfte an seiner Zivilkleidung.

»Das ist aus dem Schrank, ich konnte ja nicht in Uniform gehen.«

Sophie sah ihren Bruder entsetzt an.

»Ich werde den Teufel tun und mich stellen!«, sagte Max und verließ die Hütte.

Sophie stand auf und ging ihm hinterher. Draußen war es schon dunkel, und der Mond, dessen erstes Viertel bald voll war, tauchte die Szenerie in sein silbriges Licht. Der Himmel wölbte sich übersät mit Sternen über der Erde, und Sophie betrachtete das Wunder, wie immer gefangen von der Unendlichkeit und den Möglichkeiten, die sich im Firmament und den fernen Sternenbildern ganz sicher verbargen. Dann hörte sie Max, bevor sie ihn sah, ein Schlag krachte durch die Stille der Nacht. Er hackte Holz. Ein Scheit nach dem anderen splitterte in Stücke. Sophie sah ihm zu. Das hatte er immer gemacht. Wenn er sich aufregte und runterkommen wollte, hatte er »Holz gemacht«. Die Wut in Handlungen umgesetzt, die irgendwann sowieso getan werden mussten. Kein Schlag zu viel. Ökonomisch und gekonnt. Nach einer Viertelstunde hatte er sich verausgabt und haute die Axt in den Hackblock. Er stapelte die Scheite, ging an ihr vorbei in die Hütte zurück, legte sich hin und fing kurz darauf an zu schnarchen.

Sophie legte sich auf ihr improvisiertes Lager und konnte lange Zeit nicht einschlafen. Was war mit ihrem Bruder? Sie kannte ihn so nicht. Sie wusste noch nicht einmal, dass er schnarchte! Na gut, das war vielleicht auch dem Schnaps geschuldet. Aber seine Erzählungen waren furchtbar. Wie seine Freunde zu Tode gekommen waren. Er war der Letzte der drei. Und was war mit diesen Leichen gemeint – fünfhundert, tausend? Oder dem Dienst an Deutschland? Anständig und hart – das klang gruselig. Krieg …

Max gab im Schlaf gequälte Laute von sich, die Sophie ebenfalls erschreckten, und als sie gerade beschlossen hatte, ihn aus seinen Albträumen zu wecken, drehte er sich und wurde ganz still. Schließlich fiel sie in unruhigen Schlummer und träumte, dass sie zu spät zu ihrem ersten Arbeitstag kam, weil sie nicht rechtzeitig wach geworden war. Im Traum saß Magda königinnengleich hinter *Erika* am Schreibtisch, tippte wie eine Weltmeisterin und rief: »Siehste, Twin, Englisch ist völlig piepe!« Frank Rosenzweig stand währenddessen hinter ihr mit einem Exemplar von *Erfolg* in der Hand und sagte: »Sie kann es auswendig!« Sophie schämte sich im Schlaf.

Als es dämmerte, wurde sie überpünktlich wach. Max verabschiedete sie.

»Danke«, sagte er und umarmte sie. Einen Moment lang schien alles gut. So fühlte sich ihr Bruder an. »Wenn du wiederkommst, brauchst du kein Essen mitzubringen. Aber ich brauche eine Waffe.«

Sophie löste sich.

»Das wird schwierig.«

»Gib dir Mühe, Sophie.« Er nahm sie an den Schultern und sah sie an. »Versprich mir das!«

Sie nickte und ging los. Sophie brauchte zweieinhalb Stunden runter und nach Hause, sie ging sehr schnell. Wie sollte sie an eine Pistole kommen? Sie konnte schlecht den Potatoe-GI fragen! Ihr fiel die Luger Parabellum aus Speers Atelier ein, die sie bei Anni und Ernst versteckt hatte. Schnell verdrängte sie den Gedanken in die hinterste Ecke ihres Kopfes, wo auch die Erzählung von Max und seinem toten Freund Toni rumorte.

Zum Glück war das Rad noch da. Sie zog es aus dem Gebüsch, trat in die Pedale und kam rechtzeitig zum Frühstück in der Werkstatt an.

Alle glaubten ihr, dass sie bei den Großeltern gewesen war. Nur Magda nicht.

»Du warst bei Max!«, sagte sie. »Ich will alles wissen!«

26

Der Spalt zwischen Kriss und der Welt war nicht verschwunden. Im Gegenteil: Er war zwar unsichtbarer, aber breiter geworden. Kriss war zeit seines Lebens sehr schlank und hochgewachsen gewesen, seine äußere Erscheinung war immer noch hager, aber er hatte in den zweieinhalb Wochen seit der Befreiung so viel gegessen, dass der schlimmste psychische Hunger auf Nahrung gestillt war. Rosa hatte auch fast alle in der Haft halluzinierten Lieblingsgerichte gekocht: Germknödel mit Mohnbutter, Gulasch, Forelle, Schmalznudeln. Es war ihm schleierhaft, wie sie das angesichts der Einschränkungen hinbekommen hatte. Sicher hatte er ein paar kleidsame Kilo zugenommen, trug wieder seine Berchtesgadener Tracht, samt einer neuen Goldrandbrille. Die alte hatte zum Schluss Sprünge gehabt und war nur noch mit Bindfaden gehalten worden. Er ähnelte seiner früheren Erscheinung zum Verwechseln, und das lag auch an dem warmen, liebenswürdigen Lächeln, das er immer noch – und trotz allem – großzügig ausgab. Die Angelächelten reagierten immer beglückt darauf, und so verwendete er dieses Lächeln absichtsvoll hauptsächlich dafür, andere zu erfreuen, und weniger, um eigene Freude auszudrücken.

In Kriss' Haus waren seit seiner Ankunft jeden Tag Besucherinnen und Besucher vorbeidefiliert, um dem einst Todgeweihten die Ehre zu erweisen. Er verbat sich als Allerérstes – noch vor dem Händedruck – Tränenergüsse zur Begrüßung: eine in Lächeln gehüllte Unhöflichkeit, die bestenfalls scherzhaft klang. Doch die nicht abschlagbare Aufforderung darin wurde sofort begriffen. Sie näherten sich ihm, dem Wiederauferstandenen, respektvoll in von ihm selbst eingeforderter Distanz. Trotzdem hätte keiner vermutet, wie abgeklärt und wie weit entfernt er tatsächlich von seinen Freunden und Bekannten war. Dass er alles von außen betrachtete, wie ein Besucher, sogar das Haus, in dem er seine Kindheit verbracht hatte und das er seit jetzt über vierzig Jahren bewohnte. Pfarrer Otto Schüller, einige verbundene, aufrechte Weihnachtsschützen, Freunde, Bekannte, Nachbarinnen und Nachbarn – sie alle waren mit Geschenken angerückt, um ihn willkommen zu heißen und seine Geschichte zu hören, die er immer weiter verkürzte. »Es ist ja am Ende alles gut gegangen«, wurde seine Formel. Bislang war er damit durchgekommen. Nur Otto Schüller hatte eine scheue Nachfrage riskiert, aber Kriss hatte so getan, als habe er die Frage nicht gehört. Otto wusste ohnehin schon am meisten von allen, Kriss hatte ihm und Felicitas – wenn auch zensierte – Briefe aus der Haft geschrieben.

Jetzt kam Felicitas für zwei Tage extra nach Berchtesgaden, und es war Kriss klar, dass er ihren Nachfragen kaum würde ausweichen können. Sie war in ihrer Wohnung im Gärtnerplatzviertel ausgebombt und außerhalb von München irgendwo an der Isar einquartiert worden. Auf magische Weise hatte sie einen Passierschein bekommen.

»Beziehungen«, sagte sie lächelnd, als Kriss sie danach fragte.

Den Abend hatten die beiden für sich allein, tagsüber musste Kriss schon seines Bürgermeisteramtes walten. Sie hatten gerade zusammen Rosas Kartoffelsalat mit Fleischpflanzerln verspeist und zogen jetzt weiter ins Wohnzimmer, das von einer ausladenden, rotsamtenen Sitzgruppe aus Sofas und Sesseln dominiert wurde, dazu grüngoldene, von aufwändigen Posamenten gehaltene Brokatvorhänge, was dem Raum die Anmutung eines Theaterfoyers verlieh, gleich hinter den Portieren hätte ebenso gut eine Bühne sein können. Dieses rot-goldene Plüschambiente war, genau wie die geblümte Tapete und die Porträts vergessener, adeliger Damen und Herren aus dem Barock, noch die Einrichtung seiner Mutter, er hatte nichts daran geändert, seit sie gestorben war. Sie setzten sich auf die roten Ungetüme.

»Was umfasst deine Aufgabe alles – die Amerikaner werden sich ja wohl nicht raushalten?«, erkundigte sich Felicitas.

»Von allem etwas«, antwortete Kriss. »Nazipropaganda muss abgegeben werden: Bücher, Bilder, Embleme, Fahnen. Die Waffen überwachen die Amerikaner selbst. Es dürfen in den Amtsstuben keine Hakenkreuzbriefköpfe und Stempel mehr benutzt werden. Es gibt allerdings kein Blankopapier mehr ohne irgendwelche Briefköpfe. Dann spreche ich mit den Amerikanern, ob man das Papier trotzdem benutzen kann. Kann man, wenn es nix anderes gibt, aber der Briefkopf muss möglichst unkenntlich gemacht werden.«

Er grinste Felicitas an.

»Ich hoffe, ihr habt noch genug schwarze Farbe!«, spöttelte Felicitas.

»Vermutlich ist es ehrlicher, wenn man noch erkennen kann, was da vorher war«, sagte Kriss. »Es beeilen sich gerade alle, ihre eigene Vergangenheit zu verharmlosen.«

»Was wirst du mit Rasp machen?«, fragte sie.

Rasp war der Mann, der ihn verpfiffen hatte. Dessen Denunziation ihn Freisler und dem Volksgerichtshof ausgeliefert hatte. Zu Beginn seiner Haft hatte Kriss Rachepläne gehabt. Irgendwann hatten sie sich aufgelöst. In was, wusste er nicht. Weg waren sie nicht. Er wollte nicht darüber nachdenken.

»Ich weiß es nicht«, gestand er.

»Du bist nicht der Einzige, den er denunziert hat.«

»Wo fängt das an, und wo hört das auf?«, fragte Kriss. »Sie werden sich alle die Vergangenheit zurechtbiegen.«

»Da hast du ja deine Aufgabe«, sagte Felicitas.

»Wie meinst du das?«

»Du weißt, wer in Berchtesgaden wo stand. Du kannst Lügner entlarven.«

»Ja, ich kenne mich hier aus. Oder zumindest habe ich mich mal ausgekannt.«

Felicitas sah ihn forschend an.

»Du bist noch weit weg«, stellte sie schließlich fest.

»Der Rückweg ist lang«, sagte Kriss nach einer Weile. »Und wer weiß, ob ich jemals ganz zurückfinde.« Er atmete hörbar aus.

»›Ich bin der Welt verloren gegangen‹«, rezitierte Felicitas, stand auf, holte die Flasche Cognac, die sie mitgebracht hatte, nahm zwei Gläser aus dem Schrank und reichte Kriss Flaschenöffner und Flasche.

Kriss betrachtete sie. Felicitas war immer eine positive, energetische Erscheinung gewesen. Sehr bühnentauglich. Brünett, ovales Gesicht, Grübchen und graue, blitzende Augen, dazu ein kristallener Sopran, der mit den Jahren immer lyrischer und wärmer geworden war. Sie bewegte sich geschmeidig und war eine gute Schauspielerin, was sie von vielen ihrer Sängerkolleginnen und -kollegen unterschied. Ihre größte Zeit war vermutlich vorbei, denn sie hatte mit Mitte vierzig ihren sängerischen Zenit wohl schon überschritten. *Die neue Zeit wird wahrscheinlich ohne sie beginnen*, dachte Kriss, *zumindest, was Bühnenauftritte angeht.* Oder sie würde ins Liederfach wechseln. Das war sicher eine gute Möglichkeit, die Lieder würden gut zu ihr passen.

»Es wäre wunderbar, wenn du mir ein Rückert-Lied singst!«, sagte Kriss, und nach einem Moment fügte er leise hinzu: »Die Kindertotenlieder sind allerdings das Traurigste, was ich kenne.«

»Später … ist noch nicht im Repertoire«, sagte Felicitas trocken und stellte die Flasche vor ihm auf. »Kannst du die aufmachen? Ich habe lange auf den richtigen Augenblick gewartet, um sie zu köpfen.«

Kriss betrachtete das Etikett, bemerkte dann ihr kleines Grinsen.

»Baron Otard, 1899 … Dein Geburtsjahr … Wer hat dir denn den geschenkt?«

»Ein Präsent zum Vierzigsten von unserem ehemaligen Kultur- und Propagandaminister.« Sie zuckte entschuldigend mit den Achseln. »Der Präsentkorb samt Blumen stand in der Garderobe, nachdem ich die Gilda in Berlin gesungen habe. Zum Glück hat er nur eine Karte dazugelegt, nicht sich selbst.« Sie grinste.

»Der Cognac kann nichts dafür«, sagte Kriss und öffnete die Lackversiegelung mit einem Messer. Sorgfältig sammelte er die Splitter, formte mit den Fingern einen kleinen Haufen und drehte den Korkenzieher in den Korken hinein. Er stand auf, zog den Korken mit einem Plopp aus dem Flaschenhals und schenkte jedem von ihnen einen Fingerbreit ein. Beide schwenkten ihre Gläser, senkten die Nasen hinein und atmeten ein.

»Das duftet«, sagte Kriss.

»Das will ich hoffen, Doktor Goebbels«, sagte Felicitas.

»Ich habe so lange nichts getrunken, dass ich sofort besoffen sein werde.«

Felicitas zuckte die Achseln.

»Auf dich und die Freiheit!« Sie streckte ihm ihr Glas entgegen.

Er sah sie an.

»Danke für alles, ohne dich wäre ich nicht hier«, sagte Kriss.

Einen Moment lang hielt Felicitas ihr Glas zögernd in der Luft.

»Ich habe das nicht nur für dich gemacht. Sondern genauso für mich. Oder sagen wir, fast genauso. Hätten sie dich umgebracht, hätte ich bis ans Ende meiner Tage gedacht: Du hast zu wenig gemacht, um ihn zu retten. Du warst zu bequem. Ich hätte eine Mitschuld gehabt. Der Kriss musste unbedingt leben!«

Sie lächelte ihn an. Er sah ein paar Tränen in ihren Augen glitzern, die sie aber durch energisches Blinzeln über ihre Augäpfel verteilte und so am Herauskullern hinderte. Außerdem streckte sie die Hand mit ihrem Glas weit nach vorn und lenkte mit einem klingenden Stoß an sein Glas auf der akustischen Ebene ab.

»Ich habe also auch Glück gehabt. Prosit!«

Kriss lächelte.

»Und ich erst!«

Der Cognac floss weich, reiche Aromen freisetzend, und brannte trotzdem nahezu schmerzhaft. Wie das Leben, fand Kriss, der dem

Geschmack stumm nachfühlte und sich im nächsten Moment für diese alberne Banalität rügte. Er schloss die Augen. Schon die ganze Zeit lag ihm eine Frage auf der Zunge, deren Antwort er fürchtete.

»Weißt du, was mit Eduard passiert ist? Du hast mir von allen erzählt, nur von Eduard nicht.«

Felicitas sah ihn an, und das kleine Lächeln lief von Augen und Mundwinkeln zu den Rändern ihres Gesichts und zerrann dort.

Eduard war ein junger Flötist im Orchester des Nationaltheaters gewesen – Kriss' erste Liebe und die einzige, die in einer gewissen Offenheit Ende der Zwanzigerjahre nicht nur versteckt gelebt worden war. Kriss hatte Eduard über Felicitas kennengelernt. Sie hatte ihn im Fasching 1928 zu einer Premierenfeier geschleppt, und dort waren sich Eduard und er begegnet. Es galt Kostümzwang, das Motto lautete »Im Paradies«. Kriss, der Intellektuelle, war mit etwas schlechtem, ketzerischem Gewissen als Baum der Erkenntnis gegangen. Er hatte sich ein Blatt ins Gesicht gemalt und grün gekleidet, und Felicitas verpasste dem Widerstrebenden noch einen Pappmachéapfel, der von einem freundlich winkenden gemalten Wurm bewohnt wurde. Felicitas selbst ging in einem engen silbrigen Schlauchgewand als Schlange, hatte sich eine gespaltene Lippenstiftzunge quer über das Gesicht gemalt und legte ihren in Schlangenlederhandschuhen steckenden Arm zu jeder sich bietenden Gelegenheit zischelnd um Kriss' Hals. Kriss bot, ganz Baum, seinen wurmstichigen Apfel an – schließlich auch einem Freund von Felicitas: Eduard Bongartz. Der trat passenderweise als Adam auf, mit nichts weiter als einem Feigenblatt bekleidet. So erkannten Baum und Adam einander und wurden vom Blitz getroffen. Er sei Adam in einer Version von Botticelli, sagte Kriss bewundernd zu seinem neuen Freund, denn Eduard war schlank, muskulös und hatte goldblonde Locken. Und wenn die kleine Blasiertheit seines Gesichtes durch sein ungezügeltes Lachen weggefegt wurde, konnte man nicht mehr anders, als ihn ganz und gar bezaubernd zu finden.

Eduard und Kriss hatten sich an jenem Abend nicht mehr getrennt und waren zwei Jahre lang ein Paar gewesen. Dann hatte die heftige Anziehung zumindest von Eduards Seite aus nachgelassen, Eduard hatte ein Engagement in Berlin angenommen und sich aus München verabschiedet. Das Nachtleben in Berlin, schwul oder nicht, war berüchtigt, und Kriss verging vor Eifersucht. Er sah Eduard als schamlosen Adonis in ausschweifende Orgien eintauchen und sich mit Dutzenden von Männern vergnügen, und mit dieser Fantasie lag er keinesfalls daneben. Kriss litt nach der Trennung unter schwerem Liebeskummer und widmete sich in Wien seiner Universitätskarriere. Über Felicitas erhielt er ab und zu Nachrichten, aber Eduard ging seiner Wege. Der Kontakt war schließlich abgebrochen. Eduard war, im Gegensatz zu Kriss, ein offen lebender Homosexueller, und daher hatte sich Kriss immer gesorgt, ob er wohl in Schwierigkeiten geraten war.

»Edi war immer unpolitisch«, sagte Felicitas auf Kriss' Frage.

Das ist kein guter Auftakt, dachte Kriss und fügte im Stillen hinzu, dass es automatisch politisch war, homosexuell zu sein, und eine politische Haltung geradezu implizierte. Bis 1935 waren sexuelle Handlungen unter Männern strafbar gewesen, wenn man bewiesenermaßen »beischlafähnliche Handlungen« ausgeführt hatte, was mangels Zeugen meist schwierig zu beweisen war und je nach Gericht lockerer oder strenger gehandhabt wurde. Aber der Paragraf 175 war dann so willkürlich verschärft worden, dass allein unterstellte »wollüstige Absichten« für eine Verurteilung reichten. Die Nationalsozialisten hatten davon ausführlich Gebrauch gemacht.

»Ich habe gehört, dass sie ihm den Prozess gemacht haben. Er war im KZ Sachsenhausen.«

»Wie lange?«

»Drei Monate. Er hat pro forma eine Freundin geheiratet – erinnerst du dich an Selma, die Garderobiere? Dann haben sie ihn irgendwann entlassen und ihn gleich an die Ostfront geschickt.

Seitdem gibt es keine Spur von ihm. Das Rote Kreuz hat einen Suchauftrag. Der letzte Brief kam aus der Nähe von Charkiw.«

Kriss atmete ein und sah den lachenden Adam vor sich. Er atmete aus und sah einen zerfetzten Körper in einer eisigen grauweißen Landschaft. Eduard und eine Waffe, diese Paarung konnte er sich nicht vorstellen. Einen Moment schloss er die Augen und fühlte Eduards Haut unter den Händen, die Rundungen seines Körpers und seine dichten Locken. Sie saßen schweigend in den großen roten Sofas, und Felicitas goss ihm und sich selbst noch einen Cognac ein.

Dann klopfte es an der Tür.

Beide sahen hin.

»Ja?!«, rief Kriss, die Tür öffnete sich, und eine Frau trat ein.

»Fräulein Thanner!«, sagte Kriss und stand auf. »Brauchen Sie etwas? Kommen Sie, nehmen Sie einen Schluck Cognac mit uns?!«

Pina Thanner betrat zögernd den Theatersalon, Kriss eilte ihr entgegen.

»Ich brauche eigentlich nur ein Handtuch«, sagte sie zurückhaltend.

»Das ist Felicitas Hüne-Mihacek, meine beste Freundin, ohne sie wäre ich nicht mehr da. Und das ist Fräulein Pina Thanner. Sie arbeitet beim Military Government.«

Die beiden Frauen begrüßten sich und musterten einander genau – freundlich, aber distanziert, wie Kriss registrierte.

»Ich möchte eigentlich nur ein Handtuch, vielen Dank, gern ein anderes Mal«, sagte Pina Thanner.

»Ich hole Ihnen Handtücher«, antwortete Kriss und ging raus.

Er hatte Franks Bitte gern entsprochen, Pina Thanner in seinem großen Haus aufzunehmen, er hatte auch großzügig einige Verwandte seiner Mitarbeiter aufgenommen. Er gestand es sich nicht ein, aber er konnte die vielen leeren Zimmer nicht ertragen. Er war es nicht mehr gewöhnt, allein zu sein. Kriss wollte zwei Handtücher aus dem großen Wäscheschrank im Flur nehmen und war von der Fülle der ihm zur Verfügung stehenden Möglichkeiten einen Augenblick lang gelähmt. *Wie kann man so viele Handtücher haben?* Das war nach dem Gefängnis, in dem es bestenfalls einen dreckigen Lumpen gegeben hatte, unwirklich. Irrsinnig. Er zählte unwillkürlich durch. Das waren dreiundneunzig Handtücher in verschiedenen Größen. Wer brauchte so viele Handtücher? Kriss wählte zwei aus und ging zurück in den roten Salon.

Pina Thanner stand immer noch im Raum, und Felicitas versuchte, sich mit ihr zu unterhalten.

»Ich mochte Budapest immer sehr, ich hatte dort einen meiner schönsten Konzertabende. Eine wunderbare Stadt, früher zumindest ...« Sie lächelte die Mitbewohnerin von Kriss an, die den Kopf schief legte und die Lippen zusammenpresste.

»Früher ... das mag stimmen. Ich war ein Kind, die Welt war schön und voller guter Menschen.«

In die Stille nach diesem Sarkasmus atmenden Satz, den er noch gehört hatte, kam Kriss zurück und reichte Pina Thanner die Handtücher.

»Vielen Dank«, sagte sie und nahm die Handtücher.

»Wenn Sie noch irgendetwas brauchen ...« Kriss breitete die Arme in einer Geste des Gebens aus.

Pina Thanner nickte, wandte sich zum Gehen.

»Gute Nacht!«, rief Felicitas ihr hinterher.

»Gute Nacht«, erwiderte Pina Thanner und drehte sich plötzlich noch einmal um. Sie sah Felicitas an und deutete auf Kriss.

»Wenn es nicht Menschen wie ihn gäbe, wüsste ich nicht, warum ich noch probieren sollte, weiterzumachen.«

Pina Thanner schaute Kriss ins Gesicht, und ein kleines Lächeln glomm in ihren bernsteinfarbenen Augen zu ihm herüber, sodass er schon beschämt zu Boden schauen wollte, was er aber gerade noch verhindern konnte. Dann ging sie hinaus und schloss die Tür nahezu geräuschlos hinter sich.

»Was ist mit ihr los?«, fragte Felicitas leise, nachdem eine Minute des Schweigens vergangen war.

»Sie war in Ravensbrück«, sagte Kriss.

Wieder verstummten sie. Eine bedrückte und sehr nachdenkliche Stille.

»Wie soll das alles nur weitergehen?«, fragte Felicitas.

»Wir müssen für das Gute kämpfen«, sagte Kriss.

»Aha«, machte Felicitas trocken, »wie genau?«

»Demokratie«, antwortete Kriss unvermittelt. »Wir müssen lernen, wie Demokratie geht.«

»Wie lernt man Demokratie?«, fragte Felicitas ratlos.

»Darüber denke ich jeden Tag nach. Ich glaube, alles fängt mit einer ehrlichen Bestandsaufnahme an. Wer ist wie verstrickt gewesen … Stellen sich die Menschen ihrer Vergangenheit?«

»Es dürfte nur wenige geben, die nicht verstrickt sind oder dagegen waren. Und zwar nicht erst seit Stalingrad.«

»Ich schätze, wenn man alle Kinder und die Gegner zusammenrechnet und sie von der Gesamtbevölkerung abzieht, kommt man auf circa siebzig bis achtzig Prozent, die zumindest mit den Nationalsozialisten sympathisiert haben.«

»Eine Menge Arbeit für dich!«, lachte Felicitas.

»Das schafft niemand allein«, sagte Kriss ernst und abwesend, als wäre er wirklich für alles verantwortlich.

3

Ich will verstehen.

Hannah Arendt

27

Sophies erster Arbeitstag begann anders als erwartet. Um neun Uhr kam sie im Schloss an, etwas außer Atem, weil Magda sie mit ihren Fragen aufgehalten hatte und Klette spielte. Nichts konnte die Fragenlawine stoppen. Magda hatte Sophie sogar den Weg bis zum Schloss begleitet und sie weiter bombardiert. Wie ging es Max? Wo war er? War er gesund? Was waren seine Pläne? Wann würde sie wieder hingehen?

»Wo genau ist die Hütte?«

»Sag' ich nicht! Weißt eh nicht, wo das ist …«

»Das finde ich schon raus.«

»Nein, hör auf!«

»Ich will mitkommen!«

»Nein!«, schrie Sophie und beschleunigte ihre Schritte, bis sie rannte.

Aber Magda gab nicht auf und rannte neben ihr her.

»Du nimmst mich mit … das nächste Mal, versprich mir das!«

»Kann ich nicht!«

»Doch, ich werde niemandem was verraten!«

Sophie blieb stehen, drehte sich zu Magda und packte sie an den Schultern.

»Hör auf, Magda! Ich muss mich konzentrieren. Heute ist mein erster Tag, bitte!«

»Gut. Heute Abend! Dann erzählst du mir alles.« Magda sah Sophie eindringlich an.

Sophie sagte nichts.

»Du weißt, dass ich Max liebe!«, sagte Magda dringlich.

»Schmarrn!«, schnappte Sophie.

Kurz darauf standen sie auf dem Schlossplatz. Sophie spürte, dass Magda es ernst meinte und sie nicht gehen lassen würde, wenn sie ihr nicht verspräche, am Abend zu reden. Also tat sie es.

Magda grinste. »Gut, heute Abend. Ich werde auch niemandem verraten, dass du nicht wusstest, was ›Zwilling‹ auf Englisch heißt!«

Sophie verdrehte die Augen.

»Viel Glück!«, rief ihr Magda im Weggehen zu.

Sophie ging zum Tor des Schlosses. Ein GI suchte ihren Namen auf der Liste und ließ sie hinein. Drinnen nahm ein weiterer GI Sophie in Empfang und geleitete sie in den ersten Stock. Dabei gingen sie, wie bei Sophies erstem Besuch, durch den alten klösterlichen Teil mit dem Kreuzgang und die riesige Eingangshalle in den etwas jüngeren Gebäudeteil des Schlosses, die Steintreppe hoch und um einige Ecken. Schließlich gelangten sie in einen breiten, langen Flur, dessen weiß gekalkte Wände mit unendlich vielen Geweihen geschmückt waren. Dazwischen hingen Landschaftsgemälde. Mindestens sechs Türen gingen nach rechts ab, und links, zum Hof hin, waren Fenster mit bleigefassten Butzenscheiben und sakralen Miniaturglasmalereien. Der Fußboden war mit ziegelroten sechseckigen Fliesen belegt. Einfache Holzbänke zum Warten standen an der Wand. Er wies sie an, sich zu setzen.

»Please wait, someone will come soon.«

Es herrschte Betriebsamkeit. Mehrere Personen durchquerten den Flur: Soldaten, eine Sekretärin, Zivilisten … Und plötzlich – ihr Herz wäre fast in die Knie gerutscht, unwillkürlich hielt sie die Luft an – auch der schwarze GI, der bei ihnen einquartiert war und die Pistole in den Kartoffeln gefunden hatte. Er begleitete einen offenbar gefangen genommenen, ungefähr fünfundvierzig Jahre alten Mann in Zivilkleidung, den sie noch nie gesehen hatte. Die beiden verschwanden hinter einer der Türen. Sophie atmete wieder aus. Sam Cork schien sie nicht entdeckt zu haben.

Dann kam Frank Rosenzweig, der Offizier, der sie eingestellt hatte, in Begleitung einer großen, stämmigen Frau, die wie er eine

Uniform der US-Armee trug. Sophie stand auf. Er begrüßte Sophie – wie sie fand, erschreckend knapp – und stellte ihr Sergeant Brenda McMillan vor. Brenda, vierzig, aus Wisconsin, hatte straßenköterfarbene, in glänzende Wellen gelegtes, dickes, kinnlanges Haar, blaue Augen, einen kräftigen weißen Hals und ebensolche Hände. Wäre sie als Hammerwerfermeisterin aus dem Mittleren Westen vorgestellt worden, hätte Sophie es sofort geglaubt. Brenda bewegte sich kraftvoll und sportlich, und es war sicher nicht gesund, sich ihr in den Weg zu stellen.

»Sie werden heute von Sergeant McMillan eingeführt und nehmen an einer Vernehmung teil. Bitte folgen Sie ihren Anweisungen! Wir sehen uns gleich.« Frank drehte sich um, ging den Flur hinunter und verschwand in der Tür neben derjenigen, hinter der der schwarze GI und der deutsche Delinquent verschwunden waren.

Sophie schaute Brenda verlegen an und machte instinktiv einen kleinen Knicks. Sie wusste nicht, ob sie ihr die Hand geben sollte, und stoppelte ihr Englisch zusammen.

»My … my name is Sophie Gruber … and … I'm pleased to meet you.«

Brenda grinste, streckte die Hand aus und drückte Sophies Hand fest.

»Meine Mum ist aus Leipzig. Ich bin zuständig für die Protokolle, Übersetzungen und den Zustand aller Dokumente. Sie müssen gegebenenfalls für spätere Gerichtsverfahren verwendbar sein. Wir können Deutsch sprechen, im Moment.«

»Oh ja, natürlich.«

»Sie können stenografieren?«

»Ja, kann ich.«

»Welches System?«

»Wir haben Stolze-Schrey in der Schule gehabt.«

»Schreibmaschine?«

»Habe ich mir selbst beigebracht.«

»Aber schon mit zehn Fingern?«

»Ja.«

»Was für einen Schulabschluss haben Sie?«

»Realschule. Das Gymnasium hat zugemacht.«

»Aber Sie wollten Abitur machen?«

»Hätte ich gern, aber …«

»What about your English? Frank said you're a Shakespearean?«

»I beg your pardon?«, erwiderte Sophie erschrocken und leicht affektiert.

Brenda lachte. »I see!«

Sophie wurde rot.

Brenda wandte sich zum Gehen und bedeutete Sophie, ihr zu folgen. »Beobachten Sie, was ich tue. Ich werde Sie möglicherweise nach einer halben Stunde bitten, zu übernehmen. Sie schauen bis dahin aufmerksam zu. Okay?«

Sie sah Sophie scharf an.

»Ja, in Ordnung. Was ist das für eine Vernehmung?«

»Ein Kriegsverbrecher, der hier eine erste Aussage macht. Ach so, ich habe hier noch ein Papier, das Sie unterzeichnen müssen – Sie verpflichten sich zur Verschwiegenheit in allen Angelegenheiten, die Sie hier erfahren, es sei denn, Sie werden explizit davon entbunden.«

Sie hielt Sophie ein Klemmbrett mit Papier samt Stift hin.

Sophie unterschrieb. Brenda öffnete die Tür, und sie betraten den Raum, in den Frank Rosenzweig eben hineingegangen war.

Es war ein nüchterner Raum, zwei Fenster sowie mehrere einfache Tische und Stühle. Frank hatte ein paar Papiere und Aktendeckel vor sich, ein GI hatte als Wachpersonal neben der Tür Position bezogen. Er grüßte Brenda militärisch.

»Da wären wir!«, sagte Brenda forsch-fröhlich. Sie wies Sophie an, sich neben sie zu setzen, wo bereits Papier, Stift, Spitzer, Radiergummi bereitlagen, und in diesem Moment fiel Sophie mit Schrecken ein, dass sie Goldsteins *Erika* zu Hause vergessen hatte.

»Macht nichts«, erwiderte Brenda. »Morgen reicht. Heute haben wir genug freie Maschinen. Hören Sie zu, und denken Sie daran, dass Sie hinterher alles abtippen müssen – also Ihre eigene Sauklaue lesen können müssen … ›Sauklaue‹ … Nice word!«

»Ready?«, fragte Frank Rosenzweig, und Brenda nickte.

Der GI öffnete die Tür und bat die Beteiligten des Verhörs hinein: den Deutschen in Zivilkleidung, den Sophie auf dem Flur gesehen hatte, sowie zwei US-Bewacher, einer davon der schwarze GI aus dem Gruber-Haus. Sam Cork. Alle drei nahmen gegenüber Platz. Sophie mied Sam Corks Blick.

Als sie gerade anfangen wollten, öffnete sich die Tür ein weiteres Mal, und ein amerikanischer Offizier kam herein. Er nahm auf Frank Rosenzweigs Seite Platz, hielt sich aber im Hintergrund. Seine Abzeichen wiesen ihn als Airman, einen Angehörigen des Fliegerbataillons aus. Er war in Begleitung einer Frau, die Sophie sofort wiedererkannte: die Giraffenfrau mit den Bernsteinaugen und dem wohlklingenden Englisch, der sie bei ihrem ersten Besuch im Warteraum begegnet war. Die Giraffe nahm neben dem Airman Platz, sie sprachen leise auf Englisch miteinander. Der Deutsche hob in einer scheinbar demütigen Geste die Hand.

»Please, Sir!«, sagte er. »I'm sorry, but I don't speak English.«

»Kein Problem«, erwiderte Frank, »wir führen diese Vernehmung auf Deutsch. Alle, die Ihre Aussage verstehen müssen, sind Ihrer Sprache mächtig. Ich bin Captain Rosenzweig.«

»Gut«, sagte der Deutsche. »Danke.«

»Ihr Name ist August Kobus?« eröffnete Frank die Befragung.

»Jawohl, Sir«, bestätigte der Deutsche formvollendet zackig.

»Wann und wo geboren?«

»Am 24.10.1900 in Neudorf, Pommern, Sir.«

»Familienstand?«

»Verheiratet. Ein Kind.«

»Waren Sie Kriegsteilnehmer?«

»1916–1918. Dabei wurde ich Invalide, Sir.« Zum Beweis hob er seinen rechten Arm, dem die Hand fehlte. »Nach dem Krieg musste ich erst einmal mit links schreiben lernen.«

»Seit wann waren Sie Mitglied der NSDAP?«

»Dezember 1931, Sir.«

»Was war Ihre berufliche Beschäftigung?«

»Ich war in verschiedenen Stellungen als Hausmeister und Verwalter tätig, bis ich 1937 in Freilassing in der Propagandaabteilung der Partei anfing.«

»Wann wurden Sie Bürgermeister?«

»Ab 1940 war ich Bürgermeister und Ortsgruppenleiter in Freilassing.«

Sophie hörte aufmerksam zu, zugleich wich sie dem Blick des GI Cork aus und registrierte, dass die Giraffenfrau dem US-Airman tuschelnd ins Ohr übersetzte, was gesagt wurde. Vor allem aber schaute sie genau hin, was und wie Brenda notierte. Sie stenografierte präzise, Sophie erkannte die Zeichen. Brenda setzte die Fragen ab und schrieb doch ziemlich klein, um nicht zu viel Papier zu verbrauchen. Ab und an machte sie Querstriche, sie wirkte lässig und keinesfalls so, als käme sie nicht hinterher. Sophie konnte nicht alles entziffern, aber doch erkennen, dass Brenda eine Meisterin ihres Faches war, was sie etwas in Sorge versetzte – Sophie war von solcher Virtuosität weit entfernt.

Brenda bemerkte Sophies zweifelnden Blick und grinste sie an.

»Don't worry!«, flüsterte sie. »You'll get there if you want to!«

»Kommen wir zu den Ereignissen vom 16. April dieses Jahres«, sagte Frank, holte ein großes Foto zwischen seinen vor ihm liegenden Unterlagen hervor, wendete es sorgfältig um und sah August Kobus direkt an. Auf dem Bild stand ein junger amerikanischer Pilot in Fliegermontur neben seiner Maschine. Er hatte ein jugendliches Gesicht, dunkle, etwas zu lange Haare spitzten unter der Kappe hervor, dazu trug er ein breites Lächeln für die Kamera auf den Lippen.

»Das ist Captain Chester E. Coggeshall. Am frühen Nachmittag des 16. April wurde der US-Airforce-Pilot Captain Chester E. Coggeshall, Mitglied der 343 Fighter Group, im Landkreis Berchtesgaden von der deutschen Flugabwehr abgeschossen. Seine Maschine zerschellte auf einem Feld in der Nähe von Reichenhall. Er selbst überlebte den Absturz verletzt. Er wurde von französischen Zwangsarbeitern und einem Bauern gefunden. Die Wehrmacht wurde alarmiert, und ein gepanzerter Wagen holte den Verwundeten ab, um ihn in die nächste Sanitätsstelle zu bringen. Jetzt kommen Sie ins Spiel, Herr Kobus …«

Die Formulierung ließ Kobus Haltung annehmen. Sophie fiel auf, dass sich das Licht genau an der Stelle seiner Stirn spiegelte, an der der rasiermesserscharf durch die blonden, in klassischem Undercut frisierten Haare gezogene Seitenscheitel endete. Seine Gesichtszüge waren wie eine etwas zu grobe Zeichnung geraten, und Sophie dachte, dass er dumm aussah. Seine wässrig hellen Augen schweiften nervös durch den Raum, als könnten sie etwas verpassen.

»Laut verschiedener Zeugenaussagen haben Sie, Herr Kobus, persönlich verhindert, dass die Wehrmachtssoldaten den verletzten amerikanischen Flieger zur provisorischen Ambulanz in der Grundschule Freilassing bringen konnten. Die genaue Zeugenaussage lautet: ›Ortsgruppenleiter Kobus hat sich in die Tür gestellt und mit ausgebreiteten Armen gesagt: Der Flieger kommt hier nicht rein! Die Soldaten mit der Trage sind dann zurück zum gepanzerten Wagen. Zwei Offiziere haben mit dem Ortsgruppenleiter diskutiert. Die Offiziere sind dann gemeinsam in den Wagen gestiegen, der mit dem Verwundeten weggefahren ist.‹ Sie sind dem gepanzerten Spähwagen mit dem Fahrrad gefolgt, Herr Kobus. Stimmt das so weit?«

»Ja, aber ich möchte dazu …«, begann Kobus.

»Sie bekommen noch Gelegenheit, sich zu äußern«, unterbrach ihn Frank. »Die beiden Offiziere, Leutnant Böhm und Leutnant von Massow, haben ausgesagt, dass sie den verletzten Flieger in einem Waldstück ausluden und Sie ihn anschließend persönlich durch zwei Schüsse in den Kopf getötet haben.«

Alle sahen den ehemaligen Bürgermeister von Freilassing an. August Kobus sah auf seinen Armstumpf, den er in die linke, verbliebene Hand gebettet hatte.

Es herrschte Stille, während sie auf seine Reaktion warteten. Alle hatten gewusst, was August Kobus vorgeworfen wurde, nur Sophie traf die Geschichte eines verletzten, wehrlosen Mannes, dem Hilfe verweigert und der schließlich durch Kopfschüsse hingerichtet worden war, unvorbereitet. Der junge Amerikaner auf dem Foto wirkte sympathisch, modern, lebendig. Er hatte gut ausgesehen, wie jemand mit Chancen im Leben. Bei den Menschen, in der Liebe, im Beruf, überall. *Bestimmt tanzt er gut*, dachte Sophie. *Hat getanzt*, korrigierte sie. Gern hätte man mit Chester E. Coggeshall ein Bier getrunken. Er war das genaue Gegenteil von Kobus. *Gewesen*, korrigierte sie sich wieder. August Kobus schwieg noch immer.

»Stimmt es, dass Sie den Piloten durch zwei Kopfschüsse getötet haben?«

Kobus holte tief Luft.

»Ja, das stimmt. Aber es war ein Notfall, Sir.«

»Inwiefern war es ein Notfall? Hat er sich zur Wehr gesetzt?«

»Nein … Ich habe den Befehlen gehorcht. Kreisleiter Stredele hatte den Befehl gegeben, keine Gefangenen mehr zu machen. Insbesondere bei den Tieffliegern, die uns in Freilassing und Reichenhall terrorisiert haben. Ich habe nur auf seinen Befehl gehandelt.«

Sophie fiel Frank Rosenzweigs Blick auf. Er sah Kobus an, als habe er soeben eine merkwürdige, abstoßende Spezies Asseln entdeckt. *Noch jemand mit einem Insektenforscherblick*, dachte Sophie.

»Kreisleiter Stredele war Ihr Vorgesetzter?«

»Der Kreisleiter steht über den Ortsgruppenleitern. Kreisleiter Stredele hat bei einem Treffen im März diesen Befehl an alle Ortsgruppenleiter weitergegeben.«

»Welchen Befehl genau?«

»Dass man feindliche Soldaten, insbesondere die feindlichen Tiefflieger, nicht schonen dürfe. Sie seien Kriminelle und keine feindlichen Soldaten. Die Bevölkerung würde das nicht verstehen, nach all diesen Terrorangriffen.«

»Was nicht verstehen?«

»Dass man einen gesund pflegt, der ihre Stadt zerbombt hat.«

Frank sah Kobus in die Augen. Kobus schaute weg.

»Ihnen und der Bevölkerung war aber schon bewusst, dass diese Bombardierungen die Folge eines von Deutschland angezettelten Angriffskrieges waren?«, entgegnete Frank mit nur sanft durchscheinendem Sarkasmus in der Stimme. »Eines Krieges, der im April definitiv schon verloren war.«

»Die Bevölkerung hat sehr unter den Bombardierungen gelitten, und die Stimmung war schlecht«, antwortete Kobus ausweichend.

»Das war nicht meine Frage«, sagte Frank und sah ihn auffordernd an.

Kobus wand sich unter der Frage. Leise fügte er hinzu:

»Der Flieger war schwer verletzt. Er wäre ohnehin gestorben …«

»Sie meinen, es war eine Art Gnadenschuss?«, hakte Frank nach.

»Also, ja, wenn man so sagen kann …«, erwiderte Kobus.

Frank blätterte in der Akte. Er fand, was er gesucht hatte.

»Laut verschiedenen Zeugen war der Zustand des Piloten nicht lebensbedrohlich. Er war sogar bei Bewusstsein. Zeuge Suldinger sagte aus: ›Der Wagen mit dem Piloten und den beiden Offizieren fuhr los. Die Trage ragte hinten heraus, die Türen waren offen. Ich konnte noch sehen, dass der verletzte Pilot bei Bewusstsein war, er hat sich selbst mit der rechten Hand das Kissen unter den Nacken gerückt.‹«

»Da hat er sich getäuscht, Sir«, behauptete Kobus glatt.

»Gnadenschüsse gibt es nur für Pferde. Die Anordnung des Kreisleiters war illegal.«

»Aber es war Stredeles Befehl. Er hat ihn telefonisch direkt mir gegenüber wiederholt. Da ist ein abgestürzter Ami-Flieger – erledige ihn. Und er hat mir gedroht, falls ich es nicht tue.«

»Er hat Sie angerufen und gesagt, dass Sie den Flieger umbringen sollen?«, hakte Frank wieder nach.

»Ja, sonst würde er mich erschießen.«

»Wann war das?«

»Gegen fünfzehn Uhr, im Büro.«

»Die Tötung eines Kriegsgefangenen ist ein Kriegsverbrechen. Als ehemaligem Soldaten sollte Ihnen das bewusst sein.«

»Ich habe nur auf Befehl gehandelt, Sir«, beteuerte Kobus.

»Deutschland hat die Genfer Konvention unterschrieben. Der entsprechende Passus in der Weimarer Verfassung ist auch von den Nationalsozialisten nie geändert worden. Und die haben ja sonst ganz schön an den Gesetzen herumgepfuscht.«

Diese juristische Ausführung überforderte Kobus.

»Ich hatte Angst vor dem Kreisleiter, Sir.«

»Was war mit den beiden Offizieren?«

»Sie haben den Wagen gefahren.«

»Warum haben Sie geschossen und nicht die beiden Soldaten? Sie haben nur eine Hand, müssen mit links schießen und sind ein Zivilist. Warum haben Sie das selbst erledigt?«

August Kobus sah wieder auf seinen Armstumpf. Sophie bemerkte, dass sich jetzt am Ende des Scheitels eine Traube von Schweißperlen auf seiner wächsernen Stirn gesammelt hatte.

»Die beiden Offiziere haben sich geweigert. Aber sie haben den Piloten in das Waldstück transportiert, obwohl sie wussten, dass ich ihn dann selbst erschießen würde.«

»Sie haben Leutnant Böhm und Leutnant von Massow gesagt, was Sie vorhaben?«

»Jawohl, Sir. Sie kannten ebenfalls den Befehl des Kreisleiters.«

»Ihnen ist bewusst, dass wir alle Beteiligten verhaftet haben und zu Ihrer Version der Ereignisse befragen werden, Herr Kobus?«

»Ja, Sir«, sagte Kobus matt und wischte sich mit dem rechten Ärmel die Schweißtropfen von der Stirn. »Was passiert jetzt mit mir, Sir?«

»Sie warten im Gefängnis auf Ihren Prozess«, antwortete Frank Rosenzweig und klappte die Akte mit den Unterlagen zu.

»Ich habe nur den Befehl des Kreisleiters befolgt!«, wiederholte Kobus mit einem quengeligen Unterton.

»Sie haben ein eigenes Gehirn und ein Gewissen, um selbst zu entscheiden, welche Befehle Sie ausführen«, sagte Frank so kühl, dass Sophie die Schultern hochzog, als säße sie an Kobus' Stelle. »Insbesondere kurz bevor man einen Krieg verliert, ist es sinnvoll, seine Mordtaten genau abzuwägen.« Er gab den GIs ein Zeichen, und sie standen auf, um Kobus in ihre Mitte zu nehmen und nach draußen zu begleiten.

In diesem Moment ergriff der Airman, der bis jetzt stumm geblieben war, das Wort.

»Herr Kobus – I'm Lieutenant Pete Dwight. Chester was my friend and comrade in the 343 Air Group. I identified his corpse.«

Kobus war kurz verwirrt und wollte den Mund öffnen, als die Giraffenfrau die Worte des Airman übersetzte.

»Das ist Lieutenant Dwight. Er war Chester Coggeshalls Freund und Kamerad in der 343. Air Group. Er hat seine Leiche identifiziert.«

»I just wanted you to know, Herr Kobus«, sagte der Airman, »that I'll do everything I can to see you dead one day soon.«

Einen Moment lang sahen ihn alle, inklusive seiner Übersetzerin, erschrocken an. Stille. Kobus rutschte nervös auf seinem Sitz herum. Intuitiv und mit den paar Brocken Englisch, über die er passiv verfügte, hatte er verstanden, was gesagt wurde.

»Was sagt er?«, fragte er in die Runde.

Alle schauten auf Frank. Sein Blick blieb an Sophie hängen.

»Übersetzen Sie für Herrn Kobus, Fräulein Gruber.«

Sophie sah jetzt alle Blicke auf sich gerichtet. Brenda, der Airman, die Giraffe, Frank, Sam Cork und August Kobus, der einen geradezu flehenden Ausdruck im Gesicht hatte. Sophie schluckte.

»Leutnant Dwight möchte, dass Sie eines wissen, Herr Kobus: Er wird alles dafür tun, Sie eines Tages, bald, tot zu sehen.«

Sophies Mund war trocken. Niemand sagte etwas.

An Kobus' Stirn schwoll eine Ader an, und es platzte aus ihm heraus.

»Er hätte mich umgebracht, wenn ich nicht gehorcht hätte!«, rief er jetzt in einem letzten Versuch, sie alle für sich zu gewinnen. »Was sind denn das für Drohungen?! Sind die vielleicht gerecht?!«

Er war plötzlich aufgestanden. Die beiden GIs traten an ihn heran, bereit, ihn zu packen.

»Das Gericht wird über Ihre Schuld oder Unschuld entscheiden, nicht ich«, sagte Frank Rosenzweig. »Fünfzehn Minuten Pause.«

»Ich bin unschuldig!«, schrie Kobus jetzt.

Die beiden Soldaten brachten ihn nach draußen.

Sophie war sprachlos. Über den Auftrag, den Rosenzweig ihr kühl erteilt hatte, ebenso wie über den gesamten Fall. Sie kannte die Gesetze nicht. Weder die deutschen noch die amerikanischen, noch die international gültigen Abmachungen für den Umgang mit Kriegsgefangenen. Befehl hin oder her – dieser August Kobus, Bürgermeister von Freilassing, überzeugter Nazi, hatte einen hilflosen Verletzten umgebracht, und das konnte nur falsch sein. Warum machte man so etwas? Es hatte Leute gegeben, die den Piloten medizinisch versorgen wollten. Da hätte er auch einfach wegschauen können. Oder nicht? Ein Problem war auch, dass ihm niemand entgegengetreten war. Die Soldaten hatten, obwohl ihnen klar gewesen war, was Kobus beabsichtigte, den Piloten in das Waldstück gefahren. Zwei Offiziere hatten sich von einem einarmigen Ortsgruppenleiter wie Kobus Befehle erteilen lassen. Warum? Der gesamte Bericht erzeugte in Sophie ein verzweifeltes Unverständnis. Und dann die Reaktion des Airman und Freundes.

Tod erzeugte Tod. Das war furchtbar und auch keinesfalls richtig – aber vielleicht war genau das Krieg? Zum Glück hatte Brenda nicht von ihr verlangt, für sie weiter zu protokollieren, denn Sophie wäre nicht in der Lage gewesen, einfach nur die Worte aufzuschreiben, ohne ihren Inhalt wahrzunehmen. Brenda hatte das wohl geahnt und grinste Sophie von der Seite an. Sie waren jetzt allein im Raum.

»Did you like it?«, fragte sie mit einem boshaften kleinen Lächeln in den Augenwinkeln.

Sophie wusste nicht, was sie sagen sollte, suchte nach Worten.

»Der war nichts Besonderes, honey«, sagte Brenda.

»Was meinen Sie damit?«

»Der Refrain hier lautet immer: Ich habe auf Befehl gehandelt. Ich habe nichts gewusst. Mein Name ist Hase, und ich habe nichts gegen Juden.« Brenda legte ihre weiße Pranke, an deren Ringfinger ein dicker Siegelring steckte, beruhigend auf Sophies Arm.

»So, jetzt gehen wir rüber und tippen den Sermon ab. Beziehungsweise Sie tippen, ich diktiere. Das müssen alle noch unterschreiben.«

Sie gingen in den Raum nebenan, ein Schreibzimmer mit zwei Tischen, auf denen jeweils eine Maschine stand. An einem der Tische arbeitete offenbar jemand, der aber gerade eine Pause machte.

Sophie strebte auf eine der Schreibmaschinen zu.

»Moment!«, sagte Brenda, und Sophie drehte sich zu ihr um.

»Wir entspannen uns vorher ein bisschen, dann läuft's gleich besser. Also: Arme hoch, gerade hinstellen und tief ein- und ausatmen.« Brenda stellte sich in Positur und führte die Übungen vor.

Sophie tat es ihr nach und fühlte sich ein bisschen lächerlich.

»Sehr gut! Now shaky shake it, Baby!«, rief Brenda grinsend und fing an, alle Gliedmaßen wie eine verrückt gewordene Marionette tanzen zu lassen. Dabei lachte sie und ließ die Lippen plustern und prusten wie ein Pferd. Sie hatte ein lautes, sympathisches Lachen, das ihre Respekt einflößende Erscheinung verschönte wie tief stehendes Sonnenlicht von Westen ein gewöhnliches, unscheinbares Haus.

Sophie musste ebenfalls lachen und war erstaunt, wie beweglich Brenda war. Sie überwand sich und versuchte es auch.

»Na los! Mehr geht nicht?! Komm schon!«

Sophie bemühte sich, Brendas Lachen und Schütteln war anregend.

Außer Atem blieben sie schließlich stehen.

»Noch einmal einatmen, Arme hoch – und ausatmen, Arme runter!« Brenda grinste Sophie zum Abschluss noch einmal an, dann wurde sie wie auf Knopfdruck sachlich. »Okay, here we go!« Sie deutete auf eine der Schreibmaschinen.

Sophie nahm Platz und spannte ein Blatt Papier ein.

»Eineinhalbzeilig und einen halben Zoll Rand rechts und links.«

Sophie stellte die Tabulatoren und Stopper ein.

»Bereit«, sagte sie und sah Brenda an.

»Vernehmung des ehemaligen Ortsgruppenleiters und Bürgermeisters von Freilassing, August Kobus, durch Captain Frank Rosenzweig in Berchtesgaden …«

Sophie tippte, und Brenda diktierte den Text, gerade so, dass Sophie mitkam. Brenda war nachsichtig, aber herausfordernd, und Sophie kam immer besser in Schwung. *Klackerdiklack-klackerdiklack-klack-ratsch-bing!* – der Text floss aus der Maschine und wurde ein abstraktes Buchstabenbild, Brendas Stimme verband sich mit Sophies Tippen, und sie fanden rhythmisch in die gemeinsame Aufgabe hinein, den unerfreulichen Bericht des August Kobus für die Nachwelt festzuhalten. Die merkwürdigen Schüttelübungen hatten Sophie tatsächlich entspannt.

Sie hatten gerade knapp zehn Minuten hinter sich, als sich die Tür öffnete und die Person zurückkehrte, die an der zweiten Maschine gearbeitet hatte – die Giraffenfrau.

Brenda stellte die beiden mit einer verbindenden Geste einander vor.

»Hallo Pina, das ist Sophie Gruber, die neue Mitarbeiterin. Und das ist Pina Thanner, unsere Chefsekretärin.«

Die beiden nickten einander zu.

»Guten Tag«, sagte Pina.

»Guten Tag«, antwortete Sophie förmlich.

Pina setzte sich an ihre Maschine, spannte ein Blatt ein und fing an zu tippen. *Klackerdiklack …*

»Okay, das war's mit dem Diktat«, sagte Brenda zu Sophie. »Hier sind meine Aufzeichnungen. Jetzt müssen Sie mit meiner Sauklaue klarkommen!«

Sophie sah auf die Notizen. Zum Glück war sie dabei gewesen, als das Verhör geführt worden war.

»Schaffen Sie das?«

Sophie nickte. Ihr blieb auch nichts anderes übrig, denn in diesem Moment öffnete Frank Rosenzweig die Tür und sah Brenda an.

»Brenda, können wir weitermachen?«

»Yes, Sir!«, sagte sie, grinste und ging mit ihm rüber in das Vernehmungszimmer.

Sophie registrierte, dass Pina Franks kurzes Begrüßungsnicken mit einem honigsüßen Lächeln erwidert hatte. Beide Schreibmaschinen klapperten nacheinander los, und ein Außenstehender hätte das Gefühl haben können, dass beide Frauen versuchten, einander in Lautstärke und Schnelligkeit zu übertrumpfen.

28

Sam begleitete den Deutschen zurück in den Hof, wo er von den Wachen übernommen werden würde, die ihn auch aus dem »Prisoner of War«-Lager hergebracht hatten. Auf dem Weg dorthin schnorrte der Deutsche ihn um eine Zigarette an. Sam war großzügig und gab ihm zwei. Der Deutsche versuchte, mit ihm in Kontakt zu treten, aber Sam zuckte entschuldigend die Achseln. Er verstand mittlerweile schon etwas Deutsch, aber seine Lust, mit August Kobus zu kommunizieren, hielt sich in Grenzen. Er wusste, was Kobus gestanden hatte, und ohne dessen Einlassungen im Detail folgen zu können, hatte er in Kobus' selbstgerechtem, groben Gesicht gelesen, Ausdruck, Körperhaltung und Tonfall gedeutet. Sein Instinkt sagte ihm, dass dieser Mann ein Arschloch war und dass er wahrscheinlich unter allen Umständen immer und überall eines gewesen wäre. Und das Dritte Reich, wie jede totalitäre Herrschaft, hatte den kleinen Geistern wie ihm unzählige Gelegenheiten geboten, herrische und tödliche Impulse auszuleben, die sie sonst – bestenfalls – an ihrer Frau, Kindern, Haustieren hätten abreagieren können.

Das andere Gesicht, an dem er die Abscheulichkeit von Kobus' Tat hatte ablesen können, war das Gesicht von Sophie Gruber. Sam war überrascht gewesen, als er sie an diesem Morgen zuerst im Flur des MG und dann an Brendas Seite im Vernehmungsraum gesehen hatte. Sie hatte es also geschafft! Auch ohne Konversationsübungen und dem drolligen Theaterenglisch zum Trotz. Das freute ihn. Sam hatte sofort bemerkt, dass sie seinen Blick vermied. Sie hatte Angst vor ihm. Angst, dass er die Pistole zwischen den Kartoffeln verraten könnte. Sam war sich bis dahin nicht schlüssig gewesen, ob er sie noch melden sollte oder nicht. Sie besaß zwar jetzt keine Pistole mehr, aber sie führte definitiv etwas im Schilde. Konnte man ihr trauen? Konnte man dieser jungen Deutschen trauen, die in Berchtesgaden aufgewachsen war, mitten im braunen Paradies von Onkel Adolf, seinem Gefolge und Speichelleckern? Sam wusste es nicht.

Es gefiel ihm, das »Froilein«, und deshalb war er besonders kritisch. Während der Vernehmung hatte Sophies Gesicht höchste Aufmerksamkeit ausgedrückt. Hatte sie zu Beginn noch nervös hauptsächlich seinen Blick gemieden, war sie dann in vollkommener Konzentration in die Befragung eingetaucht, die sich vor ihr entsponnen hatte. Sam hatte sehen können, wie sie zuhörte, wie sie die Informationen aufnahm, verarbeitete und im Gehirn hinter ihrer geraden Schädelfront die Ungeheuerlichkeit der Handlung samt der vielleicht noch schlimmeren Begründung erkannte. Sophies Gesicht zeigte ihre Empfindungen unverstellt und deutlich. *Sie wäre weder eine gute Pokerspielerin, noch könnte man sie als Spionin einsetzen*, dachte Sam.

Dabei waren viele Frauen gute Schauspielerinnen, zumindest reichte es oft für die Männer, denen sie etwas vorspielten. Angela fiel ihm ein und ihre überzeugenden Geschichten von Wettbewerbseinreichungen und den dazugehörigen Professoren, alles hatte ihm sehr plausibel geklungen, wahrscheinlich, weil es zum großen Teil gestimmt hatte. Nur dass einer von den Professoren Matthew gewesen war, den sie jetzt geheiratet hatte. Diesen Bereich hatte sie ausgespart. War das Lüge? Sofort begrub Sam diesen unfrohen Gedanken wieder – das verdarb nur die Gegenwart. In der saß gerade eine kleine Deutsche da und war ehrlich erschüttert von dem, was sie nachher abtippen musste. Sam war klar, dass diese Unverstelltheit nur für diesen Moment und dieses Gespräch galt, von dem sie überrascht worden war. Aber es beglückte ihn, dass er sich nicht völlig in seiner ersten positiven Wahrnehmung getäuscht hatte. Während des Verhörs hatte er einen informativen Blick mit

Brenda getauscht, die notieren und zugleich die Situation im Auge behalten konnte. Auch sie hatte bemerkt, dass ihr Neuling gebannt war, protokollierte selbst weiter und sah von einem Wechsel ab. *Brendas pädagogische Ader*, dachte Sam. Das bedeutete, dass Brendas Prüfung schon mal grundsätzlich ebenfalls positiv ausfiel, denn sonst hätte sie gleich ein strenges Tempo vorgelegt und mit Sicherheit getauscht.

Unter den Angestellten der US-Army war es ein großes Thema, wie weit das Vertrauen gegenüber den Deutschen gehen durfte. Es gab die NS-Regimegegner, da war es klar. Es gab aber so viele, bei denen unklar war, wie weit eine – wie es idealistisch und leicht abgehoben genannt wurde – Erziehung zur Demokratie nach einer zwölfjährigen faschistischen Indoktrinierung funktionieren würde. Viele der Deutschen waren auf fast unheimliche Weise erfreut über die Präsenz der Amerikaner. Das hatte auch Sam, als schwarzer Soldat, erfahren. Es konnte aber genauso gut die große deutsche Überlebensmimikry sein.

Sophie Gruber war anscheinend eine lernfähige und lernwillige Person. Bei der Frage, wie er sich mit Sophie Grubers Pistole verhalten würde, war das auch ein Pluspunkt für sie. Hatte sie es verdient, dass er für sie eine Gesetzesübertretung begangen hatte? Könnte gut sein. Wenn sie gut von schlecht unterscheiden konnte, ja. Das wäre möglich. Die Wahrheit war die: Er hatte die Waffe schon längst als anonymen Fund in den Haufen aller von der Army konfiszierten Waffen eingespeist. Die Waffe war verschwunden, hatte ihm keine Probleme bereitet. Sie fürchtete sich aber wegen dem Kartoffelfund immer noch vor ihm. Er nahm sich vor, ihr bei Gelegenheit diese Furcht zu nehmen und ihr mitzuteilen, dass er ihre Waffe abgegeben hatte. Demnächst würden sie auch das Gruber'sche Haus freigeben, denn wenn die kämpfende Truppe abzog, wurden die Besatzungstruppen, zu denen Sam jetzt gehörte, in Kasernen und passende Wohnmöglichkeiten einquartiert und die normalen Häuser wieder an die Bevölkerung zurückgegeben werden. Die Villen, vor allem die von den NS-Größen konfiszierten, würden vorläufig in der Verwaltung der Amerikaner bleiben.

Sam war jetzt samt seinem eilig rauchenden Gefangenen im Hof angelangt und übergab ihn an die Kollegen, die dort schon auf ihn gewartet hatten. Aus dem Wagen, der Kobus in das »PW«-Gefängnis zurückbringen sollte, stieg der nächste Delinquent. Es war ein Mann Mitte dreißig, der noch eine Wehrmachtsuniform trug, allerdings ohne alle Abzeichen, bis auf ein Edelweiß, das in den Ärmel eingestickt war und ihn als Gebirgsjäger auswies. Er war groß, kräftig und strahlte trotz seiner misslichen Situation jene Arroganz aus, die auf eine lange Zeit als Befehlsgeber hinwies. August Kobus und er tauschten einen kurzen Blick, der deutlich erkennen ließ, dass sie sich kannten. Kobus sah zu Boden und stieg ein.

»This is Bernhard Stredele«, sagte einer der begleitenden GIs.

»Follow me«, sagte Sam zu den GIs und ihrem Gefangenen Bernhard Stredele, dem Mann, auf dessen Befehl Kobus seinen Mord verübt hatte.

Zu viert machten sie sich auf den Weg zu den Vernehmungsräumen. Sam liebte es, durch das Schloss zu gehen, insbesondere durch den Kreuzgang. So etwas gab es nicht in Amerika. Das war uralt. Und sehr fremd. Captain Frank Rosenzweig hatte ihm ein paar kunsthistorische Hinweise gegeben. Seitdem entdeckte er jedes Mal eine neue Kleinigkeit – wie unterschiedlich die Säulen gestaltet waren. Die Bezeichnung »Kapitell« für das obere Ende der Säule hatte er auch von dem freundlichen Captain. Die Kapitelle waren so unterschiedlich wie die Säulen, deren Kopf sie bildeten: Es gab flache, sandwellenartige Drehungen, runde, gedrechselte Stränge wie ein Zopf, geschuppte, eckige, dazu verschiedene Durchmesser und Dicken. Die Erschaffer dieser Säulen hatten zwar seinerzeit sicher mehr Arbeit als in einem heutigen industriellen Prozess gehabt, aber es hatte vermutlich deutlich mehr Vergnügen bereitet, jede Säule anders zu gestalten. Dann konnte man verzierte und beschriftete Bodenplatten entdecken, er hatte erst nach einer Weile verstanden, dass es Grabplatten waren, die da im Kreuzgang lagen. Eine zeigte einen Totenschädel, dazu eine Sanduhr und den zarten, von einer Kapuze umhüllten Kopf eines Kindes oder einer jungen Frau. Der Gang durch die Eingangshalle zum Schloss, vermutlich ebenfalls früher Teil des Klosters, war ähnlich beeindruckend. Gotische, gelb bemalte Gewölbe und Säulen aus rotem Marmor, schwarze und beige, im Schachbrettmuster verlegte Bodenfliesen, weiße Wände und jede Menge Figuren und üppige Gemälde. Im hinteren Teil des hohen Raumes führte eine fast zu schmal erscheinende Steintreppe in den eigentlichen Schlossbereich und die Zimmer, die das Military Government beschlagnahmt hatte.

Sie kamen schließlich im selben Raum an, in dem zuvor die Vernehmung von August Kobus stattgefunden hatte. Frank, Brenda und ein weiterer Offizier waren da. Ex-Kreisleiter Bernhard Stredele nahm, gerahmt von seinen Bewachern, Frank gegenüber den zugewiesenen Platz ein. Er war ruhig, wirkte deutlich souveräner als Kobus und konnte Frank in die Augen sehen.

»Ich bin Captain Rosenzweig. Dies ist eine erste Vernehmung für die War-Crimes Abteilung der US-Army. Es geht um die Ermordung des US-Airman Captain Chester E. Coggeshall am 16. April und Ihre Beteiligung daran.«

»Ich war nicht daran beteiligt«, erklärte der Ex-Kreisleiter.

»Das wird ein US-Militärgericht entscheiden. Nennen Sie mir Ihren Namen, Ihr Alter und Familienstand, Ihren Wohnort und Ihren Beruf«, sagte Frank sehr formal und kalt. *Natürlich ist er nicht beteiligt gewesen. Wenn es hart auf hart kommt, ist prinzipiell niemand dabei gewesen.*

»Bernhard Stredele, dreiunddreißig Jahre, verheiratet, drei Kinder. Ich bin Förster von Beruf. Wohnhaft in Berchtesgaden.«

»Wann sind Sie Mitglied der NSDAP geworden?«

»1930.«

»Auszeichnungen?«

»Als Reserveoffizier und Leutnant der 1. Gebirgsdivision im September 1942 das Deutsche Kreuz in Gold. Im Februar 43 das Goldene Parteiabzeichen.«

»Man könnte also sagen, Sie sind überzeugter Nationalsozialist?«, fragte Frank.

Einen Moment zögerte Stredele.

»Ich liebe mein Vaterland«, wich er aus.

Ein feiger Nazi-Wendehals, dachte Frank. Natürlich.

»Karl Theodor Jacob, der Landrat von Berchtesgaden, hat ausgesagt, er habe lange mit Ihnen ringen müssen, bis Sie zu einer bedingungslosen Übergabe des Marktes Berchtesgaden an die Alliierten bereit waren. Sie hätten, im Gegenteil, auf einem Kampf bis zum Letzten bestanden, gemeinsam mit General Kesselring, was viele unnötige Opfer unter Einwohnern und Soldaten bedeutet hätte.«

»Ich dachte, wir reden über den Fliegermord?«, erwiderte Stredele.

»Mein Exkurs dient der Untermauerung der These, dass ich mir nicht vorstellen kann, dass Sie innerhalb von einem Monat ihre Gesinnung völlig geändert haben. Sprich: Sie sind noch Nationalsozialist.«

Brenda warf Frank einen irritierten Blick zu, den er augenblicklich verstand. Er ging zu weit, ließ sich davontragen von seiner Abscheu.

»Sie haben recht«, sagte Stredele zu Franks Überraschung. »Eine Gesinnung, die sich innerhalb von vier Wochen vollständig ändert, kann keine gewesen sein. Ich war immer im Dienst für mein Vaterland. Und … wie Sie feststellen durften: Ich habe Landrat Jacob nicht daran gehindert, sein Flugblatt zu verbreiten und die Übergabe Berchtesgadens durchzuführen.«

Etwas Triumphierendes lag in seiner Ausführung – so, als seien das Nichtaussprechen seiner NS-Zugehörigkeit und die Tatsache, dass er einen wahnsinnigen Durchhaltebefehl nicht gegen den erbittert für Vernunft kämpfenden Landrat durchgesetzt hatte, bereits der Beweis für einen Akt des Widerstands.

»Sie setzen also die Liebe zu Deutschland mit dem Nationalsozialismus gleich?«, fragte Frank.

»Die Nationalsozialisten haben alles dafür getan, Deutschland groß zu machen.«

»Leider haben sie etwas falsch verstanden und irgendwo eine von Hitlers Autobahnausfahrten verpasst, denn jetzt liegt alles in Trümmern«, sagte Frank und war sich bewusst, dass er sich wieder weit hinauslehnte – auch ohne dass er Brendas Blick auffing.

»Für diese Trümmer sind nicht die Deutschen verantwortlich«, sagte Stredele. »Dresden, Hamburg, Köln, München – Berlin! Das waren die Alliierten!«

Frank holte einmal tief Luft und atmete aus.

»Die Kausalitäten dürften Ihnen klar sein, Herr Stredele«, entgegnete Frank und präsentierte ihm das Foto, das er auch schon Kobus gezeigt hatte. Der ermordete junge Pilot, noch lächelnd und guter Dinge, neben seiner Maschine.

»Captain Chester E. Coggeshall wurde auf Ihren Befehl erschossen. Als Offizier der Reserve dürfte Ihnen klar gewesen sein, dass ein solcher Befehl gegen das gültige Kriegsrecht verstößt. Sogar gegen das verstümmelte Recht des Dritten Reichs. Wir könnten Sie daher genauso gut nach den Gesetzen Deutschlands verurteilen.«

»Ich habe keinen solchen Befehl gegeben«, widersprach Stredele fest.

Frank sah ihn kühl an.

»Reichsleiter Martin Bormann hat in einem Rundschreiben Hitlers Befehl vom 10. April bekannt gegeben, die feindlichen Piloten als Terroristen und Kriminelle anzusehen, nicht mehr als Kriegsgefangene. In ganz Deutschland wurden abgestürzte Piloten brutal hingerichtet. Oder verwundete nicht versorgt. Häufig taten dies aufgestachelte Anwohner und lokale NS-Funktionäre. Sie sind dem nicht entgegengetreten, sondern es gibt Aussagen, dass Sie Bormanns Befehl weitergegeben haben.«

»Ich möchte selbst Zeugen beibringen«, sagte Stredele.

»Vor Gericht können Sie das tun. Haben Sie am 16. April gegen fünfzehn Uhr mit August Kobus telefoniert und ihm den Befehl gegeben, den Flieger – im Wortlaut – ›zu erledigen‹?«, fragte Frank.

»Nein«, erwiderte Ex-Kreisleiter Stredele, wieder fest.

Und so rangen sie noch den ganzen Nachmittag weiter, denn diese Lüge war nur der Anfang eines langen, zähen Reigens der Leugnung, des Nichtwissens und Abstreitens in der Vernehmung des Bernhard Stredele durch Frank Rosenzweig.

29

Meg war bester Laune, als sie Frank am Abend im Schloss abholte. Sie hatte endlich die Ilford-Chemikalien für ihre Fotoentwicklung bekommen und das kleine Labor aufgebaut, um unabhängiger und schneller arbeiten zu können. Außerdem war es ihr gelungen, im Hotel eine Abstellkammer zu kapern, in die alles hineinpasste. Der junge Hotelboy hatte ihr mit Begeisterung geholfen, Abstellflächen, Wäscheleine und Klammern sowie eine rot angepinselte Glühbirne zu besorgen, und sich von Meg alles Mögliche über Fotografie erklären lassen. Sie hatte gleich die Bilder der Selbstmörder entwickelt sowie erste Abzüge gemacht. Einige davon waren herausragend. In ihrem Kopf hatten sich schon die passenden Texte dazu entwickelt, die sie mit den Bildern zusammen als essayistische Fotoreportage anbieten wollte.

Außerdem hatte sie eine fruchtbare Unterhaltung mit dem US-Statthalter von Berchtesgaden geführt, der ihr ein sehr interessantes Angebot gemacht hatte. Lieutenant Colonel Robert Smith war Anwalt aus Indianapolis und als Governor hauptsächlich mit zivilen Aufgaben vor Ort betraut. Er hatte, wie die gesamte US-Army und die Regierung zu Hause in Washington, ein großes Interesse daran, das Engagement der USA im besiegten Deutschland vor den amerikanischen Wählern zu rechtfertigen. Schließlich wurde im Pazifik und in Japan immer noch gekämpft – warum sollten die Amerikaner also so viel Geld investieren, um Deutschland wieder aufzubauen? Der Morgenthau-Plan, Deutschland in ein deindustrialisiertes Agrarland zu verwandeln, war noch nicht vom Tisch. Meg, als mediale Verbindung zu den amerikanischen lesenden Steuerzahlerinnen und Steuerzahlern, bot eine wunderbare Möglichkeit, zu Hause in den Staaten sowohl Informationen als auch gefühlige Stimmungen zu verbreiten. Smiths Angebot lautete: Meg sollte einen Tag lang seine Regierungsarbeit übernehmen und darüber für eine populäre Zeitung schreiben. Konkret bedeutete dies: Meg Taylor wäre einen Tag lang Gouverneurin von Berchtesgaden und müsste alle anstehenden, mit diesem Amt verbundenen Entscheidungen treffen. Ein Offizier sollte sie bei dieser Arbeit unterstützen. Auch Frank Rosenzweig käme dafür infrage – wenn er einverstanden wäre. Meg war begeistert von der ungewöhnlichen Idee. Das könnte die amerikanische *Vogue* interessieren, für die sie schon eine große, erschütternde Reportage über die Befreiung der Konzentrationslager geschrieben hatte, die sie spektakulär herausgebracht hatten.

Sie betrat Franks Büro und sah sofort, wie müde er war. Sein Gesicht schien schmaler, und sie nahm zum ersten Mal Falten um seinen Mund wahr. Er las in einem abgetippten Protokoll. Sofort stieg eine heiße Welle der Zuneigung in ihr hoch.

»Hello, my love«, sagte Meg, ging zu ihm und küsste Frank auf den Scheitel. »Was ist das?«

»Das Protokoll zur Vernehmung eines Mannes, der einen abgestürzten US-Piloten erschossen hat.«

»Hat er gestanden?«

»Ja. Aber er ist nicht schuld, sagt er, weil er nur einem Befehl gefolgt ist.« Frank sah sie an und zog eine Grimasse.

»Aha«, sagte Meg, »kenne ich irgendwoher.«

»Leider ist das Protokoll etwas laienhaft getippt.«

»Ich dachte, Pina Thanner ist gut?«

»Es ist nicht von Pina Thanner, sondern von einer jungen Frau aus Berchtesgaden.«

»Eine Deutsche? Wie kommt sie zu der Ehre?«

»Sie ist unbelastet, und wir brauchen Sekretärinnen und Stenografinnen. Wir haben ohne Ende Vernehmungen und kommen nicht hinterher. Sie spricht auch Englisch.«

»Aha. Was sagt Brenda?«

»Ausbaufähig.«

Meg grinste.

»Ist sie hübsch?«

»Ja, aber viel zu jung. Nicht mein Fall – damit das auch gesagt ist!«

Sie grinsten einander an.

»Warum hast du sie dann genommen?«

»Fändest du Hitlers Stenografen besser? Alle bei der SS gewesen, haben sich uns auch angeboten …«

»Die können wahrscheinlich tatsächlich gut stenografieren, sonst wären sie tot«, kommentierte Meg zynisch. »Ihr habt sie abgelehnt?«

»Die Kollegen haben uns in Hintersee zu den Resten der verbrannten Berghof-Akten geführt. George war dabei. Jetzt haben wir alle verbliebenen Stenografen mit ungefähr eintausendfünfhundert Stenogrammen in ein Hotelzimmer gesperrt, damit sie eine Abschrift der Reste machen. Anscheinend wurde das Stenogekrakel als Letztes aufgehoben. Wenn man etwas nicht versteht, hält man es für unwichtig«, setzte Frank philosophisch nach.

»Was steht drauf?«

»Bisher sind es wohl vor allem Lagebesprechungen der Generäle und Hitlers, von 1942–1945«, sagte Frank. »Hitler hat den Generälen nicht getraut und eigene Stenografen gehabt.«

»Hm«, machte Meg, der nicht klar war, was man damit jetzt noch anfangen sollte. Aber die Army hatte ihre eigenen Vorstellungen und Methoden, den Feind zu analysieren und zu verstehen. Selbst wenn er schon erledigt war.

»Aber, mein Lieber, du entkommst mir nicht: Warum hast du die junge Deutsche eingestellt – im Ernst –, wie heißt sie eigentlich?«

Meg grinste Frank charmant an, und jetzt grinste er zurück.

»Sie heißt Sophie Gruber.«

»Okay. Warum also Sophie Gruber?«

»Du wirst mich auslachen.«

»Mach ich gerne!«

»Als ich sie das erste Mal gesehen habe, hatte sie ein Buch dabei, das ihr, mit vielen anderen Dingen, aus dem Rucksack gefallen ist. Weil sie dieses Buch dabeihatte, habe ich ihr eine Chance gegeben.«

»Welches Buch vermag einen solchen Zauber auf dich auszuüben?«, neckte Meg ihn. »Tausendundeine Nacht?«

»Mein Lieblingsbuch. Von einem verbotenen Autor, dessen Bücher verbrannt wurden. Jude aus München, wie ich – *Erfolg* von Lion Feuchtwanger.«

»Kenne ich nicht. Worum geht es?«

»Spielt in München. Es geht um den Aufstieg von rechtsradikalen Kräften, die immer verharmlost werden. Einen Mann, der in diese Mühlen gerät, und eine Frau, die um ihn kämpft. Er hat es schon in den Zwanzigerjahren geschrieben, vor 33 …«

»Aha. Und was sagt Sophie Gruber dazu?«

»Ich glaube, sie ist noch am Anfang.«

»Soso. Vorschusslorbeeren.«

Sie küsste ihn, und Frank legte lächelnd das Protokoll zwischen die Aktendeckel.

»Lass uns einen Drink nehmen, ich muss was mit dir besprechen«, sagte Meg. »Es ist sowieso schon acht Uhr durch!«

Frank stand auf und folgte ihr. Als sie im Berchtesgadener Hof an der Bar vor zwei Whiskeys saßen, berichtete Meg ihm von dem Angebot, einen Tag lang die Herrscherin von Berchtesgaden zu sein.

»Sind die verrückt geworden?«, fragte Frank. »Du hast doch keine Erfahrung.«

»Smith würde dich mir zur Seite stellen, als Berater.«

»Ich? Ich habe davon auch keine Ahnung. Das sind ja eher zivile Aufgaben …«, wehrte Frank ab.

»Deine Hilfe ist auch nur für den Notfall gedacht. Ich soll das eigentlich allein machen.«

»Du sprichst kein Deutsch.«

»Ich bitte dich. Es gibt Dolmetscher!«

»Du bist also entschlossen, das zu machen.«

Meg lachte und nickte. Natürlich war sie das! Welche Journalistin würde so eine Chance abschlagen – die würde sich nie wieder ergeben.

»Im schlimmsten Fall ist es langweilig. Aber ich glaube nicht. Ich glaube, da passieren interessante Dinge. Die *Vogue* wäre bestimmt interessiert.«

»Machst du auch Fotos?«

»Wenn möglich …«

Frank hob sein Glas.

»Es lebe die Königin!«

»Cheers, mein König!«, flüsterte sie.

Sie beugte sich zum ihm und küsste ihn.

In diesem Moment unterbrach sie jemand: George Renard und ein weiterer Kollege vom CIC. Sie bestellten sich ebenfalls Whiskey und setzten sich zu ihnen.

»Frankie-Boy, was hast du den Tag über gemacht?«, fragte George gut gelaunt.

»Zwei Nazis vernommen. Einer hatte einen rechten Arm, aber keine Hand dran. Ich habe mich gefragt, wie er wohl seinen Führer gegrüßt hat – nur mit dem Stumpf? Äääh! Und so eine künstliche Hand wäre ja auch kein schönerer Anblick … Also: Ich bin zu dem Schluss gekommen, dass er eine Sondergenehmigung hatte und mit dem linken Arm grüßen durfte.«

»Ich sehe, du bist guter Laune.«

Die drei Männer lachten und waren unwillkürlich ins Deutsche, ihre Muttersprache, gewechselt. Meg klopfte auf den Tresen.

»English, please!«, forderte sie laut, und alle schwenkten wieder um.

»Und du, George?«, fragte Frank auf Englisch.

»Sie haben heute in Ramsau zwei SS-Männer mit einem Kofferraum voll Gold festgenommen.«

»Wo ist das Gold?«, fragte Meg.

»Beschlagnahmt. Wir nehmen an, es stammt aus der Reichsbank. Wir vernehmen sie morgen.«

Frank nickte. Die Nazis schlugen ihm auf den Magen.

»Wisst ihr eigentlich, dass hier die neue Königin von Berchtesgaden vor euch sitzt?«, lenkte er das Thema um und zeigte auf Meg.

»Eine Eintagsfliegenkönigin!«, lachte sie. George und Phil wollten Genaueres wissen und wandten sich Meg zu, die begeistert von ihrem Angebot zu sprechen begann.

Frank beobachtete Megs lebhafte und lustige Darbietung und registrierte, wie sie aufblühte, wenn sie von ihrer Arbeit sprach und zwei aufmerksame und interessierte Zuhörer hatte. Ihre Intelligenz machte sie erst richtig schön, obwohl sie schon als junges Fotomodell schön gewesen war. Franks Gedanken wanderten davon. Er dachte an Ali, von der er wusste, dass sie in Schönau mit einem Kind lebte. Frank hatte häufiger an sie gedacht, aber weil so viel zu tun war, wurde seine Aufmerksamkeit völlig von der anfallenden Arbeit in Anspruch genommen. Morgen würde er Sophie fragen, wie weit sie mit *Erfolg* gekommen war. Wahrscheinlich brachte er sie damit in die Bredouille, aber vielleicht lag er auch falsch – er war bereit, sich positiv überraschen zu lassen.

George bestellte eine zweite Runde. In diesem Moment kam der Soldat, der immer abends die Post brachte. Er hatte schon alles ausgetragen.

»Ich habe Ihre Post an der Rezeption hinterlegt«, sagte er zu Frank und den anderen. »Es war aber nur Post für Captain Rosenzweig dabei. Sorry!«

Er ging weiter und bestellte sich einen Drink.

Frank stand auf.

»Bin gleich zurück«, sagte er zu Meg und George. Er hörte

noch, wie George Meg nach ihrer Wette fragte – ob sie Jean Gabin und Marlene Dietrich gestellt und fotografiert habe. Frank hörte ihre Antwort nicht und stellte fest, dass er das auch nicht wusste. Er lief die Stufen aus der Bar hoch und durchquerte die Halle des Hotels.

Der Portier lächelte ihn an und reichte ihm einen Stapel Briefe.

»Für Sie, Sir, ich wünsche Ihnen eine gute Nacht«, sagte er.

»Danke«, antwortete Frank und ging weg, während er die Briefe durchsah. Es waren zwei Berichte, vom CIC und vom Army-Hauptquartier in München, die Anwaltskammer aus New York hatte ihm geschrieben. Und dann war da dieser Brief, auf den er gewartet hatte. Das Schreiben des Suchdienstes. Noch während er zur Treppe ging, riss er den Umschlag auf. Nahm das gefaltete Papier heraus und überflog die Nachricht. Er kam gerade noch bis zur Treppe. Dann versagten seine Beine ihm den Dienst, und er fiel zu Boden.

30

Klackerdiklack-klackerdiklack-BING! Als Sophie endlich das Büro verließ, begleitete sie das treibende Geräusch der beiden konkurrierenden Schreibmaschinen noch die ganze folgende Stunde als aus reinem Rhythmus bestehender Ohrwurm. Pina war deutlich geübter, und Sophie hatte sich ständig in einem herausfordernden Zweikampf und unterlegen gefühlt. Pina hatte nicht mit ihr gesprochen, es hatte keinen Anlass gegeben, und so waren beide stumm ihrer Arbeit nachgegangen. Pina hatte irgendwann einen Krug mit Wasser geholt und zwei Gläser mitgebracht. Das war das einzige Anzeichen dafür, dass sie Sophies Anwesenheit registriert hatte. Sophie bedankte sich artig, und Pina quittierte dies mit einem kurzen, kaum wahrnehmbaren Nicken. Ohnehin hatte Sophie keine Zeit übrig, sich über Pinas Verhalten den Kopf zu zerbrechen, denn sie musste Brendas Aufzeichnungen entziffern und war froh, dass sie bei der Vernehmung dabei gewesen war, denn so konnte sie Unklarheiten aus ihrem Gedächtnis ausgleichen. Sie brauchte länger als erwartet, um das Protokoll zu beenden, und war unzufrieden, weil doch einige Tippfehler ihre Seiten verunzierten. Brenda nahm ihre Entschuldigung achselzuckend entgegen und merkte dazu lapidar an, dass der Text sowieso noch ins Englische übersetzt und – von jemand anderem – abgetippt würde, um ihn den amerikanischen Behörden zur Verfügung stellen zu können. Sie hatte Sophie auch gleich die morgige Arbeit auf den Tisch gelegt – Brendas Stenogramm der Vernehmung von Ex-Kreisleiter Bernhard Stredele.

»Vielleicht sollten Sie gelegentlich noch ein bisschen zu Hause mit *Erika* üben. Fehler müssen die Ausnahme sein. Eine echte

Sekretärin hätte heute beide Abschriften erledigt«, hatte sie noch hinzugefügt – eine indirekte, aber eindeutig eine Drohung.

Sophie hatte deprimiert das Schlossgebäude verlassen. Vielleicht hatte sie sich doch zu viel zugetraut. Die Behauptung, dass sie Tippen und Steno tatsächlich beherrschte, war riskant gewesen, jetzt würde sie ertappt und gleich wieder rausgeworfen werden. Sie hatte keine Lust, in die enge Werkstatt zu gehen und sich den Fragen der Familie und insbesondere denen von Magda auszusetzen, die sicher nicht Sophies ersten Arbeitstag, sondern Max zum Thema gehabt hätten. Sie ging durch die Arkaden Richtung Marktgasse und hatte unbewusst bereits die Richtung zum Kramerhof, zu ihren Großeltern, eingeschlagen. Jeeps brausten durch die gepflasterte Straße zwischen den bunten Häusern entlang, Frauen, Männer und Kinder liefen auf den erhöhten Bürgersteigen herum und taten, als hätten sie etwas vor. Eine junge Frau in rosigem, tief ausgeschnittenem Dirndl scherzte ausgelassen mit einem feschen amerikanischen Soldaten. Wenn das mal nicht Flirten und verboten war. Die Sonne schien. Lachen. Geschäftiges Treiben und eine gelöste Stimmung, ganz anders als noch vor einigen Tagen. Sophie nahm den Weg runter zur Ache, überquerte die Brücke zum Obersalzberg und stieg bergan. Sie musste sich beeilen, wenn sie vor Eintritt der Sperrstunde um achtzehn Uhr den Kramerhof erreichen wollte, aber die letzte Strecke konnte sie auch durch den Wald gehen, da würde keiner kontrollieren.

Tatsächlich kam sie unbehelligt an. Es schien aber niemand da zu sein, die Tür war verschlossen. Das war ungewöhnlich, normalerweise war die Tür offen. Jederzeit. Sophie klopfte.

»Hallo, ich bin's, Sophie! Oma? Gustl? Opa? Is jemand da?«

Sophie ging zum Fenster und schaute in die leere Stube hinein. Sie klopfte an die Scheibe. Dann sah sie Gustl, der mit einem Holzscheit in der Hand aus der Küche kam und sie durch das Fenster erspähte. Er legte das Holzstück beiseite, lachte und öffnete die Tür.

»Servus, Sopherl!«, sagte er.

Sophie betrat das Haus.

»Was soll denn das?«, fragte sie. »Warum sperrt ihr ab?«

Jetzt kamen auch Anni und Ernst aus der Küche in die Stube.

»Wir hatten ein paarmal Besuch. Alle wollten Souvenirs!«, antwortete Gustl und grinste. »Da sammer jetzt durch mit!« Schnell flüsterte er zu Sophie: »Deine Sachen haben sie nicht gefunden! Und die goldene Französin auch nicht!«

Erst in diesem Moment schoss schlechtes Gewissen heiß durch Sophies Körper, mit dem Plündergut, insbesondere der Parabellum, hatte sie die Großeltern in Gefahr gebracht. Daran hatte sie keine Sekunde gedacht, als sie die Beute bei ihnen versteckt hatte – wie gedankenlos von ihr.

Gustl, als habe er die Scham in ihrem Gesicht gelesen, fügte noch leiser und etwas ganovig hinzu: »Ist alles gut gegangen, Sopherl, auch dem Herrn Architekten seine Bleispritze ist noch da!«

Kurz darauf saßen sie am Tisch, und Anni fuhr auf, was die Kammer noch hergegeben hatte.

»Die Hühner haben neue Eier gelegt«, sagte sie. »Die Serben und die Italiener, die hier waren, haben sich den ganzen Korb voll Eier genommen, und nur weil der Gustl mit dem Holzscheit dagestanden is' und wie der Krampus gefuchtelt und geschrien hat, haben sie nicht die Hühner auch noch mitgenommen.«

»Das sind die Fremdarbeiter vom Straßenbau oben gewesen, die jetzt nix mehr zu tun haben«, erklärte Ernst. »Und die Amis waren auch da, aber die wollten keine Eier, sondern haben die Kuckucksuhr mitgenommen.«

»Jetzt ist das Trumm fort«, sagte Anni anscheinend ungerührt, aber ein Hauch Wehmut klang doch noch durch. »Bis die Uhr kaputtging und Sophie und Anderl sie repariert haben, hab ich sie ned gemocht.«

Sophie erinnerte sich an die kitschige Uhr. Der Vogel hatte schrill geschrien, bis eines Tages der Kuckucksruf-Mechanismus zerstört gewesen und der Kuckuck mit mechanischem Klackern nurmehr stumm aus dem Türchen herausgeschnellt war. Sophie und Anderl hatten den Vogel feuerrot angemalt und ihm ein Glöckchen an den Schnabel gehängt. »Eine Sonderanfertigung der Holzschnitzerei Gruber«, hatte Anderl lachend gesagt. »Jetzt klingelt der Kuckuck.«

»A echter Katholik, ganz in Rot läutet er uns was!«, hatte Gustl boshaft kommentiert. Anni hatte über die Zeit eine sentimentale Zuneigung zu diesem einst ungeliebten Hochzeitsgeschenk ihrer Schwiegereltern entwickelt. Jetzt fehlte das Uhren-Scheusal unerwarteterweise allen.

»Die Zeit vergeht, und alles ändert sich!«, orakelte Gustl.

»Gut is', dass sie sonst nichts Wertvolles gefunden haben. Weder meinen alten Granatschmuck noch die paar Stücke Silber, die wir im Gemüsegarten vergraben haben«, sagte Anni und lächelte.

»Erzähl' von dir, Sophie«, forderte Ernst sie auf, als sie gegessen hatten. »Wie geht's im Tal und bei euch in der Werkstatt?«

»Eng ist es, wir hocken aufeinander, aber so weit geht es allen gut.«

»Wie geht es mit den Amis bei euch im Haus?«

»Die machen weniger Partys als vorher. Die sind eigentlich freundlich. Der Karli hängt immer bei denen vor der Tür und sammelt Schokolade ein. Einmal durfte er im Jeep eine Runde auf dem Hof mitfahren. Er hat geschrien vor Begeisterung. Kathi hatte a bisserl Angst …«

»Sind das nicht alles Schwarze?«, fragte Ernst.

»Ja«, sagte Sophie.

»Die trennen ihre Soldaten nach Farben«, ergänzte Gustl kennerisch.

»Und du?«, erkundigte sich Anni.

»Heute ist mein erster Arbeitstag bei den Amis gewesen«, antwortete Sophie.

»Was hast du gemacht?«

»Ich war bei einer Vernehmung dabei und musste dann das Protokoll abtippen.«

»Auf Englisch?«, fragte Anni ehrfürchtig.

»Auf Deutsch, das hat mir gereicht. So viel habe ich noch nie auf einmal getippt.«

»Wer wurde vernommen?«, wollte Gustl wissen.

Sophie berichtete von August Kobus' Mord an dem abgestürzten Flieger und versteckte ihre Verstörung über den Inhalt dessen, was sie gehört hatte, hinter ihrer Angst, ob sie gut genug Schreibmaschine schreiben und stenografieren konnte. Alle hörten ihr aufmerksam zu und stellten interessierte Fragen.

Sie waren einer Meinung – nein, das war nicht richtig, einen verwundeten Piloten zu töten. Auch wenn es der Feind war. Ernst und Gustl waren beide im Ersten Weltkrieg gewesen und kannten die soldatische Ehre. Natürlich waren die Bombenteppiche über den Städten ebenfalls ein Verbrechen – aber es war eben Krieg. Und die Zivilbevölkerung war eine Verfügungsmasse, deren Moral es im modernen Kriegsgeschäft zu brechen galt. Sophie zitierte Frank Rosenzweig: Deutschland hatte einen brutalen Angriffskrieg begonnen und die ganze Welt damit überzogen. Insofern waren die Bombenteppiche gerechtfertigt. Alle schwiegen und dachten darüber nach.

»Das stimmt«, sagte Ernst schließlich. »Die Polen haben uns jedenfalls nicht angegriffen, sondern wir sie.«

»Weißt du, was mit Max ist?«, fragte Anni plötzlich und betrat damit den leeren Fleck, der sich in allen Gesprächen der letzten Zeit einvernehmlich immer rund um Max gebildet hatte. Sophie war einen Moment lang versucht, ihr Herz zu erleichtern und ihnen alles über Max zu erzählen, hier wäre das Geheimnis unzweifelhaft sicherer als bei der Familie unten im Tal. Aber sie beherrschte sich und gab nur einen kleinen Zipfel heraus.

»Haben sie Max festgenommen?«, fragte Gustl in ihr Zögern hinein.

»Nein, Max ist abgetaucht«, erwiderte Sophie.

»Was machen sie mit den SS-Männern und Soldaten?«, wollte Anni wissen.

Leider wusste Sophie darauf keine detaillierte Antwort und sagte nur: »Es gibt verschiedene Lager. Manche werden nach München gebracht. Sicher müssen alle einen Fragebogen ausfüllen.«

»Wenn du irgendeine Sauerei verzapft hast, machen sie dich einen Kopf kürzer«, behauptete Gustl.

»Was meinst du mit Sauerei?«, fragte Ernst.

»So was, wie der Schorsch erzählt hat«, sagte Gustl vage.

»Was hat der Schorsch erzählt?«, fragte Sophie.

»Der hat gehört, dass sie an der Ostfront massenweise Zivilisten erschossen haben. Einfach so. Vorher mussten die ihre Gräber noch ausheben.«

»Die SS oder die Wehrmacht?«

»Beide«, sagte Gustl. »Angeblich.«

»Das waren sicher Partisanen, die da getötet wurden«, sagte Ernst.

»Nein, ganz normale Dorfbewohner.«

»Juden?«, fragte Anni.

»Viele. Frauen und Kinder und Alte.«

»Das hat der Schorsch erzählt?«, hakte Ernst sicherheitshalber nach.

»Ja, der hat das von seinem Sohn. Und der war dabei.«

»Da hat er sicher was falsch verstanden, der Schorsch. Das machen die Russen, aber nicht wir!«

»Mei«, machte Anni, ihren Zweifel offen in der Luft hängen lassend.

»Aber ned der Max!«, sagte Gustl etwas schwächer.

Alle wussten, dass Annis Zweifel berechtigt waren und dass Max keine Ausnahme bildete, sondern explizit darin eingeschlossen war. Aber keiner wollte darüber reden. Die Leere des Ungesagten breitete sich aus, und jeder hatte seinen Anteil daran. Sie waren alle stolz gewesen auf den feschen und erfolgreichen Max. Bis auf Anni.

Sophie half Anni, in der Küche alles aufzuräumen.

»Dein Bett ist noch bezogen vom letzten Mal«, sagte Anni.

»Gut«, sagte Sophie und blieb unentschlossen und abwesend mitten in der aufgeräumten Küche stehen.

»Is' was, Sopherl?«, fragte Anni und sah Sophie liebevoll und mit ein wenig Sorge an, die grauen Augen leuchteten wach und klar aus ihrem gegerbten, knitterigen Gesicht.

Sophie erkannte in diesem Blick die bedingungslose Zuneigung ihrer Großmutter, umarmte sie in spontaner Erwiderung und bemerkte, dass sich Annis Körper dünner und kleiner anfühlte, als sie ihn in Erinnerung hatte. Sie war einen Kopf größer als Anni und konnte sich noch sehr gut daran erinnern, als die Größenverhältnisse andersherum gewesen waren und Annis Busen ein Trost spendendes, weiches Gebirge, wo es wunderbar nach Kräutern und Heu roch.

»Du weißt, wo Max ist?«

»Ja«, gestand Sophie. »Ich war bei ihm.«

»Das ist gefährlich für dich«, sagte Anni. »Max sollte sich stellen. Nur so kann er hier weitermachen.«

»Das habe ich ihm auch gesagt. Er will nicht.«

»Der Mensch kann sich nicht ewig verstecken ...«

Sophie zuckte die Achseln.

»Max kennt sich aus, der schafft das allein, geh nicht mehr hin.«

»Er ist mein Bruder. Ich muss ihm helfen.«

Anni bemerkte Sophies Entschlossenheit.

»Denk noch einmal drüber nach.« Sie gab Sophie einen Kuss. »Gute Nacht, Sopherl, pass auf dich auf.«

»Gute Nacht«, sagte Sophie und sah Anni nach, die aus der Küche ging und wirklich deutlich dünner aussah als beim letzten Mal. Sie alle waren dünn, es gab wenig zu essen. Und viel zu tun ...

Tatsächlich hatte Anni punktgenau mitten in Sophies Angst gestochen, denn hinter Sophies Verunsicherung steckte weniger die Sorge, bei der Arbeit selbst zu versagen – sie würde jeden Tag besser werden, das wusste sie –, als vielmehr die Befürchtung, dass die Fragebogenlüge und die SS-Angehörigkeit ihres Bruders aufflögen. Diese nicht unberechtigte Furcht belegte alles mit Mehltau.

Bevor Sophie ins Bett ging, untersuchte sie ihr Versteck mit dem Beutegut aus der Speer-Villa. Die Schmuckstücke waren, wie Gustl gesagt hatte, noch da, ebenso die Luger Parabellum in ihrem schönen, blau gefütterten Kasten. Sophie betrachtete die Waffe eingehend, strich mit dem Finger über das Metall, nahm sie in die Hand und hob den Arm, als wolle sie schießen. Das fühlte sich überraschend gut an. Sie könnte sie mitnehmen, für Max. Als eine Art Abschiedsgeschenk. Aber was hatte er damit vor? Was hatte ihr Bruder überhaupt vor? Sie hatte keine Ahnung. Sie würde die Luger in jedem Fall mitnehmen, denn sie wollte die Großeltern nicht gefährden. Schmuck war nichts Verfängliches, schlimmstenfalls würde er konfisziert werden, Waffenbesitz allerdings war strafbar. In der Werkstatt, in ihrem und Magdas Regalschlafschlauch, gab es eine lose Diele und darunter einen Hohlraum, in den die Luger passen würde. Niemand wusste davon, Sophie hatte das Versteck entdeckt. Sie nahm jetzt die Waffe samt Munition mit in die Schlafkammer und schob sie unter das Bett.

Auf dem Stuhl daneben lag auch noch das Buch, das sie beim letzten Mal anfangen wollte und dann zugunsten mehrerer Englischbücher wieder bei den Großeltern liegen gelassen hatte: der erste Band von *Erfolg*. Im Schein der Nachttischlampe ging sie ins Bett und schlug das Buch auf. Sie las von dem anstößigen Bild *Joseph und seine Brüder* mit dem Untertitel »Gerechtigkeit«. Sie verabscheute sofort die beiden Minister, die den Museumsmann Martin Krüger ins Gefängnis bringen wollten, weil er mit seiner unabhängigen Haltung störte. Und sie las atemlos über das nackte, künstlerisch ergreifende Selbstporträt einer jungen Malerin, die sich mit Leuchtgas umgebracht und die dem Museumsmann anstößige Liebesbriefe geschrieben hatte, in denen sie ihre erotische Besessenheit von ihm darlegte. Aus alldem wurde ein Meineid fabriziert, der Martin Krüger im Prozess zu Fall brachte. Die Beschreibungen der Menschen und der gesamten Stadtgesellschaft waren plastisch, boshaft ironisch und treffend zugleich, sofort hatte Sophie den jeweiligen Typus Mensch vor Augen. Der Roman spielte Anfang der Zwanzigerjahre in München, und sie erkannte diese Art von bayerischer Selbstgerechtigkeit wieder – in Berchtesgaden waren viele von dieser Sorte herumgelaufen. Nicht, dass die Preußen angenehmer waren – es gab einfach nur zu viele abgestumpfte Menschen, die sich keinen Deut um Gerechtigkeit scherten. Als Johanna Krain, die Freundin von Martin Krüger, schließlich ihren Feldzug für die Gerechtigkeit begann, atmete Sophie auf. Das war eine Heldin nach ihrem Geschmack. Erst auf Seite siebenundneunzig fielen ihr die Augen zu.

Als sie um sechs Uhr von Anni geweckt wurde, brannte noch das Licht, und das Buch lag auf ihrem Bauch. Sophie beeilte sich, packte Buch und Waffe ein und nahm von der drängenden Anni eine Tasse Milch und einen Kanten Brot auf die Hand.

»Denk noch mal drüber nach, was ich gesagt hab, Sopherl«, sagte Anni zum Abschied, nahtlos an das gestrige Gespräch anschließend.

»Ja, ja«, erwiderte Sophie mit spürbarer Abwehr, schüttete die Milch herunter und küsste Anni schnell zum Ausgleich noch einmal.

Sophie lief vom Kramerhof los, bergab, ohne den ihr folgenden besorgten Blick der Großmutter wahrzunehmen, und verschwand im Wald, ihren Brotkanten kauend. Wie eine direkte Auswirkung von Annis Warnung fühlte sie brennende Hitze in ihrem Rücken, als hätte die Luger in ihrem Rucksack zu glühen angefangen. Sie hielt an und packte um: Die Patronen kamen einzeln in eine Tasche ihres Rocks, schweren Herzens entsorgte sie die schöne Schachtel, versteckte sie unter der Wurzel einer umgestürzten Fichte und schob sich die Waffe in den Rockbund. Sie hatte bisher noch keine Leibesvisitation erlebt, nur Taschenkontrollen. Sophie zählte auf ihr Glück, dass es so blieb.

Es war halb acht, als sie unten an der Werkstatt ankam. Es herrschte überraschenderweise reges Treiben auf dem Hof: Die Amerikaner verließen augenscheinlich das Gruber'sche Wohnhaus. Ihre Mutter Theres stand dort am Eingang und beobachtete, was die GIs an Gruber'schem Hausrat abtransportierten, am Werkstatttor stand Sepp und hielt sich zurück, ebenso wie Kathi, Clara und Annemarie. Als ein GI einen Stapel handbestickter Kissen und Tischdecken heraustrug, konnte Theres nicht mehr an sich halten.

»Nein! Das geht nicht!«, rief sie und wollte dem Soldaten die Sachen entreißen.

Der GI schüttelte sie ab, und ein Kollege, in dem Sophie sofort Sam Cork erkannte, wies Theres in die Schranken.

»Madam, stop it!«, sagte er ruhig, aber Theres insistierte.

»Das hat meine Mutter gemacht!«, jammerte Theres und lief ihm nach.

Sophie ging schnell hinterher und zog Theres zurück.

»Komm, lass, Mama«, bat sie und hielt ihre Mutter am Arm fest.

»Aber das ist nicht recht!«, sagte Theres zu Sophie, als sei sie daran schuld, machte sich los und rettete sich zu Sepp, der am Werkstatttor stehen geblieben war.

Sam sah Sophie an, unwillkürlich dachte sie daran, dass sie schon wieder eine Pistole dabeihatte, die sie nicht haben dürfte.

»So you are leaving?«, fragte sie unverfänglich.

»We are moving to another place. You can go back to your house«, sagte Sam und sah sie an. Freundlich, stellte sie fest. Die Luger brannte wieder in ihrem Rockbund.

»Thank you, that's wonderful«, sagte Sophie und lächelte, schief, scheu und mit schlechtem Gewissen.

»See you at the Military Government«, sagte er und fügte hinzu: »Don't worry about the potatoes.«

Er grinste sie verschwörerisch an und ging wieder zum Packen ins Haus zurück.

Sophies Herz machte einen kleinen Sprung. Ganz genau wusste sie nicht, ob es aus Erleichterung war. Oder weil er ihr gefiel. Seine Stimme, die tief und warm mitten in ihren Körper traf. Die Aufmerksamkeit, die aus seinen dunklen, wachen Augen sprach, die fremde Haut, die sie gern einmal berührt hätte. Mr Cork hatte außerdem eine beeindruckend gute Figur. In diesem Moment tippte Magda auf ihre Schulter, offenbar auf dem Weg irgendwohin.

»Was war los? Ich habe auf dich gewartet, Verräterin!«, zischte Magda und legte den Arm wie eine Würgeschlange um Sophies Hals.

»Ich musste Bücher vom Kramerhof holen und habe es nicht mehr zurück geschafft. Heut' Abend, versprochen. Jetzt muss ich los!«

»Ich auch«, verkündete Magda stolz. »Ich stell' mich als Schwester im Hospital vor.«

»Sehr gut«, sagte Sophie, die positiv überrascht war von Magdas plötzlicher Tatkraft. »Viel Glück!«

»Heute Abend!«, sagte Magda. »Ehrenwort!«, und drückte ihren Arm noch mal etwas zu.

»Ehrenwort!«, erwiderte Sophie, und Magda ließ sie los, sah ihr ins Gesicht und drückte ihr schnell einen Kuss auf die Wange, nicht ohne sie noch schnell in den linken Ohrwaschel zu kneifen.

»Autsch!«, machte Sophie und wehrte Magda ab, die frech grinste.

»Ein Sträflein muss sein!«

Dann verschwand Magda, und Sophie sah ihr nach, wie sie vom Hof lief, die Storchenbeine leichtfüßig werfend, während der rötliche Zopf im Rhythmus auf ihrem Rücken hin- und herbaumelte, kurz über ihrem Po in einer Ringellocke endend. Eine nicht zu unterschätzende, zur Brutalität neigende Elfe, die sich aus dem Shakespear'schen Universum in die Berchtesgadener Berge verirrt hatte.

31

Die ihrer Meinung nach aussagekräftigsten Papiere hatte Ali zuoberst gelegt. Nicht alle Unterlagen, die sie entgegen ihrer Zusicherung nicht verbrannt hatte, waren in dem einfachen grauen Pappkarton gelandet, den Ali den Amerikanern übergeben wollte. Es waren nur die Unterlagen, welche die Parteinähe und die skrupellose Bereicherung des General Friedrich von Sckell belegten. So war den beigelegten Bankauszügen zu entnehmen, dass er zum fünfundfünfzigsten Geburtstag eine große Schenkung des Führers in Höhe von einhunderttausend Reichsmark erhalten hatte – und dazu auch noch ein Gut in den jetzt verlorenen ostpommerschen Gebieten. Außerdem hatte er ein Darlehen über zweihunderttausend Reichsmark mit endlos entfernten Tilgungsterminen bekommen, und das quasi zinslos. Aus einem Brief war zu ersehen, dass er nicht der einzige adelige General war, den Hitler auf diese Weise milde gestimmt und auf seine – spätestens ab Stalingrad – unsinnige militärische Linie gebracht hatte.

Ali hatte eine Weile gebraucht, um sich alles zusammenzureimen. Wie war der Führer an so viel Geld gekommen? Als Kanzler hatte er nicht so viel verdient. Walli, ein alter Freund vom Theater, der ebenfalls in Berchtesgaden Unterschlupf gefunden hatte und dessen Bruder beim Finanzamt München arbeitete, hatte Ali lapidar aufgeklärt: Hitler hatte mit *Mein Kampf* einen großen Bestseller geschrieben – bis 1944 waren in Deutschland zwölfeinhalb Millionen Exemplare gedruckt worden – und eine Menge an Tantiemen verdient. Zehn Prozent pro verkauftem Buch bei einem Preis von acht Reichsmark, da konnte jeder nachrechnen. Und das nur in Deutschland. Eine Zeit lang war das in verschiedene Sprachen übersetzte Buch auch in Nachbarländern sehr in Mode gewesen. Außerdem hatte Hitler ab 1934, dank eines Spezialerlasses durch den Chef des Münchner Finanzamtes, keinerlei Steuern mehr bezahlt. Und eine Steuerschuld von vierhunderttausend Reichsmark war ihm erlassen worden, als man die Berufsbezeichnung von *Schriftsteller* auf *Reichskanzler* umgestellt hatte: Dieser Reichskanzler war nicht mehr steuerpflichtig. Dazu hatte Hitler großzügige Geldgeschenke von Industriellen bekommen, und sein Konterfei zierte ab 1941 die Briefmarken des Reiches in einer bearbeiteten Fotoaufnahme von Leibfotograf Heinrich Hoffmann. Für die postalische Nutzung seines Gesichts bekam Hitler eine Gebühr, die sich zu einer feudalen Summe aufhäufte: Schließlich handelte es sich um eine Briefmarkendauerserie in allen Wertstufen von einem Pfennig bis zu fünf Reichsmark – in verschiedenen Farben und mit Hitlers rechtsseitiger Profilaufnahme als alleinigem Motiv.

»Wer nach Stalingrad einen Brief verschicken wollte, hat meist einen Hitler von hinten lecken und dafür zahlen müssen«, hatte Wallis etwas zotige Umschreibung gelautet.

Ali staunte ob dieser Enthüllungen. Das finanzielle Rätsel der Schenkungen an die militärisch unwilligen Generäle zur Durchsetzung des Endsiegs war damit gelöst – bewirkt hatte es nichts. Ali war im Nachhinein noch enttäuschter von Maître Fritz, denn er hatte laviert und sich gegen all sein militärisches Fachwissen kaufen lassen. Das war kurzsichtig und dumm. So unfassbar dumm, dass Ali glaubte, in seinem gesamten Verhalten im Nachhinein Spuren dieser Dummheit zu entdecken, die sie damals nie als solche identifiziert hätte. Sie hatte nichts dagegen, dass jemand versuchte, seinen Vorteil zu nehmen, wenn es sich ergab. Sie selbst – so ehrlich war sie – war das beste Beispiel für geschmeidige Anpassungsfähigkeit. Die Art von Dummheit, die ihr aus dem Verhalten von Helges Vater entgegensprang, war die Frucht trunkener Selbstherrlichkeit von (adeligen) Männern in Uniform. Ihr selbst, Metzgerstochter Adelheid Grandl aus der Adelgundenstraße in München, waren eine tiefere Erdung und wache Antennen für die Wirklichkeit mitgegeben worden – Theater, Lippenstift und Chinoiserien zum Trotz.

Diese Wirklichkeitsantennen bewährten sich auch jetzt: Sie waren alarmiert auf eine der Urkunden angesprungen, die sich im Stapel der papiernen Hinterlassenschaften von Maître Fritz gefunden hatte: nämlich der Kaufvertrag mit dem vorherigen Besitzer des kleinen Chalets, das Friedrich für sie erworben hatte. Ali hatte die genauen Umstände damals gar nicht wissen wollen. Sie hatte die kostbare Überraschung ihres damals frisch verliebten, älteren Liebhabers genossen, und das Wichtigste war ihr gewesen, als einzige Besitzerin im Grundbuch eingetragen zu werden. Wenn schon illegale Buhlschaft, dann wenigstens in einer gewissen materiellen Absicherung. Der Kaufvertrag nannte eine lächerliche Summe für das Haus: Fünftausend Mark wurden am 30. Juni 1940 an Herrn Peter Israel Weiss gezahlt. Der Name des Besitzers mit dem seit 1939 für Männer obligatorischen Zusatznamen *Israel* war definitiv jüdisch, und Ali erkannte die Gefahr, die für sie in diesem Kaufvertrag seit der Niederlage der Deutschen schwelte. Friedrich und vor allem sie selbst hatten von der Not des jüdischen Besitzers profitiert, er war gezwungen gewesen, zu verkaufen. Sie konnte sich nicht vorstellen, dass die Amerikaner die Art von Erwerb unangefochten durchlassen würden. Auf keinen Fall, wenn Herr Peter Weiss Ansprüche anmelden würde. Nie zuvor hatte sie sich Gedanken dazu gemacht, das war auch nicht notwendig gewesen. Oder … vielleicht doch? Aber, sagte sich Ali trotzig, sie war nach damals gültigem Recht in den Besitz des Häuschens gekommen, und sie würde wie eine Löwin darum kämpfen. Schließlich war es das Einzige, was sie für ihren Sohn und sich von dem Richtung Madrid entschwundenen Maître Fritz an Unterstützung bekommen hatte. Den entsprechenden Bankauszug aus Friedrichs Konto sortierte sie aus.

Ali nahm den grauen Karton und warf einen letzten Blick in den Spiegel. Sie hatte ihre Kleidung sorgfältig gewählt: ordentlich, geschmackvoll, aber nicht zu teuer. Das bunte Tuch verlieh ihrem Kostüm einen künstlerischen Hauch, die geschminkten Lippen belebten ihr blasses Gesicht. Sie stieg die Treppe hinab und betrat das Wohnzimmer, wo Erni die Fensterscheiben putzte und gut gelaunt vor sich hin sang. Ali registrierte, dass es ein Lied von Zarah Leander war. *Kann denn Liebe Sünde sein?* Sie freute sich, es zu hören – Erni sang den Schlager in der richtigen Mischung aus Laszivität und Schmiss. Die Sonne schien ungehindert von Fingertapsern und dem letzten Winterdreck durch die gewienerten Scheiben und tauchte den heimeligen Wohnraum in frühsommerliches Licht. Draußen im sprießenden Garten waren die Kinder zugange, Helge wurde von seinen gestrengen Ziehmütterchen Inge und Heide umsorgt, in der anderen Ecke des Gartens konnte man Ernis Zwillinge flöten sehen – und leider auch hören. Die Kinder waren, weil die Schulen immer noch geschlossen waren, den ganzen Tag im Haus oder im weitläufigen Garten. *Ich lasse mir das alles nicht wegnehmen*, dachte Ali grimmig.

»Erni, ich gehe nach Berchtesgaden zum Military Government«, sagte Ali. »Soll ich noch irgendwas erledigen?«

Ernis Gesang verstummte augenblicklich, sie drehte sich auf der Leiter mit dem Fensterleder in der Hand zu Ali um.

»Beate hat unsere Marken mitgenommen und versucht, was zu bekommen«, sagte Erni. »Du siehst schick aus!«

»Danke. Übrigens, du singst gut!«

»Was hast du vor?«, fragte Erni.

»Ich muss ein paar Papiere abgeben«, erwiderte Ali vage. »Für die Zukunft!«

»Aha«, sagte Erni, die verstand, dass Ali nicht darüber sprechen wollte.

»Bis später.«

Ali verließ das Haus, ohne sich von Helge zu verabschieden, den ihre Verabschiedung nur aus dem Spiel reißen und zum Klammern bringen würde.

Sie schwang sich auf ihr Fahrrad, den grauen Karton auf den Gepäckträger geschnallt, und radelte Richtung Berchtesgaden. Tatsächlich hatte sie eine Weile überlegt, ob es eine gute Idee war, durch Friedrichs Papiere die Aufmerksamkeit auf sich zu lenken. Schließlich könnte man dann schnell auch das Haus und die Besitzverhältnisse überprüfen. Aber Ali hatte beschlossen, die Sache tatkräftig und aktiv anzugehen, somit Kooperation zu signalisieren und darauf zu hoffen, dass sich Peter Weiss nicht meldete. In einem Hinterstübchen ihres Kopfes meldete sich – kurz und leise – eine Stimme, die ihr zuraunte, dass das bedeutete, dass Peter Weiss tot war, ebenso wie seine Familie. Ali wedelte die Stimme zur Seite und trat in die Pedale.

Die Sonne schien, einige Jeeps überholten sie, und die GIs darin hupten anzüglich und winkten ihr zu. Ali genoss das. Schließlich erreichte sie den Bahnhof, der klotzig und unversehrt am südlichen Ortsausgang von Berchtesgaden neben der Ache lag, die zerstörte Trasse nach Reichenhall war notdürftig repariert und der Bahnverkehr nur eingeschränkt möglich. Eine große Menge Lastwagen luden dort Material um. Eine Gruppe von hageren deutschen Soldaten in grauen Uniformen stieg gerade auf einen Wagen. Ali sah weg und radelte bergan, solange sie konnte. Dann stieg sie ab und schob ihr Fahrrad den Berg hoch in die Innenstadt. Seit dem letzten Mal war einiges passiert. Die Hakenkreuze in den Lüftelmalereien – sowohl am Bahnhof wie am Postamt und am Rathaus und wahrscheinlich auch überall sonst – waren, mehr oder weniger geschickt, mit Farbe getilgt worden. Ein leerer Fleck zeigte an, was dort gewesen war, ohne es zu zeigen. Dass die Adolf-Hitler-Straße eigentlich Maximilianstraße geheißen hatte, war Ali gar nicht bewusst gewesen, denn solange sie in Berchtesgaden lebte, hatte die Maximilianstraße den Namen des obersten Nationalsozialisten und Ehrenbürgers getragen. Jetzt hatte sie wieder den ursprünglichen Namen zurück, samt dem – vermutlich alten, wieder ausgemotteten – Straßenschild. Es war ein schöner Tag, und die Sonne ließ die bunten Häuser in warmem Licht leuchten. Prächtige Geranien schmückten die meisten Balkone, wie Ali feststellte – Geranien überlebten fast alles. Jeeps und Menschen trieben durch die Gassen.

Ali schob ihr Rad über den Marktplatz in die Arkaden zum Schlossplatz. Die amerikanische Herrschaft war unübersehbar: GIs und Military Police, Jeeps und das selbstgezimmerte Holzschild *Military Government* am Schlosstor. Aus dem Augenwinkel stellte sie fest, dass die Lüftelmalerei zu Ehren der Kriegstoten von 1914 bis 1918 ihr Hakenkreuz ebenfalls eingebüßt hatte. Sie stellte ihr Fahrrad an der Stiftskirche ab, noch unter den Augen der Militärs, und hoffte, dass es dort stehen bliebe. Man konnte nie wissen. Sie nahm den Karton vom Gepäckträger und näherte sich dem Schlosstor.

Zwei strenge GIs fragten Ali nach ihrem Anliegen.

»I have informations«, sagte Ali, etwas unsicher im Englischen. Sie deutete auf den Karton.

»What is it?«, fragte der Soldat, und mit der Antwort war Ali überfordert. Sie öffnete den Karton und ließ ihn einen Blick hineinwerfen.

»Okay«, sagte der GI und wollte ihr den Karton abnehmen.

Ali krallte ihn fest und schüttelte den Kopf.

»No. I must talk to somebody and explain it.«

Der GI ließ den Karton los. Er und sein Kollege hielten kurz Rücksprache.

»Sorry«, sagte der erste. »You can give your address and name, we will find you«, sagte er, und das klang fast wie eine Drohung.

In diesem Moment fuhren zwei Jeeps vor. Im ersten saßen zwei Soldaten mit einem offensichtlich in Gewahrsam genommenen Deutschen, der etwas steif aus dem Jeep ausstieg und von den beiden Soldaten sofort rechts und links flankiert und zum Schlosseingang geführt wurde. Ali erkannte den deutschen Gefangenen in bayerischer, abgetragener Kleidung sofort: Der Mann war oft im Rampenlicht gewesen und hatte die Schreckenspropaganda seines Hetzblattes *Der Stürmer* geradezu lustvoll selbst verkörpert. Sein kahler Schädel, die stechenden Augen, seine markante Nase, der schmale Hitlerbart auf der Oberlippe und das fleischige Gesicht mit dem dicken Hals waren Ali nur zu gut in Erinnerung. Julius Streicher hatte versucht, sie nach einer Theateraufführung in Nürnberg gegen ihren Willen in ihrer Garderobe auf dem Sofa zum Sex zu zwingen. Nur weil die Maskenbildnerin ihren Hausschlüssel hatte liegen lassen und zurückgekommen war, hatte Ali seinen Pranken entwischen können. Ebendieser Julius Streicher ging zwischen den beiden GIs an ihr vorbei ins Schloss. Er streifte sie kurz mit seinem Blick, aber es war keinerlei Erkennen darin zu lesen. Ali stockte der Atem, und ihr Körper wurde starr wie ein Stock, ohne dass sie etwas dagegen tun konnte. Sie war mit der Präsenz des Scheusals so beschäftigt, dass ihr die Insassen des zweiten Jeeps bislang entgangen waren. Es waren zwei amerikanische Offiziere, die sich ihr jetzt näherten. Der GI an der Tür sagte zu ihr: »This is Captain Rosenzweig, CIC. Explain it to him.«

Ali sah in die angezeigte Richtung. Zwei Männer in US-Uniform: Auf dem gestickten Namensschild des einen stand »Renard«, auf dem Namensschild des anderen »Rosenzweig«. Als der GI den Namen ausgesprochen hatte, hatte sie durch die zerkaute Aussprache keine Verbindung zum deutschen Wort hergestellt. Aber jetzt las sie es: Rosenzweig. R-O-S-E-N-Z-W-E-I-G. Ihre Augen glitten zum Gesicht des Mannes. Es war fast dreizehn Jahre her! Er hatte ein erwachsenes Gesicht, kantiger, ein paar Spuren um die Augen, die aber immer noch von so warmem, leuchtendem Braun waren wie früher – er war es.

»Frank«, sagte sie auf Deutsch, ohne eine Sekunde über die vergangenen Jahre nachzudenken. Sie sah ihn an und lächelte, durch und durch erfreut, ihre Jugendliebe zusehen.

Frank sah sie einen Augenblick lang ohne Reaktion an, bevor ein Wiedererkennen über sein Gesicht zog.

»Ali!«, sagte er und schaute sie nun seinerseits mit dem Blick desjenigen an, der Vergangenheit und Gegenwart optisch übereinanderlegte, prüfend, welche Gefühle sich daraus ergaben. »Was machst du hier?«, fragte Frank, lächelnd förmliche Freundlichkeit verbreitend.

So ein Lächeln kann an jeden ausgegeben werden, dachte Ali.

»Ich habe Informationen, die ich den Amerikanern übergeben will«, antwortete sie und fügte dann lächelnd hinzu: »Du bist … Amerikaner …« Diese Äußerung war etwas dumm, wie sie sich augenblicklich schalt.

»Zum Glück bin ich Amerikaner«, sagte Frank einfach, und weder Sentimentalität noch Ironie schimmerten hindurch.

»Wie geht es dir?«, fragte Ali plötzlich in echtem Interesse.

»Das lässt sich nicht so einfach beantworten«, sagte Frank und sah sie ernst an. Er wandte sich an den GI und tauschte sich kurz auf Englisch mit ihm aus.

»Gut, gib mir deinen Karton, ich schau ihn mir an«, sagte er, aber wieder zögerte Ali. »Was ist denn drin?«

»Ich muss dir das erklären«, sagte sie und lächelte verlegen.

»Was ist drin?«, fragte er wieder und lächelte sie jetzt, endlich, tatsächlich persönlich an.

Ali gab sich einen Ruck.

»Unterlagen zu einem SS-General.«

»Okay. Dein Mann?«

»Nein!«, beeilte sie sich zu antworten, aber so ganz stimmte das ja auch nicht. Sie seufzte. »Es ist mir unangenehm, hier so draußen.«

Frank schüttelte den Kopf – nun mit einem bedauernden, wieder förmlichen Lächeln, wie Ali registrierte.

»Ich habe gerade keine Zeit, ich muss jetzt jemanden vernehmen.«

»Streicher, das Schwein.«

»Ja, Julius Streicher«, bestätigte Frank.

»Was passiert mit ihm?«, wollte Ali wissen.

»Er kommt in ein Lager, zusammen mit den anderen NS-Größen. Sie werden alle vor Gericht gestellt.«

»Ein amerikanisches Gericht?«

»Es wird wahrscheinlich eine neue Art von Gerichtshof geben. Ein international besetztes Gericht, in dem Kriegsverbrechern für ihre Verbrechen gegen die Menschlichkeit der Prozess gemacht wird.«

»Klingt gut«, sagte Ali und fügte, unvermittelt in vergangene Intimität verfallend, hinzu: »Streicher hat mal versucht, mich zu vergewaltigen. Er hat eine Schwäche für Schauspielerinnen und Tänzerinnen. Hat gedacht, er kann sich nehmen, was er will. Bei vielen hat er das geschafft.«

Frank sah sie irritiert an.

»Entschuldige, das passt nicht«, sagte Ali schnell, die sich auf einmal schämte, diese Geschichte herausgeholt zu haben. Als wollte sie sein Mitleid oder, schlimmer noch, einen sie beschützenden, unbedingt eifersüchtigen Ex-Liebsten-Zorn beschwören.

Franks Gesicht war nichts anzumerken, er betrachtete sie aufmerksam.

»Komm morgen wieder«, sagte er, sah die Enttäuschung in ihrem Gesicht und fügte schnell hinzu: »Oder du wartest, bis ich mit der Vernehmung fertig bin.«

»Ich warte«, sagte Ali dankbar.

»Es kann aber zwei Stunden oder mehr dauern«, erwiderte Frank.

»Kein Problem«, sagte Ali und lächelte mit ihren hübschen roten Lippen.

Alis hübsche rote Lippen. Frank erinnerte sich nur zu gut an sie.

32

Sophie kam beschwingt zur Arbeit ins Schloss. Ihre Pistolenprobleme waren vorerst gelöst. Endlich!

Es war ihr im Durcheinander des Auszugs der Amerikaner und der Rückkehr der Familie ins Wohnhaus mit Leichtigkeit gelungen, die Speer'sche Parabellum samt Munition unter der Diele in der Werkstatt zu verstecken, zumal auch Magda und ihre neugierige Nase gerade abwesend waren und ihr gemeinsamer Schlafschlauch verwaist – wahrscheinlich für immer wieder der Lagerraum für Schnitzholz, der er zuvor gewesen war – und damit ein perfektes Versteck abgab. Sie war noch nicht entschieden, ob sie Max die Waffe wirklich bringen würde, aber in jedem Fall war sie nicht mehr auf dem Kramerhof und brachte die Großeltern in Gefahr. Der Satz »Don't worry about the potatoes« hatte außerdem auch das andere Pistolenproblem pulverisiert: Max' Pistole war aus den Kartoffeln irgendwohin verschwunden, und Sophie wurde nicht mehr in Verbindung damit gebracht. Seit Kriegsende war sie eine Frau mit Pistolenproblemen, musste sie innerlich grinsen – »Sauber, Madl!«, würde Gustl dazu sagen. Mr Cork hatte heute besonders nett gelächelt, sich über das Geheimnis mit ihr verbunden und zum Abschluss gesagt, dass sie sich dann im Military Government sähen. Sie fühlte, dass sie einen Verbündeten hatte. Noch dazu einen, der ihr gefiel.

Brenda begrüßte Sophie knapp, sofort gingen sie gemeinsam in den Vernehmungsraum.

»Heute werden Sie im Wechsel mit mir stenografieren«, sagte Brenda, und Sophie nickte nur.

Es waren heute mehr Leute im Raum als am Tag zuvor. Sophie

zählte neun, alle in amerikanischen Uniformen. Ihr fiel besonders eine blonde Frau mit einem Fotoapparat und Notizbuch auf. »Taylor Press Corps« stand auf ihrem Namensschild.

»Wer ist denn heute dran?«, fragte Sophie leise.

Aber bevor Brenda, auf der Suche nach ihren Stiften, antworten konnte, ging die Tür auf, und zwei Soldaten führten einen kompakten Mann mit Glatzkopf in Zivilkleidung herein, der Sophie vage bekannt vorkam. Frank Rosenzweig folgte ihnen gemeinsam mit einem weiteren CIC-Mann.

Sophie nahm wahr, dass Frank Rosenzweig, der sonst immer sehr gelassen wirkte, voller explosiver Anspannung war. Niemand sagte ein Wort, nur Gescharre der Stühle, bis alle saßen. Dann legte Frank sofort los, in einem Ton, den Sophie auch noch nicht bei ihm gehört hatte. Er entnahm einem Pappumschlag ein bedrucktes Stück Papier, sah einen Moment in die Runde, und etwas an seiner Haltung sorgte für augenblickliche Stille unter den Anwesenden. Nach einem weiteren Atemzug begann Frank, den Text vom Blatt zu lesen.

»Für den Wissenden steht ewig fest: ›Artfremdes Eiweiß‹ ist der Same eines Mannes von anderer Rasse. Der männliche Same wird bei der Begattung ganz oder teilweise von dem weiblichen Mutterboden aufgesaugt und geht so in das Blut über. Ein einziger Beischlaf eines Juden bei einer arischen Frau genügt, um deren Blut für immer zu vergiften. Sie hat mit dem ›artfremden Eiweiß‹ auch die fremde Seele in sich aufgenommen. Sie kann nie mehr, auch wenn sie einen arischen Mann heiratet, rein arische Kinder bekommen, sondern nur Bastarde, in deren Brust zwei Seelen wohnen und denen man körperlich die Mischrasse ansieht. Auch deren Kinder werden wieder Mischlinge sein, das heißt, hässliche Menschen von unstetem Charakter und mit Neigung zu körperlichen Leiden. Man nennt diesen Vorgang ›Imprägnation‹.

Wir wissen nun, warum der Jude mit allen Mitteln der Verführungskunst darauf ausgeht, deutsche Mädchen möglichst frühzeitig zu schänden: warum der jüdische Arzt seine Patientinnen in der Narkose vergewaltigt; warum sogar die Judenfrauen ihren Männern den Verkehr mit Nichtjüdinnen gestatten: Das deutsche Mädchen, die deutsche Frau soll den artfremden Samen eines Juden in sich aufnehmen, sie soll niemals mehr deutsche Kinder gebären!«

Frank hatte den Text mit derselben Neutralität gelesen, mit der Sprecher im Volksempfänger codierte Zahlenreihen für Spione oder andere geheim operierende Zuhörer verlasen. Keine Spur von Ironie oder Pathos. Alle, die Deutsch verstanden, waren stumm. Einerseits, weil das keine übliche Vernehmung im Sinne des Military Government war – Brenda hatte ihr Stenogramm noch nicht begonnen, hörte nur zu. Und andererseits: Was war das für ein Text? Sophie wusste nicht, wer der Mann war, der dort saß, aber sie hatte ihn beobachtet, während der Text gelesen wurde. Auf seinem Gesicht war etwas wie Stolz aufgeschienen. Er hatte zugehört, den Text erkannt, und er schien offenbar mehr als einverstanden – beglückt von Form und Inhalt wippte er leicht bejahend im Takt. *Er hat den Text geschrieben*, dachte Sophie.

»Den Rest erspare ich uns«, fuhr Frank fort. »Es bleibt festzuhalten, dass der Verfasser dieses anthropologischen und zoologischen Unsinns auf keinen Fall Biologe ist oder überhaupt über eine wissenschaftliche Bildung verfügt. Niemand hat je von ›artfremdem Eiweiß‹ oder ›Imprägnation‹ gehört. Der Rest dieses Artikels bleibt fiktionale Emanation eines rassistischen Geistes.«

Der Ausdruck »fiktionale Emanation« stand als Distanz erzeugende Provokation eines Gebildeten gegenüber einem Primitivling im Raum. Sophie wusste nicht, was eine »Emanation« war. Magda mit ihrem Latein hätte es sicher gewusst, schoss es ihr durch den Kopf.

Das Leuchten auf dem Gesicht des Deutschen war erloschen. Kurz verzog sich sein Mund mit dem Oberlippenbart zu einer kleinen, trotzigen Schnute, dann nahm er wieder Haltung an.

Dann sprach Frank den Gefangenen direkt an. »Sie, mein Herr, Sie sind aber auch nicht der Kunstmaler Sailer, als der Sie sich auf dem Hof in Waidring gegenüber den Kameraden von der 101. Airborne Division bei Ihrer Festnahme ausgegeben haben. Vermutlich ist Ihre Karriere als Kunstmaler noch kürzer und unbedeutender, als Adolf Hitlers malerische Karriere es war.«

Frank sah den Glatzkopf mit einem kleinen, ironischen Lächeln an. Der Glatzkopf sah feindselig zurück. Alle empfanden seine Demütigung als berechtigt, und trotzdem hatte sie einen falschen Beigeschmack.

»Sie wurden von diversen Zeugen eindeutig als Julius Streicher, Herausgeber des völkischen Hetzblattes *Der Stürmer*, identifiziert. Durch Ihre gut sichtbare Schöpfer-Freude an den Einlassungen, die ich gerade vorgelesen habe, haben Sie sich zudem noch selbst als ihr Verfasser zu erkennen gegeben. Ihr Leitkommentar zu jüdischer Schulmedizin, Impfungen und den Nürnberger Gesetzen von 1934. ›Artfremdes Eiweiß.‹ Bullshit.«

Der Mann schwieg. An seiner Schläfe pochte wütend eine dicke, gewundene Ader. Sophie hatte nie Zeitungen gelesen, aber sie erinnerte sich an die beunruhigenden Karikaturen auf den Titelblättern des *Stürmers*, die meist großnasige Juden mit schmierigem Grinsen gezeigt hatten. Das passte zu dem Text, den sie gerade gehört hatte. Sie kannte keine Juden – außer Erich Goldstein, Besitzer einer Bücherkiste, eines Grammophons und von *Erika*, der Reiseschreibmaschine –, aber trotzdem hatte sie damals gedacht, dass es vor allem boshaft verächtlich war, Juden so zu zeichnen. Und obwohl sie das dachte, hatte sich in ihrem Unterbewussten ein blasses, unbefugtes Abbild genau dieser Karikaturen eingenistet, war dort als »Jude« eingeordnet und wurde bei Erwähnung des Wortes mit abgerufen, ob sie wollte oder nicht.

Brenda, die jede Nuance von Franks Ausführungen verstand, war unruhig. Sie hatte keinerlei Notizen gemacht, aber, so machte sich Sophie klar, Julius Streicher hatte bis jetzt auch nichts gesagt, was zu notieren gewesen wäre.

In diesem Moment öffnete er den Mund.

»Ich lasse mir mein Werk nicht schlechtmachen. Mein Verlag hat mich und meine Familie ernährt. Ich habe dem deutschen Volk nach bestem Wissen und Gewissen gedient. Ja, ich bin Julius Streicher. Und ich bin stolz darauf!« Seine Sprache hatte eine weiche fränkische Färbung – wie platt gedrücktes Bairisch, fand Sophie.

»Danke, Herr Streicher. Mit der Klärung Ihrer Identität übergeben wir Sie der Military Police, die Sie nach München zur richterlichen Vernehmung bringen wird.«

Auf Franks Zeichen traten zwei MPs an Streicher heran, der mit einem energischen Ruck aufstand, noch bevor sie bei ihm waren.

»Und was wird mir vorgeworfen, bitte? Was soll ich getan haben?«, fragte er heftig.

»Mindestens Volksverhetzung und Propaganda.«

»Das soll strafbar sein? Ist das in Amerika so? Das sind wohl jüdische Gesetze, was?«

Frank stand auf und verließ den Raum. Die Polizisten nahmen Streicher mit, der wüst vor sich hin schimpfte. Frank ging ein paar Schritte den Flur hinunter, öffnete ein Fenster und blieb davor stehen. Er sah sich nicht um, als auf der anderen Seite des Korridors Julius Streicher von den MPs abgeführt wurde. Die frische Luft tat Frank gut. Er atmete tief ein und aus und versuchte sich zu beruhigen. Das fiel ihm unendlich schwer.

Seit dem gestrigen Abend befand er sich im Ausnahmezustand. Da hatte Frank in der Hotellobby des Berchtesgadener Hofes den Brief des Internationalen Suchdienstes geöffnet, der

Umschlag enthielt mehrere Seiten. Sofort fiel ihm ein speckiges Stück Papier ins Auge: eine Nachricht seiner Schwester Ruth an ihn, datiert vom 19. Januar 1945 in Auschwitz Monowitz. Der Brief sei anonym im März 1945 an das Internationale Rote Kreuz geschickt worden, und man bedauere, so schrieb die empathische Mitarbeiterin des Suchdienstes, dass es so lange gedauert habe, bis er seinen Adressaten erreicht habe. Es stand lediglich »Frank Rosenzweig, Brooklyn, US-Army« auf die äußere Rückseite des zweimal gefalteten DIN-A4-Papiers gekritzelt. Wenn man es halb aufklappte, war die Nachricht zu sehen. Sie war sehr klein geschrieben, um jeden Zentimeter Papier bestmöglich auszunutzen. Frank erkannte die zwar ungewohnt krakelige, aber typische, Reste des alten Schwungs enthaltende Handschrift seiner Schwester.

Liebster Frank, ob ich noch lebe, wenn du diese Nachricht bekommst, ist ungewiss. Wir warten jeden Tag auf die Ankunft der Roten Armee. Du sollst wissen: Ich habe eine Tochter, Judith, in Tours am 14.7.1943, dem Tag der Revolution, geboren. Am 1. September wurden wir verhaftet und deportiert. Ich weiß nicht, ob Samuel noch lebt. Judith ist als »Marie« bei Bauern namens Colbert im Dorf Méjat, 30 km südlich von Périgueux. Ich denke jeden Tag an euch. Ich liebe euch alle.
Deine Schwester Ruth.
PS: Du hattest recht. 1. Pipsi und Pupsi konnten nicht gut fliegen.
2. Wir hätten gleich mit euch in die Staaten gehen sollen.

Frank hatte den Brief kurz überflogen, seinen Inhalt eher intuitiv als wörtlich erfasst. Er drehte das Papier um und erkannte, dass es die französische Geburtsurkunde war, die Ruth für ihre Nachricht genutzt hatte. *Judith Meyerbeer.* Dann erst, unmittelbar am

Fuße der Hoteltreppe stehend, las er das letzte Blatt aus dem Umschlag: die offizielle Bestätigung, dass seine Schwester Ruth tot war. Sie war nach der Befreiung durch die Rote Armee an Fleckfieber und Entkräftung gestorben. Die sowjetischen Ärzte hatten ihr nicht mehr helfen können. Irgendwo in seinem Körper wurde ein Schalter umgelegt, das Licht ging aus. Schwarz. Er war zu Boden gefallen.

Meg, George, der Portier und der Hotelboy hatten Frank nach oben in sein Bett geschafft. Seine Erinnerung setzte erst da wieder ein. Ein Arzt war da, Meg saß auf seinem Bettrand, George auf der anderen Seite des Bettes auf einem Stuhl. Er hatte sich mit einem Ruck aufgerichtet und die besorgten Blicke wahrgenommen. Der Arzt, ein weißhaariger Deutscher mit Nickelbrille und altmodischem Backenbart, hatte seine Tasche zugeklappt und ihm zugenickt.

»Da ist er wieder«, hatte er trocken gesagt, »samt Kreislauf.«

Frank wollte sofort aufstehen.

»Careful!«, ermahnte ihn Meg, nach seinem Arm greifend, um ihm zu helfen.

Frank entzog sich ihr. »Ich muss ins Bad.«

Mit einiger Mühe erhob er sich und wankte zur Toilette. Kurz musste er sich an der Wand abstützen und die Augen schließen, weil ihm noch einmal schwindelig wurde, aber dann war sein Kreislauf hochgefahren. Er ging ins Bad, pinkelte, spülte, schloss den Klodeckel langsam und sorgfältig, trat ans Waschbecken und sah sich im Spiegel an. Ein Geist blickte zurück. Blass. Mit tiefen schwarzen Rändern unter müden Augen. Er klatschte sich Wasser ins Gesicht und setzte sich einen Moment lang auf den Badewannenrand, um sehr, sehr langsam das Gesicht abzutrocknen, als wollte er dadurch den glühenden Strom aus Gedanken und Gefühlen beruhigen, der durch seinen Körper tobte, alles verschlingend, in Flammen setzend, den Atem versengend, um sofort darauf vom Kopf abwärts in einer Welle von eisigem grauem, salzigem Brackwasser gelöscht zu werden, ertränkt, erstickt, Schreie schluckend. Keine Luft, nirgends.

Als Frank aus dem Badezimmer zurück in sein Hotelzimmer kam, waren alle bis auf Meg gegangen. Sie sah ihn an, entnahm der gut ausgestatteten Zimmerbar Whiskey und Gläser, goss ihnen zwei fingerbreit ein, reichte ihm schweigend ein Glas. Frank nahm einen Schluck. Meg ebenfalls. Über den Rand ihres Glases hinweg sah sie ihn an.

»Zigarette?«, fragte sie und hielt ihm ihr silbernes Etui hin, auf dessen Deckel sich ein schuppiger Drache pseudochinesisch zwischen Seerosen und Kirschblütenzweigen schlängelte.

Der Drache hat ein Gesicht wie der Pekinese von Frau Müllerschön aus der zweiten Etage in der Thierschstraße, dachte Frank und nahm eine Zigarette heraus. Meg gab ihm Feuer. Sie rauchten. Frank setzte sich in den Ohrensessel, in dessen Leinenbezug *regimetreue Ackerrandblumen* in blassgrünen Untergrund eingewebt waren. Sogar eine Biene war zu sehen, *fleißig und nützlich,* stellte Frank fest und strich über den Stoff. *Ruth hat den Pekinesen immer ausgeführt. Madame Butterfly hat er geheißen. Oder besser – sie. Eine Pekinesin. Vielleicht ist der Drache mit dem Pekinesinnengesicht eigentlich auch eine Frau?* »Bötterflai«, hatte Frau Müllerschön das Wort nasalierend ausgesprochen und so getan, als sei das ganz besonders »inglisch«. Darüber hatten sich die Geschwister immer amüsiert. *Schmetterlinge sind auch in den Leinenbezug des Sessels gewebt.* Für das Gassigehen hatte Ruth von Frau Müllerschön jeweils zwei Mark und Karamellbonbons bekommen, die sie nicht mit Frank teilen wollte. Er hatte sich deshalb manchmal heimlich welche aus ihrem immer größer werdenden »Bötterflai«-Bonbonschatz genommen. Die Bonbons waren gezählt, und Ruth hatte ihm stets eine Szene gemacht, geheult, geschrien. Einmal war es deswegen sogar zu einer kleinen Prügelei gekommen. Ihr Vater hatte sie salomonisch getrennt, Frank wegen des Klauens gerügt und Ruth zu mehr Großzügigkeit angehalten. *Teilen bringt doppelte Freude und halbes Leid:* Das war einer der väterlichen Lieblingssprüche. *Sind Schmetterlinge eigentlich nützlich, oder sind sie nur schön? Und ist Schönheit ein Wert für den Volkskörper der Insekten oder nicht?* Ein Stück Ascheglut fiel von Franks Zigarette auf die gepolsterte Armlehne, und er beobachtete, wie ein sehr kleines Brandloch neben einem der Schmetterlinge entstand. *Vielleicht ist das schon eine Antwort?*

»Es tut mir so leid, dass deine Schwester tot ist«, sagte Megs Stimme in seine neuronale Wirrnis hinein.

»Ja«, antwortete Frank automatisch und sah in das besorgte Gesicht seiner Geliebten.

»Die Worte … sind zu klein, aber ich habe keine anderen, entschuldige«, fügte sie leise hinzu.

»Ja«, sagte Frank wieder. »Schon gut.«

Meg stand auf, ging neben seinem Sessel in die Knie und umarmte ihn. »Was immer ich für dich tun kann …«, flüsterte sie an seinem Hals, und er merkte, dass seine Haut nass wurde von Megs Tränen. Das war unangenehm.

»Die Rote Armee kam zu spät. Wer weiß, einen Tag früher, und Ruth hätte noch gerettet werden können«, sagte Frank.

»Frank …«

»Ich habe es gewusst!«, sagte Frank, und Meg ließ ihn los. »Aber nur ein Teil von mir. Jetzt wissen es alle Teile. Aber verstanden haben sie es noch nicht.«

Meg sah ihn an. Frank vergrößerte nebenbei das kleine Brandloch, indem er einzelne Fäden mit den Fingern herauszuziehen versuchte.

»Ich habe Ruths Brief gelesen«, sagte Meg.

»Aha, kannst du plötzlich Deutsch?«

»Nein, aber … ich habe es verstanden. Sie hat ein Kind. Du hast eine Nichte. Judith.«

»Vielleicht«, sagte Frank.

»Ist der Brief nicht echt?«, fragte Meg verwirrt.

»Pipsi und Pupsi. Das sagen nur meine Schwester und ich. Niemand sonst weiß das.«

»Also hat sie ihn geschrieben«, konstatierte Meg.

»Die Frage ist, ob das Kind noch lebt«, sagte Frank so neutral wie ein Kommissar bei der Aufklärung eines Verbrechens.

Meg nahm noch einen Schluck und blickte ihn nachdenklich an.

»Willst du das nicht herausfinden?«

»Du solltest nicht unerlaubt Briefe lesen.«

»Ich musste wissen, was dich umgehauen hat, entschuldige ... Ich kann auch kein Deutsch ...«

»Hör auf, dich zu entschuldigen.« Frank griff nach Megs Hand und küsste sie.

An diesem Abend war Meg nicht mehr von seiner Seite gewichen. Sie hatten sich irgendwann angezogen nebeneinander auf das Bett gelegt, einander umarmt, gehalten, losgelassen, geschlafen und gewacht. Um drei Uhr morgens wurde Frank von einem Weinkrampf überwältigt. Davon bekam Meg nichts mit, denn zu diesem Zeitpunkt war sie gerade in einen traumlosen Tiefschlaf gesunken. Er nahm vorsichtig ihren Arm von seiner Brust, legte ihn sanft auf dem Bett ab, stand auf und schlich aus dem Zimmer. Die ersten heftigen Schmerzwellen, in denen Rotz und Wasser aus seinem verzerrten, gurgelnden Gesicht flossen, stand er im verwaisten nächtlichen Hotelflur durch und hielt sich dabei an einem Fallrohr fest. Zum Glück sah ihn niemand. Meg sollte auch nichts mitbekommen. Frank wollte allein sein.

Er ging schließlich raus auf die Terrasse mit dem spektakulären Bergblick. Im Mondlicht konnte er die Watzmanngipfel erkennen, auf denen immer noch Schnee blendend weiß leuchtete. Watzmann, Watzfrau und die Kinder. Eine Familie. Und darüber die zahllosen Sterne auf dem lichtschluckenden, still pulsierenden Schwarz des gebogenen Universums. Ganz sicher, er konnte den

Raum und die Zeit sehen. Irgendwo dort oben, weit weg, war sie auch. Ruth.

Ich finde dein Kind, hatte Frank ihr versprochen. Oder dem Universum. Oder sich selbst.

Äußere Fassung hatte er scheinbar zurückgewonnen, aber am Tag danach ließ Meg ihn nicht aus den Augen. Auch jetzt, als er am geöffneten Fenster des Schlosses stand, die Schlacken des »artfremden Eiweißes« niederrauchend und Frischluft einatmend, trat Meg zu ihm.

»Alles okay?«

Frank nickte, aber sein feines Lächeln, das eine kleine Kopfbewegung ins Vage begleitete, sagte: *Was für eine Frage …*

»Das war kurz für einen Julius Streicher«, stellte Meg fest.

»Wir mussten ihn nur zweifelsfrei identifizieren. Er wird ohnehin von einem größeren Militärgericht vernommen. Ich war heute nicht in der Laune, einem weiteren Scheusal beim Lügen zuzuhören«, erwiderte Frank achselzuckend.

Meg lächelte ihm zu, nickte.

»Morgen ist mein Regierungstag«, verkündete sie. »Ich brauche noch einen Übersetzer. Der Governor spricht auch kein Deutsch.«

Frank sah, wie Brenda und Sophie Gruber in diesem Moment aus dem Vernehmungsraum traten. Beide schienen ratlos, was jetzt passieren würde.

»Da, Fräulein Gruber«, sagte er zu Meg und zeigte auf sie.

»Die mit dem Buch?«, fragte Meg.

»Die mit dem Buch«, lächelte Frank und rief Sophie, die etwas eingeschüchtert zu ihnen herüberkam.

»Ja, Captain Rosenzweig?«, fragte Sophie auf Deutsch.

»Miss Gruber, this is Press Officer Taylor, she needs a good translator tomorrow. Ich habe Sie empfohlen.«

Sophie errötete und sah von Frank zu der gut aussehenden Presseoffizierin, die sie angrinste.

»Interested to spend the day with me?«, fragte Meg amüsiert.

»Yes, I am, Madam Officer!«, brachte Sophie zackig heraus, ihre Unsicherheit überspielend.

»Bring her back to me!«, sagte Frank zu Meg und zwinkerte Sophie zum Abschied zu.

Dann ließ er Meg und Sophie allein und marschierte zur Treppe Richtung Erdgeschoss. Er musste Ali auf morgen vertrösten, das nächste Verhör ging gleich los. Frank hatte das Gefühl, nicht aufrichtig gewesen zu sein, schließlich hatte er gewusst, dass Ali in Berchtesgaden lebte, und war damit theoretisch präpariert, auf seine Jugendliebe zu treffen. Sie hingegen war völlig überrascht gewesen von seiner Anwesenheit, oder? Wobei – sie war Schauspielerin, und im Fach »Gezielt eingesetzte Emotionen« abseits der Bühne schon immer überzeugend gewesen. *Alles ist möglich*, sagte der Geheimdienstler ihn ihm. Frank hatte bei ihrem kurzen ersten Aufeinandertreffen kühler getan, als er war. Er wollte kühl sein, schließlich wusste er, dass Ali als außereheliche Geliebte des SS-Generals gelebt hatte. Der Geheimdienst hatte sehr genaue Einzelheiten geliefert. Damit stand Ali definitiv auf der Seite derer, die so viele Millionen Menschen – und seine Schwester – ermordet hatten. Seine intensiven Träume zu Ali hatten ihn erschreckt. Er fühlte die Macht der Erinnerung – wie lebhaft sie zurückströmte und seine Gegenwart veränderte, nur kurz angetippt durch Alis Namen auf einer seiner Listen. Frank hatte nicht in Erinnerung, dass Ali je antisemitische Äußerungen getan hatte. Sie hatte sich, im Gegenteil, mit ihrem Vater, einem Urmünchner Metzgermeister, angelegt, der sämtliche christlichen Vorurteile gegen die Mörder Jesu und die Geldwucherer im Tempel auffuhr, um seine Tochter aus den Klauen von Frank Rosenzweig, dem jüdischen Anwaltssöhnchen, zu lösen. Die Tochter hatte aber, und dann ganz von allein, Frank losgelassen, als sie sich zu langweilen begann und mit einem italienischen Conte anbandelte, der sich später als Betrüger erwies und nur ein Gondoliere und

Ex-Glasbläser aus Venedig war. Was dem Metzgermeister noch weniger gefallen und Frank tief verletzt hatte. Seither hatte er eine Abneigung gegen alles Venezianische – besonders Gondeln und Muranoglas. Frank nahm sich vor, Ali unnachgiebig zu befragen. Doch als er in die Wartezone kam, war Ali nicht mehr da. Sie sei bereits vor einer halben Stunde gegangen, teilte ihm der wachhabende GI mit.

»Did she leave a message?«, fragte Frank.

»No, Sir«, erwiderte der GI.

Frank war erleichtert. Zugleich fühlte er überrascht einen zarten Stich der Enttäuschung.

33

In der Familie Gruber herrschte fast schon Festtagsstimmung. Sie waren zurück in ihrem Wohnhaus, und das bedeutete: Die Talsohle war durchschritten, jetzt ging es aufwärts. So jedenfalls verkündete es Sepp keck und steckte alle mit seiner optimistischen Stimmung an. Bis auf seine Ehefrau, die minutiös die Haushaltsbestände durchging und feststellte, was die Amis gestohlen hatten.

»Nicht nur die bestickten Tischdecken haben sie mitgenommen, die Amis«, jammerte Theres. »Auch das Kreuzstichtücherl, das ich in der Schule gemacht hab, mit dem Rahmen, den der Sepp gemacht hat. Und die versilberte Suppenkelle mit dem Beingriff, den der Sepp geschnitzt hat!«

»Meine Bauernfamilie fehlt ebenfalls«, konstatierte Sophie.

»Des gibt's doch ned!«, schimpfte Theres. »Die kenna nix, die Amis!«

»Die Arbeit vom Sepp scheint denen gut zu gefallen«, sagte Kathi trocken und lächelte Sepp an, auf dessen Gesicht ein rosaroter Schimmer und ein freudiges, wenn auch klein gehaltenes Grinsen aufging.

»Vielleicht hat einer von denen Kinder«, mutmaßte Magda.

Annemarie und Clara kamen mit dem Essen aus der Küche. Sie hatten aus den Marken das Möglichste herausgeholt und die eingeholten Lebensmittel in einen sehr zwiebellastigen Bohneneintopf verwandelt. Außerdem hatte Clara Brot ergattert und Annemarie ein Stück Bergkäse. Sophie lief das Wasser im Mund zusammen.

»Alle setzen! Essen ist da!«, rief Clara.

Sie versammelten sich zügig. Magda rutschte neben Sophie und kniff sie in die Seite.

»Speck!«, zischte sie ihr ins Ohr und kicherte.

»Ey!«, sagte Sophie und wich Magdas spitzen zwickenden Fingern aus.

»Du musst mir nachher Bericht erstatten, heute gibt es keine Entschuldigung«, schob Magda leise hinterher und sah Sophie durchdringend an.

»Jaja, schon gut!«, erwiderte Sophie ebenfalls im Flüsterton.

»Süße Geheimnisse?«, fragte Kathi neckisch.

»Geht dich nichts an!«, schnappte Magda.

In diesem Moment fing Theres laut an zu beten, das Gespräch verebbte. Kaum war das Amen gesprochen, fingen alle klappernd und schlürfend an zu löffeln.

»Ich schnitz' dir eine neue Familie, wenn du magst, Sopherl«, bot Sepp an.

»Vielleicht kann man solche Figuren auch gut verkaufen …«, sagte Annemarie, und Sepp legte den Kopf schief.

Theres schüttelte den Kopf.

»Naa, Schmarrn«, widersprach sie energisch.

»Wieso?«, fragte Annemarie.

»Krippen und Engelsfiguren in der Weihnachtszeit – das läuft sicher!«, sagte Kathi und nickte Annemarie zu.

»Ich meinte so etwas wie die Bauernfamilie von Sophie. Für die Kinder daheim in Amerika, Spielzeug …«, stellte Annemarie klar.

»Säkulare Kunst«, sagte Clara.

»Säkular?«, fragte Kathi.

»Nicht religiös«, übersetzte Magda.

»Ich kann es ja mal probieren«, sagte Sepp.

»Eine gute Idee!«, fand Kathi. »Da wirst du noch in Amerika berühmt.« Wieder lächelte sie Sepp an, der deshalb ein paar Sekunden lang intensiv in seinen Teller schauen musste.

»Ha, am Ende schnitzt du noch Cowboys und Indianer!«, sagte Theres mit leichter Verachtung.

»Kaubeu!«, mampfte Karli begeistert zwischen zwei Brotstücken heraus und strahlte.

»Weißt du überhaupt, was das ist, Karli?«, fragte Sophie, und Karli zuckte die Achseln. »›Kuh-Junge‹ heißt das wörtlich übersetzt.«

»Achtung! Twintwintwin!«, kicherte Magda, was aber niemand verstand und sie albern wirken ließ, wie Sophie befriedigt bemerkte.

»Kuh-Junge?« Karli klang enttäuscht.

»In Wirklichkeit ist das ein Mann, der auf einem Pferd reitet und riesige Rinderherden durch die Gegend treibt«, erklärte Sophie.

»Warum reitet der?«, wollte Karli wissen.

»Weil des so riesig ist, ned so klein wie bei uns auf der Alm. Da gibt's Hunderte Kilometer von Wiese. Da müssen sie um die Rinderherde herumreiten, damit sie nicht abhauen.« Sophie sah ihn an, Karli runzelte die Stirn.

»Haben die kein' Zaun?«, fragte Karli ernst und mit vertraulich gesenkter Stimme, als verriete er ein Geheimnis.

Sepp lachte laut.

»Des mag ich, das ist praktisches Verständnis, gell, Karli?!«

»Ja, Opa!«, sagte Karli und steckte sich ein Stück Käse in den Mund, zufrieden, dass er offenbar einen Witz gemacht und alle zum Lachen gebracht hatte, selbst Theres lächelte.

»Also, machst' dem Karli einen Cowboy, oder, Sepp?«, sagte Kathi.

»Mach' ich«, versprach Sepp.

»So!«, unterbrach Magda das Thema. »Weil mich keiner fragt, erzähl ich es jetzt: Ich bin Krankenschwesternschülerin in der Klinik auf der Stangass! Sie haben mich genommen!«

»Das ist ja großartig, Liebes!«, sagte Annemarie zu Magda.

Und Clara stand auf, um ihre Tochter zu umarmen. »Das freut mich, Magda, du hast es dir so gewünscht!«

Einen Moment lang hielten Mutter und Tochter sich fest.

Sophie sah Magda überrascht an. Sie hatte nicht gewusst, dass Magda Krankenschwester werden wollte. Sie hatte nie davon erzählt.

»Ein nützlicher Beruf ist es in jedem Fall!«, sagte Theres. »Nützlicher, als bei den Amis zu tippen.«

Sophie richtete sich auf ihrem Stuhl auf und versteifte.

»Das würde ich so nicht sagen«, versuchte Clara zu beschwichtigen, weil sie Sophies Empörung spüren konnte.

Sophie nahm Anlauf zu ihrer Verteidigung.

»Wir haben heute Julius Streicher verhört! Er hat gelogen und behauptet, dass er Kunstmaler ist. Er hat einen schrecklichen Artikel geschrieben, mit dem wir ihn überführt haben!«

»Wir …??«

»Wer ist das – Julius Streicher?«, fragte Kathi.

»Ist so was sinnvoll?«, fragte Theres.

»Ja, er wird verurteilt und eine Strafe bekommen. Er ist der Herausgeber des *Stürmer* und ein Verbrecher.« Sophie sah in die Runde. Offenbar waren nicht alle ihrer Meinung.

»Ich finde das sehr gut, dass du bei den Amerikanern arbeitest, Sophie«, sagte Clara mit fester Stimme. »Das ist eine wichtige Aufgabe!«

»Zumindest gibt es Kaffee und Schuingam«, spottete Magda.

»Chewing Gum«, verbesserte Sophie säuerlich.

Theres schüttelte den Kopf.

»Wir müssen in die Zukunft schauen, nicht in die Vergangenheit. Dieses Herumstochern bringt nur Unfrieden.«

Sepp nickte schweigend.

»Aber es ist ungerecht, wenn solche Verbrecher einfach unschuldig tun und alles leugnen. Wir müssen doch die Dinge sortieren, bevor wir weitermachen können! Wir müssen die Schuldigen herausfinden!«, sagte Sophie.

»Und wer is' jetzt da schuld?«, wollte Sepp wissen, und es klang fast so, als wäre diese Frage kindlich und ohne Arg gestellt.

»Na, die Nazis sind schuld!«, sagte Kathi und schaute sich Beifall heischend um.

»Irgendjemand hat die doch gewählt«, wagte Clara zu behaupten.

»Aber dann haben die Nazis gemacht, was sie wollten«, sagte Kathi, »und den Krieg hat niemand gewollt!«

»Nach 1941 nicht mehr, stimmt«, merkte Sepp sarkastisch an.

»Ich glaube, bei der Wahl 1933 hatten die Nationalsozialisten im gesamten Reich über vierzig Prozent aller Stimmen«, sagte Clara und fügte leise hinzu: »Bei uns in Pommern hatten sie sogar sechsundfünfzig Prozent. Nur in Ostpreußen gab es noch ein paar Stimmen mehr für sie, prozentual gesehen. Wir waren sehr überzeugt. Und wir haben alles verloren.«

»Woher hast du die Zahlen?«, fragte Magda ihre Mutter.

»Dein Vater und ich haben die Wahlergebnisse in der Zeitung gelesen. Er war schockiert. Er hatte nicht die NSDAP gewählt.«

»Und du?«

»Ich habe die NSDAP gewählt«, gestand Clara. »Das war ein Fehler.«

»Da seid's ihr nicht die Einzigen«, sagte Sepp. »Wir sind aber trotzdem keine Verbrecher.«

Theres zischte verächtlich.

»Die wahren Sünden kennt doch jeder selbst. Die sind zwischen mir und dem Herrn allein. Und es liegt in der Hand Gottes, ob er sie uns vergibt. Nicht in der Hand der Amis.«

Theres schaute ihre Tochter streng an.

Sophie hatte genug. Sie stand auf und ging hinaus. Sollten doch die anderen abräumen und abwaschen. Ihr reichte es. Stellte sich die Familie dumm, oder was war das? Über Max hatte vorsichtshalber in den letzten Tagen gar niemand gesprochen, als könnte man durch das Nichterwähnen des SS-Mannes in der Sippe die eigene Situation verbessern. So unverfänglich war es dann wohl doch nicht, was die SS getan hatte, auch wenn sie alle nur mündliche Berichte von Kriegsteilnehmern kannten – und die auch nur aus mindestens zweiter Hand. Keiner in der Familie hatte gefragt, wo Max wohl war, keiner außer Sophie wusste, dass Max sich in den Bergen versteckt hielt.

Sophie ging auf den Hof. Es war jetzt schon lange hell draußen, der Sommer war fast da. Ende Mai, Aufbruchstimmung, Grün, gebadet in lauer, duftender Luft. Leider herrschte immer noch Ausgangssperre, und so konnte Sophie nicht ihrem Drang nach Bewegung nachgeben und durch die Stadt mäandern, sondern nur im Hof herumtigernd Luft schnappen.

Sie bedauerte, dass die Amerikaner weg waren. Genauer gesagt bedauerte sie, dass sie nicht mehr zufällig auf Sam Cork treffen konnte, der jetzt irgendwo in der Nähe des Hauptquartiers in der ehemaligen Kleinen Reichskanzlei wohnte. Vielleicht hätten sie sich über den zweiten Fall heute austauschen können, der Sophie weiter verwirrt hatte, wenn auch auf ganz andere Weise. Im Fall Julius Stürmer korrespondierte ihr Gefühl mit der Tatsache, dass ihn die Amerikaner als Verbrecher festgenommen hatten. Abneigung und Anklage passten zueinander. Die zweite Person, die an diesem Tag befragt worden war, hatte Sophie nur indirekt durch das Stenogramm des Verhörs begriffen, das sie an diesem Nachmittag hatte abtippen müssen. Allerdings war Sophie der Person einmal persönlich begegnet: Hitlers langjährige Sekretärin Christa Schröder. Christa Schröder hatte vor einigen Jahren Ende November Sepps Werkstatt betreten, um dort »auf Empfehlung einer Freundin« eine Perchtenmaske bei den Grubers zu kaufen. Sophie hatte ihrem Vater assistiert, die verschiedenen Masken geholt und wieder weggetragen, während er ein paar Geschichten und Besonderheiten dazu erwähnte. Christa Schröder, die ein Geschenk für »einen traditionsbewussten Mann« suchte, wählte schließlich eine besonders furchterregende schwarz-rot bemalte Holzmaske mit Teufelshörnern aus. Sophie hatte, wie zum Ausgleich der Energien, aus einer Intuition heraus auch noch einen Weihnachtsengel gezeigt, der, typisch Sepp, ein bisschen wie Sophie aussah. Der mit Blattgold und leuchtendem Marienblau bemalte Engel bildete die ideale Symbiose aus Alpen, Kirche, Frau und Folklore. Ihn kaufte Christa Schröder auch noch, ihr spontanes, persönliches Gefallen an der weiblich-friedlich-christlichen Figur war ihr vom Gesicht abzulesen. Beide Stücke waren nicht günstig, gutes Kunsthandwerk kostete – zumal, wenn Gold im Spiel war. Aber die Dame zuckte nicht bei der Erwähnung des Preises und ließ beide Stücke verpacken, um auf den Obersalzberg direkt zum Berghof geschickt zu werden. Die Käuferin wurde durch die beigelegte Visitenkarte zweifelsfrei als die Privatsekretärin Adolf Hitlers identifiziert. Ab diesem Moment war im Hause Gruber klar, dass hier soeben der erste Direktkauf der obersten deutschen Riege stattgefunden hatte, und die Spekulationen sprossen wild rankend um den Esstisch der Familie. War das Geschenk für den Führer? War die ungenannte Freundin möglicherweise Eva Braun? Oder hatte Frau Schröder auf Wunsch des Führers Geschenke ausgesucht? Ein unbekanntes Universum parteinaher Verkäufe entfaltete sich ebenso zügig wie prächtig im Gruber'schen Möglichkeitssinn. Doch bis auf einen SS-Obersturmbannführer hatte sich niemand mehr in die Gruber'sche Werkstatt verirrt. Der SS-Obersturmbannführer hatte eine sehr katholische kleine Madonna (für seine Mutter, ohne Gold) erstanden und war, wie sich später herausgestellt hatte, auf Empfehlung von Max da gewesen.

Sophie hätte ihrer Familie gern von ihrer heutigen Arbeit erzählt, aber die anderen schienen so ablehnend eingestellt, dass sie ihr Wissen um Christa Schröders aktuellen Verbleib und anderes mehr für sich behielt.

Jetzt also war Hitlers Privatsekretärin, so hatte es über dem Protokoll der Vernehmung gestanden, am 22.5. in Hintersee in der Pension Zur Post vom US-Geheimdienst festgenommen und in Berchtesgaden verhört worden. Es war vermerkt, dass Christa

Schröder bei den Amerikanern lautstark gezetert hatte, weil ihre private Handtasche und die Koffer durchwühlt worden waren. Sie hatte außerdem den »Diebstahl« zweier Landschaftsgemälde durch Gaullisten und Schwarze angezeigt, die sie selbst einfach aus dem Berghof mitgenommen und in ihrem Pensionszimmer aufgehängt hatte. Daran werde sie sich wohl gewöhnen müssen, hatte der CIC-Offizier ihr nonchalant erwidert – in ihren Augen eine grobe Unverschämtheit.

Christa Schröders Aussage interessierte die Alliierten oder vielleicht sogar die ganze Welt, schließlich war sie dem Führer so nah gewesen wie wenige andere. Die Vernehmung hatte ein CIC-Offizier namens Erich Albert geführt. Auf Deutsch. Sie hatte ausgesagt, seit 1933 dauerhaft für Adolf Hitler gearbeitet zu haben, gemeinsam mit ein bis zwei anderen Sekretärinnen. Sophie fand es höchst merkwürdig, dass der Führer des deutschen Volkes – während eines Krieges, in dem fast die ganze Welt gegen Deutschland kämpfte und der verloren zu werden drohte – hauptsächlich nachts aktiv und morgens um acht Uhr zu Bett gegangen war, nachdem er, im Kreis seiner Sekretärinnen schwatzend, noch Tee getrunken hatte. Am frühen Nachmittag war er wieder aufgestanden, um Lageberichte entgegenzunehmen und zu schimpfen. Über die Unfähigkeit seiner Generäle und die seiner Mitarbeiter. Mittagessen hatte es immer erst um sechzehn, siebzehn Uhr gegeben, und alle hatten anwesend sein müssen.

F: Sie nahmen an den Mahlzeiten teil?
A: In der letzten Zeit nur an den Mittagessen und den nächt lichen Tees.
F: Welche waren die Themen der Unterhaltung beim Mittagessen?
A: Sie waren nicht politischer Natur. Es wurde gesprochen über Architektur, Theater, Musik, die deutsche Sprache, über zukünftige Aufgaben, über seine Pläne.

F: Wurde über den Wiederaufbau der Städte gesprochen?

A: Ja.

F: Wer wurde damit beauftragt?

A: Prof. Fick hatte damit bereits begonnen. Schließlich hätte Speer es übernommen, weil es seine Aufgabe war.

F: Es war kein allgemeiner Wiederaufbauplan?

A: Nein. Außerdem wurden beim Mittagessen medizinische Themen besprochen. Prof. Morell beschäftigte sich mit der Hormonforschung. Dieses Thema interessierte auch Hitler. Er war der Meinung, dass auf diesem Gebiet noch sehr viel erforscht werden muss.

F: Die Rassenfrage gehörte wohl auf das politische Gebiet?

A: Es wurde auch hin und wieder über Rassenfragen gesprochen. Ich selbst habe niemals viel von dem Problem der Rasse gehalten, weil die Erforschung der Rasse viele Lücken hat. Viele Frauen haben ihre Männer betrogen. Das habe ich Hitler oft gesagt.

F: Konnte man mit Hitler frei diskutieren?

A: Ja, bis zu einem gewissen Grad schon. Ich wusste, wo meine Grenze war.

F: War Fräulein Braun bei diesen Essen zugegen?

A: Fräulein Braun ist nur in der letzten Zeit in Berlin gewesen. Sie war zum Teil bei den Essen zugegen.

F: Hat Hitler Fräulein Braun als seine Ehefrau betrachtet?

A: Sie wurde so behandelt.

F: Hat er sie so behandelt?

A: Ja, doch.

F: Kinder hat es keine gegeben?

A: Nein. Ich habe vor Jahren mal etwas in einer amerikanischen Zeitschrift gelesen. Leni Riefenstahl wurde einmal genannt. Es gibt eine Kategorie von Frauen, die solche Gerüchte nicht widerlegen. So eine Frau ist Frau Riefenstahl. Das hat ihr genützt.

Die Gedanken gingen mit Sophie spazieren, während sie das Stenogramm in getippten Klartext übersetzte. *Was für eine fremde, merkwürdige Welt*, dachte Sophie.

Währenddessen saß ihr Pina Thanner gegenüber und tippte ebenfalls eine Vernehmung ab. Einmal brach sie in ein lautes, unfrohes Lachen aus, das ebenso schnell verschwand, wie es aufgetreten war. Sophie blickte hoch.

»Was tippen Sie ab?«, fragte sie höflich.

Pina warf ihr einen Blick aus ihren bernsteinfarbenen Augen zu und verzog den Mund zu einem etwas verächtlichen Lächeln.

»Die Vernehmung von Dr. Theodor Morell. Ach, Verzeihung, Professor! Leibarzt vom Gröfaz.« Pina bemerkte Sophies verständnislosen Blick. »Die Abkürzung für ›Größter Feldherr aller Zeiten‹. Ironisch für Adolf Hitler.«

»Ach so«, machte Sophie, die sich zum wiederholten Male unwissend und unfähig gegenüber ihrer Kollegin fühlte.

»Soll ich dir sagen, warum ich gelacht habe?«, fragte Pina und fiel einfach ins Du.

Sophie nickte eilig.

»Professor Morell hatte für die Wehrmacht ein Läusemittel aus geriebenen Pferdehaaren entwickelt, das die Soldaten abgelehnt haben, weil es so stank und kaum wirkte. Wenn es nass wurde, war es vollkommen wirkungslos. Man hat nur gestunken, für nix!«

Pina lachte wieder, und Sophie war unsicher, ob sie mitlachen sollte.

»Der Professor ist trotzdem mit seinen Pasten und Pillen reich geworden, weil Hitler auf ihn schwor. Er ist besonders stolz darauf, dass er den Führer mal durch eine probiotische Kur von einem Darmleiden geheilt hat. Danach ist er Leibarzt geworden und konnte alles machen. Morell hat extra massenweise tote Tiere aus den Schlachthöfen der Ukraine nach Westen gekarrt und Drüsen, Hoden und Knochenmark in einer Fabrik zu Hormonpräparaten verarbeiten lassen. Er hat Hitler regelmäßig Stierhodenextrakte und Testosteron gespritzt. Immer vor den Treffen mit Eva Braun – und auf deren Wunsch!«

»Das sagt er?«, fragte Sophie fassungslos. »Das stimmt nicht!«

Pina sah Sophie mit einem kleinen, hämischen Grinsen an.

»Warum sollte das nicht stimmen? Wer das ›Großdeutsche Reich‹ mit aller Manneskraft regiert und einen Krieg führt, hat keine Hormonressourcen für privaten Schnickschnack übrig. Da muss der Stier ran. Tja, leider können Adolf und Eva diese Tatsache weder bestätigen noch widerlegen. Thor hat sie zu sich genommen.«

Pina hob in bitterem Spott die Augenbrauen, und Sophie fiel keine Antwort ein.

Pina sah sie an. »Ich habe lange in einem chemischen Betrieb gearbeitet. Ich kenne mich aus. Ich würde sagen, dass Hitler krank und abhängig von Opiaten war. Er habe nach den Injektionen gelechzt, hat Morell zu Protokoll gegeben. Leider hat der Quacksalber ihn nicht rechtzeitig vergiftet.«

»Vielleicht gibt er nur an«, sagte Sophie vorsichtig.

»Ja, möglicherweise übertreibt er«, gab Pina zu. »Aber im Kern stimmt es sicher. Was hätte er davon?«

Sophie dachte an Christa Schröders Beschreibungen der Teerunden.

»Die Sekretärin gibt an, dass Hitler einen völlig verschobenen Tagesablauf hatte«, sagte Sophie. »Acht Uhr morgens ist er schlafen gegangen, nachmittags wieder aufgestanden.«

»Passt zu Drogen«, merkte Pina an.

Danach hatte Pina Sophie das »DU« angeboten. Sophie hatte geschmeichelt akzeptiert.

Während die Ereignisse dieses Tages im Military Government immer noch in ihrem Kopf rumorten, drehte Sophie Runde um Runde im Hof der Gruber'schen Werkstatt. Aber die paar Schritte im Kreis waren einfach nicht genug Auslauf, um sich auszuleeren, den Geist zu lüften und mehr Erkenntnis zu gewinnen. Sie beobachtete gerade eine Amsel, die einen dicken Wurm aus dem Grünstreifen an der Hecke zog, als Magda aus dem Haus kam und sich zu ihr gesellte. Die Amsel floh schimpfend und ließ den Wurm zurück, der sich eilig in die Erde zurückgrub.

»So«, sagte Magda und stellte sich mit verschränkten Armen und forschem Lächeln vor Sophie in Positur. »Jetzt!«

»Was jetzt?!«, entgegnete Sophie trotzig, obwohl sie genau wusste, was Magda wollte.

»Wann gehen wir zu Max?«, fragte Magda.

»Du gar nicht«, sagte Sophie.

»Ich will helfen! Ich muss Max helfen!« Magda sah sie eindringlich an.

Einen Moment lang war Sophie versucht, nachzugeben und ihr den Wunsch zu erfüllen. Aber allein die Vorstellung von Max' Reaktion und den Schwierigkeiten, die sie haben würde, Magda gegebenenfalls wieder loszuwerden, ließ sie gleich wieder fest werden.

»Magda. Max will nicht, dass jemand weiß, wo er ist.«

»Außer dir.«

»Außer mir, ja.«

»Ich könnte das genauso.«

»Kannst du nicht, weil du dich hier nicht auskennst.«

»Ihr könntet sicher Hilfe gebrauchen! Denk doch mal nach!?«

»Wofür?«

»Max will verschwinden, oder?«

»Ich weiß nicht, was sein Plan ist.« Sophie kam sich tatsächlich blank vor und ärgerte sich, dass sie nicht insistiert hatte, um herauszufinden, was ihr Bruder vorhatte. Aber dann fiel es ihr ein – Max hatte selbst keinen Plan. Es hatte nicht an ihren Fragen gelegen, sondern an seiner Unentschiedenheit. Seiner Angst und Unsicherheit. Schlagartig wurde ihr klar, dass sie aus Mitleid nicht weiter nachgefragt hatte. Magda sah sie ruhig an, und einen Moment fürchtete Sophie, sie könne ihre Gedanken lesen.

»Ich glaube, ihr braucht mich«, sagte ihre Freundin sehr ruhig. »Wir gehen hin und sprechen miteinander und finden eine Lösung.«

Sophie beschloss, das Thema zu wechseln. »Wie war dein Tag im Hospital?«

»Glaub' nicht, dass du so dumm ablenken kannst«, erwiderte Magda und lächelte wie ein Kätzchen. »Aber es war wirklich interessant. Die Oberschwester, Schwester Edith, hat mir alles gezeigt. Ich war sogar kurz im OP. Der Chefarzt, Dr. Maffei, hat mich auch befragt. Ich glaube, ihm hat mein gutes Latein gefallen. Warum ich nicht Ärztin werden will, sondern Krankenschwester, wollte er wissen. Wo ich doch Abitur habe, das große Latinum und auch studieren könnte. Ich habe gesagt, ich fange mal so an – und dann studiere ich vielleicht noch. Er hat gelacht und gesagt, dass das für eine Frau sehr vernünftig ist. Er war wirklich nett!«

»Ich habe nicht gewusst, dass du unbedingt Krankenschwester werden wolltest. Du hast mir nie davon erzählt.« Sophie schaute Magda an, die ernst einen Moment ins Leere blickte, bevor sie wieder Sophie ansah.

»Es ist wegen meines Vaters«, antwortete Magda. »Er ist an der Westfront in Frankreich gestorben.«

»An einem Blinddarmdurchbruch, ich weiß.«

»Er ist eigentlich daran gestorben, dass kein medizinisches Personal da war, das sich um ihn gekümmert hat. Er ist operiert worden, aber es gab keine Schwestern, die seine Wunde versorgt haben. Die Verbände gewechselt, sie desinfiziert haben. Mein Vater wurde operiert, aber dann hat man ihn nicht versorgt. Deshalb.«

»Hm.«

»Also, wann gehst du wieder zu Max?«, verlangte Magda zu wissen.

»Mal schauen«, sagte Sophie. »Er braucht mich nicht. Er wird versorgt.«

»Von wem?«, fragte Magda in misstrauischem Tonfall.

»Jemand von einem Hof in der Nähe«, wich Sophie aus.

»Eine Frau?«

»Ja, eine Freundin …«

»Aha, eine Freundin.«

»Max braucht nix … Nein …« Sophie dachte an die Pistole, und Magdas siebter Sinn sprang sofort an.

»Sophie … Was braucht Max? Komm schon, du kannst null Komma null lügen.« Magda lachte und sah Sophie durchdringend an. »Ich weiß, was er braucht. Was er damals schon wollte. Seine Pistole. Stimmt's?«

Sophie wand sich, aber Magda ließ sich nicht täuschen.

»Wo ist die Pistole aus dem Speer-Haus?«

»Sie ist weg«, behauptete Sophie.

»Du lügst schon wieder«, sagte Magda. »Ich habe dich im Auge, Sophie Gruber!«

Sie gingen ins Haus, stiegen die Treppe hoch in Sophies Zimmer, das sie auch vor dem Umzug in die Werkstatt gemeinsam bewohnt hatten.

»Ich habe morgen einen langen Tag, ich begleite eine Presseoffizierin als Übersetzerin«, sagte Sophie beim Zähneputzen.

»Twintwintwin«, sang Magda.

»Lass das!«

»Ich muss um sechs Uhr im Hospital anfangen«, sagte Magda mit der Zahnbürste im Mund.

»Das ist früh.«.

»Morgen Abend gehen wir zu Max!«

»Morgen geht nicht.« Sophie ärgerte sich schon im selben Moment, weil sie mit dieser Antwort der drängelnden Magda eine halbe Zusage gemacht hatte, irgendwann mitkommen zu dürfen.

»Schauen wir mal!« Magda genoss grinsend diesen kleinen Triumph. Sie stieg ins Bett, machte ihre Nachttischlampe aus, quetschte noch einen vernuschelten Gutenachtgruß hervor und drehte sich auf die Seite.

Sophie war zu wach, um zu schlafen. Die Gedanken rotierten. Sie nahm das Buch *Erfolg* und tauchte wieder in die Geschichte ein. Es war so klar, dass Martin Krüger Opfer eines miesen Komplotts und eigentlich unschuldig war. Seine Freundin Johanna Krain kämpfte für ihn ebenso wie sein Anwalt, der empfindliche, aber kenntnisreiche Dr. Geyer. Sie würden es schaffen, Krügers Unschuld zu beweisen, ihn zu rehabilitieren und aus dem Gefängnis zu befreien. *Das Gute muss schließlich siegen*, sagte sich Sophie, knipste nach vierundvierzig Seiten das Licht aus und schlief endlich ein.

34

Dr. Rudolf Kriss erklomm federnd die steile Holztreppe – es waren bestimmt mehr als hundert Stufen –, die von der Brauerei hoch zum Schloss und zur Stiftskirche führte. Wie immer seit seiner Rückkehr nach Berchtesgaden kleidete ihn seine »zweite Haut« hervorragend: die geliebte Heimattracht, Haferlschuhe und Filzhut samt langer grüner Feder, dazu die zarte Goldrandbrille, ohne die seine Augen nicht mehr gut sehen konnten. Die Sonne schien, der Himmel bog sich weit über den Bergen, und die Frühlingsluft beglückte seine vom Gefängnis geschädigten Lungen. Er hatte seine Aktentasche unter dem Arm, in der die Anliegen, die er im Sinne der Bewohner der Stadt vorbringen würde, fein säuberlich eng nebeneinander auf dem Papier dargelegt waren. Im Geiste ging er alle Punkte noch einmal durch.

Die Ernährungslage im Ort war schlecht. Die Lebensmittelgeschäfte hatten wenig zu bieten, insbesondere gab es kaum Mehl. Nur das war in ausreichendem Maße vorhanden, was in Oberbayern im Allgemeinen und speziell im Berchtesgadener Land gedieh: Milch und Milchprodukte. Aber kein Getreide. Die Rationen für deutsche Berchtesgadener waren auf neunhundert Kalorien pro Tag festgelegt worden – das war nichts! Wer keine Vorräte besaß und nichts selbst angebaut hatte, war in Not. Sie brauchten Transporte, die Getreide aus anderen Teilen Bayerns herschafften. Aber die Schienenwege waren zerstört, und für Lastwagen, wenn es sie denn überhaupt gab, fehlte das Benzin. Für die Gerste zum Brauen der von der US-Army angeforderten Mengen Bier war die Beschaffung desselben kein Problem gewesen. Jetzt aber musste Kriss die Versorgung der Einwohner und dazu noch die von sechshundert

Vertriebenen, oder Displaced Persons, sicherstellen, die in Berchtesgaden einquartiert waren. Für die DPs mussten laut Military Government zweitausend Kalorien bereitgestellt werden. Als Wiedergutmachung für erlittene Zwangsarbeit und Hunger bekamen sie mehr Marken als die Deutschen. Kriss wollte das Soll von zweitausend Kalorien gern erfüllen, aber er hatte keine Ahnung, wie. Bei diesen Personen handelte es sich größtenteils um Russen, Ukrainer, Tschechen, Italiener und Polen. Nicht alle von ihnen wollten nach Hause. Vor allem einige der Ukrainer weigerten sich. Kriss vermutete, dass sie sich teilweise im Osten auf die deutsche Seite geschlagen und keine Lust auf Stalins Rache hatten. Wer konnte schon Lust auf Stalin und das nächste totalitäre System haben? Niemand, der seine fünf Sinne beisammenhatte.

Die Ernährungslage war zwar gerade Kriss' Hauptproblem, aber viel besser sah es bei der medizinischen Versorgung auch nicht aus. Es gab kaum Medikamente. Zum Glück war Frühsommer, eine Jahreszeit, in der die Menschen zumeist von den schlimmsten Krankheitswellen verschont blieben. Vor dem Winter fürchtete Kriss sich jetzt schon.

Die Schulen mussten dringend wieder geöffnet werden. Schon seit gut einem halben Jahr waren alle Schulen geschlossen. Bildung war für Kriss nach Essen und Gesundheit das Wichtigste. Nur so konnte der Mensch verstehen, wie die Welt funktionierte, und begreifen, warum Frieden ein kostbares Gut darstellte und Demokratie zwar anstrengend, aber wünschenswert war. Denken lernen! Doch die Suche nach Lehrerinnen und Lehrern gestaltete sich äußerst schwierig. Es gab keine politisch unbelasteten Lehrer und Lehrerinnen. Die allermeisten waren Mitglied im Nationalsozialistischen Lehrerbund gewesen und daher per Dekret des Military Government von der Lehre ausgeschlossen. Einige wenige gab es, die aus dem Lehrberuf ausgeschieden waren, weil sie 1933 nicht hatten beitreten wollen, aber diese Leute waren, wenn sie nicht jüdisch oder sozialistisch gesonnen und geflohen, gefallen oder vernichtet worden waren, mittlerweile oft sehr alt. In seiner Not hatte Kriss sogar versucht, Xaver Krottmayr, einen alten, unbescholtenen Volksschullehrer zu reaktivieren, bei dem er selbst noch Mathematik- und Deutschunterricht gehabt hatte. Aber Herr Krottmayr hatte abgewunken: Er war zweiundsiebzig, schwerhörig, und die Vorstellung, sechs- bis zehnjährige Schulkinder zu unterrichten, denen er als Erstes die nationalsozialistisch verdrehte Erziehung aus den Hirnwindungen putzen müsste, überstieg seine psychischen Kapazitäten mindestens so sehr wie seine physischen.

Kriss ging auf den Eingang des Schlosses zu, wurde kurz kontrolliert und eingelassen. Im Büro des Governors erwartete ihn eine Überraschung: Unter der US-Flagge, die überdimensional groß an der Wand hinter dem schweren, mit Intarsien versehenen Schreibtisch hing, saß eine gut aussehende Blondine in Uniform. Ihr Namensschild wies sie als »Taylor Press Corps« aus. Sie thronte in neutraler Strenge auf dem Platz, wo zuvor der sehr konziliante Mr Smith, Anwalt aus Illinois, gesessen hatte, der ihm, Kriss, das Amt des *Burgomaster* offiziell übergeben hatte. Neben ihr standen eine junge Frau, die Kriss vage bekannt vorkam, und ein Offizier namens DiPietro, der ranghöchste Militär im Raum. Zwei GIs bewachten den Raum. Kriss sah irritiert zu DiPietro.

»Wo ist Governor Smith?«

DiPietro antwortete lächelnd auf Englisch, und die junge Frau, eindeutig mit Berchtesgadener Zungenschlag, übersetzte seine Worte ins Deutsche.

»Herr Kriss, das ist Miss Taylor, unsere Presseoffizierin. Sie wird für den heutigen Tag die Funktion eines Governors übernehmen, denn sie soll einen Bericht für die amerikanische Leserschaft schreiben, damit die US-Bürger verstehen, was wir hier tun. Und warum unser Engagement wichtig ist.«

»Aha«, sagte Kriss.

Der Amerikaner sprach weiter.

»Heute nehmen Sie die Befehle von Miss Taylor entgegen, als

wären es die von Governor Smith. Verstanden?«, übersetzte die junge Berchtesgadenerin direkt und unhöflich. Sie machte eine entschuldigende, kaum wahrnehmbare Kopfbewegung und sah zu Boden.

Kriss nahm ihre Beschämung über die Anweisungen wahr, die sie ihm weitergeben musste. Er verbeugte sich und schlug die Hacken zusammen.

»Jawohl, Governor. Ich habe verstanden. Ich habe einige Anliegen an Sie, Miss Taylor … Governor Taylor«, fügte er nahtlos hinzu und wandte sich direkt an die zu US-Propagandazwecken ernannte Gouverneurin für einen Tag. Sie sah ihn aufmerksam, weder freundlich noch unfreundlich an. Eher wie eine Frau, die die Folgen ihrer Attraktivität richtig einschätzen konnte, deretwegen die meisten sich in ihr täuschten und sie unterschätzten. Besonders, was ihre Intelligenz anging.

»Okay, gehen Sie los!«, forderte Taylor ihn laut Übersetzung auf, und Kriss sah die Übersetzerin einen Moment lang irritiert an.

»Bitte fangen Sie an, Herr Kriss«, korrigierte sich die junge Berchtesgadenerin schnell und errötete.

Kriss nickte und entnahm seiner Aktentasche die vorbereiteten Papiere. Die Stimmung war konzentriert, Taylor hörte zu, rückversicherte sich gelegentlich bei DiPietro, und Kriss war sehr froh, dass seine Vorschläge meist akzeptiert wurden. Taylor genehmigte neun Lastwagen samt Fahrern und Sprit für Getreidetransporte aus Deggendorf nach Berchtesgaden. Außerdem durfte der örtliche Apotheker mit einem eigens dazu ausgestellten Passierschein in ein Medikamentenlager nach Rosenheim fahren, um dringend benötigte Arzneimittel und medizinische Materialien zu holen. Ein kleiner Lieferwagen samt Benzin wurde zur Verfügung gestellt.

Die Unmöglichkeit für einen Menschen, mit neunhundert Kalorien pro Tag über längere Zeit zu überleben, war den Amerikanern ebenso klar wie ihm. Er musste das ansprechen.

»Wie stellen Sie sich das vor?«, fragte Kriss und sah Taylor an.

Die Antwort dauerte eine Weile. Die Presseoffizierin sprach sich mit DiPietro ab, und bei der anschließenden Antwort machte Taylor zwischendurch Pausen, damit die Übersetzerin nachkam.

»Wir wissen, dass das zu wenig ist. Aber wir haben nicht genug für alle im Moment. Im Gegensatz zu den Menschen in den Städten – und erst recht zu denen, die wir aus den Konzentrationslagern befreit haben – ist die deutsche Landbevölkerung gut genährt. Auch die Berchtesgadener sind gut genährt. Manche sind sogar dick. Die Kühe hier sind auch dick. Die Schränke sind noch gut gefüllt. Es waren Jahre der Fülle für alle. Sie werden sich zu helfen wissen.« Sie sah ihn kühl an.

»Ich weiß nicht, ob Sie das richtig sehen«, wagte Kriss zu erwidern.

»Not everybody is like you, *Burgomaster*«, sagte Taylor und sah ihn freundlich und distanziert zugleich an. Dann sprach sie wieder kurz mit DiPietro. Während die junge Deutsche übersetzte, hörte Taylor mit einem süffisanten Lächeln zu.

»Mein erster Erlass lautet: Alle Berchtesgadener sollen … Gärten anlegen … zur Selbstversorgung, um Hunger zu vermeiden … Nein … äh … eine drohende Mangelversorgung zu verhindern.«

Die Übersetzung war holperig, und Kriss sah, dass es der Übersetzerin peinlich war. Auf einmal fiel ihm ein, wer die junge Frau war: Sophie Gruber, die jüngere Schwester der beiden Gruber-Buam, die früher auch bei den Weihnachtsschützen waren. Max und Anderl. SS und Wehrmacht. Was wohl aus ihnen geworden war? Der Erlass zur Selbstversorgung war wohlfeil, aber im Grunde nicht schlecht. Es sollte eine entsprechende Bekanntmachung des Military Government im Rathaus aufgehängt werden.

»Die Schulen müssen sofort geöffnet werden. Uns fehlen allerdings unbelastete Lehrer und Schulbücher …«, fuhr Kriss fort. Er hatte gerade einmal acht Lehrerinnen und Lehrer gefunden, deren Fragebogen die Einstellung zuließ, und auch ohne Xaver Krottmayr waren vier von ihnen bereits pensioniert.

»Was schlagen Sie vor?«, fragte Taylor.

»Es werden für die ortsansässigen Schulen mindestens dreißig Lehrkräfte gebraucht. Um mehr als die acht zu finden, sollten wir individuelle Überprüfungen machen, um vielleicht doch einige Vorbelastete einstellen zu können, und nach Quereinsteigern suchen.«

»Wie stellen Sie sich die Überprüfungen vor?«

»Nun«, sagte Kriss, »neben den regulären Überprüfungen könnte Pfarrer Otto Schüller Gespräche mit Kandidaten führen und Empfehlungen abgeben.«

Otto Schüller war Kriss' Trumpfkarte. Er wusste, dass die Amerikaner den Pfarrer gern nach seiner Einschätzung fragten, denn er war nicht nur erwiesenermaßen kein Nazi-Freund gewesen, sondern ein stets aufmerksamer Beobachter der Geschehnisse und persönlichen Wandlungen im Ort. Er wusste, wer seine Kirche nicht mehr aufgesucht, sondern im Horst-Wessel-Lied einen geeigneten Ersatz für das Ave Maria gefunden hatte – und wer nun genauso geschwind, die Hand wieder Kreuze schlagend anstatt zum Gruß gereckt, auf der Kirchenbank kniete und in wiedergewonnener Überzeugung seinen Gottesdienst samt Abendmahl besuchte. Kriss, obwohl gläubiger Katholik (und insgeheim wohl auch Schüller selbst), waren aufrechte Atheisten, von denen er in der Haft viele kennengelernt hatte, deutlich lieber als die zurückgekehrten braunen Schäfchen.

In dem kurzen Austausch zwischen Taylor und DiPietro meinte Kriss seiner Unkenntnis des Englischen zum Trotz ein gewisses Wohlwollen herauszuhören. Er wurde damit beauftragt, seine Suche, wie von ihm geplant, mit Pfarrer Schüller fortzusetzen. Allerdings behielt sich das MG eine letzte Genehmigung vor.

Sophie Gruber übersetzte als Nächstes zwei Beschwerden an Kriss: Es würden noch immer Stempel und Briefpapier mit Hakenkreuzen genutzt, und noch immer seien nicht alle Straßen ihrer Nazi-Namen entledigt. Er wurde aufgefordert, diese Verstöße gegen das Besatzungsrecht augenblicklich zu unterbinden. Kriss erwähnte das Problem des Papiermangels in den Amtsstuben, und sie einigten sich darauf, entweder das Emblem herauszuschneiden oder es zu schwärzen.

»Ich weiß nicht, ob wir genügend schwarze Stifte haben«, sagte Kriss, lächelte und dachte an Felicitas.

»Try your best!«, erwiderte Taylor.

»Noch etwas«, sagte Kriss. »Am 8. Juni ist Fronleichnam. Es ist alte Tradition, die Kanone abzufeuern, wenn die Prozession zur Kirche zieht. Aber eine Kanone ist eine Waffe, für deren Nutzung eine Genehmigung gebraucht wird. Pfarrer Schüller und ich hätten gerne die Genehmigung zum Abfeuern der Salutschüsse.«

Meg und DiPietro berieten sich. Es war von der Militärregierung gewünscht, dass die Deutschen sich wieder mehr der Religion zuwandten. Davon versprachen sich die Amerikaner moralischen Halt, nachdem die Herrschaft der Nationalsozialisten zu einem Massenaustritt aus den Kirchen und der Schaffung einer unkirchlichen Kategorie der »Gottgläubigen« geführt hatte. Diese Gottgläubigkeit bedeutete nichts, denn außer dem meist grobschlächtigen NS-Ortsgruppenführer und dem Weihnachtsmann war niemand als Glaubensinstanz übrig geblieben. Dagegen waren, wie die Alliierten hofften, der Papst in Rom und seine lokalen Statthalter eine friedliche, ordnende Instanz. Kriss wurde mit einer möglichen Zusage vertröstet, denn wegen der Nutzung einer Kanone musste Governor Smith persönlich befragt werden.

Damit war Kriss mit den heutigen Anliegen durch.

»Thank you, Governor Taylor«, sagte Kriss formvollendet und knallte die Hacken auch für ihn selbst so unerwartet laut aneinander, dass die Anwesenden zusammenzuckten. Er entschuldigte sich mit einer kleinen Geste, die alle zum Lachen brachte. Die Anspannung fiel ab. Die Audienz war beendet, alle brauchten eine kleine Pause, Kriss war zufrieden. Governor Taylor und DiPietro gingen hinaus, nur die GIs und Sophie Gruber waren noch da. Kriss nutzte den Moment.

»Du bist doch die Schwester von Max und Anderl, oder?«

»Ja«, sagte Sophie und sah ihn an.

»Ich hab gehört, der Anderl ist an der Ostfront gewesen?«

»Er ist dort vermisst. Wir haben keine Nachricht von ihm.«

»Das tut mir leid«, sagte Kriss. »Und der Max?«

»Der ist auch verschwunden, und wir wissen nicht, wo er ist«, antwortete Sophie, und irgendetwas an ihrem Tonfall bewirkte, dass Kriss nicht weiterfragte.

»Dann hoffen wir mal, dass wir beide bald wiedersehen«, sagte er und lächelte Sophie Gruber an.

Sie lächelte zurück. »Ja, das hoffen wir alle.«

»Servus!« Kriss tippte sich an den Hut. »Gut hast du das gemacht, Sophie, danke …«

»Pfiat eahna, Herr Kriss«, erwiderte Sophie und war sich sehr unsicher, ob er das Kompliment ernst gemeint hatte.

35

Sophie atmete auf, dass niemand ihre Unterhaltung mit Kriss verfolgt hatte, denn plötzlich stand ihr wieder vor Augen, wie gefährdet ihre Position jeden Tag war. Kriss wusste natürlich, dass Max ein überzeugter SS-Mann und Nazi war. Wenn Kriss nur zwei und zwei zusammenzählte, konnte er sie auffliegen lassen. Es müsste noch nicht einmal absichtlich sein, er müsste ihr noch nicht einmal Böses wollen! Einfach so könnte er in Anwesenheit anderer nachfragen, wie es dazu gekommen war, dass sie eine Arbeit beim Military Government erhalten hatte, obwohl ihr Bruder ein SS-Mann im Rang eines Sturmbannführers war. Hitze rann durch ihren Körper. Das Übersetzen und die Konzentration hatten sie bisher schon gefordert, dazu kam die gerade gewonnene Erkenntnis, dass *Burgomaster Kriss* – und vermutlich nicht nur er – ihr gefährlich werden konnte. Sie fühlte, wie ihr der Schweiß ausbrach.

»Are you alright?«, schreckte Meg Taylors Stimme sie zurück in das Büro des Governors an diesem Donnerstag im Mai.

»I'm fine, thank you«, beeilte Sophie sich zu sagen und straffte sich.

Die Amerikanerin sah sie kritisch an.

»Sure?«

Sophie nickte.

»Okay, then let's go!«

Governor Taylor stiefelte voran, und Sophie musste sich beeilen, um Schritt zu halten. DiPietro erwartete sie an der Treppe, und Sophie betrachtete die beiden von hinten, die sich sofort angeregt unterhielten. Sophie sah unwillkürlich auf den Hintern des Governors, die Militärhosen und ein eng sitzendes Hemd aus dickem Khaki trug. Diese Uniform stand ihr, man konnte sehr schön den runden Pobacken beim Gehen zuschauen. Theres hätte es Sophie nie gestattet, Hosen zu tragen. Dabei sah das gut aus, und man konnte sich frei bewegen. *Eine Frau in Hosen wirkt gleich machtvoller*, dachte Sophie.

Ihr anstehender Außeneinsatz sollte das Bild der Aufgaben eines US-Statthalters vervollkommnen, aber wohin es ging, wusste Sophie nicht. DiPietro begleitete sie. *So ganz allein wollen sie die Pressetante wohl doch nicht lassen*, dachte Sophie. Unten vor dem Schloss wartete ein Jeep. Am Steuer des Jeeps saß zu Sophies süßem Schreck … Sam Cork. DiPietro und Taylor stiegen hinten ein. Die beiden führten, soweit Sophie folgen konnte, mittlerweile ein eher privates Gespräch über die Mängel und Vorzüge der örtlichen Restaurants und diskutierten ganz offensichtlich bereits darüber, wo sie Lunch essen würden. Sophie stieg auf den Beifahrersitz, und Sam lächelte ihr strahlend zu. Seine unerwartete körperliche Nähe tauchte Sophie sofort wieder in eine heiße Welle.

»Hi«, sagte er und zwinkerte ihr verschwörerisch zu. *Keine Sorge!*, schien er ihr mitteilen zu wollen.

»Hi«, antwortete sie, fühlte sich mit einem Mal ruhiger und tat sich schwer, ihr Lächeln zu unterdrücken.

Sam startete den Jeep, und schneidig fuhren sie vom Vorplatz des Schlosses. Ihr erstes Ziel war die ehemalige Jugendherberge in Strub, nahe der monumentalen Gebirgsjägerkaserne gelegen. Die Siedlung war fast vollständig in den Dreißigerjahren entstanden, in der typischen architektonischen Mischung aus lokaler Bauweise mit dunklem Holz, gekalkten Wänden und dem modischen steinernen, lüftelbemalten Herrschergestus. Der Jeep hielt an, alle stiegen aus. Sam blieb beim Wagen, die drei anderen gingen zum Gebäude. Dieses Mal hatte Press Officer Taylor ihre Kamera umgehängt. Sophie hatte, für alle Fälle, ihr kleines Englischlexikon dabei, in einer der großen Rocktaschen versteckt.

Eine strenge Schwester in Uniform – sehnig, Ende vierzig, das braune ergrauende Haar unter einer Haube versteckt – empfing sie am Eingang.

»Guten Tag, ich bin Schwester Hedwig«, sagte sie mit einem sehr norddeutschen Akzent und sah die Amerikaner selbstbewusst an.

»Tell us about your problems«, sagte Meg Taylor, und Schwester Hedwig führte sie als Erstes in einen großen Raum, in dem siebzehn Kinderbettchen standen, jedes Einzelne mit einem Säugling belegt. Keine Geräusche, kein Weinen waren zu hören. Es war unnatürlich still. Als hätten sie alle bereits gelernt, nicht zu stören, nicht auf sich aufmerksam zu machen. Sophie fand das befremdlich, wenn sie allein an Karli dachte – der hatte von Anfang an lautstark auf sich aufmerksam gemacht.

»Alle Säuglinge hier sind zwischen zwei Tagen und zwei Monaten alt«, erklärte Schwester Hedwig. »Die meisten sind gesund. Viele sind in ihren allerersten Tagen hergekommen. Ihre Mütter haben sie hier abgegeben oder vor die Tür gelegt und sich aus dem Staub gemacht. Oder die Mütter sind gestorben, und niemand will das Kind.«

»Warum? Wer sind ihre Mütter?«, wollte Meg Taylor wissen.

»Wir wissen nicht von allen, wer die Mutter ist. Meist sind ihre Mütter Fremdarbeiterinnen. Sie haben sich mit jemandem eingelassen, der sie sitzen gelassen hat, oder sie sind vergewaltigt worden. Vielleicht waren sie auch einfach liederlich. Woher soll man das genau wissen?« Schwester Hedwig sah Sophie mit gespitzten, missbilligenden Lippen an, was viele senkrechte Längsfalten um ihren Mund herum erzeugte und einige dort ansässige, borstige dunkle Haare hin- und herbewegte.

Wie soll ich das Wort »liederlich« übersetzen?!, fragte sich Sophie.

»Einige Kinder stammen auch von deutschen Frauen, die auf der Flucht vergewaltigt worden sind. Eine Mutter hat ihr Kind weinend hier abgegeben – sie hatte schon drei, und ihr Mann ist gefallen. Vielleicht überlegt sie es sich noch anders. Aber zu vielen gibt es keine Angaben, keine Papiere. Vater: unbekannt. Mutter: unbekannt.«

Alle schwiegen betroffen.

Sophie sah in den Saal, in dem Säuglinge wie die Setzlinge in den Gemüsebeeten ihrer Großmutter lagen. Alle geordnet nebeneinander. In Reihen. Man konnte sie zählen und benennen wie beim Schach: Reihe A, Nummer 2, Reihe C, Nummer 3, D1, B4. Sie warteten darauf, groß zu werden, wollten groß werden – wie die Karotten und Roten Rüben im Garten, Schwester Hedwig goss und düngte sie. Niemand liebte sie. In diesem Moment fing Säugling B2 an zu schreien. Ein junges, nur Tage altes Stimmchen, ein kleines, gurgelndes Krähen. Es steigerte sich schnell, wurde lauter, drängender, gequälter, und nur einen Moment später stimmte ein anderer Säugling ein, dann ein zweiter und schließlich ein dritter. Weitere kamen in den Chor hinzu. Das Schreien der kleinen Kinder wuchs zu einer ohrenbetäubenden, kakophonischen Klangwelle an.

Schwester Hedwig seufzte.

»Da haben wir den Salat«, sagte sie trocken. »Gehen wir in das Schwesternzimmer.«

Sie verließen den Raum und das immer noch anschwellende Weinen, und Schwester Hedwig schloss die Tür. Sophie schossen die Tränen hoch. Sie musste sich verstohlen die Augen wischen und tief durchatmen. Auch die beiden Amerikaner schwiegen.

Schwester Hedwig schritt energisch voran.

»Wenigstens stärkt Schreien die Lungen!«, sagte sie forsch. »Frau Dr. Haarer hätte ihre wahre Freude an uns.«

Der Unterton Schwester Hedwigs enthält Spuren von Ironie, dachte Sophie, der der Name der Doktorin bekannt vorkam … Genau: *Die deutsche Mutter und ihr erstes Kind* – Kathi hatte den Ratgeber zu Karlis Geburt geschenkt bekommen. Sie gingen den Flur entlang.

»Was Sie hier sehen, sind die Unerwünschten, die, um die sich niemand kümmert. Früchte des Krieges! Kollateralschaden, sagt man beim Militär, richtig? Es sind aber kleine Menschlein, die Hilfe, Wärme und Zuwendung brauchen!« Schwester Hedwig sprach mit einer Aufwallung von Mitgefühl, was ihr eine bisher abwesende Weichheit gab.

»Und wir können ihnen noch nicht einmal genug Milch und Windeln geben!« Darin lag die Abscheu vor ihrem eigenen Versagen als Kinderschwester, auch wenn das eindeutig den Umständen und nicht ihrer Professionalität zuzuschreiben war.

Sie kamen an einer Küche vorbei, in der zwei Küchenhelferinnen und eine junge Schwester Fläschchen abfüllten. Sophie konnte neben den Milchkannen dort ebenfalls einige Bierflaschen des Berchtesgadener Hofbrauhauses erkennen. Eine der Helferinnen gab in die bereitstehenden Fläschchen je einen ordentlichen Schuss Bier hinein.

»Die Babys bekommen Bier??«, fragte Taylor entsetzt.

Schwester Hedwig wartete Sophies Übersetzung nicht ab, sondern erwiderte sofort: »Ja, sie bekommen Bier, das macht sie zufriedener und ruhiger ... Sie sind hier in Bayern.«

Sophie übersetzte, die beiden Amerikaner sahen einander an, befremdet über dieses Land. Schwester Hedwig zuckte die Achseln.

In diesem Moment rückten die beiden Küchenhilfen sowie die junge Schwester mit einem Korb voller Fläschchen in Richtung des Saals der schreienden Säuglinge aus. Sophie rechnete nach. Siebzehn durch drei – wie ging das auf? Mindestens fünf Säuglinge für jede? Durften die Küchenhilfen die Kinder rausnehmen?

»Ich zeige Ihnen noch die Notunterkunft für die Wöchnerinnen, die kein Zuhause haben«, sagte Schwester Hedwig und bog ins Treppenhaus, ein Stockwerk höher. Dort wohnten in drei beengten Zimmern acht Frauen mit ihren neugeborenen Kindern. Nur zwei von ihnen sprachen Deutsch. Ein Kind, das schon laufen konnte, lebte ebenfalls dort bei seiner Mutter, die gerade niedergekommen war. Eine der Wöchnerinnen – eine trotz ihres aufgelösten, heruntergekommenen Zustands schöne Frau – klammerte sich an Meg Taylor fest. Sie weinte, ihr Baby im Arm hin- und herschaukelnd. Da sie ebenso wenig Englisch wie Deutsch sprach, unterhielten sie sich mit Händen und Füßen.

»Tamara ist aus Belgrad. Sie hat als Fremdarbeiterin in einem Ausflugslokal am Königssee gearbeitet. Der Vater des Kindes war dort auch verpflichtet. Franzose. Er hat sich aus dem Staub gemacht«, sagte Schwester Hedwig.

Sophie hatte Schwierigkeiten mit der Übersetzung. Sie hatte einfach immer »foreign worker« übersetzt, weil sie nicht genau wusste, was »Fremdarbeit« hieß.

Governor Taylor unterbrach sie. »I think you mean: she had to do forced labour«, sagte Meg kühl.

»Of course«, korrigierte Sophie schnell, »forced labour.« *Zwangsarbeit. Das war etwas anderes. Oder?*

»Sie schuldet der Hebamme noch das Geld für die Entbindung samt einer Betäubung, es sind dreiundfünfzig Reichsmark«, sagte Schwester Hedwig. »Die Hebamme hat ihr schon mit der Polizei gedroht. Tamara hat das Geld nicht.«

»Hilfe, please!«, flehte Tamara und sah sie aus verzweifelten braunen Augen an. Ihr Kind lag in ihrem Arm, an ihre halb nackte Brust gedrückt.

Meg Taylor durchsuchte ihre Hosentaschen. Fünfzig Reichsmark waren nicht einmal fünf Dollar. Sie fand eine Zehndollarnote und gab sie Tamara.

»For you, keep it«, sagte Meg.

Tamara brach in Tränen aus und küsste ihr die Hände.

»Okay, okay«, wehrte Meg ab und entzog sich.

»Name?«, wollte Tamara wissen und zeigte abwechselnd auf Meg Taylor und ihr Kind.

»Sie will wissen, wie Sie heißen, denn Sie will ihr Kind nach Ihnen benennen«, fanden sie gemeinsam heraus.

»Ihr Kind ist ein Junge!«, sagte Schwester Hedwig angebracht kritisch.

Meg überlegte einen Moment.

»Sie soll ihn George nennen. So hieß mein Großvater. Und der General, der sie befreit hat – George Patton!«

Sophie übersetzte, und wieder küsste Tamara schnell Meg Taylors Hand.

»Thank you, thank you! USA, USA!«, rief sie und fing wieder an zu weinen.

Sophie schnürte es die Brust zu.

Als sie kurz darauf in Schwester Hedwigs Büro saßen, kam diese direkt zur Sache. Sie wollte Geld, Milchpulver und Stärkungsmittel für Säuglinge und Mütter, außerdem Windeln, Medikamente, eine Krankenschwester und zwei weitere Kinderschwestern. Und am liebsten würde sie die elternlosen Kinder zur Adoption in die Staaten vermitteln.

»Die armen Würmchen haben es verdient, dass ihnen geholfen wird!«, forderte Schwester Hedwig.

Governor Taylor versprach, alles zu tun, was in ihrer Macht stand. Auf dem Weg nach draußen warfen sie im Vorbeigehen durch die offene Tür einen letzten Blick in den Saal der Säuglinge. Es war wieder ruhiger dort. Die Kinderschwester und die beiden Küchenmädchen saßen mit jeweils zwei Säuglingen auf dem Arm, die sie fütterten und wiegten. Außerdem saß ein alter Mann dort, der ebenfalls zwei Kinder in seinen Armen hielt, und einem davon gab er geschickt die Flasche. Er summte und schnurrte dabei beruhigend wie ein großer Kater vor sich hin.

»Wer ist das?«, fragte Meg Taylor.

»Der Hausmeister«, antwortete Schwester Hedwig.

Sophie sah neugierig zu ihm. Der Hausmeister war ganz versunken in seine Beschäftigung, zufriedene Ruhe lag über seinem Gesicht.

»Ich musste ihn überreden. Seine Familie ist bei einem Bombenangriff in München umgekommen. Sein Sohn an der Front gefallen. Aber er kann gut mit den Kleinen umgehen. Sie trösten sich gegenseitig.«

Sophie fand Schwester Hedwig beunruhigend. Sie sah aus wie ein gefühlloser, bärtiger Kleiderbügel und hatte doch ein großes Herz, mit dem sie für die jungen und alten Bewohner ihres Reiches kämpfte. Nichts war eindeutig.

An der Tür gab Schwester Hedwig ihnen die Hand, zuletzt Sophie.

»Pass auf dich auf, Deern«, sagte sie und hielt ihre Hand fest, als wollte sie Sophies Aufmerksamkeit fokussieren. »Du hast gesehen: Es bleibt immer an den Frauen hängen. Vergiss das nie!« Dann legte Schwester Hedwig noch die linke Hand um Sophies rechte, umschloss sie so beidhändig leicht schüttelnd und schenkte ihr zum Abschied ein überraschendes Lächeln. Ihre Augen sahen einander.

Sophie lächelte zurück. »Mach ich!«

Eigentlich, dachte Sophie, während sie wenig später über den Vorplatz zum Jeep ging, *kann man an Hedwigs Augen erkennen, dass sie Mitgefühl hat.* Es waren die Augen einer wissenden Schildkröte, verpanzert und innendrin ganz weich. *Lady-Curzon-Suppe*, blitzte durch Sophies Gehirn, *soll eine Spezialität aus Schildkröten sein. Was für eine ekelhafte Idee.*

36

Sam lehnte am Jeep und rauchte die dritte Zigarette. Warten machte ihm nichts aus. Er war ein guter Beobachter, nahm die Welt samt der darin befindlichen Menschen aufmerksam wahr – besonders, wenn es sich um eine so fremde Welt wie dieses verrückte Deutschland handelte – und dachte gern für sich allein nach: Wahrnehmungen und aufsteigende Gedanken miteinander verwebend, Erkenntnis destillierend. Ausgiebig hatte er wieder einmal das Bergpanorama bewundert, von dem man, auch nach der hundertsten Betrachtung, nur eines sagen konnte: Es war fantastisch, egal, wohin man den Blick wandte. Grau-weiß die Gipfel, darunter Grün, darüber Blau, alles glänzte und strahlte im Sonnenlicht. Ihm gegenüber thronte das Wahrzeichen des Tals, dessen Namen er sich nicht merken konnte: die zwei größeren Steinzacken rechts und links sowie fünf kleinere Zacken in der Mitte zwischen ihnen. Sam wusste, dass das Bergmassiv einer Sage nach eine versteinerte Familie sein sollte. Sagen gab es auf der ganzen Welt. Bei den amerikanischen Ureinwohnern, in Afrika, hier. Die Menschen erfanden Geschichten, um ihrem Dasein einen Sinn zu geben und die Welt zu verstehen. Es war beruhigend, dass alle das machten. Die Menschen hatten überall ähnliche Bedürfnisse. Wieso wurde daraus keine allgemeingültige Handlungsanleitung konstruiert? Die Menschen waren gleich, sie verdienten alle denselben Respekt. Also müsste man doch gemeinsam nach einer gerechten Lösung für alle streben? Warum passierte das nicht? War das zu einfach? Oder eher zu schwer? Es war bequemer für die, die Macht zur Veränderung hatten, eine privilegierte Schicht und darunter im Kampf um Wohlstand und Anerkennung rivalisierende, benachteiligte Gesellschaftsschichten zu erhalten. Die Rangeleien untereinander hinderten diese Leute daran, ihre Kräfte erfolgreich gegen die Mächtigen zu bündeln. Die Mächtigen waren immer auch die Reichen. Das bedingte sich gegenseitig. Sie hatten Vorteile, die sie behalten wollten. Teilen war nicht ihr Thema. Gerechtigkeit auch nicht. Wahrscheinlich dachten sie, ihr Status sei von Gott gewollt – oder sie hätten es einfach verdient, privilegiert zu sein. *All men are created equal:* Da hatten sie es in ihre Verfassung geschrieben und machten es einfach nicht! Jemand musste ja die einfachen Arbeiten ausführen, sich schlecht dafür bezahlen lassen und auch noch brav dazu nicken, wenn er bestimmte Busbänke nicht benutzen durfte. Sam dachte an seine hart arbeitenden Eltern, die geduldig alles hinnahmen und ihre Kinder dazu erzogen hatten, die weiße Macht nicht zu provozieren. Um keinen Ärger zu bekommen.

Die Berggipfel des Massivs vor ihm waren genauso viele Familienmitglieder wie in seiner eigenen Familie. Mutter Nessie links, Vater Theodore rechts … Selbst die Größenverhältnisse stimmten mit denen seiner Eltern überein, wie er, innerlich grinsend, feststellte. Dazwischen standen er, Sam, der Älteste, und seine vier Geschwister. Liz, Grace, Paul und Maude. Diese Größenverhältnisse stimmten nicht mehr. Sie waren jetzt alle groß und erwachsen. Wie es ihnen wohl ging? Ob Grace den Collegeabschluss geschafft hatte? Die genaue Geschichte des Berges kannte er leider nicht. Er würde mal nachfragen. Vielleicht bei Sophie, die gerade hinter den beiden Amerikanern auf ihn zukam und sehr hübsch, aber sehr nachdenklich aussah.

Sam hatte sich gefreut, dass sie heute Morgen überraschend als Dolmetscherin mit in seinen Jeep gestiegen war. Nicht ohne Bewunderung hatte er festgestellt, dass sie zwar immer noch ungewöhnlich sprach, aber in den wenigen Tagen im Military Government hatte sie sehr schnell ihre Aussprache, die Flüssigkeit und auch den Wortschatz verbessert. Miss »Kraut-Shakespeare« hatte ein Talent für Sprachen, zumindest fürs Englische. *Für mich wäre das ausreichend*, dachte er, löschte seine Zigarette und lächelte höflich die Fahrgäste an, die alle drei in sich gekehrt wirkten.

Die Presseoffizierin und DiPietro ließen sich am Berchtesgadener Hof absetzen, wo es anscheinend *den besten Lunch* gab. Sie wollten in fünfundvierzig Minuten wieder abgeholt werden. Die beiden verschwanden im Hotel, Sophie Gruber und Sam blieben zurück.

»Und jetzt?«, fragte er. »Was machen wir?«

Das Mädchen sah ihn an, und einen Augenblick lang fürchtete er, dass sie das »wir«, das er einfach benutzt hatte, zurückweisen würde.

Aber sie erwiderte seinen Blick nur kurz und deutete auf eine Stelle ein Stück weiter auf der anderen Seite der Straße.

»Da ist ein schöner Platz für eine Pause«, sagte sie. »Nice view.«

»Okay«, sagte er.

Sie wandte sich schon zum Gehen, aber Sam machte noch einen Schritt zurück zum Auto und holte die Dinge aus dem Handschuhfach, die jeder GI aus guten Gründen immer griffbereit hatte: Schokolade und Zigaretten. Sophie ging voran und führte sie zu einer steinernen Bank, die etwas unterhalb der Fahrbahn auf einem halbrunden Plateau stand, wieder mit Blick auf die allgegenwärtige Familie aus Felsgestein. Sam breitete seine Jacke auf der noch kühlen Bank aus und bot ihr den Platz an, und weil sie insistierte, dass er auch auf dem wärmenden Stoff sitzen sollte, legte er einen Ärmel aus und setzte sich an das äußere Ende.

»Schokolade?«

Er holte den Riegel heraus und hielt ihn ihr hin. Sophie sah auf die Schokolade in seiner Hand, dann wieder in sein Gesicht.

»Mit Mandeln«, fügte Sam hinzu und hoffte, dass sie den Riegel endlich nehmen würde. Er kam sich merkwürdig vor. Wenn sie jemand beobachtete, sähe das aus, als ob er ein fragwürdiges Geschäft machen wollte. Schokolade, Mädchen, Soldat.

»Oder lieber eine Zigarette?«, fragte er und nahm die Zigarettenschachtel heraus. Obwohl Zigaretten auch keinen Deut besser waren.

»Zuerst Schokolade«, antwortete Sophie mit einem Grinsen und griff sich den Schokoriegel. Sie betrachtete einen Moment die Papierverpackung, auf der »Hershey – Tropical Bar« stand, riss sie auf, biss ein Stück ab und kaute.

»Diese Schokolade ist besser als die, die wir während des Krieges hatten«, sagte Sam. »Sie haben die Rezeptur verbessert. Mit Mandeln.«

»Mmmmh. Schmeckt gut«, fand Sophie. Sie sah aus, als würde sie dem Geschmack auf der Zunge nachspüren.

»Die Berge da – man sagt doch, dass das versteinerte Menschen sind, oder?«, fragte Sam, um sie über irgendetwas zum Sprechen zu bringen.

»Ja«, antwortete Sophie und lächelte. »Es gibt verschiedene Varianten.«

»Und welche gefällt Ihnen?«

»Gar keine«, erwiderte sie und sah ihn keck an. »Sie sind alle sehr grausam. König Watze war ein schlimmer König.«

Sie schluckte den letzten Bissen Schokolade herunter.

»Der Berg rechts ist der Watzmann, links ist die Watzmannfrau, dazwischen die Kinder der beiden.«

»Watzmann«, wiederholte Sam.

»König Watze war vor Urzeiten König hier im Land, und er war sehr blutrünstig, gierig und grausam. Man sagt, er hat Blut aus den Brüsten seiner Mutter getrunken.«

Sophie sah ihn an.

»Uhh«, machte Sam als Zeichen seines Zuhörens. Er wollte sie trotz dieses sehr speziellen Details, das einer Nachfrage würdig gewesen wäre, nicht unterbrechen – und so blieb das sein ganzer Kommentar.

»Merkwürdige Mutter, oder?«, sagte sie und grinste.

»Ja, allerdings.« Er lachte.

»Die Menschen hatten Angst vor Watze und seiner Familie, denn Frau und Kinder waren genauso schlimm wie er. Sie liebten die Jagd, vernichteten Wild und Felder und nahmen sich, was ihnen gefiel. Eines Tages kamen sie mit ihrem Rudel von wilden Hunden auf eine Alm, wo eine Hirtin und ein Hirte lebten. Die Hirtin stillte gerade ihr Kind, der Mann schlief friedlich in der Hütte, als die ganze Bande mit Lärm, Trompeten und Geschrei dort einfiel. Der Hund des Hirten stand auf und bellte, um seine Familie zu verteidigen, aber die wilden Rüden stürzten sich auf ihn und bissen ihn tot. Dann stürzten sie sich auf das Kind, die Mutter und den herbeieilenden Vater und zerfetzten sie alle. Der König stand dabei und lachte. Seine Frau lachte auch, und ihre Kinder freuten sich.«

Sam beobachtete Sophie genau, insbesondere nahm er ihre untermalenden Gesten und ihre graugrünen, vor Erzähllust blitzenden Augen wahr. Es war schön, dass sie ihm eine Geschichte erzählte, selbst diese Gruselgeschichte. Die Sage vom bösen König klang für Sam in Sophies Englisch düster, wild und sehr deutsch.

»Und dann?«, fragte Sam.

»Und dann hatte Gott endlich genug von der Watze-Königsfamilie. Ein dumpfes Brausen ist aus der Erde und den engen Tälern gestiegen und der Rachegeist Gottes in die wilden Hunde gefahren. Die eigenen Hunde stürzten sich dann auf die Königsfamilie und töteten sie. Das Blut floss in Strömen in die Täler. Und anschließend sprangen die Hunde wütend in den Abgrund und starben ebenfalls.« Sophie lächelte ihn schelmisch an. »Die Leiber der Königsfamilie wurden zu Stein, und da stehen sie jetzt! Watzmann, seine Frau und die bösen Blagen.«

»Wow. Beeindruckend!« Er lachte erneut.

»Und das Blut der Watze-Familie sammelte sich in zwei Seen hier in der Nähe. Einer davon heißt jetzt Königssee. Und die Stelle, an der die Biester sich runtergestürzt haben, heißt Hundstod.«

Vielleicht sollte man den Berg aus aktuellem Anlass umbenennen in Hitlermann, Hitlerfrau und seine blutrünstige Bande, dachte Sam.

»Why do you smile?«, wollte Sophie wissen.

»Bevor ich die Geschichte vom blutigen König genauer kannte, habe ich gedacht, dass die steinerne Familie mich an meine eigene erinnert. Die Eltern und die fünf Geschwister. Aber jetzt muss ich sagen: Nein! Sie haben nichts miteinander zu tun! Keinesfalls! Meine Familie ist ganz anders. Zum Glück!« Er lachte jetzt.

»Wie ist sie?«, fragte Sophie.

»Meine Eltern sind sehr freundliche und gläubige Menschen. Sie würden nie jemandem absichtlich wehtun. Und meine Geschwister sind jung, vielleicht mal wild, aber nicht böse.«

»Kann ich mir auch nicht vorstellen«, sagte sie und richtete ihren aufmerksamen Blick auf ihn.

Als Sam ihr in die Augen sah, dachte er, er würde sich mit Lust augenblicklich in diese zwei tiefen graugrünen Brunnen hineinfallen lassen, um zu sehen, was auf ihrem Grund los war. Miss »Kraut-Shakespeare« interessierte und beunruhigte ihn. Ganz abgesehen davon, dass Fraternisierung verboten war, war Sophie Gruber aus dem Nazi-Kaff Berchtesgaden die erste weiße Frau, die Sam auf diese Weise begegnete – als Mann, mit dem sie normal redete, sogar flirtete. Sam war offenbar jemand, der für sie *infrage* kam. Er war schwarz und hatte mehr Macht als sie, an diesem Ort und in diesem Moment. Das spielte sicher eine Rolle. Aber sie mochte ihn, *er gefiel ihr* – diese Botschaft empfing er mit allen Fasern seines Körpers. Zusammen mit seiner eigenen Zuneigung zu ihr, der sie unter anderem die stille Entsorgung der illegalen Pistole zu verdanken hatte, spannte sich gerade ein flirrendes Band zwischen ihnen. Eigentlich hätte er jetzt zumindest mal nach ihrer Hand gegriffen, diese Hand oder gleich das Mädchen geküsst, aber stattdessen fragte er förmlich, das Gespräch weiterführend:

»Was ist mit Ihrer Familie, Miss Gruber?«

»Meine Familie?«

»Ja, wie viele seid ihr? Wo sind sie?«

»Sie haben alle gesehen, bis auf die Großeltern und meine beiden Brüder. Die sind im Krieg gewesen – und tot oder vermisst«, antwortete sie, und ihr Englisch klang auf einmal wieder ziemlich rumpelig.

Sam registrierte, dass er sie aus dem Konzept gebracht hatte, und ein Teufelchen ließ ihn den nächsten Satz aussprechen.

»Und wem gehörte die Pistole?«, fragte er und sah, wie ihr das Blut in den Kopf stieg, Hals und Wangen inklusive der Ohren flammend rosa einfärbend.

»Die Pistole … gehörte meinem Vater«, behauptete Sophie.

»Einem Schreiner? Was macht ein alter Schreiner mit einer Pistole? Noch dazu mit einer Walther PK, einer Waffe, wie sie die Wehrmacht oder manchmal auch die SS hatte?«

»Keine Ahnung, warum er sie hatte«, erwiderte sie, und es war eindeutig, dass sie log.

»Zigarette?«, fragte er, und sie schüttelte den Kopf.

»Mein Vater war kein Soldat.«

»That's why«, sagte Sam. Er sah auf die Uhr. »Wir müssen zurück zum Wagen, es ist Zeit.«

Sie standen auf. Sie schüttelte seine Jacke aus und gab sie ihm. Er nahm sie, legte sie über den Arm und blickte sie an.

»Die Pistole ist weg, in einem Haufen anderer konfiszierter Waffen verschwunden. Aber … ich glaube nicht jeden Bullshit, den man mir serviert, okay?«

Sophie sah betreten zu Boden. Er hatte ins Schwarze getroffen.

Sam gab ihr das Päckchen Zigaretten, als Geschenk. Sie sah ihn ungläubig an, er nickte. Sophie nahm die Schachtel, drehte sie noch einmal um, als müsse sie dringend die Rückseite lesen, und steckte sie ein.

»Danke«, sagte sie und hob den Blick. Ihr Danke war zu groß für eine Schachtel Zigaretten. Es umfasste alles und hatte etwas

Abschließendes. Sie gingen wieder von der steinernen Bank zurück zum Hoteleingang, vor dem der Jeep parkte. Sam ging hinter Sophie, betrachtete ihre ansprechende Rückseite und die wohlgeformten Waden und fragte sich, ob er sich mit diesem Gespräch von seinem eigentlichen Ziel weiter entfernt hatte – nämlich dem, so ehrlich war er zu sich selbst, Sophie näherzukommen. Er wollte sie gern küssen. Erwiderung erhoffend.

37

Das Essen war tatsächlich gut. Meg hatte, auf John DiPietros Empfehlung und Einladung, *Forelle blau* bestellt. Der Fisch war frisch, in einem klaren Kräutersud zubereitet und schmeckte vorzüglich. Der Chefkoch, ein freundlicher Bursche mit rotem Mondgesicht, erkundigte sich bei ihnen am Tisch, die Hände gefaltet und nur mit Rudimenten von Englisch versehen, ob der »fish gud« sei. Sie lobten sein Werk, und er katzbuckelte »ssankju« sagend rückwärts gen Küche.

Meg wurde das Gefühl nicht los, dass DiPietro mit ihr anbandeln wollte, den ganzen Morgen über schon und jetzt beim Essen erst recht. Er machte Komplimente zu ihren Fotos und Reportagen, lobte ihren besonderen Blick und als Erstes und am ausführlichsten natürlich ihr Aussehen, dem auch eine US-Uniform nichts anhaben könne – im Gegenteil, jetzt wisse man erst, wie kleidsam eine Uniform überhaupt sei. Obendrein hatte er sie berührt, wann immer es ging, sie durch jede sich bietende Tür geschoben, als brauche sie seine Hand im Rücken, um den Weg zu finden, und hatte gern sich in Reichweite befindende, infrage kommende Körperteile Megs getätschelt oder zumindest *zufällig* berührt.

Jetzt grinste er sie über das Glas Wein hinweg an, er hatte eine Flasche Rheingau-Riesling bestellt – schließlich sei sie ja lange in Paris gewesen, da trinke man doch Wein zu Mittag, n'est-ce pas?

»Cheers! Auf Ihre Schönheit, Governor!«

Meg lächelte hintersinnig.

»Wissen Sie, was mich veranlassen würde, auf der Stelle mit einem Mann ins Bett zu gehen?«, fragte sie mit einer Spur Laszivität.

»Verraten Sie es mir?«, fragte DiPietro ebenso zurück.

»Gerne«, antwortete Meg und grinste jetzt. »Wenn ein Mann zuerst auf meine Intelligenz anstößt anstatt auf mein Aussehen.«

DiPietro grinste ebenfalls und zuckte die Achseln.

»Das hätte ich vorher wissen müssen«, sagte er bedauernd.

»Wenn ich es Ihnen sagen muss, gilt es nicht!«, erwiderte Meg kokett. »Aber ich verrate Ihnen noch etwas – nur wenn Sie möchten. Für die Zukunft …«

»Absolut!«, sagte DiPietro neugierig, etwas Morgenluft witternd.

»Jede schöne Frau hat schon tausendmal gehört, dass sie schön ist. Vor allem, solange sie jung ist. Sie sind gewiss nicht der Erste, der ihre Schönheit erkennt, benennt und sie so rumzukriegen versucht! Das Kompliment ist in etwa so, als würden sie einer Französin sagen, dass sie gut Französisch spricht. Kein charmanter Eröffnungszug, sondern … eher eine langweilige – ich würde sogar sagen – beleidigende Feststellung. Sie lässt weder auf besonderen Witz noch auf besondere Menschenkenntnis Ihrerseits schließen. Kurz: Das Lob der Schönheit einer schönen Frau ist kein geeignetes Instrument, wenn man bei dieser im Bett landen will.«

Sie lächelte ihn an, DiPietro gab sich mit Haltung geschlagen.

»Sie sind ein harter Brocken, Governor!«

»Right, Sir! Cheers!«

Versöhnlich stieß sie mit ihm an.

Grundsätzlich war Meg erotischen Abenteuern nicht abgeneigt, DiPietro sah gut aus – gepflegter italienischer New Yorker. Seine Aufdringlichkeit war etwas nervig, aber er war nicht beleidigt, nahm es sportlich, und das sprach sehr für ihn. Aber im Moment hing sie mit ganzem Herzen an Frank: Agape vor Libido. Das galt umso mehr, als sie wusste, wie aufgewühlt Frank war, dass er sich in zu viel Arbeit stürzte und dabei stets am Rande seiner selbst und seines Nervenkostüms balancierte. Es war ihr daher sehr recht, dass sie Frank beim Verlassen des Hotels in der Halle trafen. Er wollte sie nur kurz im Vorübergehen grüßen, aber Meg hielt ihn auf und berührte seine Hand dabei ostentativ vertraulich.

»Wie macht sich die Königin für einen Tag?«, fragte Frank prompt.

»Ich könnte es nicht besser«, erwiderte DiPietro und entblößte sein blendendes Gebiss in breitem Lachen, als wollte er einen Rivalen wegbeißen.

»Schön. Wir sehen uns später«, sagte Frank.

Er eilte davon und ließ sie in der leeren Stille stehen, die sein abrupter Abgang erzeugte.

»Was steht jetzt auf dem Programm?«, fragte Meg etwas zu munter.

»Kunst!«, sagte DiPietro. Sie gingen durch die großzügige Halle und nahmen die Stufen herunter zum Parkplatz. Der Fahrer und Miss Gruber waren schon am Jeep und sahen ihnen entgegen. Beide schienen strammzustehen, übertrieben, als würden sie etwas dahinter verstecken.

»Was ist denn da los?«, fragte Meg.

»Hidden fraternization«, sagte DiPietro, und beide mussten grinsen.

Sie stiegen ein und fuhren Richtung Königssee. An einer eher unscheinbaren Stelle befahl DiPietro, in einen Weg abzubiegen, und sie fuhren durch einen Wald, in dem der Eingang zu einem in den Berg gebauten Bunker lag. Sie hielten an. Am Tor wachte ein GI, der salutierte, als Meg und DiPietro zu ihm traten.

»Wir möchten Sergeant Peck sprechen«, sagte DiPietro.

»Jawohl, Sir«, erwiderte der GI und öffnete ihnen die Tür.

Sie betraten den Bunker. Meg traute ihren Augen nicht. Es sah aus wie in einem improvisierten und heillos überfüllten Museumsdepot, in dem sich niemand mehr auskannte, außer möglicherweise dem einen Menschen, der alle diese Bilder nach seinem unerfindlichen System in dieser Form geordnet hatte. Gemälde aller Art lehnten in nach Größe sortierten Stapeln an der Wand und lagerten – teils mit, teils ohne Rahmen – in anscheinend auf die Schnelle zusammengenagelten Regalen. Einige handgeschriebene Zettel mit irgendwelchen Ordnungszahlen klebten an den Wänden. Es waren sicher mehrere Hundert Gemälde, schätzte Meg. Sergeant Peck kam aus den Tiefen des Bunkers zu ihnen. Er trug eine schmale Brille aus Silberdraht und sah trotz der Uniform wie ein Gelehrter aus. Tatsächlich war er im vorigen Leben Kunstlehrer in Kalifornien gewesen und voll in seinem Element.

»Also, womit wollen wir anfangen?«, fragte er, erinnerte sich daran, dass er einen Bleistift hinter dem Ohr stecken hatte, und transferierte ihn von dort in seine Brusttasche.

»Bitte berichten Sie Governor Taylor und mir über Ihre Aufgabe und die Probleme, Sergeant Peck.«

»Ich freue ich, dass sich endlich jemand die Zeit nimmt, sich einen Überblick zu verschaffen, denn es liegen hier Kunstschätze von Weltrang aus ganz Europa, die gesichert, inventarisiert und gegebenenfalls an ihre ursprünglichen Besitzer zurückgegeben werden müssen. Und vor allem muss dieser hemmungslosen Plünderei ein Ende gemacht werden! Ich dachte, die Regierung schickt Spezialisten?« Peck hatte sich bereits nach dieser kurzen Einleitung in Rage geredet, sowohl Meg als auch DiPietro fühlten sich inkompetent und sahen wohl in diesem Moment auch so aus.

»Korrigieren Sie mich, wenn ich falschliege, aber Sie sehen aus, als ob Sie keinen Dunst hätten, wovon ich spreche«, fuhr Peck fort, für einen niederrangigen Militärangehörigen reichlich frech.

DiPietro warf einen Blick zu Meg, die die Achseln zuckte.

»Sie haben den Nagel auf den Kopf getroffen, Sergeant«, antwortete DiPietro.

»Als Day-Governor habe ich keine Ahnung von nichts«, fügte Meg launig hinzu. »Ich wäre Ihnen sehr dankbar, wenn Sie uns die Geschichte von Anfang an erzählen könnten, Sergeant Peck.«

Das war Pecks Stichwort. Mit einer großen Geste, welche die Kunst im Allgemeinen und die im Raum versammelten Schätze im Besonderen umfasste, begann er seinen Bericht über Hermann Görings Kunstsammlung – oder das, was davon noch hatte gesichert werden können.

»Wie Ihnen möglicherweise bekannt ist, war Hermann Göring ein passionierter Kunstsammler. Seine diversen Residenzen waren voller wertvoller Gemälde und Skulpturen und Kunsthandwerk höchster Güte. Darunter Werke von Brueghel, Rubens, Tizian, Cranach dem Älteren und dem Jüngeren, Dürer, Grünewald – Carinhall konnte dem Vergleich mit dem Museum einer mittelgroßen Stadt leicht standhalten, wenn ich die Fotos, die ich davon gesehen habe, zugrunde lege.«

»Carinhall?«, fragte DiPietro, und Meg war froh, dass er die Frage stellte und nicht sie es tun musste.

»Carinhall war Görings Residenz in der Pampa nordöstlich von Berlin. Nach seiner ersten, verstorbenen Frau benannt. Ein riesiges Gut. Der Reichsmarschall beliebte dort Wildschweine, Rotwild und Karnickel zu schießen, Parteigenossen zu beeindrucken und die Kunst zu genießen, die die weitläufigen Galerien und Gemächer flächendeckend schmückte. Es waren so viele, dass er sie sogar an die Decke gehängt hatte. Er plante, dort ein Museum einzurichten.«

Peck sah sie an, Meg und DiPietro nickten.

»Sie sind gut informiert, Sergeant«, sagte Meg.

»Ich interessiere mich für Kunst, und ich bin vorbereitet«, sagte Peck, blickte von Meg zu DiPietro, Tadel im Blick, und fuhr fort.

»Einen Teil der Kunst hat Göring zu branchenüblichen Preisen erworben, einen Teil hat er aus jüdischem Besitz zu billig abgepresst, den größten Teil aber hat er einfach in den besetzten Ländern geraubt. Göring wie auch Hitler haben Bestelllisten gehabt: Werke, die sie interessierten und haben wollten. Insbesondere in Frankreich war die Wunschliste lang. Museen, private Sammlungen, besonders von jüdischen Kunstliebhabern. Hitler wollte Kunst für sein geplantes Linzer Museum – es sollte die bedeutendste Kunstsammlung der Welt werden, kleiner ging es nicht! Und Göring wollte Gemälde und Skulpturen für seine Privatsammlung Museum Carinhall. Sie haben sogar Detektive auf die Suche nach vorsorglich versteckten Kunstwerken losgeschickt. Da sind sich die Herren Räuber manchmal in die Quere gekommen!«

»Woher wissen Sie das alles?«

»Ich war im *Jeu de Paume*, bei der Befreiung von Paris. Ich habe mit den Leuten da gesprochen. Das *Jeu de Paume* ist ein Museum.« Den letzten Satz fügte Peck mit einem vernichtenden Blick auf DiPietros Fragezeichengesicht hinzu. »Im *Jeu de Paume* hatten die Nazis ihr Depot für gestohlene Kunst aus Frankreich angelegt. Hermann Göring war etwa zwanzig Mal da, wie die Mitarbeiter dort berichtet haben. Er hat dort mindestens fünfhundertvierundneunzig Werke abholen lassen – ohne je irgendetwas zu bezahlen.«

Peck stemmte die Arme in die Hüften und sah die beiden an, als seien sie daran schuld.

»Was Sie hier sehen, ist nur ein Teil aus Görings Zügen, etwa ein Fünftel. Der Rest steht noch irgendwo herum oder ist bereits gestohlen worden!«

»Görings Züge?«, fragte DiPietro, bereit, auch in Zukunft den Einfaltspinsel zu geben, um Meg diese Rolle zu ersparen.

»Mit Zügen kenne ich mich nicht aus«, erwiderte Peck. »Aber Göring hatte wohl vier eigene Spezialzüge, die er allesamt beim Anrücken der Roten Armee im Februar mit Kunst vollladen ließ und Richtung Süden schickte. Drei sind im April hier in der Gegend angekommen, einer bei seiner Burg in Franken. Und eine Reihe von Kunstwerken sind sicher in seinem Schloss in Österreich gelandet.«

Meg hatte nicht geahnt, wie pompös die Lebensumstände von Göring gewesen waren. Dagegen hatte der Berghof des Führers spartanisch gewirkt.

»Göring hatte Schlösser?«

»Soweit ich weiß, gehören die ihm sogar – Erbschaft eines Patenonkels.«

Der Teufel scheißt immer auf den dicksten Haufen, dachte Meg.

»Was ist mit den Zügen und ihrer Fracht passiert?«, fragte DiPietro.

»Einer stand in Berchtesgaden im Bahnhof. Nachdem die deutschen Wachen weg waren, ist er geplündert und von den Franzosen beschossen worden. Was danach noch da war, haben wir in Sicherheit gebracht. Die anderen beiden Züge standen in Tunnels hier in Unterstein. Den Inhalt des einen konnten wir hierhin bringen, der andere Zug steht noch am Tunnel und wird bewacht. Wir haben aber zu wenig Leute. Wir brauchen dringend Verstärkung, denn wir haben durch Plünderei schon mindestens ein Drittel bis die Hälfte verloren. Und wir brauchen Räume für die Kunstwerke.«

»Okay, Personal und Räume«, sagte Meg und sah DiPietro an. Er nickte.

»Wir bemühen uns darum«, versprach er.

Peck sah ihn säuerlich an.

»Mühe wird nicht genügen, Sir! Das ist unwiederbringliche Kunst.« Er ging zu einem der an der Wand lehnenden Stapel und zog ein Gemälde hervor. »Sehen Sie das? Ein Fragonard!«

Das Bild zeigte eine schöne junge Frau mit einer Porzellanfigur. Er nahm ein weiteres. Das Porträt eines jungen Mannes mit kinnlangen Haaren in einem grünen Gewand, auf Holz gemalt.

»Ein Dürer-Porträt! Und hier …« – er zog ein weiteres Bild hervor – »Frans Hals!« Er sah sie an, DiPietro war ahnungslos, aber Meg war sich der Klasse der Bilder bewusst.

»Es sind Bilder, für die manche Menschen töten würden«, sagte sie, und endlich glomm ein Funken der Anerkennung in Pecks Augen.

»Sie haben es erfasst!«, rief er. »Es ist eine Bombe der schönen Künste, auf der wir hier sitzen, und ich möchte, dass alles so schnell wie möglich gesichert ist, an einem adäquaten Ort. Abschließbar und ohne fließendes Wasser an den Wänden.«

»Ich habe gehört, dass Experten der Regierung unterwegs sind«, sagte DiPietro vage.

»Nun, das sagten Sie bereits«, giftelte Peck.

»Darf ich fragen, ob Sie inzwischen wissen, wer hier Kunstschätze plündert?«

Ein schmallippiges Lächeln erschien auf Pecks Gesicht.

»Bis wir da waren, haben sich vermutlich die Berchtesgadener Bevölkerung und deutsche Soldaten, entlassene Zwangsarbeiter, DPs und so weiter bedient. Aber seitdem wir verantwortlich sind – unsere Leute, definitiv. Die meisten betrachten so ein Bild als schönes Souvenir, herrenlos und unregistriert. Letzteres stimmt leider meist«, fügte er bitter hinzu. »Daher meinen viele, sie würden nur einen alten Nazi berauben, was nicht stimmt! Ich will gar nicht wissen, was alles mit der Feldpost in die Heimat verschickt wird!«

Meg musste an den GI denken, der mit Hitlers abgeschraubter Kloschüssel auf der Schulter begeistert brüllend durch den zerbombten Salon im Berghof gerannt war. Die Gemälde waren eine andere Art von Souvenir.

»Was halten Sie davon, eine Ausstellung hier in Berchtesgaden zu organisieren: *101. Airborne Division presents – The Göring Collection?*«, fragte Meg aus einer Eingebung heraus. Peck überlegte, und Meg wandte sich an DiPietro. »Das könnte ich als Governor doch auch verfügen, oder?«, sagte sie mit Schalk in der Stimme. »Um das allgemeine Bewusstsein der Amerikaner für diesen Schatz zu stärken. Was meinen Sie?«

»Das ist keine schlechte Idee«, antwortete Peck, der langsam Feuer fing und mit seinem Zeigefinger zu wedeln begann. »Aber ich wiederhole: Sie müssen Räumlichkeiten und Personal beschaffen!«

Sie verließen den Bunker und nahmen draußen ein paar tiefe Atemzüge frischer Luft.

Peck begleitete sie im Anschluss noch zu dem im Tunnel abgestellten letzten Zug, in seinem eigenen Jeep raste er vor ihnen her, um ihnen den Weg zu zeigen. Sam hatte Mühe, Peck zu folgen, der mit Höchstgeschwindigkeit über die unbefestigten Wege bretterte bis direkt vor den Zug. Die Insassen hopsten auf der harten Federung wie Puppen.

»Sorry«, entschuldigte sich Sam, als sie in der Nähe des Tunneleingangs an den Gleisen anhielten.

Peck ging voran, um sie mit den zuständigen Wachhabenden bekannt zu machen, damit sie ihnen die »interessantesten« Waggons zeigen würden. Meg drehte sich zu Sam und Sophie um und machte ein Zeichen, dass sie beide mitkommen sollten. Sie setzten sich in Bewegung und als sie näher dran waren, sagte Meg zu Sophie:

»Kommen Sie, Miss Gruber, und schauen Sie, was der Reichsmarschall so zusammengestohlen hat. Überall. Das habt ihr Krauts in ganz Europa gemacht. Deshalb habt ihr den Krieg so lange durchgehalten: weil ihr die überfallenen Länder nach Plan ausgeraubt habt. Kunst, Lebensmittel, Menschen, alles, was ihr in die Hände bekommen habt.«

Meg lächelte, während sie sprach, als sei dies eine neutrale Feststellung, dann drehte sie sich um und ging weiter.

Sophie blieb stocksteif stehen. Sam hatte gehört, was Meg zu ihr gesagt hatte. Sie sah ihn beschämt an, die Wangen hochrot. Sam erwiderte ihren Blick, ohne zu lächeln. Sophie schaute zu Boden. Er fasste mit seiner rechten Hand kurz nach ihrer, drückte sie. *Ich bin da!*, sagte das. *Ich habe das ebenfalls gehört – aber dich verurteile ich nicht*, sagte das auch. Es dauerte nur kurz. Am liebsten hätte sie seine Hand festgehalten und nicht mehr losgelassen.

Peck überließ die vier Besucher den wachhabenden GIs und jagte in seinem Jeep zurück zu seiner Arbeit und den Bildern im Bunker.

Nacheinander wurden alle Waggons geöffnet. Im Licht der starken, provisorisch aufgestellten Lampen bestaunten sie die überwältigenden Schätze. Es gab Waggons mit wertvollen Teppichen und Gobelins, Silberleuchtern und -schalen, teurem Kunsthandwerk, goldgefassten Schalen aus Stein und Meißener Porzellan, Schmuck und Kristallleuchtern. Teure Barockmöbel, sicher aus einem Schloss, mit Intarsienarbeiten aus Rosenholz. Teilweise waren die kleineren Gegenstände gut verpackt, teilweise lagen sie nachlässig hingeworfen im Waggon. Jemand hatte hier auch schon gesucht, das war offensichtlich.

Meg ließ Sophie nicht aus dem Griff, winkte sie herbei.

»Look!«, sagte Meg nur und ließ Sophie und Sam allein vor der offenen Waggontür stehen, hinter der sich, wie in der Sesam-öffne-dich-Höhle aus *Tausendundeine Nacht,* das exquisite Raubgut stapelte.

Sophie sah gehorsam hin, aber obwohl die Abbilder der betrachteten Gegenstände von ihrem Gehirn korrekt auf ihre Netzhaut gespiegelt wurden, fehlten ihr die Bezeichnungen für die jeweiligen Objekte: Es war nur eine Masse prächtiger Dinge, die für etwas anderes standen als ihre eigentliche Funktion, nicht lediglich künstlerisch wertvoller Luxushausrat, sondern Unrecht, Krieg, Mord und Totschlag verkörperten, denn ihre ursprünglichen Besitzer hatten sie nicht freiwillig hergegeben. Das Schlimmste für Sophie war, dass sie all das automatisch mit Max verband, der Geschenke mitgebracht hatte – diese zu teuren Geschenke wie den Silbernerz für Kathi und das Goldarmband für sie. Göring hatte diese wertvollen Sachen nicht selbst eingesammelt, andere hatten das getan. Andere wie Max. Sie hatten die Besitzer zumindest bedroht, wenn nicht vertrieben oder umgebracht. Und sie, die Grubers, hatten diese Art von »Mitbringseln« zwar beunruhigend gefunden, aber auch genossen. Keiner hatte wissen wollen, wo die Dinge nun genau herkamen, und auch Sophie hatte aufkeimende Fragen schnell erstickt. Waren diese Gegenstände in anderen Ländern so billig? Oder verdiente ein Soldat oder SS-Mann so viel Geld? *Nicht nachfragen, weil man die Antwort fürchtete … wahrscheinlich sogar kannte. Das war ein Fehler. Nein, es war nicht nur ein Fehler, es war eine Billigung des Verbrechens, das begangen worden war. Eine Zustimmung, weil man profitierte.* Heiß und kalt überlief diese Erkenntnis Sophie. Sie hätte bis jetzt nicht genau benennen können, warum sie die Geschenke nicht wirklich gemocht hatte. Aber da war es jetzt. *Profiteurin!*

Meg Taylor und DiPietro gingen weiter. Sie brauchten keine Übersetzung mehr, denn alle hier waren Amerikaner und sprachen Englisch. Sophie hielt sich im Hintergrund, Sam wahrte ebenfalls eine gewisse Distanz.

Meg und Di Pietro standen jetzt an einem Waggon, durch dessen geöffnete Schiebetüre Regale voller Gemälde zu erkennen waren. Ein GI reichte gerade etwas heraus, das wie ein bemaltes Holzbrett aussah. Meg nahm es und betrachtete es so, dass auch Sophie und Sam gut sehen konnten, was es war. Ein offensichtlich altes Gemälde – hochkantiges Format, etwa achtzig mal sechzig Zentimeter groß –, auf dessen zum großen Teil dunklen Untergrund sich eine helle, nackte, hochgewachsene Frauengestalt mit einem eigenwilligen, kreisrunden Hut (oder Heiligenschein?) reckte, dessen riesige Krempe aus zwölf weißfedrigen Bällen geformt wurde. Die Frau, deren rotblonde Haare unter dem radgroßen Hut zu einer kunstvollen Frisur geflochten waren, trug einen schweren Halsschmuck in derselben kupfernen Farbe. Mit der linken Hand griff sie nach dem Ast des Baumes, vor dem sie stand und der voller dicker Äpfel hing. Eines ihrer weißen Beine überstieg gerade mit abgespreiztem großem Zeh einen am Boden liegenden Ast.

Sophie musste an Magda denken. Magda sah ziemlich genau so aus wie diese Dame aus einem vergangenen Jahrhundert. Selbst der etwas spöttische Blick stimmte: Die Frau sah direkt den Betrachter an, und ein wissender Gesichtsausdruck, hinter dem schon ein Lächeln lauerte, ließ einen ein zweites Mal hinsehen. Dieser

Blick hatte etwas mit dem kleinen Engel zu tun, der vor ihr stand und gequält eine Bienenwabe in ihre Richtung streckte. Auf ihm selbst saßen, wie auf der Wabe, einige Bienen. Vielleicht hatten sie ihn schon gestochen, die Vermutung lag nahe. *Seht ihr*, schien die Frau zu sagen, *man sollte sich vorher überlegen, was man tut, sonst stechen einen die Bienen, denen man den Honig geklaut hat!*

Sophie hörte, was Meg Taylor von der rückseitigen Beschriftung des Bildes ablas. Es hieß *Venus mit Amor als Honigdieb*. Lucas Cranach der Ältere. Amor sah genau aus wie Karli, wenn ihm das Essen nicht schmeckte oder er ins Bett gehen sollte und noch voll berstender Energie war. Karli hatte keine Flügel, aber konnte genauso ein theatralisches Beschwerdegesicht ziehen, wie es der Engel auf dem Bild tat. Das Bild war geheimnisvoll, es hatte untergründigen Humor und Verständnis für menschliche Dinge, obwohl antike Gottheiten abgebildet waren. Es war meisterhaft gemalt und wunderschön. Die Presseoffizierin betrachtete es ausgiebig.

»It is beautiful«, sagte sie andächtig.

Als sie etwas später in den Jeep stieg, trug sie etwas unter dem Arm, das in einen dunkelblauen, edlen Stoff verpackt war. Ein flaches, etwa achtzig mal sechzig Zentimeter großes Objekt.

Niemand kommentierte das.

38

Frank und George hatten sich an diesem Morgen wieder mal ein Verhör unter Zuhilfenahme des bewährten General Kurkow-Tricks genehmigt. Dieser Trick hatte den Vorzug, dass er nicht nur immer noch sehr erfolgreich war, sondern auch einen Höllenspaß machte. George war ein Meisterdarsteller als russischer General. Als er noch Georg Reinhardt aus Thüringen gewesen war, ein junger Student, hatte er mit dem Kommunismus geliebäugelt, heute liebte er nur noch russische Literatur. Als die Nationalsozialisten immer mehr Anhänger um sich scharten, immer stärker wurden und die deutsche Gesellschaft apathisch bis begeistert die neue Bewegung begrüßte, hatte Georg deshalb zwei Monate in Moskau verbracht, in der Hoffnung, die neue russische Ordnung könnte eine Alternative sein. Moskau war eine aufregende Stadt. Er liebte Russisch. Er mochte Russen und vor allem die Russinnen. Wie Natalja. Doch die Ernüchterung kam schneller als erwartet. Totalitäre Systeme glichen einander. Die Anfänge, obwohl noch idealistisch verbrämt, enthielten schon die ganze, immer tödlicher werdende Gewalttätigkeit gegen diejenigen, die nicht einverstanden oder einfach so zu Feinden erklärt worden waren. Georg hatte das erkannt. Und so war Georg doch zu George geworden und in die USA emigriert. Sein Russisch reichte immer noch aus, um jemanden zu beeindrucken, der kein Muttersprachler war.

Frank hatte einen Mittdreißiger in der Mangel. Schlank, durchtrainiert, Geheimratsecken in den hellbraunen Haaren. Blaue Augen. Der Mann war höflich und versuchte, seine Arroganz zu verstecken, aber sie sprach aus jeder seiner Gesten und Blicke. Hans Müller, so behauptete er zu heißen, trug zwar Zivilkleidung, aber die Blutgruppen-Tätowierung (A) an der Innenseite seines linken Oberarms hatte ihn als SS-Angehörigen verraten. Sie hatten ihn auf einer Straße zwischen Berchtesgaden und Ramsau in einem geräumigen Mercedes angehalten und festgenommen, doch alles, was man bei ihm gefunden hatte, war ein Täschchen mit fünfhundert Dollar Bargeld. »Für persönliche Zwecke«, hatte der Mann gesagt. Kein Gepäck, nichts. Angeblich suchte er seine Familie, die in Berchtesgaden evakuiert war. Der Mercedes hatte ein Berliner Kennzeichen, und all das passte zu Informationen des CIC, dass Walter Funk, der Reichsbankpräsident, einige Wagen mit Gold und Devisen aus Berlin Richtung Süden geschickt hatte, um sie vor dem Zugriff der Alliierten zu schützen. Frank und seine Kollegen nahmen an, dass dieser Hans Müller kurz vor seiner Festnahme den ihm anvertrauten Schatz in einem Versteck abgeladen hatte. Drüben in Österreich, bei Hallein, hatten sie einen zweiten Mercedes angehalten. Dasselbe Schema.

Hans Müller hatte keine Papiere und erzählte Frank ausgewachsenen Schmarrn. Er sei nicht mehr bei der SS, er sei außerdem zum Tode verurteilt gewesen und verfolgt worden, behauptete er. Deshalb habe er sich von der Truppe abgesetzt.

»Weshalb wurden Sie zum Tode verurteilt?«, fragte Frank und sah Müller treuherzig an.

»Wegen Wehrkraftzersetzung«, antwortete Müller. »Ich habe gesagt, dass der Führer uns ins Verderben schickt und wir den Krieg verlieren.«

»Zu welchem Zeitpunkt kam Ihnen diese Erleuchtung? 1945?«, hakte Frank nach, dem es schwerfiel, seine Stimme neutral klingen zu lassen.

»Sparen Sie sich Ihren Sarkasmus, Sie können mir nichts nachweisen«, sagte Müller.

»Ich muss Ihnen auch nichts nachweisen. Wir können Sie festhalten, solange wir wollen. Ihre Tätowierung reicht uns für den Moment.«

»So funktioniert also der amerikanische Rechtsstaat?«, erwiderte Müller, seinerseits mit Sarkasmus in der Stimme.

»In Deutschland herrscht Militärrecht. Das Reich hat den Krieg verloren. Sie können sich außerdem nicht ausweisen, was nicht unser Problem ist. Wir möchten wissen, wo Sie die Ladung Ihres Mercedes gelassen haben.«

»Es gab keine Ladung«, behauptete Müller.

»Hm«, machte Frank und schwieg. Das schien Müller etwas aus dem Konzept zu bringen. Frank sah auf seine Uhr, als erwarte er jemand.

»So«, sagte Frank. »General Kurkow wird jeden Moment da sein.«

Müller runzelte die Stirn.

»Die Russen helfen uns bei schwierigen Verhören«, erklärte Frank. »Außerdem nehmen sie uns einen Teil der Kriegsgefangenen ab. Reparationen und Wiederaufbau im Osten, Sie verstehen.«

Müller setzte sich gerade hin.

»Die Russen wenden auch andere Methoden an als wir. Sie machen alles, was notwendig ist, um eine Aussage zu bekommen.«

In diesem Moment klopfte es an der Tür, die gleich danach mit einem knallenden Geräusch aufgerissen wurde. Ein hoch energetischer Mann in russischer Uniform und Generalsabzeichen betrat den Verhörraum. Hans Müller blieb keine Zeit, darüber nachzudenken, wie hoch die Wahrscheinlichkeit der Geschichte war, die ihm Captain Rosenzweig auftischte, seine Arroganz zerfloss zwischen Haaransatz und Kinnlade, denn George alias General Kurkow war wahrhaft Furcht einflößend.

»Moy dorogoy drug!«, rief er und warf sich überschwänglich auf Frank, um ihn zu küssen. »Kapitan Rosenzweig!«

»Ja, lieber Freund, ich freue mich auch, Sie zu sehen«, antwortete Frank.

Sie ließen voneinander ab und wandten sich beide zu Hans Müller, der sie verstört ansah. General Kurkow stemmte die Arme in die Hüften, Frank verschränkte seine vor der Brust. Unter ihrem musternden Blick sah Müller einen Moment zu Boden.

»On problema?«, fragte Kurkow und deutete mit dem Kopf auf Müller.

Frank nickte. Kurkow legte den Kopf schief, und Müller schluckte.

»Mozhno mne?«, fragte Kurkow Frank mit einem leichten Grinsen.

»Bitte, Sie dürfen ...«, antwortete Frank.

Kurkow trat an Müller heran. Mit einer Geste befahl er Müller aufzustehen.

»Vstavat!«

Müller gehorchte widerstrebend. Kurkow ging um ihn herum, als sei Müller ein Pferd, das er kaufen wollte. Plötzlich griff er an Müllers rechten Arm und betastete den Bizeps. Der Befund erzeugte ein anerkennendes Brummen und zauberte ein zufriedenes Grinsen auf Kurkows Gesicht. Dann stellte er sich vor Müller, fixierte ihn mit einem Raubtierblick und griff an dessen Kinnlade. Trotz Kurkows Ruckeln hielt Müller seinen Mund fest geschlossen. Kurzerhand hielt Kurkow dem Gefangenen mit der anderen Hand die Nase zu. Müller schnappte nach Luft, und Kurkow grinste und fasste zu. Wie ein Tierarzt prüfte er die Zähne des Mannes. Müller bebte vor Wut oder Angst, genau war das nicht zu unterscheiden.

»Brrrav!«, rollte Kurkow aus den Tiefen seines Schlunds hervor, klopfte zweimal mit der flachen Hand an Müllers Hals und nickte Frank zu.

»Khoroshiye zuby«, stellte Kurkow anerkennend fest.

»Ja«, bestätigte Frank. »Er hat gute Zähne!«

Er legte Kurkow den Arm um die Schultern, und beide gingen Richtung Ausgang.

Müller wurde nervös. »Captain Rosenzweig!«, rief er.

Frank hob abwehrend die Hand.

»Gleich«, sagte er. Frank und George alias Kurkow verließen den Verhörraum. Müller wurde noch nervöser. Nach drei Minuten kehrte Frank zurück, anscheinend nur, um seinen Stift zu holen.

Doch Müller ging schnell zwei Schritte auf ihn zu.

»Captain«, sagte er. »Ich zeige Ihnen das Versteck mit dem Gold und den Devisen. Aber bitte: nicht nach Russland!«

»Das wird schwierig«, erwiderte Frank und drehte sich zu ihm um. »General Kurkow hat Sie für den nächsten Transport angefordert. Er ist ganz begeistert von … Ihrem physischen Zustand. SS-Leute sind ihm am liebsten: Ehre, Treue, Leistungsbereitschaft – die Russen schätzen das! Sie können in der Sowjetunion direkte Wiedergutmachung leisten. Da haben die Deutschen ja ziemlich gewütet …«

»Bitte! Das können Sie nicht machen!«

»Wir können alles machen«, sagte Frank ruhig.

Dessen schien sich auch Müller bewusst zu werden.

»Wo sind das Gold und die Devisen?«, fragte Frank sanft.

Müller zögerte nur einen Augenblick.

»Sie sind in Schönau. Ich bringe Sie hin. Bitte …«

»Erinnern Sie sich zufällig auch, wie Sie tatsächlich heißen und welchen Rang Sie hatten?«

Müller sah ihn an. »Untersturmbannführer Johann Seidler.«

»Welche Division?«

»17. SS-Panzergrenadier-Division. Götz von Berlichingen. Pioniere.«

Frank nickte.

»Ich rufe die Kollegen, Seidler. Die fahren mit Ihnen zum Versteck. Und dann sehen wir weiter.«

»Bitte, Captain«, flehte Seidler. »Ich will nicht nach Russland.«

»Ich werde sehen, was ich für Sie tun kann, versprechen kann ich nichts. Wenn Sie lügen, ist die Taiga Ihr neues Zuhause«, sagte Frank, ging hinaus und schickte drei GIs in den Raum, die mit Seidler nach Schönau fahren und die Beute sicherstellen sollten.

George alias Kurkow und Frank sahen rauchend aus dem offenen Fenster in den Hof und verfolgten die Abfahrt. Man konnte sie auch von unten im Fenster stehen sehen, den Amerikaner und den »Russen«. Die Alliierten, die gemeinsam Nazideutschland besiegt hatten. In Wahrheit war die Einigkeit zu diesem Zeitpunkt schon längst Vergangenheit. Mit Erreichen des Ziels, nämlich des Zusammenbruchs von Nazideutschland, war die Gemeinsamkeit erledigt und die Rivalität der Systeme aufgebrochen.

»Wusstest du«, sagte George unvermittelt, »dass es eine Operation Unthinkable gab? General Patton hatte die Idee.«

»Ich bin zwar beim CIC … Aber nein, keine Ahnung«, erwiderte Frank sarkastisch.

»Patton hat überlegt, gemeinsam mit den Deutschen gegen die Russen vorzugehen und sie aus Zentraleuropa zu vertreiben.«

»Ich dachte, das wäre ein Witz …«

»Nein. Patton war so beeindruckt von der SS, insbesondere von der Division Götz von Berlichingen von unserem Seidler hier, dass er mit denen und Teilen der Wehrmacht neue Einheiten bilden wollte. Er hat wörtlich gesagt, die SS sei ›eine verdammt gut aussehende Bande von sehr disziplinierten Hurensöhnen‹.«

»Wie schön. Ich dachte, er ist nur Antisemit und Pferdeliebhaber«, sagte Frank trocken. Sie sahen aus dem Fenster, der Jeep mit Seidler und seinen Bewachern war vom Hof gefahren.

»Manchmal frage ich mich, ob wir auf der richtigen Seite sind. Ob überhaupt jemand irgendeinen Plan hat, was hier passieren soll. Was soll mit all den instant geläuterten Nazideutschen passieren? Und müssen wirklich wir das machen? Wir könnten sie doch einfach sich selbst überlassen … Der Morgenthau-Plan ist ja vielleicht doch nicht so schlecht, oder?«

»Vorbei. Deutschland wird kein Agrarstaat mehr. Es wird ein Bollwerk gegen den Kommunismus. Jede Wette …« sagte Frank.

»Dann ist es noch unsinniger, dass wir uns hier Mühe geben,

eine Demokratie aufzubauen«, sagte George. »Es würde völlig genügen, Kanonen aufzustellen, den Deutschen ein paar neue Befehle zu geben und die SS à la Patton zu nutzen.«

Einen Moment schwiegen sie.

»Ich sehe das nicht so«, widersprach Frank. »Man muss den einzelnen Menschen betrachten. Die Demokratie ist es wert, dass man dafür kämpft.«

»Sie haben deine Schwester umgebracht. Sie haben meine Familie umgebracht. Und Millionen anderer.«

»Ja. Aber wenn ich nur das sehe, könnte ich nicht weiterleben.«

»Aber du willst doch nicht hier leben, oder?!«, fragte George ungläubig.

»Nein«, antwortete Frank. »Ich lebe gern in New York. Aber ich vermisse die deutsche Sprache, das gebe ich zu.«

»Die deutsche Sprache hat die Worte ›Endlösung‹, ›Sonderbehandlung‹ und ›Konzentrationslager‹ hervorgebracht.«

Frank sah George an, und ein feines Lächeln zog über sein Gesicht.

»Es war, als hätt der Himmel
Die Erde still geküsst,
Dass sie im Blütenschimmer
Von ihm nun träumen müsst.
Die Luft ging durch die Felder,
Die Ähren wogten sacht,
Es rauschten leis die Wälder,
So sternklar war die Nacht.
Und meine Seele spannte
Weit ihre Flügel aus,
Flog durch die stillen Lande,
Als flöge sie nach Haus.«

Frank deklamierte das Gedicht gekonnt wie ein Schauspieler.

»Kitsch«, ranzte George, seine Rührung herunterspielend. »Ich weiß nicht, ob ich das nicht noch schlimmer finde – ein Volk, das so dichtet und dann all die Grausamkeiten ausübt oder hinnimmt … Doch, ich korrigiere mich, das ist schlimmer als ein stummes, sprachloses Barbarenvolk!«

Frank legte den Arm um Georges Schultern.

»Du hast recht, alter Grantler. Aber die Sprache kann nichts dafür. Es ist nicht die Sprache, die verrückt geworden ist.«

»Ich werde nach Palästina gehen, sobald mein Dienst zu Ende ist«, sagte George. »Und du?«

»Du willst Bauer in der Wüste werden und den Arabern ihr Land streitig machen?«, fragte Frank. »Ich bin ein Stadtmensch.«

»Wir werden einen idealen Staat gründen. Zwei Staaten – einen für die Juden, einen für die Araber«, antwortete er im Brustton der Überzeugung.

»Da musst du nur noch die Briten überzeugen. Viel Glück!«, sagte Frank.

In diesem Moment steckte Brenda ihren Kopf zur Tür herein.

»Hey guys, hier wartet eine Frau Gral auf Frank, schon eine Stunde. Hast du Zeit, Frank?«, fragte sie.

»Ja, bring sie in mein Büro. Danke, Brenda«, sagte Frank, und sie verschwand sogleich wieder.

»Aha!«, machte George und grinste.

»Was – aha?!«

»Die kennst du doch von früher, oder?«

»Ja«, sagte Frank und grinste auch. »Sehr lang her!«

39

Ali hielt den Karton auf ihrem Schoß mit beiden Händen fest. Dieses Mal war sie vorbereitet. Das erste Mal, als sie nicht geahnt hatte, dass sie auf Frank Rosenzweig, ihre Jugendliebe aus der Thierschstraße, treffen würde, war sie trotz ihrer äußerlichen Beherrschung überrollt worden. Sie hatte keinen Augenblick daran gedacht, dass so etwas passieren könnte – ein Gang zu einer US-Behörde in Berchtesgaden! Aber dann war er plötzlich da gewesen und mit ihm die Vergangenheit. Ihre und seine. Alles.

Während sie auf ihn in der Eingangshalle gewartet hatte, waren ihr zuerst die guten Dinge eingefallen. Wie attraktiv sie ihn gefunden hatte. Wie sehr sie ihn geliebt hatte. Seine kluge und zurückhaltende Art. Seine witzige Beobachtungsgabe und sein Gesicht mit den »sprechenden Augen«, wie sie sie selbst irgendwann tituliert hatte. Er war anders gewesen als die jungen Männer, die sie gekannt hatte. Interessierter, aufmerksamer. Eigentlich der Erste und Einzige, der zuhören konnte, ohne sie mit einer prahlerischen, in Wahrheit banalen Heldentat aus seinem Leben zu unterbrechen. Frank stellte Fragen, aus denen echtes Interesse sprach. Ali dachte damals, dass das möglicherweise damit zusammenhing, dass er eine Schwester hatte, Ruth, aber das hatten andere auch. Die Burschen, die ihr sonst so begegneten, waren physischer, eher wie ihr Vater, der Metzgermeister Grandl. Was zählte, war saftige, körperliche Kraft, Durchsetzungsvermögen bei Raufereien und die Anzahl der flachgelegten *Weiber*. Bekannt. Uninteressant. Mit Frank war etwas anderes möglich. Etwas Gleichberechtigtes. Obwohl er aus einer gutbürgerlichen Familie kam, einer jüdischen Rechtsanwaltsfamilie, und sie nur aus einer einfachen Handwerkerfamilie. Ali hatte später genug Männer aus gehobenen Schichten erlebt, die sich für nichts anderes als ihre Selbstdarstellung und Frauen nur als ein zu eroberndes Publikum interessierten. Es war ihr bewusst gewesen, dass Frank anders war. Aber wie selten seine Fähigkeit, andere wahrzunehmen und sein Interesse an Menschen wirklich waren, wie *schön* dieser Charakterzug ihn machte, das wurde ihr erst viel später klar, als sie ihn schon lange zugunsten des falschen Conte und seiner Nachfolger, allesamt im weitesten Sinn *Fälschungen,* verlassen hatte.

Als sie Frank plötzlich ins Gesicht gesehen hatte, hatte sie diese Schönheit wiedererkannt, sie war immer noch da. Das hatte sie in eine Art Trunkenheit versetzt: Die gemeinsame Zeit paradierte in prächtigen Farben durch ihr Gehirn, während sie darauf wartete, dass er Zeit für sie hatte, dass sie ihm die Papiere und Maître Fritz übergeben und sich erklären könnte. Sie würde es schon schaffen, Frank für sich einzunehmen. Vielleicht hätte sie doch Lippenstift auflegen sollen – oder etwas Ausgefalleneres anziehen? Aber nein, es war genau richtig. Eine unauffällig elegante Kleidung mit einem Künstlerschal, mehr wäre zu viel.

Im Wirbel der Erinnerungen schwamm etwas anderes mit ans Licht, es bereitete ihr Unbehagen, noch bevor sie es genau ausmachen konnte, wie Fäkalien, die plötzlich in einem See an der Oberfläche trieben und die Badenden aus dem Wasser scheuchten. In ihrer Erinnerung hatte Ali sich von Frank nicht getrennt, weil er Jude war. Oder weil es zwischen ihnen politische Meinungsverschiedenheiten gegeben hatte. In ihrer Erinnerung war ihr *langweilig* gewesen. Frank war ihr zu gerade und freundlich gewesen. Dieselben Eigenschaften, die ihn so besonders anziehend gemacht hatten, wurden von ihr zu einem späteren Zeitpunkt als unattraktiv empfunden, insbesondere in sexueller Hinsicht. Sie hatte sich Männer gesucht, die vor allem durch ihre Überzeugung, ihr als Frau überlegen zu sein, glänzten. Alle waren sie Teil der Herrschenden gewesen: Nationalsozialisten. Sie waren in jeder Hinsicht selbstbezogen und hatten Ali als Trophäe betrachtet.

Ihr erster Mann, Ingenieur, Stadtrat und Nazi der ersten Stunde, hatte sie umgarnt, nachdem er sie auf der Bühne des Residenztheaters als Gretchen gesehen hatte. Rote Rosen, Abendessen, Schmuck, Heiratsantrag. Sie hatte ihn buhlen lassen, weil sie nicht interessiert war. Doch er ließ nicht nach, und sein unbedingter Wille, sie zu erobern, seine – nicht besonders einfallsreichen, aber ausdauernden und dem Kanon des anerkannten Minnegesangs entnommenen – Komplimente hatten sie beeindruckt. Im Bett war er kraftvoll, aber kunstlos, doch sie schaffte es durch ihr eigenes Geschick, auch selbst auf ihre Kosten zu kommen. Und so nahm sie den Heiratsantrag schließlich an, auch auf Drängen ihrer Eltern hin. *Was für ein Aufstieg, Kind!* Danach zeigte ihr Ehemann sein wahres Gesicht. Er verbot ihr, ihren Beruf auszuüben und auf der Bühne zu stehen, beschwerte sich über ihre nicht vorhandenen Kochkünste. *Und das als Metzgerstochter!* Er wollte sie unbedingt sofort schwängern, um seine Stammhalterschaft in Gang zu bringen, und ohrfeigte sie, nicht nur im Bett. Innerhalb von einem Jahr war auch jene kleine Zuneigung aufgebraucht, die sie zu Beginn ihrer Ehe noch für ihn empfunden hatte, und sie bereute ihren Fehler zutiefst. Mithilfe eines Anwalts des Bühnenvereins gelangen ihr Flucht und Scheidung. Der Anwalt gab sich besondere Mühe, weil sie kurzzeitig ein Verhältnis mit ihm hatte, was seine Arbeit sehr beflügelte.

Anschließend ging sie nach Berlin, bekam kleine Rollen in Ufa-Filmen und wurde dort auch von Joseph Goebbels bemerkt, dem Propaganda-, Kunst- und Filmminister. Sie war ihm nie so nahegekommen wie viele andere Schauspielerinnen, der Bock von Babelsberg im Bett war ihr erspart geblieben. Ali wurde eine in Nazi-Schmonzetten gern eingesetzte Art von *Reichsnebendarstellerin der zweiten Reihe*, wie sie manchmal selbst spottete. So lernte sie schließlich Maître Fritz, General Friedrich von Sckell, kennen und wurde seine Maitresse, Mutter seines einzigen Sohnes und Besitzerin des Chalets in Schönau. Sckell war auch Nazi, verhielt sich ihr gegenüber weitgehend korrekt – sofern man das von einem NS-Mann behaupten konnte, der sich eine Zweitfamilie hielt, weil es dem Herrenmenschentum ebenso wie der sexuellen Abwechslung und dem männlichen Ego diente und der Führer nichts dagegen hatte. Als Zweitfamilie hatte man immerhin den Vorteil, von der Erstfamilie zu wissen, die Erstfamilie wusste meist nichts von der Gene streuenden Konkurrenz. In dieser Beziehung hatte es trotz allem eine gewisse Freiheit für Ali gegeben, Maître Fritz verbot ihr nichts, außer mit seiner Ehefrau in Kontakt zu treten. Aber auch diese Liaison war von einem Machtgefälle bestimmt, finanziell und zeitlich. Er bestimmte, was geschah, wann er Zeit für sie hatte und wie viel Geld er für sie ausgeben wollte. Ali, gebunden durch ihren Sohn, war zum Abwarten verurteilt.

Mit Max, *dem dunklen Prinzen*, einem SS-Mann, hatte sie die heftigste und beunruhigendste sexuelle Affäre ihres Lebens gehabt. Sie beruhte ebenfalls auf Alis Unterwerfung, die Teil ihrer beider sexuellen Kompatibilität war – ein tödliches Spiel, das sie mit Max verband. Er war derjenige, der bestimmte, was geschah, der *sie fertigmachte,* indem er sie nach Belieben benutzte und ihre Bereitschaft zur selbstzerstörerischen Hingabe bis zur Grenze ausschöpfte. Zwar bereitete ihr das höchste Lust, aber im Grunde war es lebensfeindlich, denn am Ende einer solchen Hingabe stand *ihr Verschwinden.*

Alle ihre Beziehungen nach Frank beruhten auf Geschlechter-Machtspielen: Ali gestattete Männern, die keinen Gedanken an sie verschwendeten, außer dem ihrer Eroberung, über sie zu bestimmen. Wie dumm war sie eigentlich? Ein Trutscherl! Hatte sie nicht verstanden, was wichtig war im Leben?

All das hatte nichts mit der Geschichte zwischen der jungen Ali und dem jungen Frank zu tun, in der zwei gleichwertige Individuen einander voller Interesse und Zuneigung und erotischer Neugier begegnet waren. Als Ali Frank vor dem Military Government wiedersah, hatte er eine Sehnsucht in ihr ausgelöst, auf die sie nicht vorbereitet war. Sehnsucht nach einer anderen Begegnung und einem anderen Leben. Der Schmerz darüber, dass sie dieses Leben zusammen mit Frank weggestoßen hatte. Ali erkannte glasklar, hier im Military Government wartend, dass es bei ihrer Trennung doch eine Rolle gespielt hatte, dass Frank jüdisch war. Dass sie sich den Machthabern an den Hals geworfen hatte. Und dass ihre opportunistische Entscheidung in jeder Hinsicht falsch gewesen war. Ihr wurde klar, dass sie nicht einmal genau gewusst hatte, was Frank und seiner Familie passiert war. Sie hatte sich nicht mehr dafür interessiert. Ali betrachtete sich und ihr Leben mit einem Mal nüchtern von außen – und fand hässlich, was sie sah.

Deshalb war sie beim ersten Mal gegangen und hatte nicht auf Frank gewartet. Ali war beschämt nach Hause geradelt. Sie hatte einen langen Spaziergang gemacht und schließlich am Abend mit den beiden Mitbewohnerinnen über die Zumutungen der Amerikaner geschimpft. In der Nacht lag sie viel wach, und in ihren zerrissenen Träumen hatte sie Sex mit Max, der ganz aus silbernem Metall zu bestehen schien und noch größer und stärker war als sonst. Und während er sie von hinten an einem großen Wasserfass stehend nahm, drückte er plötzlich ihren Kopf unter Wasser, hielt ihn fest, obwohl sie sich wehrte, unter Wasser Luftblasen herausschrie. Sie verstand im Traum, dass er sie diesmal umbringen wollte, es war kein Spiel, das sie mitbestimmen konnte, kein Verführungstrick würde ihn davon abhalten … Verzweifelt und nach Luft schnappend erwachte Ali und rollte sich weinend auf die Seite. Sie berührte ihr Kind, das dort schlief und automatisch seine Ärmchen nach ihr ausstreckte, zufrieden glucksend. Sie schloss Helge in die Arme und roch an seinem Haar. Er kuschelte sich an sie. Seine Gegenwart beruhigte sie. Am nächsten Morgen hatte sie sich gefasst und beschlossen, einen neuen Anlauf zu wagen.

So saß sie jetzt wieder im Schloss, diesmal bereits eine Etage höher vor Franks Büro. Eine uniformierte Militärangehörige mit dicken hellbraunen Haaren und einem Hals wie eine Ringerin fragte für Ali nach. Kurz darauf öffnete sich die Tür, und Frank trat heraus, gefolgt von einem uniformierten Russen. Ein kurzer Schreck durchzuckte Ali – ein Russe, hier? Frank nickte Ali zu. Sie stand auf und folgte ihm in sein Büro. Er schloss die Tür hinter ihr und bat sie, auf dem Besuchersessel Platz zu nehmen, der vor dem Schreibtisch stand, hinter den er sich setzte.

»Na, dann zeig mal her, Ali«, sagte Frank ohne höfliche Umschweife und, wie sie mit einem leisen Ziehen feststellte, bis auf das *DU* bar jeder Vertraulichkeit, die auf die gemeinsame Zeit verwiesen hätte.

Ali stellte den Karton auf den Schreibtisch und nahm in derselben Bewegung den Deckel ab. Frank machte keine Anstalten, sich den Inhalt anzuschauen.

»Was ist das?«, fragte er.

»Es sind Unterlagen zu General Friedrich von Sckell«, antwortete Ali.

»Was hast du damit zu tun?«

»Ich habe ein Kind mit dem General …« Ali holte Luft und fügte hinzu: »Ich war seine Geliebte, seine offizielle Familie lebte in Göttingen.«

Frank sah sie an, keiner seiner Gesichtsmuskeln verriet, was er dachte – eine Maske der freundlichen Neutralität lag auf seiner Miene.

»Wo ist er jetzt?«, wollte er wissen.

»Ich weiß es nicht. Weg. Ich vermute in Spanien, eventuell auf dem Weg nach Südamerika. Er wollte nichts Genaues sagen.«

»Er hat dich und euren Sohn sitzen lassen.«

»Ja.«

»Und jetzt willst du dich rächen?«

Ali wurde rot, obwohl sie auf diese Frage vorbereitet war. Es war logisch, dass sie das gefragt werden würde. Sie wich aus, Manöver Nummer 1.

»Friedrich ist vor seiner Abreise noch einmal bei mir vorbeigekommen, aber nicht, um sich zu verabschieden. Er wollte vor allem seinen Safe leeren und Papiere vernichten, die er dort aufhob. Er hatte aber nicht genug Zeit, um sie zu verbrennen, und mich gebeten, das für ihn zu tun. Ich kannte die Papiere nicht. Ich habe sie zum ersten Mal gesehen und gelesen.«

»Du hast sie nicht verbrannt?«

»Nein. Ich dachte, dass sie interessant für die Amerikaner sein könnten.«

»Inwiefern interessant?«

»Es sind Bankauszüge und Schenkungsurkunden dabei. Er hat von Hitler hunderttausend Reichsmark zum fünfzigsten Geburtstag bekommen … und später noch andere Zahlungen. Auch ein Gut in Ostpolen wurde ihm ohne Zahlungen übereignet. Ich nehme an, dass er nicht der einzige General war, den Hitler so auf seine Seite gezogen hat.«

»Das ist interessant. Aber Hitler ist tot, der Krieg ist aus.«

»Ich dachte, es würde helfen, zu verstehen und vielleicht auch … Lügen zu entlarven.«

»Du willst dich rächen«, wiederholte Frank.

»Ich habe einen Fehler gemacht und möchte ihn gern wiedergutmachen«, sagte Ali.

»Was für einen Fehler?«, setzte Frank nach.

Ali holte tief Luft.

»Ich habe mich mit den falschen Leuten eingelassen.«

»Du meinst mit Nazis?«

»Ja.«

»Du warst kein Nazi?«

»Nein.«

»Warst du Mitglied der NSDAP?«

»Nein.«

Er betrachtete sie nachdenklich.

Ali lächelte ihn an, obwohl oder weil sie sich unwohl unter

seinem Blick fühlte. Die *sprechenden Augen* sprachen nicht mehr zu ihr. Oder sie verstand sie nicht mehr.

»Ich war Mitglied im Reichsschauspielbund. Sonst hätte ich nicht mehr auftreten dürfen.«

Die Pause wurde noch länger.

»Die Ali, die ich kannte, war eine unglaublich freie Person. Die hätte das nie gemacht«, sagte Frank leise.

Unwillkürlich schossen Ali die Tränen in die Augen.

»Diese Ali gibt es nicht mehr«, sagte sie.

»Ich weiß … den alten Frank Rosenzweig gibt es auch nicht mehr«, erwiderte er und sprach den Namen deutsch aus, im Gegensatz zu seiner sonstigen Aussprache.

Sie sahen sich an, und Ali griff spontan nach seiner Hand. Er ließ es zu, dass sie ihn berührte. Seine Hand war angenehm warm, und sie hatte das Gefühl, dass sie seinen Geruch wiedererkannte.

»Wie ist es dir ergangen, was ist mit deiner Familie?«, fragte Ali.

»Das ist nicht Thema hier«, wehrte er ab, obwohl er froh war, dass sie überhaupt fragte. Deshalb lächelte er ein wenig. Wenige Deutsche fragten danach. Sie waren alle ganz mit sich beschäftigt.

»Von mir aus später, aber ich möchte es wissen«, insistierte sie.

»Später«, sagte Frank, und Ali fiel auf, dass ein Schleier vor seine Augen zog. Trauer.

Dann lachte er. »Ich bin mal in New York in einen Film gegangen, weil du auf der Besetzungsliste standest. Er hieß irgendwas mit ›himmelblau‹ …«

»Der himmelblaue Regenschirm«, sagte Ali. »Ein alberner Titel!«

»Genau! Ich war dann sehr enttäuscht, weil du nur einen kleinen Auftritt als Sekretärin hattest … Kaum hatte ich dich erkannt, warst du aus dem Film verschwunden.«

Ali lachte.

»Ja, mein Text lautete: ›Herr Dr. Pohlmaier erwartet Sie im Salon.‹ Und der zweite Satz war: ›Darf ich Ihnen etwas zu trinken bringen – Cognac, Kaffee?‹«

Jetzt lachten beide.

»Klingt nicht besonders erfüllend.«

»Ist es auch nicht. Beim Film warte ich bis heute auf eine Hauptrolle! Die meisten Filme waren eh Schrott. Und dass sie der Zensur unterzogen wurden, hat sie nicht besser gemacht.«

»Du konntest also von deinen Rollen nicht leben?«

»Gerade mal so. Aber seit ich das Kind habe, habe ich gar nicht mehr gespielt.«

»Was hast du jetzt vor?«

»Keine Ahnung. Im Moment jedenfalls.« Ali lächelte ihn schelmisch an. »Hast du irgendeinen Vorschlag?«

Frank sah sie an, und seine Augen sagten ihr, dass das zu viel war.

»Nein«, entgegnete er. »Ich kenne dich nicht, und wer bin ich, dir Vorschläge zu machen.«

»Natürlich, entschuldige«, sagte sie schnell und stand auf. »Es ist besser, wenn ich jetzt gehe.«

Frank nickte, stand ebenfalls auf.

Sie deutete auf den Karton. »Möchtest du die Unterlagen behalten?«

»Ja«, antwortete Frank, »ich schaue sie mir genauer an. Danke.«

Ali war erleichtert. Wenn er die Papiere behielt, würde er sich noch einmal bei ihr melden. Er brachte sie zur Tür. Sie streckte ihm die Hand hin, und einen Moment befürchtete sie, er würde sie nicht nehmen. Doch er tat es.

»Auf Wiedersehen, Frank Rosenzweig.«

»Servus, Ali.«

Sie sah ihn an, und aus einer Eingebung heraus sagte Ali: »Pipsi und Pupsi hießen eure Vögel! Das weiß ich noch! Das fand ich so lustig!«

Ali strahlte ihn an, aber Frank brachte nur ein Nicken fertig. Pipsi und Pupsi. Lustig. Ausgerechnet.

»Bis bald«, sagte sie und verschwand durch die Tür.

Mit einem kleinen Lächeln auf den Lippen ging Ali den Gang hinunter. Dort stand der russische General und redete mit der amerikanischen Ringerin auf Deutsch. Beide hatten einen thüringischen oder sächsischen Zungenschlag – das war kurios, aber unverkennbar. Mit Dialekten kannte Ali sich aus, schon aus professionellen Gründen. Sie würde sogar noch präziser darauf tippen, dass der Russe aus Erfurt kam.

4

Was kann ich wissen?
Was soll ich tun?
Was darf ich hoffen?
Was ist der Mensch?

Immanuel Kant

40

Für Sophie war es ein langer und aufwühlender Tag gewesen. Das Übersetzen, diese arrogante Presseoffizierin Taylor, Kriss, der alles wusste, die Waisenkinder, die Raubkunst, die voller Verachtung ausgespuckten Beschuldigungen am Zug und … die süße Nähe zu Sam.

Meg Taylor war am Berchtesgadener Hof ausgestiegen, offenbar hatte die Gouverneurin für einen Tag genug Informationen gesammelt und musste erst mal ihr Raubgemälde sicher im Hotel abliefern. DiPietro beorderte Sam und Sophie, mit ihm zur ehemaligen Kleinen Reichskanzlei zu fahren, in der die US-Army ihr Hauptquartier aufgeschlagen hatte, und ließ dort einige Kartons mit Akten in den Jeep laden, die ins Military Government gebracht werden mussten. Er selbst blieb dort, weshalb Sam und Sophie allein zum Schloss fuhren. Sie schleppten die Kartons in den ersten Stock, Sophie ließ sich nicht von Sam wegschicken, der sie ritterlich davon abhalten wollte.

So standen sie schließlich in der Kammer am Korridorende, in der schon andere Kisten lagerten, und sahen sich an. Nur sie beide. Sophie bemerkte Sams Blick, und aus einem Impuls heraus trat sie einen Schritt auf ihn zu und küsste ihn. Sie war von sich selbst überrascht. Es war nur ein kurzer Kuss auf die Wange, wie ein *Danke,* und tatsächlich war es auch zum Teil ein Dank. Für seinen stummen Beistand gegenüber Meg Taylor zum Beispiel. Und für das Kartoffelschweigen natürlich, immer noch. Sophie wollte gerade wieder zurückweichen, als Sam sie an der Hand fasste und an sich zog, ihr Gesicht in beide Hände nahm und sie küsste. Sie schlang ihre Arme um seinen Hals und erwiderte den Kuss. Sie fühlte seine Lippen und seine Zunge, und ihre Knie wurden weich. Sophie hatte nur wenige Erfahrungen mit Männern, und keine hatte sie so verwirrt und körperlich magnetisiert wie dieser Kuss von Sam – mit allem, was da noch folgen könnte, würde, sollte, ja musste! Der Moment endete abrupt, weil sich auf dem Gang Schritte näherten. Sie fuhren auseinander, und Sam gab ihr schnell einen kleinen Kuss zum Abschluss.

»The boxes can stay here for the moment«, sagte er demonstrativ laut und ging nach draußen.

Sophie folgte ihm, obwohl sie fürchtete, dass jeder ihr ansehen musste, was gerade passiert war. Aber die zwei Männer auf dem Gang waren mit sich beschäftigt, ein GI versuchte, mit einem der alten königlich-bayerischen Hausmeister Informationen auszutauschen. Als der knorrige kleine Bayer Sophie sah, winkte er ihr und rief:

»Du, geh amal her, Madl!«

Sie ging zu ihm hin.

»Kannst' amal helfen? I muass in d' Kirchnloge …«

Sophie übersetzte vom Bairischen ins Englische und zurück, fragte auf Wunsch des GI auch nach, warum der Hausmeister dorthin musste: Angeblich lief ein möglicherweise defektes Kabel durch die Loge, das er wegen eines Kurzschlusses überprüfen wollte. Nach dieser Klärung der Umstände gingen GI und Hausmeister durch den geheimen kleinen Eingang in die tintenblau tapezierte Loge über der Stiftskirche, wo schon viele Angehörige der bayrischen Königsfamilie den offiziellen Gottesdiensten beigewohnt hatten, ohne dass jemand anders ihre Anwesenheit oder ihr Wegschlummern bemerkt hätte.

Sam war verschwunden, und Sophie verließ ebenfalls das Schloss. Sie eilte durch das Nonntal nach Hause, denn sie musste heute noch zu Max. Den ganzen Tag über hatte es immer wieder Verweise auf ihn gegeben, zumindest hatte sie es so empfunden. Sophie musste wissen, was Max vorhatte. Entweder blieb er in den Bergen und verschwand womöglich sogar weiter in Richtung Italien, oder er stellte sich. Aber weder das eine noch das andere würde ihr Problem lösen, dass sie im Fragebogen gelogen hatte und sie jederzeit auffliegen konnte. Durch Kriss oder irgendjemand anders aus Berchtesgaden, der sich fragte, warum Sophie Gruber, die Schwester eines stadtbekannten SS-Mannes, einen Job im MG bekommen hatte. Ihr dämmerte, dass – egal, wie Max' Pläne aussahen – sie selbst einen Schritt würde gehen müssen und ihrem Chef, Frank Rosenzweig, mitteilen musste, dass sie im Fragebogen nicht die Wahrheit gesagt hatte. Nur dann gab es eine Chance für sie. Sie wollte so gern beim Military Government bleiben, denn die Arbeit begeisterte sie. Es war ein Blick in eine andere Welt. Die Welt, in der unter anderem Sam lebte. Eine Welt, an der sie weiter und noch viel mehr teilhaben wollte. Eine Welt, in der es Wahrheit gab, auch wenn sie schwer zu ertragen war. Doch die Wahrheit zu ahnen oder sogar zu wissen und dann so zu tun, als kenne man sie nicht – das war viel schlimmer. Das war Gift. Also durfte sie auch nicht lügen. So einfach war das! Diese Erkenntnis traf sie wie ein Hammerschlag und bedrückte Sophie. *Persons making false or incomplete statements are liable to prosecution by Military Government.* Das hatte auf dem Fragebogen gestanden. Was genau die Strafe war, wurde nicht erwähnt. Und falls das gut ging – warum auch immer Gnade vor Recht über Sophie ergehen würde –, was war dann mit Max? Sie musste Max dazu überreden, sich den Amerikanern zu stellen. Es gab sonst keine Zukunft für ihn. Und falls er sich weigerte? Konnte sie ihn dann durch weiteres Verleugnen – sie wisse nicht, wo er sei – schützen, oder musste sie sein Versteck den Amerikanern verraten? An dieser Stelle brachen ihre Überlegungen zusammen, denn ein solcher Verrat war nicht vertretbar. Unter keinen Umständen. Sie saß in einer nicht auflösbaren Zwickmühle.

Sophie schob diese unerfreulichen Gedanken weg und war gerade auf den Hof der Werkstatt getreten, als Magda ihr entgegenkam. Dieses Mal würde sie sich nicht abwimmeln lassen, das konnte Sophie schon an Magdas entschlossenem Blick, dem Rucksack und ihren festen Schuhen ablesen. Sophie entschied im Stillen, die Waffe nicht für Max aus ihrem Versteck in der Werkstatt zu holen. Eine Waffe machte alles nur komplizierter.

»Wir haben nur ein Rad«, sagte Sophie in einem letzten schwachen Magda-Abwehr-Versuch.

»Ich setze mich hinten drauf, du fährst«, bestimmte Magda.

Sophie holte das Rad aus dem Schuppen und gemeinsam radelten sie auf Sophies Fahrrad Richtung Ramsau. Magda saß seitlich auf dem Gepäckträger, hielt den rechten Arm um Sophies Taille gelegt und redete wie ein Wasserfall.

»Ich war heute wieder im OP dabei. Dr. Maffei hat mich mitgenommen, es war eine Beinamputation. Der Soldat hatte schon den Fuß weg, aber der Wundbrand hat nicht gestoppt – weißt du, wie ekelhaft Wundbrand stinkt? Das Fleisch fault, und am liebsten würdest du dir die Nase zuhalten. Aber du brauchst beide Hände!«

»Das klingt gruselig«, sagte Sophie. Noch konnte sie sprechen. Es ging etwas bergab, und das Treten war nicht allzu anstrengend.

»Und wegen dem Wundbrand musste dann oberhalb des Knies das Bein noch mal abgesägt werden. Also, das Knie und der Unterschenkel ohne Fuß, das sieht merkwürdig aus – alles futschi! Kannst du dir das vorstellen?«

»Will ich gar nicht«, entgegnete Sophie, die ihre Beine ganz deutlich spürte und sich sehr wohl mit ihnen fühlte.

»So eine Säge wie dein Vater sie hat, nur sauberer und ganz aus Metall. Und sauscharf. Dr. Maffei hat gesägt, als würde er einen Ast kürzen. Aber natürlich kam da Blut raus, die Aorta musste abgebunden werden – und die Gefäße und so verschlossen. Dann eine Naht und die Wundversorgung. War aufregend.«

»Was hast du genau gemacht?«

»Ich habe mit einer Zange das Verbandszeug angereicht und die Schale mit den Instrumenten gehalten«, sagte Magda stolz. »Und ich bin nicht in Ohnmacht gefallen. Ich glaube, das hat Dr. Maffei am meisten überrascht.«

»Also bist du doch mehr im OP als auf der Station?«

»Nicht wirklich«, antwortete Magda. »Ich habe den Patienten in sein Zimmer gebracht und dann gewartet, bis er aufgewacht ist. Dr. Maffei meinte, er würde sich sicher freuen, wenn er dann ein junges, freundliches Mädchen sehen würde.«

»War es so?«, presste Sophie zwischen den Zähnen hervor, denn die sanfte, aber stetige Steigung verlangte ihr jetzt einiges ab.

»Er sagte: ›Mein Engelchen …‹ Dann hat er meine Hände gedrückt und angefangen zu weinen.«

»Puh!«, machte Sophie.

Ein paar Jeeps fuhren an ihnen vorbei und hupten, die GIs winkten und pfiffen ihnen nach. Bald erreichten sie den Eingang zum Wimbachgries. Zum Glück war die Straße frei, sie bogen unbemerkt in den Weg ein, und sie beeilten sich, samt dem Rad schnell im dichten grünen Unterholz zu verschwinden. Sophie stellte das Rad versteckt ab, und sie stapften bergan. Sophie vorneweg, Magda hinterher. Sicherheitshalber hatte Sophie ihre Freundin und sich zu Hause »abgemeldet«, sie würden vermutlich auf der Hütte bleiben müssen. Es war unwahrscheinlich, dass sie es vor der Dunkelheit zurück schaffen würden, auch wenn die Tage im Moment sehr lang waren. Aber sie durften kein Risiko eingehen, und so hatte sie die Möglichkeit ins Spiel gebracht, dass sie bei den Großeltern blieben.

Sie stiegen bergan.

»Wie war dein Tag?«, fragte Magda.

»Interessant.«

»Geht's genauer?«

»Wenn wir runtergehen«, sagte Sophie mit dem Blick auf den steilen Pfad vor ihnen. Sie nahm zügig den Weg bergan, bog ab und wieder ab, erklärte dabei nichts. Insgeheim hoffte sie, dass Magda sich die Route nicht merken würde, damit sie die Kontrolle behielte. Ihr Geplaudere verstummte nun ganz, aber Magda hielt gut Sophies Tempo mit. Sie waren deutlich schneller an der Hütte, als Sophie erwartet hatte. Als sie auf die kleine Lichtung traten, bot sich ihnen ein unerwarteter Anblick.

Max lief mit nacktem Oberkörper vor der Hütte herum und lachte laut.

»Und, was is' jetzt?! Doch nix, oder?«, rief er in Richtung Hütte.

Aus der Hütte lief, gerade als Sophie Max rufen wollte, eine fast nackte, ebenso ausgelassene Frau. Sophie erkannte sie. Die Frau mit den wilden braunen Haaren, bloßen Beinen ohne Unterhose und den großen Brüsten unter der offenen Dirndlbluse war Vroni, die Magd vom Nachbarhof, die Max mit anscheinend allem selbstlos versorgte. Sophie merkte, dass Magda mit offenem Mund ein paar Schritte hinter ihr stehen geblieben war.

»Max!«, rief Sophie, und sowohl ihr Bruder als auch Vroni erstarrten mitten in der Bewegung und sahen zu ihr.

Vroni zog sofort ihre offene Bluse zusammen und ging zurück ins Haus. Max warf ihr einen kurzen Blick hinterher und kam dann zu Sophie und Magda rüber.

»Servus«, sagte er. »Du hast dich ganz schön lang nicht blicken lassen, Sopherl.«

»Du bist ja gut versorgt«, entgegnete Sophie.

»Hast du mir eine Waffe mitgebracht?«

»Nein.«

»Und warum hast du sie mitgebracht?«, fragte Max genervt und deutete auf Magda.

»Sie hat sich nicht abwimmeln lassen«, sagte Sophie.

In diesem Moment ging Magda an ihr vorbei, stellte sich Max gegenüber auf und hob ihren Blick, um ihm in die Augen zu sehen.

»Ich wollte wissen, wie es dir geht, Max. Ich habe sie gezwungen, mich mitzunehmen. Ich sage kein Wort«, sagte Magda. »Und ich habe dir was mitgebracht …«

Sie lächelte, öffnete ihren Rucksack und zog eine Pistole heraus – die Luger Parabellum aus dem Speer-Haus. Sophie erkannte sie sofort. Magda überreichte Max die Waffe zusammen mit dem Päckchen Munition. Er sah Magda überrascht und mit wachsendem Interesse an, nahm ihre Gaben an sich.

»Danke, Magda«, sagte er.

»Gerne«, antwortete sie.

Magda steckt voller Überraschungen, dachte Sophie überrumpelt. Ihre Freundin sah aus wie eine fremdelnde, zarte Fee und war in Wirklichkeit ein zähes Stück weltlicher Mensch. Sie hatte das Versteck entdeckt und einfach die Pistole genommen. Aber Sophie hatte die Luger im Atelier eingepackt, es war also ihre Pistole. Doch im Augenblick konnte Sophie das leider nicht monieren, denn sonst hätte Max verstanden, dass seine Schwester nicht bereit gewesen war, ihm eine Waffe zu bringen. Außerdem, so hatte Sophie den Eindruck, war sie gerade Zeugin geworden, wie ihr Bruder ihre Freundin zum ersten Mal *wahrgenommen* hatte. Das hatte Magda geschafft: *Max hatte sie angesehen.* Mit einem Blick, wie Männer Frauen ansehen. *Dem männlichen Blick,* mit dem überprüft wurde, ob es sich lohnte, die Frau zur Beute zu machen und zu jagen. Vroni kam in diesem Moment aus der Hütte, sie hatte ihre Kleidung gerichtet, trug Schuhe an den Füßen und einen leeren Rucksack am Arm. Sie warf einen Blick in die Runde und sah Max an.

»Pfiati, Max«, sagte sie knapp, wandte sich um und ging.

»Pfiati, Vroni, und … ähm, danke!«, antwortete Max.

Sie drehte sich nicht um und ging ohne einen weiteren Blick. Vroni war sauer, verständlich, und Sophie spürte, dass das ein kritischer Moment sein könnte, wenn Vroni nämlich nicht mehr zu Max hielte. Sie blieben zu dritt zurück.

Max durchbrach die Stille.

»Habt ihr Hunger? Die Vroni hat gute Sachen mitgebracht.«

Sie gingen in die Hütte. Jetzt erst merkte Sophie, dass sie großen Hunger hatte, sie hatte außer Sams Schokolade nichts gegessen, und der schnelle Anstieg war anstrengend gewesen. Vroni hatte Käse, Geselchtes und Brot mitgebracht und außerdem für Max einen kleinen Kuchen gebacken, der mit ein paar frischen, leuchtend roten Walderdbeeren dekoriert worden war. Sophie bekam beim Anblick dieses offenkundig mit Liebe hergestellten Gebäcks ein schlechtes Gewissen, aber sie schien die Einzige zu sein.

»Oh, ich will Kuchen!«, rief Magda, und Max schnitt drei Stücke heraus und reichte ihr das erste.

Magda biss begierig hinein und schmatzte vor Begeisterung. »Mmh! Der ist gut!«

»Ja, backen kann die Vroni auch gut!«, sagte Max und grinste. Magda überhörte diese Bemerkung.

Sophie warf ihrem Bruder einen Blick zu.

»Die Vroni ist hoffentlich nicht sauer«, sagte sie.

»Naa, das passt schon mit der Vroni«, entgegnete Max selbstsicher. »Willst du Kuchen?« Er reichte Sophie ein Stück auf seinem Messer, und sie konnte nicht widerstehen.

»Hast du keine Angst, dass sie dich verrät?«, wollte Magda wissen.

Max gab keine Antwort, schüttelte nur den Kopf. Er nahm die Luger in die Hand, entnahm das Magazin, legte Patronen ein, lud das Magazin wieder in die Waffe. Sowohl Magda als auch Sophie konnten die Augen nicht von dem Vorgang abwenden, den Max' Hände geschickt mit der Übung von Tausenden Wiederholungen vornahmen. Er entsicherte die Waffe und sah die beiden jungen Frauen an.

»Es ist leider wenig Munition da. Sonst hätte ich euch Schießen beigebracht«, sagte er.

»Das würde man hören«, sagte Sophie realistisch.

Max schwieg und legte die Waffe auf den Tisch.

»Was hast du vor?«, fragte Magda. »Du kannst nicht immer hierbleiben.«

Sophie war froh, dass ihre Freundin die zentrale Frage stellte, bei ihr selbst klang das immer zu fordernd. Magda hörte sich – und das war natürlich eine Täuschung! – einfach nur naiv interessiert an.

Max strich mit dem Finger über die Waffe und wirkte nachdenklich. »Ich bleibe einfach hier und warte, bis alles vorbei ist.«

Magda sah ihn verständnislos an.

»Was soll vorbei sein?«, fragte sie.

»Die Besatzung durch die Amerikaner und … die anderen.«

Magda und Sophie warfen einander einen irritierten Blick zu.

Max grinste. »Ihr sagt mir Bescheid, wenn es so weit ist.«

»Max, was soll denn das?«, fragte Sophie.

»Du willst, dass ich mich von den Amis verhaften lass', eh klar!«

»Du kannst über die Berge nach Süden gehen«, schlug Magda vor.

»Was soll ich da?«, fragte Max.

»Auswandern«, antwortete Magda. »Südamerika oder so.«

»Ich wollte noch nie nach Südamerika«, erwiderte Max und schob sich ein Stück Kuchen in den Mund.

»Du willst also wirklich einfach warten«, stellte Sophie fest.

»Ja, das mache ich. Wie … Winterschlaf.«

»Bären machen auch Winterschlaf!«, sagte Magda unterstützend.

»Und die Igel auch, aber nicht im Sommer«, sagte Sophie.

Magda musste sich ein Grinsen verkneifen, sie wollte schließlich ganz auf Max' Seite stehen.

»Ich weiß, was ich tue, in Ordnung? Hört auf, mir ungefragt Ratschläge zu geben. Klar?«

Max sah sie an. Magda zauberte ein Lächeln mitsamt einem gehauchten »Ja« hervor, Sophie schwieg.

»Wie läuft es daheim?«, erkundigte sich Max.

»Mama geht wieder in die Kirche. Kathi und Karli geht es gut, Vater schnitzt, er hat eine Reihe von Spielzeugen gemacht. So wie meinen Bauernhof.«

»Den haben die Amis beim Auszug mitgenommen«, ergänzte Magda ungefragt.

»Magdas Mutter und Tante sind auch noch da, und wir sind wieder im Wohnhaus!« sagte Sophie.

»Anderl?«, fragte Max.

Sophie schüttelte den Kopf. »Nichts.«

»Ich mache eine Ausbildung zur Krankenschwester im Hospital auf der Stangass«, sagte Magda plötzlich und sah Max stolz an.

Max sah Magda überrascht an, lächelte.

»Das ist eine sinnvolle Arbeit. Krankenschwestern braucht man immer, egal ob Krieg oder Frieden ist.«

»Ich war heute bei einer Beinamputation im OP dabei.«

Max sog die Luft durch die Zähne ein.

»Und du, Verräterin?«, sagte er zu Sophie.

Sophie sah ihn an, schwieg.

»Was machen die Amerikaner?«

»Sie versuchen, die Ordnung wiederherzustellen«, antwortete Sophie.

»Ordnung! Als ob wir dafür die Amis brauchen!«

»Anscheinend doch«, gab Sophie zurück.

»Die Nazis haben uns das angerichtet«, sagte Magda.

Sophie sah sie an. Und schüttelte den Kopf.

»Wer sind die Nazis? Wer hat sie gewählt? Die Deutschen! Wir.«

»Ich habe noch nie gewählt«, warf Max ein. »Und ihr auch nicht.«

»Stimmt«, sagte Magda.

»Aber ich hätte Adolf Hitler gewählt«, sagte Max.

»Ich auch«, sagte Magda und lächelte Max an.

»Wir sind zu jung. Aber du, Max, hättest eigentlich schon wählen können. Es gab nur keine Wahlen, seit Hitler an der Macht war«, stellte Sophie klar. »In einer Demokratie gibt es regelmäßige Wahlen. Ansonsten ist es keine Demokratie.«

»Wozu Demokratie? Die meisten wissen nicht, was für sie gut

ist. Wenn die Richtigen an der Macht sind, muss man nicht wählen«, sagte Max. »Dann muss man sie unterstützen.«

»Die Richtigen!«, schnaubte Sophie. »Da kann ich dir was erzählen: Hitler hat immer bis nachmittags geschlafen, sich mit irgendwelchen Menschen umgeben, die ihm einfach zugehört haben, und außerdem Drogen von seinem Leibarzt bekommen!«

»Sagen das die Amerikaner?«, fragte Max spöttisch.

»Nein, Hitlers Sekretärin und sein Leibarzt. Ich habe das Protokoll von der Schröder abgetippt, meine Kollegin das vom Doktor.«

»Sie lügen, um ihren eigenen Hals zu retten«, behauptete Max.

»Ja … Feiglinge«, fügte Magda hinzu, ganz Adjutantin.

»Vielleicht solltet ihr euch mal informieren«, sagte Sophie.

»Ich bin informiert«, entgegnete Max. »Ich glaube den Amis kein Wort! Sie wollen uns einfach fertigmachen und die Weltmacht erringen.«

»Du weißt immer noch alles besser«, sagte Sophie und fühlte Zorn aufsteigen.

»Ich habe viel Erfahrung, Sopherl, ich bin acht Jahre älter als du.« Sein Älterer-Bruder-Lächeln brachte Sophie zur Weißglut.

»Warum verhältst du dich dann wie ein Schulbub und tust so, als könntest du für immer hier oben bleiben? Warum übernimmst du keine Verantwortung? Was hast du getan?«, schrie sie ihn jetzt an.

»Ganz ruhig!«, sagte Max, als sei sie verrückt. Er grinste und legte plötzlich seine Hand sanft auf Magdas Schulter. »Könntest du den Enzian da bringen, Magda?«

Magda, kurz benommen von der unverhofften Berührung, stand auf und holte gehorsam den Schnaps.

Sie sind schon fast wie ein Paar, schoss es durch Sophies Kopf.

Magda stellte den Enzian und zwei Stamperl auf den Tisch.

»Gibt nur zwei Gläser«, sagte sie entschuldigend.

»Wir können eins teilen«, sagte Max und sah Magda an. Er nahm die Flasche und goss die zwei Stamperl voll.

»Ich mag nix«, sagte Sophie.

»Los!«, verlangte Max.

Sophie, um die Wogen zu glätten, nahm das Glas und schüttete es runter. Magda tat das Gleiche. Max schenkte nach, nahm ihr Glas, doch bevor er trank, nahm er eine von Magdas losen Locken und strich sie ihr zart hinter das Ohr, als sei er für ihre Frisur zuständig. Magdas helle Haut an Gesicht und Hals rötete sich, sie genoss Max' Zuwendung verschreckt und beglückt zugleich.

Sophie richtete sich auf.

»Max, was soll das?«

»Was meinst du?«, grinste er.

»Hör damit auf! Magda ist nicht deine Freundin. Sie ist meine Freundin! Du hast tausend Liebschaften. Lass sie in Ruhe!«

Max grinste immer noch, sah Magda an und fragte: »Was meinst du, Magda, soll ich aufhören?«

Sophie stand auf.

»Komm, Magda, wir gehen! Wir schaffen es noch vor der Ausgangssperre, wenn wir jetzt losgehen.«

Magda war hin- und hergerissen.

»Ihr könnt gern hier übernachten«, bot Max an, sah von Sophie zu Magda und hielt Letztere mit seinem Blick fest.

Magdas Atem hat sich schon beunruhigend beschleunigt, dachte Sophie.

»Wir müssen morgen früh zur Arbeit!«

»Ich habe Spätschicht«, sagte Magda.

»Wir müssen heute runter – komm, Magda!«, forderte Sophie sie auf und schaute sie eindringlich an.

Sophie sah Magda an, Max sah Magda an. »Du kannst auch allein hierbleiben. Wenn Sophie morgen früh gleich zu den Amis muss, heißt das ja nicht, dass du das musst … Es gibt auch zwei Betten hier«, fügte er treuherzig hinzu.

Sophie kochte innerlich. Das war Max' Masche, und Magda, dieses Huhn, würde sich von ihm vernaschen, gebrauchen und wegwerfen lassen. Magda blinzelte und sagte immer noch nichts.

Sophie versuchte es noch einmal. »Bitte Magda, komm mit mir, es ist nicht gut, wenn du bleibst!«

Magda, rosa vor Begehren, setzte sich auf. »Ich bleibe hier, Sophie.«

Dann sah Magda zu Max, der sie anlächelte.

»Schön, dass du bleibst, Magda«, sagte er und zeigte ein wenig von seinen guten Zähnen.

Sophie gab sich geschlagen, packte ihre Sachen und ging zur Tür.

»Wenn du das nächste Mal kommst, bring Munition für die Luger mit!«, rief Max ihr hinterher.

Sophie drehte sich um und zeigte ihm einen Vogel. Er lachte. Sie sah, dass Max seine Hand auf Magdas Oberschenkel platziert hatte, ziemlich weit oben.

»Ich werde Munition besorgen«, hörte sie Magda sagen, als sie die Tür hinter sich zuzog.

41

Kriss war nicht unzufrieden mit dem Tag. Governor Taylor war zwar nicht Governor Smith, aber sie hatte trotzdem die meisten der dringlichen Anliegen verstanden und seine Lösungsvorschläge genehmigt. Der Apotheker hatte sich sofort um die Medikamente gekümmert, auch die anderen Transporte waren angelaufen. Der Aushang mit der Aufforderung, die Selbstversorgung verpflichtend zu intensivieren, war bereits draußen im Glaskasten. Die Versorgung mit Lebensmitteln blieb schlecht. Im Sommer konnte man vielleicht noch durchkommen, aber für den Winter, spätestens das folgende Frühjahr, sah Kriss schwarz. Am kommenden Tag war ein Vorsprechen von verschiedenen möglichen Lehrkräften geplant, und er hoffte, dass sich einige mehr einfinden würden, als es bisher Nachfragen gegeben hatte. Rosa kam in sein Arbeitszimmer.

»Das Essen ist fertig«, sagte sie.

»Ich komme. Ist Frau Thanner schon da?«

»Ich sage ihr Bescheid«, antwortete Rosa und ging hinaus.

Kriss stand auf und klappte seine Akte zu. Er hatte es erreicht, dass Pina Thanner mit ihm heute zu Abend essen würde. Es war nicht einfach gewesen, denn sie war menschenscheu, verzog sich nach der Arbeit auf ihr Zimmer oder blieb lange draußen an der frischen Luft. Kriss war neugierig und wollte gern mehr über sie wissen. Sie war eine der wenigen Personen, die er nicht sofort hatte einordnen können. Er hatte eine Schwäche für kluge, schöne Frauen, obwohl er keinerlei sexuelles Interesse an ihnen hatte. Es war eher, als könne er so Zeiten in seinem Leben nachspielen, die er mit seiner Mutter erlebt hatte. Seine kluge, schöne Mutter hatte

»Ja«, gab Kriss zu.

»Weil es keine kultivierten Zigeuner gibt, oder?«

Pina krempelte den Ärmel ihrer Bluse hoch und zeigte ihm ihren linken Unterarm. Eine tätowierte Nummer war dort zu sehen, mit einem Z vor den fünf Ziffern.

»Hier – wir haben ein Z zusätzlich zu einer Zahl«, sagte sie.

Kriss wusste nicht, was er darauf antworten sollte. Pina fing an, sehr schnell zu essen. Sie hatte schon vier Stücke Gulasch vertilgt, bevor Kriss das erste gegessen hatte.

Er versuchte, das Gespräch wieder in Gang zu bringen. »Sie waren in Ravensbrück?«

»Möchten Sie meine Geschichte hören?«

»Es wäre mir eine große Ehre.«

Pina lachte.

»Bitte, Sie sind mein Held, lassen Sie das!«

»Ich bin kein Held, wirklich nicht.«

Aber Pina ließ das nicht gelten.

»Ich wurde verhaftet, weil ich *Zigeunerin* bin. Nicht, weil ich irgendetwas gegen das Regime gesagt hätte. Ich bin Opfer meiner rassischen Zuordnung geworden. Das ist ein Unterschied zu Ihnen. Sie sind wegen Ihrer Überzeugungen verfolgt worden. Deswegen sind Sie ein Held. Ganz einfach.«

Kriss war diese Einteilung unangenehm.

»Lassen wir das bitte … Woher stammen Sie?«

»Erschrecken Sie aber nicht, wenn ich Ihnen meine Geschichte erzähle. Ich nenne nur die Fakten.«

Kriss nickte und schenkte Pina seine volle Aufmerksamkeit.

»Meine Sippe war zuletzt in Salzburg. Mein Vater hat in der Stadtverwaltung gearbeitet. Ich habe meinen Mann Günther kennengelernt und dann, wie er, bei Wacker Chemie in Burghausen gearbeitet. Ich war Chemielaborantin. Dann Sekretärin. Und Übersetzerin für die amerikanischen Teilhaber.«

Pina machte eine kurze Pause, spießte noch ein Stück Fleisch auf und steckte es in den Mund. Kriss schluckte seinen Bissen herunter.

»Ich war gut, und der Chef wollte mir ein Studium bezahlen«, fügte Pina mit vollem Mund hinzu und spießte schon das nächste Stück auf.

»Möchten Sie ein Glas Wein oder … ein Bier?«, fiel ihm auf einmal ein.

»Danke, nein.« Pina schüttelte den Kopf und hob abwehrend die Hand.

»Mein Mann wurde zur Wehrmacht eingezogen. Bis sie schließlich bemerkten, dass er Sinto war, hatte er schon viele Schlachten für das Deutsche Reich geschlagen. Aber im August 1941 wurde er ›ausgestellt‹ und sofort nach Auschwitz gebracht. Sein Vorgesetzter hat versucht, Günther in seiner Kompanie zu behalten, vergeblich.«

»Und Sie?«

»Ich bin, als es so weit war, ins Lager Maxglan bei Salzburg gekommen. Dort waren Sinti aus ganz Österreich, auch meine Familie. Sie warteten auf den Transport nach Auschwitz. Ich wusste zu diesem Zeitpunkt noch nicht, dass ich schwanger war.«

Kriss sah sie mitfühlend an, sagte aber nichts, weil er sie nicht unterbrechen wollte. Pina zerdrückte eine Salzkartoffel in der Soße, schob die volle Gabel in ihren Mund, kaute und schluckte.

»Einige von uns wurden noch als Statisten für einen Film ausgewählt. Wir sollten spanische Bauern darstellen. Weil wir alle so spanisch aussehen!«, fügte sie sarkastisch hinzu. »Der Film hieß *Tiefland.* Wir wurden für ein paar Wochen an den Drehort bei Garmisch gekarrt und mimten dort arme Spanier. Wir bekamen kein Geld und kaum zu essen, und dann, nach Drehschluss, wurden wir alle nach Auschwitz gebracht. Ich weiß nicht, ob der Film fertig geworden ist, aber er schien nicht besonders gut zu sein. Die Regisseurin war auch die Hauptdarstellerin und die Produzentin. Sie hat merkwürdige spanische Tänze vor der Kamera aufgeführt und dabei wild mit den Augen gerollt.«

»Leni Riefenstahl …«

»Sie kennen sich aus! Frau Riefenstahl hat sich nicht dafür interessiert, was aus uns geworden ist. Sie wollte nur ihren Film drehen.«

»Es gibt solche Künstler«, sagte Kriss. »Angeblich sind sie nicht politisch, sondern wollen nur ihre Kunst machen.«

Beide hatten aufgehört zu essen. Pinas Teller war leer, sie hatte sehr schnell gegessen, obwohl sie viel geredet hatte. Kriss hatte ihr gelauscht und kaum gegessen.

»Ich habe das noch keinem erzählt«, sagte Pina und sah ihn an.

Kriss nickte, erwiderte ihren Blick.

»Mein Kind starb. Ich kam nach Ravensbrück, wurde sterilisiert und konnte bei einem Arbeitseinsatz im Frühjahr 45 fliehen. Jetzt möchte ich weiteressen. Bitte geben Sie mir noch etwas.«

Pina hielt ihm ihren Teller hin, und Kriss wusste nicht, was er sagen sollte. Also schaufelte er ihr stumm eine zweite riesige Portion Fleisch und Kartoffeln auf den Teller.

»Danke«, sagte Pina und fing sofort an weiterzuessen.

»Was ist mit Ihrem Mann?«, erkundigte sich Kriss schließlich.

»Tot.«

»Tut mir leid«, sagte Kriss leise.

Pina redete knapp, als seien ihr die Worte ausgegangen. Aus ihrer Sicht hatte sie offenbar alle Fakten genannt und wollte nichts mehr weiter ausführen.

»Jetzt sind Sie dran«, sagte Pina und deutete mit ihrer Gabel grinsend auf ihn.

»Was wollen Sie wissen?«

»Wie hat es Sie verändert?«, fragte Pina.

»Was?«

»Das Todesurteil. Und dass Sie es überlebt haben.«

Kriss sah sie nachdenklich an.

»Es verändert alles. Aber Sie wissen das doch.«

»Wie können Sie mit der menschlichen Spezies weiterleben?«

»Ich halte Abstand. Einzelne Menschen haben mir geholfen. Daran richte ich mich auf. Das Gute im Einzelnen. Das ist meine Hoffnung.«

»Fällt mir schwer«, sagte Pina mit leiser Stimme. »Ich halte nur Abstand.«

»Haben Sie Pläne?«

»Nein. Essen, so viel es geht. Oder was meinen Sie?«

»Wollen Sie in Deutschland bleiben? Sie sprechen sehr gut Englisch, könnten auch woanders hingehen …«

»Ich bin Österreicherin. Wie Hitler. Ich bin von hier. Oder sollte ich nach Indien zurückgehen, wo meine Vorfahren vor sechshundert Jahren herkamen?« In Pinas Worten lagen Bitterkeit und Schärfe. »Entschuldigen Sie, Herr Kriss. Kann ich Ihnen eine Frage stellen?«

»Bitte!«

»Mussten Sie etwas tun, was gegen Ihre eigene Moral geht, um zu überleben?«

Kriss sah sie an, um zu verstehen, was sie meinte.

»Haben Sie einen Mithäftling bestohlen? Brot, Schuhe, Pullover? Jemanden denunziert, damit Sie selbst nicht dran sind? Willkürliche Befehle gegen andere Gefangene ausgeführt?«

Kriss überlegte einen Moment. Er wollte ehrlich sein und durchforstete seine Erinnerung.

»Ich weiß es nicht«, antwortete er schließlich. »Wenn es so war, kann ich mich nicht mehr daran erinnern.«

»Ich habe all das getan, um zu überleben. Und ich denke immer daran«, sagte Pina ruhig. »Aber das Leben geht weiter, als wäre nichts gewesen.«

»Das Leben geht weiter, ja«, wiederholte Kriss leise. Er wusste, welche Ungeheuerlichkeit sie ihm gebeichtet hatte. Er kannte das Gefühl.

In diesem Moment klingelte es. Es war noch hell, kurz nach zwanzig Uhr, eine ungewöhnliche Zeit für Besuch. Kriss entschuldigte sich, ging durch den Flur zur Haustür und öffnete sie. Er brauchte einen Moment, um den Mann zu erkennen, der da, zwei Schritte von den Eingangsstufen entfernt, vor ihm stand.

Es war Gottfried Rasp, jener Kunstmaler und Kamerad von den Weihnachtsschützen, der ihn beim NSDAP-Ortsgruppenleiter angeschwärzt hatte. Der von Kriss im vertrauten Kreis geäußerte Zweifel am Endsieg und seine despektierlichen Bemerkungen über den Führer und die Nationalsozialisten brühwarm an den NSDAP-Ortsgruppenleiter weitergegeben hatte.

»… der Nationalsozialismus lasse Persönlichkeiten nicht gelten und erziehe zum Lügner, jeder anständige Mensch könne den Zusammenbruch eines solchen Systems nur gutheißen, wir hätten den Krieg angefangen, das Wirken des Nationalsozialismus werde immer nur Blut und Elend nach sich ziehen …«

Das habe er gesagt, und so hatte es im Urteil gestanden. Freislers geifernde Stimme und sein von Hass verzerrtes Gesicht kamen Kriss wieder in den Sinn.

»Guten Abend, Rudolf«, sagte Gottfried Rasp zerdrückt.

»Servus«, erwiderte Kriss formlos.

Er betrachtete Rasp und sah einen Mann, der vor Scham von einem Fuß auf den anderen trat und seinem Blick nicht standhalten konnte. Gottfried sah abgekämpft aus.

»Ich … würde gern mit dir sprechen, Rudolf«, sagte Gottfried.

»Um was geht es?«, fragte Kriss.

»Kann ich vielleicht reinkommen?«

»Ich habe Besuch und sitze beim Abendessen.«

»Wann … würde es dir denn passen?«, erkundigte sich Rasp unterwürfig.

»Komm morgen ins Rathaus«, sagte Kriss.

»Es … ist nichts Offizielles …«

»Ich möchte dich nicht in meinem Haus haben. Also komm einfach morgen in mein Büro.«

»Gut. Dann bis morgen.«

Rasp sah Kriss an wie ein getretener Hund, nickte, hob ungeschickt seine Hand zu einem verwackelten Gruß und ging zwei Schritte rückwärts, bevor er sich umdrehte und verschwand. Kriss schaute ihm nach. Er hatte gewusst, dass es diesen Moment geben würde. Die konkrete Konfrontation mit seinem Verräter. Kriss war froh, dass er einen Vorwand hatte, bei diesem ersten Wiedersehen nicht mit ihm reden zu müssen. Es war etwas anderes, sich das Treffen im Geiste auszumalen oder in der Realität vor ihm, dem Verräter, zu stehen. Gern hätte Kriss ihn beschimpft. Vielleicht sogar eine Ohrfeige verpasst. Oder einfach stehen lassen. Oder Anspucken? Nein, er war kein Lama. Immerhin hatte er die bessere Rolle, fand er. Um nichts in der Welt hätte er mit Rasp tauschen wollen. Rasp hatte auch andere verraten. Kriss würde darauf wetten, dass Rasp sich nicht bei allen einschmeicheln würde, die er denunziert hatte. Aber mit ihm, Kriss, musste er sich gut stellen, denn Kriss gehörte jetzt zu den Mächtigen.

Kriss ging zurück ins Esszimmer. Pina war weg. Dabei gab es noch Nachtisch. Kriss ging in die Küche, wo zwei vorbereitete Kristallteller mit den ersten Erdbeeren und einem Kännchen flüssigem süßem Rahm standen. Er nahm eine Schale und den Rahm, stieg in den ersten Stock und klopfte an Pinas Zimmertür.

»Frau Thanner? Ich habe hier noch einen Nachtisch für Sie. Erdbeeren aus dem Garten.«

Es dauerte einen Moment, bis sich die Tür einen Spalt öffnete.

»Entschuldigen Sie«, sagte Pina Thanner und schielte auf die Erdbeeren.

»Bitte, ich störe Sie nicht lange, aber die Erdbeeren sollten Sie sich nicht entgehen lassen. Tut mir leid, dass ich Sie allein am Tisch habe sitzen lassen.«

Pina schob die Tür weiter auf, nahm die Schale und lächelte.

»Moment, der Rahm gehört dazu!«, sagte Kriss und gab einen Schuss davon auf die Früchte, weil sie nicht widersprach.

»Vielen Dank für die Erdbeeren und für alles, Herr Kriss. Und sagen Sie bitte Rosa, dass sie eine hervorragende Köchin ist!«

»Mache ich, aber sie freut sich sicher, es bei Gelegenheit von Ihnen selbst zu hören«, erwiderte er und dachte, dass ihre Augen aussahen wie uralte Münzen aus dunkel schimmerndem Gold.

»Gute Nacht!«, sagte Pina weich.

»Gute Nacht«, wünschte auch Kriss.

Pina sah ihn noch einmal freundlich an, nickte ihm zu und schloss die Tür.

Am nächsten Tag würde Kriss sich für seine Unaufmerksamkeit verfluchen – er war zu sehr mit Rasp, dem Wicht, beschäftigt gewesen.

42

Meg hatte das Bild an die Wand ihres Hotelzimmers gehängt. Dort hatte vorher eine bukolisch-dümmliche Dorfszenerie im einfachen deutschen Stil der Dreißigerjahre die Wand verunziert. Das Cranachbild verlieh der Wand und mit ihr dem ganzen Raum eine feine Noblesse. Sie hatte sich auf Anhieb in dieses Bild, Öl auf Holz, verliebt. Es war witzig, weise und wunderschön. *Der Blick der Göttin enthält alles Wissen und Können, das eine Frau ausmacht*, dachte Meg. Es hatte dem fetten Reichsmarschall oder Hitler gehört, und jetzt gehörte es ihr: eine schöne Erinnerung an ihren Tag als Governor. Ihr Text für die Redaktion war schon zu einem Drittel fertig, er war ihr leicht von der Hand gegangen. Sie duschte, und wenig später stand sie in ein Badehandtuch gewickelt und mit einem Whiskey in der Hand im Raum und betrachtete abermals das Bild, als Frank an ihre Verbindungstür klopfte. Er trommelte immer mit allen fünf Fingern gegen das Holz, um sein Erscheinen anzukündigen, danach öffnete er zuerst seine und dann ihre Tür, beide waren nie verschlossen.

»Wollen wir was essen?«, fragte er, kam zu ihr, gab ihr einen Kuss.

»Ja«, antwortete Meg, »ich ziehe mich eben an.« Sie ging zum Kleiderschrank und suchte frische Klamotten heraus. Erst jetzt bemerkte Frank das Bild, stellte sich davor und runzelte die Stirn.

»Hing das immer hier?«, fragte er.

»Es ist keine Kopie, es ist echt.«

»Dann hing es also nicht hier.«

»Nein«, sagte Meg. »Ich habe es heute geschenkt bekommen.«

»Wie bitte? Das ist doch ein … Cranach?«

»Ja, Lucas Cranach der Ältere. Eine der zahlreichen Varianten von *Venus und Amor als Honigdieb*. I love it!« Sie schlüpfte in die Unterwäsche, nahm ein Kleid vom Bügel, öffnete den Reißverschluss und stieg hinein.

»Wo kommt das her, Meg?«

»Es kommt aus dem Zug vom fetten Göring, aus seiner Raubgut-Sammlung.«

»Du wirst es aber doch … zurückgeben?«, fragte Frank irritiert.

Sie kam zu ihm, wandte ihm ihren Rücken zu.

»Kannst du mir bitte den Reißverschluss zumachen?«

Frank tat es stirnrunzelnd.

»Wenn herauskommt, wem es vorher gehörte, gebe ich es zurück. Bis dahin … leihe ich es mir aus.« Meg grinste. »Schau nicht so!«

»Ich würde nie … auf so eine Idee kommen«, sagte Frank, dem dieser Gedanke tatsächlich so fernlag wie der Mond.

»Ich schon«, sagte Meg. »Ich werde das Erbe der Nazibrut sehr verantwortungsvoll verwalten. Zumindest das da!«

Frank sah sie an, als sähe er sie zum ersten Mal. Meg dreht ihm ihr Gesicht zu, lächelte und küsste ihn spontan.

»Jetzt schau nicht so!«

»Wie war dein Tag als Governor sonst so?«, fragte Frank, um das Thema zu wechseln.

»Inside Krautland. Ich habe einen breiten Einblick bekommen: vom *Burgomaster* und den Versorgungsengpässen über die Waisenkinder bis hin zur Kunst. Du würdest mir einen großen Gefallen tun, wenn du meinen Artikel als Testleser liest, dass ich alle Namen richtig geschrieben habe.«

»Mach ich«, versprach Frank.

»Dann erzähle ich jetzt nicht weiter.« Meg lachte. »Sonst bist du nicht unbefangen.«

»Bin ich sowieso nicht!«, sagte Frank und lächelte.

»Deine Dolmetscherin ist etwas ungelenk, aber sehr gewissenhaft.«

»Sie ist in Ordnung«, sagte Frank.

»Ich glaube, da läuft was zwischen ihr und einem schwarzen GI.«

Frank zuckte die Achseln.

»Da mische ich mich nicht ein. Sollen sie tun, was sie wollen, solange ich nicht dabei bin. Die Jungs haben es verdient.«

»Oh, oh! Ich glaube, das sehen einige in der US-Army anders. Noch dazu ein Schwarzer mit einem weißen Froilein. Tsss!«

Frank grinste und nahm einen Schluck aus Megs Whiskeyglas.

»Das gefällt mir am meisten daran«, sagte er.

Meg hatte jetzt hohe Schuhe an und war fertig angezogen. Sie zog sich noch die Lippen nach und sah umwerfend aus.

»Très chic – feiern wir irgendwas?«, fragte Frank und öffnete die Tür.

»Das Leben«, antwortete Meg und ging hinaus.

Die Terrasse des Hotels war jetzt geöffnet, der Abend war schön, und deshalb gingen alle mit ihren Drinks raus und standen in Gruppen zusammen. Meg und Frank wurden augenblicklich umringt. Es schien, als wäre Meg nicht nur die einzige Armeeangehörige in einem Etuikleid, sondern außerdem eine Art Magnet. Governor Smith und DiPietro kamen herbei, und auch George und Brenda, die noch Uniform trugen, gesellten sich zu ihnen.

»Miss Governor, guten Abend. Wie ich höre, war einiges los heute«, sagte Smith zu Meg.

»DiPietro hat gepetzt, was?«, fragte Meg und grinste DiPietro an.

»Nur das Notwendigste«, erwiderte DiPietro, trat einen Schritt auf Meg zu und flüsterte ihr ins Ohr: »Sie sehen unglaublich intelligent aus heute Abend.«

Meg musste laut lachen, und DiPietro grinste frech.

Frank registrierte diese Intimität, trat einen Schritt weg und wandte sich George zu. Wenn Frank und George allein waren, sprachen sie automatisch Deutsch. Das war nicht von Anfang an so gewesen. Aber je länger sie in Deutschland waren, umso merkwürdiger und künstlicher schien es, sich nicht in ihrer Muttersprache zu unterhalten, auch wenn George aus Prinzip sehr lange bei Englisch geblieben war.

»Hat Seidler das Versteck verraten?«, erkundigte sich Frank.

»Ja, sie haben das Gold gefunden«, antwortete George, »und dazu jede Menge Devisen. Dollars, Schweizer Franken, britische Pfund, Yen. Im Wert von insgesamt ungefähr zwei Millionen Dollar.«

»Kein Vertrauen in die Reichsmark mehr …«

»Null«, sagte George.

»Kurkow – drug –, das war eine gute Ernte!« Frank lachte und klopfte ihm auf die Schulter.

George lächelte. »Es war alles ins Fundament einer Hütte eingegraben. Er war sehr geständig, haben die Kollegen berichtet.«

»Wo ist er jetzt?«

»Im Lager für die SS-ler, bis er nach München kommt. Sie bringen jetzt die Wehrmachtssoldaten und die SS-ler sorgfältig getrennt voneinander unter, stell dir das vor! Es gab Prügeleien und so.«

»Warum?«

»Die Soldaten wollen nichts mit der SS zu tun haben.«

»Feine Unterschiede …«

»Ja. Und da ist noch etwas.«

Frank sah kurz zu Meg, Smith und DiPietro, die in ein Gespräch voll blitzender erotischer Funken verwickelt waren. George sah auch zu ihnen, legte seine Hand auf Franks Arm, als müsse er ihn beruhigen. Aber Frank war ganz ruhig.

»Was?«, fragte er und sah George an – direkt in die blauen, freundlichen Augen, in denen Kummer zu sehen war. George fuhr sich durch die blonden Haare, und Frank dachte einen Moment, dass sein Freund eigentlich typisch deutsch aussah. Im nächsten Moment ermahnte er sich selbst. Was sollte das eigentlich sein – typisch deutsch?

»In den DP-Lagern sind die Menschen nach Nationen geordnet: Polen, Russen und so weiter. Die ehemaligen KZ-Insassen und Zwangsarbeiter treffen dort oft auf ihre Landsleute, die mit den Deutschen kollaboriert haben: überlebende Juden auf ihre Wärter, Zwangsarbeiter auf sadistische Kapos. Es gibt Streit und Rache. Sie können jederzeit raus aus den Lagern, aber wohin? Niemand kümmert sich. Es interessiert keinen. Es gibt nicht genug Nahrung und Lebensmittel, keine Medikamente. Sie tragen teilweise immer noch die Streifenanzüge, weil es nichts anderes gibt – das ist unerträglich.«

»Warst du da?«

»Ja«, sagte George. »Ich habe gedacht, dass das nicht möglich ist. Dass wir so wenig tun! Das beschämt mich.«

»Hast du mit dem Diensthabenden gesprochen?«

George nickte.

Frank legte ihm den Arm um die Schultern. »Wir machen was«, versprach er.

George nickte abwesend, bevor er sich konzentriert seinem Freund zuwandte.

»Wie geht es dir?«, wollte George wissen. »Hast du wegen … deiner Nichte nachgefragt?«

Frank schüttelte den Kopf. Er hatte das speckige Stück Papier, die Geburtsurkunde mit Ruths Worten auf der Rückseite, sorgsam in einer Schublade ausgebreitet. Eine Schublade, die sonst leer war und nur dieses eine Stück Papier beherbergte. Wie ein Safe. Er hatte es mit Ruths Text nach oben hineingelegt. *Pipsi und Pupsi. Colbert. Im Dorf Méjat.* Er hatte es irgendwann vorsichtig herumgedreht, trotz seiner Angst, dass es in Stücke auseinanderfallen könnte. Es war klein und fest zusammengefaltet gewesen, sodass die mürbe Faltung sich in teilweise schon perforierte Linien verwandelt hatte. Frank hatte Namen und Daten auf der anderen Seite wieder und wieder gelesen. *In Tours am 14.7.1943 … geboren. Judith Meyerbeer.* Irgendwo mitten in Frankreich. Frank hatte die nächsten Schritte schon überlegt. Der US-Geheimdienst in Frankreich. Kein Problem. Sie würden schnell herausfinden, ob Ruths Tochter noch dort war und lebte. Frank hatte seinen Eltern noch nichts gesagt. Weder, dass Ruth und vermutlich auch Samuel tot waren, noch, dass sie ein Enkelkind hatten. Auch das drückte auf seine Seele. Aber Frank scheute noch die Gewissheiten. Wenn es dort das kleine Mädchen gab … würde er sie mitnehmen. Wahrscheinlich würde sie nur Französisch sprechen. Vielleicht würde sie weinen, wenn er sie mitnähme. Aber natürlich würde er sie mitnehmen. Er hatte es dem Universum und seiner Schwester versprochen. Allerdings hatte er keine Idee, wie er Judith in sein Leben integrieren sollte. Meg und er waren kein sesshaftes Paar, und er konnte sich nicht vorstellen, dass sie Lust hatte, das Kind seiner verstorbenen Schwester mit ihm großzuziehen – er hatte sie auch noch nicht gefragt. Was aus Meg und ihm werden würde, stand ohnehin in den Sternen. Also müsste er wohl das Kind in die Staaten bringen, zu seinen Eltern. Die Eltern waren alt und gebrechlich, aber würden vermutlich alles für dieses Kind geben. Hoffentlich lebte es. Hoffentlich war es gesund.

»Morgen werde ich die Kollegen in Frankreich kontaktieren«, sagte Frank mehr zu sich als zu George. Ihm fiel ein, dass ausgerechnet Ali Pipsi und Pupsi erwähnt hatte. Ihm war bei der Erwähnung das Blut gestockt, aber sie hatten eine gemeinsame Erinnerung an die Vögel, die seiner Schwester und ihm gehört hatten. Ali kannte, ohne es zu wissen, das *Codewort* auf der Geburtsurkunde. Ali war eine Verbindung zu Ruth, in die Vergangenheit. Ohne dass sie es wusste. Ausgerechnet Ali.

»Dieser DiPietro baggert ganz schön an Meg herum«, sagte George streng.

Frank winkte ab.

»Stört dich das nicht?«

»Noch nicht.« Frank grinste. »Zu offensichtlich.«

Beide schauten rüber zu der Gruppe, zu der jetzt noch drei honorig wirkende Männer in Zivil gestoßen waren, einer davon mit einem Texashut, dazu zwei Frauen, vermutlich die Ehefrauen.

»Wer sind die?«, fragte Frank.

»Einige Senatoren hatten sich angesagt, samt Gattinnen. Sie wollen sehen, wie es so läuft in Deutschland, ob das amerikanische Geld gut angelegt ist und wie der Führer gewohnt hat.«

In diesem Moment drehte sich Meg zu ihnen und winkte.

»Hey, ihr beiden! Kommt mal rüber!«

Frank und George tauschten noch einen Blick, dann gesellten sie sich zu der größer gewordenen Gruppe.

Meg streckte strahlend die Hand nach Frank aus und zog ihn zu sich heran, mit der anderen griff sie nach George.

»Hier, Senators, das sind zwei von denen, die hier alle Nazis kleinkriegen: Captain Rosenzweig und Captain Renard vom CIC, Verhörspezialisten aus Camp Ritchie. Das hier sind Senator Willbrough aus Arizona, Senator McGraw aus Wisconsin und Senator Webster aus Texas. Sowie … Mrs Willbrough und Mrs Webster.« Meg redete so geschmeidig, als sei sie eine Conférencière in einem Revuetheater.

»Sie sind also die beiden mit der Russennummer?«, dröhnte Senator McGraw. »Das gefällt mir. Dabei würde ich gern mal Mäuschen spielen!«

»Wir führen ganz normale Verhöre«, erwiderte Frank, um die Sache etwas einzudampfen. »Wir hatten eine militärische Ausbildung in Camp Ritchie und dienen der US-Army.«

»Sie sind beide aus Deutschland, oder?«, fragte Mrs Webster.

»Ja«, antwortete George, »wir sind in den Dreißigerjahren in die USA emigriert.«

»Sie sind beide jüdisch, nicht wahr?«, fragte Mrs Webster weiter.

»Ja«, sagte Frank.

George warf ihm einen Blick zu: *Was soll das?*

»Die Deutschen haben Sie vertrieben, beraubt, entrechtet, eingesperrt und umgebracht. Vermutlich betrifft es auch Ihre Familien und Freunde – das behaupte ich mal, ohne Ihnen zu nahe treten zu wollen. Wie schaffen Sie es, hier in Deutschland neutral und so ruhig zu sein? Ich an Ihrer Stelle würde jeden Deutschen, den ich sehe, sofort verprügeln«, offenbarte Mrs Webster, der man zutrauen konnte, Bullen bei einem Rodeo zu reiten. Ihre Direktheit war genauso physisch und schockierend.

»Wir haben geübt«, sagte George und musste sich zusammennehmen, um nicht zu grinsen. »Wir verprügeln nur die richtigen Nazis. Bei allen, die nichts wussten, sind wir großzügig.« Er sah Frank an und grinste.

Frank nahm das Spiel auf. »Und wie man weiß, sind das ja die meisten«, fügte er hinzu.

»Ich freue mich, dass Sie es mit Humor nehmen – Galgenhumor zwar, aber immerhin«, sagte Mrs Webster. »Aber im Ernst: Wie schaffen Sie das? Und warum tun Sie sich das an?«

»Irgendjemand muss es ja machen«, entgegnete George. »Und wir sind nicht die Schlechtesten für diese Aufgabe.«

»Außerdem kennen wir die Deutschen«, sagte Frank. »Und wir kennen die USA. Wir werden versuchen, für Gerechtigkeit zu sorgen. Und für Frieden. Und hoffentlich für Demokratie.«

Die Senatoren hörten genau zu.

»Frank ist ein Gerechtigkeitsapostel«, sagte Meg. »Er ist gegen eine Kollektivschuld und betrachtet den Einzelnen. Ich finde, er gibt sich zu viel Mühe. Ich habe in Buchenwald und Dachau fotografiert. Ich weiß, was passiert ist. Ich bevorzuge Ihre Variante – das mit dem Verprügeln, Mrs Webster. Aber Frank achtet das Individuum und seine Rechte.«

Alle sahen Frank an.

»Das scheint mir sehr idealistisch«, sagte Senator McGraw.

»Selbstlos und vielleicht naiv, sorry«, fügte Senator Webster hinzu.

Frank schüttelte den Kopf.

»Nein. Wenn wir das schaffen, ist das eine Genugtuung. So eine Art von Rache an Hitler. Wir leben noch, und wir bauen eine Demokratie auf den Ruinen seines Reiches auf.«

Frank sah in die Runde – er sah Nachdenklichkeit und Nicken, alle schienen das zu akzeptieren. Es schien logisch.

»Ich wünsche Ihnen von Herzen Glück«, sagte Mrs Webster.

»Wir brauchen dazu Ihre Hilfe«, betonte Frank. »Die Amerikaner müssen Europa beim Wiederaufbau unterstützen.«

Jetzt mischte sich Senator Willbrough aus Arizona ein.

»Das kostet uns mehr Geld, als der Krieg bisher gekostet hat. Was haben wir davon? Wir könnten tatsächlich alles den Russen überlassen. Sagen Sie mir, warum wir das nicht tun sollten?«

»Mein Lieber«, widersprach Senator Webster, »dann wird Europa kommunistisch werden. Das können wir nicht zulassen!«

»Warum nicht?«

»Dann wäre unser bisheriges Engagement hier sinnlos gewesen«, erwiderte Mrs Webster. »Und wir können dem Kommunismus doch nicht die Welt überlassen!«

»Okay«, sagte Senator Webster, »dann hätten wir das geklärt, darling!« Er lachte und tätschelte gutmütig ihre Hand.

»Wir müssen also noch eine Weile in Deutschland bleiben«, schlussfolgerte Senator McGraw.

»Ich fürchte, ja«, antwortete Meg und lachte charmant.

»Wir wollen den Berghof und den Adlerhorst sehen«, sagte Senator McGraw.

»Wenn Sie noch ein paar Tage länger bleiben, können Sie außerdem die zusammengeraubte Kunst von Reichsmarschall Göring sehen. Große Kunstwerke aus ganz Europa. Wir machen eine Ausstellung hier in Berchtesgaden, die 101. Airborne Division lädt ein! Oder, Governor Smith?«

Der Governor sah Meg einen Moment lang an und rang sich schließlich ein Lächeln ab.

»Haben Sie das heute verfügt?«

»Ja, ein bisschen Kultur und Unterhaltung kann nicht schaden«, sagte Meg charmant.

DiPietro legte wieder einmal seine Hand auf Megs Schulter und grinste in die Runde.

»Sie sieht aus wie ein Engel, aber hat mehr Haare auf den Zähnen als ein Wildschwein am ganzen Leib! Sie kriegt ihre Ausstellung!«, sagte DiPietro und rieb ihr Schulterblatt.

»Ihre Komplimente sind ja ziemlich rustikal«, sagte Mrs Webster kritisch und meinte zugleich den ganzen Mann.

»In jedem Fall … kein Standard«, sagte Meg grinsend. »Und wer wäre nicht gern ein haariges Wildschwein!«

»Eine schöne Frau für Ihre Schönheit loben – das kann jeder«, fügte DiPietro frech hinzu.

Meg sah ihn mit hochgezogener Augenbraue an.

»Darüber habe ich noch nie nachgedacht!«, spottete sie kokett.

»Lasst uns reingehen, ich habe Hunger«, sagte Frank, nahm die rechte Hand von Meg und zog sie mit sich. Dieser DiPietro fing an, ihm auf die Nerven zu gehen.

43

Den Weg ins Tal hatte Sophie kaum wahrgenommen. Ihre Füße und Beine hatten sie kundig bergabgetragen, während in ihrem Gehirn Max, Magda und all das durcheinandertobte, was in der Hütte geschehen war und noch geschehen würde. Sams Kuss und die erschreckend schönen Auswirkungen auf ihren Körper spukten außerdem im Hintergrund ihres Bewusstseins. Alles wurde noch komplizierter, als es vorher schon gewesen war. Im Nachhinein hatte Max' Griff nach Magda, der bis dahin unbeachteten Freundin seiner kleinen Schwester, eine Folgerichtigkeit, die Sophie eigentlich hätte vorhersehen können. Sie ärgerte sich über sich selbst. Magda hatte aus ihrer Begeisterung für Max – ihrer sogar ausdrücklich benannten Liebe! – kein Geheimnis gemacht. Sophies Versuche, die flammende Zuneigung ihrer besten Freundin durch Konfrontation mit Max' tausendundzwei Weibergeschichten sowie der Aufzählung seiner miesesten Charaktereigenschaften zu ersticken, waren an Magda abgeperlt wie Meerwasser an einem Robbenpelz. Magdas Bereitschaft zur vollkommenen Hingabe hatte nicht nur Sophies Warnungen verschluckt wie ein Moor einen hineingeworfenen Stein, sondern Max' Aufmerksamkeit erregt. Magda war bereit, sein Werkzeug zu sein, an seiner Seite alles zu tun, was er brauchte und von ihr verlangte. Bis hin zur Selbstaufgabe, wenn diese gefragt sein sollte.

Und genau so eine Frau benötigte ein Mann in der Situation ihres Bruders, der sich, zugegeben, in einer höchst schwierigen Lage befand: Max hatte diese Chance gerochen, wie ein Wolf ein Reh witterte. Er hatte sich Magda versuchsweise angenähert, und sie war augenblicklich butterweich in seine ausgestreckte Hand hineingeschmolzen. Treffer! Noch war unklar, was daraus werden würde. Allerdings war sich Sophie sicher, dass ihr Bruder Magda benutzen würde, solange sich daraus einen Vorteil für ihn ergab. Sophie glaubte nicht daran, dass Max die eigenwillige, wie eine altmodische Fee aussehende Magda tatsächlich so lieben würde wie sie ihn. Oder dass es für sie eine gemeinsame Zukunft gab. Sophie verspürte eine unbestimmte Eifersucht, konnte aber nicht genau ausmachen, ob sie auf Max oder auf Magda eifersüchtig war – oder auf das, was die zwei gerade miteinander erlebten. Nein, Letzteres war es nicht! Ein solches Ungleichgewicht der Gefühle wollte sie, Sophie, nicht erleben. Beide mussten den anderen gleich stark wollen.

Ohne Magda zurückzukommen bedeutete, dass sie nicht zu den Grubers, sondern zum Übernachten zu den Großeltern auf den Kramerhof gehen musste. Unten an der Straße griff Sophie das Rad, schwang sich drauf und radelte so schnell es ging Richtung Obersalzberg, es würde bald dunkel werden, dann galt die Ausgangssperre. Das letzte Stück den Berg hinauf war es schon Nacht, aber sie kannte den Weg auswendig, schob ihr Rad auf dem Pfad nach oben. Niemand sah sie. Zum Glück war noch Licht in der Stube, und sie konnte die drei Alten am Tisch sitzen sehen. Anni, Gustl und Ernst.

Sophie klopfte und trat ein.

»Griass euch!«, rief sie laut. »Ich bin's, die Sophie!«

Die drei sahen sie überrascht an.

»Ja griassdi, Madl«, antwortete Gustl. »Was verschafft uns die Ehre?«

»Der Sommer kimmt!«, sagte Ernst beglückt.

Sophie warf ihren Rucksack in die Ecke und kam an den Tisch.

»Magst noch was essen? Es gibt Suppe …«, fragte Anni.

»Gern!«, sagte Sophie.

Anni stand auf, füllte einen Teller und brachte ihn Sophie, die sich sofort über die Suppe hermachte. Die drei Alten sahen ihr beim Löffeln zu, freuten sich über ihren Appetit wie über den einer Kuh, die so ihre gute Gesundheit und künftigen Milchreichtum bezeugte.

»Wo kimmst denn jetzt her, Sopherl?«, erkundigte sich Gustl noch einmal.

Sophie überlegte noch, welche Antwort sie darauf geben sollte, als Ernst ihr zuvorkam.

»Sie ist bei Max gewesen«, konstatierte er.

Alle sahen sie an.

»Brauchst uns keinen Schmarrn zu verzählen, mir san ned auf der Brennsupp'n dahergeschwommen«, sagte Gustl.

»Stimmt«, gab Sophie zu, nachdem ihr Blick in die Runde auf drei höchst aufmerksame Augenpaare getroffen war.

»Und …«, fügte Gustl listig hinzu, »der Max steckt in den Bergen!«

Anni ging dazwischen. »Sopherl, du musst uns nix weiter sagen.«

Sophie nahm den Teller und trank den letzten Rest der Suppe.

»Ich sag auch nix mehr«, erwiderte Sophie.

»Magst noch Suppe?«

Sophie nickte und hielt ihrer Großmutter den Teller hin. Anni füllte ihn noch einmal auf.

Gustl sah Sophie zwinkernd an.

»Ich weiß eh, wo der Max is'. Da auf dera Hütt'n, Wimbachgries Richtung Steinernes Meer. Davon hat er mal erzählt.«

Sophies Gesichtsausdruck verriet sie.

Triumphierend deutete Gustl mit dem Finger auf sie.

»Sixt! Da hammers scho'!«

»Keine Angst, wir verraten den Max ned«, beteuerte Ernst.

»Also, was hat der da jetzt vor?«, wollte Gustl wissen.

»Warten«, antwortete Sophie.

»Auf was?«, fragte Anni.

Sophie zuckte die Achseln.

»Frag mich nicht«, seufzte sie und löffelte ihren zweiten Teller Suppe aus.

»Der hat sicher a Weibsbild, das sich um ihn kümmert«, vermutete Gustl. »Der Max hat einen Schlag bei den Weibern, könnt' ma glatt neidisch werden …«

»Fesch ist er, der Max«, stellte Ernst fest.

»Der hat immer mehr Frauen, wie ein Mann braucht«, sagte Anni.

»Ja mei, wer ko' der ko'«, sagte Gustl mit männlichem Stolz auf seinen potenten Geschlechtsgenossen und Großneffen.

»Dabei ist manchmal schon eine ein Problem«, feixte Gustl.

»Des stimmt!«, fügte Ernst kichernd hinzu.

»A geh, bitte!«, ermahnte Anni ihre beiden Männer.

»Ich meine nicht dich, liebste Anni!«, sagte Ernst treuherzig, und Sophie wusste, dass das stimmte. Ihre Großeltern waren ein inniges Paar, auch wenn sie manchmal ruppig wirkten.

»Und, Sopherl, hast schon an Ami kennengelernt?«, wollte Gustl wissen, wie immer mit einem Riecher für Situationen ausgestattet. »A bissl was geht doch immer«, fügte er etwas dreckig hinzu.

»Ich arbeite da«, sagte Sophie steif, errötete zu ihrem Ärger wie ein Feuerball, stand schnell mit ihrem Teller in der Hand auf und drehte sich zur Spüle.

»Aha!«, rief Gustl grinsend. »Die untergehende Sonne is' nix gegen dich, Sopherl. Is er denn wenigstens reich? Des wär ja mal was!«

»Des san Soldaten«, warf Ernst ein. »Die san ned reich.«

»Bitte, auch bei den Soldaten gibt's solche und solche …«

»Jetzt lasst's doch des Madl in Ruh'!«, sagte Anni. »Ihr seid's zwei oide Deppen.«

»Ich sag doch gar nix!«, wehrte Ernst empört ab.

»Bitte! Da ist doch nix dabei«, verteidigte sich Gustl. »Die Sophie is a fesches Deandl. Des wär ned logisch, wenn da nix is!« Er sah Sophie mit einem durchbohrenden Blick an.

»Der Gustl is heit wieder a rechter Ungustl!«, sagte Anni.

»Im Moment gibt's nix zum Berichten«, behauptete Sophie fest.

Sie wollte noch ihren Teller spülen, aber Anni nahm ihn ihr ab.

»Ich mach' schon – geh schlafen, du schaust müd' aus«, sagte sie.

Sophie ließ sich das nicht zweimal sagen. Sie brauchte keine weiteren Diskussionen um Liebesverstrickungen, von wem auch immer. Morgen musste sie wieder früh raus. Sie stieg die Treppe hoch in die Schlafkammer, die immer für sie bereit war. Mechanisch zog sie sich aus und legte sich ins Bett. Sie war gerade unter die Decke geschlüpft, als Anni mit einem Glas warmer Milch hereinkam.

»Is' keine Haut drauf«, sagte Anni, »und is' mit Honig.«

Sie ließ sich auf der Bettkante nieder, Sophie setzte sich noch mal auf, nahm das Glas und trank die Milch. Eigentlich mochte Sophie keine heiße Milch mehr, aber es war ein altes Ritual zwischen ihnen, und sie wollte ihre Großmutter nicht enttäuschen.

»Was ist los, Sophie?«, fragte Anni besorgt.

»Ich muss eine Entscheidung treffen. Und weiß nicht, welche.«

»Es geht um Max?«

»Ich hab wegen ihm gelogen. Daraus kann jeden Moment für mich ein Problem werden.«

»Kannst du jetzt die Wahrheit sagen?«

»Ich würde meine Arbeit verlieren. Und es ist strafbar, im Fragebogen der Amis falsche Angaben zu machen. Ich bin in einer Zwickmühle.«

Anni sah sie hilflos an.

»Ich weiß nicht, was ich dir raten soll. Ich kann dir nicht helfen, das tut mir leid!«

»Schon gut«, sagte Sophie und umarmte Anni.

»Mit den Lügen ist es so: Wenn du einmal anfängst, türmst du eine auf die andere. Es werden immer mehr. Und irgendwann bricht alles zusammen.«

schlauchartigen, verwaisten Gängen. Sie wusste nicht, welchen sie nehmen sollte. Vor der Haustür wallte die Unruhe wieder auf, die Ungeheuer heulten, kratzten, bellten wieder und bearbeiteten die Tür, die Tür dröhnte unter den Schlägen und würde bald nachgeben. Sie musste sich entscheiden! Welcher der vielen Gänge war der richtige? Plötzlich lag wie ein Wegweiser am Eingang eines Ganges ein Riegel »Tropical Bar« – ein Hinweis von Sam? In diesem Moment brachen die Ungeheuer durch die Tür. Sophie rannte los … ins Dunkle, und fiel in einen Abgrund. Sie schrie im Fallen – und wachte aus dem Albtraum auf.

Sophie war nass geschwitzt, atemlos, schockiert und hellwach. Sie stand auf, holte sich ein Glas Wasser aus der Küche. Das Haus war still. Außer ihr schienen alle zu schlafen. Weil sie daran dachte, holte Sophie auch gleich den zweiten Band von *Erfolg* aus der Kiste Erich Goldsteins. Den ersten hatte sie fertig gelesen. Mittlerweile hatte sie ihre Zweifel, ob dem willkürlich verhafteten Martin Krüger jemals Gerechtigkeit widerfahren würde. Seine Freundin Johanna Krain ließ genauso nach wie die anderen. Sophie hatte ein schlechtes Gefühl, denn alle ließen alles geschehen. Trotzdem hatte sie bis jetzt nicht aufhören können zu lesen. Es war erst drei in der Früh. Sophie ging mit dem Buch zurück in ihr Bett, betrachtete den Band mit der klotzig wirkenden, schrägen roten Schrift und der schwarz-weißen Landkarte darunter. Bayern als blaue Vignette, dazu eine Küste und der Stille Ozean. *Stiller Ozean*, dachte sie. *Das ist ein verheißungsvoller Name.* Sie wollte dieses Gewässer unbedingt kennenlernen. Welche Küste war das? Sophie schlug den zweiten Band auf und fing an zu lesen. Klenk ging ins Kino, sah *Panzerkreuzer Orlow*, und Johanna Krain, ihre Heldin, war mit dem anderen Mann, dem Schriftsteller Tüverlin, jetzt so eng verbandelt, dass sie ein Kind von ihm wollte, anstatt Martin Krüger zu retten. Und währenddessen stieg dieser Rupert Kutzner, in dem Sophie mittlerweile Adolf Hitler wiedererkannt hatte, unaufhaltsam nach oben, und nicht nur in München, sondern bereits auch an anderen Orten jubelten die Menschen ihm zu. Das Buch war 1930 erschienen. Woher hatte der Autor das gewusst? Erst 1933 war Hitler an die Macht gekommen. Alle taten jetzt so, als hätte niemand im Vorhinein eine Ahnung davon haben können, was passieren würde. Dabei hatte es immer Leute gegeben, die eine Ahnung gehabt hatten. Die hingesehen hatten. »Look!«, hatte Meg Taylor von ihr gefordert. Das war nicht falsch …

Um fünf wurde es hell. Sophie beschloss, die löcherige Nachtruhe zu beenden, aufzustehen und besonders früh beim Military Government anzufangen. Das war wenigstens etwas Sinnvolles, auch wenn ihre Familie das anders sah. Es war so früh, dass selbst Anni noch schlief, als Sophie aufbrach.

44

Um sieben Uhr fünfundzwanzig betrat Sophie das Schloss, das zu ihrer Überraschung schon vor Geschäftigkeit brummte. Auch ihr Chef Frank Rosenzweig besprach sich bereits auf dem Gang mit einigen Kollegen und winkte Sophie zu sich.

»Wir haben heute verschiedene Schnellverfahren, alle sollten mit einem Urteil enden, deshalb müssen wir zügig sein. Sie protokollieren nur die wichtigsten Argumente und am Ende das Urteil im Wortlaut.«

»Was für Schnellverfahren?«, fragte Sophie schüchtern.

»Im Moment gibt es keine ordentlichen Gerichte in Bayern, nur das US-Military-Government. Wir sind für alles zuständig. Auch für Verbrechen, die nicht direkt mit dem Militär zu tun haben.«

»Aha …«, machte Sophie.

Frank erkannte das darin enthaltene Fragezeichen.

»Eigentlich klagt der Staat in Form eines Staatsanwaltes eine Person an, die hinreichend verdächtig ist, ein Verbrechen begangen zu haben, so wie es im Strafgesetzbuch festgelegt ist. Den Staat gibt es im Moment nicht. Wir müssen trotzdem darauf achten, dass Disziplin und Gerechtigkeit bis zur Schaffung neuer Institutionen möglichst erhalten bleiben.«

Sophie nickte nachdenklich.

Frank lächelte sie an. »Fragen?«

Sophie nahm ihren ganzen Mut zusammen. »Kennen Sie sich denn damit aus?«

»Ich bin Jurist, deshalb kann ich als Richter hier tätig sein.«

»Gut«, sagte sie erleichtert.

Frank musste lachen.

Sophie nahm seine glänzenden braunen Augenbrauen ebenso wie die glatt rasierten Wangen wahr und dachte, dass er dem Nikolaus aus ihrem Albtraum überhaupt nicht ähnelte, dass er niemals ein blutendes goldenes Kreuz tragen würde und dass im Traum trotzdem keinerlei Zweifel bestanden hatte, dass jener Nikolaus und Frank Rosenzweig ein und dieselbe Person waren. Träume waren wahr, und trotzdem auch falsch und verworren, sie entzogen sich einer *realistischen* Bewertung.

»Eine Sache noch …«, riss Frank sie aus ihren Überlegungen, und Sophie sah ihn konzentriert an.

»Es kann sein, dass Sie Prozessbeteiligte kennen. Dass Sie bestimmte Fakten über sie wissen. Ich meine nicht Klatsch oder so. Ich meine Fakten. Wenn Sie Widersprüche zu den hier gemachten Aussagen feststellen, dann geben Sie mir ein Zeichen. Ich möchte wissen, was Sie zu sagen haben. In Ordnung?«

»Ja«, sagte Sophie, die einen zarten Stolz in sich aufkeimen fühlte, dass Frank Rosenzweig an ihrem Wissen interessiert war.

Es fanden an diesem Tag in zwei Räumen parallel Verfahren statt. Sophie hatte gar nicht gewusst, wie viele Verbrechen es innerhalb eines Monats geben konnte. Aber es waren Ausnahmezeiten, und das Berchtesgadener Land war voller Not, Rachsucht und Konkurrenz. Und irgendwie hing doch alles mit dem Krieg zusammen.

Der Raum war einem Gerichtssaal provisorisch aus vorhandenem Mobiliar nachgebildet. Es gab einen Richtertisch, der quer vor der Kopfwand unter einem amerikanischen Sternenbanner stand, hier würde der Richter, also Frank, Platz nehmen. Jemand hatte eine bronzene Statue der Justitia aufgetrieben und sie in einer Ecke platziert. Die Augen verbunden und in ein wallendes Gewand gekleidet reckte sie ihre Waagschalen in den Raum hinein. Auf derselben Höhe wie der Richtertisch, im rechten Winkel dazu, stand ein Tisch für die Protokollantin und gegebenenfalls Übersetzer. Davor zwei parallel aufgestellte Tische für Kläger und Beklagte, und an der hinteren Wand noch einige Stühle für Zeugen, Begleiter und Beobachter.

Frank und Sophie sowie zwei bewaffnete GIs machten den Raum durch ihr Betreten zu einem offiziellen Gerichtssaal. Frank rief die Beteiligten des ersten Verfahrens auf: Karl Burger, siebenunddreißig, als Kläger, und Olga Svoboda, achtundzwanzig, als Beklagte.

Karl Burger war ein großer, trotz seiner Massigkeit gut aussehender Mann, dessen Auftreten verriet, dass er es gewohnt war, Befehle zu geben. Er kam in Begleitung eines weiteren Mannes, der seinen Hut in der Hand drehte und unterwürfig wirkte. Beide waren gut und landestypisch gekleidet. Olga Svoboda war eine hübsche, dunkelhaarige Frau, die sich sehr gerade hielt und deren Kleidung ebenfalls ordentlich, aber, wie Sophie sofort wahrnahm, abgetragen war. Ihre Haare waren zu einer Hochfrisur gesteckt, und sie trug ein silbernes filigranes Kreuz um den Hals.

Anwälte gab es ebenso wenig wie einen Staatsanwalt. Jeder musste sich selbst vertreten. Als sich herausstellte, dass der Hutkneter ein Zeuge war, schickte Frank ihn vor die Tür: Man werde ihn rufen, falls man seine Aussage brauche. Gehorsam schlich der Mann nach draußen. Frank ließ sich die Personalien bestätigen und die Papiere zeigen. Burger war in Rosenheim geboren, Svoboda in Olmütz. Der Kläger betrieb in Berchtesgaden ein Bauunternehmen, die Frau war seine Hausangestellte. Beide bestätigten, dass sie genug Deutsch konnten, um in dieser Sprache an der Verhandlung teilnehmen zu können.

»Frau Olga Svoboda, Ihnen wird vorgeworfen, dass Sie Herrn Karl Burger Geld und Schmuck im Wert von fünfhundert Reichsmark gestohlen haben. Sie hätten Ihre Vertrauensposition in seinem Haushalt ausgenutzt und sich widerrechtlich bereichert. Möchten Sie sich dazu äußern?«, eröffnete Frank das Verfahren.

»Es war der Schmuck meiner Mutter!«, rief Burger laut und ungefragt.

Frank warf ihm einen scharfen Blick zu.

Olga Svoboda stellte sich kerzengerade hin und sah Frank mit offenem Gesicht an.

»Herr Richter, ich habe das Geld und den Schmuck genommen.« Sie sprach sehr gut Deutsch, mit einem böhmischen Akzent.

»Aha!«, sagte Burger mit einem selbstzufriedenen Lächeln und verschränkte die Arme. »Das ist ja schon mal was.«

»Herr Burger!«

Burger machte eine entschuldigende Geste, konnte aber seine sprießende Selbstgefälligkeit kaum unterdrücken.

»Sie haben also das Geld und den Schmuck genommen, Frau Svoboda?«

»Ja, Herr Richter. Aber ich möchte erzählen, warum.«

»Diebstahl bleibt Diebstahl«, sagte Burger gut hörbar und machte ein unschuldiges Gesicht.

In Ermangelung eines Hammers schlug Frank kräftig mit der flachen Hand zweimal auf den Tisch.

»Ruhe bitte!«

Ich muss unbedingt einen Hammer besorgen, dachte Frank.

»Bitte erzählen Sie uns, warum Sie das Geld genommen haben«, ermunterte er Olga Svoboda.

Olga Svoboda würdigte Karl Burger keines Blickes.

»Es ist eine längere Geschichte«, sagte sie.

»Wir haben Zeit«, sagte Frank.

»Ich arbeite seit einem Jahr im Haus von Herrn Burger und seiner Mutter.«

»Was ist Ihre Aufgabe?«

»Ich putze, wasche, koche und kümmere mich um den Gemüsegarten. Es ist ein großes Haus, und es gibt viel zu tun. Außerdem pflege ich Frau Burger. Sie ist krank und liegt die meiste Zeit im Bett.«

»Wie sind Sie nach Deutschland zum Arbeiten gekommen, Frau Svoboda?«, fragte Frank.

Olga Svobodas leicht strenger Zug um den Mund vertiefte sich.

»Ich wurde festgenommen und bin zur Arbeit in Deutschland zwangsverpflichtet worden. Wie viele andere auch. Das war 1942.«

»Wo haben Sie gearbeitet, bevor Sie bei Burgers anfingen?«

Olga Svoboda straffte sich, und Sophie sah, dass sie ihre linke Hand mit der rechten festhielt, um sie am Zittern zu hindern.

»Ich wurde zur Arbeit in einem Bordell verpflichtet.«

Einen Moment herrschte Stille.

»Zwangsarbeit in einem Bordell?«

»Ja.«

»Entschuldigen Sie, dass ich nachfrage, aber ich habe vorher nichts davon gehört, dass …«, sagte Frank.

»Vermutlich haben Sie in Amerika von vielen Dingen nichts gehört«, sagte Olga Svoboda ohne Schärfe. »Es gibt Dinge, die kann man sich nicht vorstellen, Judge Rosenzweig.«

»Wo war das Bordell?«

»Zuerst war ich in einem Bordell in Karlsfeld bei Dachau. Dann bin ich nach Unterau gekommen. Das liegt an der Straße zwischen Berchtesgaden und Marktschellenberg. Die SS hat dort in einer Baracke ein Bordell betrieben. Für die ausländischen Bauarbeiter, die hier die Straßen rund um den Obersalzberg und die Bunker für die Nazis gebaut haben. Damit die sich nicht an den deutschen Frauen vergreifen.«

Sophie sah Olga bestürzt an, hatte mit einem Mal ein schlechtes Gewissen und dachte, dass sie noch nie eine Prostituierte gesehen hatte. Auch kein Bordell. Genauso wenig hatte sie von der Existenz eines Bordells der SS in Berchtesgaden gewusst. *Die SS soll Bordelle geführt haben? Ob Max davon weiß?*

»Die Kunden des Bordells waren ebenfalls Zwangsarbeiter, verstehe ich das richtig?«

»Ja, fast alle. Einige hatten sich aber auch freiwillig zur Arbeit in Deutschland gemeldet.«

»Woher kamen die?«

»Italien, Jugoslawien, Spanien, Südtirol, Tschechoslowakei. Von überallher.«

»Wie viele Frauen haben dort … gearbeitet?«

»Immer so drei, vier im Wechsel«, antwortete Olga. »Und, falls Sie das wissen wollen: Einige von uns waren vorher schon Prostituierte, andere nicht. Manche sind nur als ›asozial und leichtfertig‹ von der Polizei kategorisiert worden. Wir alle waren hübsch und jung.«

Olgas Gesichtsausdruck war jetzt verschlossen, und Frank schwieg einen Augenblick lang. *Er fragt nicht, zu welcher Kategorie Olga Svoboda gehört hat,* dachte Sophie. *Ist das nachlässig oder menschenfreundlich?*

»Wie lange mussten Sie dort arbeiten?«

»Bis vor einem Jahr«, sagte Olga Svoboda und sah Karl Burger an, der angelegentlich seine Fingernägel inspizierte und ihren Blick mied.

Frank wartete abermals einen Moment, nickte Olga zu.

»Was war vor einem Jahr?«

»Das Bordell lief nicht mehr, weil die Bauarbeiter weniger Geld und keine Lust mehr hatten. Es wurde zugemacht. Dann hat mich Karl Burger gefragt, ob ich nicht als Haushälterin bei ihm arbeiten will. Ich wollte. Er forderte mich bei der SS an … Er hatte Beziehungen.«

»Woher kannten Sie Herrn Burger?«

»Herr Burger war mein Kunde im Bordell«, sagte Olga.

Frank sah Burger erstaunt an. Ebenso wie Sophie.

»Aber Sie sind kein Zwangsarbeiter gewesen?«, fragte er.

»Nein«, erwiderte Burger unwirsch.

»Er hat Zwangsarbeiter im Auftrag der SS beschäftigt. Hat Bunker gebaut …«, sagte Olga Svoboda, und Burger warf ihr einen giftigen Blick zu.

»Ich war nur Subunternehmer«, behauptete er.

»Also«, sagte Frank, um das Ganze abzukürzen. »Herr Burger war Ihr Kunde, habe ich das richtig verstanden?«

»Es war illegal, dass er als Deutscher zu uns kam. Aber ich glaube, er hat sich in mich verliebt.«

»Das ist eine Verleumdung!«, brauste Burger auf. »Ich war nie in diesem Bordell!«

Olga lächelte und zuckte die Achseln.

»Er musste den Verwalter extra bestechen. Er war nicht der Einzige. Ich habe eine Kollegin, die das bezeugen kann.«

»Wie können Sie dieser Frau glauben? Sie lügt!«, empörte sich Burger.

Frank brachte ihn mit einer Geste zum Schweigen.

»Herr Burger, Sie geben aber doch zu, dass Sie Frau Svoboda eine Anstellung gegeben haben, oder?«

»Ja, das habe ich.«

»Und Sie waren einige Monate zufrieden mit ihr?«

»Sie hat meine Mutter gut versorgt«, wich er aus.

»Was haben Sie ihr bezahlt, Herr Burger?«

»Kost, Logis und einen kleinen Lohn. Unter den Umständen war das fair … für … eine Fremdarbeiterin.«

Karl Burger wand sich. Sowohl Frank als auch Sophie war klar, dass er log, was das Bordell anging.

»Frau Svoboda, haben Sie den ausgemachten Lohn bekommen?«

»Ja. So lange, bis ich mich geweigert habe, mit ihm ins Bett zu gehen. Das hat er erwartet, dabei war es nicht Teil meiner Arbeit. Danach hat er mir nichts mehr bezahlt – seit fünf Monaten etwa – und mich erpresst.«

»Infame Lügen! Glauben Sie dieser Schlampe kein Wort!« Burger sprang auf.

»Bitte setzen Sie sich«, sagte Frank mit einer engelsgleichen Geduld.

Sophie bewunderte Frank für seine Beherrschung angesichts dieser menschenverachtenden Details und der Wut dieses Mannes, der, so empfand es Sophie, ziemlich sicher genau das getan hatte, was Olga Svoboda berichtete.

»Deshalb haben Sie anstatt des einbehaltenen Lohnes das Geld und den Schmuck genommen?«, fragte Frank nach.

»Ja, der Krieg ist vorbei … ich bin frei. Ich will meinen Lohn, und ich will nach Hause!«

»Haben Sie … irgendeinen Beweis für Ihre Aussage?«, wollte Frank wissen.

Einen Moment lang schaute Olga Svoboda Frank undurchdringlich an, sodass er sich zu einer Entschuldigung veranlasst sah.

»Verzeihen Sie bitte, Frau Svoboda, aber wir sind … ein Gericht. Trotz allem.«

»Ich habe einen Beweis dafür, dass ich Prostituierte war«, sagte Olga Svoboda würdevoll, zog ein Papier aus ihrer Tasche, trat zu Frank und überreichte es ihm. »Behalten Sie das, ich brauche es nicht mehr!«, sagte Olga Svoboda und setzte sich wieder.

Frank faltete es auseinander, überflog es und nickte.

»Herr Burger, Sie bestreiten die Aussagen von Frau Svoboda?«

»Natürlich, sie lügt! Fragen Sie den Maxlrainer, der is' draußen, kann bestätigen, was ich sage!«

»Was sagen Sie denn überhaupt, Herr Burger?«, fragte Frank zurück. »Dass Sie nie im Bordell von Unterau waren? Dass Sie Ihre Angestellte immer bezahlt haben? Dass Sie keine weiteren Dienste von ihr erwartet und sie nicht erpresst haben?«

Karl Burger spürte, dass er schlechte Karten hatte.

»Sie hat mich bestohlen! Ich bin immer ein rechtschaffener Bürger gewesen und habe nichts Verbotenes getan!«

In diesem Moment erhob Olga Svoboda noch mal ihre Hand, um das Wort zu bekommen.

»Herr Richter, Sie können die Mutter von Herrn Burger befragen. Sie hat gehört, wie wir gestritten haben. Ihr hat nicht gefallen, was ihr Sohn von mir verlangt hat. Sie hat gesehen, dass er mich geschlagen hat. Sie ist krank, sie ist eine Deutsche, aber sie hat ein Herz!«

Jetzt schüttelte Burger wütend den Kopf.

»Lass meine Mutter aus dem Spiel!«

Er machte einen wütenden Schritt auf Olga zu, doch sofort kamen die beiden GIs ihm drohend näher. Frank schlug nochmals auf den Tisch, Burger beruhigte sich.

Frank wandte sich an die Tschechin.

»Wäre mit dem Schmuck und dem Geld, das Sie an sich genommen haben, der ausstehende Lohn für Sie beglichen?«, fragte Frank.

»Wäre es«, erwiderte Olga Svoboda.

Frank schob das Blatt Papier zu Sophie hinüber.

»Nehmen Sie das zu den Akten, Fräulein Gruber.«

Sophie nahm es in die Hand und betrachtete es, aber bevor sie es lesen konnte, sagte Frank:

»Ich spreche das Urteil. Bitte stehen Sie auf. Mein Urteil lautet: Schmuck und Geld stehen Olga Svoboda zu. Sie darf beides als Ausgleich für ihre zwangsweise eingeforderten Dienste behalten und geht straffrei aus. Karl Burger wird verurteilt, sofort hier vor Gericht hundert Reichsmark für Olga Svobodas Heimreise zu entrichten.«

Das verschlug Karl Burger die Sprache. Olga Svoboda sagte ebenfalls nichts, aber sie lächelte kaum wahrnehmbar und trat mit einem kleinen Kopfnicken zurück.

»Was ist denn das für eine Gerechtigkeit?!«, schimpfte Burger. »Das akzeptiere ich nicht …«

Auf ein Zeichen von Frank traten die GIs noch etwas näher an Burger heran, der daraufhin zu zetern aufhörte.

»Nach Entrichtung von hundert Reichsmark können Sie gehen, und zwar als freier Mann, Herr Burger. Ich glaube, damit fahren Sie nicht schlecht.«

Karl Burger hielt die Galle zurück, die in ihm hochgestiegen war, griff in die Tasche und holte das Geld heraus. Er legte es vor Frank auf den Tisch, drehte sich um und ging ohne einen weiteren Blick.

Frank schob das Geld zu Olga hinüber. Olga trat noch einmal an den Richtertisch und steckte das Geld ein.

»Danke, Sir«, sagte Olga.

»Wo wohnen Sie bis zu Ihrer Heimreise?«, wollte Frank wissen.

»Ich wohne bei einem Freund«, antwortete sie vage. »Auf Wiedersehen, Sir.«

Sie ging ebenfalls hinaus. Frank stand auf und öffnete die Fenster, als könne er so die vergiftete Atmosphäre abfließen lassen.

»Fünf Minuten Pause«, sagte er zu Sophie und verschwand nach draußen.

Sophie konnte ihren Blick nicht von dem Papier abwenden, das sie immer noch in der Hand hielt.

Der Briefkopf lautete:

Staatliche Kriminalpolizei München,
Kriminalpolizeileitstelle München, KJ.IV. – 15.K.
Betrifft: Bordelle für fremdvölkische Arbeiter,
Merkblatt für die Prostituierten.

Dann war da ein Abdruck ihres rechten Zeigefingers und ein mit dem Hakenkreuz-Adler gestempeltes Passfoto, das zweifelsfrei Olga Svoboda zeigte, die Personenangaben waren ebenfalls übereinstimmend mit den Papieren. Darunter folgten die *Auflagen*, die die »Prostituierte Svoboda« zu befolgen hatte.

1. *Die Ausübung der Gewerbsunzucht ist nur in der Bordellbaracke und nur in dem zugewiesenen Zimmer gestattet. Jedes Anwerben von Männern zum Zwecke der Unzucht außerhalb der Baracke ist grundsätzlich verboten!*
2. *Der Verkehr mit deutschen Männern ist verboten!*
3. *Die Anwerbung darf nur im Empfangsraum der Baracke erfolgen. Die Kleidung kann zweckentsprechend gewählt*

werden. Das Nacktgehen außerhalb des zugewiesenen Zimmers ist verboten.

4. *Der Geschlechtsverkehr darf nur mit Schutzmitteln ausgeübt werden. Die Schutzmittel sind vorrätig zu halten.*
5. *Der Pensionspreis ist täglich an den Verwalter abzuführen.*
6. *Die Mahlzeiten sind im Speiseraum einzunehmen.*
7. *Polizeistunde ist werktags um 23 Uhr, samstags und sonntags um 24 Uhr! Um 23:30 bzw. um 00:30 Uhr muss die Baracke von Besuchern geräumt sein. Besucher dürfen in der Baracke nicht mehr übernachten.*
8. *Den Anordnungen des Gesundheitsamtes ist unbedingt Folge zu leisten.*

Sophies Vorstellungskraft war davon überfordert. Sie hatte Franks Urteil mitgeschrieben, legte die Anweisung dazu, nahm ein neues, blankes Papier für den nächsten Fall und legte es darauf, als sei es ein Deckel, der das Leid und den Dreck verschließen könnte.

Der Tag ging temporeich weiter. Die Militärregierung hatte bereits die ersten Deutschen zu Hilfspolizisten ernannt und sie mit begrenzten Befugnissen als Ordnungshüter ausgestattet. Bei Streitereien zwischen Zivilisten wurden sie eingesetzt, führten Verhaftungen im Namen der Amerikaner durch. Die Militärregierung hatte wenig Ambitionen, die Gefängnisse mit *Kleinkriminellen* zu füllen, nachdem sie schon für die Versorgung der Kriegsgefangenen und Kriegsverbrecher sorgen musste. Die richterlichen Entscheidungen lagen in der Hand von Juristen, die frei nach eigenem Ermessen und ohne Berufungsmöglichkeit agieren konnten. Es ging in erster Linie darum, Autorität zu demonstrieren und gleichzeitig die Ruhe und Sicherheit in den Straßen Berchtesgadens zu erhalten. Vor allem ging es um Diebstahl, Betrug und Schwarzmarkthandel, der prächtig blühte.

An diesem Tag Anfang Juni 1945 standen noch zwei Männer vor Gericht, von denen Sophie einen kannte. Frank gegenüber bestätigte sie mit einem Nicken die persönlichen Angaben, die er machte. Der Ertl Schorsch war Bauer und beschuldigte einen jungen Kerl namens Ludwig, genannt Wiggerl, er habe sein Schwein gestohlen, es geschlachtet und auf dem Schwarzmarkt verkauft. Als Beweis galt ein Schweinefuß mit einem prägnanten schwarzen Fleck. Doch der Ertl Schorsch hatte zudem bereits Selbstjustiz geübt und dem Dieb einen Finger abgehackt. Nur die Spitze des kleinen Fingers der linken Hand, aber jeder Finger hatte schließlich seine Aufgabe, und wenn es nur das fachgerechte Entsorgen von Popeln war. Schorsch hatte beim Abhacken geschrien, dass Wiggerl sich nicht beschweren solle, in *Arabien tadn's dir die ganze Hand abhacken!* Es gab einen Zeugen für die Tat, und beide gaben zu, was sie getan hatten. Frank redete mit ihnen und fragte schließlich danach, was sie selbst für eine Lösung vorschlugen.

Sophie hatte den Eindruck, dass die Wut der beiden durch den Auftritt bei Gericht bereits verraucht war. Sie einigten sich darauf, dass der Ertl Schorsch dem Wiggerl für den Finger etwas schuldig war. Genauso, wie der Wiggerl dem Ertl Schorsch ein Schwein schuldete. In der Abwägung Finger gegen Schwein war der Finger etwas mehr wert als das Schwein. Der Ertl Schorsch bot an, als Entschädigung ein Huhn zu geben. Wiggerl trieb den Preis auf zwei hoch. Schorsch schlug ein. Alle waren zufrieden. Sophie hatte während der Verhandlung bemerkt, dass Frank von Zeit zu Zeit ein Lächeln hatte unterdrücken müssen, auch ihr selbst war es vorgekommen, als führten die beiden einen Bauernschwank auf.

Auch bei den anderen Fällen des Tages strahlte Frank eine in salomonische Weisheit gehüllte Autorität aus, die *Vernunft* aus den Menschen hervorlockte, die im Gerichtssaal vor ihm saßen. Zumindest meist. Es ging um einen Betrug, eine Denunziation aus Rache, weitere Diebstähle, eine schwere Körperverletzung und eine Vergewaltigung. Die Vergewaltigung war das Schwierigste. Frank belohnte zwar den Mut der jungen Frau, die das angezeigt hatte, indem er den Vergewaltiger tatsächlich zu einer Haftstrafe verurteilte – für Sophie zu kurz –, aber die Frau war trotzdem gebrandmarkt und würde es für immer bleiben. Zudem war es eine Frau, die eine lange Flucht hinter sich hatte, wie die Hinckelmann-Frauen. Eine Flucht vor den Russen. Sophie dachte sich den Rest dazu. Obwohl sie fand, dass Frank seine Aufgabe hervorragend meisterte, schien ihr das Rechtssystem sehr subjektiv zu sein. Er fällte gerechte Urteile, aber das lag an ihm persönlich. Was, wenn ein Richter nicht so war wie er, sondern parteiisch und weniger gerechtigkeitsliebend? Dafür gab es eigentlich die Gesetze, die einen Rahmen bilden sollten, innerhalb dessen sich die Richter bewegen mussten.

Als Sophie Frank in der Mittagspause, die sie zum ersten Mal nebeneinander auf einer Bank unter den Bäumen zwischen den beiden Kirchen sitzend gemeinsam verbrachten, darauf ansprach, lachte er.

»Sie interessieren sich für Recht und Justiz?«, fragte er.

»Ich interessiere mich für Gerechtigkeit«, sagte Sophie.

»Tja, das ist manchmal etwas völlig anderes«, erwiderte Frank.

»Sie haben mich heute sehr beeindruckt«, sagte Sophie ehrlich.

»Unter juristischen Gesichtspunkten war ich eher ein … Dorfpfarrer.« Frank lachte laut.

»Sie haben Streitigkeiten geschlichtet. Die Leute können miteinander weiterleben. Das ist doch gut.«

»Ja … Aber Demokratie und Rechtsstaat funktionieren nach bestimmten festgelegten Regeln. Es gibt eine Verfassung und Gesetze, nach denen sich alle richten müssen, damit die Willkür Einzelner im Sinne der Gemeinschaft begrenzt ist. Die Willkür von Politikern und die von Richtern zum Beispiel.«

»Die Entscheidungen heute – nach welchen Regeln haben Sie die gefällt?«

»Ich gebe es zu: nach meinen eigenen juristischen Maximen und dem Grundsatz – wie Sie klug festgestellt haben –, dass die

Leute miteinander klarkommen müssen. Und dass im Moment mit einer Haftstrafe bei kleineren Vergehen niemandem geholfen wird. Für Mord und Totschlag gilt das natürlich nicht. Aber heute haben wir … einfachere Sachen verhandelt.«

»In den Befragungen mit den verhafteten Offizieren und NS-Funktionären waren Sie härter.«

»Ich habe da kein Urteil gefällt. Das wird jemand anders machen.«

»Was denken Sie über Karl Burger? Und über Olga Svoboda?«

»Karl Burger ist ein Feigling, und er hat eine Zwangsarbeiterin ausgenutzt und zu erpressen versucht. Aber: Er ist bestohlen worden. Ich habe eine persönliche Art von Wiedergutmachung in diesem Fall vorgenommen: Sie bekommt keine Strafe und darf die Beute behalten, weil er ihr gegenüber grundsätzlich im Unrecht war.«

»Sie haben ihr geglaubt. Warum?«

»Haben Sie Olga Svoboda geglaubt?«, fragte Frank zurück.

Sophie überlegte einen Moment.

»Ja, das habe ich.«

»Weshalb?«

Sie dachte abermals nach. Das Bild der Tschechin, die mit aufrechter Haltung ihre Aussage gemacht hatte, tauchte wieder auf – und die Würde, mit der sie ihren Diebstahl gestanden hatte.

»Sie hat sofort den Diebstahl zugegeben und eine überzeugende Geschichte erzählt. Die passte auch zu Burger.«

»Vielleicht ist Frau Svoboda nur eine gute Geschichtenerzählerin?«, entgegnete Frank provokativ.

»Sie hatte Würde. Und dann hat sie seine Mutter als Zeugin ins Spiel gebracht. Da hat er Angst bekommen. Weil es stimmte.«

»Genau beobachtet.«

»Außerdem«, sagte Sophie, »hat er sie gehasst. Das machen Männer nur, wenn eine Frau sie hat abblitzen lassen.«

Frank grinste jetzt.

»Für Ihr Alter scheinen Sie ja ganz schön viel Erfahrung zu haben.«

»Hm«, machte Sophie plötzlich schüchtern, dachte an Sam – und dass sie in diesen Dingen eher wenig Erfahrung hatte.

»Vielleicht sollten Sie Jura studieren. Deutschland braucht jede Menge neuer Juristen, glauben Sie mir!«

Sophie wurde rot.

»Ich?«

»Ja, warum nicht?«

»Ich müsste Latein lernen und Abitur machen, bevor ich studieren kann.«

»Wenn Sie wollen, schaffen Sie das.«

»Niemand aus meiner Familie hat studiert …«

»Wollen Sie denn?«

»Ich habe mir das noch nie überlegt.«

»Dann überlegen Sie mal«, forderte er sie leicht spöttisch auf.

Frank stand auf und ging über den Hof, um sich bei einem GI eine Zigarette zu schnorren. Sophie saß wie vom Blitz getroffen auf der Bank. Jura studieren. Was für eine Perspektive. Ein anderes Leben. Aber Jura war eine Nummer zu groß für sie. Vermutlich.

»Gruss god, beautiful Froilein«, sagte in diesem Moment eine Stimme von hinten.

Sophie erkannte sie sofort – Sams Stimme, die tief und warm in ihren Körper hineinschwang.

45

Kriss ließ nach Kapellmeister Wagner, wohnhaft in der Villa Marienfels, schicken. Die Villa Marienfels thronte mit einem fantastischen Ausblick auf einem Felsvorsprung fast auf der Höhe des Soleleitweges über Berchtesgaden, ihre drei Etagen waren in – vor ein paar Jahrzehnten modernster – Fertigbauweise aus Metall hergestellt. Die schmalen Säulen und durchbrochenen Verzierungen der vorkragenden Loggia in der obersten Etage verliehen der Villa trotz ihrer kastenartigen Form einen filigranen Anstrich. Sie wirkte eher wie ein Haus, das man an der See erwarten würde, und bildete einen exzentrischen Fremdkörper in der rustikalen Stein- und Holzwelt Berchtesgadens. Wagner war lange Jahre in München am Gärtnerplatztheater beschäftigt gewesen, auch während der zwölf Jahre des Tausendjährigen Reiches. Was bedeutete, dass er Mitglied in der Reichsmusikkammer gewesen und daher sicher politisch nicht so blütenrein war, wie die Amerikaner es offiziell forderten. Aber das war nicht Kriss' Problem – musikalisch war Wagner ein sehr guter Mann und genau der Richtige, um hier in Berchtesgaden zur Unterhaltung der Besatzer eine Kapelle samt Musikprogramm zusammenzustellen. Außerdem war er vor Ort – ein unschlagbarer Vorteil, wenn man schnell sein musste.

In der Zwischenzeit, bis Wagner da war, hatte Kriss Zeit, mögliche zukünftige Lehrende zu empfangen und zu befragen. Er hatte seiner Sekretärin Frau Grassl auf ihren Wunsch hin gestattet, dabei zu sein. Ihre Kompetenz bestand darin, einunddreißig Jahre lang mit dem mittlerweile verstorbenen Mathematiklehrer Titus Grassl aus Reichenhall verheiratet gewesen zu sein. Aber Kriss schätzte eine zweite Meinung, und außerdem musste jemand die Namen auf seiner Liste abhaken.

So stellten sie in gemeinsamer Anstrengung innerhalb von einer Stunde zwei Hilfslehrerinnen und einen Hilfslehrer ein. Die drei hatten zwar keine große Berufserfahrung, aber zumindest so viel studiert, dass man sie für die Volksschule einsetzen konnte. Ihre US-Fragebögen waren »problemfrei«, wie Kriss es ausdrückte, auch auf wiederholtes Nachfragen verneinten alle, in NS-Berufsvereinigungen oder der Partei gewesen zu sein. Eine gute Ausbeute, denn die Fächer Handarbeiten, Erdkunde, Rechnen, Deutsch und Leibesübungen mussten schließlich unterrichtet werden.

Ein weiteres Problem waren die bestehenden Schulbücher. Kriss hatte sie selbst durchgesehen und war entsetzt: Sie strotzten nur so vor expliziter oder nebenbei eingestreuter NS-Ideologie und durften nicht für den Unterricht eingesetzt werden, so lautete der – berechtigte – Erlass der Amerikaner. Teilweise konnte man auf ältere Schulbücher aus der Zeit vor 1933 zurückgreifen, da stimmten lediglich die politischen Landkarten nicht, teilweise würde es aber ohne Schulbücher allein mit den individuellen Ausführungen der Lehrerinnen und Lehrer gehen müssen, bis neues Unterrichtsmaterial verfügbar war.

Mehr als um die Schulanfänger und die Volksschule sorgte sich Kriss um die Gymnasien. Dort konnte man schlecht mit Hilfspersonal arbeiten, die höheren Jahrgänge waren in den letzten Monaten ohnehin nicht mehr unterrichtet worden. Es hatte Notabiture gegeben für diejenigen, die direkt an die Front geschickt worden waren, aber *Bildung an Geist und Herz* hatte in den wenigsten Gymnasien noch stattgefunden. Ganze Jahrgänge waren ohne das im Lehrplan vorgesehene Wissen – geschweige denn Universitätsreife – von den Schulen abgegangen und viele von ihnen so schnell gestorben, dass Zyniker sagen konnten, jede weitere Bildung wäre ohnehin verschenkt gewesen. Doch jetzt wurde an den Schulen wieder die Zukunft Deutschlands ausgebildet. Eine andere Zukunft. Es war wichtig, in wessen Hände die jungen Menschen fielen, die der zwölfjährigen Indoktrinierung durch staatstreue NS-Lehrer ausgesetzt gewesen waren. Jetzt musste ihr hungriger Geist für andere Werte empfänglich gemacht werden.

Umso erfreuter war Kriss, als die nächste Kandidatin sich als geprüfte Lehrerin für Latein, Deutsch und Französisch herausstellte: Clara Hinckelmann, die in Danzig ihre Ausbildung gemacht und dort an einem Gymnasium gelehrt hatte. Das war wohl schon eine Weile her, aber Clara Hinckelmann verbreitete eine kultivierte Bildung, sie war mit Tochter und Schwägerin nach dem Tod ihres Mannes, eines Architekten, nach Berchtesgaden geflohen. Sie war bei Familie Gruber einquartiert worden. *Was für ein Zufall*, dachte Kriss, gerade hatte er Sophie Gruber getroffen, die bei den Amerikanern als Übersetzerin arbeitete. Aha, Sophie und Hinckelmann-Tochter Magda waren sehr befreundet. *Schön.* Kriss verstand sofort Clara Hinckelmanns Andeutungen, dass sie froh waren, mit dem nackten Leben davongekommen zu sein – gerade als drei Frauen hätten sie es auf der Flucht schwer gehabt. Frau Grassl wiegte, ebenfalls wissend, ihren an einen Leguan erinnernden, bebrillten Kopf.

»Ich würde sehr gern wieder unterrichten, sofern Sie mich brauchen können«, sagte Clara.

»Trauen Sie sich zu, auch mit jungen Burschen klarzukommen?«, fragte Kriss.

Clara zuckte die Achseln und wagte ein keckes Lächeln.

»Lassen wir es darauf ankommen«, erwiderte sie in ihrer fremd wirkenden, klaren nordostdeutschen Sprache.

»Verstehen Sie gut Bairisch?«, erkundigte sich Kriss mit einem Grinsen.

»Na ja, was nicht ist, kann ja noch werden. Aber in einem Bildungsinstitut wird doch sicher Hochdeutsch favorisiert, oder sehe ich das falsch?«

»An einer höheren Schule schon«, antwortete Kriss, »aber a bissl Bairisch hilft allerweil scho'!«

»Ich versuch's!«

Jetzt lachten sie beide. Frau Grassl sah zu.

»Ich wollte der Vollständigkeit halber noch anmerken, dass ich Protestantin bin«, fügte Clara Hinckelmann hinzu. »Ich hoffe, das ist kein Problem.«

Kriss schüttelte heftig den Kopf.

»Ich bitte Sie – ich werde Sie den Amerikanern wärmstens empfehlen. Es war mir eine Freude, Sie kennenzulernen.«

Frau Grassl hielt sich bedeckt.

Kriss schüttelte Clara Hinckelmann die Hand und brachte sie zur Tür.

Kaum hatte er die Tür geschlossen, als es, wie zu heiß gewordenes Blunzenbrät, aus Frau Grassl herausplatzte.

»Mein lieber Doktor Kriss!«, sagte sie scharf und drückte mit ihrem Zeigefinger die Brille auf ihrem Nasenrücken hoch. »Ich finde, dass dieses preußische Protestantentum reichlich überhandnimmt. Als ob wir ned selbst genug Gebildete hätten, da in Bayern!«

Kriss sah sie einen Moment stumm an, verzog den Mund zu einem traurigen Lächeln und sagte:

»Ganz offensichtlich ist es nicht so, liebe Frau Grassl. Wenn man nämlich von den überlebenden, potenziell als Lehrer tauglichen Bayern diejenigen abzieht, die Nationalsozialisten waren, haben wir leider nicht mehr genug gebildete Bayern zur Hand.«

Frau Grassl war perplex und klappte ihren Mund reptilienhaft stumm auf und zu. Kriss fragte sich, ob sie wohl ihre Zunge herausschnellen lassen oder die Hautfarbe wechseln würde. Aber stattdessen strömte es wütend aus ihr hervor:

»Lutheraner sind anders als wir. Sie sind von Rom und vom wahren Glauben abgefallen! Sie haben den Papst verraten, die Kirche und Gott selbst! Sie sind gottlos. Sie sollen in Preußen bleiben!«

Kriss sah sie an wie ein ungezogenes Kind.

»Frau Grassl, die Zeiten, in denen Menschen wegen ihrer Religion vertrieben wurden, sind vorbei.«

»Das muss man ja wohl mal sagen dürfen. Wir sind ja nicht mehr bei den Nazis.«

»Man muss seine Notdurft verrichten, man muss atmen, essen, trinken und schlafen. Alles andere muss man nicht«, entgegnete Kriss.

»Nicht schön, Doktor Kriss.«

»Da haben Sie recht, Frau Grassl.«

Kriss sah Frau Grassl an, sah ihre Selbstgewissheit und fragte sich, was sie wohl noch vor ein paar Wochen von sich gegeben hatte. Er konnte nicht an sich halten, doch noch eine Erwiderung hinzuzufügen.

»Es gab schon einmal eine Vertreibung der Protestanten aus der Gegend hier, im 18. Jahrhundert. Es waren vor allem sehr erfolgreiche Holzschnitzer und Bauern. Sie sind nach Regensburg, Augsburg und Nürnberg gegangen, wo sie mit offenen Armen empfangen wurden und zum Reichtum ihrer neuen Heimat beigetragen haben. Hier ging es bergab stattdessen. Man hungerte und feierte den wahren Glauben, aber das war's. Es ist egal, ob man Protestanten oder Juden oder wen auch immer vertreibt. Am Ende sind alle ärmer – die Vertreiber und die Vertriebenen. Das ist ein Gesetz, Frau Grassl. Das sage ich als überzeugter Katholik.«

»Wie Sie meinen, Doktor Kriss«, sagte Frau Grassl säuerlich.

Zum Glück traf jetzt Kapellmeister Wagner ein und mit ihm der willkommene Themenwechsel. Kriss und Wagner kannten sich entfernt von früher, als Wagner noch Repetitor und Kriss wegen Eduard eine Zeit lang häufig am Gärtnerplatztheater gewesen war. Keiner von beiden verlor ein Wort darüber. Es war etwas anderes, ob man in der großstädtischen Musiker- oder Künstlerszene homosexuell war oder als Bürgermeister von Berchtesgaden. Wagner freute sich über das Angebot und versprach, innerhalb von zwei Tagen Kapelle und mögliches Programm zusammenzustellen. Bandbreite: sehr breit, alpine Volksmusik, Operette, Lieder, Tanz, Jazz. Unterhaltend musste es sein. Das war das Einzige, was die

Amerikaner vorgegeben hatten. Jetzt musste Wagner auf gut Glück etwas auf die Bühne bringen und auf Erfolg hoffen.

In diesem Moment klopfte es an der Tür.

»Herein!«, rief Kriss.

Die Tür öffnete sich, und Rosa stand da. Als sie Kriss sah, war es mit ihrer Beherrschung zu Ende. Sie brach in Tränen aus.

»Rosa!?«

»Dr. Kriss, die Pina Thanner …« Ein Schluchzen unterbrach sie.

»Was ist mit ihr?«

»Ich hab geklopft, wollte das Geschirr rausholen, sie hat nicht geantwortet. Ich habe gedacht, sie ist bei der Arbeit, aber …« Ihre Stimme brach.

Kriss fasste Rosa an sanft an den Schultern.

»Sie liegt tot in ihrem Zimmer.« Rosa brachte das nur tonlos leise hervor, aber alle verstanden, was sie sagte.

Kriss rannte sofort los, alles hinter sich lassend, auch Gottfried Rasp, der gerade das Rathaus betrat, als Kriss hinausstürzte, ohne irgendetwas, keinesfalls Rasp, zu bemerken. *Warum habe ich nicht aufgepasst? Sie hat so viel Schreckliches von sich erzählt! Und ich habe nicht bemerkt, wie mitgenommen, wie schwer verletzt sie war! Wie tödlich …*

Dann stieg er hoch in Pinas Zimmer, öffnete langsam, mit einem ausgestreckten Arm und gerade aufgereckt die angelehnte Tür. Pina lag ausgestreckt auf dem Bett. Ihr Körper schien auf den ersten Blick unversehrt, die Beine lagen locker nebeneinander, der rechte Fuß war weiter nach außen gedreht als der linke, links trug Pina noch einen Schuh, der rechte lag neben dem Bett, abgefallen. Die Hände lagen rechts und links neben ihrem Körper, immer noch zu Fäusten geballt. Die Fingernägel hatten sich in ihre Handflächen gegraben, Kriss konnte ihre sichelförmigen, blutunterlaufenen Abdrücke erkennen. Wahrscheinlich hatte Pina Gift genommen, denn es waren keine anderen Verletzungen zu sehen. Ihr

Gesicht war zur Wand gedreht. Er traute sich nicht, sie anzufassen und das Gesicht zu sich zu drehen, also beugte er sich über sie, um sie besser zu sehen. Ihre Unterlippe war zerbissen, als hätte sie ihre Zähne vor Schmerz hineingehauen. Auf ihren Wangen konnte Kriss schwache Spuren von Salz erkennen: Die Tränen hatten es in einem Geflecht über ihre Wangen verteilt – getrocknete Flussläufe auf einer Landkarte. Ihre Augen, die ihn noch gestern an antike Schätze erinnert hatten, waren geöffnet und erloschen. Pina hatte aufgegeben.

Jetzt fasste er doch vorsichtig ihr Kinn, drehte ihren Kopf zu sich und schloss ihre Augen. Seiner toten Mutter hatte er auch die Lider geschlossen. Nach Wochen, die er an ihrem Bett ausgeharrt und dem Zerfall ihres vom Gebärmutterkrebs und seinen Metastasen zerfleischten Körpers zugeschaut hatte.

Die Verzweiflung, die Pina in den Tod getrieben hatte, hockte noch wie eine Krähe auf ihrem Leib. Die Tränen stürzten aus Rudolfs Augen, und er empfand das drängende Bedürfnis, sich zu Pina zu legen und sie zu trösten, wie sich selbst. Ihm, Pina und der ganzen Welt fehlten so viele, die jetzt tot waren, sinnlose, verbrecherische Tode gestorben. Wie sollte es da weitergehen? Warum? Dass er ein guter Katholik war, wie er Frau Grassl gegenüber behauptet hatte, stimmte längst nicht mehr. Er war jetzt ein Zweifler. Denn trotz wiederholter Versuche, das Buch Hiob zu begreifen, sah er in dem übermäßigen Leid überhaupt keinen Sinn, was sollte Gott damit bezwecken? Leid war kein Sinn. Es war vergeblich. Tapfer gegen das Leid ankämpfen? Wozu? Eher schon – sterben.

So fand Rosa ihn neben Pina auf dem Bett, ihren erkalteten Körper umarmend, als könne er ihn mit seiner Wärme zum Leben erwecken oder doch zumindest erlösen, den Körper dieser Frau, die er fast gar nicht kannte und doch verstand, als wäre sie ein Teil von ihm. Kriss wusste, dass die Verlassenheit und Zerstörung Pinas noch absoluter gewesen war als seine. Er hatte sich immer gefühlt wie ein Langstreckenschwimmer, den eine dicke Schicht aus Walfett vor der Kälte des Wassers schützte, das er durchqueren musste, um schließlich doch an Land gehen zu können und festen Boden unter den Füßen zu spüren. Aber jetzt war er in einen Bottich heißen Wassers gefallen, das schützende Fett schmolz weg und hinterließ verbrühte Haut. Kein Land in Sicht.

»Die Polizei ist gleich da«, flüsterte Rosa und verließ diskret das Zimmer.

Kriss rappelte sich auf, strich seine Kleidung glatt, wischte sich Augen und Wangen und betrachtete noch einmal die zarte tote Gestalt auf dem Bett.

Zum Abschied strich er über Pinas kühle Stirn und ging hinaus.

46

Die Kirche überwältigte Sam, kaum dass er die Tür geöffnet und sie betreten hatte. Endlich hatte er sich hineingetraut. Der Raum war hoch, hell, weiß, die Holzemporen waren einfach bemalt. Aber der prächtige, von schweren Säulen aus rotem Marmor und Gold gerahmte Altarraum und die beiden Seitenaltäre – wie auch das gesamte Kirchenschiff – waren von zahlreichen bunten und mit viel Gold und Silber verzierten Statuetten bevölkert, darunter ein großer Heiliger als zentrale Figur mit zwei gekreuzten Baumstämmen: Das musste Sankt Andreas sein, nach dem die Kirche benannt war. Sam gefiel besonders der linke Seitenaltar, der Maria und dem Kind vor einer Strahlensonne gewidmet war, dazu gesellten sich zwei flankierende Heilige und verschiedene große und kleine Engel. Im Gegensatz zu fast allen anderen Figuren sahen die Bewohner dieses ebenfalls mit viel Edelmetall geschmückten Altars weniger leidend, einige der Engel sogar schon unverschämt fröhlich aus.

Doch die vielköpfige Schar von Heiligen vermittelte Sam den Eindruck, in einem theatralischen Puppentheater zu sein. Die kindliche, direkte Darstellung des Leidens war ihm fremd, und wenn er ehrlich war, fand er sie unangebracht. Die hellen Holzkirchen, die er vor allem aus seiner Kindheit und Jugend kannte, waren einfach, schlicht, nicht nur, weil es keine besonders reichen Gemeinden waren, sondern weil es ein Grundsatz war, bescheiden und gottesfürchtig zu sein und nicht zu prassen, sondern in wahrer Demut Gott zu preisen. Die katholischen, in jedem Fall kostspieligen Kunstwerke waren eine Ablenkung vom konzentrierten Gebet. Man sah gefolterte Körper und dramatisch verzogene Gesichter. Einen gequälten Gott. Klare, reduzierte Linien schienen Sam persönlich eine Erfolg versprechendere Möglichkeit, Gott zu begegnen.

Sam war ein nur unregelmäßig praktizierendes Mitglied einer konservativen Methodistengemeinde in Richmond, in die er durch seine Familie hineingeboren war. Wegen Mutter Nessie und Vater Theodore ging er in den Gottesdienst, wenn er zu Hause zu Besuch war. Ansonsten verspürte er nicht das Bedürfnis, zur Kirche zu gehen, bestenfalls war es ein Familienritual. Nur wenn Gospels gesungen wurden, war es anders. Wenn der Chor in großer Besetzung mit seinen aus vielen einzelnen Stimmen zusammengefügten, nur in Gemeinschaft herstellbaren Klangstrom den Raum mit so viel akustischer Kraft und Leben anfüllte, dass man meinen konnte, es würde sich jeden Augenblick das Dach der Kirche anheben und so ein exklusiver Zutritt zu Gott eröffnen, dann wurde sogar Sam eins mit dem Gemeindekörper und gab sich hin – dann wurde der Glaube nachvollziehbar –, Freude und Leben versprühend. Doch das gab es nur in den Gemeinden der Schwarzen.

Seit seiner Ankunft in Deutschland war er in keiner Kirche gewesen, schon gar nicht in einer methodistischen. Zu seinem Erstaunen erfüllte ihn das doch mit etwas schlechtem Gewissen. Der Vorteil von katholischen Kirchen war, dass sie immer geöffnet waren, und so hatte er die Gelegenheit genutzt. Trotz seiner widerstrebenden Empfindungen setzte er sich noch einen Augenblick in die Bank, faltete die Hände und sprach zu seiner eigenen Überraschung mit lauter Stimme das überfällige Gebet. Das Gebet war kurz: Er dankte Gott dafür, dass er den Krieg überlebt hatte. Dann stand er auf und verließ fast fluchtartig die Kirche.

Sam trat in den Frühsommertag und atmete tief durch. Die Sonne schien, und die Luft roch gut. Klare, reine Bergluft. Obwohl er einen freien Tag hatte und einen Ausflug mit zwei Kameraden hätte machen können, war er in Berchtesgaden geblieben und trieb sich in der Nähe des Schlosses und des Military Government herum. Warum, war ihm klar, auch wenn er es sich erst bewusst eingestand, als er sie tatsächlich erblickte: Sam wollte Sophie treffen. Als er aus der Kirche kam und Richtung Schlossplatz ging, sah er sie mit ihrem Chef Frank Rosenzweig auf einer Bank sitzen, in ein intensives Gespräch vertieft. Sie saßen an dem grünen Dreieck unter Bäumen, das wohl einmal ein Friedhof gewesen war. In der Mitte stand ein Obelisk zum Gedenken an die Kriegstoten von 1870/71. Sam wusste nichts über jenen Krieg. Aber er vermutete, dass er ebenso sinnlos gewesen war wie der gerade zu Ende gegangene, möglicherweise etwas weniger grausam und auf jeden Fall viel kürzer. Jetzt standen hier zwei Bänke, und man konnte unter dem grün flirrenden Blätterdach Pause machen. Es sah aus, als würde Rosenzweig Sophie mögen. *Ob er sie so mag wie ich?,* dachte Sam. Rosenzweig hatte diese Fotografin zur Freundin, diese scharfzüngige, auch in Uniform noch mondäne New Yorker Blondine. Sie sollte ihm eigentlich genügen. Aber manche konnten ja nie genug bekommen. Sam stand einen Moment lang unter den Bäumen hinter der Bank und beobachtete sie.

Dann stand Rosenzweig auf, ging weg, und Sophie saß allein auf der Bank. Sam sah, dass der Wind ein paar Haarsträhnen aus ihrer Frisur gezupft hatte und mit ihnen spielte. Er näherte sich ihr von hinten und hätte zu gern mit seinem Finger über ihren Nacken gestrichen, dort, wo sich eine Haarsträhne über ihrer Haut schlängelte, aber weder wollte er sie erschrecken noch kompromittieren, noch wollte er übergriffig erscheinen. Und deshalb kam er einfach nur näher und sprach sie an. »Gruss god, beautiful Froilein!«

Sophie wandte sich überrascht zu ihm um.

»Griaß di!«, sagte sie, und wäre nicht zugleich ein strahlendes Lächeln über ihr Gesicht gegangen, hätte er sich gefragt, ob dieser holpernde, unelegante Laut wirklich eine erfreute Begrüßung oder nicht doch eher ein Schimpfwort war.

Aber Sophie schien sich ehrlich über ihr Treffen zu freuen, und so nahm er neben ihr auf der Bank Platz, dort, wo vorher Frank

Rosenzweig gesessen hatte. Sam konnte nicht vermeiden, an seine Heimat zu denken, wo es noch immer nicht überall möglich war, dass sich ein schwarzer Mensch neben einen weißen Menschen setzte, ohne Schwierigkeiten zu bekommen. Nicht zwischenmenschliche Schwierigkeiten, sondern gesetzliche: Es wäre eine kriminelle Tat. Es war verboten. Immer noch schien es Sam unwirklich, dass so etwas jetzt und hier in Deutschland – bis vor Kurzem Nazideutschland – möglich war. Deutsche, Weiße wie auch das weiße Mädchen neben ihm, hatten als Besiegte eindeutig niedrigeren Status als er. Hier war er zum ersten Mal vor allem US-Amerikaner. Das Fraternisierungsverbot galt durchgängig für alle US-Soldaten. Seine Hautfarbe wurde nur innerhalb der eigenen Truppe thematisiert, aber nicht gegenüber den Deutschen. Das war hochinteressant: Einem ehemals rassistischen Land und seinen Bewohnern gegenüber wurde offiziell kein Unterschied mehr gemacht. Die Argumentation wäre im Zuge der Entnazifizierung auch schwierig geworden. Aber schon bei der Unterbringung der US-Soldaten war klar: Es gab weiße Truppenangehörige, und es gab schwarze Truppenangehörige, und sie wurden sorgfältig getrennt voneinander untergebracht.

»Wie geht es dir?«, fragte sie ihn.

»Sehr gut«, erwiderte er. »Ich freue mich, dich zu sehen.«

»Ich auch«, sagte Sophie.

Sie lächelte ihn so an, dass Sam sie trotz der ungelenk floskelhaften Begrüßung am liebsten sofort umarmt und geküsst hätte. Aber das würde definitiv viel zu weit gehen, hier in der Öffentlichkeit und an diesem Ort. Die US-Behörden duldeten aus pragmatischen Gründen die immer weiter um sich greifende »Fraternisierung«, vor allem mit den deutschen Fräuleins, denn sie mussten die Jungs bei Laune halten. Aber zu bunt durften sie es nicht treiben.

»Was ist los im Military Government?«, fragte Sam stattdessen.

»Heute … Schnellverfahren unter Zivilisten. Ich musste protokollieren und gleich alles abtippen.«

Sam sah in ihre graugrünen Augen, die ihn fixierten, als erwarte sie etwas von ihm. Er gab sich einen Ruck.

»Wollen wir später einen Spaziergang machen?«, schlug er so lässig wie möglich vor.

»Ja gern«, antwortete sie und nickte noch dazu.

»Wann bist du hier fertig?«

»So um fünf.«

»Gut. Dann hole ich dich hier ab.«

»Schön«, sagte Sophie, und beide lächelten wie Honigkuchenpferde.

»Na dann – bis nachher.«

»Bis nachher«, wiederholte Sophie und strahlte ihn an.

Sam schlenderte über den Platz davon, die Hände in den Hosentaschen. Das war leichter gewesen als gedacht. Er spürte ihren Blick in seinem Rücken. Mitten auf dem Platz machte er einen Sprung, die Beine zur rechten Seite hin, und schlug übermütig die Füße wie ein Tänzer in der Luft zusammen.

Tatsächlich sah Sophie ihm nach und musste lachen. Sam ging einfach weiter, als sei nichts gewesen, und freute sich. Nein, er würde sich jetzt nicht umdrehen. Sophie hatte ihn verstanden, genau wie seinen Freudensprung. Da war er sicher. Das war schön. Sehr schön. Das ganze Leben war schön.

Pünktlich um kurz vor fünf war er wieder da. Mit neu aufgelegtem Rasierwasser und frisch gebügelter Uniform. Als Sophie um kurz nach fünf aus der Tür des Schlosses heraustrat, sah Sam sofort, dass etwas passiert sein musste. Ihr Gesicht hatte das Leuchten verloren, über das er sich so gefreut hatte, weil es ihm galt, Auslöser und Adressat. Sie lächelte ihn zwar an, aber es war ein bedrücktes Lächeln.

»Are you okay?«, fragte Sam.

Sophie nickte zuerst, zwar heftig, aber nicht überzeugend, und als er nachfragte, schüttelte sie stumm den Kopf und kämpfte mit den Tränen.

»Lass uns woanders hingehen«, flüsterte sie, nahm seinen Arm und zog ihn weg, Richtung Nonntal, aber dann eine steile Treppe hinauf Richtung Lockstein. Sie stiegen die Stufen hoch und gingen schweigend noch ein paar Schritte weiter bergan. Es wurden weniger Häuser, je weiter sie gingen. Wiesen, ein Wäldchen. Niemand außer ihnen. Sie setzten sich auf eine Bank. Man konnte den zerbombten Obersalzberg sehen und das unversehrte Kehlsteinhaus. Die Bombenkrater störten die Idylle etwas, allerdings konnte man auch einfach nach Süden auf den prächtigen Watzmann schauen, die grausame Königsfamilie aus Stein.

Sam wartete, dass sie das Wort ergriff.

»Meine Kollegin hat sich umgebracht«, sagte Sophie schließlich und sah ihn an. »Sie hatte einen freien Tag heute, deshalb ist nicht aufgefallen, dass sie nicht da war. Wir haben es gerade erfahren.«

»Das tut mir leid«, sagte Sam.

Und dann sprudelte es aus Sophie hervor: zuerst die Tränen und danach alles, alles andere. Sam musste einige Male nachfragen, weil Sophie zusammenhanglos und durcheinander erzählte. Die Kollegin, die Sophie nicht besonders lange oder gut gekannt hatte, schien immer distanziert und etwas arrogant, aber das war nur ihre Fassade gewesen. Die dahinterliegende Verzweiflung hatte Sophie weder vermutet, geschweige denn gesehen.

»Ich war ein bisschen neidisch auf sie. Sie sprach so gut Englisch, sie sah elegant aus, wie aus der Stadt, einer großen Stadt … Rom oder Kairo oder … keine Ahnung … Außerdem hatte sie im Military Government einen Sonderstatus. Warum, habe ich nicht gewusst …«

Der Grund war, dass Pina Thanner in Ravensbrück gewesen war und die Nazis ihre Familie ermordet hatten. Verfolgte des Regimes wurden bevorzugt. Sophie hatte außerdem auch keine Vorstellungen gehabt, wie diese Konzentrationslager tatsächlich aussahen. Frank Rosenzweig hatte sie gefragt, ob sie Fotos sehen wolle, und hatte ihr, auf ihren Wunsch, Fotos gezeigt.

Eine ganze Mappe mit Fotos, die Meg Taylor gemacht hatte. Aufnahmen von der Befreiung der Konzentrationslager Buchenwald und Dachau. Sophie war entsetzt. Das hatte sie nicht erwartet. Die Leichenberge, nackte und verhungerte Menschen, Überlebende, die gestreifte Anzüge trugen und wie Gespenster aussahen.

Sam wusste im Gegensatz zu ihr, wie es in der Realität und nicht nur auf Fotos ausgesehen hatte. Er war bei beiden Befreiungen dabei gewesen. Die Bilder hatten sich eingebrannt. Er erinnerte sich an die Küsse, die ein Befreiter ihm aufgedrückt hatte, an seinen Gestank, an seine Tränen und seine Freude. Andere hatten vor den GIs gekniet und deren Hände geküsst und festgehalten, bis sie ihnen beschämt wieder entwunden wurden. Sam würde es bis zu seinem letzten Tag nicht mehr vergessen.

»Warum machen Menschen so etwas? Warum haben die Deutschen das gemacht? … Wir?«

Sophie legte sich wie zur Bestätigung die Hand auf ihre Brust und sah ihn an. Sam ließ die Frage stehen. Darauf hatte er keine Antwort.

»In den Konzentrationslagern haben SS-Männer den Befehl über Leben und Tod gehabt. Sie haben furchtbare Dinge getan«, sagte Sophie leise.

»Ja«, sagte Sam. »Die SS waren grausam. Sie waren überall da, wo gemordet wurde.«

»Woher weißt du das?«, fragte sie.

»Das ist kein Geheimnis.«

Jetzt fing Sophie wieder an zu weinen.

»Mein Bruder war bei der SS«, flüsterte sie. »Ich habe Angst, dass er furchtbare Dinge getan hat.«

»Wo war dein Bruder denn im Einsatz?«

»Irgendwo an der Ostfront«, sagte sie.

Da hatten die Deutschen schlimm gewütet, wie Sam wusste.

»Lebt er noch?«

Sie nickte. Ein ganz kleines Nicken.

»Wo ist er?«

Sam konnte sehen, dass sie ihm etwas verschweigen wollte.

»Er versteckt sich in den Bergen«, antwortete sie schließlich leise.

Dieses *Kartoffelfräulein* war immer für weitere Überraschungen gut, das musste er ihr lassen, auch wenn der Ausflug ganz anders verlief, als er gehofft hatte. Vorsichtshalber fragte er nicht weiter.

Sophie ließ den Kopf sinken.

»Ich schäme mich so«, sagte sie. »Dass ich Deutsche bin.«

Sam schwieg. Er nickte, blickte auf seine Hände.

»Das verstehe ich«, sagte er.

Sam fand auch das überraschend, positiv überraschend. Viele andere Deutsche, deutlich verstrickter und älter als sie, waren sich keiner Spur von Verantwortung bewusst und leugneten alle Zusammenhänge, bis man sie ihnen nachwies. Dann begann für gewöhnlich das große Lamento. Nichts gewusst. Dazu die Aufrechnungen mit den Opfern der Bombardierungen. Das eigene Leid, die eigenen Verluste. An Scham dachten die wenigsten.

»Du willst wissen, was passiert ist. Das ist gut«, sagte Sam.

»In meiner Familie will das niemand wissen«, sagte Sophie und fügte leise hinzu: »Und sicher sind sie nicht die Einzigen.«

Sie schwiegen eine Weile.

»Wie soll man es besser machen, wenn man es nicht genau angeschaut hat, wenn man nicht ehrlich ist zu sich selbst?«

»Geht nicht«, sagte Sam.

Sophie hörte seinen dem Ernst des Themas zum Trotz etwas spöttischen Unterton und sah ihn irritiert an. Er lächelte.

»Du wirst das machen. Du bist anders.«

Sophie forschte auf seinem Gesicht, ob da wieder Spott war, fand aber keinen. Sam meinte es ernst.

»Ich will es anders machen«, beteuerte sie.

»Ich auch«, sagte Sam und hatte Sophies Aufmerksamkeit.

»Was willst du anders machen?«

Sam lachte.

»Gleichheit und Freiheit«, antwortete er.

»Erzähl mir davon.«

Er beugte sich zu ihr.

»Später«, flüsterte er und küsste sie.

Sam legte seine Hand in ihren Nacken, wo sich wieder die Haarsträhne im Wind kringelte. Sophie fasste ihn an den Schultern und zog ihn an sich, ohne ihre Lippen von seinen zu nehmen. Sie umschlangen einander, ertasteten den anderen. Gesicht, Hals, Ohren, Taille, Schultern. Später wanderten seine – wie ihre – Hände überallhin, auf Körperstellen, die sich ihm entgegenbewegten. Ihr ganzer Körper wuchs ihm entgegen, wie seiner ihrem, mit enthusiastischer, konzentrierter Begeisterung suchten und fanden sie sich.

Irgendwann stiegen sie den Lockstein herunter und fuhren mit dem Jeep zu seiner Unterkunft. Sophie hatte keine Einwände, im Gegenteil. Es wäre zwar schöner gewesen, einen romantischen Abend zu verbringen mit allem, was dazu gehörte – ausgehen, essen, tanzen, eine Bar besuchen, sich dann ein schönes Zimmer nehmen und die Nacht miteinander verbringen. Aber das ging nicht. Alle GIs machten es im Moment so wie Sam: in der Unterkunft, tagsüber, wenn meist niemand da war. Die Zimmerkameraden nahmen aufeinander Rücksicht, feixend, aber großzügig und in den richtigen Momenten verschwiegen. Sam hatte heute Glück, weil sein Mitbewohner für zwei Tage in München war und abends nicht zurückkommen würde. Sie gelangten unbemerkt in sein Zimmer. Er schloss die Tür ab. Sophie und Sam standen sich gegenüber und lächelten einander an. Sophie zog ihre Jacke aus. Sam seine. Dann zog sie ihm ein Kleidungsstück aus und er ihr eins. Und so weiter. Sie kicherten und sahen einander an, je weniger sie am Leib hatten, umso ernster wurde es. Und noch bevor sie ganz nackt waren, umschlangen, küssten und verknäulten sie sich, weil sie es nicht mehr aushielten oder auch Angst hatten, einander bar jedes textilen Schutzes aus ein paar Schritten Entfernung betrachten zu können. In der nächsten Stunde waren sie intensiv miteinander beschäftigt, nackt und neugierig, voller Zuneigung und Begehren. Als Sam in sie eindrang, tat er es vorsichtig, denn sie hatte ihm gesagt, dass es das erste Mal war. Er hatte kein Kondom, bevor er kam, zog er sich zurück. Danach lagen sie nebeneinander auf dem Bett und betrachteten ihre ausgestreckten Körper: hell und dunkel, Frau und Mann. Sophie kreuzte eines ihrer Beine über seine.

»Das passt gut zusammen«, flüsterte Sophie und steckte ihre Nase an seinen Hals, direkt am Ohr, um seinen Geruch tief einzuatmen. Sam umarmte sie mit beiden Armen.

Draußen wurde es langsam dunkel. Auf dem Flur waren Schritte zu hören. Sophie musste gehen. Und niemand durfte es bemerken, es war auch schon Sperrstunde für die Deutschen. Sam ging als Erster nach draußen und zum Jeep. Sophie stieg aus dem Fenster und traf ihn auf dem Parkplatz. Er fuhr sie nach Hause. Sie schwiegen während der Fahrt, doch Sophie legte ihre Hand auf seinen, wie sie unwillkürlich feststellte, sehr kraftvollen, harten rechten Oberschenkel, Kontakt mit ihm haltend. Sam stoppte in der Nähe ihres Hauses, dessen Fenster noch hell erleuchtet waren, obwohl es für die Grubers schon spät war. Zum Abschied gab es nur einen schnellen Blickwechsel, keinen Kuss.

»See you tomorrow.«

Sam gab Gas und verschwand schnell in der Nacht. Sophie ging ins Haus, ohne sich umzusehen. Sie lächelte.

47

Die beiden Nachrichten des Tages erschütterten Frank.

Die erste war die von Pina Thanners Freitod. Frank hatte Pina und ihre distanzierte Art ins Herz geschlossen. Er selbst hatte sie eingestellt, als sie sich im Military Government vorstellte – durch gutes Englisch und hervorragende Tippkünste war sie mehr als qualifiziert. Aber das war nicht der ganze Grund gewesen. Pina hatte, als sei es normaler Teil eines Lebenslaufes, Ravensbrück erwähnt, was ihr nach den Richtlinien der Alliierten Zusatzpunkte einbrachte, Überlebende der Lager waren zu bevorzugen. Frank hatte in diesem Moment an seine Schwester denken müssen. Ruth und Pina waren auf einmal verbunden. Frank wollte Pina helfen, als sei es möglich, dadurch nachträglich auch Ruth zu helfen. Es war auch eine abergläubische Handlung gewesen. Wenn …, dann … Jetzt waren beide tot. Frank war nicht bewusst gewesen, wie nah Pina am Abgrund balanciert hatte. Er hatte sich von ihrer scheinbaren Vitalität und Kraft täuschen lassen. *Vielleicht*, dachte Frank, *ist es doch die einzige Möglichkeit, erst einmal alles Schreckliche wegzuschieben, in einer Gegenwart ohne Vergangenheit weiterzuleben und dabei einen alles andere übertünchenden Arbeitseifer an den Tag zu legen.* Zumindest für den Anfang. Irgendwann würde das Vergangene – gegoren und unter Druck – wieder hochsteigen und Aufmerksamkeit fordern, das war ein physikalisches Gesetz, das auch für die Psyche galt. Dann musste man sich darum kümmern, wenn man nicht explodieren wollte wie ein altes Einmachglas.

Die zweite Nachricht des Tages war eine erste Mitteilung von den amerikanischen Diensten in Frankreich: Es gab Bauern namens Colbert in dem kleinen Dorf Méjat, etwa dreißig Kilometer südlich der Stadt Périgueux gelegen. Die weitverzweigten Colberts hatten eine Schar von Kindern, unter ihnen jedoch laut Geburtsregister keine Marie, die 1943 zur Welt gekommen war. Allerdings, hatten die Kollegen angemerkt, war das kein Wunder, denn Judith alias Marie war natürlich nicht offiziell registriert, sie war illegal dort gewesen, versteckt. Nur ein persönlicher Besuch bei den Bauern konnte die gewünschte Klarheit verschaffen. Sie würden die Colberts aufsuchen, wenn Frank das wollte. Oder, wie sie verständnisvoll anboten, er könne das auch selbst machen. Sie warteten auf seine Antwort.

Gern hätte Frank mit Meg darüber gesprochen, aber sie hatte ihm eine Nachricht hinterlassen, dass sie an diesem Abend noch eine Besprechung inklusive Abendessen mit DiPietro hatte. DiPietro. Der sich für unwiderstehlich hielt. Dieser Casanova, dem Frank die kaum verhohlene Gier, Meg in sein Bett zu ziehen, von jedem seiner Blicke ablesen konnte. Frank stand einen Moment unschlüssig in seinem Zimmer. Er hatte geduscht und war bereit, zum Essen zu gehen. Aber er hatte keine Lust auf das übliche Military-Gerede und zögerte. Draußen war es noch hell, und ein langer Frühsommerabend zirpte einer lauen Nacht entgegen. Von seinem Zimmer aus hatte er einen schönen Ausblick auf den Watzmann, dem die Westsonne eine golden leuchtende Flanke verlieh. Ihm fiel der Karton ein, der auf seinem Schreibtisch stand – der Karton mit Dokumenten zu Alis General, den sie ihm gegeben hatte. Er hatte die Papiere noch nicht angesehen, es war zu viel zu tun gewesen. Außerdem wollte er vermeiden, noch mehr Kompromittierendes über seine Jugendliebe zu erfahren, die er – aus Gründen, die zu erforschen er sich genauso weigerte – als etwas Schönes, Heiles und Erinnernswertes in seinem Gedächtnis behalten wollte. *Pipsi und Pupsi.* Ali war dabei gewesen. *Thierschstraße. Seine Familie. Die Vögel. Ruth.* Mit Ali würde er darüber reden können. Wie mit niemand anders. Frank sehnte sich plötzlich danach, die alten

Zeiten mit jemandem zu teilen. Wenigstens ein Mal. Er schlüpfte in seine Jacke und verließ das Hotelzimmer. Die Adresse hatte er sich gemerkt. *Gschnaitbichl.* Das konnte man nicht vergessen.

Frank nahm das konfiszierte BMW Cabrio, das immer noch zu seiner Verfügung stand, und fuhr nach Schönau. Erst auf dem Weg dorthin begann er, über seine Erwartungen nachzudenken. Was, wenn keiner da war? Oder wenn alle ihre Mitbewohner da waren? Wie sah das aus – er als US-Militärangehöriger? Einen Moment lang ärgerte er sich, dass er den Karton nicht mitgenommen hatte, ein Vorwand – welcher genau? Doch Frank war an diesem Abend in Zivil, was er als Geheimdienst CIC Offizier im Gegensatz zu den Army-Angehörigen, die jederzeit als Besatzungstruppen zu erkennen sein mussten, machen konnte, wie es ihm der Gelegenheit angemessen schien. Andere könnten heute durchaus denken, er sei kein Amerikaner. Wenn er den Mund aufmachte, konnte er überzeugend als Münchner durchgehen, was er ja auch war, allerdings nur, solange sie nicht seine Unterwäsche sahen: durch und durch amerikanische Shorts und ein Unterhemd der Marke Pilgrim. Bei diesem Gedanken musste Frank grinsen. Er hatte eigentlich nicht vor, sich auszuziehen, oder? Er bog von der Hauptstraße ab und nahm den Weg, den er sich vorher auf der Karte angeschaut hatte. Der Ort wirkte friedlich. Die Gärten um die Häuser waren üppig grün.

Juni, dachte Frank, *ein Monat voller Möglichkeiten.* Blüten, Früchte, Blätter – alles war noch im Wachsen begriffen, der Höhepunkt nicht überschritten, noch nicht einmal erreicht. Der Juni war der Monat des Jahres, in dem Pessimismus keine Chance hatte. Es sei denn, man nahm vorweg, dass jeder Aufwärtsbewegung eine Abwärtsbewegung folgen musste und man sich deshalb an der Aufwärtsbewegung aus Angst vor der Zukunft gar nicht erst erfreuen wollte. Pessimismus war keine Lebenshaltung, schon gar nicht für intelligente Personen, denn er verbesserte nichts.

Er fand das Haus sofort. Es lag am Ende einer unbefestigten Straße, direkt dahinter begann eine Wiese. Das Haus war kleiner als erwartet. Alis General war entweder sparsam oder weniger wohlhabend, als Frank vermutet hatte. Er wendete den Wagen, um gegebenenfalls direkt in Fahrtrichtung wegfahren zu können. Eine alte Gewohnheit. Er parkte, stieg aus und näherte sich dem von einer hohen Hecke begrenzten Grundstück. Die Grundfläche des Hauses betrug nur etwa achtzig Quadratmeter, schätzte Frank, ein gepflegtes Kleinod in einem eingewachsenen Garten. Erdgeschoss und ein darüberliegendes Stockwerk, ein Balkon mit gesägtem Holzgeländer an der Giebelfront. Darüber begann schon das tiefgezogene Dach. Oben im Giebel gab es ein kleines, kokett herzförmig umrandetes Fenster für den Dachboden. Eine feuerrot blühende Kletterrose rankte sich auf der Südseite bis an die Dachrinne. Zwei Damenfahrräder lehnten an der Mauer.

Frank betrat das Grundstück. Niemand war zu sehen. Die Haustür war geschlossen, aber bevor er klingelte, warf Frank einen Blick um die Ecke. Der Garten war weitläufiger, als man von der Straße aus ahnte, und wurde zu einem beachtlichen Teil zum Anbau von Gemüse genutzt. Auf einmal hörte er die Kinderstimmen. Er ging weiter um das Haus herum und sah schließlich den großen Tisch auf der Terrasse und alle, die an ihm saßen. Sechs Kinder unterschiedlichen Alters und drei Frauen, darunter Ali. Sie aßen zu Abend, schwatzten und bemerkten ihn nicht sofort. Er blieb am Rand der gepflasterten Terrasse stehen.

»Hallo, grüß Gott!«, rief er. »Guten Appetit!«

Jetzt sahen alle am Tisch vom Essen hoch und wandten die Köpfe zu ihm, wie Sonnenblumen.

Ali stand auf.

»Frank! Was machst du hier?«

Sie sprach seinen Namen deutsch aus, wie früher.

»Ich will nicht stören, ich kann später wiederkommen.«

»Du störst nicht!«

Ali kam ihm entgegen, und die Brünette mit den roten Lippen winkte ihm energisch zu.

»Essen Sie mit uns, wir schütten noch ein bisschen Wasser in die Suppe, und dann reicht es wieder für alle. Kommen Sie, setzen Sie sich her!«

»Nein, danke, ich habe keinen Hunger«, log Frank.

Ali nahm jetzt seine Hand und zog ihn lächelnd an den Tisch, holte für ihn einen Stuhl und schob ihn neben ihren. Die Kinder sahen ihn neugierig an, und die dritte Erwachsene, eine streng schauende Frau mit Pferdegesicht, fixierte ihn.

»Ich bin Ernestine, Erni«, sagte die Brünette. »Das sind Inge, Heide und Jens und meine Töchter Ida und Ilse. Und dort sitzen der kleine Helge, Alis Sohn, und meine Cousine Beate.«

»Frank«, stellte er sich auf Deutsch vor und ließ den Nachnamen einfach weg.

»Woher kennt ihr euch?«, fragte Erni.

»Du bist immer so unanständig neugierig, Erni«, tadelte Beate sie.

»Frank und ich kennen uns von früher. Wir sind beide aus München, aus demselben Viertel«, antwortete Ali.

Frank sah Ali an und grinste.

»Wir waren mit siebzehn ein Liebespaar«, sagte er, »das schönste im ganzen Lehel.« Frank sprach das »h« in der Mitte von »Lehel« als krächzigen Kehllaut aus, was ihn als Ureinwohner des Münchner Viertels auswies.

Jetzt musste Ali lächeln.

»Das stimmt«, sagte sie. »Wir waren ein schönes Paar!«

»Zwei Jahre?«

»Ja, fast.«

»Zwei Jahre? Warum war es dann vorbei?«, wollte Erni wissen und zog ein betrübtes Gesicht.

Ali und Frank sahen sich an.

»Sie hat einen Conte aus Venedig kennengelernt«, sagte Frank und zuckte lächelnd die Achseln.

»Schade, aber ihr seid immer noch schön zusammen«, meinte

Erni und zwinkerte schelmisch. »Wer weiß? Hm? Vielleicht wird wieder alles gut?!«

»Erni, du liest zu viele Schundromane«, sagte Beate.

»Was ist ein Conte?«, erkundigte sich Ida.

»Ein italienischer Graf«, antwortete Erni.

»Es war ein falscher Graf«, sagte Ali. »Ich bin auf ihn reingefallen, und dann habe ich mich sehr geschämt. Eigentlich ist er nur Gondoliere in Venedig gewesen.«

»Was ist ein Gondoliere?«, wollte Ilse wissen.

»Kinder!«, rief Beate streng.

»Man darf doch fragen«, sagte Erni. »Gondeln nennt man die Boote in Venedig. Ein Gondoliere fährt die Gondel.«

Beate richtete sich auf, warf einen missbilligenden Blick zu Erni.

»Natürlich darf man fragen. Ich habe auch eine Frage …«

Sie sah Frank an.

»Bitte, nur zu!«, sagte er.

»Waren Sie an der Front?«

»Warum interessiert Sie das?«

»Sie sehen aus wie jemand, der sich nicht die Finger dreckig macht«, erwiderte Beate. »Während unsere Männer an der Front sterben mussten.«

Einen Moment herrschte erschrockene Stille.

»Beate!«, rief Erni empört.

Franks Nervenenden empfingen eindeutige Schwingungen solche, die ihn kampfbereit machten.

»Wollen wir einen Spaziergang machen, Frank?«, schlug Ali schnell vor.

»Ich kann Helge ins Bett bringen«, bot Erni an.

»Gleich«, sagte Frank und wandte sich wieder an Beate, die ihn mit rechthaberischem Gesichtsausdruck ansah.

»Ich war auch an der Front«, sagte Frank.

»Wo?«

»An der Westfront. Wir sind in der Normandie gelandet, und ich bin gemeinsam mit General Patton nach Deutschland vorgerückt.«

»Aha«, machte Beate, »Amerikaner.«

Erni sah ihn verwirrt an. »Ich dachte, Sie sind aus München.«

»Ich wurde dort geboren und bin geblieben, bis ich verjagt wurde«, sagte Frank.

Einen Moment war es still.

»Sie sind Jude«, sagte Beate. »Habe ich mir gedacht.«

»Ja. Haben Sie ein Problem damit?«, fragte Frank.

»Das dürfte jetzt egal sein«, erwiderte Beate zweideutig lächelnd.

»Stimmt. Mir ist es völlig egal«, sagte Frank.

»Was ist ein Jude?«, fragte Helge.

»Die Juden haben Jesus umgebracht«, sagte Inge.

»Was redet ihr denn da?!«, rief Ali. »Hört auf!«

Aber Frank ließ sich nicht abhalten. Er wandte sich an die Kinder.

»Das ist falsch. Lies es noch mal nach. Steht in der Bibel. Es waren die Römer. Nicht die Juden.«

»Aber das weiß doch jeder, dass es die Juden waren«, behauptete eins der Zwillingsmädchen.

»Lass uns gehen, Frank«, sagte Ali und fasste Frank am Arm. Sie stand auf.

Aber Frank war noch nicht fertig.

»Jesus war selbst Jude. Wisst ihr das?«

»Er war Christ!«, widersprach Inge.

»Das geht nicht, er war nicht sein eigener Anhänger«, sagte Frank.

»Wir brauchen Ihre theologischen Belehrungen nicht, Herr ...«

»Rosenzweig, Frank Rosenzweig. Und es sind Fakten, keine Theologie.«

»Na ja«, machte Beate abfällig.

»Ein schöner Name«, murmelte Erni um Harmonie bemüht.

»Ein jüdischer Name«, sagte Frank.

»Aber das ist doch ein deutsches Wort«, meinte Inge verunsichert.

»Ja«, sagte Frank. »Es ist sicher ein deutsches Wort. Aber mein Name ist nicht mehr deutsch. Auch wenn er so klingt.«

»Das ist vollkommen in Ordnung«, lächelte Beate maliziös.

Erni klappte den Mund auf, aber Ali kam ihr zuvor.

»Ihr seid in meinem Haus! Was fällt euch ein, meinen Gast zu beleidigen?«, schnaubte sie und wollte noch etwas hinzufügen, aber jetzt zog Frank sanft an ihrem Arm.

»Wir reden noch darüber!«, warf sie zum Abschied in die Runde.

Ali griff sich ihre Jacke und hatte es eiliger als Frank, den Ort zu verlassen. Sie gingen durch den Garten zur Straße, vorbei an der großen Kletterrose …

Rosenzweige, blitzte es durch Franks Gehirn.

»Puuh«, sagte Ali, als sie auf der Straße waren.

»Gut, dass es so ein verlässliches Feindbild wie den Juden gibt.«

»Tut mir leid.«

Frank sah sie an und zuckte die Achseln, als ginge ihn das nichts an.

»Tut mir leid für dich, dass du solche Gesellschaft ertragen musst.«

»Nachbarinnen. Sie wurden bei mir einquartiert, weil ihr Haus von der US-Army beschlagnahmt wurde.«

»Dann wird es schon ein gutes Haus sein, denn wir nehmen nur das Beste«, sagte Frank und grinste.

»Ja, ihre Zweitresidenz hier ist fesch und weit weg von den Bomben in Kassel.«

»Und schön führernah. Wie dein Haus.«

Ali steckte Franks Sarkasmus kommentarlos weg. Es stimmte ja: Die einstige Politprominenz samt dem darum herum surrenden Gschwerl war nicht nur wegen der schönen Landschaft hergekommen. Auch Maître Fritz hatte das bedacht, als er das Chalet kaufte.

»Lust auf eine kleine Runde?«, fragte Frank und deutete auf den BMW, der mit offenem Verdeck wartete.

Ali sah ihn an, und ein Lächeln glitt über ihr Gesicht. Sie nickte.

»Lass uns zum See fahren«, schlug sie vor.

Sie stiegen ein und fuhren das kurze Stück zum Königssee. Den Wagen stellten sie am Hotel Schiffmeister ab und gingen zum Ufer. Dort hockten die Bootshäuser in einer Reihe und bildeten eine hölzerne Front. Dahinter umschlossen von beiden Seiten bewaldete Felsvorsprünge schützend das natürliche Hafenbecken und verdeckten den Ausblick auf die ganze Länge des Königssees. Zwei Ausflugsboote und ein paar Fischerboote lagen dort vertäut. Das Hotel war von Amerikanern belegt, und deshalb gab es derzeit keine Sommergäste am Ufer des Sees.

»Von hier kann man leider nicht den ganzen See sehen«, sagte Ali. »Wir müssten zum Malerwinkel laufen.«

»Es wirkt eng und düster«, sagte Frank.

Ali lächelte ihn plötzlich verschwörerisch an.

»Der Königssee ist schön. Komm, wir nehmen ein Ruderboot und schauen uns alles an.«

Frank musste auch lächeln. Das war typisch Ali, wie damals. Das Schwindinsel-Abenteuer mit Picknick und Liebesnacht war auch ihre Initiative gewesen.

»Du überschätzt meine sportlichen Fähigkeiten«, entgegnete Frank. »Und meinen Ehrgeiz.«

»Ich rudere uns!«

»Okay …«, sagte Frank erstaunt.

Sie nahmen sich eines der Boote, und Ali ruderte sie geübt und zügig Richtung See-Einfahrt.

»Ich trainiere zweimal die Woche«, erklärte sie, als sie seinen erstaunten Blick sah, und grinste ihn an. »Macht einen starken Körper.«

Sie durchfuhren die Enge, und dann erstreckte sich plötzlich der ganze See vor ihnen, still und unbewegt. Alis regelmäßige Riemenschläge und der gleitende Bootsrumpf erzeugten die einzigen Geräusche und Wellenbewegungen. Frank beobachtete ihre arbeitenden Schulter-, Arm- und Brustmuskeln, deren Bewegungen sich unter ihrer leicht gebräunten Haut abzeichneten. Bei jedem Ruderschlag rutschte die zartgliedrige Halskette in den Mulden über den Schlüsselbeinen hin und her. Die Mulden über den Schlüsselbeinen. *Gibt es für diese Körperstelle eigentlich einen Namen?* Er hatte den Rieslingsekt seines Vaters aus diesen Vertiefungen geschlürft und geleckt, während sie beide nackt voreinandergesessen und gekichert hatten. Ali war das bei ihm nicht gelungen. Seine Mulden waren nicht tief genug. Und er hatte gezappelt. Sie hatte als Ersatz seinen Bauchnabel genommen.

Mitten im See hörte Ali auf zu rudern und richtete das Boot seitlich aus, damit sie beide den Ausblick gen Süden hatten. Auf den Berggipfeln und Nordseiten lag immer noch Schnee. Auf der Halbinsel südwestlich vor ihnen war die Kirche mit den knubbeligen Kuppeldächern, Sankt Bartholomä: Hinter ihr erhoben sich Berge, links und rechts von ihr waren Berge, und hinter ihnen selbst waren Berge. Ein enger Kessel, in dem die Menschen zumeist unten hockten.

Deutschland, das Land der geistigen Enge, dachte Frank.

»Es ist schön, oder?«, fragte Ali.

»Man kann nicht besonders weit sehen.«

»Wenn man den Horizont sehen will, muss man auf die Berge steigen«, sagte Ali.

»Nichts für mich«, erwiderte Frank.

Einen Moment herrschte Stille. Ali sah ihm in die Augen. Er sah zurück und dachte, dass er ihre Augenfarbe immer sehr gemocht hatte – ein dunkles Blaugrau, das je nach Kleidung und

Licht alle möglichen Schattierungen annehmen konnte. Variable Pigmente … wie in der Haut eines Chamäleons.

»Was ist mit deiner Familie passiert?«, fragte Ali.

Frank schwieg. Ali wartete, bis er sprach.

»Der Bruder meines Vaters ist schon in den Zwanzigerjahren nach New York emigriert. 1935 habe ich an der Columbia University studiert, und wir haben meine Eltern nachgeholt.«

»Wie geht es ihnen?«

»Mein Vater hat sich ein Hitlerbild aufgehängt. Gegen das Heimweh.«

»Was?«, fragte Ali entgeistert.

»Das ist ein Witz unter Emigranten.«

»Oh …«

»Meine Eltern können die Sprache nicht, mögen das Essen nicht … Trotzdem tun sie die ganze Zeit, als seien sie begeistert von ihrer neuen Heimat. Sie treffen aber nur lauter deutsche Emigranten und träumen von Deutschland. Einem untergangenen Deutschland und einem München, das es nicht mehr gibt. Sie sind gestrandet. Aber sie leben.«

»Was ist mit dem Rest deiner Familie?«

»Manche haben es geschafft. Manche nicht«, antwortete Frank ausweichend. Er wollte nicht über Kaunas reden, wo die Cousine seiner Mutter vermutlich ermordet worden war, zusammen mit vielen anderen Münchner Jüdinnen und Juden, die im November 1941 deportiert wurden. Bis jetzt waren die Erkenntnisse der Alliierten nur insoweit gesichert, als dass die Nazis an jenem Ort insgesamt über hunderttausend jüdische Menschen ermordet hatten. Die Angaben waren vage, und es gab so viel aufzuklären. Litauen fiel in den Bereich der Sowjets. Genauso wenig wollte er über seine Tante sprechen, die sich aus dem Fenster gestürzt hatte, als sie den Deportationsbefehl erhalten hatte. Und nicht über seine anderen Verwandten, von denen es keine Nachrichten gab.

»An wen aus meiner Familie erinnerst du dich?«, fragte Frank.

Ali sah ihn an, überlegte.

»An deinen Vater. Der war immer freundlich und lustig und hat sich ernsthaft mit mir unterhalten. Und die Leberwurst meines Vaters gelobt. *Viel Majoran!*«

»Die mag er gern«, sagte Frank. In New York hatte sein Vater einen deutschen Metzger ausfindig gemacht, bei dem er manchmal heimlich Würste einkaufte. Aber das wollte er Ali auch nicht erzählen.

»Vor deiner Mutter hatte ich Angst. Sie war ein bisschen arrogant. Abweisend. Sie hatte Kleider, die meine Mutter ihr ganzes Leben nicht hatte. Nicht ein einziges. Von solchen Kleidern habe ich geträumt – ein grünes Seidenkostüm mit einem curryfarbenen schimmernden Revers. Wahnsinn. In meiner Erinnerung ist sie sehr schön gewesen.«

»Ist sie noch«, sagte Frank.

»Du siehst ihr sehr ähnlich.«

Frank ließ seinen Blick über die Berge wandern.

»War sie nicht Pianistin?«, fragte Ali.

»Musiklehrerin«, antwortete Frank.

»Ihr hattet einen Flügel.«

Frank nickte und sah vor seinen Augen das Wohnzimmer oder den Salon, wie seine Mutter gern sagte. Ein großer heller Raum, dessen Balkon mit der Steinbalustrade auf die Thierschstraße hinausging, wo die Tram regelmäßig vorbeibimmelte und ihr Klavierspiel störte. In einer Ecke hatte der Flügel gestanden. Ein Bechstein, ausgerechnet.

»Den Flügel mussten wir in München lassen«, sagte Frank.

Ali tauchte nachdenklich ihre Hand ins Wasser und ließ es durch die Finger gleiten.

»Mit deiner Schwester bin ich auf die Volksschule gegangen. Bis sie aufs Gymnasium gewechselt hat. In einem Schuljahr waren wir mal Banknachbarinnen. Ruth hat mich abschreiben lassen. Im Rechnen. Das war nett von ihr. Aber wir waren nicht eng befreundet. Ich glaube, sie wollte mich nicht als Freundin. Da gab es andere.«

Ein paar Schwalben zischten über die Oberfläche des Königssees und fingen Mücken. Frank musste an die Mauersegler denken. Ihre Nester. Das Ei.

»Pipsi und Pupsi«, sagte Ali in diesem Moment. »Die Kanarienvögel, die nicht fliegen konnten.«

»Sie konnten fliegen. Nur nicht so gut«, korrigierte Frank. »Dafür haben sie gesungen.« Seine Stimme drohte zu versagen und kippte am Ende des Satzes weg.

»Was ist mit Ruth?«, fragte Ali.

Stille. Sie sah ihn an und wartete.

»Ruth ist in Auschwitz direkt nach der Befreiung gestorben«, antwortete er schließlich. »Die russischen Ärzte konnten nichts mehr für sie tun, sie war schon zu schwach …«

Ali wusste nicht, was sie sagen sollte.

»Sie war mit ihrem Mann nach Frankreich emigriert. Nicht weit genug. Sie wurden verraten, gefasst und deportiert. Samuel ist ebenfalls tot.«

Das Wasser plätscherte leise an den Bootsrumpf.

»Das ist furchtbar«, flüsterte Ali.

»Sie haben 1943 ein Kind bekommen. Es ist irgendwo in Frankreich. Wenn es noch lebt. Es war bei Bauern versteckt.«

Frank konnte an Alis Gesicht sehen, dass sie in dieser Nachricht etwas Gutes sah. Eine Art Hoffnung ging in ihrem Gesicht auf, wie die Sonne, die sich an einem trüben Tag abmühte.

»Ich werde hinfahren«, sagte Frank auf einmal. Das hatte er selbst noch nicht gewusst.

»Das ist gut«, sagte Ali.

»Ich hoffe, dass ich sie dort finde.«

»Ein Mädchen?«, fragte Ali.

»Ja. *Judith.*«

»Wann fährst du hin?«

»Ich habe noch keinen Plan«, antwortete er verlegen.

»Mach es bald«, sagte Ali.

Sie griff nach seiner Hand, erst mit einer Hand, dann mit der zweiten. Frank ließ es geschehen und sah Ali an. Vieles an Ali war ihm vertraut. Die Bewegung, mit der sie ihre Jacke anzog. Wie sie aufstand. Gestikulierte. Ihr Lächeln. Ihre Hände. Er wusste nicht, ob diese Vertrautheit in der Gegenwart eine Bedeutung hatte oder ob seine Erinnerung ihm das nur vorspiegelte und es in Wirklichkeit reine Sentimentalität und Ali eine ganz andere war.

»Ich hatte nie den Eindruck, dass du Antisemitin bist«, sagte Frank.

»Bin ich auch nicht«, sagte Ali und ließ seine Hand los.

»Hast du mich wirklich wegen des Conte in die Wüste geschickt?«, fragte Frank. »Oder … hast du deine Fahne nach dem Wind gerichtet?«

Ali holte tief Luft.

»Darüber habe ich viel nachgedacht«, erwiderte sie. »Es war in jedem Fall ein großer Fehler.«

Frank sah, dass ihre Augen jetzt ernst und dunkel waren, ihre Pupillen im abnehmenden Licht übergroß geöffnet.

»Du bist der beste Mann, dem ich je begegnet bin.«

Ali lachte mit gespielter Leichtigkeit. »Und jetzt ist es zu spät.«

Frank schwieg. Das war traurig. Und es stimmte.

Ali waren Tränen in die Augen gestiegen. Sie wischte sie weg, nahm die Riemen und fing an zurückzurudern. Zug um Zug. Kraftvoll. Ali war immer praktisch gewesen. *Sie kann für sich sorgen.*

Ihre Blicke mieden einander. Sie fuhren wieder in das Hafenbecken ein, legten an, vertäuten das Boot und stiegen an Land.

Die Sonne war untergegangen. Grillen zirpten. Frank hielt Ali an der Beifahrerseite die Wagentür auf, und sie stieg ein. Schweigend fuhren sie zurück zu ihrem Haus. Im Haus brannte nur oben in einem Zimmer noch Licht. Frank stellte den Motor ab. Beide stiegen aus.

Ali legte den Kopf in den Nacken. Man konnte schon viele Sterne sehen, aber der Himmel war noch von einem transparenten, leuchtenden Übergangs-Dunkelblau, erhellt von einem Rest Sonnenstrahlen, das gleich nachdunkeln würde in die Unendlichkeit eines schwarzen, geheimnisvoll schimmernden und von erloschenen und existierenden Sternen gespickten Alls.

»Sieh dir diesen Himmel an.«

Frank legte auch den Kopf in den Nacken.

»Der Himmel ist ein Wunder«, sagte Frank.

Sie sahen sich an, mittlerweile nur noch Schattenrisse im Raum. Frank trat näher an sie heran und umarmte sie. Einen Moment lang fühlte er ihre Nähe und sehnte sich nach der Vergangenheit. Er roch sie, und seine Nase berührte ihre Haare. Ali. Er mochte sie. Immer noch.

»Willst du mit reinkommen?«, fragte sie.

Er schüttelte den Kopf.

»Nein. Mach es gut, Ali.«

Ali sah ihn an, als habe sie nichts anderes erwartet. Sie gab ihm einen Kuss auf die Wange, wünschte ihm eine gute Nacht und verschwand im Generals-Chalet.

Frank fuhr nach Berchtesgaden zurück. An der Hotelbar genehmigte er sich einen Whiskey und aß eine ganze Schale Erdnüsse, weil er einen Mordshunger hatte. Der Barkeeper machte ihm noch ein Sandwich. Als Frank den dritten Whiskey getrunken hatte, kamen Meg und DiPietro in die Bar. Meg sah fantastisch aus in ihrem Etuikleid und war alkoholisch aufgekratzt. DiPietro, in Ausgehuniform, war ganz ihr zugewandt und voller Stolz, diese Frau begleiten zu dürfen. Seine Hand legte sich auf ihre Hüfte, wanderte von dort zu ihrem Arm, ihrer Schulter, zurück zur Taille und dirigierte sie so im Raum herum. *Gleich legt er die Hand auf ihren Hintern*, dachte Frank.

In dem Moment entdeckte Meg Frank, löste sich von DiPietro, kam zu ihm und küsste ihn.

»Alles klar?«

»Ja. Wie war eure Besprechung?«, fragte Frank neutral.

»Sehr gut. Wir wollten noch ein Night Cap nehmen«, sagte Meg und sah zu DiPietro, der sich zahnig grinsend zu ihnen gesellt hatte.

»Meg hat einen sehr guten Bericht über ihren Tag als Governor von Berchtesgaden geschrieben. Haben Sie ihn gelesen, Captain?«, fragte DiPietro.

Frank hatte sofort ein schlechtes Gewissen, denn er hatte ihn noch nicht gelesen.

»Ich habe das Vergnügen noch vor mir«, erwiderte er.

»Haben Sie ein Glück«, sagte DiPietro vieldeutig, blickte zu Meg und grinste Frank für dessen Geschmack deutlich zu ölig an.

Lackl, damischer, dachte Frank und fand es schade, dass weder Meg noch DiPietro diese gepflegte bairische Beschimpfung verstehen würden, selbst wenn er einen Übersetzungsversuch unternähme. Frank beschloss, Meg an diesem Abend nicht länger mit DiPietro zu teilen.

»Was hältst du davon, Meg«, sagte er, »wir gehen hoch, nehmen noch einen Drink aus der Hausbar, und du liest mir deinen Bericht vor. Wir machen es uns gemütlich.«

Frank lächelte Meg an und konnte sehen, wie es hinter ihrer Stirn arbeitete. Er nahm ihre Hand und küsste sie.

»Ich verspreche auch, dass ich währenddessen meine Hand weder auf deine Hüfte oder deinen Arm oder sonst irgendwohin lege«, fügte er mit einem Blick auf DiPietro hinzu.

»Okay«, antwortete Meg. Sie wandte sich charmant an DiPietro. »Vielen Dank für den schönen Abend, John, aber den Drink müssen wir leider verschieben.« Dann hauchte sie ihm, à la française, rechts und links Küsse auf die Wange.

DiPietro sah sie an, blickte dann zu Frank, der ausnehmend höflich lächelte und nickte.

»Ich habe zu danken, Meg, einen schönen Abend noch«, sagte

er, drehte sich um und verzog sich so lässig wie möglich an einen anderen Tisch, an dem ein paar gut gelaunte Kameraden feierten.

»Könnte sein, dass du ihn jetzt wirklich los bist. Ich hoffe, du bereust das nicht«, sagte Frank.

Meg griff nach seinem Glas, trank den letzten Schluck auf ex aus.

»Lass uns hochgehen«, sagte sie. »Wehe, du legst beim Vorlesen deine Hände nicht auf meinen Hintern.«

Meg und Frank gingen in den dritten Stock, wo ihre Zimmer lagen. Kaum waren sie drinnen, zog Meg Frank an sich und küsste ihn.

»Ich habe schon gedacht, ich muss mit ihm ins Bett gehen, bevor du irgendeine Reaktion zeigst«, murmelte sie zwischen zwei Küssen.

»Wolltest du das gern?«, fragte Frank.

»Idiot! Mach meinen Reißverschluss auf, aber hör nicht auf, mich zu küssen.«

So machten sie es und verspeisten einander im Bett.

48

Sophie ging die Treppe zum Wohnhaus hoch. Normalerweise hätte sie versucht, einen Blick in die erleuchteten Fenster zu erhaschen, aber sie war noch gefangen in der Nähe zu Sam und dem, was zwischen ihnen passiert war. Das erste Mal, dass sie mit einem Mann geschlafen hatte. Bis dahin hatte es nur ausgedehnte Fummeleien mit verschiedenen Burschen und einen in letzter Sekunde abgebrochenen Beischlafversuch mit Kilian gegeben, einem Freund von Anderl. Sophie war auf Kilians Werben nur eingegangen, weil er sie bedingungslos angehimmelt hatte. Sophie dachte zu jener Zeit, sie müsste es einfach mal erleben und hinter sich bringen, auch wenn die katholische Kirche und Theres entsetzt wären. War Sex nur was für Männer, wie Theres behauptete? Es rankten sich so viele Geheimnisse darum: Das erste Mal konnte einmalig und aufregend und himmlisch sein. Oder auch schrecklich. Lieber hätte Sophie es damals mit jemandem getan, in den sie richtig verliebt war. Aber das war sie nicht gewesen. Nicht in Kilian und nicht in irgendjemand anders. Egal – Sophie hatte herausfinden wollen, wie es war, mit einem Mann zu schlafen. Vor irgendeiner Heirat. Bei den Unmengen von jungen deutschen Männern, die im Krieg gefallen waren, war ja fraglich, ob sie überhaupt einen zum Heiraten finden würde. Einen, der ihr gefiel – wirklich gefiel. Wie Sam …

Sam war der erste Mann, in den sie sich verliebt hatte. Sophie glaubte sogar, dass sie ihn liebte. Nein, sie war sicher. Sie hoffte, dass Magda da war, denn sie brannte darauf, ihr überquellendes Herz jemandem auszuschütten. Dann fiel ihr wieder ein: Magda und Max – das hatte sie verdrängt!

Sophie betrat das Haus und ging gleich in die Küche. Am Tisch saßen ihre Eltern, Kathi und sogar Karli, der eigentlich schon lange im Bett hätte sein sollen. Außerdem hatte ein weiterer Mann mit dem Rücken zur Tür am Tisch Platz genommen. Sophie zuckte zusammen. Konnte das sein? War das möglich? Das waren sein Rücken und seine braunen Haare, auch wenn sie länger als sonst waren!

»Anderl!«, schrie Sophie und sprang mit einem Satz an den Tisch.

Der Mann schaute zu ihr hoch, und Sophie musste einen Ausruf des Entsetzens unterdrücken, was ihr aber nicht völlig gelang. Es war Anderl – nur sah sein Gesicht nicht mehr so aus, wie sie es in Erinnerung hatte. Die linke Gesichtshälfte war durch eine große, rot vernarbte Fläche entstellt, die von der Stirn bis zu seinem linken Ohr reichte. Ein großer Teil der Ohrmuschel fehlte. Er trug das Haar länger, um das halbe Ohr zu verdecken. Dort, wo sein linkes Auge gewesen war, trug Anderl eine Augenklappe. Erst später würde Sophie sehen, dass auch seine linke Hand in Mitleidenschaft gezogen war – es fehlten ihm zwei Finger. Anderl stand auf und umarmte Sophie. Über Anderls Schulter fing Sophie einen Blick von Kathi auf, der die Tränen über die Wangen kullerten. Karli fremdelte auf Kathis Arm und betrachtete mit Misstrauen den furchterregend aussehenden Mann, der seine Mutter zum Weinen gebracht hatte. Er hatte diesen Fremden noch nicht mit seinem Vater in Übereinstimmung gebracht.

»Anderl …«, sagte Sophie, »ich bin so froh, dass du lebst!«

»Es fehlen ein paar Teile, aber die Hauptsache ist da«, antwortete Anderl, und man merkte, dass er diesen Scherz heute nicht zum ersten Mal machte.

Kathi bemühte sich um Haltung.

Alle bemühten sich, ihre Freude nicht durch seine bedrückende Erscheinung ersticken zu lassen. Anderl war immer ein fescher Kerl gewesen, jetzt war er ein Versehrter. Die Fragen, die Sophie auf den

Lippen lagen, hatte Anderl an diesem Abend schon ausführlich beantwortet. Karli fing an zu schreien.

»Ich bring Karli ins Bett«, sagte Kathi.

»Ich komm mit euch«, sagte Anderl und stand auf. »Wir sprechen morgen, ja, Sopherl?«

Sophie nickte. »Ja, natürlich, bis morgen. Ruh dich erst mal aus.«

Anderl lächelte Sophie zu und winkte in die Runde.

»Es ist so gut, wieder da zu sein«, sagte er. »Und dass es endlich vorbei ist.«

Theres eilte auf ihn zu. Sie umarmte ihn, als würde er wieder in den Krieg ziehen, wollte ihn nicht mehr loslassen.

»Mein Bub, lieber Anderl, ich hab so gebetet … Der Herr hat dich mir zurückgebracht! Es wird alles gut, du wirst sehen!«

Anderl strich ihr über die Haare und tauschte einen kurzen, konspirativen einäugigen Blick mit seiner kleinen Schwester. *Die Mama wieder!*

Dieser Blick brach fast Sophies Herz. Sie sah den alten Anderl, dem so viel, nicht nur körperlich, abhandengekommen war. Sie sah seine Verletzung. Seinen Verlust und seinen Schmerz. Den Schalk, immer noch.

Anderl, Kathi und ihr quengeliges Kind verließen die Stube und gingen nach oben. An diesem Abend erfuhr Sophie noch, dass Anderl wohl im Winter Glück gehabt hatte, dass er in einem russischen Spital gepflegt worden war. Die Sowjets hatten allerdings Eile gehabt, die unnützen Kriegsgefangenen, die wohl nie mehr geeignete Arbeitskräfte zur Wiedergutmachung sein würden, als vorgeschobenes Zeichen guten Willens an das besetzte Deutschland loszuwerden. Anderl war ohne Vorankündigung und überraschend mit dem Roten Kreuz gekommen, und auch die Amerikaner wollten ihn als Krüppel nicht in Gefangenschaft bringen. Er würde mehr kosten, als er je durch seine Arbeit würde ableisten können. Seine Verletzung war wohl Folge eine Granate, die zu nah und zum falschen Zeitpunkt explodiert war. Näheres wussten weder Theres noch Sepp.

Die Hinckelmanns hatten sich diskret in ihr Zimmer zurückgezogen, als Anderl angekommen war. Theres ließ jetzt ihren Tränen freien Lauf. Sie suchte sogar Sepps Nähe, der bereitwillig die Arme um sie legte und sie streichelte. Das hatte Sophie noch nie bei ihren Eltern gesehen. Sie standen da und hielten einander fest.

»Schschsch«, machte Sepp.

»Unser schöner Bub«, weinte Theres.

»Schschsch«, machte Sepp wieder.

»Warum? Das ist so sinnlos!«

»Schschsch.«

Jetzt weinten sie beide. Ihr Vater weinte! Sophies Brustkasten zog sich zusammen, sodass sie einen Moment lang aufhörte zu atmen. Die Verzweiflung der sonst stoischen Eltern – sah man von gelegentlichen, theatralischen *Jessas-Mutter-Gottes-der-Herr-sei-bei-uns!* – Aussetzern ihrer Mutter ab – war fast genauso schlimm wie der Anblick ihres versehrten Bruders: um Haltung kämpfend, sein zerstörtes Lächeln präsentierend, der, in diesem Bemühen, sein Leben wieder zu greifen – freundlich wie immer –, Sophie zu Tränen rührte. Wie wohl Kathi das Wiedersehen mit ihrem Ehemann empfand? *Einem Krüppel.* Das war das erste Mal, dass Sophie das Wort aus dem Unbewussten herausließ. Es war ein hässliches und gemeines Wort. Sie wollte es nicht auf Anderl anwenden. Sie wollte auch nicht, dass jemand anders es anwandte. Niemand sollte »Krüppel« genannt werden.

Die Eltern hielten einander immer noch in ihrem Schmerz umfangen, aber luden Tochter Sophie nicht ein, den Schmerz als Familie zu teilen. Das verletzte Sophie, obwohl sie der Gedanke abstieß, die Körper ihrer Eltern zu spüren, ihren Geruch, noch dazu beide gemeinsam. Eine Berührung zwischen ihnen als Erwachsenen war nicht vorgesehen. Es gab keine physische Vertrautheit mehr – falls es sie je gegeben hatte. Das war ganz anders als mit ihrer Großmutter Anni.

Sophie wandte sich ab, ging aus dem Zimmer und stieg die Treppe zu den Schlafräumen hoch. Im ersten Obergeschoss hörte sie noch Geräusche: Karlis Greinen und Anderls Stimme, der versuchte, beruhigend zu brummen. Kathi, die ein Schlaflied sang. Sie bewohnten das größte Zimmer im ersten Stock, ein Eckzimmer, das noch ein kleines halbes Zimmer hatte, in dem das Kinderbett stand, und außerdem einen Balkon. Daneben lag das Schlafzimmer von Theres und Sepp, dort war alles still und dunkel.

Bei den Hinckelmann-Frauen, die das dritte Zimmer auf der Etage bewohnten, konnte Sophie noch Licht durch das Schlüsselloch in der Tür sehen. In dem Zimmer hatte früher Max gewohnt. Wenn der Schlüssel herumgedreht und die Tür zugesperrt war, konnte man in das Zimmer hineinsehen, das wusste sie von früher, als sie Max manchmal beobachtet hatte. Das war aufregend gewesen, obwohl es meist nichts Besonderes zu sehen gab. Allein die Tatsache, dass der Observierte nichts davon wusste, war ein Abenteuer. Max hatte mit sechzehn bemerkt, dass seine kleine Schwester Detektivin spielte, und ein schockierendes Schlüsselloch-Schauspiel für sie inszeniert. Mittig positioniert, damit Sophie nichts verpassen konnte, hatte Max vor ihrem an die Öffnung gedrückten Auge eine Hausmaus mit seinem Schnitzmesser geschlachtet. Nicht, dass Mäuse bei den Grubers gern gesehen waren, es gab sie überall, zu viele, und die beiden von Mäusefleisch gut genährten Katzen kamen mit ihrer Arbeit nicht hinterher. Aber die Hinrichtung dieser kleinen Maus, der das erste Stück Schwanz noch bei lebendigem Leib abgeschnitten wurde, war zu viel für die achtjährige Sophie. Sie schrie und verschwand von ihrem Spähposten. Danach hängte Max das Schlüsselloch zu. Sophie versuchte es nie wieder, und sie hatten nie darüber gesprochen. Das Schlüsselloch war aber jetzt nicht mehr verhängt. Und außer ihr und Max wusste niemand, wie gut man bei umgedrehtem Schlüssel hindurchschauen konnte.

Sophie nahm ein leises Geräusch wahr. Wie ein Seufzer. Aber kein unglücklicher Seufzer. Eher ein musikalischer, sehnsuchtsvoller. Ein alter Impuls aus Kindheitstagen ließ sie in die Hocke gehen und durch das Schlüsselloch spähen. Der beengte Blickwinkel erlaubte Sophie auch jetzt nur einen kleinen Ausschnitt. Aber in dem geschah etwas Hochinteressantes: Clara und Annemarie, beziehungsweise ihre nackten Körper – es mussten die beiden sein, denn sie bewohnten das Zimmer allein –, die ineinander verschlungen waren. Sophie konnte an einem Handgelenk Claras Armband erkennen, einen Silberreif mit einem Lapislazuli-Stein in der Mitte. Die Hand krallte sich in eine weiße Hüfte oder einen Oberschenkel, und dann tauchte Annemaries dunkler Lockenkopf einmal durch das Bild, und das Gesäusel ging weiter. Sophie entfernte sich diskret. Das war eine Überraschung. Sophie kannte keine Homosexuellen, weder Frauen noch Männer. Aber es war klar: Magdas Mutter und Tante waren ein Liebespaar. Das hatten sie sehr gut versteckt. Stets verhielten sie sich so, dass niemand auf den Gedanken kommen konnte, sie wären etwas anderes als das, was sie zu sein vorgaben. Schwägerinnen, die sich gegenseitig achteten. Ob Magda das wusste?

Sophie stieg die Treppe hoch ins nächste Stockwerk, zu Magdas und ihrem Zimmer. Durch den Türschlitz sah sie Licht. Magda war also da. Sophie öffnete die Tür. Magda lag angezogen auf ihrem Bett, hatte die Hände hinter dem Kopf verschränkt und sah an die Decke – so intensiv, als könne sie dort die alchemistische Formel für das ewige Leben ablesen oder zumindest die nahe Zukunft sehen. Sophie legte ihre Sachen auf einen Stuhl und setzte sich auf ihr Bett, das über Eck zu Magdas stand.

»Hallo, Magda.«

Magda warf Sophie nur einen kurzen Blick zu. Das war ungewöhnlich. Normalerweise war Magda mitteilsam, egal, ob es passte oder nicht.

»Wie war's?«, fragte Sophie.

Magda schwieg weiter.

»Geht es dir gut?«

Magda wandte sich Sophie zu, ihrem Gesichtsausdruck war nicht zu entnehmen, in was für einem Gemütszustand sie war.

»Sag doch mal was, das ist unheimlich, wenn du nix sagst«, forderte Sophie in aufkeimender Ungeduld.

Magda nickte, setzte sich kerzengerade auf und blitzte Sophie an. Ihr Blick scharf wie eine Messerklinge.

»Sophie Gruber: Ich bringe dich um, wenn du Max verrätst.«

Sophie musste schlucken. Magda sah schon in diesem Moment wie eine zornige Rachegöttin aus. Dann stieg Wut in Sophie auf: Max war ihr Bruder, sie hatte ihn bis jetzt nicht verraten und brauchte keine Hinweise von Magda, dem Huhn. Wenn Magda einst bereits Geschichte im Leben von Max sein würde, wäre Sophie immer noch seine – einzige – Schwester!

»Was ist passiert, nachdem ich weg war?«, fragte Sophie, äußerlich ruhig.

»Das geht dich nichts an«, erwiderte Magda, und ein direkt unter ihrer Haut schimmerndes Glimmen verriet große Gefühle.

»Es geht mich etwas an«, sagte Sophie fest. »Max ist mein Bruder, du bist meine Freundin. Ich habe dich mitgenommen auf die Hütte. Also habe ich ein Recht darauf, zu erfahren, was los ist.«

Magda zögerte. Sie wollte einerseits ihre Überlegenheit nicht aufgeben, aber andererseits platzte sie fast vor Mitteilungsgier. Sophie wartete ab, verschränkte die Arme und sah Magda einfach nur an. Magda fing an zu lächeln. Das Lächeln ging in ein Grinsen über, und wie zur Ermunterung legte Sophie noch ihren Kopf schief: *Na komm schon!*, schien diese Geste zu sagen.

Und Magda fing an. Sie lief über und erzählte, was passiert war. Zuerst musste Sophie das Liebesgestammel ertragen, das Magdas Mund, schamfrei, zuckerig und verliebt herausplapperte – und Sophie konnte nicht anders, als die wie ein lobpreisender Wortautomat sich öffnenden und schließenden Lippen ihrer Freundin zu beobachten, die sich in einer ähnlich feuchten Trance wie Magdas Augen befanden. Deren grüner Schärfefokus lag, von glitzernden Tränen gebadet, irgendwo in der Unendlichkeit. *Vermutlich ist die ganze Magda feucht vor Selbstauflösung*, dachte Sophie. Wenn sie all die Girlanden von Magdas Sätzen abzog, ließen sich folgende Tatsachen festhalten: Magda hatte die Nacht dort auf der Hütte verbracht. Max hatte sie plangemäß verführt, und sie hatten miteinander geschlafen. Magda war begeistert. Sie liebte Max und Max liebte sie. Magda hatte schon einen Koffer voller Pläne für eine gemeinsame Zukunft. Und sie sah sich als Max' einzige wahre Vertraute, die ihn retten musste. Max, der hochanständige Mann, war ja nahezu ohne eigene Schuld in eine missliche Situation geraten. Am Vormittag war Magda zum Spätdienst im Krankenhaus von der Hütte abgestiegen, auch weil Max insistiert hatte, sie müsse ganz normal weiterarbeiten, alles müsse unauffällig sein. Natürlich hatte Magda das eingesehen: Max' Wunsch war ihr Befehl. Sie hatten verabredet, dass Magda in zwei Tagen, wenn ihr Spätdienst vorbei war, wiederkommen würde, denn der Weg hoch und runter war nicht in einem halben Tag zu schaffen. (Vor allem nicht, wenn man, wie Magda, dort übernachten wollte.) Magda war unübersehbar verzaubert.

Sophie, die noch vor Kurzem gedacht hatte, dass sie sich Magda anvertrauen und von ihren Erlebnissen mit Sam berichten würde – die sich, bei ehrlicher Betrachtung, in den körperlichen Tatsachen kaum unterschieden von dem, was Magda erlebt hatte –, verspürte jetzt keinerlei Verlangen mehr danach. Das lag zum einen an dem unvermittelten Auftauchen von Anderl, seiner Versehrung und der Sprachlosigkeit, die damit einherging. Zum anderen aber auch daran, dass Sophie nicht mit Magda in einen Wettstreit über Liebeserlebnisse treten wollte. Ihre Freundin hatte sich mit Max eingelassen und meinte, nun alles über ihn zu wissen. Das nervte. Sophie kannte ihn schließlich schon seit ihrer Geburt. Außerdem wollte Sophie Magdas voraussichtlichen Kommentar zu Sam, ihrem amerikanischen, dunkelhäutigen Freund, gerade nicht hören. Die Männer, die sie gewählt hatten, trennten sie.

»Heute ist der Engelchen-Patient gestorben, der Typ, dem wir den Unterschenkel amputiert hatten«, sagte Magda unvermittelt. »Blutgerinnsel und Embolie.«

»Oh.«

»Der war so nett. Schade.« Magda seufzte. »Ich werde seiner Frau einen Brief schreiben. War die Idee von Dr. Maffei.«

»Was schreibst du ihr?«

»Dass ich ihn gepflegt habe. Und dass ... Ähm, vielleicht schreibe ich, dass er nicht gelitten hat.«

»Aber das stimmt nicht«, sagte Sophie.

»Nein. Aber soll ich etwa schreiben, dass er gelitten hat?«, entgegnete Magda. »Der Tod war eine Erlösung – das stimmt auch nicht. Medizinisch gesehen hätte er gut mit einem Bein weiterleben können, hätte es die unvorhergesehene Komplikation nicht gegeben.«

Magda, ganz Medizinfachfrau, sah Sophie an.

»Hast du Anderl gesehen?«, fragte Sophie plötzlich.

Magda nickte.

»Das tut mir leid. Er sah sicher gut aus vorher. Nicht so gut wie Max«, fügte sie hinzu, »aber attraktiv. Arme Kathi.«

Der Zorn brodelte wieder hoch in Sophie.

»Arme Kathi! Darum geht es doch gar nicht. Anderl hat ein Auge verloren, sein Gesicht ist halb verbrannt worden, und zwei Finger fehlen auch. Damit sieht man schlechter und kann nicht gut greifen!«

»Darum genau geht es doch«, sagte Magda kühl. »Er hat optisch auffällige Funktionseinschränkungen.«

Sophie schwieg einen Moment. Es stimmte. Auch wenn es hässlich war. Magda nervte trotzdem.

»Weißt du eigentlich, dass deine Mutter und Annemarie zusammen ins Bett gehen?«, schoss Sophie ab.

»Kalter Kaffee. Ich weiß alles und kümmere mich nicht darum. Und du solltest dich auch nicht darum kümmern. Geht dich wirklich nichts an«, erwiderte Magda schroff.

»Ich wollte es dir nur sagen«, behauptete Sophie und zuckte die Achseln.

»Danke«, antwortete Magda zynisch. »Ich schlafe jetzt.«

Magda zog ihr Nachthemd an und putzte sich am Waschbecken die Zähne. Anschließend schlüpfte sie unter die Bettdecke und drehte sich zur Wand. Sie wechselten kein Wort mehr. Sophie entkleidete sich ebenfalls und betrachtete sich einen Moment nackt – so gut es ging – im Spiegel über dem Waschbecken. Gesicht, Augen, Mund und Haut gefielen ihr, sogar die immer als zu markant empfundene Nase störte sie nicht. Schultern, Brüste, Arme. Wenn sie sich auf die Zehenspitzen stellte und etwas nach vorn beugte, konnte sie sich bis zum Bauchnabel betrachten. Sie sah nicht anders aus als vorher. Sophie dachte an Sam, ging ins Bett, müde, konnte aber nicht schlafen, denn zu viele Gedanken strudelten durch ihren Kopf. Magda hatte wie immer keine Probleme, sie atmete tief und ruhig und merkte auch nicht, als Sophie nach zwanzig Minuten ihre Nachttischlampe wieder anknipste.

Sophie nahm *Erfolg* und las weiter. Johanna Krain und Jacques Tüverlin waren ein schönes Paar, aber sie konnte sich daran nicht erfreuen, weil Johanna Krain doch eigentlich den immer noch zu Unrecht im Gefängnis sitzenden kranken Martin Krüger retten sollte. Die Gesellschaft kümmerte es nicht, und alle glaubten die Lügen, obwohl das Unheil durch die nationale Bewegung des Rupert Kutzner alles bedrohte. Irgendwann fielen Sophie die Augen zu, und das Buch sank auf ihren Bauch. Das Licht brannte weiter, während sie einschlief, unzufrieden und völlig ermattet.

49

Am 16. Juni war dem US-Militärgeheimdienst CIC Hitlers langjähriger Fahrer Erich Kempka ins Netz gegangen. Kempka hatte sich aus Berlin nach Berchtesgaden durchgeschlagen und war damit einem letzten Befehl des Führers nachgekommen – nämlich sich selbst Richtung Süden in Sicherheit zu bringen. Verständlich: Die Russen hatten Berlin erobert, und es war grundsätzlich angenehmer, in amerikanische Hände zu gelangen, auch in den Augen des Führers. Außerdem – das hatte der »Chef« nicht gewusst – war Erich Kempkas Frau in Berchtesgaden, von der er sich zwar, weil sie eine Rotlichtvergangenheit hatte, laut sprach und ordinär war, auf Hitlers Befehl hin 1944 hatte scheiden lassen. Aber nach wie vor pflegte er eine heimliche Beziehung mit ihr, die Obersturmbannführer Kempka jetzt, nach Hitlers Tod, unbehelligt wieder aufzunehmen gedachte.

Man erwartete von Kempka, dem vertrauten Chauffeur, der bis zuletzt an der Seite des Diktators im Berliner Bunker geblieben war, detaillierte, vielleicht schillernde Auskünfte über die letzten Tage Adolf Hitlers. Frank Rosenzweig und sein Kollege George Renard waren anwesend sowie zwei amerikanische Militärs samt Übersetzer. Auch einige GIs waren dabei, unter anderem Sam Cork, dessen Patrouille die Festnahme durchgeführt hatte. Brenda, Sophie und eine neue Kollegin waren für die Protokolle zuständig.

Sophie und Sam taten unbeteiligt, aber ihre Augen suchten einander, und kleine Lächeln glitzerten zwischen ihnen durch den Raum, die allein wegen der Konzentration auf den Festgesetzten und seinen zu erwartenden Bericht aus dem Zentrum des Bösen bis jetzt niemandem aufgefallen waren.

»Erich Kempka, geboren am 16. September 1910 in Oberhausen. Mein Vater war Bergmann«, antwortete er auf die üblichen eröffnenden Fragen nach Namen und Daten. Ein gewisser Stolz schwang bei der Erwähnung des Berufs seines Vaters mit, der aus Polen eingewandert war. Kempka hatte keine besonders angenehme Stimme und sprach Hochdeutsch mit einem hörbaren Ruhrgebietseinschlag. Anstatt mit »Ja« antwortete er fast immer mit »Jawoll!« oder manchmal auch mit »Jawohl!«, was das Gespräch stets wie ein Fanfarenstoß unterbrach. Er war klein, schlank und hatte ein unauffälliges Gesicht. Bereits am 1. April 1930 war er sowohl der NSDAP als auch der SS beigetreten. Ab 1936 war er Hitlers Fahrer und Herr über den kontinuierlich wachsenden Fuhrpark geworden und hatte sich wegen der andauernden Fahrbereitschaft stets in Hitlers engster Umgebung aufgehalten. Von besonderem Interesse war für die Amerikaner Kempkas Aussage zum Verbleib des Führers beziehungsweise dessen Todesumstände. Es hieß, dass er sich umgebracht hatte, aber alles war denkbar. Der Tod von Hitler während der letzten Kriegstage in Berlin konnte auch eine Finte sein, um ihm den Abgang aus Deutschland nach wohin auch immer zu verschaffen. Wer wollte allein den Russen vertrauen, die angeblich den verkohlten Körper gefunden hatten? Doch Erich Kempkas Aussage war klar.

»Ich habe Adolf Hitler und seine Frau Eva verbrannt«, bestätigte Erich Kempka. Damit war er der erste Mann, der dem CIC den Tod Hitlers persönlich bezeugte.

»Sind Sie sicher?«, fragte George Renard, der die Befragung leitete.

»Jawohl. Ich bin sicher, dass Adolf Hitler tot und verbrannt ist.«

»Weshalb sind Sie sicher?«

»Ich hatte von Bormann den Auftrag bekommen, einige Kanister Benzin bereitzuhalten. Es war alles für den Suizid geplant.«

»Haben Sie den toten Hitler gesehen?«

Erich Kempka überlegte einen Moment.

»Kammerdiener Linge war der Letzte, der ihn noch lebendig gesehen hat. Es lagen Decken bereit, um die Körper einzuwickeln. Ich habe geholfen, die Leichen aus dem Bunker hochzutragen.«

»Sind Sie sicher, dass es sich um den Körper Hitlers handelte?«

»Wie gesagt, beide Körper im Aufenthaltsraum waren bereits in Decken eingewickelt, das hatten Linge und Axmann gemacht. Ich habe beim Tragen geholfen. Ich habe Hitlers Schuhe erkannt, sie haben aus der Decke herausgeschaut.«

»Sie haben Hitler an den Schuhen erkannt?«

»Jawohl«, bekräftigte Kempka.

»Sie haben sein Gesicht nicht gesehen?«, hakte George nach.

»Nein.«

»Warum sind Sie dann so sicher, dass er es war?«

»Wer sollte es sonst sein? Ich habe auch Eva Braun – Verzeihung, Frau Hitler – an ihren Schuhen erkannt. Ich hatte beide am Vortag in diesen Schuhen gesehen. Linge und Axmann haben es außerdem bestätigt. Sie haben die beiden gefunden, nachdem sie sich vergiftet, beziehungsweise erschossen hatten.«

»Was ist dann passiert?«

»Wir mussten die Leichen aus dem Bunker holen und im Garten verbrennen«, berichtete Kempka. »So lautete Bormanns Befehl. Das haben wir versucht.«

»Versucht?«

»Jawohl. Wir haben die Körper mit Benzin übergossen und angezündet. Aber das Feuer hat sich nicht richtig entzündet. Die Körper wurden nicht vollständig verbrannt.«

»Sondern?«

»Sie waren nur verkohlt. Die Kämpfe kamen immer näher, deshalb haben wir sie so begraben.«

»Vor Ort?«

»Jawohl. Vor Ort im Garten der Reichskanzlei.«

»Was ist dann geschehen?«

»Goebbels hat uns weggeschickt. Er sagte: ›Wir haben verstanden zu leben, jetzt werden wir auch verstehen zu sterben.‹«

»Haben Sie gesehen, wie die Goebbels ihre Kinder umgebracht haben?«, wollte George Renard wissen.

»Nein«, sagte Kempka. »Ein paar Leute haben versucht, Frau Goebbels davon abzuhalten, die Kinder zu vergiften, aber sie hat gesagt, die Welt, die nach dem Untergang des Reiches entstehen werde, sei zu schrecklich für ihre Kinder. Alles, woran sie geglaubt habe, sei vernichtet. Sie wollte nicht, dass die Kinder unter der neuen Weltordnung leiden müssen. Auch, weil sie Goebbels' Kinder waren. Man hätte sie vielleicht als Trophäe in Moskau ausgestellt. Das war ihre Befürchtung.«

Einen Moment herrschte Stille, weil alle dem Gedanken Raum ließen, dass eine Mutter generalstabsmäßig ihre sechs Kinder im Alter von vier bis zwölf Jahren umgebracht hatte: Helga, Hilde, Holde, Hedwig, Heidrun und Helmut. Sechsmal H wie Hitler. Anschließend hatten sich die Eltern vergiftet. Obersturmbannführer Kempka konnte noch berichten, wie er mit Martin Bormann und einigen anderen den Ausbruch aus Berlin gewagt hatte. Dabei waren sie in der Nähe der Weidendammbrücke von russischen Truppen beschossen worden, und – so behauptete Kempka – Bormann sei bei dem Granatenangriff auf einen deutschen Panzer tödlich getroffen worden. Martin Bormann interessierte den CIC sehr, denn er war einer der treuesten Handlanger und Einpeitscher Hitlers gewesen und gehörte zu den am meisten gesuchten Kriegsverbrechern.

Sophie und Sam hatten keine Gelegenheit, miteinander zu reden. Sophie hoffte, dass sie Sam später noch einmal sehen würde, wenn er Kempka zurück in das Lager für die SS-Angehörigen gebracht hatte. *Ganz zufällig!* Sophie musste noch verschiedene Protokolle abtippen, die eigentlich Pina zugeteilt gewesen waren. Brenda hatte die liegen gebliebene Arbeit schweigend an Sophie übergeben. Sie war mittlerweile fast fehlerfrei im Tippen. Es waren weitere Protokolle zu Schnellverfahren, die Frank Rosenzweig geführt hatte und Sophie dazu verleiteten, über juristische Fragestellungen nachzudenken. Bei einem Fall ging es um Totschlag. Ein Bauer, der an die Front abkommandiert worden war, hatte seinen Hof in der Obhut seiner Frau und einiger Fremdarbeiter – *Zwangsarbeiter,* korrigierte Sophie – zurückgelassen. Es war harte Landarbeit, die von der Frau und den Zwangsarbeitern hervorragend erledigt wurde. Die Frau und ein sowjetischer Zwangsarbeiter aus der Ukraine hatten eine Beziehung begonnen. Es war Liebe, die Frau wurde zum ersten Mal in ihrem Leben schwanger. Der Bauer und sie hatten keine Kinder, vermutlich war er unfruchtbar. Der Bauer war mit Kriegsende zurückgekehrt und nach kurzer Internierung aus dem Gefangenenlager entlassen worden – wegen der überlebenswichtigen Landwirtschaft. Der Ukrainer arbeitete weiter auf dem Hof, weil er nicht in die Sowjetunion zurückkehren wollte. Das Liebespaar plante außerdem, ein gemeinsames Leben zu führen. Das unerwartete Auftauchen des Bauern ließ den Plan stocken, die Liebschaft wurde im Geheimen weitergeführt. Der Bauer dachte, das ungeborene Kind sei seines – wollte glauben, dass es ein schönes Resultat irgendeines Fronturlaubs war, denn das Datum passte halbwegs. Der Ukrainer hielt es nicht gut aus, dass nun der rechtmäßige Ehemann wieder da war, die Pläne zerfielen und womöglich das Kind, sein ukrainisches Kind, jetzt als das des Bauern durchgehen würde. So legte der Ukrainer es darauf an, dass der Bauer ihn und die Frau entlarvte. Das gelang. Nach der einunddreißigsten Nacht, die der Ukrainer zusehen musste, wie die Frau, die *sein Kind unter dem Herzen trug,* mit dem Bauern ins Ehebett stieg, sagte er dem Bauern geradeaus ins Gesicht, dass das Kind von ihm war und er seine, des Bauern, Frau liebte. Es kam – wie konnte es anders sein – zum Eklat. Im Verlauf der nachfolgenden Handgreiflichkeiten zog der Bauer dem Ukrainer einen Holzstuhl über den Kopf und griff auch seine schwangere

Frau an, die sich zunächst mit beruhigenden Worten und dann, als das nicht half, mit einem scharfen Küchenmesser gegen ihren rasenden Gatten zur Wehr setzte. Der Bauer verstarb an seiner Stichverletzung, der herbeigerufene örtliche Hilfspolizist konnte nur noch den Tod des Bauern feststellen und den verletzten Ukrainer ins Hospital schaffen. Die Frau, schwanger und am Ende ihrer Nerven, durfte zu Hause bleiben.

Sophie tippte den von der Bauersfrau, dem Ukrainer und dem Polizisten dargestellten Tathergang sowie das Urteil ab, das ihr gerecht und ungerecht zugleich erschien: Frank Rosenzweig hatte, ohne lange darüber zu verhandeln, auf Notwehr entschieden. Frau und Ukrainer gingen straffrei aus, der Bauer war tot und damit ein williger Schuldiger.

Sophie fand, dass ihr Chef es sich leicht gemacht hatte, indem er alle Aussagen unhinterfragt als Wahrheit nahm. Oder hatte er diese Darstellungen einfach akzeptiert, weil er es so wollte? Weil er einen Fall wie diesen so schnell wie möglich vom Tisch haben wollte? Sie registrierte ihr wachsendes Interesse daran, wie Gerechtigkeit – oder Recht? – entstand. Was war die notwendige Rechtsgrundlage? Wer schaffte und bestimmte sie? Wie wurden die Umstände bewertet, unter denen eine Tat stattfand? Warum fällte ein Richter genau dieses eine Urteil und kein anderes, das auf der Grundlage bestehender Gesetze auch möglich gewesen wäre?

Auch mehrere andere Protokolle regten Sophies Denken an, sie versank und vergaß die Zeit. Konnte man an gestohlenem Gut unter bestimmten Umständen Eigentum erwerben und es als eigenen Besitz reklamieren, wenn jemand es stahl? War der Diebstahl von fünf Eiern noch als Mundraub einzuordnen, der Diebstahl von dreißig Eiern inklusive zwei Hühnern aber nicht mehr? Wenn ja, warum? Und was, wenn die Diebin zuvor vom Besitzer der Hühner vergewaltigt worden war? Die Diebin aber Wärterin in einem KZ gewesen war und die Insassen misshandelt hatte? Wie beeinflusste die Vorgeschichte von Täter und Opfer die Anwendung allgemeingültiger Gesetze? Ab wann waren Gesetze zwar staatskonform, aber doch unrechtmäßig, weil der Staat keine Demokratie, sondern eine Diktatur und somit ein Unrechtsstaat war? Wann musste man sich als Richter widersetzen? Sie musste mit Frank Rosenzweig darüber sprechen. *Jura.* Ob er immer noch meinte, dass ein Jurastudium etwas für sie, Sophie Gruber, wäre? Auch wenn sie kein Latein konnte und ihr Schulabschluss vermutlich nicht reichen würde? Vielleicht konnte sie das nachholen. Vielleicht hatte Frank Rosenzweig den richtigen Vorschlag für ihre Zukunft gemacht. *Für Gerechtigkeit sorgen.*

Sophie stand schließlich auf, sortierte die getippten Seiten für Rosenzweig geordnet in Pappumschläge und trat mit den Unterlagen in der Hand auf den Gang. Sie stockte für einen kurzen Moment, denn überraschenderweise lehnten dort Sam und ein Kamerad lässig am Fenster und wandten die Köpfe in ihre Richtung. Sam lächelte ihr zu, und der andere Soldat sah sie an, als habe Sam ihm gerade geflüstert, dass sie sein »kleines Fräulein« sei. Sein männlich abschätzender Blick nahm Maß. Grinsen. Sophie fühlte sich unwohl, straffte sich und wollte einfach an ihnen vorbeigehen. Doch in diesem Moment trennten sich die beiden. Der andere Soldat trat ostentativ zu einer etwa sechzigjährigen Frau, die sie offenbar gerade zum Military Government begleitet hatten, und Sam kam auf Sophie zu. Er lächelte sie an – ein beglückendes, exklusives und sofort Erwiderung erfahrendes Lächeln zwischen zwei Liebenden. Es rief gleichzeitig in ihnen die vergangene Nacht zurück, die sie außer sich und zueinander und beides gleichzeitig gebracht hatte.

»Hi, are you okay?«, fragte er.

»Very much so«, sagte Sophie lächelnd, während sie seine Lippen, seine Augen und seine Hände mit ihren Blicken abtastete. Sie dachte an seinen Körper. Was sie miteinander getan hatten und wie sehr es ihr gefallen hatte.

»Wann sehen wir uns?«, fragte Sam leise.

Am liebsten hätte Sophie *»Jetzt gleich«* gesagt. Aber sie verabredeten sich für sieben Uhr auf dem Lockstein, wie gestern – vor einer Ewigkeit, als alles anders war.

»Fräulein Gruber!«, unterbrach Frank Rosenzweig und winkte sie zu sich in den Vernehmungsraum, in den Sam und sein Kollege jetzt die mit ihnen wartende Frau hineinbugsierten. Die Frau war groß und stämmig, gut gekleidet, trug einen pfannkuchenartigen Samthut mit einer Brosche an der Krempe, keine Schminke und nur einen Ehering als Schmuck.

»Bitte stenografieren Sie die Vernehmung«, sagte Frank zu Sophie. Und weil sie mit ihrem Aktenbündel unter dem Arm etwas zögerlich wirkte, fügte er hinzu: »Die können Sie auch später auf meinen Schreibtisch legen.«

»Wer ist sie?«, fragte Sophie leise.

Die missmutige, traurig wirkende Frau war Hitlers 1883 geborene Halbschwester Angela Franziska Johanna Hammitzsch. Sie war nach dem frühen Tod ihrer Mutter gemeinsam mit ihrem Halbbruder Adolf aufgewachsen. Hitler hatte beide Schwestern im Frühjahr 1945 nach Berchtesgaden evakuieren lassen, damit sie nicht der Roten Armee in die Hände fielen. Paula kam aus Wien, Angela aus dem zerbombten Dresden, wo sie in zweiter Ehe mit Dr. Martin Hammitzsch, dem Architekten der berühmten *Tabakmoschee Yenidze*, gelebt hatte. Aus erster Ehe mit dem Wiener Steuerbeamten Leo Raubal hatte sie drei Kinder. Eines davon war Angelika, genannt Geli, die Ende der Zwanzigerjahre die Geliebte ihres höchst eifersüchtigen Onkels Adolf in München geworden war und die sich im September 1931 in der gemeinsamen Wohnung das Leben genommen hatte. Hitler hatte zuvor seinen langjährigen Fahrer Emil Maurice gefeuert, weil er Geli einen Heiratsantrag gemacht hatte. Angela Raubal, spätere Hammitzsch, hatte vor ihrer zweiten Ehe Hitlers Haushalt auf dem Obersalzberg geführt, sich aber anscheinend zu gut mit Göring und zu schlecht mit Eva Braun verstanden, der neuen heimlichen Geliebten ihres Bruders.

»Wann haben Sie Ihren Bruder zuletzt gesehen?«, fragte George Renard, der die Vernehmung führte.

»Es ist fast zwei Jahre her«, sagte Angela Hammitzsch. »Er war in Berlin und in den Hauptquartieren im Osten. Ich war in Dresden.«

»Hatten Sie Kontakt?«

»Wir haben uns geschrieben. Kurze Briefe.«

»Welchen Inhalts?«

»Normale Briefe. Grüße, kleine Begebenheiten. Wetter. Gesundheit. Nichts von Bedeutung. Nichts davon, dass wir gerade den Krieg verlieren.«

Genauso belanglos wurden auch Sophies Notizen. Angela Hammitzsch konnte ebenso wenig Erhellendes beitragen wie Hitlers jüngere Schwester Paula. Diese hatte bei ihrer Vernehmung ein paar Tage zuvor behauptet, ihr Bruder habe sicher nichts von den Vernichtungslagern gewusst, sonst hätte er auf jeden Fall etwas dagegen unternommen. Aber Hitlers Schwestern spielten für keinen mehr eine Rolle, außer vielleicht für Psychologen, für die der NS-Diktator und seine Familie interessante Forschungsobjekte waren. Solche Untersuchungen wollte die US-Army jedoch nicht vornehmen.

»Wir haben einen Brief für Sie«, sagte George. »Der Brief wurde neben der Leiche Ihres Mannes, Dr. Hammitzsch, gefunden. Suizid.«

Angela Hammitzsch hatte wohl geahnt, dass ihr Mann sich umbringen würde, aber Gewissheit bekam sie erst jetzt. Frank reichte ihr den mit Bleistift auf Transparentpapier geschriebenen Abschiedsbrief, den die Alliierten zusammen mit einem gültigen Ausweisdokument neben dem erschossenen Hammitzsch im Wald gefunden hatten. Er bat sie, ihnen den Brief vorzulesen und die Echtheit der Handschrift zu bestätigen. Sie tat beides mit stockender Stimme.

Das ist das Ende! Trotz des heldenhaften Kampfes der Armee und des gesamten deutschen Volkes siegte der Feind durch eine Überlegenheit an Männern, Waffen und Material, unterstützt durch einen schändlichen Verrat. Ich denke mit tiefem Respekt und Dankbarkeit an den Führer. Sein heroisches Werk, gekrönt auf wunderbare Weise durch seinen heroischen Tod. Ich glaube von ganzem Herzen an Adolf Hitler, an seine Ideale und an seinen immensen Mythos. Besonders denke ich an meine Frau Angela. Ich bete, dass sie von Gott beschützt wird und dass sie die Kraft eines mutigen Herzens behält. Meine Liebe zu Angela bleibt groß. Armes Deutschland. Als alter Mann möchte ich die kommende Zeit der Schande nicht überleben. Möge Gott mein Volk beschützen.

Angela Hammitzsch hatte das nicht gern gelesen. Nicht nur, weil sie soeben die Nachricht erhalten hatte, dass ihr Mann tot war, sondern auch wegen seiner glasklar hervortretenden Gesinnung. Niemand hätte von Hitlers Schwager oder gar Schwester etwas anderes erwartet. Trotzdem war es unangenehm. Sie kämpfte mit den Tränen und sah trotzig ihre Vernehmer an. Sophie dachte, dass sie ihrem Bruder ähnelte: die fliehende Stirn, die vorspringende, prominente Nase, die eng stehenden Augen. Ihre Züge erinnerten an die bis vor Kurzem allgegenwärtigen Porträts.

»Sie können den Brief behalten«, sagte Frank.

Angela Hammitzsch antwortete nichts, steckte ihn ein und zog ein Taschentuch hervor, mit dem sie sich laut schnäuzte.

Sie ließen Angela Hammitzsch bald darauf gehen und gestatteten ihr sogar, nach Dresden zurückzukehren. Sophies Arbeit als Stenografin war für heute beendet – Frank und George mussten zu einem nächsten Verhör, das Brenda stenografieren würde.

Sophie hatte vor, die fertigen Akten auf den Schreibtisch ihres Chefs zu legen und sich dann an die noch auf sie wartenden Abschriften zu machen. Sie ging den Gang entlang, bog um die Ecke und öffnete die Tür zu Franks Büro, die nie verschlossen war.

Wie es wohl sein muss, die Schwester von Hitler zu sein?, fragte sich Sophie. Jemand, der so mächtig gewesen war, die Welt in einen grausamen Krieg zu treiben, und jetzt als das Böse schlechthin galt? Sie hatten sich nicht gegen ihn gestellt, hatten ihn sogar in Schutz genommen. Waren sie dumm oder treu? Konnte man das Wort »treu« überhaupt in diesem Zusammenhang benutzen? *Meine Ehre heißt Treue.* Ihre Synapsen stellten plötzlich eine ungewünschte Parallele her. *Wie ist es, die Schwester von SS-Mann Max Gruber zu sein?* Und was für eine Schuld hatte sie selbst?

Sophie ging zum Schreibtisch und legte die frischen Abschriften auf der linken Seite ab. Ihr Blick fiel auf ein gerahmtes Familienfoto, das neben der Schreibtischlampe stand. Frank Rosenzweig, ungefähr sechzehn Jahre alt auf dem Bild, war deutlich neben einem elegant gekleideten Paar zu erkennen. Das elegante Paar schienen seine Eltern zu sein. Außerdem war auf dem Foto noch ein Mädchen, etwas jünger als Frank und ihm sehr ähnlich – wahrscheinlich seine Schwester. Sie hatte lange Zöpfe und auf dem Kopf einen selbst gemachten Kranz aus Gänseblümchen. Zu ihren Füßen saß ein angeleinter Dackel. Bis auf die ernst aussehende Mutter schauten alle, sogar der Hund, verschmitzt in die Kamera. Im Hintergrund war der Monopteros-Tempel im Englischen Garten von München zu sehen. Eine glückliche bürgerliche Familie.

Sophie wandte sich ab und wollte das Büro gerade verlassen, als ihr Blick auf den dicken Bericht fiel, der neben Franks Schreibtisch auf einem Beistellwagen lag.

Auf dem Deckblatt stand in roten Buchstaben: »WAR CRIMES by SS-Troops. A first survey.« Sophies Atem ging schneller. *Max!*

Sie konnte nicht anders, als zum Beistellwagen zu gehen und den Bericht aufzuschlagen. Ein erster Überblick über von der SS begangene Kriegsverbrechen. Im Osten, Westen, Süden, Norden. Aufgegliedert nach den SS-Divisionen, die an ihnen beteiligt waren. Eine Überschrift sprang sie an. »SS-Panzerdivision ›Das Reich‹.«

50

Kapellmeister Franz Wagner hatte ganze Arbeit geleistet – zur Zufriedenheit von Kriss und dem Governor sowie zur Freude aller arbeitslosen Musiker und Sängerinnen, die es nach Berchtesgaden verschlagen hatte. Schon am Wochenende würde es eine erste Aufführung im Berchtesgadener Hof geben, die Belegschaft stand, das Programm größtenteils auch. Wagner hatte sich bei Kriss abgesichert, und sie hatten gemeinsam ein unverfängliches, unterhaltsames Programm zusammengestellt, das Operette, alpine Volksstücke und Tänze ebenso umfassen sollte wie Jazz und … ein Lied von Zarah Leander. Darüber hatten sie eine Weile diskutiert, denn Zarah Leander war erwiesenermaßen keine Nazi-Gegnerin gewesen. Wagner argumentierte, die schwedische Sängerin habe weder das Lied komponiert noch das Libretto geschrieben. Sie war nur die Interpretin. Komponiert und geschrieben hatte es das Duo Michael Jary und Bruno Balz, der als bekennender Homosexueller verfolgt, mehrfach inhaftiert und in eine Scheinehe gezwungen worden war. Das letzte Mal hatte man ihn 1941 mit einem jungen Mann »inflagranti in kompromittierender Situation« erwischt. Nur die Intervention Jarys bei Goebbels hatte Balz aus der Folterkammer der Gestapo herausgeholt und vor dem KZ gerettet, er hatte – vermutlich zu Recht – behauptet, dass er ohne seinen Librettisten nicht in der Lage sei, die Lieder zum Durchhaltefilm *Die große Liebe* in der gewohnten Qualität zu liefern. Die Arbeit an diesem Film hatte als Beitrag zur Kriegsanstrengung gegolten. Balz hatte im Anschluss an seine Haft für den Propagandafilm zwei Schlager geschrieben: *Davon geht die Welt nicht unter* und *Ich weiß, es wird einmal ein Wunder geschehen.*

Kriss fand, dass diese Lieder einen ganz anderen Klang bekamen, wenn man wusste, dass Balz homosexuell war. Trotzdem fand er die Auswahl unglücklich.

»Das könnte Probleme bereiten«, sagte Kriss.

»Warum?«, fragte Wagner.

»Ein verfolgter Homosexueller, der sich trotz allem dem Regime für einen Propagandafilm angedient hat? Zu kompliziert ... Was halten Sie von einem Friedrich Holländer?«

»Marlene?«

»Ja, etwas Eindeutiges.«

Sie einigten sich darauf, den Amerikanern erst einmal Lieder aus *Der blaue Engel* wie *Nimm dich in Acht vor blonden Frauen* oder *Ich bin die fesche Lola* vorzuschlagen. Marlene Dietrich, die deutsche Diva, Naziverächterin der ersten Stunde, war allen GIs gut bekannt, wenn nicht aus den Filmen, dann wegen ihrer Frontbetreuung für die amerikanischen Truppen. Vielleicht konnten sie mitsingen. Wagner verabschiedete sich voller Tatendrang zu den Proben.

Kriss blieb zurück und dachte darüber nach, wann wohl die Amerikaner darauf kamen, dass auch Wagner in der Reichsmusikkammer gewesen und damit in das System integriert gewesen war. Doch diese Art von Kontrolle mussten sie selbst leisten, er war nicht als Petze angeheuert. Gerade wollten sie musikalisches Entertainment, und das wurde perfekt geliefert. Dass Wagner allerdings Lieder von Zarah Leander vorgeschlagen hatte, zeugte kaum von besonderer Weitsicht.

Die Argumentation mit Bezug zu einem wegen homosexueller Umtriebe verfolgten Librettisten behagte Kriss nicht. Er glaubte nicht daran, dass sich für die Homosexuellen in der Gesetzgebung auch nach dem Krieg etwas grundsätzlich verbessern würde. In den USA war »Sodomie« schließlich ebenfalls strafbar. Vielleicht würden Homosexuelle zukünftig nicht in ein Konzentrationslager gebracht und dort zu Tode gequält, aber die Stellung innerhalb der

Gesellschaft würde prekär bleiben und mit Vertuschung und Mimikry einhergehen. Er war froh, dass sie ihn nie aufgrund von Paragraf 175 verhaftet hatten, sondern als Regimegegner.

Bis auf die Geschichte mit Eduard Bongartz hatte Kriss sich nie öffentlich mit einem Geliebten gezeigt, geschweige denn, sich zu riskanten Handlungen hinreißen lassen. Nur engste Vertraute wussten davon. In der Haft hatte es gestohlene Momente der Zärtlichkeit mit einem jungen Priester gegeben. Es waren als Hilfestellung getarnte Berührungen gewesen: ab und zu ein heimlicher Kuss, höchstenfalls eine schnelle Triebabfuhr per Hand. Sie hatten sich erkannt, waren voller Sympathie füreinander gewesen. Aber seine Vorsicht überwog alles andere, vor allem sämtliche Begierden. Kapellmeister Wagner hatte von sich aus angeboten, diskrete Erkundigungen zu Eduard einzuziehen, mit einem Blick, als sei Kriss so eine Art Witwe, der Gewissheit verschafft werden musste. Eduard war aber in jedem Fall Vergangenheit. Und was sein Liebesleben anging, machte Kriss sich keine Hoffnungen. In der gerade neu entstehenden Welt wollte er sich lieber auf Freundschaften verlassen und keine unnötige Energie verschwenden. Es gab so viel zu tun.

Der Schulunterricht würde endlich in der kommenden Woche wieder aufgenommen. Es waren große Klassen mit einer zusammengewürfelten Schülerschaft, aber es gab immerhin Unterricht in allen Fächern. Kriss war stolz darauf, denn Bildung war für ihn die Keimzelle, aus der schließlich die Demokratie wiedererstehen konnte. Zudem war der Fronleichnamsumzug, inklusive Kanonenböllerei, gut über die Bühne gegangen, sein Freund Pfarrer Otto Schüller war begeistert gewesen. Der Pfarrer begrüßte es, dass seine Kirche wieder gut gefüllt war, obwohl er wusste, dass ein guter Teil davon nur deshalb zur Messe kam, weil ihr Gott Adolf Hitler kürzlich ungöttlichen Selbstmord begangen hatte, anstatt sie alle ins heilige Tausendjährige Reich zu führen. Schüller hatte Kriss ebenfalls berichtet, wie viele Schwangerschaften nach Vergewaltigungen es im Berchtesgadener Land gab, wie viele verzweifelte Frauen eine Abtreibung wollten und ausgerechnet ihn, einen katholischen Pfarrer, um Hilfe baten. Abtreibung war nicht nur gemäß der katholischen Kirche, sondern auch nach deutschen und amerikanischen Gesetzen verboten. Und im Militärgesetz gab es überhaupt keine Regelungen dazu, denn schließlich gab es ja offiziell auch keine Vergewaltigungen durch alliierte Armeeangehörige. Gerade war das egal. Kriss und Schüller vermittelten, und zwei der im Krankenhaus praktizierenden Ärzte halfen, ohne viele Worte zu verlieren. Frauen, die eine Abtreibung wollten, bekamen einen medizinisch professionellen und diskreten Abbruch.

Auch an anderen Stellen gab es eher praktische Kompromisse als politisch überzeugende Lösungen. Manche der Spezialisten für Kraftwerkstechnik und Wasserversorgung waren jetzt trotz ihrer NS-Zugehörigkeit zurückgerufen worden, weil sie wichtig für die Aufrechterhaltung oder Reparatur der Infrastruktur waren.

Anhaltenden Kummer bereitete Kriss die Versorgung mit Lebensmitteln für den kommenden Herbst und Winter. Derzeit gab es noch private Vorräte, und die Gemüsegärten halfen, aber es war absehbar, dass der Hunger kommen würde. Die immer noch nur neunhundert Kalorien pro Person und Tag waren nichts, doch auch als Bürgermeister konnte er, was das anging, nur auf ein Wunder hoffen.

Hier an seinem Schreibtisch im Rathaus sitzend versuchte er, die Probleme der Berchtesgadener zu lösen. *Die, die hier sind, haben trotz allem Glück gehabt,* dachte Kriss. Vielleicht wussten sie das noch nicht einmal. Er selbst war sich seines Glücks bewusst und dankbar, dass er überlebt hatte. Die Aufgabe, als Bürgermeister für seine Mitmenschen da zu sein, erfüllte ihn. Pina hatte das nicht so empfunden: Das schwarze Nichts war für sie zu groß gewesen und hatte alles andere verschluckt. Kriss kannte das große schwarze Nichts auch. Dank Pfarrer Schüller würde Pina nicht in der Selbstmörderecke enden, sondern als gute Katholikin ein Grab auf dem zentralen Friedhof bekommen. Kriss hatte für sie ein filigranes schmiedeeisernes Kreuz mit rosa und grün emaillierten Blumen in Auftrag gegeben. *Nicht, dass eine ordentliche Bestattung irgendetwas besser machen würde,* dachte Kriss. Aber Würde war wichtig.

In diesem Moment klopfte es, die Tür ging auf, und Gottfried Rasp betrat sein Zimmer. Endlich hatte er Kriss erwischt.

»Grüß dich, Rudi«, sagte Gottfried Rasp und machte unbehaglich zwei Schritte auf Kriss' Schreibtisch zu.

Kriss stellte sich innerlich dem lang aufgeschobenen Treffen und bot Rasp den Besucherstuhl an.

»Grüß dich, Gottfried. Setz dich!«

Rasp betrachtete einen Moment lang den Stuhl, abwägend, ob Sitzen Vorteil oder Nachteil war und der Stuhl ihn an einer angezeigten Flucht hindern könnte. Er nahm schließlich Platz.

»Was kann ich für dich tun?«, fragte Kriss mit seiner offiziellen und professionell freundlich klingenden Stimme. Rasp zögerte wieder. *Rasp ist alt geworden, und zwar mehr, als an Jahren vergangen sind,* dachte Kriss. Aber das Dasein als Verräter machte vermutlich weder gesund noch schön. Die Dimensionen von Rasps Spitzeleien waren Kriss erst bei der Sichtung seiner ehemaligen Gestapo-Akte klar geworden. Rasps gesammelte Denunziationen befanden sich jetzt in den Händen des Military Government und bezeugten seinen staatstragenden Eifer als Informant. Sicher hatte er sich einige Einwohner zu Feinden gemacht, die seinetwegen Schwierigkeiten bekommen hatten. Sei es Mitzi, die Bäckerin, die über die Preise geschimpft hatte, die »der unsinnige Krieg, in dem so viele umsonst krepieren«, in die Höhe getrieben habe. Oder der ebenfalls bei den Weihnachtsschützen aktive Lehrer Mayr, der sich über »die fehlerhafte Grammatik und den plumpen Stil« von Hitlers *Mein Kampf* lustig gemacht hatte: Niemand, der in seinem Leben mehr als ein Buch gelesen habe, könne das »Geschreibsel« ernst nehmen, und zwar ohne den »leicht wahnsinnigen Inhalt« überhaupt zu berücksichtigen. Oder der Schneider Pfingstl, der gesagt hatte, dass »Göring ein fetter Betrüger« sei, der seine Rechnungen nicht begleiche. Was stimmte, denn der Schneider hatte in Görings Auftrag diverse Prachtuniformen nach den Elefantenmaßen des Generalfeldmarschalls geschneidert – *»links Lametta, rechts Lametta, und der Arsch wird immer fetter!*«. All das war nicht vollständig bezahlt worden, und der Schneider hatte jetzt noch ein unbezahltes Uniform-Monstrum in seinem Schrank. Und noch das eine oder andere hatte Rasp gemeldet, was man genauso gut hätte überhören können. Überhören müssen, wenn man ein Mensch war. Jetzt litt Rasp an der Ablehnung und der Scham. Von allen Opfern dieses Denunzianten hatte Kriss die härteste Sanktion in Form eines Todesurteils erfahren.

Kriss sah Rasp an und bemerkte den Schweiß auf seiner Stirn.

»Also, was willst du von mir?«, fragte Kriss.

»Ich möchte mit dir darüber reden, was passiert ist«, antwortete Rasp.

»Was ist denn passiert?«, hakte Kriss provokativ nach.

Rasp rutschte auf seinem Stuhl nach hinten.

»Du hast den Sinn des Krieges bezweifelt. Und ich habe das dem Gauleiter gemeldet.«

»Ich habe auch die Nationalsozialisten verunglimpft. Ich bestehe darauf. Steht in meinem Todesurteil.«

Kriss sah Rasp forschend an. Rasp schaute zu Boden.

»Es war ein Fehler. Und es tut mir leid.«

»Hast du dir nie Gedanken darüber gemacht, was deine Denunziationen für Folgen hatten? Nicht jeder wurde zum Tode verurteilt, aber Probleme haben alle bekommen.«

Rasp wand sich.

»Ich habe mir keine Gedanken darüber gemacht«, sagte er leise.

»Das kann ich mir nicht vorstellen«, erwiderte Kriss. »Alle wussten, dass Willkür herrscht und jede kritische Stimme als Gefahr gesehen wird, die bekämpft werden muss. Stand mein Todesurteil in irgendeinem Verhältnis zu dem, was ich gesagt habe?

Noch dazu haben es viele andere gehört, sogar Parteigenossen. Aber nur du hast Bericht erstattet. Warum? Habe ich dir etwas getan?«

»Ich habe mich an die Gesetze gehalten«, sagte Rasp mit einem Hauch von Trotz.

»An die Gesetze der Nazis, von mir aus. Aber du hättest es auch einfach überhören können. Damit wärest du nicht aufgefallen. Was hast du dir davon erhofft?«

»Rudolf, es tut mir leid. Ich wünschte, ich könnte es ungeschehen machen.«

»Es interessiert mich, was mein Todesurteil wert war. Ich habe gehört, dass du einige Festschriften illustrieren konntest und ein paar Bilder ausgestellt und verkauft hast …«

Rasp wand sich, und Kriss sah ihm zu.

»Ich habe es nicht getan, um mich zu bereichern. So bin ich nicht.«

»Dann hast du es doch getan, um mir zu schaden?«

»Ich musste Geld verdienen und meine Familie ernähren.«

»Ist Petzen ein Broterwerb?«, fragte Kriss sarkastisch.

»Bitte, Rudolf, ich bin gekommen, um mich zu entschuldigen. Es tut mir leid. Ich habe einen Fehler gemacht.«

Kriss lehnte sich im Stuhl zurück, schloss kurz die Augen und atmete aus. Es wurde unangenehm, einem Wurm bei dem Versuch zuzusehen, sich aus der Schlinge zu winden. Die Genugtuung des Stellens und Nachfragens hatte sich noch schneller erschöpft als erwartet. Er kannte die Antworten, die Rasp nicht aussprach und die immer noch galten. Rasp hatte seinen Vorteil gesucht, ohne moralische Grenzen zu beachten. Weil er die Grenzen in seiner Selbstbezogenheit nicht erkannte. Er war diese Sorte Mensch.

»Ich akzeptiere deine Entschuldigung als Geste«, sagte Kriss, um ihn loszuwerden, und stand zum Zeichen des Abschieds auf.

Erleichterung glitt über Rasps Züge, und er stand ebenfalls auf, um Kriss' Hand mit gesenktem Kopf zu schütteln.

Bückling ist das richtige Wort für deine scheußliche Verbeugung, dachte Kriss.

»Ich danke dir, Rudi.« Rasp lächelte jetzt. »Das bedeutet mir viel!«

Kriss entzog ihm die Hand.

»Dass ich deine Entschuldigung akzeptiere, heißt nicht, dass alles gut ist.«

»Ich weiß«, beeilte sich Rasp zu sagen. »Das braucht Zeit.«

Beide nickten, aus unterschiedlichen Gründen.

»Na dann, pfiati, Gottfried!«, sagte Kriss auffordernd.

Aber Rasp war noch nicht bereit zu gehen.

»Ich habe noch eine Bitte«, fügte Rasp hinzu und senkte, Demut signalisierend, wieder kurz den Kopf.

Kriss bemerkte die gerötete, schon gefältelte Haut voller Pigmentflecke und die lichter werdenden Haare.

»Du traust di' was«, sagte Kriss sehr bairisch.

Rasp kaute auf seiner Bitte, bis er sie schließlich ausspuckte.

»Du weißt ja, dass ich eine Frau und zwei kleine Kinder hab …«

Rasp sah Kriss an, als ob dieser jetzt schon wissen müsste, was er wollte. Das stimmte, aber Kriss sagte kein Wort.

»Könntest du ein gutes Wort für mich einlegen bei den Amis, damit ich Arbeit bekomme? Mit dem Fragebogen ist das schwierig für mich, ich war ja in der Partei und so.«

Schon wieder. Schon wieder erkennt er die Grenze nicht.

»An was hast du dabei gedacht?«, fragte Kriss neutral.

»Eine Art Empfehlungsschreiben …«, Rasp nickte hoffnungsvoll. »Von dir wäre das natürlich besonders hilfreich.« Sogar ein kleines Lächeln wagte sich auf sein Gesicht.

Es herrschte Stille. Kriss sah in Rasps heischendes Gesicht. *Gleich wird mir übel.*

»Es ist besser, wenn du jetzt gehst«, sagte Kriss ruhig.

Rasp ging.

51

Sophie hatte ihr gutes Bürokleid gegen das Arbeitsdirndl getauscht und war in bergtaugliche Schuhe geschlüpft. Sie stellte einen Fuß nach dem anderen auf die Eingangsstufe des Gruber-Hauses und band sich die Schuhe fester.

Auf dem Hof spielten Karli und Anderl mit einem Kreisel und der Ente mit den platschenden Lederfüßen, die Sophie aus dem Speer-Haus geholt hatte. Es gab einen Parcours, den die Ente meistern musste, und nach unerfindlichen Regeln durfte man dann den Kreisel in Bewegung setzen. Vater und Sohn strahlten dieselbe ins Spiel versunkene kindliche Ernsthaftigkeit aus. Karli schien nicht mehr mit seinem versehrten Vater zu fremdeln, hatte dessen alte Eigenschaften wiederentdeckt und die neuen, optisch erschreckenden Einschränkungen akzeptiert und sofort vergessen. Sie bemerkten Sophie nicht, und diese machte sich auch nicht bemerkbar, sondern schwang sich auf ihr Rad und fuhr davon. Es gab noch Zeit genug, mit Anderl zu reden.

Dieser Abend verlief zu ihrem Kummer ganz anders als geplant. Sam und Sophie hatten sich nur getroffen, um gleich wieder auseinanderzugehen. *First survey. War Crimes. ›Das Reich‹* … Der nüchterne Bericht über die Kriegsverbrechen hatte Sophie aufgewühlt. Fragen hatten sie überfallen, die sofort eine Antwort brauchten. Eine Antwort von Max – kein Aufschub möglich.

Sophie stammelte unglaubwürdige Ausreden, warum sie nicht bleiben konnte.

»Was ist los?«, fragte Sam.

»Es ist etwas mit meiner Familie«, entgegnete Sophie vage.

Sam betrachtete sie zweifelnd.

»Willst du mich nicht mehr sehen?«

»Doch! Natürlich!«, antwortete Sophie schnell. »Es hat nichts mit dir zu tun!«

»Aha«, sagte Sam trocken und glaubte ihr nicht ganz.

»Wirklich nicht«, beteuerte Sophie und schaute ihn bittend an. Sie lehnte sich, einem Impuls folgend, an Sams Schulter, und er legte den Arm um sie. Sie spürte seine Wärme. Die Berührung löste in Sophie sofort das Gefühl aus, nie wieder aufstehen zu wollen, damit er nicht aufhörte, sie zu umarmen. Sie küssten sich.

»Ich muss auf den Berg«, sagte sie.

Sam verstand sofort, was sie meinte. Er strich ihr eine tanzende Haarsträhne aus dem Gesicht und betrachtete sie aufmerksam.

»Okay. Good luck.«

Sam küsste ihre Hände, schaute ihr dabei so ernst in die Augen, dass ihr vor Schreck der Atem wegblieb, und nickte dann. *Frag nicht nach Details, bitte!*

Sam stand auf und ging weg. Sophie sah ihm nach und widerstand dem Impuls, ihm hinterherzurennen. *Gleich zerspringt mein Herz*, dachte sie. *Ich sterbe.* Aber Sophie ließ ihn gehen.

Es gab keine bessere Gelegenheit als heute, denn Magda hatte Spätdienst. Eine glückliche Fügung. Sophie musste allein mit Max sprechen.

Max war da, als Sophie oben ankam. Er saß vor der Hütte auf der aus einem längs aufgeschnittenen Baumstamm bestehenden Bank, die langen Beine ausgestreckt auf den davorstehenden, ebenso roh gezimmerten Tisch gelegt. Er schnitzte. Vor ihm standen einige Figuren. Max war schon immer ein guter Schnitzer gewesen. Wie Anderl hatte er bei Sepp gelernt, aber sich schnell gelangweilt – Talent hatte er.

»Sophie! Guten Abend«, sagte Max, als sie schwitzend an der Hütte ankam. Sie war schnell hochgestiegen.

»Max«, sagte Sophie.

Er stand auf und umarmte sie.

»Du bist allein?«

»Ja. Magda hat Dienst«, antwortete Sophie.

Seinem Gesicht war keine Reaktion zu Magda abzulesen.

»Warum bist du hier?«

»Ich muss mit dir reden«, sagte Sophie.

»Ich werde mich nicht stellen, falls du darüber reden willst.«

Sophie schüttelte den Kopf.

»Gut, dass du das auch so siehst«, sagte Max spöttisch.

Sie wusste nicht, wie sie anfangen sollte.

»Anderl ist zurück.«

Die Nachricht traf Max unvorbereitet.

»Wie geht's ihm?«

»Er hat ein Auge verloren und sein halbes Ohr. Sein Gesicht ist auf der linken Seite zum Teil verbrannt. Und ihm fehlen zwei Finger. Wohl eine Granate. Er hat anscheinend noch Glück gehabt.«

»Scheiße«, sagte Max. »Scheiß Russen.«

»Ich hab Vater zum ersten Mal weinen sehen.«

Max wandte sich ab, um seine Rührung zu verbergen, aber Sophie hatte gesehen, dass auch ihm die Tränen in die Augen stiegen. Er ging in die Hütte und kam mit einer Flasche Schnaps und zwei Gläsern wieder raus. Beide setzten sich an den Tisch. Max schenkte ein, schob ein Glas zu Sophie rüber. Sie betrachtete das Glas.

»Trink!«, forderte Max sie auf.

Beide schütteten den Schnaps herunter. Max nahm gleich ein zweites Glas, Sophie wehrte ab. Sie betrachtete die drei Figuren auf dem Tisch, die er geschnitzt hatte. Zwei davon waren Madonnen. Eine mit und eine ohne Kind. Die dritte Figur sah ein wenig wie ein Soldat mit Schwert aus, hatte aber eindeutig ein weibliches Gesicht, das ihrem eigenen ähnelte, wie Sophie auffiel. Max bemerkte ihren Blick.

»Johanna von Orleans«, sagte er. »Ist mit neunzehn Jahren auf dem Scheiterhaufen verbrannt worden. Sie war eine echte Kämpferin für Gerechtigkeit. Wollte ihr Land gegen die Engländer verteidigen und war dann nicht katholisch genug. Mut dankt einem niemand, Sophie.«

»Du schnitzt Heiligenfiguren?«

»Heilige gehen immer«, antwortete Max und grinste.

»Willst du wieder Schnitzer werden?«

»Man weiß nie.« Max zuckte die Achseln.

Sophie betrachtete ihren Bruder. Er brauchte einen Haarschnitt. Aber er sah genauso undurchdringlich gut aus wie sonst. Eine Spur von Trauer und Stress war auf seinen klaren Zügen zu erkennen. Früher war sie ihm so nah gewesen, jetzt schien er sich nicht nur physisch versteckt zu haben, sondern mit seinem Körper auch sein Inneres, seinen Geist, der Welt zu entziehen. Sophie nahm all ihren Mut zusammen.

»Max …«

»Was?«

»Ich möchte wissen, was ihr im Krieg gemacht habt.«

Max sah sie an, ohne das Gesicht zu verziehen.

»Wen meinst du mit ›ihr‹?«

»Soldaten. Die SS. Du.«

»Damit du dich bei den Amis lieb Kind machen kannst?«

»Ich denke, die Amerikaner haben, was das angeht, bessere Quellen als mich.«

»Warum willst du es dann wissen?«

»Ich will es wissen, damit ich verstehe, was los ist.«

»Was genau willst du verstehen?«, fragte Max.

Er sah sie interessiert an, und Sophie nutzte den kleinen Spalt, um zu ihm durchzudringen.

»Ich will verstehen, warum wir, Deutschland, in dieser Situation sind. Was haben wir genau getan? Ich muss das doch wissen. Mit wie viel Feindschaft haben wir zu rechnen?«

»Es war Krieg. Da sind schlimme Dinge passiert … Wir haben mit viel Feindschaft zu rechnen.«

Max wich wieder aus.

»Und ich will dich verstehen«, sagte Sophie, den Druck erhöhend.

»Du kennst mich. Was willst du mehr verstehen?«

»Du bist anders als früher. Kälter.«

»Ich glaube nicht«, widersprach Max. »Gut. Ich bin älter geworden und habe gewisse Dinge erlebt. Das ist immer so. Im Krieg besonders.«

Max blickte sie mit alter Zuneigung an und versuchte ein Lächeln. Sophie lächelte nicht, aber sie legte ihre Hand auf seine.

»Ich will wissen, was passiert ist. Was für … Dinge du erlebt hast. Was hat mein Bruder getan? Im Namen der Deutschen. In meinem Namen.«

Max sah sie verwundert und mit Widerwillen an, zog seine Hand weg.

»Du bist merkwürdig. Was soll das bringen? Man soll nicht weiter in den Wunden rumstochern. Wir müssen nach vorn schauen.«

»Ich muss wissen, was war. Wie kann man sonst etwas Neues, Haltbares aufbauen?«

»Wer sagt, dass man das muss? Muss ich nicht!«

Er denkt wie alle, dachte Sophie.

»Die Eltern wollen auch nichts wissen. Die Deutschen, die ich im Military Government treffe – die erzählen irgendwas. Fast alle behaupten, dass sie nie Nazis waren.«

Jetzt grinste Max.

»Das kann nicht stimmen.«

»Tut es auch nicht. Ich halte es nicht aus, dass sie alle die Wahrheit verdrehen und sich zurechtbiegen. Dass sie lügen.«

»Wir haben doch alle gelitten«, sagte Max. »Es reicht einfach.«

»Hast du das mit den Konzentrationslagern gewusst?«

»Über die Konzentrationslager wussten wir doch Bescheid, Sopherl. Erinnerst du dich an Quickei vom Puppentheater oder den Brandner mit seinem Fotokiosk? Die sind doch gleich nach Dachau gekommen.«

»Aber die Lager im Osten. Die Juden. Die Gaskammern, die Massenerschießungen. Die Vernichtung?« Sie sah ihren Bruder durchdringend an. »Warst du da dabei?«

»Du willst mich hinhängen.«

»Nein.«

Seine Augen streiften sie flüchtig und unkonzentriert.

»Es wäre auch nur Hörensagen.«

Es ist nicht nur Hörensagen, dachte Sophie. *War Crimes by SS-Troops.* Es lag ihr auf der Zunge, den Bericht zu erwähnen. Aber dann würde er ganz zumachen. Sie wartete. Max schenkte sich noch einen Schnaps ein. Er kippte den Schnaps, goss einen weiteren ein, kippte auch den und sah sie an.

»Wenn ich dir alles erzähle, wirst du nichts mehr mit mir zu tun haben wollen.«

Er forschte in ihrem Gesicht.

»Du bist mein Bruder«, sagte Sophie.

»Umso schlimmer«, erwiderte er.

Sophie schüttelte den Kopf, aber in ihr flüsterte eine kleine Stimme: *Doch. So wird es sein. Er hat recht.* Aber wie war es jetzt, wo sie alles nur ahnte …? Obwohl die Informationen, die sie im Laufe der letzten Wochen beim Military Government aufgesaugt hatte, das Puzzle schon so weit vervollständigten, dass die Beteiligung ihres Bruders an den Verbrechen der SS so sicher war wie der Einbruch der Nacht.

»Ich will es wissen«, sagte Sophie. »Sag es mir.«

»Stell mir Fragen.« Max schenkte sich noch einen Schnaps ein.

Sophie sammelte sich. »Warst du als Wachmann in einem Konzentrationslager eingesetzt?«

»Nein, war ich nicht. Ich war nicht bei den Totenkopf-Truppen.«

»Wie hieß deine Division?«

»Verschiedene, seit 1943 bei der SS-Panzerdivision ›Das Reich‹. Sag bloß, das weißt du nicht mehr!« Das schien Max zu ärgern.

»Doch. Ich wollte nur ganz sicher sein.«

»Tss …« Max schüttelte den Kopf.

»Wo warst du überall an der Front?«

»Willst du die ganze Reiseroute?«, fragte Max spöttisch.

»Ja.«

»Frankreich. Belgien. Ukraine. Weißrussland. Balkan. Wieder Frankreich. Wir wurden immer dahin geschickt, wo an der Front Unterstützung gebraucht wurde.«

Sophie sah ihren Bruder in den ihr fremden Ländern mit seinem Lächeln, der Uniform und den Waffen, die er ihr einmal bei einem Heimaturlaub gezeigt hatte, als sie fünfzehn gewesen war. Eine Pistole, ein Messer und ein Gewehr, auf das man ein Bajonett aufsetzen konnte. Die Stationen entsprachen dem Bericht, den sie gelesen hatte. Sie sammelte Mut.

»Wie viele Menschen hast du umgebracht?«, fragte Sophie geradeheraus.

Max konnte sich ein Kopfschütteln nicht verkneifen.

»Viele. Es war Krieg. Es waren die Feinde. Wenn wir sie nicht umgebracht hätten, dann sie uns.«

»Also waren es Soldaten?«

»Nicht nur«, antwortete Max.

»Aber an der Front?«

»Da sind es Soldaten, ja.« Max sann kurz über etwas nach, bevor er weitersprach. »Die Rotarmisten waren unzählig viele Soldaten … Menschennachschub ohne Ende. Die hatten auch einige Flintenweiber in ihren Reihen. Vor denen mussten wir uns in Acht nehmen.«

»Ihr habt gegen Frauen gekämpft?«

»Ja, wilde Olgas! Die hatten keine gute Zeit, wenn sie uns in die Hände fielen. Aber meist haben wir keine Gefangenen gemacht.«

»Ihr habt sie umgebracht?«

»Oft.«

Sophie schluckte. Max sah sie unbewegt an. *Du wolltest es wissen, Schwesterlein.*

»Und abgesehen von den Soldaten?«, fragte Sophie.

»Du bist ja nicht nur an der Front. Wir mussten auch das Hinterland sichern und Partisanen und Widerständler unschädlich machen. Für Ordnung sorgen.«

»Zivilisten?«

»Partisanen sind keine Zivilisten. Die haben uns aus dem Hinterhalt angegriffen, mit Gewehren.«

»Und die Bewohner der Dörfer und Städte? Die waren doch auch gegen euch.«

»Wer kooperierte, hatte nichts zu befürchten. Nur diejenigen, die sich uns widersetzt haben.«

»Was war mit der jüdischen Bevölkerung?«

Max legte den Kopf schief, betrachtete Sophie ironisch. *Dummerchen!,* schien sein Blick zu sagen.

»Du weißt doch, was Hitlers Plan war. Und Himmlers Umsetzung. Die Juden sollten verschwinden. Es gab im Osten sehr viele Juden. Jetzt nicht mehr.«

»Was habt ihr gemacht?«, fragte Sophie leise.

»Bevor es die Gaskammern gab, haben wir die Drecksarbeit gemacht.«

»Wie … Was meinst du damit?«

»Den Juden wurde befohlen, mit Ausweisen und Kleidung zum Wechseln an einen bestimmten Ort zu kommen, angeblich, um sie zu evakuieren. Männer, Frauen und Kinder. Meist haben sie brav gehorcht. Dann wurden sie dort erschossen.« Max sah Sophie provokativ an. Sophie sagte nichts.

»In Kiew zum Beispiel, 1941, da haben sich mehr gemeldet, als wir vorhergesehen hatten. Standartenführer Blobel hat das mit der Wehrmacht abgesprochen. Die waren auch dabei. Die Juden wurden alle in eine Schlucht getrieben und dort erschossen. Sie mussten sich ausziehen und auf den Boden legen. Die nächsten dann auch nackt auf sie drauf. Wir haben über dreiunddreißigtausend innerhalb von eineinhalb Tagen erschossen. Ins Genick.«

»Die Kinder?«

»Alle.«

Aus dem Mund ihres Bruders war es noch schlimmer. Sophie fragte sich, wie das ging, im wahrsten Sinne des Wortes. Wie machte ein Mensch das? Sie konnte sich vorstellen, dass es Situationen gab, in denen man jemanden erschoss. Im Krieg an der Front. In einem Kampf. In Notwehr. In Wut. Aber das? Was musste passieren, damit ein Mensch so etwas tat? Nicht nur einer, sondern viele!

Zorn pulsierte durch ihren Körper, pochte in ihrem Schädel, und ihre Stimme wurde laut, als sie fragte: »Wie geht das, Max? Wie kannst du so etwas tun?«

»Glaub nicht, dass es leicht ist, so etwas zu tun.«

Max sah sie mit seinem selbstsicheren Blick an, und Sophie musste sich zwingen, seine Antworten anzuhören.

»Aber wir mussten es tun. Es war ein Befehl. Einige von uns haben sich vorher betrunken. Es gab immer genug zu trinken. Außerdem hatten wir auch Pervitin. Damit waren wir wach, haben durchgehalten. Nach den ersten zehn ist es nicht mehr so schlimm. Man gewöhnt sich daran.«

Wie kann man sich daran gewöhnen? Sophie musterte das Gesicht ihres Bruders. Er sah so aus wie immer. Sogar etwas entspannter als zu Beginn ihres Gesprächs, als tat es ihm gut, darüber zu reden.

»Es fiel dir nicht mehr schwer?«

»Es ist irgendwann eine Arbeit, die zu erledigen ist.«

Eine Arbeit?

»Für uns war es eine Erleichterung, als die Gaskammern in Betrieb genommen wurden.«

Erleichterung durch Gaskammern.

Sophie nahm diese Äußerung entgegen und suchte nach etwas Außergewöhnlichem im Gesicht ihres Bruders. Etwas Teuflischem. Bösem. Mörderischem. Verdorbenem. Nichts davon. Er sah normal aus.

Max hing einem Gedanken nach.

»Einige sehr schöne Jüdinnen waren darunter.«

Sophie verstand nicht, was er damit sagen wollte. Sein Gesichtsausdruck war derselbe, mit dem er zu Hause Geschenke verteilt hatte: ein Lächeln der Vorfreude auf die Reaktion seines Gegenübers, etwas Verschmitztes in kleinen Falten um die Augen, die funkelten. *Ich habe etwas Schönes für dich gefunden!*, sendete sein Blick. Sie wappnete sich unwillkürlich.

»Manche haben den Schönen Angebote gemacht. ›Komm mit mir! Ich helfe dir, meine Schöne, wenn du dich mir erkenntlich zeigst.‹ Das haben manche der Schönen gemacht. Aber wenn der Soldat oder SS-Mann – auch mehrere – seinen Spaß mit ihr gehabt hatte, wurde sie – wenn sie dann noch lebte! – wieder an die Grube geführt. Ich weiß nur von zweien, denen es tatsächlich gelungen ist zu entkommen.«

Sophie versuchte sich vorzustellen, was ihr Bruder da gerade erzählte. Es überstieg alles, was ihr selbst als schlimmste Todesfolter hätte einfallen können. *Hat er dabei auch mitgemacht? Davon hat in dem Bericht nichts gestanden. Das ist Fantasie, oder?* Sophie war so weit gegangen, dass sie darauf jetzt auch eine Antwort haben wollte.

»Was hast du gemacht?«

»Was meint du?«, fragte er, und ein sardonischer Zug entstand um seinen Mund. Max' blaue Augen sahen sie prüfend an, belauerten jede Zuckung in ihrem Gesicht.

»Du hast da nicht mitgemacht«, erwiderte Sophie fest. »Das hast du wirklich nicht nötig. Du kannst jede Frau haben, die du willst. Ganz freiwillig.«

Max lächelte und nickte.

»Danke«, sagte er und atmete aus. »Dass du mir das nicht zutraust. Natürlich nicht.«

Er lächelte ein wenig. Etwas an der Antwort verunsicherte Sophie, aber sie würde das so stehen lassen. Es reichte. *Genug. Genug. Genug.* Doch zwei Fragen hatte sie noch.

»Der Silbernerz und das Goldarmband, das du mitgebracht hast. Waren die … aus jüdischem Besitz?«

»Ja«, sagte Max. »Und ich habe nichts bezahlt, sondern ich habe sie mir aufgrund besonderer Verdienste aussuchen dürfen. Für dich. Für die Familie.«

Wieder sah er Sophie an, sein Blick gleichzeitig in ihrem Gesicht forschend und spöttisch. *Du hast gefragt.*

Sophie merkte, dass sie an den Rand ihrer Möglichkeiten gelangte. Ihr wurde die Luft knapp.

»Bist du stolz auf … dich?«

»Nein. Es war meine Pflicht. Für Deutschland. Für euch alle.«

»Nein!«, schrie Sophie und stand auf. »Nein, niemand hat verlangt, dass du ein Monster wirst! Ich nicht! Du hast Unschuldige umgebracht!«

»Schrei nicht so herum! Ich bin's, Max!«

Genauso hatte es Max vor einigen Jahren an Nikolaus zu ihr gesagt. Er war, als Kramperl eine Perchtenmaske tragend, ins Haus gekommen, um seine Familie zu erschrecken. Sophie, elf oder zwölf, hatte ihren Bruder nicht erkannt, sondern war, außer sich vor Entsetzen, schreiend und weinend unter die Treppe des Hauses geflüchtet. Damals hatte Max auch diese Worte gesagt und danach die Maske abgenommen. Unter der Fratze des Monsters erschien er: *Ich bin's.* Damals hatte sie ihn wiedererkannt.

»Setz dich wieder hin«, sagte er.

Aber Sophie blieb stehen. Das war nicht ihr Bruder. Nicht der, den sie kannte. Oder sie hatte ihn nicht gekannt. Was nicht besser war.

»Gibt es irgendetwas Gutes, auf das du stolz bist?«, fragte sie leise – in der Hoffnung auf irgendetwas noch so Kleines, auf ein Flämmchen in diesem monströsen Kosmos der Dunkelheit.

Max lächelte, als habe er ihre Gedanken gelesen, und holte zu seinem finalen Schlag aus.

»Ja. Ich bin stolz darauf, dass ich den Wunsch meines Kameraden Toni erfüllt und ihn erschossen habe.«

Sophie brauchte ein paar Augenblicke, bis es *Klick!* machte. Die Geschichte vom Suizid im Kleiderschrank. Max selbst hatte seinem verzweifelten Freund in den Kopf geschossen. Vermutlich hatte er all das getan, von dem er heute erzählt hatte. Sophie wurde übel. Max schaute zu ihr auf, die Augenbrauen hochgezogen. *Das Augenbrauenhochziehen habe ich immer gemocht*, dachte sie.

»Ich muss jetzt gehen«, sagte Sophie.

Er stand auf. Seine Bewegungen vertraut, sein Blick freundlich. Gern wollte sie vergessen, was er ihr gesagt hatte.

»Es wird bald dunkel. Du kannst auch hierbleiben.«

Max zuckte die Achseln, als sei es ihm egal.

»Nein«, sagte Sophie brüsker als beabsichtigt.

»Wie du willst. Vergiss nicht …« Er trat nah an sie heran.

»Was?«, fragte Sophie.

»Hörensagen.«

Sie zögerte, erwähnte aber doch den Bericht.

»Es gibt Berichte von Zeugen.«

»Berichte?«

»Geheimdienstberichte über die Kriegsverbrechen der Wehrmacht. Und besonders der SS«, sagte Sophie. »Auch über ›Das Reich‹, deine Division. Detailliert. Warschau. Charkiw. Kursk. Kiew. Belgorod. Saporischija. Thessaloniki. Santa Anna. Tulle. Oradour. Und noch viele andere Orte, deren Namen ich zuvor nicht kannte …«

»Ich werde alles abstreiten, falls irgendjemand mich darauf ansprechen sollte, deine Amis oder so. Ich habe nur meine Aufgabe erfüllt.« Er verschränkte die Arme und musterte sie distanziert.

»Ich habe nur für mich gefragt, Max.«

»Und? Bist du zufrieden mit den Antworten?«

Sophie schüttelte den Kopf.

»Die Antworten sind furchtbar.«

Max fing an zu lachen.

»Warum stellst du Fragen, deren Antworten du fürchtest?«, wollte Max wissen und sah sie an, als sei sie mit ihrer Art das Ungeheuerliche und nicht er. Er schüttelte lächelnd den Kopf, als sei sie ein unvernüftiges Kleinkind. *Gleich kneift er mich in die Wange oder zieht mich am Ohr*, dachte Sophie. *Oder … er prügelt mich tot.* Ihre Beine wurden plötzlich weich vor Angst.

»Ich habe gefragt, weil ich es wissen musste«, sagte sie leise, und musste all ihre Kraft zusammennehmen, um nicht in Tränen auszubrechen. *Nur weg von hier*, dachte sie.

»Servus, Max«, sagte Sophie knapp und wandte sich von ihm ab.

»Sophie …«

Sie drehte sich zu ihm um. Max. Da stand er.

»Ja?«

»Du musst keine Angst vor mir haben.«

»Hab ich nicht!«, log sie.

»Ich sehe deine Angst«, erwiderte Max. »Ich bin geübt darin, die Angst der anderen zu erkennen.«

Er sah aus wie früher, als er sie in der Schule abgeholt hatte und alle anderen Kinder vor Neid verschrumpelt waren. Der Bruder, den sie bewundert hatte. Der alles konnte. Der half. Der gut war. Der, den sie liebte und kannte. Mit dem sie untrennbar verbunden war.

»Ich möchte dich gern zum Abschied umarmen.«

Sophie umarmte ihren Bruder, und er fühlte sich bekannt an. Seine Arme, die sie schon als kleines Mädchen geschaukelt hatten.

Ihr großer Bruder. Ihr schöner, guter, starker Bruder. Seine Wärme. Ein Trugschluss. Kein Verlass. Nichts. Tränen, die sie ihm nicht zeigen wollte, stauten sich in Augen, Nase, Wangen. Sie wollte so schnell wie möglich für immer von diesem Ort verschwinden, ihren Bruder verlassen. Trotzdem hielt sie ihn fest. Er hielt sie fest. Einen Moment lang fürchtete sie, er würde sie nicht gehen lassen. Weil er immer noch wie der alte Max roch, küsste sie ihn flüchtig zum Abschied. Er ließ sie los.

Dann drehte sie sich um und ging weg.

Sophie überquerte den kleinen Vorplatz in Richtung Wald und Tal. Die Sonne stand kurz vor dem Untergehen, vielleicht hatte Sophie noch eine Stunde Licht. Intuitiv drehte sie sich noch einmal um und sah Max vor der Hütte stehen. Sie fing seinen Blick auf, blieb stehen, und die Einsamkeit, die er ausstrahlte, hätte ihr Herz erweicht, wäre ihr nicht so kalt von ihm gewesen. Max hob seine Hand. Sophie drehte sich weg und fing an zu rennen.

5

Ich habe eine große Sehnsucht
nach einer besonderen Art
von Welt, in der man
arbeiten und atmen und sich manchmal
wie verrückt freuen kann.

Anna Seghers

52

Der Juli war heiß. Der August würde auch heiß werden. Berchtesgaden protzte mit sommerlicher alpiner Pracht und blassrosa, grünen, hellgrau-bläulichen und gelben Lebkuchenhäusern. Es wimmelte von Besuchern. Solange man vergaß, wie die Städte im Rest von Deutschland aussahen, durch die man vielleicht vorher gekommen war, und solange man den Blick nicht zum von Bomben verkraterten Obersalzberg lenkte, konnte man meinen, es sei alles wie in den letzten Sommern. Nur dass die Uniformen jetzt amerikanische waren und sich die Kompassnadeln der Bewohner neu ausrichteten. Selbst der Obersalzberg blieb ein Wallfahrtsort: Zwar war der Führer tot, seine Getreuen fort und ihre Häuser teilweise zerstört, aber das Raunen des »Hier war es!« war fast genauso magnetisch. Jetzt pilgerten vor allem amerikanische Touristen zu den Überbleibseln des Dritten Reichs – eine gewendete, neue touristische Attraktion war geboren.

Für diejenigen Amerikaner, die längere Zeit in Berchtesgaden stationiert blieben und die Ruinentour hinter sich gebracht hatten, gab es noch andere Unterhaltungsmöglichkeiten. Neben den Bergen, den Seen und den hübschen Berchtesgadenerinnen hatte es zum Beispiel eine Ausstellung der auf Görings Geheiß geraubten Kunstwerke gegeben, zu der die 101. Airborne Division eingeladen hatte. Allerdings war die Ausstellung nur kurz gewesen, denn die Räumlichkeiten hatten das Entsetzen des zuständigen Experten James Rorimer hervorgerufen, der bis zu seinem Eintritt in die US-Army als Chefkurator im Metropolitan Museum of Art in New York tätig gewesen war. Kunstwerke von Weltrang in mehr oder weniger ungesicherten Räumen – und das, nachdem schon so viele

Schätze verloren gegangen und zerstört worden waren! Rorimer selbst hatte auf Schloss Neuschwanstein neben gestohlenen Schätzen sehr nützliche, ordentlich erstellte Listen von NS-Raubgut gesichert. Nach einer launigen Vernissage war die Ausstellung in Berchtesgaden schnell wieder abgebaut und gemeinsam mit den Kunstwerken aus Görings Zügen und Depots nach München in das *Braune Haus*, die ehemalige Parteizentrale der NSDAP, gebracht worden. Dort befasste sich eine Gruppe internationaler Kunsthistoriker mit der Einordnung und Rückgabe an die ursprünglichen Besitzer.

Zu einer dauerhaften, beliebten Institution waren die von Kapellmeister Wagner organisierten Singspiele und Tanzkonzerte im Berchtesgadener Hof und anderen Hotels der Gegend geworden. Allen voran die *Bavarian Show*, die ihrem Namen alle Ehre machte und der bayerischen Folklore unterhaltsamen Glanz verlieh. Schuhplattler, Dirndl, Lederhosen, Jodeln und Gstanzl, deren Texte zwar niemand von außerhalb verstand, aber deren rustikale schauspielerische Begleitung klarmachte, dass der Sepp der Zenzi an die Wäsche wollte. Amüsement für Touristen.

Das Programm wurde laufend weiterentwickelt, fast jeden Abend musste etwas anderes geboten werden. Ein ganzes Ensemble hervorragender Musiker, zu denen auch die aus Pommern geflohene Opernsängerin Annemarie Hinckelmann gehörte, deren Koloratur-Stimme einen Stein erweichen oder zumindest böhmische Kristallgläser zum Summen bringen konnte. Einer der Stars in Kapellmeister Wagners Arrangements.

Optisch wurde die Hinckelmann allerdings von Ali Gral ausgestochen, die stimmlich eine sprech-singende Schauspielerin blieb, aber deren blendendes Aussehen und Performance die GIs von den Stühlen riss. Ali sang großartig Marlene-Dietrich-Lieder, hauchte *Lili Marleen* ins Mikrofon, bewegte sich verführerisch lockend, gute Laune versprühend, und hatte ihr Publikum fest im Griff. Wenn sie – auch das fester Bestandteil fast jeder Show – jodelte, was sie exzellent beherrschte, die Brüste kess aus dem Dirndlausschnitt grüßend, tobte der Saal.

Bei ihren Auftritten sah Ali stets aus, als habe sich eine insgeheim verruchte Königin zwecks ungenierten Amüsements inkognito in eine Rotlichtbar geschlichen. Die eine Nacht, in der sie, mit Champagner abgefüllt, auf dem Bartresen des Berchtesgadener Hofes als postmitternächtliche Zugabe einen Striptease hinlegte, wurde unter ihren begeisterten Anhängern legendär, blieb jedoch eine Ausnahme. Das lag auch an der Intervention ihres Boyfriends, der zukünftig verhinderte, dass sie genug trank, um sich vor allen ausziehen zu wollen. Dieser Freund war ein allgemein beliebter Offizier und attraktiver Italo-New Yorker namens John DiPietro. Er machte ihr sogar einige Wochen vor seiner Demobilisierung einen Heiratsantrag, den sie nach längerer Überlegung annahm, dann aber, als die Abreise nach New York kurz bevorstand, plötzlich aufkündigte. Ali konnte sich doch nicht vorstellen, Deutschland und seine Ruinen zu verlassen.

Einer der Flötisten des Orchesters von Franz Wagner war ein schmaler blonder Mann namens Eduard Bongartz. Der Kapellmeister hatte ihn ausfindig gemacht und aus der Trümmerwüste Berlins nach Berchtesgaden gelockt. Das wäre nicht notwendig gewesen, denn Musiker, die Arbeit suchten, gab es im Südosten von Bayern wie Sand am Meer. Aber Wagner hatte dies unaufgefordert als Geste für Kriss getan, dessen Wohlwollen er sich unbedingt erhalten wollte. So apportierte er Eduard und legte ihn vor Kriss' Füße, wie ein Kater seinem Herrchen eine halb tote Maus als Geschenk darbot.

In etwa so begeistert reagierte Kriss: Eduard und ihn verband keine Gegenwart, ihre Liebe schien Kriss heute fremd und unverständlich, nur ein matter Gruß aus dem zerfallenen Gestern. Wie war er, Kriss, gewesen, dass er diesen Mann leidenschaftlich begehrt und geliebt hatte? Er hatte sich entwickelt, natürlich, ebenso wie Eduard. Dessen Botticelli-Schönheit war heute verschwunden, hineingewelkt in eine verbitterte Gewöhnlichkeit, und seine Locken hatten sich gelichtet, sodass er jetzt raspelkurze Haare trug. Sein Lachen war immer noch schön. Nur trauriger.

Wie wohl Eduard ihn im Gegenzug sah? So genau wollte Kriss es gar nicht wissen. Er war froh, dass seine ehemalige Liebe den Krieg überlebt hatte, und nahm Eduard trotz aller Vorbehalte in seinem Haus auf, vielleicht war Freundschaft möglich, immer noch, und er wollte nicht grob sein. Eduard bezog das unbewohnte Zimmer, in dem Pina Thanner sich umgebracht hatte.

»Du steckst in der Vergangenheit fest«, rügte Eduard ihn eines Tages. »Komm heute Abend doch mal mit in die Music Show, Herr Trübsal!«

Obwohl sie Abstand hielten, hatte Eduard ein scharfes Auge für die Gemütszustände seines ehemaligen Freundes.

»Ich habe zu viel Arbeit«, entgegnete Kriss.

»Papperlapapp! Du kommst mit! Ich habe heute Geburtstag!«, behauptete Eduard, und Kriss musste es glauben, denn er hatte vergessen, wann Eduard Geburtstag hatte. Also fügte sich Kriss und besuchte die – wie er im Nachhinein zugeben musste – sehr unterhaltsame Show. Danach stellte Eduard ihm einen unwiderstehlichen kommunistischen Bariton mit Augen aus braunem Samt vor. Schon auf der Bühne war Kriss ganz unmusikalisch sein knackiger Hintern aufgefallen. Richard aus Klagenfurt.

»Habe die Ehre«, sagte Richard.

»Sehr erfreut! Ganz meinerseits«, erwiderte Kriss.

Viel zu lang schüttelten sie sich die Hände. Das erste Mal seit unendlicher Zeit traf der Blick eines Mannes Kriss ins Herz und in die Lenden gleichzeitig. Da dies glücklicherweise auch in Richards Körper geschah, war es der Anfang einer Liebesgeschichte, auf die Kriss nicht mehr zu hoffen gewagt hatte.

Mit dem Ansinnen, die GIs bei Laune zu halten, wurden auch deutsche Frauen bei den Musikabenden geduldet. Denn mit wem sollten die *Boys* sonst tanzen? So kam auch Sophie in den Genuss der musikalischen Darbietungen – an Sams Seite. An dieser Schnittstelle kollidierten die Vorschriften der Non-Fraternization und der Trennung zwischen Schwarz und Weiß mit dem Entertainment, und die zugedrückten Augen wurden immer zahlreicher. Es war okay, mit den deutschen Frauen, die als zugänglich und freizügig galten, ins Bett zu gehen, und es gab realistischerweise Gratiskondome und zahlreiche Warnungen vor Geschlechtskrankheiten. Aber feste Beziehungen oder gar Heirat waren unerwünscht. Immer noch galt für aktive GIs die Fünfundsechzig-Dollar-Frage: So hoch war die Strafe, die ein GI bezahlen musste, wenn er mit seiner deutschen Freundin von den Offiziellen gestellt wurde. War eine Frau einen so großen Anteil des Solds wert?

Sam hätte diese Frage aus vollem Herzen bejaht. Dennoch waren sie lange Wochen sehr vorsichtig geblieben, um nicht aufzufallen. Wochen, in denen sie im Freien unterwegs gewesen waren, Sex auf Wiesen hatten – und ab und zu bei ihm, wenn der Turnus in der Kaserne es erlaubte. Und Sophie hatte ihn auch noch nie mit nach Hause gebracht und der Familie vorgestellt.

Doch jeder, der Sophie und Sam beobachtete, konnte spätestens beim Tanzen erkennen, dass diese beiden Menschen füreinander glühten. Was für ein schönes Paar sie waren, wie selbstverständlich ihre Verbindung, allen Hautfarben zum Trotz. Um sie zu melden und so einer Bestrafung zuzuführen, musste man schon böswillig buchstabengetreu oder neidisch sein. Oder Rassist.

Sam war inzwischen zum Sergeant befördert worden. Und sehr stolz darauf. Die Beförderung ging auf einen heldenhaften Einsatz zurück, der sich noch in den Ardennen zugetragen hatte. Bei der Einnahme eines Dorfes hatte Sam unter Einsatz seines Lebens mehrere verletzte Kameraden aus einer unter Beschuss der Deutschen stehenden Hausruine gerettet. Zusammen mit einem weiteren Kameraden. Dieser weiße GI, Jim McDonald, war mit der Medal of Honor ausgezeichnet worden, hatte sie aber abgelehnt, als er erfuhr, dass Sam sie nicht bekommen würde.

Im gesamten Zweiten Weltkrieg sollte kein einziger afroamerikanischer Soldat diese Auszeichnung erhalten. Sam war keine Ausnahme. Doch wurde er – nach McDonalds Einspruch – als eine Art Anerkennung zum Sergeant befördert.

An diesem Abend feierten Sophie und Sam seine Ernennung bei Musik und Tanz. Sophie fiel auf, dass zwei der deutschen Frauen Kleidung aus weiß-blau kariertem Stoff trugen. Einen Moment lang brauchte sie, bis ihr klar wurde, was ihr an dem leicht ausgestellten Rock und dem Dirndl mit der roten Schürze bekannt vorkam.

»Der weiß-blaue Stoff von den Kleidern der Frauen dort sollte mal Bettwäsche in der SS-Kaserne werden«, kicherte sie in Sams Ohr. »Wir haben auch noch ein paar Meter davon zu Hause.«

»Wow, wie kam das?«, fragte Sam, legte seinen Arm fester um Sophies Taille und schwang sie herum, sodass er einen besseren Blick auf die Kleidungsstücke werfen konnte.

»Wir haben uns den Stoff vom Obersalzberg geholt, als die SS weg war«, antwortete Sophie. »Sie hatten auch ziemlich viele gute Stiefel …«

»Und die rote Schürze?«, wollte Sam wissen und schwenkte Sophie wieder herum, damit sie sie sah.

Das ist genau das Rot …, dachte Sophie.

»Ich weiß!«, sagte Sam, bevor Sophie etwas sagen konnte. »Das war eine Hakenkreuzfahne …«

»Kann gut sein«, sagte Sophie und dachte an Kathi und Theres, die einen Kittel aus dem groben Stoff genäht hatten. »Man schneidet raus, was stört, und benutzt den Rest weiter.«

»So macht man das auch, wenn man arm ist und nichts verschwenden kann«, sagte Sam, dachte an seine Familie, steckte seine Nase in Sophies Haar und sog ihren Geruch ein.

Sam hatte ein kleines Pensionszimmer, sicherheitshalber in Reichenhall, aufgetrieben, wo Sophie und er die Nacht verbringen würden. Die Nacht im Zimmer der *Pension Enzian* war die erste ungestörte Nacht, die sie vollständig zusammen verbrachten, frei von zeitlichen Verpflichtungen an Familie, Ausgangssperre oder Südstaatencolonels. Sie hatten es geschafft, sich überall ohne Verdacht abzumelden. Sophie schlüpfte im Bad in das lachsfarbene Negligé aus dem Speer-Haus, fühlte sich sehr mondän und präsentierte sich Sam.

»Wow!«, sagte er überwältigt, ließ seine Hände über ihren von seidig schimmerndem Stoff bedeckten Körper gleiten und zog sie ins Bett. »Aber ich glaube, nackt bist du mir noch lieber«, murmelte er zwischen zwei Küssen, und das war's für das Negligé.

Reden, Lieben und Schlafen und dann wieder von vorn.

»Kannst du dir vorstellen, in Amerika zu leben?«, fragte Sam.

Sophie, in seinem Arm liegend, sah ihn an.

»Ich war noch nie da, keine Ahnung«, antwortete sie ehrlich. »Ich kann mir vorstellen, mit dir dort zu leben.«

Sam lächelte sie an.

»Das wäre schön«, sagte er, und sein etwas trauriger Tonfall ließ Sophie aufhorchen.

»Was ist?«, fragte sie nach und strich über seine nackte Brust, auf der sich ein paar dunkle Härchen kräuselten.

»Es wäre sehr schwer in den Staaten für einen Schwarzen und eine Weiße.«

Sie küsste ihn.

»Dann … bleiben wir hier!«, sagte sie fröhlicher, als ihr zumute war. »Kannst du dir das vorstellen?«

»Es gibt sicher irgendwelche Jobs für mich bei der Army«, antwortete Sam.

Das klang etwas ausweichend in Sophies Ohren.

»Job ist eine Sache«, sagte sie. »Aber sonst?«

»Deinetwegen … ja.« Sam lächelte sie an. »Was würde deine Familie sagen?«

»Oh … Sie wären nicht begeistert. Aber ich denke: Wenn sie dich kennenlernen, werden sie dich mögen.«

Sam lachte.

»Klingt bescheiden.«

»Ich bin nur realistisch«, sagte Sophie. »Was würde deine Familie sagen?«

»Sie fänden es auch nicht gut.«

»Das ist mir beides ganz wurscht«, flüsterte Sophie auf Deutsch und küsste ihn.

»What's ›wurscht‹?«, fragte Sam.

»Sausage … Es ist mir egal, was sie sagen!«

Sie küsste ihn weiter, und er küsste sie zurück.

»I love you«, flüsterte Sam.

»I love you«, flüsterte Sophie zurück.

Seine Hand glitt zwischen ihre Beine, und Sophie schwang sich auf ihn zu einer weiteren Erkundung ihrer beider Körper und deren Lust …

Die Wirtin brachte ihnen am nächsten Morgen das Frühstück aufs Zimmer, voll mütterlicher Zuneigung zu diesem Paar, das sichtbar die gesellschaftlichen Normen sprengte, aber zugleich so bezwingend war, weil sie miteinander harmonierten, als seien sie füreinander gemacht worden.

53

Sophie würde diese Nacht in Reichenhall nie vergessen: nicht nur, weil sie die aufregendste war, die sie je erlebt hatte, sondern auch, weil Magda am Tag danach verschwand. Nur eine kurze Nachricht an ihre Mutter Clara hatte Magda hinterlassen – sie solle sich keine Sorgen machen, und sie werde sich melden. Sophie wusste sofort, dass Magda mit Max weggegangen war, Richtung Süden über die Alpen, Fernziel Südamerika oder irgendetwas anderes. Außerdem fehlten Magdas Haarbürste, ein paar Toilettenartikel und Wäschestücke sowie das gemeinsam erbeutete Brillantschmuckset aus dem Speer-Haus – der Schmuck hatte einen Wert. Die safrangelben Tanzschuhe mit den roten Riemchen hingegen waren noch da. Logisch. Sie taugten nicht für eine Bergpassüberquerung und nahmen nur Platz weg. Nicht, dass Sophie in irgendwelche Pläne eingeweiht gewesen wäre, sie und Magda hatten zum Schluss kaum noch miteinander gesprochen.

Als Sophie aufgewühlt vom letzten Gespräch mit Max zurückgekommen war und zumindest andeutungsweise ihrer Freundin davon berichten wollte, sei es, um sie zu schützen oder um sich selbst zu erleichtern, da hatte Magda sich geweigert, mit ihr über Max zu sprechen. Mit Ausnahme der Verkündung, dass sie, Magda, mit ihm, Max, zusammen sein werde, egal wie und wo – und wenn es Südamerika wäre –, aber auf jeden Fall für immer.

Als Sophie daraufhin sagte: »Du hast doch keine Ahnung, mit wem du es zu tun hast«, hielt Magda sich einfach die Ohren zu und sang laut »Lalala …«, als sei sie ein kleines Kind. Einen Moment später hatte sie sich vor Sophie aufgestellt und in sehr erwachsener Überzeugung gesagt: »Doch. Ich weiß genau, wer Max ist. Und was er getan hat. Mag sein, dass er Fehler begangen hat. Aber er ist mein Mann.«

In den Tagen bis zu ihrem Verschwinden waren sie auf eine formelle Weise freundlich, aber hatten ohne die frühere Vertrautheit das Zimmer geteilt. Die Distanz, die mit Magdas neuer Positionierung kam, stand breit zwischen ihren Betten, als habe sie physisch dimensionierte Eigenschaften. Magdas Schichtdienst und ihre gelegentlichen nächtlichen Bergausflüge hatten die Möglichkeiten des Aufeinandertreffens ohnehin dezimiert.

Sophie vergewisserte sich, indem sie noch einmal zur Hütte aufstieg: Max war tatsächlich weg, die Hütte leer. Alle Spuren seines Aufenthalts waren getilgt – bis auf die kleine Holzfigur, die mitten auf dem Tisch platziert war, um dort gefunden zu werden. Von Sophie. Johanna von Orleans. Max hatte sie weiter verfeinert, sie sah jetzt noch mehr aus wie Sophie. Sie steckte sie ein. Die Figur würde später auf dem Regal stehen und das Zimmer an Magdas Statt mitbewohnen.

Als Sophie der Familie ihre Theorie mitteilte, erntete sie Abwehr. Max in den Bergen versteckt und jetzt mit Magda geflohen? Nie! *Schmarrn!* Clara und Annemarie Hinckelmann hingegen schenkten dieser Idee sofort Glauben, was aber Sophie nur daran feststellen konnte, dass die beiden im Gegensatz zu den Grubers keinen Versuch machten, etwas dagegenzusetzen, sondern nur zwei Blicke tauschten, als habe sich eine Befürchtung bestätigt. Theres stritt ab, dass Max so etwas getan haben könnte, Sepp wog zweifelnd den Kopf, Anderl hingegen schwieg.

»Du warst bei ihm oben, Sophie, oder?«, wollte Sepp wissen.

»Ja, ein paarmal«, erwiderte sie.

»Du hast nix davon gesagt.«

»Ihr habt nix gefragt.«

»Hättest es ja von dir aus erzählen können.«

»Warum? Ihr habt so getan, als gäbe es Max nicht mehr.«

»Das stimmt doch nicht!«, empörte sich ihre Mutter.

»Wir haben nicht mehr über ihn gesprochen«, sagte Sophie. »Weil ihr Angst habt. Vor Max und vor dem, was er getan hat.«

»Wie meinst du das denn schon wieder?«, fragte Sepp.

»Ihr wollt nicht wissen, was er bei der SS für Verbrechen begangen hat«, sagte Sophie. »Mein Bruder, euer Sohn. Max. Auf den ihr so stolz wart. Der Sturmbannführer mit den Orden. Aber jetzt seid ihr nicht mehr stolz. Deshalb reden wir nicht über ihn, denn euch ist klar, dass er schlimme Dinge getan hat.«

Stille.

»Es ist Krieg gewesen, da passiert so was«, sagte Theres in den See von Schweigen hinein.

»Nein«, sagte Anderl in diesem Moment fest.

Alle sahen ihn an. Sein von keiner Frage ausgelöstes *Nein* war eine Besonderheit, denn er war schweigsam, solange er nicht mit Karli spielte, der wie ein Magnet an seinem neuen, versehrten Vater hing. Einem Vater, der plötzlich sehr viel Zeit und Lust für die wirklich wichtigen Dinge im Leben hatte: Enten spazieren führen, Kreisel tanzen lassen und mit Murmeln spielen.

»Es gab Dinge, die weit über das normale Kriegsgeschehen hinausgingen. Massaker an Zivilisten. An Kriegsgefangenen. Die SS war daran beteiligt. Die SS und auch andere …«, sagte Anderl.

Dann schwieg er vieldeutig und schaute in die Runde. Keiner sagte etwas. In allen rumorte derselbe Gedanke: *Du etwa auch?* Doch der Gedanke kam nicht über die Lippen in den Raum, sondern blieb in den Köpfen, um dort in Zukunft weiter Runden zu drehen, wie eine Fliege in einem Lampenschirm – nur dass dieser Gedanke nicht damit aufhören würde, wenn man das Licht ausknipste.

Sophie stellte gegen ihre Gewohnheit Anderl keine Fragen. Sie erinnerte sich an den Vorabend seiner letzten Abreise zur Front, als sein Weinen und seine Verzweiflung ihr bisheriges Bild von ihrem gut gelaunten Bruder erschüttert hatten und Sophie selbst eine Ahnung seines Grauens – ausgeübt oder erlitten – kalt ergriffen hatte. Ihr reichte ein Bruder, dessen Taten sie kannte, zumindest für jetzt. Und so würden sie es weiterhin in der Familie Gruber halten: Eine zu umkreisende Leerstelle wuchs auf der eigenen Vergangenheit – sie alle hatten Teil daran gehabt –, und alle schlugen jetzt einen Bogen darum wie um eine verseuchte Pfütze. Die Sprachlosigkeit verwandelte die Vergangenheit in den Köpfen in etwas Erträgliches. Ja, es hatte schlimme Dinge gegeben, aber nicht bei ihnen. Diese Methode teilten die Grubers mit den meisten anderen Deutschen, wie Sophie später einmal bemerken würde. Und so wurde auch nach Max und Magda nicht gefragt, denn niemand wollte eine ausführliche Antwort voller Untiefen und Ungeheuerlichkeiten hören.

Sophie hielt diese Verdrehung kaum aus. Clara Hinckelmann hingegen fragte Sophie nach Magda und Max. Clara war verzweifelt, dass sie ihre Tochter auf diese Weise verloren hatte. Sie war nicht eingeweiht worden und spürte in diesem Moment, dass die Distanz, die jetzt zwischen ihnen lag, auch vorher schon da gewesen war und die frühere sogar die jetzige erst ermöglicht hatte. Clara kam in Sophies Zimmer, das bis vorgestern auch noch Magdas gewesen war, setzte sich auf das verwaiste Bett und streichelte mit den flachen Händen das nicht gewechselte Bettzeug, als könne sie dadurch noch irgendeinen Kontakt aufnehmen. Sie fing an zu weinen. Sophie erzählte, was sie über Magda und Max wusste, umgab das Ganze aber mit einem Mantel deutlich freundlicherer Worte, als sie es ihrer Freundin gegenüber getan hätte. Max war zwar ein Frauenheld, aber vielleicht war Magda ja die Richtige. Liebe war möglich. Sie würden ihren Weg gehen, und wenn es in Südamerika wäre. Max war im Grunde ein guter Mensch … *Blablabla.* Sie wollte Clara keinen unnötigen Kummer machen, und in diesem Moment war Clara dafür dankbar.

»Wenn ich irgendetwas für dich tun kann, lass es mich wissen«, sagte Clara schließlich zu Sophie, und diese nickte, ohne zu ahnen, dass sie bald auf das Angebot zurückkommen würde.

Im Military Government ging die Arbeit weiter. Sophie arbeitete eng mit Frank Rosenzweig zusammen, stenografierte, tippte Protokolle und übersetzte auch manchmal für andere Amerikaner. Sie saß gerade an dem Protokoll der Vernehmung eines gewissen Stangassinger Berthold, der aussagte, wie ihn der Rasp Gottfried (wie viele andere, auch den Kriss, erfuhr Sophie) an die Gauleitung verraten hatte, aber dass der Rasp trotzdem »kein Schlechter« sei. »Mei, der Gottfried is halt ein Opportunist.« Rasp habe ihn, Stangassinger, auch wieder »rausgehaut«. Sophie dachte, dass das alles nach einem Wischiwaschi-Gefallen klang: Sie wusste, dass der Stangassinger mit Senta, der Schwester vom Rasp, verheiratet war und das Ganze eine große Weißwäscherei war, die später den Namen *Persilschein* hervorbringen würde. Der Stangassinger galt als eines der seltenen unbescholtenen Exemplare, die keinen Moment lang mit den Nationalsozialisten geliebäugelt hatten. Vielmehr war er wegen seiner sozialdemokratischen Gesinnung in Schwierigkeiten geraten, entlassen worden und hatte sogar einen Monat Schutzhaft in Kauf genommen. Jetzt nahm er seinen Schwager in Schutz, vermutlich, weil man »ja irgendwie z'ammen leben muss« – Senta und so weiter. Sophie ekelte sich gerade ein wenig vor diesem Dokument der bestellten Gefälligkeiten, als Frank Rosenzweig den Kopf zur Tür reinsteckte.

»Kommen Sie, Fräulein Gruber«, sagte er. »Wir schauen uns was an.«

Sie blieben beim Sie, obwohl sie beide bayerisch sozialisiert waren, einander mochten und das Du unter anderen Umständen vermutlich schon längst in ihre Beziehung hineingerutscht wäre. Aber in diesem Machtverhältnis, Amerikaner – Deutsche, Mann – Frau, Dienstherr – Angestellte, wahrten beide Seiten die offiziellen Formalitäten, die ein Verhältnis auch sehr erleichtern konnten und Missverständnisse vermeiden halfen. Sie konnten es sich nicht leisten, in diese Vertraulichkeit zu schlittern. Sophie und Frank fuhren mit seinem konfiszierten BMW ein Stück durch Berchtesgaden, hielten etwas außerhalb an und betraten ein unauffälliges Gebäude, das Sophie ihr Leben lang kannte, ohne zu wissen, zu was es diente. Es war ein Lager.

»Was machen wir hier?«, fragte Sophie.

»Werden Sie gleich sehen«, sagte Frank und grinste.

Er öffnete die Tür zu einem Raum, dessen Fenster nicht mehr zu sehen waren, denn er war randvoll mit Büchern. Sie standen in Regalen, wurden in Kisten auf dem Boden aufbewahrt oder waren einfach an den Wänden hochgestapelt worden. Sophie war beeindruckt. Sie hatte noch nie so viele Bücher auf einmal gesehen, die Schulbibliothek war viel kleiner gewesen.

»Eine Bibliothek …?«, fragte Sophie.

»Ein Teil von Hitlers Büchern. Etwa dreitausendfünfhundert. Eines weiß ich: Feuchtwanger ist nicht darunter!« Er grinste.

»Ich bin fertig mit *Erfolg*. Beide Teile.« Sophie lächelte ihn an.

»Und?«

»Ich fand den Roman sehr gut.«

»Das freut mich«, sagte Frank.

»Aber ich bin etwas enttäuscht von den Figuren. Wie sie sich verhalten haben. Dass sie Martin Krüger im Stich gelassen haben. Obwohl ich die Johanna Krain mochte. Und auch verstehen konnte, dass sie mit dem Tüverlin geht. Traurig war es trotzdem.«

»Ja«, sagte Frank. »Man denkt sich immer: Das könnt ihr doch nicht machen!«

»Aber dann machen sie genau das! Und der Kutzner ist Hitler. Der Feuchtwanger hat das schon vor über zwanzig Jahren vorhergesehen. Wie geht das?«, fragte Sophie lebhaft und registrierte Franks Lächeln.

»Als Schriftsteller muss man genau hinsehen.«

Sophie nickte nachdenklich.

Frank griff nach einem beliebigen Buch. Es war das vegetarische Kochbuch einer französischen Autorin namens Maia Charpentier. *La bonne Cuisine végétalienne.* Es gab darin eine Widmung auf Französisch, die auf Deutsch etwa so lautete: »Dem deutschen Reichskanzler, Herrn Hitler, Vegetarier und so laut Bestimmung ein Mann des Friedens, gewidmet von einer guten Französin, die sich den Weltfrieden wünscht, die Grundbedingung für den menschlichen Fortschritt.« Außerdem schienen zahlreiche Schriftsteller ihrem Führer Bücher vermacht zu haben, wie etwa Ernst Jünger, der ein signiertes Exemplar von *Feuer und Blut* übereignet hatte. Oder Sven Hedin, der seit 1932 im Austausch mit Hitler gestanden und ihm sein Buch *Amerika im Kampf der Kontinente* von 1942 geschenkt hatte. Dietrich Eckart – der Name sagte Sophie etwas, weil sie dessen Grab auf dem Berchtesgadener Friedhof kannte – war Hitlers Gönner gewesen, und auch von ihm fanden sich hier einige seiner deutschnationalen Dichtungen. Es stellte sich heraus, dass mehr oder weniger jeder Nazi, der etwas zu Papier gebracht hatte, seine Schrift nach Berchtesgaden geschickt haben musste. Ein Max Willner hatte *Über den Betrieb von Fernheizungen* geschrieben und ein anderer, ein »Ortsgruppenführer für meinen Führer«, hatte seinen Erguss *Vorschlag der Verbesserung und Vereinheitlichung der Buchführung für Zigarrenfabriken* überreicht. Sophie und Frank mussten beide lachen.

»Das war sicher nützlich für den Führer«, sagte Frank.

»Ungelesen«, stellte Sophie nach Betrachtung des Exemplars fest.

Das galt für sehr viele Bücher. Einige Bücher waren jedoch aufmerksam gelesen und sogar mit Unterstreichungen und Anmerkungen versehen worden. Dazu zählte etwa Madison Grants *Der Untergang der großen Rasse*, ein Werk, das als Vorlage für die rassistische Naziideologie galt. Zur bevorzugten Lektüre gehörten vor allem Bücher, die sich um Magie, Okkultismus, Nostradamus und den Kosmos im weitesten Sinn drehten, wie etwa *Die kosmischen Mächte und wir* und *Im Licht der Wahrheit.* Ein Dr. Ernst Schertl, dessen Werk *Magie. Geschichte, Theorie und Praxis* hieß, hatte es

Hitler besonders angetan, ganze Passagen waren darin unterstrichen und kommentiert.

Frank las vor, was Hitler – »Ich nehme nicht an, dass er seine Bücher verliehen hat«, sagte Frank – für wichtig erachtet hatte.

Der Mensch mit höchster Imaginationskraft gebietet der Welt und schafft Realität nach seinem Willen, statt Sklave einer wesenlosen Empirie zu sein. Der imaginative Mensch, der Magier, ist der eigentliche Herd der Welterneuerung, Weltgeburt, Neugeburt von Dasein. Der Intellektuelle von heute hat dafür nur noch Verachtung, weil er die tieferen Zusammenhänge nicht durchschaut.

»Puuh, was für eine Sülze …«

»Was meint der Autor?« Sophie sah Frank mit Fragzeichen in den Augen an.

Frank setzte an, dann sah er zu Sophie und sagte: »Egal, vergessen Sie es. Schade um die Zeit. Nicht alle Bücher machen schlau.«

Von nun an behielt Sophie die Hände bei sich, als könne sie sich beschmutzen, wenn sie die Bücher anfasste. Sie gingen raus an die frische Luft. Frank nahm eine Zigarette, bot Sophie auch eine an, und als sie ablehnte, gab er ihr das ganze Päckchen.

»Behalten Sie das, zum Eintauschen ist es gut«, sagte er.

»Danke«, erwiderte Sophie.

»Ich werde bald im Military Government aufhören«, sagte Frank. Er sah den Schreck in Sophies Gesicht, und fast freute er sich ein bisschen, dass ihr das etwas bedeutete.

»Warum?«, fragte sie.

»Ich werde im November bei den Prozessen in Nürnberg dabei sein, wenn die großen Nazis verurteilt werden. Es wird der erste Prozess dieser Art weltweit sein.«

»Das klingt sehr interessant«, sagte sie und meinte es so.

»Vorher«, sagte Frank, »werde ich aus privaten Gründen nach Frankreich fahren. In einem Dorf im Südwesten hat meine Schwester ihre Tochter bei Bauern versteckt. Sie heißt Judith und ist jetzt zwei. Sie hat überlebt, während ihre Eltern umgebracht wurden. Ich werde hinfahren und sie abholen und zu meinen Eltern nach New York bringen.«

Eine Pause entstand.

»Das klingt wie ein Wunder«, sagte Sophie leise.

»Ist es auch«, sagte Frank. Er sah sie an. Das war das erste Mal, dass er Familiäres ihr gegenüber erwähnt hatte. Es war sehr neutral formuliert gewesen, dabei tobte ein Sturm in ihm, sobald er den Tatsachen Raum in seiner Seele gab.

»Haben Sie darüber nachgedacht? Jura?«, fragte er, um das Thema zu wechseln und auch, weil er wissen wollte, ob Sophie Gruber sich traute. Sophie sah ihn an und sagte etwas, was sie in dieser Klarheit nicht erwartet hätte.

»Ja, ich will Jura studieren«, antwortete sie und war verwundert und erleichtert, diese Erkenntnis so eindeutig aussprechen zu können. Sie lächelte.

»Gut!«, sagte Frank und freute sich. »Haben Sie alles, was Sie für eine Bewerbung brauchen?«

»Ich weiß es nicht«, sagte Sophie ehrlich. »In jedem Fall fehlt mir Latein. Und das Abitur.«

In den nächsten Tagen entwickeltn sie einen Plan, wie Sophie die Zulassung zum Studium erhalten könnte. Frank würde seine Kontakte in München spielen lassen, und Sophie musste ihren Schulabschluss aufpolieren. Damit kamen Clara Hinckelmann und ihr Angebot ins Spiel.

In Sophie wuchs die Aufregung. Ein anderes Leben tat sich vor ihr auf. Sie würde studieren. Sam und sie könnten in München leben, schließlich gab es dort auch Stellen für GIs. Ob er mitmachen würde? Bis jetzt hatte er die Idee gut gefunden und gelacht, er habe anscheinend einen Hang zu Blaustrümpfen. Er hatte Sophie von Angela, der brillanten Wissenschaftlerin, seiner Ex-Liebe, erzählt.

»Bis jetzt lese ich nur gern«, hatte Sophie zurückhaltend gesagt, Sam hatte sie geschimpft, dass sie nicht so bescheiden sein solle. Sie habe doch während ihrer Arbeit schon viel über Recht und Gerechtigkeit und Verhandlungen mitbekommen. Kein Mann würde so bescheiden tun! Sophie hatte ihn angesehen und gesagt: »Doch, Sam, du!« Beide hatten sie gelacht.

Ihnen war klar, dass sie Hindernisse zu überwinden hatten. Ihre Beziehung war unerwünscht, heiraten ausgeschlossen. Es war vermutlich nur eine Frage der Zeit, aber noch konnte Sam in große Schwierigkeiten geraten. Deshalb hatte Sophie ihn auch noch nicht ihrer Familie vorgestellt, sondern nur von ihm erzählt. Gezwungenermaßen, denn die Gerüchte hatten schnell und schlüpfrig bereits ihren Weg ins Gruber-Haus gefunden.

»Dass du mit einem Ami gehst …«, sagte Anderl eines Tages. »Muss das sein?«

»Noch dazu ein Schwarzer«, fügte Sepp hinzu.

»Das muss sein«, entgegnete Sophie schlicht.

»Dir kann man ja sowieso nix vorschreiben, Sopherl«, seufzte Theres in gottergebener Apathie. »Ich hoffe, du weißt, was du tust. Mach uns keine Schande.«

»Was sollte denn da die Schande sein? Dass er Amerikaner ist? Dass wir uns lieben? Die Hautfarbe? Da gibt es genug echte Schandflecke, die man näher betrachten sollte.«

So verlief die kurze und unerfreuliche Unterhaltung über Sam, und Sophie widerstand jeder Versuchung, ihrer Familie von dem geplanten Jurastudium zu erzählen.

Doch Clara Hinckelmann musste eingeweiht werden. Clara war sofort begeistert und setzte alles daran, Sophie prüfungsfähiges Latein und anderes mehr beizubringen, damit sie ein Notabitur bestehen würde. Der Nachhilfeunterricht startete sofort.

»Tu, was du für richtig hältst, und lieb, wen du lieben willst«, sagte Clara zu Sophie vor der ersten, höchst anstrengenden Stunde im Angesicht von Genitiv und Ablativ.

Sophie dachte daran, dass sie Clara und Annemarie durch das Schlüsselloch gesehen hatte.

Genau das werde ich tun: Was ich für richtig halte.

54

Frank fühlte sich in diesen letzten Tagen in Berchtesgaden leicht und voller Vorfreude. Um das Angebot nach Nürnberg anzunehmen, hatte er nicht lange überlegen müssen, als Jurist und als Mensch, als Jude deutscher Herkunft. Das war eine exemplarische Verhandlung: der erste große Versuch, supranationales Recht zu sprechen. Die Zukunft der Gerechtigkeit auf diesem Planeten wurde durch eine Gemeinschaft von Staaten angebahnt. Jetzt ging es um die Verbrechen der Nationalsozialisten. Doch jedem musste klar sein, dass das nur der Anfang sein konnte. Das große Ziel war, einen Gerichtshof aller Völker aufzubauen. Ein kühnes Experiment der Rechtsprechung in Sachen Verbrechen gegen die Menschlichkeit. Vorher stand noch die Reise nach Frankreich an, vor der er sich fürchtete, der er entgegenfieberte und von der er Glück mitzubringen hoffte. Seine Eltern hatten geahnt, dass Ruth tot war, ebenso wie ihr Schwiegersohn. Judith war für sie das Licht am Ende des Tunnels. Sie hatten bereits ein Zimmer in der Brooklyner Wohnung eingerichtet.

Meg brach Mitte August nach Japan auf, wo am 4. und am 8. August Hiroshima und Nagasaki von zwei Atombomben zerstört worden waren. Den ersten und hoffentlich einzigen, die je auf von Menschen bewohnte Städte abgeworfen würden. Die Japaner hatten nicht kapitulieren wollen, sie waren hartnäckige und besonders grausame Gegner gewesen. Und die Amerikaner hatten ihre Nuklearwaffen ausprobieren wollen. Frank schämte sich dafür, dass die Amerikaner als Erste diesen Tabubruch begangen hatten. Die Aufnahmen in der Wochenschau waren grauenvoll. Der Atompilz. Eine verschwundene Stadt. Die vollständige Vernichtung von Leben. Verdunstete Menschen. Verkohltes Fleisch an lebendigen Leibern. Die Langzeitfolgen konnte erst recht niemand richtig einschätzen. Meg, deren Dienst als Press Officer endete, würde für das *LIFE*-Magazin nach Japan fliegen. Eine Reportage über die letzte Achsenmacht, die endlich besiegt worden war. Und über das jetzt verstrahlte Land.

Frank und Meg verabredeten nichts für die Zukunft, sie vereinbarten nicht, wann und wo sie einander wiedersehen würden. Meg wusste, wo Frank in der nächsten Zeit zu finden war. Sie würde vorbeikommen, wenn es passte. Es gab keine Trennung – ebenso wenig wie ihre Beziehung einen offiziellen Anfang genommen hatte. Sie hatten auch nie geplant, gemeinsam so lange Zeit an einem Ort zu bleiben. Sie waren Freigeister, und das war die Bedingung für ihre Liebe gewesen, die sie am längsten ausgerechnet im Hitler-Bergkaff Berchtesgaden ausgelebt hatten.

»Du bist für immer in meinem Herzen, Frank Rosenzweig«, sagte Meg, als sie aufbrach, Ausrüstung und Negative sorgfältig verpackt und den Cranach, Format sechzig mal achtzig Zentimeter, zwischen der Kleidung im Koffer versteckt. Über München, London und die USA würde sie nach Japan reisen.

Sie hielten einander zum Abschied fest.

»Viel Erfolg, pass auf dich auf!«, sagte Frank.

»Dir auch«, sagte Meg. »Bis bald. Ich möchte unbedingt deine Nichte kennenlernen.«

»Natürlich!«, sagte Frank.

Dabei fühlte er, dass die Ereignisse, die sie am jeweils anderen Ende der Welt erwarteten, schon jetzt eine dünne rote Trennlinie zwischen ihnen zogen.

An Franks letztem Tag im Military Government kam Sophie zu ihm.

»Ich wollte Ihnen noch etwas sagen, was meinen Fragebogen betrifft«, sagte Sophie, die ihr Gewissen erleichtern wollte.

»Sagen Sie mir nichts, was ich nicht wissen muss«, entgegnete Frank.

»Es betrifft meinen Bruder.«

»Sie haben im Fragebogen gelogen.«

»Ja, mein Bruder …«

Frank unterbrach sie.

»Hören Sie auf, Sophie, mich interessiert das nicht mehr. Ich werde Ihren Fragebogen nicht kontrollieren. Vielleicht macht es irgendwann jemand anders. Aber es betrifft Ihren Bruder, nicht Sie. Sie haben sich bei uns bewährt.«

»Ja … finden Sie?«, fragte Sophie scheu.

»Ja, finde ich«, erwiderte Frank und lächelte.

Zum Abschied umarmte Sophie Frank spontan.

»Danke für alles«, sagte sie.

»Ich schreibe Ihnen, was ich in München rausfinde.«

»Schreiben Sie mir auch über Ihre Nichte?«, fragte Sophie schüchtern. Frank nickte.

Das tat er auch, viel später. Zunächst schrieb er Sophie, sie solle sich bei Professor Lindenmayr vorstellen, der mit anderen Kollegen unter der Leitung von Albert Rehm, dem kommissarischen Rektor der Ludwig-Maximilians-Universität, den Auftrag hatte, einen ersten Nachkriegsstudiengang zusammenzustellen. Der Start war ungewiss. Was Frank ihr nicht schrieb, waren die Schwierigkeiten, denen er begegnet war und die er mit stählerner, tückischer Eleganz zur Seite geschoben hatte.

Professor Julius Lindenmayr – Onkel Julius hatten Frank und seine Schwester ihn genannt – war ein Kollege und Freund seines Vaters Arthur gewesen. Julius Lindenmayr hatte die gut gehende Anwaltskanzlei Rosenzweig übernommen, als die Rosenzweigs ausgewandert waren. Der Preis war nicht besonders hoch, aber auch nicht vollkommen unanständig gewesen. Vorteilsnahme, Arisierung – es gab Abstufungen in der Bewertung der Übernahme von jüdischem Besitz. Tatsache blieb: Lindenmayr erwarb eine sehr gut gehende Kanzlei zu einem sehr kleinen Preis. Wie die allermeisten Juristen war er Mitglied im NSRB geworden, dem Nationalsozialistischen Rechtswahrerbund, hatte aber laut eigenen Angaben immer auch versucht, Nazi-Gegnern zu helfen – ein Lavieren, das man durchaus als schmieriges Kunststückchen bezeichnen konnte. Da es nach dem Krieg kaum Juristen oder Professoren gab, die unbelastet waren, musste man schon jetzt nicht ganz astreine Rechtsgelehrte als Personal in Betracht ziehen. Ein Empfehlungsschreiben von Franks Vater hatte Lindenmayr geholfen. Und die Behauptung, nie Parteimitglied geworden zu sein.

Gerade war aber in München die komplette NSDAP-Mitgliederkartei aufgetaucht. Eine Münchner Papiermühle hatte kurz vor der Kapitulation den Auftrag bekommen, sämtliche Karteikarten in der Papiermühle als Altpapier zu vernichten. Doch der Inhaber, ein Nazi-Gegner, hatte die Tonnen von Altpapier gebunkert, anstatt sie zu vernichten. Die Amerikaner hatten eine ganze Weile gebraucht, bis sie dem Mann endlich seine wertvolle Papierladung abnahmen. Frank wusste, welche Mitgliedsnummer Lindenmayr gehabt hatte, sie lautete 3.668.097, und er war am 1. Mai 1935 Mitglied geworden.

Jetzt saß Julius Frank gegenüber und tat jovial.

»Mein lieber Frank! Ich freue mich, dich zu sehen! Du schaust prächtig aus.«

»Danke, du auch«, log Frank.

»Wie geht es deinen Eltern?«

»So weit gut. Sie lieben New York«, log er weiter.

»Ich wollte ihnen schon lange wieder schreiben«, behauptete Onkel Julius. »Bitte grüße sie sehr herzlich von mir! Ich werde mein Versäumnis so bald wie möglich wiedergutmachen. Dein Vater hat mir mit seinem Schreiben sehr geholfen.«

Frank nickte. Er fragte sich, ob sein Vater großen Wert auf weiteren Kontakt mit Lindenmayr legte. Arthur Rosenzweig hatte sein Empfehlungsschreiben nüchtern und den Tatsachen entsprechend aufgesetzt – eine Höflichkeit. Die Ablehnung von Lindenmayrs Bitte hätte seinen Vater deutlich mehr Kraft und Gedanken gekostet, denn er war ein harmoniebedürftiger Mensch. Sie hatten 1933 noch sporadisch Kontakt gehabt, aber irgendwann war dieser eingeschlafen.

»Was für ein Recht wird hier eigentlich gelehrt werden?«, fragte Frank, weil ihn das wirklich interessierte. »Die Gesetze der letzten zwölf Jahre können es ja wohl nicht sein«, fügte er grinsend hinzu.

»Wir stimmen uns eng mit den Amerikanern ab«, antwortete Lindenmayr. »Wir nehmen zunächst die Weimarer Variante, ergänzen sie nach Aktualität.«

»Ich bin gespannt«, sagte Frank und sah in Julius Lindenmayrs hinter dicken Brillengläsern versteckte schlaue Augen, die krötenfarben zwischen dicke Lider und Tränensäcke gebettet waren. Ruth und er hatten ihn schon früher insgeheim *Onkel Frosch* genannt. Mittlerweile glich er einer Kröte. *Quak!*, dachte Frank und verkniff sich ein Grinsen.

»Und ich habe eine Bitte.«

»Ich habe mir schon gedacht, dass du nicht einfach so vorbeikommst«, sagte Onkel Julius mit Vorsicht in der Stimme.

»Ich möchte, dass du eine meiner Mitarbeiterinnen in deinen Vorbereitungskurs aufnimmst. Wenn das Semester tatsächlich irgendwann losgeht, soll sie Jura studieren können.«

»Wer ist sie?«, fragte Lindenmayr, und ein lüsternes gelbes Glitzern erschien im Krötenbraun seiner Iris.

»Eine talentierte junge Frau, der ich zutraue, an einem neuen Deutschland mitzuwirken«, sagte Frank knapp.

»Aha …«, machte Lindenmayr süffisant.

»Sie ist nicht mein Gspusi, und ich bin nicht mit ihr verwandt. Ich erwarte, dass du ihr hilfst. Wie mein Vater dir geholfen hat.«

Einen Moment lang kreuzten sich ihre Blicke wie Klingen.

»Kinder werden erwachsen«, sagte die Kröte kühl.

»Ging nicht anders«, sagte Frank und grinste. »Weißt du, dass wir die vollständige Mitgliederkartei der NSDAP gefunden haben? Ich glaube, deine Nummer war 3.668.097. Eintritt: 1. Mai 35.«

Lindenmayr entglitten die Gesichtszüge, und er lehnte sich in seinem Stuhl zurück.

»Gut, sind wir also da angekommen«, sagte er säuerlich. »Erpressung?«

»Nein«, entgegnete Frank. »Nur eine kleine Erinnerung daran, dass es die Höflichkeit gebietet, Gefälligkeiten zu erwidern.«

Als Frank Onkel Kröte verließ, war alles so weit geklärt. Er ließ sich nach Riem zum Flughafen fahren und bestieg dort ein Flugzeug nach Paris.

France. J'arrive!

Sophie sollte sich bei ihrem Vorstellungsgespräch zwei Wochen später noch einige dumme Sprüche anhören, die Kröte sagte, sie nehme den jungen Männern, die für Deutschland gekämpft hatten, den Studienplatz weg, und es sei doch für eine hübsche junge Frau gar nicht notwendig, so viel Aufwand in die Erlernung eines Berufes zu stecken, denn sie finde ja sicher einen guten Mann, mit dem sie eine Familie gründen werde. Natürlich sei es für einen Mann angenehm, mit seiner Gattin intelligente, kultivierte Gespräche führen zu können, aber im Grunde sei es doch wichtiger, dass sie eine gute Mutter und – nicht zu unterschätzen! – eine gute Köchin sei.

Sophie schlug sich tapfer, und die Kröte akzeptierte sie schließlich, auch, weil sie mehrmals *Rosenzweig* wie eine Zauberformel einstreute. In seinem Jura-Vorbereitungskurs würde Sophie eine von zwei Frauen unter einundvierzig Männern sein.

Das in Ruinen liegende München verstörte Sophie. Die Stadt hatte nichts mehr mit der imposanten Anlage von früher zu tun, die einschüchternden Gebäude, Denkmäler, Flaggen und Parks waren nur noch eine Ansammlung von Trümmerhaufen und gelegentlich aufragenden Häuserfassaden, an denen manchmal noch

Häuser hingen. Dass die Wege zwischen dem Schutt noch Straßennamen wie *Arcisstraße* oder *Kaufingerstraße* trugen, schien absurd. Da war nichts mehr.

Mit fünfzehn Jahren war Sophie mal in München gewesen, zu einem Besuch der Glyptothek und der Ehrentempel am Königsplatz. Politisches Schulprogramm. Die Stadt war ihr unerreichbar und arrogant vorgekommen. Nichts davon war übrig. Sophie war froh, dass die Türme der Frauenkirche noch standen.

Ursprünglich war ihr Plan gewesen, gemeinsam mit Sam nach München zu fahren und im Anschluss an den Termin mit Lindenmayr die Stadt zu besichtigen – oder das, was davon übrig war. Aber Sam war kurzfristig zu einem Gespräch einbestellt worden und deshalb in Berchtesgaden geblieben. Sie hatten sich für den Abend verabredet.

Sophie hatte das Glück gehabt, dass Brenda vom Military Government und ein anderer GI auch nach München fuhren und sie hin und zurück mitnehmen konnten. Der GI hatte die fünfundachzig Punkte gesammelt, die ein Soldat für seine Demobilisierung brauchte, er reiste nach Hause und redete auf der Fahrt ohne Unterlass von Texas und den Rodeos, die er dort reiten wollte. Brenda war dem Bullenreiten nicht abgeneigt und fand, dass sich das Rodeo doch gut auch als bayerischer Brauch eignen würde.

»Ihr habt doch jede Menge Rindviecher! Warum machen die Bayern das nicht? Seid ihr dumm oder schlau, Sophie?«, fragte Brenda bissig.

»Mit Milchvieh kann man nicht so umgehen«, sagte Sophie zur Verteidigung der Bayern und Belustigung der Amerikaner.

Auf der Rückfahrt waren die beiden Frauen allein, Sophie war glücklich über das Gespräch mit Lindenmayr, und Brenda hatte sich einen Satz prächtiger Tennisschläger gekauft – wo auch immer sie den herhatte. Brendas zackiger Fahrstil in den Bergkurven zwischen Inzell und Berchtesgaden vertrug sich allerdings nicht mit

Sophies Magen. Als Brenda zum zweiten Mal anhalten musste, weil Sophie meinte, sich übergeben zu müssen – was beim ersten Mal noch nicht, aber beim zweiten Mal tatsächlich passierte –, fragte Brenda trocken, ob sie wohl schwanger sei. Diese lachend vorgebrachte Bemerkung wehrte Sophie zwar mit einem entschiedenen »Nein!« ab, aber ihr wurde gleich ein drittes Mal ganz schwummerig, nur diesmal von der Tatsache, dass es wahr sein könnte. Sam und sie waren jetzt zweieinhalb Monate zusammen und hatten häufig miteinander geschlafen.

Das wäre nicht so gut, dachte Sophie und verdrängte den Gedanken.

Gut gelaunt stieg Sophie vor dem Schloss aus und stieg zum verabredeten Treffpunkt mit Sam – *ihrem Treffpunkt!* – auf dem Lockstein. Sie war pünktlich.

Doch eine Stunde später, in der Sophie ihre Gedanken über Berge, grüne Wiesen, den zerbombten Obersalzberg sowie ihre und Sams gemeinsame Zukunft – inklusive Jurastudium in München – spazieren gehen ließ, war ihr Freund immer noch nicht da. Das sah ihm gar nicht ähnlich.

Sophie machte sich auf den Weg zu Sams Unterkunft, die mindestens eine halbe Stunde Fußweg entfernt war. Langsam stieg Sorge in ihr hoch. Es musste etwas passiert sein.

Als sie schließlich in der Kaserne ankam, war niemand da. Sie irrte zwischen den Gebäuden umher und traf schließlich einen von Sams Kameraden.

»Wissen Sie, wo Sam ist? Sam Cork?«

»Sind Sie Sophie?«, fragte er.

»Ja …?!«

»Sam wurde zurückbeordert – nach Hause«, erwiderte der Soldat.

»Nach Hause …?«, fragte Sophie verständnislos.

»Ja, zurück in die Staaten. Wegen Verletzung des Fraternisierungsgebotes. Sie werden gerade streng, wenn sie annehmen, dass es ernst ist. Es ist Angehörigen der US-Army auch nicht gestattet, Deutsche zu heiraten. Nicht mal den weißen«, fügte der GI hinzu, als sei dies ein Trost.

Sophie rannte zu Sams Zimmer – dort, wo sie den Tagen einige heimliche Liebesstunden abgetrotzt hatten, riss die Tür auf, und es gähnte ihr die leere Unpersönlichkeit eines soeben verlassenen Pensionszimmers entgegen. Sophies Herz raste. Das war es. *Es ist eingetreten: Sam ist weg!*

»Hat er einen Brief für mich dagelassen?«, fragte Sophie.

»Nein, sie haben ihn nicht gelassen. Er musste in ihrem Beisein packen und wurde umgehend abgeführt. Ich soll Ihnen ausrichten, dass er Ihnen schreiben wird, sobald das Verfahren durch ist.«

»Verfahren?«

»Ja, er bekommt ein Verfahren vor einem Militärgericht«, sagte der GI und sah sie an. »Was haben Sie denn gedacht, weißes Fräulein?«, fügte er auf einmal scharf hinzu. »Dass sie ihm gratulieren, weil er sich hier eine weiße Nazi-Braut angelacht hat?«

Sophie brach in Tränen aus. Der GI bedauerte seine Schärfe, fummelte ein sauberes Taschentuch hervor und reichte es ihr.

»Sorry«, sagte er und wartete, bis Sophie sich ausgeschnäuzt hatte. »Ich soll Ihnen noch etwas sagen.«

»Was?«

»Ich soll Ihnen sagen, dass er Sie liebt und er wiederkommen wird.«

Dann reichte er ihr einen Zettel.

»Hier! Das ist die Adresse seiner Familie in Richmond.«

Sophie nahm den Zettel, brachte schniefend noch einen knappen Dank hervor und verließ die Unterkunft der schwarzen GIs in Berchtesgaden. Sie lief durch die Stadt, fast rannte sie. Keinesfalls würde sie jetzt nach Hause gehen. Da gab es kein offenes Ohr für sie. Automatisch wandten sich ihre Füße Richtung Kramerhof zu den Großeltern. Dort, bei Anni, Ernst und Gustl, war ihre Zuflucht.

Ihre Großmutter wusste von Sophie selbst, dass sie einen Amerikaner kennengelernt und sich in ihn verliebt hatte. Auch, dass eine solche Beziehung verboten und er noch dazu Afroamerikaner war. Anni hatte ihre Enkelin immer unterstützt, besonders, was ein eigenes Leben und eine Ausbildung anging. *»A Madl ist a vollständiger Mensch und kann alles genauso wia Mannsbuid. Oder sogar besser!«*

Sophie kam auf dem Kramerhof an, und Gustl verschleppte sie als Erstes nicht zu seiner geheimen goldenen Madonna, sondern zu Bomber, der gar kein Rammler, sondern eine Häsin war und mit irgendeinem Wald- und Wiesenhasen ein paar Hasis gezeugt hatte.

»Jetzt könnt' ma ja auch mal einen braten«, sagte Gustl grinsend.

Sophie dachte wehmütig, dass Magda jetzt nicht mehr da war, um Bomber zu verteidigen – und überhaupt fehlte. Anni verscheuchte die beiden Männer mit untrüglichem Gespür, dass es ein *Frauenproblem* gab, und Sophie erzählte ihr alles. Dass sie Sam liebte, ihre Pläne, sein heutiges Verschwinden, dass sie vielleicht schwanger war, das Jurastudium, der Krötenprofessor, Frank Rosenzweigs Hilfe, das Latinum, Max und Magda – und immer wieder Sam! Sie sprach auch über den Wunsch nach einem Leben und einer Welt, in der es gerecht zuging, und darüber, dass sie daran mitwirken wollte. Anni hörte ihr aufmerksam zu, sagte ab und an ein bis drei Worte, kaum mehr. Sophies Herz lief über. Es wurde spät. Ihre Großmutter drängte ihr noch einen Teller Suppe auf. Sophie löffelte die Suppe langsam, immer wieder unterbrochen von Heulen und herausstürzenden Gedanken. Würden sie und Sam sich jemals wiedersehen? Seine Adresse! Sie würde ihm schreiben … Was, wenn sie schwanger war? Wie sollte das gehen? Und die Eltern erst …

Wieder und wieder drehte Sophie Kreise, und irgendwann stand Anni auf, nahm Sophie am Arm und ging mit ihr vor das

Haus. Sie stellten sich dorthin, wo jeder stehen bleiben musste, um den Blick einzuatmen, auch noch nach Jahren, heute ganz besonders. Der Vollmond leuchtete auf die Berge vor ihnen, der Untersberg schimmerte im silbernen Licht, während in seinem Inneren wohlmöglich Zwerge und Elfen feierten, dass Hitler ihren Untersberg nie wieder ansehen konnte. Und das Universum darüber war unendlich und gesprenkelt von Trilliarden von Sternen.

Anni legte den Arm um ihre viel größere, verheulte Enkelin, und Sophie umarmte ihre kleine Großmutter, die schon wieder dünner war, als Sophie in Erinnerung hatte.

»Sopherl«, sagte Anni, »es gibt für alles eine Lösung. Wir finden sie – das verspreche ich dir. Egal, wie du dich entscheidest.«

Sophie drückte ihrer kleinen Großmutter einen Kuss auf den Scheitel und hielt sie noch etwas fester.

»Und jetzt mach' ich dir a Glasl heiße Milch, dann kannst schlafen. Morgen is' auch noch ein Tag.« Anni löste sich, ging in die Küche.

Sophie verschränkte die Arme, musste lächeln. Heiße Milch. Wie eklig. Wie schön. Anni hatte recht. Morgen war auch noch ein Tag. Solange es so einen Himmel und so viele Sterne gab und sich die Erde jeden Tag wieder der Sonne entgegendrehte, ging es weiter. Sie würde kämpfen.

Wir, die fürchterlich Erfahrenen,
müssen es den Ahnungslosen sagen.

Erika Mann

Nachwort

Die nationalsozialistische Diktatur, ihr Vorlauf und ihr Nachhall bleiben aktueller Bezugspunkt, um die Mechanismen des Totalitarismus von heute zu erkennen. Die verbreitete Vorstellung, dass »(Ur-)Opa kein Nazi« war, ist bei der übergroßen Mehrheit der Deutschen reines Entlastungsdenken und hilft nicht auf der Suche nach Strategien gegen antidemokratische Tendenzen.

Berchtesgaden zieht nicht nur wegen der Schönheit seiner Berge, sondern auch wegen seiner herausragenden Bedeutung für die Elite des Nationalsozialismus noch heute ein großes internationales Publikum an. An diesem symbolträchtigen Ort vom Ende des dort mitentfachten Albtraums und einem Neubeginn zu erzählen hat mich sofort begeistert und in den Bann gezogen, als ich begonnen habe, mich mit diesem Themenkreis zu beschäftigen.

An Hitlers ehemaligem Wohnort Berchtesgaden trafen bei Kriegsende 1945 die verschiedensten Menschen aufeinander: Sieger und Besiegte, Täter, Opfer und Mitläufer lebten jetzt hier unter amerikanischer Herrschaft.

Wie verwandelt man Fakten in Fiktion, und wo liegt eine mögliche Grenze bei der Umwandlung von Geschichte in Literatur? Diese Frage stellt sich immer bei historischen Stoffen, und ich musste mich auch beim Schreiben dieses Romans mit ihr auseinandersetzen. Denn *Berchtesgaden* ist ein Roman, also eine literarische Erfindung – allerdings eben eine, die sich auf profunde Recherche gründet. Daten, Ereignisse, Details und Zitate sind historisch durch Bücher, Fotografien, Filme und/oder Akten belegt. Einige Texte und Äußerungen historischer Personen werden von mir teilweise im Wortlaut eingesetzt. Ohne Recherche gäbe es keine literarische historische Erzählung, die Recherche bringt Handlung und Personen erst hervor.

Die Charaktere aus *Berchtesgaden* hätte es so oder ähnlich geben können, sie sind jedoch literarische Figuren. Manche Begebenheiten und Personen klingen allerdings so fantastisch, als seien sie völlig erfunden, sie sind es aber nicht. Nur zwei Beispiele stellvertretend für alle:

Sehr nah an der Wirklichkeit sind Figur und Geschichte von Dr. Rudolf Kriss, der tatsächlich 1945 Bürgermeister von Berchtesgaden wurde. Der einzige Erbe des Hofbrauhauses Berchtesgaden, stets in Tracht, Ethnologe (Promotionsthema: »Die Kröte als Gebärmuttervotiv«), Katholik und oft mit seiner Mutter auf Reisen – es gab ihn wirklich. Auch das Todesurteil samt Haft. Die Denunziation durch Gottfried Rasp ist in freigegebenen Akten des Military Government nachzulesen. In seinem Buch *Im Zeichen des Ungeistes* beschreibt Kriss selbst seine Verurteilung und Freilassung. Diese Fakten habe ich genutzt. Ich habe auch mit einigen Menschen sprechen können, die ihn noch persönlich kannten. Er hat seinen Namen behalten. Aber der im Roman auftretende Kriss bleibt eine literarische Figur. Niemand weiß, wie der reale Kriss sich gefühlt hat. Seine Homosexualität ist nirgendwo festgehalten worden, seine Abneigungen, Zuneigungen und Liebesgeschichten sind meine Erfindung.

Meg Taylor, eine weitere Hauptfigur von *Berchtesgaden*, ist aus Facetten verschiedener Kriegsreporterinnen wie Lee Miller und Martha Gellhorn zusammengesetzt. Deren Fotos sind weltberühmt. Eine dritte Frau komplettierte die Inspiration zu dieser Figur: Patricia Lochridge, die für die Zeitschrift *Woman's Companion* nach Berchtesgaden kam. Damit sie einen Bericht über die Tätigkeiten der Militärregierung schreiben konnte, übernahm sie, so wie Meg Taylor im Roman, Anfang Juni 1945 für einen Tag die Regierungsgeschäfte. Lochridges Reportage enthält viele Hinweise auf bewegende Schicksale, die von mir abgewandelte Szene mit den Waisenkindern in ihrem Bericht, und auch *Burgomaster Kriss* findet darin Erwähnung. Nicht erwähnt wird in ihrer Reportage, dass sie, wie Meg Taylor im Roman, das Bild *Venus und Amor als Honigdieb* von Lucas Cranach tasächlich mitgehen ließ. Es hing knapp zwanzig Jahre in ihrem Wohnzimmer, bis es von einer New Yorker Galerie für eine ansehnliche Summe an die National Gallery in London verkauft wurde.

Die sogenannten *Ritchie Boys,* zu denen die Romanfigur Frank Rosenzweig gehört, waren stark eingebunden in die Verhöre der Deutschen durch den US-Militärgeheimdienst CIC. Frank Rosenzweigs Geschichte ist typisch, hat aber kein konkretes Vorbild. Das Gleiche gilt für Sam Cork. Dass es im gerade besiegten Nazideutschland für schwarze Soldaten gewisse Freiräume gab, die in den USA aufgrund der Rassentrennung niemals geduldet worden wären, ist eine bemerkenswerte Ironie der Geschichte.

Sophie Gruber, die Protagonistin des Romans, ist eine junge Frau, die sich mit den Verbrechen der Deutschen und der eigenen Verantwortung befasst. So etwas war damals eher die Ausnahme. Nach dem Krieg wollten die allermeisten Deutschen einfach nur weitermachen, nach vorne schauen und den NS-Ballast inklusive eigener Verstrickung so schnell wie möglich loswerden. Diese Figur ist eine moderne Heldin, der wir in die damalige Zeit hinein folgen können. Ihr Blick ist, mehr noch als der der anderen Charaktere, von einer heutigen Perspektive aus gedacht: Wie hätte ich mich entschieden? Wie sieht meine Verantwortung aus? Was kann ich tun?

Die Sprache in *Berchtesgaden* ist neutral zeitgemäß und hochdeutsch, nicht so, wie damals gesprochen wurde (z. B. »Mama« anstatt »Mutti« oder »Mutter«). Das N-Wort, obwohl damals selbstverständlich, wird überhaupt nicht benutzt. Das Wort »Zigeuner« wird zweimal von der betroffenen Figur selbst benutzt und ansonsten der heute übliche Begriff »Sinti«. Alle bayerischen Personen hätten in der Wirklichkeit natürlich Bairisch geredet, es gibt hier aber aus Gründen der Lesbarkeit nur ein paar Anklänge und Schmankerl. Die Passagen in Englisch, Russisch und Französisch lassen sich meist aus dem Zusammenhang verstehen, selbst wenn man diese Sprachen nicht beherrscht.

Viele Schriften, die mich inspiriert haben, sind am Ende dieses Buchs in einem kleinen Literaturverzeichnis aufgelistet – für alle, die weiterlesen möchten. Darüber hinaus stehen in den Mediatheken der öffentlich-rechtlichen Sender jede Menge interessanter Dokumentationen zu einzelnen Themen bereit.

München, im September 2024
Carolin Otto

Danke!

»Ein gutes Buch schreibt sich von allein, man darf es nur nicht dabei stören«, schrieb einst Patricia Highsmith. Dafür, dass mein Buch nicht gestört, sondern gut gefüttert wurde und seinen Weg nehmen konnte, bedurfte es der Unterstützung vieler Menschen. Bei diesen Menschen möchte ich mich von Herzen bedanken.

Am Anfang stand die Entdeckung meines Themas in Berchtesgaden, wo mich die Geschichten inspirierten, die mir – herzlichen Dank dafür! – Christl Kurz, Robert Brandner (†), Georg Wagner und viele andere erzählten: von persönlichen Schicksalen über Raubkunst bis hin zur *Bavarian Music Show*. Bedanken möchte ich mich auch bei Klaus Hesselbach, der mir das Hofbrauhaus Berchtesgaden, bei Gerd Schelble, der mir die Kaserne in Strub, und bei Guido Burkhart, der mir das Schloss Berchtesgaden zeigte, bei Florian Beierl für das Fachgespräch. Bei Maren Hauke, die mir interessante Gesprächspartner zusammenstellte. Bei meinem Nachbarn Thomas Stallinger für seinen Hinweis auf die Bernie-Gunther-Romane, besonders *Berliner Blau* von Philip Kerr, sowie das Ausleihen der kompletten Sammlung.

Besonderer Dank gilt Mathias Irlinger vom Dokumentationszentrum Obersalzberg, der mich unermüdlich mit Akten und Lesestoff versorgt hat und bei Rückfragen immer ein offenes Ohr hatte. Jochen Greve möchte ich für seine unterstützenden hartnäckigen Recherchen danken, fast jedes historische Rätsel fand durch ihn eine Lösung. Wichtigen Input gaben meine TestleserInnen Petra Lüschow, Nina Michalzik und vor allem Abraham Katz mit ihren Anmerkungen: Ich danke euch für eure Zeit und die aufmerksame Zuwendung zu meinem Roman.

Ulrike Weis-Wulfes, meine Agentin in der Filmbranche, gab mir dankenswerterweise den perfekten Hinweis auf die Literaturagentin Bettina Breitling, die nach meinen ersten achtzig Seiten zugegriffen und für *Berchtesgaden* nach nur vier Wochen im Lübbe-Verlag ein Zuhause gefunden hat. Durch Bettina kam alles in Schwung. Vielen Dank!

Die ersten Zeilen von Gerke Haffner, meiner Lektorin, sind für mich als langjährige Drehbuchautorin ein beglückender Moment gewesen. Ich habe eine Partnerin gefunden, die meinen Text, dessen Inhalt, Absicht und Form begriffen hat und den Weg zum fertigen Roman, meiner Vorstellung entsprechend, mit mir zu gehen bereit gewesen ist – das kenne ich aus der Filmbranche so nicht. (Nur DrehbuchautorInnen können diesen Satz in seiner Gänze verstehen.) Danke! Außerdem möchte ich mich für das germanistisch genaue Textlektorat von Arno Hoven bedanken, der durch seine Anregungen den letzten Schliff aus mir und meinem Text herausgeholt hat.

An manchmal wunderbaren Orten habe ich geschrieben. Einer war besonders herausragend: In der Alpeltalhütte in Berchtesgaden bei Familie Klubitschko habe ich mich mehrfach eingemietet, um in Ruhe zu arbeiten. Vielen Dank für die warmherzige Gastfreundschaft in elfhundert Metern Höhe, mit und ohne Schnee, die Kramperl verdanke ich auch euch.

Berchtesgaden war zuerst als TV-Serie geplant, und diesem Roman ging ein kompletter Entwurf für eine solche voraus. 2019 habe ich als Autorin eine Förderung vom FFF-Bayern bekommen, die mir das Schreiben und die Recherche ermöglicht hat. Vielen Dank dafür. Bis jetzt gibt es keine Serie, der Roman war schneller. Aber die Zukunft ist offen für alles.

Meiner Mutter Ute danke ich für alles, was sie in diesem Leben für mich getan hat – einiges hat mit diesem Buch zu tun. Der größte Dank gilt meinem Mann Peer Weiss für seine Liebe und seine allumfassende Unterstützung in fast jedem Bereich. Zuhören, mitreisen, beraten, lesen, sortieren, trösten, sich freuen und mit mir leben. Danke.

Carolin

Literaturverzeichnis

Bauer, Christian und Rebekka Göpfert: *Die Ritchie Boys*, München 2005

Böll, Heinrich (Hrsg.): *NiemandsLand. Kindheitserinnerungen an die Jahre 1945 bis 1949*, München 1988

Bogart, Leo: *How I earned the ruptured duck. From Brooklyn to Berchtesgaden in World War II*, Texas A&M 2004

Brenner, Wolfgang: *Zwischen Ende und Anfang. Nachkriegsjahre in Deutschland*, München 2016

Bronfen, Elisabeth und Daniel Kampa (Hrsg.) *Eine Amerikanerin in Hitlers Badewanne. Lee Miller, Martha Gellhorn, Margaret Bourke-White*, Hamburg 2015

Chaussy, Ulrich und Christoph Püschner: *Nachbar Hitler*, Berlin 2012

Cranach, Lucas, der Ältere: *Venus mit Amor als Honigdieb* (http://lucascranach.org/UK_NGL_6344)

Dagerman, Stig: *Deutscher Herbst*, Berlin 2021

Dos Passos, John: *Das Land des Fragebogens*, Frankfurt am Main 1997

Fehrenbach, Heide: *Race after Hitler – Black occupation children in Postwar Germany and America*, Princeton 2005

Feuchtwanger, Lion: *Die Geschwister Oppermann,* Berlin 1993

Feuchtwanger, Lion: *Erfolg,* Berlin 1993

Feuchtwanger, Lion: *Exil,* Berlin 1993

Frei, Norbert (Hrsg.): *Hitlers Eliten nach 1945,* München 2003

Giordano, Ralph: *Die zweite Schuld oder Von der Last, Deutscher zu sein,* Köln 2000

Gut, Philipp: *Jahrhundertzeuge Ben Ferencz,* München 2020

Habe, Hans: *Ich stelle mich,* München 1986

Habe, Hans: *Off Limits*, München 1955

Huber, Florian: *Kind, versprich mir, dass du dich erschießt*, Berlin 2015

Hunt, Irmgard: *Als die Welt zusammenbrach – Meine Kindheit am Obersalzberg,* Berchtesgaden 2016

Jähner, Harald: *Wolfszeit – Deutschland und die Deutschen 1945–55*, Berlin 2019

Jaspers, Karl: *Die Schuldfrage – Von der politischen Haftung Deutschlands,* München 2019

Kempowski, Walter: *Das Echolot – Abgesang '45*, München 2005

Klee, Ernst: *Was sie taten – Was sie wurden,* Frankfurt 2012

Klemperer, Victor: *Das Tagebuch 1945–1949,* Berlin 2003

Kogon, Eugen: *Der SS-Staat – Das System der deutschen Konzentrationslager,* München 1974

Koldehoff, Stefan: *Die Bilder sind unter uns – Das Geschäft mit der NS-Raubkunst und der Fall Gurlitt,* Berlin 2014

Kriss, Rudolf: *Im Zeichen des Ungeistes,* Berchtesgaden 2015

Lahusen, Bejamin: *»Der Dienstbetrieb ist nicht gestört.« Die Deutschen und ihre Justiz 1943–48,* München 2022

Lebert, Norbert und Stephan Lebert: *Denn du trägst seinen Namen,* München 2000

Leßau, Hanne: *Entnazifizierungsgeschichten,* Göttingen 2020

Lochridge, Patricia: *I governed Berchtesgaden,* in: *The Woman's Companion,* USA 1945

Mann, Erika: *Blitze überm Ozean. Aufsätze, Reden, Reportagen,* Reinbek 2000

Miller, Lee: *Krieg, Reportagen und Fotos,* München 2015

Mitchel, Arthur H.: *Hitler's Mountain. The Führer, Obersalzberg and the American Occupation of Berchtesgaden,* Jefferson, North Carolina 2007

Niethammer, Lutz: *Die Mitläuferfabrik: Die Entnazifizierung am Beispiel Bayerns,* Berlin/Bonn 1982

Niethammer, Lutz und Ulrich Borsdorf (Hrsg.): *Zwischen Befreiung und Besatzung. Analysen des US-Geheimdienstes über Positionen und Strukturen deutscher Politik 1945,* Wuppertal 1976

Orwell, George: *Reise durch Ruinen – Reportagen aus Deutschland und Österreich 1945*, München 2021

Otto, Carolin: *Von den Fakten zur Fiktion – Eine praktische Untersuchung zur historisch-biografischen Filmnarration, Dissertation*, Weimar 2019

Rydell, Anders: *Hitlers Bilder, Kunstraub der Nazis – Raubkunst in der Gegenwart*, Frankfurt 2014

Salomon, Ernst von: *Der Fragebogen*, Reinbek bei Hamburg 1961

Seghers, Anna: *Tage wie Staubsand. Briefe 1953–1983*, Berlin 2010 (Zitat Kapitel 5)

Taylor, Frederick: *Zwischen Krieg und Frieden. Besetzung und Entnazifizierung Deutschlands 1944–1946*, Berlin 2011

Trentmann, Frank: *Aufbruch des Gewissens*, Frankfurt 2023

Welzer, Harald, Sabine Moller und Karoline Tschuggnall: *»Opa war kein Nazi«. Nationalsozialismus und Holocaust im Familiengedächtnis*, Frankfurt 2002

White, Osmar: *Die Straße des Siegers*, München 2006

Quellen der Zitate vor den Großkapiteln

1
What's past is prologue.
Shakespeare, William: *The Tempest*, Oxford 2006
Auch zu finden als Inschrift auf dem Gebäude der National Archives in Washington DC

2
Wir sind keine Nazis. Wir sind nie welche gewesen.
Deutscher Refrain. Überlieferung

3
Ich will verstehen.
Arendt, Hannah: *Ich will verstehen: Selbstauskünfte zu Leben und Werk*, München 2005

4
Was kann ich wissen? Was soll ich tun? Was darf ich hoffen?
Was ist der Mensch?
Kant, Immanuel: *Die Kritik der reinen Vernunft*, Frankfurt am Main 2018

5
Ich habe eine große Sehnsucht nach einer besonderen Art von Welt, in der man arbeiten und atmen und sich manchmal wie verrückt freuen kann.
Seghers, Anna: T*age wie Staubsand. Briefe 1953–1983*, Berlin 2010

6
Wir, die fürchterlich Erfahrenen, müssen es den Ahnungslosen sagen.
Mann, Erika: *Blitze überm Ozean. Aufsätze, Reden, Reportage*, Reinbek 2000